アルベール・コーエン　　紋田廣子　訳
Albert Cohen

釘食い男
Mangeclous

SURNOMMÉ AUSSI LONGUES DENTS またの渾名はどでかい歯
ET ŒIL DE SATAN それからサタンの目
ET LORD HIGH LIFE ET SULTAN DES TOUSSEURS 錦衣玉食卿に咳く者たちのスルタン
ET CRÂNE EN SELLE ET PIEDS NOIRS 掛鞍頭にばっちい足
ET HAUT-DE-FORME ET BEY DES MENTEURS シルクハットに千三屋の親分
ET PAROLE D'HONNEUR ET PRESQUE AVOCAT "誓ってもいい"に今一弁護士
ET COMPLIQUEUR DE PROCÈS 裁判沙汰の捏ね返し屋
ET MÉDECIN DE LAVEMENTS 浣腸専門医
ET ÂME DE L'INTÉRÊT ET PLEIN D'ASTUCE 欲得尽に策略家
ET DÉVOREUR DES PATRIMOINES 食らい抜けの食い倒れ
ET BARBE EN FOURCHE カイゼルひげ
ET PÈRE DE LA CRASSE 垢光り親父
ET CAPITAINE DES VENTS それから屁こき大将

国書刊行会

Mangeclous, 1938
by Albert Cohen

父へ

釘食い男

1

四月一日、ギリシアの島ケファリニアでは春の朝《あした》の吐く息にも花々が香っていた。家から家へ張り渡してある紐に黄、白、緑、赤の洗濯物がぶら下がり、踊っている道幅の狭い黄金小路にも、スイカズラや海から吹き寄せるそよ風のえも言われぬ芳香が漂っていた。

黄と赤に塗られた小さな家の、透かし模様が施された小さなバルコニーで、ソロモン・ソラルが泳ぎを習っていた。一年を通しての生業は靴磨きだが、夏はアプリコット水売り、冬は熱いベニエ売りにもなるこのまるまると肥ったちんちくりん――身長は一四五センチ――のユダヤ人は水泳のことはからきし知らないというので、友人たちから物笑いの種にされ、うんざりしていた。潜水服を買おうと企てたが、自宅で、乾いている場所で水泳をするほうがより理にかない、より安上がりではないのかと考えたのだ。

雨承《あまう》け鼻でそばかすだらけ、ひげの生えない丸顔の小男はテーブルの前に立ち、あらかじめ塩を入れておいた洗面器の水にぽってりしたおててを浸し、両手で上手に水を掻いて平泳ぎの動きを練習している最中だった。ふっくらした腹で、短い黄色の上着にふくらんだ赤の半ズボン、むき出しのふくらはぎが可愛らしい天真爛漫の四十歳だ。

「お一二《いちに》！　お一二《いちに》！」彼が力強く号令をかけていると、向かいの家の湿疹にかかった婆さんが、深刻な様子で何度も左右を伺ってから、背の高い溲瓶の中身を路地にぶちまけ、生活費を稼ぐどころか、イギリスの船乗りみたいに体操をしている不届き千万のちびに向かって呪いの言葉を投げつけた。

ソロモンは時々休んでは一息つき、壁にもたれて両腕を拡げた。彼が言うところの浮き身だ。婆さんのこきおろしもものかは、彼は丸石が敷き詰めてある大好きな通り、澄んだ湧き水が流れ込む穏やかな海、オリーブの樹で銀色に輝く大きな森へ通じるジャスミンの上り道《モンテ・デ・ジャスマン》、その昔、ヴェネチア共和国時代の行政長官たちが住まいにしていた城塞の周りに歩哨の如く立っている糸杉たち、そして瘡蓋《かさぶた》で覆われているように見える高層の家々からなる大ゲットーを見守るかのように、丘の上に、海を眼下にして立つソラル一門の本家の壮麗な屋敷の円屋根に見とれて、この休息を有意義に使った。ゲットーは、税関や継ぎの当たった服を着たギリシア人、ゆっくりした足取りのアルバニア人、垢光りする聖職者たちが散歩する港とは樫の木で隔てられていた。上等の青磁にも似た空は息を呑むほど美しく、透明な光は晴れ晴れしく輝いていて、感極まった彼は泣かないように小さな唇を嚙んだ。

「ケファリニアの四月はベルリンの七月よりもずっときれいで気持がいい！　そうにきまってる」とひとりぼっちの泳ぎ手は言明した。「けれども一体どうして皆、自分たちの首都を寒くて陰気な所に置くんだろう。それも陰鬱な川の畔にだ、なぜなんだろう？　彼らはまちがっていると僕には思えるんだ。まあ、そんなことは彼らの方が僕よりよくわかってるだろうけど」

こう言って彼は口笛を吹いてみようと努めながら、自分の部屋の掃除にとりかかった。そうして浮かれ調子の彼はイスラエルの不幸まで歌に歌いながら、床を磨き、洗った。愛する妻が疲れなくてすむと思うととても嬉しかったのだ。（ソロモンのお気に入りの奥方はすらりとして、歯は一本しかなかったが、その歯が三十二本分の働きをしていた。彼女は社会保障の払い戻しの対象となる薬剤の服用で、夫を破産させた。なにかまうものか、彼女のためなのだから。）

実を言えば、小さな部屋なのだから、維持管理も難しくはない。実際部屋はほとんど空っぽで、ソロモンは正直なだけに貧乏だ。テーブルが一台、椅子が一脚、水売りに出かけるとき、肩から斜め掛けにして運ぶ素焼きの大型の壺、客寄せ用の銅製のゴブレットが二つ、台所用品がいくつかとギターが一本、それで全部だった。自分の部屋をきちんと整理し終えると、朝の水浴に海へ行っている妻と娘たちの部屋を磨きに行った。その部屋で目立つのは大小二つの銅製の柄付き水差しだった。前日は最初に大きい方をぴかぴかに磨いたのを思い出した。ソロモンは焼き餅を焼かないようにと、今日は小さい方から始めることにした。

「我々は公平を好む」と舌を出して狂ったように磨きながら、彼は言った。

一時間後、すべてがきれいになってきらきら輝き、赤土の竈の上では上質の小麦粉をまぶした子羊の肉がゆっくり焼けていた。突如ソロモンは小さな叫び声をあげた。ドアの銅の部分を磨くのを忘れていたのに気づいたからだ。彼は握り手に唾を吐き、強く擦ったが、病原体としての微生物を自分が粉砕しているのは確かだと思うと、胸がつぶれる思いがした。可哀想に、小さな黴菌たちだって生きることは大好きなんだろうに！　でも仕方ないよね？

おお、神のなされたことの全部は上々の首尾だとはとても言い切れない。食物を摂るためだと言って、なぜ子羊を殺さなければならないのか？　なぜ動物は陸でも海でも食物として他の動物や野菜を食わねばならないのか？　なぜ神は僕たちの食事が旨い石ころ一つで事足りるようには僕たちを作ってくださらなかったのか？　それから、病気を治すには黴菌を殺してしまわなければならないのはどうしてなのか？　残念だ。

家事を手際よくこなして満足する主婦の眼で、ぴかぴかになった漆喰塗りの壁の部屋を見回してから、ソロモンは思い切ってささやかな独り芝居を演じた。

「おお、神よ」両手を激しく動かして彼は神にたずねた。「なぜ人間たちは幸福ではないのですか？　なぜいつも不安なのですか？　説明してください。結局どうしようもないんだ、僕は、ともかくこの僕は生きている。僕はついてたんですよ！　あなたに是非ともお話ししなければならないんです、親愛なるあなた、僕はシオニストとしての役割を果たすため、数ヶ月間パレスチナにいたんです。その時大きな戦闘があって、すごく怖かったから僕の血は凝乳みたいになっちゃったんです。僕は体に鉄の弾を数発受けたけど、鎖帷子を着てたから、弾は跳ね返った。その跳ね返った弾の一発のせいで、僕は脳震盪を起こして眠っちゃった。そうしたら皆僕が死んじまったと思って、干草用の納屋に僕を入れたんですよ！　それから数時間がたって、僕はくしゃみをし始めた。その時僕は自分の間違いに気付いたんですよ！　そして自分が死んじゃいないってことがわかったんですよ！　僕がどんなに喜んだか想像できるでしょう！　その喜びは筆舌にはつくせなかった、つくせなかったんですよ、ルブランさん！（ソロモンは一人でいるとき、フランス共和国大統領と話をするのが大好きだった。大統領は彼の親密な、秘密の友人だったのだ。）そして僕は起きあがって、歩き始めたんですよ」

共和国大統領にもっとよくわかってもらおうとして、彼は淑やかに数歩歩いた。

「そして、僕は突然すごい叫び声をあげた！　僕の周りに本物の死人がごろごろいたんですよ！　どんなに恐ろしかったことか！　僕は心の中で憤慨して、叫んだ、パレスチナにいれば怪我をする、もうこんなところにいるものか！　鉄砲やアラブ人たちで一杯のこのパレスチナになんだって僕が連れてこられたんだ！　それにこの死人たちだ！　僕は一も二もなかったです。僕はこっそりと早々に逃げ出しました、って言うには本当は j'ai pris《ジェイ・プリ・》 la poudre d'escampette《ラ・プードゥル・デスカンペット》［逃亡した］って言うんだけれど、僕は敢えて j'ai pris la poudre d'escopette《ジェイ・プリ・ラ・プードゥル・デスコペット》［ラッパ銃の火薬を取り出した］って言います。その方がずっと美しいと思えるからです。要するに僕はパレスチナから逃げ出したんです、友だちにも会わずに。僕のことを卑怯者扱いしただろうな！　ケファリニアで静かに、笑顔で暮らそうと思ってここに戻ってきたんですよ。戦闘なんて真っ平だ、僕は得意じゃないんです！　僕の話は以上です、共和国大統領さん！　いいえ、結構です、僕はたばこは吸わないです、喉が過敏なものですから。それで友人たちがパレスチナから戻ってきたときの驚きようといったら、彼らはどんなに喜んでくれたか、どんなに心が感動で震えたか、思ってもみてください！　どうしてこういう思い違いが生じたかっていうと、手伝いに来ていたもう一つ別のユダヤ人のグループが死者の埋葬にあたったからなんですよ！　僕の友だちのサルチエルも僕みたいに殺されちゃったんです。けれども死んじまいはしませんでしたがね。それもお話ししますよ、親愛なる友ルブランさん。僕たちはケファリニアで、祖国のために死んだ英雄サルチエルの墓碑、取り壊し中の大きな建物の内柱を一本三ドラクマでマンジュクルーが買ってきたものなんですがね、その墓碑の除幕式をやっていました。葬儀委員長のマンジュクルーが円柱の上に掛けてあったチェックのハンカチを取り去ったところでした。これは記念碑の除幕といわれているものです。諸事万端整い、戦没者を記念する永遠の火を点すためのアルコールコンロまでありました。マンジュクルーはトランペットを吹き鳴らし、自分自身に捧げ銃をし、気の毒なサルチエルのために悼辞を述べようと樽の上に上がりました。突然列席者が皆気絶し始めるじゃありませんか！　サルチエルおじさんが僕らの目の前にいるんですよ！　しかも生きている！　僕たちの喜び、悼辞を述べられなくなったマンジュクルーの怒りを思ってもみてください！　それでもやっぱりやりたいマンジュクルー！　そしてそうはさせまいとするサルチエル！　そこで大論争が起こった。大勢の人たちがサルチエルを歓呼の声で迎えたけれど、マンジュクルーの友人たちはサルチエルが死んでいなかったというので、彼に罵声を浴びせました。サルチエルはなぜ彼が死んでいなかったかを説明しようと思ったんです。けれども大騒ぎになってしまったから、サルチエルは腹を立て、なぜ彼が生きていて、死んでいなかったかは決してつまびらかにしないと神に誓いました。とまあこういうことなんですよ。ああ、ではこれで失礼します、共和国大統領殿」とソロモンは手を差し出しながら言った。「ご家族の皆様によろしくお伝えください。ご健康を祈ります。僕はこれから泳ぎます」

彼の想像力から産まれた小鳥があたかもそこにいるかのように、彼は身を屈めて優しく撫で、こう言った。《僕の大好きな小鳥ちゃん、さっきは御免、痛かったでしょう。でもちっとも恨まないで、このソロモンのためにぴーぴーって鳴き声をきかせてくれるんだね？ やさしいんだね、とってもやさしいんだね。ありがとう、僕の可愛い小鳥ちゃん》

それから銅製のラッパが付いている古い蓄音機のゼンマイを巻いた。彼は自分のことをオーケストラの指揮者だと想像するのが嬉しくて、これを買ったのだ。鼻にかかったような音楽が流れ出てきた。ソロモンは自信満々で遅れがちな奏者を叱り、ピチカート部分を際だたせ、天才風に微笑み、棒を手にして指揮をするのだが、曲が終わるところでいつもどおりしくじった。天は彼に音楽のセンスを与えてくれなかったからだ。

熱狂的な聴衆に挨拶してから、ヘブライ語で水を祝福すると、水泳という自分の仕事に戻った。不意に彼は沈痛な面もちで止めた。彼は日向で誰にも邪魔されずに、自分に優雅な楽しみの大盤振る舞いをしているのに、気の毒にドイツ系ユダヤ人たちは苦しんでいるのだと思ったからだ。そうだ、こんなことをしている場合じゃない。

「苦しまなきゃならないぞ、ソロモン」

不幸な兄弟と共にありたいと彼は自分のために汚くない小規模のポグロム実施の段取りを付けた。一本の針をマッチの炎にくぐらせて消毒してから、ふくら脛を二度刺したが、そのたびにぞっとするような小さな叫び声をあげた。それからふっくらしたふくら脛にヨードチンキを塗布するのだが、予め《痛っ》と数回金切り声を出しておくのだった。それから元気付けにシナノキの茶を飲んだ。心に平安が訪れると、陽光が一杯のバルコニーに寝そべり、眠り込んだ。十分後、叫び声で目が覚めた。叫び声をあげたのは他ならぬ彼自身、一匹の蚊に手を刺されたのだ。彼は憤慨した。

「いいさ！」と彼は虫に言った。「僕の血を飲め、了解だ！ 僕を食え、許可するよ！ けれども一体どうして僕にこの毒を注ぎ込む？ おかげで腫れ上がるし、ひりひりする。僕を苦しめてどんな喜びがある？ なんの役に立つっていうんだ？ ちっこいくせして、意地悪なやつだ」

だが、すぐに、蚊たちが彼を刺すのは彼の血がすごく上質だからじゃないかと思えてきて、誇らしくなった。元気になると、彼は再び水泳を始めた。

洗面器でクロールをやり、自分を沖を行く泳ぎの達人に見做すと自然に笑みが浮かんでくるのだった。そんな時サルチエル・ソラルが忽然と姿を現した。サルチエルとは従兄弟同士だが、亀の甲より年の功で、彼は尊敬の念からおじさんと呼んでいた。二つに分けた白い前髪の房のせいで、無邪気で狡賢そうに見える小柄な老人の顔は悲痛な色を帯びていた。

「ソロモン、我が子にして親友よ！」熱のこもった口調でそう言うと、芝居掛かって両手をさしのべた。

「ええ、おじさん、すぐ岸に戻りますよ」とソロモンが言った。

彼はもう一掻き二掻きすると水から両手を出し、まず小さな頭の短く刈りあげた髪で、それから額の生え際近くのすぐに反り返る実に扱いにくい髪で両手を拭った。（ソロモンは床屋の鋏に抵抗するこの逆毛が自慢だった。）都会風の洗練された優雅さと品の良い物腰を準備し終えると、彼は年来の友の方へ向かった。友は無くもがなの勿体顔で握手をしてから、嗅ぎたばこを度外れなほど大量に抓むと鼻にもってゆき、指を二本チョッキの打ち合わせに突っ込んで政治家を気取った。

「フランス万歳、親愛なるソロモンよ！」

「無論です、おじさん。フランスに上陸するたびに、僕が飛び上がって喜んでいないとでも？　でもね、イギリス万歳もお願いします、それにアメリカにも、スイスにも、つまり思いやりのある優しい国全部に万歳を祈るってことですよ。抱擁は、おじさん？」

「勿論だ、私の息子よ」

「さあ、座ってください、おじさん、それでおじさんは僕に何をお望みなんですか？」

「お前の注意だよ」とサルチエルは言った。「というのもそれがな、胸が高鳴る、だが奇妙奇天烈な知らせだからだ。おお、ソロモン！　まあ聞けよ」

真夜中に怖い夢を見てちびの夫が落っこちはしないかと心配して、妻がその小さなベッドの周囲に張り巡らした柵の出入り口を、ソロモンは開けた。彼は胡座《あぐら》をかき、腕組みをし、耳をそばだてた。淡い青色の、子供のように善良そうな目を澄まし、親愛なる友に見とれた。

おお、なんと感じがいいんだろう、この善知識のサルチエル翁は。いかにも質の良さそうな白い前髪の房、斜めに被ったビーバーのトック帽、はしばみ色のフロックコート、耳輪、学童のカラーのように糊のきいた襟、花柄のチョッキ、肩を保護するインドのショール、膝下にバックルでしっかり止めた半ズボン、光沢のある金褐色のストッキング、バックル付きの靴、愛すべき小皺が幾本も刻まれている綺麗にひげを剃った利口そうな顔、ソロモンは今日の日そんなサルチエルの詩を作ろうと決めた。

「さあ、世の覚えがめでたいおじさん、この友好的な耳で何なりとご用を承ります。僕の心はその知らせを聞くのが待ちきれなくて、傷ついた小鳥のように震えています。その知らせを聞きさえすれば、僕の心もなごみます」

「よそう」とサルチエルはビーバーの毛皮のトック帽を被りながら、唐突に言った。「よそう！」

　彼はドアの縁枠に釘で止めてあるメズザーに口づけもせずに、ドアを押し開け、出ていった。小さな檻の中のソロモンは、問いかけるかのようにその小さな両手をこすり合せた。ええ？　おじさんはなんであんなに怒ったんだろう、それに水泳の最中にやってきて途中で止めさせ、聞くも法楽な知らせを持ってきたから聞かせてやると約束して好奇心をかきたてておきながら、すぐその後で行っちゃったのはなぜなんだ？　彼は檻から出て、大型の壺を負《お》い革に装着すると斜めがけにし、螺旋階段を駆け下りた。

　不動の碧天から日の光が降り注ぎ、その下で蝿たちがかすかな羽音を立てている黄金小路には果物屋、揚げ物屋、菓子屋、古着屋、魚屋、ゆらゆら揺れる干し鱈や山積みのフロマージュブランを売りこむ食料品屋、小型の七輪の前にしゃがんでいるコーヒー屋、日の光の反射が眼に痛い壁に皮を剝いだ子羊を吊り下げ、その前で長広舌を振るう肥え太った肉屋の店が所狭しと並んでいた。彼らは誰も彼もが売らんかな、鼻腔を鋭く刺す自分の商い物を騒々しくほめちぎり、シナゴーグの用務員は鐘の代用品のがらがらを振り、腹が膨れ上がるのを見たくなければ今夜は飲み物を飲んではならないと信心深い人たちに注意を促していた。《腹水症、旦那方、午前零時から一時の間ですぞ！》

　ようやくちびの水売りはサルチエルに追いついた。

「おじさん」と彼は両手を前に突き出して言った。「石榴の実を舌と口蓋の間につっこんでおきながら、それを取り上げちゃったのはなぜなんです？」

「知らせはお前の身の丈よりでかいんだ。友人たちを呼べ」

　丸ぽちゃ男は両手を角笛形にし、口の前にもってゆくと、他の益荒男たちの名と渾名を大声で言った。

「ミハエル、おお、勇敢なる者よ、おお、好き者よ、おお、口数少なき者よ、おお、強き者ミハエルよ！　マタティアス、おお、松脂を嚙む者よ、おお、金持ちマタティアスよ、おお、守銭奴たちの大統領よ、どけち故のやもめよ！　マンジュクルー、おお、千三屋の親分よ、おお、〝誓ってもいい〟よ、おお、屍よ、おお、裁判沙汰の捏ね返し屋よ、おお、青瓢簞よ、おお、策略家よ、おお、食い抜けの食らい倒れよ、おお、腹が北野の天神よ、おお、垢光り親父よ、おお、屁こき大将よ！」

小路のユダヤ人たちは皆この友人二人に手を貸さずばなるまいと、今度は彼らがミハエル、マタティアス、マンジュクルーの名を呼んだ。まさに喧噪の坩堝だった。誰も彼もが叫んだ。毛皮の裏付きカフタンを着たひげの仲買人も、炒った種や数珠を売る者も、色鮮やかな小瓶がぶら下がる銅の飾り鋲を打った箱を揺らす半裸の靴磨き少年たちも、小路の真ん中でミシンの上にかがみ込んでいる仕立屋たちも、一本の水煙管を吸っている門番なのか配達人なのか定かでない連中も、口に一杯含んだ水を衣類に吹きかけては巨大な熱い鉄のプレス機を足で操作し、プレスする男たちも、小さなカフェのテラスでコーヒーを飲むよりも相手の言葉を飲み合っている暇人たちも、唾を吐く者たちも、琥珀の数珠を繰る銀行家も、割礼を施す人たちも、ユダヤ教裁判所の書記たちも、トーモロコシや雌牛の乳房を焼く焼き肉屋も、鋏を大きく鳴らして顧客に呼びかける床屋も、栽培種のウチワサボテンの実やクロイチゴの実を売る者も、ロバ引きも、蜂蜜入りベニエやバラ色のヌガーを商う者も、金の匂いを嗅ぎ回る鼠顔の仲買人も、蠅がその周りを旋回している乞食も、猫背のタルムード学者も、物売り籠を斜め掛けにしている両替屋も、長老会議のメンバーも、見栄っ張りも、でかい面をする奴も、金糸の刺繡を施したビロードの袋に聖なる書物と祈りの時のショールを入れ、従者に抱えさせ、シナゴーグに赴く人たちも。

ビロードを纏ったユダヤ人もぼろを纏ったユダヤ人も皆、東西南北、四方点で、身振り手振りをまじえて賑やかにミハエル、マタティアス、マンジュクルーの名を呼ぶと、仲間たちが次々に真似、通りから通りへ遍く拡がっていった。その結果、しばしの間にしろ、ジャスミンやチョウセンアサガオ、シトロンの木やオレンジの木、レモンの木やモクレンがいい香りを放つこの島全体がミハエル、マタティアス、マンジュクルーと呼ぶ声に囲まれ、包まれ、結ばれ、束ねられた。三人は叫んでいる男たちにそれぞれの居場所で、何の用かと問うた。《知るもんか》と皆判で押したように答えた。《お前を呼んで

るんだよ。それでお前を呼んでる奴を助けてやろうと、俺もお前を呼んだってわけさ！》

　名を呼ばれた三人の男はぐるぐる回り、一体何事かと問い、慌てふためいて、自分たちの渾名が鳴り響くゲットーの曲がりくねった路地を、あばら屋や階段状の土地に乗っかるようにして建てられた小さな教会、こぢんまりした祈禱室や見通しのきくアーケードが複雑に入り組んでいて、それが泣き所となってなかなか整備が進まないキリスト教徒地区の通りを上ったり下ったり、下ったり上ったりし、気で気を揉みながら走っていった。三人とも自分に問いを発し、くるりと回っては走り、別の通りへ出るのだった。呼びかけは止まず、三人の友だちは追いつめられた鹿同然だった。

　一番乗りはピンハス・ソラル、またの名はマンジュク《釘食い》ルー《男》だ。血の気が多く、カイゼルひげをたくわえた長身痩軀の肺結核患者で、苦悩の色濃い顔はげっそり頬がこけ、頬骨の辺りは赤く、桁外れの大足は裸足ですっかり日焼けし、ひどく汚く、骨張り、毛むくじゃらで、血管が浮き出ていて、足指の間隔は大きく開いていた。靴を履いたことは一度もなく、その理由は彼の足指は《大変敏感だから》というものだった。だが頭にはいつもどおりシルクハットを戴き、その身には垢光りしたフロックコートをまとっていた。それは彼が〈俺の聖職〉と呼んでいる偽弁護士の職に敬意を表するためだった。

　マンジュクルーは生理的特殊性に起因する屁こき大将という渾名の持ち主でもあり、それを自慢していた。彼のもう一つの渾名は〝誓ってもいい〟で、ほとんど嘘っぱちの演説にこの言い回しをちりばめるからだった。肺結核患者歴はかれこれ四半世紀に及ぶが、元気潑剌で、ある晩の咳はすわ激震かと思わせる家鳴《やな》り震動、シナゴーグの大燭台が落下した。その口腹の欲は弁舌の才や度外れの金への執着ぶりと同様オリエント全域に夙《つと》に知れ渡っていた。彼はほとんどいつも自分のためだけに冷たい飲み物や食い物を積んだ手押し車を引きながら散歩した。人は彼のことをマンジュクルーと呼ぶが、それは彼が子供の時ひどい空腹感を和らげようと十個ほどのねじ釘をむさぼり食ったといつもせせら笑って言うからだ。彼の日焼けした禿頭の真ん中には一本の深い溝が穿たれていて、丁度鞍を置いてあるように見えるのだ。彼はこの溝にたばこだの鉛筆だの、いろいろな物を置いた。

「到着せし者は祝福されよ」とサルチエルが言った。

「そして見出されし者は祝福されるべし」とマンジュクルーは答えた。「さあ、俺は此処にいる。俺を呼んだのはどこのどいつだ？」

　しかしこの時マタティアス・ソラルが音もなく現れた。彼は守銭奴たちの長とか、はしけで島の石鹸工場へソーダを運んでいるので、はしけのオーナーとも呼ばれていた。この無愛想で冷静、顔色が黄色くくすんでいる男の耳は横に張り出し、尖っていて、すぐにも利益を引き出そうと、一言一句聞き漏らすまい、情報を逃すまいと構えているように見えた。その青い眼は財布でも落ちていはしまいかとすみっこや溝に遍く目を凝らしていたからやぶにらみになっていた。緑色のトック帽を被り、観光客に勧める絵はがきを並べた黄色の上っ張りを羽織っていた。

「敬具」と彼は手紙の結び用の慣用句を言った。

「救われんことを、そして寛大であれ」とサルチエルは答えた。

　マタティアスはポケットからそろそろとハンカチを取り出した。それには〈マタティアスから盗んだ〉と刺繍してあった。彼はゆっくりと鼻をかみ、そのハンカチをゆっくりと四つに畳み、用心深くポケットに入れた。一本のたばこを三つに切ると、火を貸してくれと言い、――彼はマッチを持っていた例《ためし》がない――竹馬の友の話を聞きながらたばこを吸おうとした。

「さて諸君」とサルチエルは始めた。

　そこへ五人目の益荒男、威風堂々たるミハエル・ソラルが汗をかきかき現れ、遮った。彼は近衛兵で、ケファリニアの大ラビの筆頭守衛を務める美男の大男、そのカイゼルひげがケファリニアの女たちの心をかき乱す。噂に拠れば、ギリシアの知事の娘さえもそうだそうな。

「万歳、サルチエル」と彼は力強いバスで言った。

「救われんことを、そして貞潔であれ」とサルチエルは答えた。「友情で結ばれし相棒よ、お前さん方を呼び出したのはこのわしだ。わしの話を聞けばお前さん方の髪の毛一本一本が欣喜雀躍、そのあまりの嬉しさで卒中を起こすぐらいの知らせがあるからだ！」

　そう言うと彼ははしばみ色のフロックコートのかくしから一枚の封筒を取り出した。そしてその封筒を叩いた。友人たちはビッグニュースが大好きで、ピスタチオを食いながら聞けるのだと思うと目元が綻んだ。ミハエルが金銀を象眼したピストル二丁のうちの一丁を取り出し、邪魔者を遠ざけようと空に向かって一発放つとマルシェ広場は無人となった。ケファリニアのユダヤ人は命を大切にする。

　マンジュクルーは並外れて大きな印章がいくつも押してある封筒に貪欲な視線を注ぎ、胸を聴診した。（この無意識の癖は病気がある日治ってしまうかもしれないという心配からきている。肺結核のおかげで、馬に食わせるほどの大量の食物を獲得できるし、ケファリニアやケファリニア以外の世界ユダヤ教徒同盟とか分配合同委員会といったいろいろな救済基金から金をもらえるのだから、この病気は彼の役に立っていた。)

「さあ、話せ、サルチエルよ」と彼は太くこもった声で言った。「話せ、善良なる男よ、おお天分に恵まれし男よ！」と彼は奇妙なくらい控えめな調子で繰り返した。(封筒の中身が金じゃなきゃ年寄りにおべんちゃらを言ったところで何になる？)「居酒屋へでも行くか、レジナワインを飲みにさ。俺はこのワインに目がないんだよ。おじ貴が話をきかせてくれて、一番気前のいい奴が懐を痛める、俺じゃないぞ、なにしろ俺は烏勘左衛門だ、進物なら大であれ小であれ全部受け取る用意ができている。俺たちは食って力を付ける。そしてこの俺はとりわけ軽く控えめに食い、堪えられない満足を得るというわけだ。俺が食うようにと俺の鼻がその臭いを嗅ぎ、俺の歯が咀嚼し、俺の舌がかわいらしく平らにし、俺の喉に飲み込まれ、俺の腹が喜ぶようにと、空には小さな鳥たちを、海には青いきれいな魚たちを創造し給いし神よ、万歳！」

「おお、サルチエル、徳のさくらよ、あんたはすぐにでもその知らせを俺たちに教えてくれるんじゃないのか？」とミハエルは染めた厚いカイゼルひげをひねりながらそれとなく暗示をかけた。

「いいや」と顔は蒼白いが、目は誇らしげなサルチエルは言った。「秘密も明かされた秘密もどんな耳にも聞かれないようにするには、我々の方でどこかに閉じこもらねばならない。」(マタティアスの耳が震え、円周の四分の一相当の角度で弧を描くようにして内側に向いた。)

「俺が思うに」とマンジュクルーはこの知らせがためになるものかどうかを知りたくて、言った。「この手紙はいい匂いがする、生《なま》の、現生《げんなま》の匂いだぜ！ あんたどう思う、おじ貴？」すっかり骨張り、毛がもじゃもじゃ生え、血管が浮き出た巨大な片方の手でサルチエルの腕を撫で回しながら、嬉しそうに、あたかも女に戯れるかのように聞いた。

小柄な老人は謎めいた人物を気取った。彼は重要人物、すなわち秘密を握る人物であることが嬉しくて、この喜びが続いてくれるようにと強く望んだ。マンジュクルーはしつこく言い、ちやほやし、お世辞を言い、微笑みかけ、自分の二股ひげを触り、呻いたが、それは一つのこと、一つだけちょっとしたことを知りたいがためだった。

「この手紙には金が少しばかり入っているのかね？　俺がしゃべったり聞いたりするのはあんたのためだけを思ってやってるんだってことをよく覚えといてくれよ」

「黙れ」とサルチエルは言った。

「おじさん、それが良い知らせかどうかだけでも言ってもらえませんか」短い脚のせいでちょこちょこ歩きしかできず、ひどく息切れした小男のソロモンはそう提案した。

「少なくともそれだけ言ってもらえれば、良い知らせなら僕の胸はすっかりふくらむし、悪い知らせなら僕はヘルニアになっちゃいますよ」

「悪い知らせだとは思っていない」とサルチエルは重々しく言った。

嬉しくてマンジュクルーは舞い上がった。新鮮な金の匂いがする。現在流通している金の匂いだ。イギリスでは国民一人一人がその義務を果たすべきだとされている、といい加減な英語でマンジュクルーは叫んだ。

「七つの海を支配せよ、英国よ！」マンジュクルーは厲声疾呼《れいせいしっこ》した。

2

ソロモンは従兄弟たちに歩調を合わせようと努めた。どう頑張ってみても無理だと悟ると、ちょこちょこ走りを始めたが、おかげでしゃっくりが出た。ミハエルは自慢の低音で歌い、女たちの視線を惹きつけた。ぽいんの女たちは、長身で巻き毛、パン屋のクロワッサンのごとく反り返った口ひげ、塊のような握り拳、丈夫な綱にも似た首の筋肉、膝丈の白いプリーツスカート、赤の細紐で止めた白いウールのストッキング、赤いポンポンが乗っている爪先が大きく反った靴、金銀を象眼した時代物の二丁のピストル、その銃床がのぞいている幅広の赤い帯、飾り紐とボタンが付いている小さな金色のチョッキの彼にぞっこんだった。彼が通ると、悪童連は喚くのをやめ、宗教上のしきたりから沐浴に行く貞潔な女たちは目を伏せた。殿《しんがり》をつとめるマタティアスは、軽率で徳義心に欠けた女たちが落としたのかもしれないピンや針がくっつくようにと、紐の端に結びつけた磁石を引っ張って慎重に歩を進めていた。彼は用心深い青い目で道路に沿って設けられた側溝を探査し、ときどき立ち止まっては《ちっとも汚くない数切れのパン》を拾った。何と罪深い人間たちだろう、捨てるなんてもったいない。

堪忍袋の緒が切れてのべつ幕なしに聞いてくるマンジュクルーに、サルチエルは空吹く風と聞かぬ顔をした。偽弁護士の足がピスタチオの殻にめりこみ、大きな音を立てた。前日、つまり土曜日だが、この聖なる無為の日には火をおこすことが禁じられているから、たばこが吸えないのだ。時間をやり過ごし、一吸い吸いたいという一服への抑えがたい欲求を忘れようとして、ユダヤ人が貪り食ったのだ。マタティアスは俯き加減に歩いていたが、上目を使い、横目を使い、目の鞘を外し、正確迅速に計算し、通行人の目の中に彼の商品を買う気の有無を探っていた。マンジュクルーはと言えば、鳴神の音の如き屁をひり、自分が恐るべき男、とんでもなく不誠実で悪魔のような男に見えるのが嬉しくて、二股ひげの陰でいわれもなくにやにやするのだった。

「さあ、サルチエル、口の扉を開けてお前さんの雄弁術を披露してくれ。そうしてこの隠し立てにけりをつけようや！」

「辛抱しろ、居酒屋で全部言う。とにかく頼むから不作法はやめてくれ」

「屁は一つたりとも、絶対に堪えちゃならんのだよ」とマンジュクルーはやり返した。「お前さんの体にとっちゃあ不作法だろうよ。あんまり上品すぎて、一つ残らず、全部だぜ、堪えたっていう大女優の話を聞いたことがある。そいつらが彼女の体中を思いっきり活発に動き回ったから、彼女は爆死しちまったってよ。だから屁の一つや二つひるなんてのは、俺は全然気にしちゃいない。むしろその臭いをかいだ連隊の兵隊どもが恐怖で白髪になっちまうなんてことにでもなれば、俺の屁の威力を自慢してやる。俺が健康でいられるのも屁のお陰よ、屁様々だ。それからな、俺の屁にはもう一つ自慢できるものがある。その豊富さ、つまりたっぷりしてるってことだ。俺が三発か四発放ってみろ、沖を往くガリオン船の帆を全部ふくらませることだって御茶の子さいさいだ」

ゲットーの門の前ではタルムードを学ぶ学生たちがばかばかしいほど大袈裟なお辞儀を繰り返しながら祈っていた。二人のラビが聖書の一節を注釈していた。若い方は甲高い声を張り上げ、一方年嵩の方は腕まくりをし、論理で打ち負かす時まで礼儀上反論しないでいた。神なんて殆ど存在しないも同然だから、俺は神を恥ずかしく思っているとマンジュクルーは絶叫し、彼らの眉をひそめさせた。タルムード学者は耳を塞ぎ、四人の友人はマンジュクルーを叱責した。だが、無神論者はせせら笑い、揉み手をし、自分は悪党だと断言した。（彼は普段は神を信じているのだが、近代精神の持ち主とみなされたかったのだ。）

「素っ裸の美女だ！」突然彼は純粋な悪意から、律法を学ぶ学生たちのうちで一番信心深そうな者に向かって叫んだ。目に隈のできた蒼白い顔の若い男は、すぐさま、生皮を剝がれた淫らな美女が催させる不快感を思い描いた。

ゲットーの終わり。カポディストゥリア広場。蠅が飛び交い、麝香《じゃこう》の香りが漂う暗がりに響くマンドリンの単調な爪弾きは、客寄せをする露店の床屋だ。エスプラナド広場。いかにも品のよい食い道楽といった趣の憲兵隊長たちが蠅叩きで武装し、油っこい菓子をほおばってそのつやつやした頰をふくらませているアーケードの下の大カフェ。城塞近くでは、ギリシア人の女中が色めかしく笑いながら甘いシトロンにかぶりつき、ミハエルをじっと見つめた。そしてスカートをぐっとたぐり寄せて腰の線をこれ見よがしに顕わにし、燃えさかる彼女の欲望の火に油を注いだ。

居酒屋が大分近くなってきた。花をつけたオレンジの樹は暖かく気持ちの良いそよ風に梢を揺らし、珊瑚の楽園のある四色に彩られた目の前の透明な海では、青や緑の魚たちがきらきら光っている。水晶のように透き通った穏やかな海は、浜辺で孔雀の青、翡翠の緑、白の寄せては返す波となり、水しぶきを上げる。時々緋色の飛び魚が愚かしくも小さな跳躍をみせる。

節くれ立った幹には透かし彫りを施したように大きな穴が開いていて、そこから海の青や白が斑点のように見えるオリーブの巨木の森を横切って、友人たちはようやく居酒屋〈つんぼのモーセ〉に着いた。

階段を下りてゆくとそこが薄暗い地下酒場で、テーブルが三台と腰掛けが六脚備え付けられ、ワインの臭いが鼻を突いた。彼らはそこにキリスト教徒が一人もいないことを確かめると、鬼とも組みそうな勢いで、金襴織りの美服で飾り立てた古美術商のニシムとその従兄弟を追っ払った。その男は金貸しとレストランをやっていて、紙幣が数枚とグリルすればよいだけの羊肉の串刺し数本が散らばっているガラス張りの小箱を斜め掛けにしていた。そうして益荒男たちは口の軽い輩や邪心を抱く呪術師が目を付けるのを恐れて、酒場の亭主に店を閉めろと厳命した。マンジュクルーはしゃっくりをとめるにはこれしかないと言うや、出し抜けにソロモンに平手打ちを食わせておもしろがった。悪さをするのはこの男の習い性で、好人物の小男が覚える恐怖心が更に彼に悪戯《いたずら》を重ねさせることになるのだった。マタティアスは、大きなうおのめが顔を出せるようにと切り込みを入れてあるゴム製の靴がすり減らないように、腰掛ける前に脱いだ。切断された腕の先に付けてある鉄鉤で短く刈った頭を掻き、朝から晩まで嚙んでいるランティスクの樹脂を口から出し、テーブルの上に置き、青い落ち着いた目でサルチエルを見つめた。

「もうこの騒ぎにはうんざりだ。何があるのか言えよ」と彼はゆっくりと言った。「儲け話じゃなきゃ、俺は帰る」

「黙れ、銀行預金の話だ！」とマンジュクルーは厳しく命じた。

「知らせというのは、諸君、ここにあるこれだ、いい知らせだ」サルチエルは立ち上がって、始めた。

「発言を求める」今度はやけに縦長のマンジュクルーが立ち上がってさえぎると、シルクハットを脱ぎ、《俺の指の骸骨たち》と呼んでいるその指をぼきぼきと鳴らした。「意見陳述者よ……」

　彼は前夜ディズレーリに関する本を読み、英国の議員たちが使うこの言い方がえらく気に入り、記憶に留めていた。列席者がこの言い方をゆっくり味わえるようにと数秒間黙っていた。

「我が尊敬すべき意見陳述者は、と俺は言う、（彼はサルチエルにお辞儀をした。）あるいは、もしお前さん方がこっちの方がいいと思うなら、我が高貴なる反論者は、でもいいがね、（マンジュクルーにとって発言者はすべて反論者であり、反対者だった。）雄弁に、無論我が懸河の弁、蘇張の舌には比ぶべくもないが、その寛大な心にふさわしい言葉涼しの雄弁とでも言っておこうか、最前良き知らせだと我々に言った。ところで良きとはどういうことか？〝良き〟とは、諸君、俺の意見ではお宝、鳥目《ちょうもく》、いろいろな銀行券、つまり金が関わっていることを意味するのだ！　故に、飲み物に食い物、笑い声に気晴らし、饗宴とくるここはひとつ肩の力を抜いて、その知らせを祝ってやろうじゃないか！」

　そう言うと彼はつんぼの居酒屋の主人につかつかと歩み寄り、びっくりしている彼の襟首を摑むと、レジナワインを五リットル、分厚いからすみを半ダース、オリーブ油と《油をがぶ飲みするように吸い込むスポンジ状の大型丸パン三個をもってくるんだ。お前のお袋なんざ呪われちまえ！》と亭主に向かって大音声を上げた。

ソロモンが旨いからすみを薄片に切り終わるとマンジュクルーがオリーブ油をかけまわし、その指示で演説家を取り囲むようにゆったりした車座になった彼らはそれぞれパンをオリーブ油に浸し、サルチエルはフレームが鉄製の眼鏡をかけた。（彼には眼鏡の必要は全くなく、擦り傷の付いたレンズが遠くまではっきり見える彼の視力をむしろ弱めるのだが、眼鏡は彼を大臣風に見せもした。）彼は立ち上がり、咳払いをしてしゃがれ声にならないようにした。

「友どちよ、おお我が友どちよ」と彼は言った。「三十万ドラクマだ！」

そう言うと再び座り、演説を終えた。短いが、いい演説だ。マタティアスは噛むのを止め、ソロモンのしゃっくりは止まった。マンジュクルーはひどく手荒く皿を押しやったから皿は落ち、ソロモンのポンポンで飾られた赤いスリッパが被害を受けた。

「なんてことはないさ」とマンジュクルーは優しく微笑んで言った。「祖国のために死ぬ、これこそ最も羨むべき運命だ。（こう言って問題を片づけると、サルチエルの方に向き直った。）話せ、おお我が最愛の友よ、汝を熱愛する万金に劣らず、この俺も熱愛している者よ、おお彼の岸の庭よ！　話せ、なぜならお前さんの友であるこの俺は我が身を死の人身御供にしているからだ、我が父の息子にして、おのがじし三人の息子の不幸なる父親だからだ。その赤貧故に飢え死にしそうな息子たちは犬歯をがつがつ鳴らしては食欲を抑えている――雌である娘たちのことは言わないでおく、ああなんたることか、ぴんぴんしているのに持参金のない娘たち――なぜなら俺は言う、お前さんのマンジュクルー、お前さんの親友にしてお前さんが目にする一番大事なものであるこの俺が、愛と貪欲、それに誠意をもってお前さんがしゃべることを聴こうとするからだ」

「このわしに他に何を言えと言うのだ？」

「ったく！　三十万ドラクマのことに決まってるだろうが、おお我が愛しき人にして天才よ、それでこの三十万ドラクマはどうやって届き、お前さんの気持ちを和らげてくれたのか、それにはどんな事情があってのことか、などなどだ。おお最愛の者よ、おお永遠なるユダヤ教の華よ！」

「さあ、これがそうだ」とサルチエルは言った。「わしは体も洗って清潔だ。服もなかなかしゃれているだろうが、醜いと思われんようにな、この点ではわしはまちがっとらんと思っておる。今朝わしの鳩小屋で小さなチーズパイを火鉢の上で焼き、詩篇を一編誦し、今まで誰にも話したことはなかったが、ある女王に対してわしが抱いた実らぬ愛を思い出し、税務官のところには、気の毒に思ってもらえるように、敝衣《へいい》を身に付けて行こうと企て、ドイツを呪い、フランスを思って身震いし、というのはフランスがまたフランを切り下げて、わしの持っとるフランの価値が下がるのではないかと心配になるからで、それからわしが感嘆するある書物を読んだ。（彼は慎みからこの本のことはそれ以上言わなかったが、それは異端者扱いされるのを恐れてのことでもあった。問題の本は新約聖書だったからだ。）さて、わしが前述の書物を閉じ、幽思窮まらずと高尚な境地に在った折りしも、郵便局の不信心者めが届けにきた書留郵便の手紙がこれだ。わしは興奮の極みにある十羽の小鳥のようなこの指で手紙を開き、全身でそれを読んだ、読んでわしは気を失った、三十万ドラクマもの小切手がそこにあったからだ！　この手紙を読んでみろ！」

　彼はタイプされた一通の手紙を痙攣している友人たちの手に差し出した。マンジュクルーがすばやく摑み、顎をがくがく震わせながら読んだ。

《金は次のように分けること＝十分の七はマタティアス、ミハエル、ソロモンそしてマンジュクルーの間で等分される。十分の三はサルチエルのためである》

　マンジュクルーは憚ることなく咆吼のごとき唸り声を上げ、三回転し、それから両手を手首で合わせると鰐が口を開けるように開いた。

「俺の取り分をくれ！」と彼は大声で吠えたてた。

　彼の両手は待ち、びくっとした。そして彼は手紙の中で彼の名を一番最後に挙げている未知の贈与者にひどく反感を持った。

「金はどこにある？」とマンジュクルーは聞いた。（そうしてこう付け加えさえした。）「その金をどうしたんだ？」

「ここにある」とサルチエルは偉大な男の冷静さで言った。

　彼はアテネのギリシア商業銀行渡しの小切手を差し出した。益荒男たちは突進した。そう、まちがいなく三十万ドラクマだ！　装飾が施され、証印が押され、味わい深い小さな縞模様の上に敬うべき金額が記載されている正真正銘の小切手だ！

　欣喜雀躍の彼らはその喜びを表現するにはどうすればよいのかわからなかった。ソロモンは縄跳びをした。マンジュクルーはヘブライ語で歌い、喚き、腰掛けやテーブルをひっくり返し、つんぼのモーセに平手打ちをくわせ、聞いたこともないいろいろな言葉でまくしたて、膨大な数字をいい加減に言い、ひげを引き抜き、小切手に熱烈なキスをした。それから自分の首を絞めようとした。それからひきつけを真似て、地面に転がった。それから立ち上がり、縄跳びをしているソロモンの手から紐を奪い取り、そんな仕打ちをされるいわれのない好人物の小男を打ち据えた。吝嗇家のマタティアスは幸福に酔い、その場で用心深く小さく跳び上がった。サルチエルはそんな彼らを寛容の目で優しく見つめ、ミハエルはたばこを吸っていた。

ソロモンを鞭打つかのように紐で激しく打ち据えていたのをやめ、わななく腕で彼を抱きしめ、その額にキスの雨を降らせていたマンジュクルーの感動の嵐が不意に止んだ。テーブルに近づき小切手を再び手に取ると、彼は触り、針の穴のように小さな、丸い目で念を凝らして観察し、ひげの両端を口に入れ、それを噛んで再思三考した。手紙を再読し、テーブルに置くと陰険な眼差しをサルチエルに投げた。手紙のことを黙っていたり、自分一人で小切手を現金化することだっていともたやすいのに、サルチエルは手紙や大金のことをなぜ彼らに話したのか？　嬉しさに浮かれ騒ぐことのない男だけがそういう行動をとるのだ！　この誠実さには何か隠されていはしまいか？　そうだ、そうとも、この件はどうもわかりにくい！　おぼろげながらこの小切手には奇怪な深い謎があることを嗅ぎ付け、オオヤマネコのような鋭い目でサルチエルをじっと見つめ、大きな両手の指をぽきぽき鳴らし、ここが思慮の置き所と裸足の足指を見つめて思いを凝らしていると、小さな不安がよぎった。彼はシルクハットを被り、容疑者をじろじろ見た。

「小切手がたったの一枚しか入っていなかったってのは、お前さん、確かか？」フランス人の弁護士がやるようにフロックコートの両袖をまくり上げながら、ついに彼はたずねた。

というのも手紙に同封されていた三十万ドラクマはつまるところ問題ではないからだ！　封筒にはこの小切手の他に二枚、あるいは三枚、いや七枚もの小切手が入っていたかもしれないのだ。入っていなかったと俺に証明できる者が誰かいるか？　この忌まわしいサルチエルが一番高額の小切手は懐に入れちまいやがって。今三十万ドラクマの屁でもない小切手を持って、厚かましくも誠実ぶりをひけらかしにやってきやがったとは、お釈迦様でもご存知あるまい！

「お前は一体このわしを誰だと思っているのだ?」傷心のサルチエルは怒り心頭に発して、たずねた。

「頭のいい男だと思ってる。だからこそ俺はアリバイを求めたんだ!」とマンジュクルーは言った。

「恥を知れ!」とソロモンが大声で言った。

「すぐさま家へ帰れ、さもないと生皮をはいでやるからな!」とマンジュクルーは益荒男たちの中で一番小柄な男に厳命した。「おお、爪の切れっ端よ、お前は何様だと思ってしゃべってるんだ? 俺に言わせりゃ、お前の口なんか人間の口じゃない、ちっちゃな下水口だぜ。そこから吐き出す悪臭で空気がまずくなるんだよ。さあ、行っちまえ、そうしてお前のおっかさんの胎《はら》の中へ戻って行きゃあがれ!」

「僕の口はとてもいい匂いがするんだから」とソロモンが言い返した。「僕の口はミモザやヒナギクの匂いがする。あんたの口こそ、全く腸《はらわた》の腐った男だ、そこから吐き出される息で蠅も落っこちちゃうんだよ! これがあんたへの僕の返答だ、おお、嘘ではめる男なんだから!」

「お前の妹は目で罠にはめる!」

「豚を食う男!」ミハエルの後ろに隠れて、その日は怖いものなしのソロモンは叫んだ。

「お前なんかすぐさま癌にかかっちまえ!」とマンジュクルーも叫んだ。

「癌になんかなるもんか!」とソロモンもやり返した。

「黙れ、おお、意気地なし、おお、おちびちゃん、おお、おつゆの冷えた父親の息子よ!」

「下劣だ! 五年の間、暗闇をさまよえ!」

以下同様のやりとりが続いた。しかし不思議なことに五分後にはいつにない冷静沈着さが戻り、盗まれた小切手もすぐさまの癌ももう問題ではなかった。また死ぬまで一緒の五人の親友に戻り、どの口も吐く息については えも言われぬいい匂いだとされた。そして配分についての話し合いが始まった。謎の贈与者は十分の七を四人で分けてほしいという奇妙な考えの持ち主だからだ。彼らは鉛筆を走らせた。計算には長い時間がかかる上に難しいことが予想された。

十五分後、この割り算、この小数点、この三十三サンチームのすべてに疲れ果てて、ソロモンは小さな鼻を擦り、それは至極簡単なことだと断言した。《おじさんが取り分である十分の三を取り、マンジュクルーとマタティアスとミハエルがそれぞれ十分の二を取り、僕が十分の一しか取らなければいい!》

「こうすれば頭を痛めることもない。三十万ドラクマの十分の一なら約三万ドラクマだよ。こんなにたくさんのドラクマを僕は今まで持ったことがないんだ！」

マンジュクルーは、好人物の小柄な男の首の上で重量感のある手を行きつ戻りつさせてから、そっとその上に置き、休ませた。

「わかった！　認める！」と彼は大声で言った。「ソロモンが約束したぞ！　我等が愛しき小兵の英雄には十分の一だ！　善良なこの男の利他心は不朽だから、自分の提案を引っ込めたりはしないのだ！」

ソロモンの顔は満足と誇りで輝いた。

「与える者もあれば更に取る者もある、か」マタティアスは生まれて初めて笑顔で言った。彼の舌が蛇のようにくねくね動く！

嬉しさのあまりマンジュクルーは大型パンを捻じ切って数回口に運び、まるまる一個を食ってしまった。

「ああ、あんたはなぜそんなに食うんだ？」

「俺の腸に空気が入り込まないようにするためさ」とマンジュクルーは答えた。（彼は立ち上がるとくるくる回った。）「百万ドラクマ持ってるんだよ！」と彼は不意に大声で言った。

説明を求められると、彼が持っているのは百万ドラクマだが、百万ドラクマの利息は六万ドラクマに相当する。生涯百万ドラクマを持ち続けるには六万ドラクマしか使わなければいい。そうすれば毎年自分は百万長者だと心の中で言えるのだと説明した。

「この金をわしらに送ってきたのは一体誰なのか、わしにはわからんのだよ」とサルチエルは言った。

彼らは黙って推測した。

「一体全体どうしたことなんだ！」そばかすだらけの鼻に皺を寄せて長い間脳味噌を絞っていたソロモンが突如爆発した。「三十万ドラクマを送るとき、言うのは恥ずかしいことじゃないと僕には思えるんだ（彼は混乱した。）それを送るのは自分だって。僕が言いたいのは結局（彼は赤くなった。）要するに、なぜいつも本に出てくるみたいにわけがわかんないんだ？　ってことだよ。贈与者は署名だってできたんだ。おじさん、あなたが助言を書き送ってやっていて、しかもあなたにあまり返事をよこさない大臣たちの一人じゃないのかなあ？　この人があなたの助言に従ったから、お礼にこの金をあなたに送ってよこしたんじゃないんですか？」

「話は終わりか？　おお、ちびのちびのちびよ」とマンジュクルーが聞いた。

「うん」

「じゃあ、お前、横説縦説只今終了！　ってわけだな。

（そう言うと振り返り、他の者たちに向かって熱く叫んだ。）行こう、行こう、小切手を現金化しに！　行こう、諸君、走ろう、なぜなら我らが子らが死んじまうからだ！」

「ちょっと待った」とサルチエルは言った。「小切手はアテネ払いだ」

「いいさ、俺は現金化しに行くぞ」とマンジュクルーは大声で言った。「俺は行く！　俺は一人で行く！　俺が敢えて引き受ける！　小切手をよこせ！　俺は今晩発つ！　有徳の士マンジュクルーに小切手を預けろ！」

そして彼は小切手をすばやく摑んだ。他の益荒男たちは深思し、こっそり顔を見合わせた。とうとうマタティアスが沈黙を破った。

「俺が一緒に行く」と彼は言った。

「わしも一緒に行くぞ」とサルチエルが言った。「小切手は一枚の紙切れだ、どこかに紛れ込むことだってありうるからな」と彼は静かに付け加えた。

俺も行くとミハエルが言った。ソロモンは、友人たちがマンジュクルーを一人で行かせたがらない理由がわかった瞬間、大声を上げた。

「ねえ、マンジュクルー」と一番離れたところにあるテーブルによじ登ると、彼は言った。「あんたにきっぱりと言うから聞いてくれ。いや、待ってくれよ。（小柄な男は高いところから下り、ドアを開けてその傍らに立った。）あんたに言おうと思ったのは、僕もあんたと一緒に行くってことだ。（そして彼はできる限り声を強めて言った。）なぜって僕はあんたを信頼していないからだし、あんたを監視するには僕ら四人でも多すぎることはないんだから！」

そう言うと彼は急いでその場を立ち去った。

マンジュクルーは彼の名を呼び、戻ってこい、許してやるからと言った。だがソロモンが彼の手の届くところまで来るや否や髪の毛をひっつかんで捕まえると、びんたを数発食らわせた。友人たちが彼の怒りを鎮めた。結局ちびが言ったことはそれほど侮辱的ではなかったし、彼がそう言うのも尤もだった。それに自尊心をくすぐるものでさえあった。彼らのこの疑心暗鬼は彼が持つ金融の知識への尊敬から産まれたものではあるまいか？　それ故抱擁し合うことで和平が成立し、すべてはもとの鞘におさまった。

「サルチエル、おお誠実の巨人よ」とマンジュクルーは言った。「魅力の権化のあれをもう一度俺に拝ませてくれ、立ちのぼる芳香を嗅ぎたいのだ」

サルチエルは小切手を差し出し、マンジュクルーは陶然としてその匂いを嗅いだ。狂喜した彼は勢いよく独楽《こま》のように体を回転させ始めたが、倒れて気絶してしまった。

友人たちの熱心な介抱のお陰で意識を取り戻し、片目を開けると、その眼差しは偶然にすぐ傍に落ちている手紙に出くわした。不意に彼は高く低く唸ると起き上がり、誰一人気づかなかったところのものを友人たちに見せた。手紙の裏側に、なんでもないことのように小さな文字で鉛筆書きされた数字と不可解な単語が縦一列に並んでいる。そのドキュメントを目に近づけた彼は、顔面蒼白、裸の首に結んでいたタキシード用のネクタイを解いた。友人たちは彼にぴったりと身を寄せて、暗号文を読んだ。

444
E 404-4
15 xp!! 127
0 33 sezc 2!
E 4 T 10 tel 22456
E 12 T 127?
¿ Trea 560　10 000
200 Lac!!! + 650
+ - : ;
444
?
20 Hal 204 + 200 = 100 + 50!!!
E? 444
15 000
444 uret! 440 + 4
567 + !
%
07 + 400 + 4.　Lo 500 + 7 nc
L 450 ! ? 5 ! 204 !! EAU 444
127 r 404 AUNEG 444
5700 R ! aN
444 d Ejo
4 i 4 E
404 + 4 – 4 – 4 + 4
303 000 000 francs
204 + 200 = 100 + 50 !!
151 500 000 francs
444

「諸君」とマンジュクルーは上擦った声で言った。「飲み物をくれ、これはドラマだ。（彼は飲み、礼を言い、暗号文をもう一度読んだ。）我々は今大金持ちになるかならないかの瀬戸際に立っている！　ここにあるのは大金の秘密だ。三億三百万もの大金だ！」

気が転倒し、舌が凍り付き、益荒男たちは感動で大汗をかいたから、衣服からは蒸気が発散し、ゆっくりと昇っていった。

「ということは、もし物事が誠実に処理されるなら、俺の取り分はおよそ六千万てところだ。（そしてもし理性的に処理されるなら六千万以上になると彼は内心で続けた。）湖、湖だ！」突然彼は喚きだした。「疑う余地なし、大金は湖にあるのだ！」

「湖という語の後に感嘆符を三つも付けてあるのだからな」とサルチエルが言った。

「勝利をめざせ！」とマンジュクルーは有頂天になって叫んだ。「仕事にかかれ、子供達よ、暗号文の解読だ！　さあ、諸君、行こう！　湖の大金が我々を待っている！　我等が英知を結集しよう！」

ソロモンは健気に仕事に取りかかった。

「水か」と彼は言った。「ちょっと考えてみるか。水。水とは一体どういうことなんだ？」

「湖の水だよ」マンジュクルーが説明した。

彼らは座ったが、頭がもっとよく働くようにとコーヒーを頼んだ。他の数字は何を意味するのだろう？　経度にちがいない！　しかしxpの後ろに何で感嘆符が二つもあるんだ？

「おお、忌々しいxpめ！」とマンジュクルーが叫んだ。

「でも一体どうして僕らに三億もの金をくれるんだろう、僕らに？」ソロモンは問いを発した。

「まず始めに、それは三億三百万だと言っておく」とマンジュクルーは言った。「で、次だが、それは、黙れ、だ。お前、問題がわかってないんじゃないのか？　その男は認識活動において思考の前提となるいくつかの与件はわかっている。が、しかしだ、その男は我々の知力が練ることのできる高級な奸策を必要としており、その男は大金の半分は自分のために取っておくということだ！　お前もよく見たろう、三億三百万と書いてあり、その下には一億五千百五十万だ。その男は半分を自分のものとして取っておくと言ってるのだ。お宝は手に入ったも同然だ、俺を信じろ！　だがこいつは俺のことがわかっちゃいないんだ、馬鹿めが！　こいつにやるのはせいぜい三百ってところかな、チップとしてな。それ以上はびた一文やるものか！」

「そうすると、端数を切り捨てた金額にするってことだね。一人六千万だ」とソロモンが言った。

「だがな、お前のしきたりどおりにやれば、お前の受け取り分は俺たちのより少ないってことになる」とマンジュクルーは言った。「お前は三万ドラクマで我慢するんだから、三千万なら御《おん》の字だろうが」

「御の字なものか」とソロモンは言った。

「恥知らず！」とマンジュクルーは叫んだ。

二人は長い間口論した。ソロモンは頑張り、マンジュクルーはもっと度量の広い人間になれとソロモンに説き勧めた。しかし、このような数字で有頂天のおちびさんは言いなりにはならなかった。彼は自分の取り分六千万を要求した。

「さあ、友人たちよ、仕事にかかれ」とサルチエルが言った。

それで彼等は謎の頁の上に身を屈めた。この《tel》とは一体なんだ？　多分Téléphone（電話）の省略なのだろう。

「その男は、俺たちがお宝を発見したら、すぐに22456番に、彼に電話しろと俺たちに言ってるんだよ」とマンジュクルーは説明した。「お生憎様！」と彼はせせら笑った。

ああ、現在只今六万ドラクマなんて端金は彼にはもうどうでもいいのだ！　問題なのはもう一件の方だ！

益荒男たちは鋭い洞察力がほとばしり出るようにと頭を絞り上げ、謎の文字列を長い間見つめた。この《Ejo》は一体何を言おうとしているのか？　そして《uret》は？　順序を逆にすると《teru》だ。いや、何の意味もない。

「急いだ、急いだ、諸君」マンジュクルーは彼にとっては小僧っ子に過ぎない者たちに言った。「まさかなにも見えてこないってわけじゃなかろうが？　さあさあ、粉骨砕身とまでは言わないが、小骨を折ってくれ！　さあ、諸君、自分たちのためならそこまでやらないと言うのなら、俺のためにやってくれ！」とマンジュクルーは言った。

ソロモンは秘密の文字列を送ってくるなんて、いまいましい奴だと憤慨した。僕みたいな物の数にも入らない奴が《sezc》の意味がわかろうはずはないじゃないか？　だれか《sezc》って聞いたことがあるか？

マタティアスは一本また一本と赤毛のあごひげを引き抜いてはテーブルの上に順序よく並べた。マンジュクルーの落胆ぶりは並大抵ではなかった。どうしてだ？　この俺が、法律家の間でその異能ぶりで異彩を放つこの俺が、監獄にドアを取り付けさせることに成功した極めて慎重なこの俺が、数百万が掛かっているこの忌々しい文字列を解読するに至らないとは？　彼は右脚を上にして脚を組むとすばやく足を捕らえ、へら状の爪で足指の間に詰まっているきれいな濃い緑色のフェルト状の分厚い垢を取り出し、もっと深く考えようと垢で小さな団子を作り、テーブルに並べたから、汲々として清潔にこれ務める他の益荒男たちの顰蹙を買うことになった。

「俺はいつもこの444に戻っていく。そこにからくりが仕掛けられているように思えてならないんだ」とマタティアスが言った。

「そんなら言っちまえよ、吐いちまえよ、お前の言うそのからくりとかをさ、鼠の末裔よ！」とマンジュクルーが怒鳴った。

「そう言われてもなあ、俺は何にも知らんのだよ。単なる推測だ」

「そんならお前の推測とやらを自分のために後生大事にしまっておきゃいいんだよ、周旋屋の息子よ！」

「黙れ、債務者よ」とマタティアスは静かに言った。

マンジュクルーは歯がみをした。謎を解く鍵はこのいまいましい444にあることはわかりすぎるぐらいわかっている。そもそも444とは何なんだ、444はどこにあるんだ？

「もうちょっと考えてみるか、四－百－四－十－四」彼は音節を区切って発音してみた。「どうだ、何かヒントになるようなものはなかったか、諸君？　さあ、コーヒーをもってこい、おお、モーセ、おお、つんぼの、ペテン師の、ゴミ野郎！」

彼は心配で、心配で死にそうだった。彼の、三億三百万もの大金を失ってしまうのか？　やにわに彼は飛び上がった。

「諸君、わかったぞ！」

「言ってくれ！」と益荒男たちは大声で言った。

「三億が俺の取り分で、残りの三百万をお前さんたち四人で分ける、それで十分だと思うが、ということを承認しないなら言わないぞ！」

「だめだ、絶対に！」

「だがなあ、俺は生きてかなきゃあならないんだぞ！とどのつまり三億とは何だ？　利息は年間千五百万だ。生活するのに一月《ひとつき》二百万掛かる。七ヶ月で俺は利息をことごとく食い尽くしてしまう。で、後の五ヶ月は死ぬほどの空きっ腹をかかえることになる！」

彼らは議論し、折れ合った。マンジュクルーは二億取り、後の四人は残りを分け合うことになった。

「さあ、今早々に言えよ！」

「なら、言おう、trea《トゥルア》だ！」

「で、それで？」

「trea は英語で木のことだ！　それ故お宝は一本の木の根元にある、湖の近くのな！」

「そうか、で、どの湖だ？」

「そうだなあ、我々が世界中の湖を訪ね歩いてその木を探せばいいのか」とマンジュクルーは煮え切らない様子で言った。

「お前が今言ったことに、マンジュクルー、俺が答えてやろう」とサルチエルが言った。「先ず第一に、お前はまだ何も見つけちゃいない。第二に、お前は馬鹿者だ」

「それに」とミハエルが言った。「英語では木は〈tree《トゥリー》〉って言うんだ。俺は以前イギリス女を知っていたんだよ」

「僕には全然わかんない」とソロモンが言った。「例えば十二列目を見てよ、204＋200＝150となってる！」

「この127ってのがいつも繰り返されているだろう、俺にはこれが重要だと思えるんだ」とマタティアスが言った。

「深さ一二七メートルだ」とマンジュクルーが言った。

「じゃあ、sezc は？」とソロモンが尋ねた。「sezc、sezc、sezc！」と大きな声で言って、彼は理解しようと務めた。

「水、湖」とマンジュクルーは言った。「これは疑いなしだ！」

「じゃあ説明しろよ」

「これは明白だ、だが俺にはわからんのさ」とマンジュクルーは言った。

「結局のところ、もしその人が僕たちに助けてもらいたいと思うなら、善きキリスト教徒として、あるいはユダヤ人として、なぜ人間らしいやり方で僕たちに助けを請わないのかな？　すべて人間味が欠けてるから大混乱だ。もし木と湖がどこにあるのか彼が知らないのなら、僕たちにそう言えばそれですむことなのに！」とソロモンは声を大にした。

「財宝のことともなればそれが当たり前だ。本を読んでみろ！」とマンジュクルーが言った。

「世の中はそううまい具合には運ばないものなんだね」とソロモンは言った。「あんたは宝物を探しているんだよね？　よし、わかった。じゃあ僕たちに話してよ、あんたの魂胆を知らせてよ、あんたが何を望んでいるのか説明してよ！」

「では諸君、富の眠る湖の謎について千思万考だ！」とマンジュクルーは言った。

　人知を尽くしての吟味をし易くするために、彼は居酒屋の白壁に暗号文の文字を大きくはっきりと書いた。益荒男たちは謎の記号と四つに組んだ。

「Sezc！」

「Hal！」

「Ejo！」

「Trea！」

「畜生！」マタティアスは彼の一つしかない拳を壁に向かって突き出しながら、手紙を書いた何処の誰とも知れぬ男に怒張声《どっちょうごえ》で言った。

「で、trea の前で疑問符が逆さになってるけど、どういうこと？」

「スペイン人の習慣だ」とサルチエルが説明した。

「スペイン語で書いてあるんだ！　ペルーの財宝の運び屋ガリオン船だ、ガリオン船だ！　ガリオン船だぞ」マンジュクルーのオクターブが上がった。

「そうだね。でもさ、フランはフランス語でしょ！」とソロモンが言った。

「その男はスペインの金をフランに換算したのさ！　さあ、諸君、手綱を締めてゆこうぜ！　急いだ、急いだ！　で、もし俺より先に見つけたら、千載の恨事、総額の四分の一、いや三分の一でさえそいつにやる、俺はその残りしか取らない、負け腹の業煮やしだ！」マンジュクルーは囀《さえず》り響動《どよ》んだ。


夜っぴて、益荒男たちは文字列を前にして、大汗をかいた。眼球突出、彼らは呻吟し、精根を傾け、とんでもない暗号文を目が吸い付くほど注視していたから、目に焼け付くような痛みが走り、燃えるような彼らの頬に涙が糸のように流れた。ある者はその場で跳び上がり、知性の高揚をはかった。またある者は拳を握りしめ、腹を抱え、息をとめ、両目をきつく閉じてひどいしかめ面をしたが、それはみなアイデアを絞り出すためだった。だが、何も出てこなかった。おお、ヤコブの神よ！

　更に知恵を絞らねばとマンジュクルーは両耳から生えている毛をカールしたり、丸く出っ張り赤味がさしている頬骨のあたりを擦ったりした。時折彼は亡き父親に加護を祈り、霊感を吹き込んでくれと懇願した。ときには掛鞍頭《かけくらあたま》という渾名の由縁である頭の溝に寝かせておく鵞ペンを取って、腰に付けているインク壺に浸し、記号を書いて、わかったぞと宣言しては、そのすぐ後で間違いだったと気づくのだった。そんなとき彼は、もっと察しが早くなってくれよとばかりにそのすっかり禿げ上がって日焼けした脳天を思い切りひっぱたくのだった。彼は四十度もの熱を出し、その咳はあまりに激しく、窓ガラスさえも震撼させた。

「必要とあらば、諸君、死をも厭うことなかれ！　頑張りすぎて死ぬのはいい、だが、見つけた後にしてくれ！」

3

これから益荒男たちにつき、次第不同に取り急ぎ書くことにする。これは専ら『ソラル』を読んでいない読者のためだ。

親戚関係でつながるサルチエル、マンジュクルー、マタティアス、ミハエル、ソロモンは人呼んで〈フランスの益荒男たち〉、縮めて単に〈益荒男たち〉。彼らはソラル家の分家筋にあたり、五百年もの間フランス各地を転々とした後、十八世紀末安住の地を求めてケファリニアにやって来た。

ソラル家の分家筋では代々フランス語を話してきた。時として古風だったり不正確、不明瞭だったりする彼らの言葉使いは、上陸するやいなや、ささやかな贈り物を手にした益荒男たちの訪問を受けるフランス人観光客の笑いを誘った。冬の夕べ、五人の友だちがヴィヨン、ラブレー、モンテーニュ、ないしはコルネイユを一緒に読むのは、サルチエルやソロモンの目に涙を浮かばせる〈優雅な言い回し〉の習慣を失わないようにするためだった。五人の友だちはフランス国民のままであることが誇りだった。マタティアス、ソロモン、サルチエルは兵役を免除された。しかしミハエルとマンジュクルーはマルセイユの第百四十一歩兵部隊でその義務を果たしたことを誇りに思っていた。ミハエルは立派な鼓笛隊隊長、マンジュクルーは荒っぽい伍長だった。

　彼らの精神、彼らを結びつけている仲間意識、フランスの偉大な愛国者としての彼らの評判、政治や外交、文学に関する彼らの知識、〈極め付きの〉と形容されるその執拗ぶり、人騒がせぶり、情熱家ぶりで益荒男たちはユダヤ人の間で耳目を集める存在だった。彼らは、想像力が豊かで、信じがたいほど熱狂的で、ござござ船の無邪気な船客のようなここケファリニアの少数民族の中では貴族で、その存在はいわば珠玉の瓦礫に在るが如しだった。〈ケファリニア人の天真爛漫ぶりについては、見せ物師となってアメリカの金を見せてかなりの金を稼いだマンジュクルーの話をお聞かせすればそれで十分だろう。ある日、彼は旅行者から一ドル買い、一スー出せばアメリカ人が使う正真正銘の一エキュを見せてやると同宗者たちに告げた。この抜け目がない男の家の前は黒山のような人だかりとなり、数日後には五サンチーム銅貨をつなげると十五メートルにも及ぶほどだった。益荒男たちの雄弁術は、そこにひしめくオリエントの多弁を弄する人たちの度肝を抜いた。彼らの雄弁は、二十年前、数ヶ月間美しい言葉の先生を勤めてもらおうとパリから呼び寄せた枯腸《こちょう》の碩学にその一部を負っている。彼らは万巻の書物を読み、多くを記憶に留めていた。とは言ってもいい加減だったのだが。しかも、自称高等教育修了証書無しの法学博士にして準弁護士のマンジュクルーはマルセイユの執達吏の元で数週間研修生を勤めたから、話には法律用語がちりばめられ、法律家として評判がよいのをひどく喜んでいた、この足指の間隔が大きく開いている男は。

　そんなマンジュクルーとその子分どもだから、彼らが集合し額を鳩《あつ》め、黄金《こがね》の花が咲くという縁起の良い話をしていれば、ケファリニアのユダヤ人が雲霞のごとく集まってくるのも不思議はない。だが、押しも押されもしない偉容を誇る益荒男たちは、彼らが平民と呼んでいる人間たちとは殆ど付き合わなかった。彼らはひそひそ話が謎めいてみえるように注意を払っていたが、その効果はてきめんで、欲にまみれ、感嘆の念で顔を緋色に染めた同郷人たちの目には一段と奇々妙々に映るのだった。

このいとも名高き一塊《ひとかたまり》の成員については一部もっと親しく語られるべきだろう。どんな人に対してもその身分や功労に応じてそれ相応の敬意を払うべきだ。まずマンジュクルーについていくらか詳しく書いてみよう。年を取ったサルチエルに代わり、数年来マンジュクルーは益荒男たちの長を務めている。これから私はマンジュクルーのことをお話しするが、その語りが殆ど順序だっていないことをお許し願いたい。なにしろこの章の原稿は明日出版社に渡さなければならず、将に土壇場に追い込まれているのだから。

マンジュクルーの頭に浅い溝が穿たれていることは前の方で触れた。偽弁護士はこの珍無類の頭蓋についてころころ変わる辻褄の合わない説明を繰り返してきた。その中で一番流通しているのがこれだ。《こういうことなのさ、おお我が友どちよ、俺はおぎゃあと産声をあげることにした。一種の早生種だったんだなあ、だから早く育っちまってよ、それも吃驚仰天の早成だ。それで早いとこ我が母上様のご立派にふくらんだ腹から出ることにした。お出ましになったその時、俺の頭に初っ端に浮かんだのが〝外にはなにかうまい物があるの〟って産婆に聞くことだった。産婆の答えは〝あるものか〟だった。〝じゃあ僕ちゃん戻る、だって僕ちゃんお腹空いてるんだもん〟と俺は言った。実際母親の胎内には即座に食える飼い葉があるってことが俺にはわかっていたからだ。それで、俺は絶対に出ないって決めたんだ。俺のお袋は脂肪分の少ない乳しか出さないってこともわかったからな。俺が一種の食堂からなぜ進んで出なかったかわかったろう。それで俺をやっとこで外へ引っぱり出すしか手がなかったんだよ。俺の畝溝はその時にできたのさ。》

マンジュクルーには娘たちが何人もいて、彼の悩みの種になっていたが、娘たちの話をしたことは今まで一度もなく、彼女たちを自由に外出させることもなかった。彼はひどく焼き餅焼きだからだ。そのかわり彼が熱愛する三人の男の子のことになると話が止まらなくなる。この三人の子供たちについては後程詳しく話す。幼くして死んだ息子たちのことも随分語って聞かせたが、とりわけ生後七日で墓に収まってしまった嬰児を小さな死者と呼び、〈死ぬる子は眉目よく〉で、このお気に入りの逆縁の子供のことをよく話題にした。この子が、この小さな死者がもし生きていたならとんでもない大金持ちになったにちがいないとマンジュクルーは不可解にも確信し、有頂天になるのだった。野辺送りの日、マンジュクルーは愁傷と三羽のローストチキンを伴って、たった一人自室に閉じこもった。その部屋からは一日中マンジュクルーがうめき、胸を叩き、鶏三羽の骨をがりがり嚙むのが聞こえてきた。マンジュクルーは亡き息子たちのそれぞれの命日には未亡人そっくりに黒の長いヴェールを被り、同じように喪の印のヴェールを被り、背丈順に並んだ故人の弟たちを従えて墓地へ行った。四つ割りにした玉葱で流す涙の量も増す、この黒い幽霊たちの縦列行進を見て、ユダヤ人はみな震え上がった。(未亡人のヴェールを隠れ蓑にマンジュクルーが密輸をやっていたことを記しておかねばならない。問題の墓がアルバニアのとある部落にあるのは事実で、そこでは墓地の永久使用権は無料だった。)マンジュクルーが小さな死者の魂に賭けて誓うとき、殆ど嘘はつかないと信じられていた。

彼が従事する数多くの仕事は『ソラル』の第一章に列挙されているが、彼はそこに潜水夫の仕事を新たに加えた。(数ヶ月前イオニアの島巡りをしたとき、上陸の際には中古の潜水服姿で人前に現れ、かなり儲けたのだった。とりわけコルフで際だった成功を収めた。この島のユダヤ人はあらゆる点でケファリニアの同宗者とよく似ていた。)しかもマンジュクルーは薬剤師でもあった。彼は自分のことを硬骨毅然の医者だと言っていた。つまり拷問をよしとする医者で、たっぷり用いた浣腸剤が吐き出されることのないようにと、浣腸するやいなや患者たちを天井に逆さ吊りにした。

マンジュクルーが自分の知的能力や政治的手腕を高く評価していたのはいうまでもない。フランスで新首相が任命されるたびに、それが自分でないことにいたく自尊心が傷つけられ、妻をしたたか殴るのだった。マンジュクルーにとって顕職は垂涎の的で、喉から手が出るほど欲しがった。そんなマンジュクルーは哀れを誘う！ 彼はささやかな代用品で自分を慰めていた。例えばレジオン・ドヌール五等勲章受章者、四等勲章受章者というのは彼の渾名の一つだが、そう渾名されるのを彼は大層誇りにしていた。(この渾名が彼に授けられたのはミラノでラビを勤める従兄弟の一人が、イタリアのなんとかいう勲章を受章したからだ。)たらふく食ったあとには釘で歯をほじくり、げっぷをし、唾か痰を吐くのだが、その痰たるや量が多く、吐き方にもこだわり、威厳を帯びたものにするか、詩趣が漂うものにするか、はたまた憂愁にみちたものにするかは時と場合により選択した。マンジュクルーという人間の素描は結構厄介だ。話すべきことはまだまだあるが、これでお仕舞いにする。私にはその時間がない。

益荒男たちのナンバー2はサルチエルだ。何を言えばよいのか？　この小柄なご老体のことは『ソラル』に詳しく語られている。弁舌さわやかだが、社会にとっては無用の人間、その脳からは金儲けにはつながらない発明が次々と湧き出る。思い付くままにいくつか挙げてみよう。花柄のチョッキの二つのボタンの間に指を二、三本入れるのが彼の習慣であることに読者はすでにお気付きであろう。それは少し前から彼がナポレオンに夢中だからだ。シナゴーグではしばしば偉大な皇帝の冥福を祈った。小柄なおじさんは多くの人たちのために祈ったが、とりわけレオン・ブルム、ドレフュスに優しかったプロテスタントの牧師たち、フランスの諸々の元帥たち、ドレフュス事件当時のクレマンソー、彼が心から尊敬しているアインシュタインとフロイト、マルセル・プルースト――この作家の本を一体どこで探し出したのだろうか？――プルーストは祖母を愛していたからだ。それにパストゥール、《大変立派で、思慮深く、わし好みの男だから》アメリカ合衆国大統領、謙虚で礼儀正しいからフランス共和国大統領、スイス連邦議会、スイス人は実に全く以て良識の人たちで、そう、独立不羈の精神を尊び、軍隊はよく教育されており、彼もその点を誇らしく思っているのだが、その力は侮るべからずだ。それから、とてもハンサムな老人で、《なんといっても新約聖書には道徳的に優れたことや立派なことが書かれているから》英国国教会のカンタベリー大主教のためにも祈った。ヒトラーについてだが、サルチエルは年に一度、ごく手短に祈った。しかもその祈りはかなり風変わりだった。《おお神よ》と彼は左右の掌を天に向け、言った。《もしあのヒトラーが善良で、あなたの律法に従って行動するなら、喜びに包まれた百六年の生涯を彼に送らせてやってください。しかしもしあなたがヒトラーの行動を横道と思われるなら、その時は彼をパスポートのないポーランド系ユダヤ人に変えてください！》と。フランスの社会主義者たちがあまりに多くを要求しないようにとも祈った。《徐々に》と彼は鳩小屋にたった一人居る時、彼らにそう忠告するのだった。自分たちは思いやりがあり、話のわかる人間だということをフランスの雇用者が見せてくれるようにと祈り、最後にフランスは常に最強の軍隊を持っているが、その軍隊は決して使用されることのないようにと祈るのだった。

マタティアスについてはもう多くを語る余裕はない。この抜け目がない男は、自分が事業主となり水産事業をやっていることを前の方で言い忘れたのを思い出した。百人ほどのちびっこたちがビー玉とかマッチや鉛筆で支払われるわずかばかりの賃金で、彼のために魚を釣ってくるのだ。マタティアスは人から億万長者と言われているが、どんなに小さくても儲けは儲けで、決して侮らない。挽いたコーヒーを借りると、淹れた後で日に当てて乾かし、翌日親切な隣人にその出し殻を新しいコーヒーだと信じ込ませて、返すのだと言う人たちもいる。人はこうも言う。まだ結婚生活をしていた時分、彼の赤ん坊が死ぬと、彼は妻に言った。《なあ、お前の乳を何も産み出さないまま全部寝かせておく手はなかろうじゃないか。乳を売るか或いは俺らが朝飯の時使うべきだ》と。この最後の二つの話はマンジュクルーが悪乗りして広めたものだから、多分作り話なのだろう。

一つの筋立てに従う必要さえなければ、益荒男たちにまつわる数知れない軽い話を、こちらを踏めばあちらが上がる、そんな相互の関連性など度外視して際限なく語り続けられもしよう。ああ、そんな本を書けないものだろうか。物語に戻ろう。

4

来る日も来る日も益荒男たちは休息とは無縁だった。彼らは一、二時間眠ると、その謎解きの仕事に取りかかった。心配そうに注視している近親者にもとんでもない秘密は打ち明けずにいた。殆ど食物は口にせず、痩せ、眠れなかった。ようやく眠りに落ちても sezc とか xp、trea といったおかしな言葉を口走った。家族は悪魔祓いをしてもらったが、無駄だった。顔は蒼白くすっかり面変わりし、人を避け、うつむいて歩いている彼らを見て、あまりに頭が良すぎて精神に異常をきたしたに違いないと住民は思った。彼らは誰とも話さず、小切手の現金化さえもうどうでもよかった。三億三百万フランに比べれば三十万ドラクマなんて屁でもないではないか？

闘い疲れてとうとう負けを認めた彼らは同宗者の碩学に助けを求めることにした。曙の名残か空に薔薇色と青色の光が漂う朝、闇に包まれた謎の文書を彼らに委ねた。

そのときからケファリニアのゲットーは暗号文で燃え上がった。石を敷き並べた曲がりくねった小路で出会うのは、ぶつぶつ言っている探求心旺盛なユダヤ人だけだった。ひどく背が曲がった百歳台の古老から全く初《うぶ》なちびっこにいたるまで誰も彼もが暗号文の上に身を屈め、足にまかせて海沿いに歩いたり、シナゴーグの中庭を歩き回ったりしていた。島中がxp、trea、数百万、Hal、湖、四百四十四と呟いていた。

勝者は大金の半分を手中に収めることが合意され、ユダヤ人は暗号文解読に身命を賭した。島全体は集まった大群衆がぶつぶつ言っている大広間さながら。人々は神に祈り、神が愛し給う小さな民族を助け給えと神に懇願した。テッサロニキからタルムード学者を呼び寄せ、魔女を雇った。それなのに、ああそれなのに！　ことごとく益体無しだった。暗号文は解読できないままだった。悪いことは重なるもので、サルチエルが三十万ドラクマの小切手を紛失してしまったのだ。サルチエルは絶望し、次のような手紙を書いて友人たちに知らせた。

《木タールピッチの色そのものの黒々とした闇に沈むサルチエルは、その友どちに許しを乞う。小切手がなくなり、鳩小屋をひっくり返して探したが、いまだ行方知れず。恥を知れ、サルチエルよ！　小切手を見つけるまで、わしは外へ出ない。わしのフロックコートは裏も表も百遍探した。これから裏地の縫い目を全部解かせる、草の根を分けても探すのだ！　我が最愛の者たちよ、堪忍してくれ！　わしは少なくとも三億三百万の深いわけを知るまではお前たちに会わないことを聖なる律法に誓う。わしに会いに来ても無駄だ。ドアを打ち破ろうとしてみろ、わしは自らを裁く。じゃあまたな！　希望もあれば、絶望もある！　天才と狂気は紙一重だ、狂気がこのわしを狙っている！　苦悩の中で悔悟の印として不幸を戴く我が頭蓋に灰をまき、咎《とが》を負うべき我が名の署名は敢えて差し控える。》

自分の取り分六万ドラクマが泡沫《うたかた》のごとく消えてしまい、絶望したマンジュクルーは彼の気高い心が宿る心臓に向けピストルを撃ち、自殺することにした。だが死ぬ前に食いたいと、とりわけ飲みたいと思った——だから二時間後には千鳥足、ほろ酔い機嫌で外へ出ると、人生は麗しい、小切手や大金なんぞには唾を吐きかけてやると道々歌に歌った。それから元気を回復させせようとして思いやりのある手紙をサルチエルに書いた。その中で彼は、是非とも外へ出てきてくれと懇願し、サルチエルの迂闊さを、品よくもの悲しげにちょっとばかりほのめかすにとどめると確約した。

　彼はドアの下から手紙を滑り込ませた。サルチエルが泣いているのが聞こえたが、ドアは開かなかった。彼は粘り、ドアを叩き、今度は彼が泣いた。応答なし。ついに一枚の紙片がドアの下に現れた。


《わしは暗号文の秘密を解き明かし、小切手紛失という情けない不始末の埋め合わせをする。解明か、然《しか》らずんば死か！　わしにはいくらか希望がある。夜も日もあの文字列に掛かりきりだ。額に巻いた包帯は汗で湿り、冷たくなり、湯気を立てる！　わしが外へ出るのは暗号文を解読した時だ！　解明か、さなくば死か！　無言の祝福を親愛なるマンジュクルーへ！　粘ってくれるな、有徳の士よ、わしは鉄心石腸の男だぞ！》

　そこでマンジュクルーは悲嘆にくれて、だがすばやくその場を立ち去った。涙が百パーセント新鮮なうちに住人に見せ、拝ませてやろうと急いだ。

5

　午前六時、服を着たまま寝るマンジュクルーはベッドから出ると、彼の民族に十戒を授け聖別された神を讃えながら、いい加減に手を洗い、清めた。

　そして、テフィリン〔祈りの小箱とも言われ、紐で腕に巻き付ける二つの革製の小箱、中に旧約聖書からとられた四つの句を入れる〕を左腕に七周巻き、いつもの祈りを手っ取り早く片づけ、女になんかではなく、よくぞ男に生まれさせ給いきと神に感謝し、彼の犯した罪の数々はなべて彼が敵とする者たちの天の勘定口座の借方に振り替え給えと祈り、鉄兜の留具をはずし、脱いだ。その内側にある凹凸で彼が愛してやまない例の頭の溝が一層際立つから、一晩中被っているのだ。他の者から敬われたくて、その胸を双眼鏡で飾り、ふくら脛に一枚革の脛当てを巻いた。最後に矢立を取り付けた細い革ひもを腰に結ぶと、花を一輪口にくわえ、大金のことなど気にもせず、上機嫌で街へ向かった。

彼が歌うひどい歌の伴奏をするかのように、梯子屁に数珠屁、果ては曲屁まがいの種々雑多な音色が組み合わされた陽気な屁を放ち、激しく扇ぎ、振り返っては自分の屁の香をこっそり嗅ぎ、炒ったルピナスをカリカリとかみ、たくさんの幸せを思い描きながら足早に歩いていった。彼はいつもどおり無誹謗料集金のため街を一巡するので、明店《あきだな》の恵比須さん見たようにひとり悦に入っていた。このことは説明を要する。

シナゴーグの雌鶏のつぶし屋、法律顧問、事故の偽目撃者、破産者の偽債権者、そして葡萄の圧搾人――葡萄の収穫時すばらしい効果をあげる彼の大足は葡萄栽培者から高く評価されていた――等の仕事にマンジュクルーは名士たちの無誹謗者という金になる職業を加えていた。その顧客数は少なかったが選り抜きばかりだった。それでその日も彼は銀行家のメシュラム、公証人のエリ・コーエン、大織物商、宗教裁判所の書記を訪ねることに決めた。

こういった富裕な人物に会いに行くと、彼はきまって各人に、大同小異の愛想の良さで話を切り出す。《おお、魅力あふれる敬重すべき御方よ、おお、気前のいい御方よ、与うは受くるより幸いなりとその身に語らせておられるスルタンよ、純情なる我が心に愛されし御方よ、今週分の無誹謗料一ドラクマをこの私におくれでないか。さすればこの七日の間、あんたやあんたの恥ずかしくない家族のことを悪し様に言わないと約束する。私はこのわずかな金額と引き換えに――神のご加護があるように！――あんたのご立派な妻君が貞操観念のない女だってことやあんたのお嬢さんが口に関して言えば鼻持ちならない奴で、その口臭故に処女のまま生涯を終えることにもなりかねないこととか、あんたの従兄弟がトリエステで破産したにちがいないことや、あんたの爺様がなぜ牢屋に入らなかったか不思議でならないなんてことを言わないでおく。》報酬を受け取るとその寄進者を祝福し、その男の面子《めんつ》が立つようにしてやり、ちょっとばかり政治談義をし、訪問を感じの良いものにしなければなるまいと思うのだった。ごく小さなカップでコーヒーをちびちび味わって飲み終えると、彼は威風堂々といとまを乞い、もう一人の利用者を訪ねるのだった。

無誹謗料を受け取ると、その一部で喉に感じる苦みを緩和しようとバラ色や緑色のロクムを買い、その場で丸飲みにした。それから、焼き上がりが薄い層になるように何度も畳んだクルミ入りパイを買い、親指と人差し指で挟んでにっこり笑い、取り巻き連が感嘆して眺める中、シロップの滴を舌に受け、楽しみ味わって食いながら、連中の一人一人と彼らの生まれ故郷の言葉、つまりユダヤ系スペイン語、フランス語、プイユ地方［アペニン山脈とアドリア海にはさまれたイタリア南部の一地方］の隠語、一番出番が多いヴェネチア地方の方言で話した。愛する胃の腑に小さな甘いオードブルが収まると、彼は指をしゃぶり、駈けだしたが、その唯一の目的は連中の好奇心をそそることにあった。


　太陽で温められた岩壁に、海を真正面に見て座り、ケファリニアの住人に売るはずだったベニエを食いながら、小男のソロモンは一冊の辞書を大いに楽しみながら読んでいた。世界にはずいぶんたくさんの言葉があるものだ！　人間って不思議な動物だよ！　でも人間はどうやってこういう言葉全部を見つけ出したんだろう？　咳が一つ。振り返ると、マンジュクルーだった。脛当てが得意で、友人に挨拶さえせず、夢想にふけっているかのようなたたずまいで、歯を小枝でほじくっている。

「僕には、こんにちはとも言わないの？」

「こんにちは」とマンジュクルーは半長靴をほめてもらえなかったことに腹を立てて言った。（讃辞を引き出そうとして、彼は脛当てを小枝で叩いた。）

「おっ、盛装なんだね、今日は！」

「何だと？　どうしてだ？」わざと驚いてみせることで感動を抑え、マンジュクルーはたずねた。「ああそうか、このブーツか。乗馬だよ」と彼は足の親指を動かしながら、気のなさそうに言った。

　ソロモンが立ち上がった。スリッパをはいてしっかり立ち、両の拳を腰に置き、騎手に見とれた。

「それであんた、馬は買ったの？」

　マンジュクルーは軽蔑するように笑った。

「おお、世間知らずめが、しきたりも知らんのだからな！」

「じゃあ僕がなにかおかしなことでも言ったたっていうの、この可哀想な僕が？」

「馬鹿めが、なんで馬を買わなきゃなんないんだよ？」

「でも、ブーツは乗馬のためだってあんた言ったたろう？」

「乗馬、それはブーツだ」とマンジュクルーは厳格に答えた。「それは愛のようなものだ。愛とはな、それはお前が愛するご婦人ではなく、お前が彼女に書き送る手紙なのだ」

「ええ？　僕は知らなかったよ」とソロモンは言った。

「そういうことなんだ。ところでさ、親愛なるマンジュクルー、もう小切手でもなければ、大金でもないの？」

「そんなこたあ俺の知ったこっちゃない」とマンジュク

ルーは言った。「俺のブーツを磨け」ソロモンは――読者もご存知のように靴磨きでもあるから――小さな箱から靴の手入れのために彼だけが使っているいろいろな小瓶と乳脂を取り出し、脛当て磨きに取りかかった。誰にも止められないほどの熱中ぶりでぴかぴかに光らせ、靴墨を塗ってはまた磨きをかけ、数種の布できゅっきゅっと拭き、ブーツもどきの脛当てに輝きを放たせる小柄な友人に、マンジュクルーは思いやりをもって見入っていたが、その眼差しは厳しかった。

「アルフォンスのと同じくらいによく磨かれている」とマンジュクルーは言った。

「スペインの王様の？」

「王座を追われた王たちとは付き合わんよ」とマンジュクルーは言った。「お前に言ったアルフォンスとはな、俺の社交界の友人ロスチャイルドだ」

ソロモンの前髪の房がピンと立った。

「彼のことを僕たちに話したことはなかったね？」

「彼はもう死んじまったから、今は話してもいいんだ。誰にも言うなって彼から頼まれたんだよ。お前さんたちの知るところとなれば、お前さん方は保護を求めて彼のところへ殺到するだろうってことが彼にはお見通しだったんだよ」

「それはそうだね」とソロモンは言った。

「だがな、彼が死んじまった今となっては、我々の親密な友情を告白してもいいんだよ」

「じゃあなぜ彼はあんたに金をくれなかったの？」

「精神と物質をごちゃまぜにしないためだ」

「このロスチャイルドは気に入ったよ」とソロモンは言った。

「男爵」とマンジュクルーは訂正した。「だがそんなことあどうだっていい」

「で、それで？　話してよ」

「話してやらないでもないが、その前に、貸してくれ」

「五ドラクマしかないよ。（純朴な靴磨きにして水売りでもあるベニエ売りが金を見せると、マンジュクルーはすばやく摑んだ。）でもこの金は返してくれるよね？」

マンジュクルーは取り合わず、微かに笑った。

「まあ返さんだろうな。俺は政府みたいなもんなんだよ、そんなさもしいことは聞いてくれるな」

どこからともなく湧き出るように現れたユダヤ人数人が、益荒男二人の話にうやうやしく耳を傾けていた。おお、ロスチャイルドに関わることが聞けるなんて、すごいじゃないか！　彼らは思い切ってマンジュクルーに頼んでみた。肺結核患者は募金をつのった。

「では耳の穴をかっぽじってお聞きあれ、友人たちよ、アルフォンス・ドゥ・ロスチャイルド男爵は湯舟を持っており、その湯舟で、なんと、熱い湯に入るのだ！　そして湯の中に全身を浸す。両足は無論のこと、胸も頭も全部だ！」

「神に栄光あれ！」と聴衆は叫んだ。

「おお尊きお方よ」と小柄な可愛らしい百歳の老人が声を震わせて言った。「男爵様は何の病気で熱い湯に入られるのかな？」

「何の病気のためでもない。金持ちで退屈しているからだ」

「年に何回入るのかな？」

「月三回だ」

　ケファアリニア人は互いに顔を見合わせ、身震いした。

「そんなことをしていて大丈夫なのか？」

「それが彼の習慣だ。勿論いろいろ用心はしている。風呂の後では、ダチョウの赤い羽で飾られたベッドで数時間横になる」

「なぜなら体力が弱まるからだ」角のないアフリカ山羊のような顔をした骨董品まがいの老人が仲間に説明した。

「それから、とても暖かなベッドで男爵は友人たちを迎える。彼らは花やオレンジ、エッグ・ヨークを持って、男爵が風呂に入ったことを誉め称えにくるのだ」とマンジュクルーは続けた。

「強壮剤を持ってくるとはさすがだ」百歳の翁がほめた。

「それで、教えておくれ、栄光に包まれし者よ、男爵の湯舟はどんな風なんだね？」

「無垢のプラチナだ、金でしかないのは蛇口だけだ」

「正解だ、我が息子よ、わしはそう聞いておった。そうして、その上、上等の真珠で飾られているともな」

　裸足の貧しいユダヤ人たちは気を付けの姿勢でいた。それ程彼らは感動していたのだ。

「それで、使用人は？　大勢だと俺は思っているのだが」と喘息持ちの肥え太った仲買人アブラハム・レヴが質問した。

「きっと大勢いるんでしょうね。召使いとして、端女《はしため》と奴僕《ぬぼく》はそれぞれ何人いるのですか？」唇に生気がなく、くぼんだ美しい目の、奇妙にも顎のない思春期の息子が愛情をこめて聞いた。（彼はしゃれた表現にマンジュクルーが感心するかどうか知りたくて、こっそり横目で見た。自分の息子のほかはどんな息子であれ神経にさわるマンジュクルーは素知らぬ顔をしていた。それに対してこの若いジョナタンの父親は、すぐさま息子の神童ぶりに産婆のような笑みを浮かべた。）

「使用人は三百人だ」と千三屋の長《おさ》は答えた。「使用人はみんな馬に乗る。みんな医者か弁護士だ」（ユダヤ人たちはだんだん頭がくらくらしてきて、呼吸も堪えていた。）

「自由業ですね」と少年は言った。「有名なヴィクトル・ユゴーがある日のことラテン語で言ったのです。なにしろ彼は二歳から、これはすごいことなのですが、家ではウェルギリウスの言葉しか使わなかったのです。おっ、これはすごいことだ、作ろうと思わなかったのに詩句が二つできてしまった。ひとりでに湧いてきたのだ、と」（称賛する肥った父親の顔に浮かぶ追従者の恍惚の笑み。）

だが、マンジュクルーに評価してもらいたくて話し始めたジョナタンは話すのをやめた。肝心のマンジュクルーが突然悪臭芬々《ふんぷん》小路へ向かって駈けだしたからだ。マンジュクルーは彼が生まれたこの小路をことのほか懐かしんでいた。そこで、肥った喘息持ちは口を開き、彼のジョナタンが同信者学校で、二十点満点の試験の一つで十八点獲得したとさも満足そうに説明した。

「成績優秀と記されていたのですよ」とジョナタンが詳らかにした。「僕は精神異常を専門にします、僕の先生シャルコのように。僕はいつもフロックコートを着て、見下すような、ちょっと貴族風な物腰で患者を迎える。僕はおそらく神経病学の教授になるでしょう。あるいは外交官になるかもしれません。ユダヤ人はフランス外務《ケ・ドル》省《セ》で外交官の職に就けないのは事実です」と彼は思い入れの深いケ・ドルセへの敬意と執心、憧憬をこめて殆ど誇らしげに付け加えた。（そう、ユダヤ人には閉ざされているすばらしい機関の華々しさを共有することが誇らしいのだ。自分の能力なら外交官になれると確信してしゃべっていたから、少しばかりもうケ・ドルセにいるような気分になっていたのだ。）

そして、そのすぐ後で彼は、あの小さな雲は有名なイギリスの劇作家シェークスピアを思い出させる、と仲間に言った。それから水たまりを指さし、《ここにはある種のジョルジュ・サンドの小説が醸し出す雰囲気があるんだな》と無造作に言ってのけ、老人たちを面食らわせた。

「学識が深い」と皺だらけの手を弱々しく振り動かしながら、百歳翁が震え声で言った。

「神のご加護がお前にあらんことを、おお、アブラハムよ」と他の者は口々に感嘆して言った。

そして、ジョナタンは輝き続け、人生に対しても万全の備えができているのは頭がいいからだと言ってのけ、でっぷりと醜く肥え太った父親は、恋故にすっかり弱くなってしまった女のまなざしで息子をじっと見つめ、彼のお陰で呱々《ここ》の声をあげたメシアも同然の息子に心を奪われ、天使の微笑を浮かべてひどく喜ぶのだった。

　マンジュクルーは地下室への階段を駆け下りた。彼が住まいにしているこの地下室の持ち主は、二十年以上も家賃を支払わないからと言って、敢えて彼を追い出すような真似はしなかった。マンジュクルーはドアを押し開け、胸に手を当て、見せかけだけの優しさで――一体どうしたわけだろう?――妻のレベッカにお辞儀をした。彼女の体重は百四十キロ、金色の大きな房付きのトルコ帽がその真っ黒な縮れ毛の上に乗っかっていた。

　彼女は油でてかてかした分厚い唇に体温計を挟み、部屋の真ん中に置いてある円筒形の室内用便器に座って、ヨーロッパのあちこちの株式市況を貪るように読んでいた。マンジュクルーが前妻たち――レベッカは後添いで、このいつも衆目を集める夫は、今は亡き三人の妻たちの墓の傍でしばしばうやうやしく朝食をとった――に課していた慣わしどおり、レベッカもトルコ風に装っていた。緑色の絹のふくらんだキュロット、淡い薔薇色のチョッキ、模造真珠で飾られたスリッパ、ゼッキーノ金貨の首飾り、トルコ石の指輪やブレスレットという風に。(彼女は持っている宝石のすべてを身に付けているのではない。壊滅したエルサレムを思い出すよすがにと、しきたりに従って、いつもいくつかの宝石は付けずにおく。)

　大事な人の御成《おなり》に気づいて、彼女はくわえていた体温計を放し、彼女の立派な夫に微笑むと、彼は改めてお辞儀をした。(マンジュクルーは妻には都会風の洗練された礼節の士を気取っていた。陰で彼女が犯していたにちがいない、あるいは後日犯すかもしれない過ちを罰するために、彼女の尻をなんのためらいもなく冷酷に打ち据えることにしている金曜日を除いてだが。)彼女は口を半開きにして、びっくりしたような、詮索好きな、餌が準備されるのを夢中になって目で追う、それしか目に入らない家畜のような眼差しで夫を見つめた。世話を焼いてもらえないとすぐ泣き、幸福という名の債務を彼に履行させようとする債権者に、なにか優しい言葉をかけてやらねば、と彼は心の中で言った。

「我が花咲ける朝にして我が麝香の香水なる良き教育を受けしご婦人よ、庭も嫉妬する御身に、金の房で飾られし絹の如く柔らかにして艶やかなる一日を」

　彼女は卑屈な目を彼の方に上げた。

「おお、すばらしさ、それはひまし油」と彼女独特の一風変わった言葉使いで溜息まじりに言った。「それになんて効き目！　このわたし、夜食べ過ぎると翌日はさっそく下痢！　どんな女を妻にしたかわかるでしょう！　おお、すばらしさ、それは医学、おお、なんてきれいなの、わたしの目！　三人のかわいい子供たち、あの子たちを医学の博士、内科、内科よ、博士にしなくちゃ。パリにいとこのラヘルがいるけど、息子は内科、内科なのよ！（彼女は〈ないいか〉と発音する。）内科は大学者、大学者、大学者、大先生、お金がたくさん、大きなサロン、大きな自動車、科学、科学、科学！（彼女は夜間用便器の上で恍惚となり、彼女の諸々の病気を忘れた。）パストゥールのような大きな自動車、パストゥールのような！　数年間は大先生の奴隷とならなきゃならなくて、そしてその後、娘をめとり、教授になる、教授、教授！　科学、科学、科学！　使用人がドアを開ける！　持参金、持参金！　ラヘルの息子はたくさんできる、たくさんできる！　内科、内科！　たくさん腹黒い、たくさん腹黒い！（レベッカの言葉使いでは〈腹黒い《フールブ》〉は〈頭のいい《アンテリジャン》〉と同義なのだ。）彼はたくさん意志を持った、たくさん意志を！　勉強する勇気を持つために、インターン試験を五回も失敗したからね、小さな紙切れで銀行券を作って言ったものだ。《内科に、内科になればこんなふうにたくさん持つんだ。私立病院の院長、パストゥール、キュリー！》そして彼は偽札をナイトテーブルの上に置いた！　勇気を得るため、あんたわかるでしょう、医学勉強するためのね！　いろんな病気おぼえたり、本を読んだり、先生たちから教えてもらうために必要な能力を考えてみて！　正式の、正式の大学者！　ラヘルがわたしに全部説明してくれた！　わたしの子供たちにも偉大な医者になってもらいたい、偉大な医者に！　白衣を着て、おお、わたしの目よ！　正式とは新しい病気を見つけて、たくさんお金を稼いで、大きなサロンを持って、使用人たちも！　大天才たちはみんな大きなサロンを持っている！　白衣を着たわたしたちの三つの宝物、大先生、偉大な医者、お金がたくさん！　出産させればとりわけお金がたくさん！　出産はとても高いんだから、とても高いんだから！　ラヘルがわたしに全部説明してくれた、教授にはいつも《はい》と言い、大臣たちにはたくさんお辞儀をする、こうして人は教授になり、大天才になるのよ！」

　室内用便器の上で彼女はピュティアの一人になりきり、アポロンの神託を授ける巫女ばりに高級な医者とは何かを語っていた。しかし雷鳴のような音を立て、下剤が効き目を現すと彼女は我に返った。厠上《しじょう》の快を味わい、幸せですっかり満足し、恍惚状態にある人のか細く優しい声で、彼女はうめくように言った。

「おお、わたしの腹の中での解放、わたしの腸の中でのすばらしいこと、おお、わたしの湿疹の終わり、おお、結構な安らぎ。おお、すばらしさ、それはひまし油！　結婚式の翌日のことあんたおぼえているでしょう」と彼女は美しい旋律を歌うように言って、微笑んだ。「初夜の感動で出た血を洗い流そうとひまし油を飲んだのよ。セメントみたいにどろどろしているから、ひまし油が一番いいのよ。硫酸塩だけど、これはまったく水だから、ただ流れ出ちゃうのよ。（彼が答えなかったので、彼女は心配になった。）あんた病気なの？　わたしの総督？　わたしが終わったら、カミツレ茶を淹れてあげようか？」

　緑色の絹のキュロットの下では多種多様な雷鳴がとどろいていた。

「幾重にもお礼申し上げます、高貴なるご婦人よ」とマンジュクルーは答えた。「さりながらその必要は全くございません。あなたの魅力の虜となっておりますこのわたくし奴《め》はいたって元気ですからな」

「おお、わたしが一番頼りにしている人、なぜあんたはわたしにあなたと言うの？」

「愛にも礼儀正しさは必要だからです」と腰を下ろした色男は答えた。

「礼儀正しさってどんな？　わたしはあんたの女房じゃないの？　デビアスが上がってるの、見た？」

「大慶至極」とマンジュクルーは答えた。

「下がったときに買わなくちゃ」

「御意にございます」

　こんなに愛されているなんてすばらしいと大喜びのレベッカは、夫に尊敬され愛されるに足る人間であろうと、頭の中で探し物をした。彼女は緑色のふくらんだズボンの絹地を撫で、ダークグレーのきらきら輝く情熱的な、だが卑屈な目を彼の方に上げた。

「一メートル二十ドラクマもするの、きれいでしょう、ね？」（油を塗ったようにてかてかして、品がなく、ずるそうな、見るも嫌な、子供っぽい、のぼせた婚姻色に染まった魚や鳥のような、ひそかな合意を示すひどく愚かで、ひどく愛想のいい、ひどく美しい流し目だった。）

「麗しの姫君を包むは麗しの切れ」と色男は答えた。

　彼女は謙《へりくだ》った優しい愚かな女の微笑を浮かべて色目を使い、効き目があると信じ込んでいる炭酸《たんさん》水を少し持ってきてと彼に頼んだ。願いを聞き入れさせるため相手に謙虚なところを見せて、田もやろう畦もやろうという気にさせ、また、彼女は要求の多い女ではないからコップに四分の一で十分だと知らせるため、爪を伸ばした親指を人差し指の爪の上に置き切手大の丸を作って見せた。

「宝石よ、ダイヤモンドよ」と彼女は夫に優しく呼びかけた。彼女はその他ならぬ彼、夫のことを女友だちに話すときには彼女の〈邪魔者〉と呼んでいた。「美しい真珠よ、げっぷが出るように炭酸《たんざん》水を少し、少しだけでいいのよ、あんたの命、宝物たちの命、神がわたしたちをずっと宝物たちと楽しく暮らさせてくれますように！」（この場合宝物たちとはマンジュクルーの三人の男の子のことである。）

　彼はいらだちを隠して注いだ。おお、この女はなぜいつも炭酸《たんざん》水と言うのだろう？　彼女は飲んで満足の溜息をつき、陶然としておくびを出した。《おお、効き目、おお、喜び、それはおくびを出すこと。》それから彼女はおまるに座ってまた仕事をし始め、マンジュクルーは例の書簡をしたためた。

　そういう時にはいつも柄つき眼鏡をかけ、その眼鏡を飾っているモアレ模様の幅広のリボンをひどく間隔が開いている黒く黄ばんだ長い歯で噛み、上品な学者を気取った。例の書簡をしたためるとは、ケマル・アタチュルク或いはムッソリーニに招待されて会いに行き、面目を施すことになるのを期待して、いろいろな独裁者に殆んど誠実味のない忠誠を誓うメッセージを送る手紙を書くことだ。

　しかし、イギリスの諸大臣には仏英辞典を使って誠実な手紙を匿名で書き、真摯に助言した。最近では強制的な兵役義務の制定を大臣たちに迫った。《閣下、十九世紀英国の光輝ある孤立はいけません！　あなた方の大切な子供たちに成り代わりドイツの飛行機のことをお考えください！》彼が王手大臣《シャンスリエ・デシェック》と呼ぶイギリスの大蔵大臣《シャンスリエ・ドゥ・レシキエ》に彼は格別な愛情を抱いていた。この大臣宛ての手紙には《友情を保つために、閣下》と書いて、たばこを一本ないしドライフラワーの薔薇を一輪同封するか、または《閣下の高貴なるお子さま方にお笑いいただきたく》ユーモラスな漫画を同封した。

　手紙を書きながら、この肺結核患者は桁外れの大女である妻がその日にかけた下剤の驚異的な効き目を――詳細に時系列的にその様子を描写しながら――知らせるのを上の空で聞き、何でもないことで泣きじゃくり失神するレベッカに精神的な厄介事を背負わせまいと賛同の微笑を絶やさないでいた。

「しなければならないことがたくさんなのね」と彼女は

優しく溜息をついた。「あんたは私の言うことを聞いていない！」

「我が心の抵当債権よ、私はあなたのものです、そうなのですよ。私はイギリスへの手紙を書き終えねばならないのです」

レベッカは黙った。熱狂的な讃嘆の眼差しの下で、マンジュクルーはアトリー少佐への手紙を速やかに書き終えた。親愛なるネヴィル・チェンバレンに難題を呈することのないようにと願ってから、〈なにごとも英国風でゆくユダヤ人〉といういつもの署名の下に特別な花押を書いた。小さなピペットを使って涙の模造品を数滴手紙に落として、反対派のリーダーをよりよく説得しようとし、〈英国議会の野党〉という美しい表現に感動し、それから一番後でレベッカに微笑みを一つ授けた。

「親愛なる発起人株よ、あなたのお話を懇《ねんご》ろにお聞きすることにいたしましょう」と彼は言った。

彼女は、彼女にとって最重要の主題、即ち彼女に適した薬、とりわけ下剤で、その使用法と効き目を詳細に語った。いらだった後では硝酸ナトリウムを三十グラム、顔が紅潮するときにはドイツのブランデー、それが役に立たないときにはセイヨウイソノキ、食い意地が張っているときにはトネリコなどが分泌する甘い樹液、あるいはタマリンドの実、それから悪夢の後はセンナ。最後に彼女は補助薬としての飲み物を取り挙げた。クエン酸塩のためには三十分後にチャイ――彼女はお茶のことをチャイと言う――を飲むこと、ひまし油のためにはブラックコーヒーをすぐに飲むこと、そして二十分後には、沸騰した湯にアオイを入れたものを飲むこと！

「けれど、わたしが好きな下剤は発泡性《しぇい》マグネシア、これは微妙なのよ。おお、すばらしさ、それは発泡性《しぇい》マグネシア」と彼女は詩的に言い、彼女の男に微笑みかけながら溜息をついた。

マンジュクルーはまたしかめ面をした。一体全体この女はどうして発泡性《しぇい》と言わねば気がすまないのだろう？　それでも彼は心臓に手を置き、彼女にぞっこん惚れこんでいると言った。最後にもう一度お丸にしゃがみ、種々雑多な騒音を出している妻を見つめ、ヨーロッパ人が悩み苦しむ愛の情熱とやらが、この俺にはさっぱりわからんのだと心の中で宣言した。

この巨大な蛆虫レベッカはやっとのことで立ち上がると念入りに身繕いをし、特別にその縮れ髪に甘いアーモンド油を、無駄なことながら、振りかけた。髪を整えながら、彼女は釘にぶつかった。透かさずモスリンの袖を夢中でまくり上げると急いで引っ掻き傷の有無を調べ、釘に蛙のように出っ張った目を遣り、錆釘でないのを確かめ、かすり傷にいろいろな消毒剤を注ぎ、彼女の死も間近いと嘆いた。

「破傷風、破傷風！　天使たちがわたしを守ってくれますように！」彼女は甲高い声で叫んだ。

　彼に励まされてお丸にもう一度座ると、同じ従順な目で、お願いだから魚の干物を一枚持ってきてちょうだい、暇つぶしになるからと頼んだ。

「一番小さいのがいいの、ほんの少しでいいの、歯のためだけなんだから！」

　魚が届くと、レベッカは食欲旺盛にもりもり食べた。ときどき魚の骨を飲み込んだのではないかと心配になり食うのをやめた。人を殺める切っ先などありもしないのに、《かっ、かっ、かっ》と排出しようとした。要するに彼女は少しずつ魚全部を吐き出してしまった。（生きることが大好きだったから、彼女は死につながる危険を冒すこと、とりわけガラスの破片を恐れていた。瓶が一本割れると、すでにできあがっている料理もパンもゴミ箱行きだった。ところがビタミンには惚れ込んでいたから、少なくとも一日十回はこの聖なる名を口にした。）

　彼女はハンカチで洟をかみ、場合によっては厳しく罰してやると決めた裁判官のような目でその内容物を見つめた。（自分の健康状態をチェックすること、体から出てくるものにはすべて注意を怠らないこと。）彼女はその物質の粘り気や濃度が好ましく思われたから、満足だった。

　マンジュクルーは苛立たしさを隠した。彼女は問い質した。（そんな様子は微塵も見せずに彼をいつも監視している彼女は、すばやい流し目で大事な人の顔に浮かぶ満足や不満足の表情を盗み見ては、その様子をうかがった。）どこか具合でも悪いのかしら、私の可愛い人は？（彼女は彼をとても愛していた。彼を赤子のように夜具にくるんでやり、彼がむやみやたらに甘いものが欲しくなるとき、――彼はその瞬間を遠慮がちに、炎症を和らげる甘い薬の強制的な投与を必要とする喉の痛みと名付けていた――彼女は夜は夜中でも起き上がり、彼のためにアーモンドペーストを作った。私には彼女が見かけ以上に感じが悪い女のようにはどうしても思えないのだ。）肩が痛いのだと彼が言い訳をすると、彼女は両手を打った。それは悲嘆の印だ。

「早く膏薬を！　早くお医者を！　電報を打つ方がいい、わたしの総督、ナポリへ？　とてもいい、とても高い専門の先生がいるのよ！　おお、お母さん！」と彼女は小さな両手を振って痛めつけながら呻くように言った。

「痛みは消えました。これから喜びのために、遅蒔きながら特権を行使します」

天が彼に与えた巨大なしゃがむ女に慇懃にお辞儀をし、発泡性マグネシアのすばらしさを、たとえすべての人に反対することになっても、支持する用意があると宣言し、出ていった。陰気な小部屋で待ちわびている背丈だけひょろひょろ伸びた二人の娘にこんにちはを言いにゆくのを怠り、彼の人生の慰めである息子たちの方へ向かった。

6

長くて暗い廊下の奥まったところに薄暗い曲がりくねった台所があり、法律書や法律の手引き、それに牛の角やら訴訟記録があちこちに置かれていた。マンジュクルーはあまり几帳面ではなかったが記憶力はよかった。ツァツァキスの〈抵当権滌除《てきじょ》〉の訴訟記録はこわれたアイロンの下に、〈床屋の噛みつき犬〉の事件ならトウガラシの箱を開ければよい。〈ユーフロジーヌ・アブラヴァネルの出産を巡る係争〉の訴訟記録は炭箱のそばにある巨大な水瓶に立てかけてあり、〈イェスラムの割礼〉の訴訟記録はいつもは竈の上にあり、〈ベンシオンの不浄事件〉の書類の束は十年来流しの上で眠っているという具合だ。

この法律事務所兼台所はマンジュクルーの三歳、四歳、五歳になる三人の男の子の寝室に使われていた。三人ともその父親のように陰気で、汚くて、底なしの胃の持ち主だった。梁から吊された三つのしなやかな籠が彼らのベッドで、その中で四肢をのばして横たわる愛らしいおちびさんたちは体を揺すり、ぼさぼさの黒い髪を神経質にカールさせ、空腹だったから歯をかちかちと大きく鳴らし、顎を動かしていた。彼らは父親が来るのをじりじりして待っていた。彼らの餌は彼からしか期待できなかったからだ。(マンジュクルーはレベッカの医療理論を警戒していたから、妻が三つの宝物の食生活に携わるのを厳しく禁じていた。)

「僕は食いしん坊で食らい抜け」一番年若い三歳が彼の空中の家から出した片足をぶらぶらさせながら、わびしげに戯言を言った。

「大魚のフライケーパーソース添え」と一番年かさの子が彼の大籠の中で鼻歌を歌った。

　厳かな咳が近づいてくるのを聞いて、三人一体であるかのように同時に立ち上がり、結び目を作ってあるロープを伝って地面に下りるとシルクハットを取って被り、体をぴんと伸ばして気を付けをした。黒のルダンゴトに裸の足を開いての立ち姿はペンギンそっくりだった。

　ドアが開き、テルミドール派の大臣のようなマンジュクルーがうつむき加減に突き進んできた。いつもどおりおちびさんたちは作法に従って片方の手でシルクハットを脱ぎ、もう一方の手で軍隊式の敬礼をした。

「おはようございます《グッド・モーニング》、ピンハス卿《サー・ピンハス》」と三人は声を揃えて言った。

「イギリス万歳《ガッド・セイヴ・ザ・キング》」偉大な男はひどいしゃがれ声で言った。「みんないい子にしていたかな、我が雌ねずみから生まれた花々たちよ?」

「はい、父上様にして飼育者様!」と一番の年若が出たとこ勝負で答えた。

　マンジュクルーは漆喰を粗塗りした壁の前に行き、破壊されたエルサレムの記念に塗り残してある部分に口づけし、困ったものだと思っているのを信じさせようとして幾度かしかめっ面をした。それからいきなり振り返った。疑い深い目、すさまじい疑念に悩まされている心。おちびさんたちは震え上がり、壁に掛けてある掲示板を見つめた。

　嘘をつくこと
　ささいなことであっても

　そこにはこんな強い勧告が書かれていた。

「みんな、本当のことは言わなかったろうな?」と彼はたずねた。

「はい、父上様！」汚い聖歌隊の子供が徳義心からさえずるように言った。

マンジュクルーはこの点ではひどく厳格だった。眉をひそめ、こんな風に言うマンジュクルーを目にすることになる。《また本当のことを言っているじゃないか！》とか《ここには本当のことを言うおちびさんがいる！》痛悔の顔で目を伏せ、二度と本当のことを言ったりはしませんと約束する本当のことを言う罪を犯したペンギンをも目にすることになる。

「神の祝福がお前たちにあらんことを、我が人生の愛しき小さな栄光たちよ、今朝はあっと驚く嘘コンクール並びに玄人跣の議論コンクールをやるには遅すぎる。九時だし、我々は腹が減っているから明日にする。これから権利に関わる講義をする。お前たちの手紙はどのように終わるべきか？　お前たちの父親、あるいはお前たちの婚約者あての手紙でもだ」

「《明記しない条項に関しては保証の限りではない》」と五歳の子供が大声で言った。

「そしてこんな風に書き始めなければなりません。《友好的な尊翰確かに拝受、その内容のことごとくに反論いたします。》」と耐え難い飢えの日々にはまだ母乳を飲む一番の年若が付け加えた。

「お前たちに敬意を表する、愛しき坊やたちよ。俺の仲立ちにより、神がお前たちをおほめくださる。世界は小さき学童たちの息吹の上に乗っているとタルムードでは言っていはしないか？　見事に答えた。だから俺の男らしい胸に駆け寄り、男の抱擁をすることを許可する。充分だ。国歌斉唱と行こう」

そこで仔ペンギンたちはイギリス国歌を歌い出すと、今度はマンジュクルーの番で、彼は気を付けをし、いつものように大真面目で、脱帽し、慎み深いが威厳のある上品な顔を作り、聴いた。三人の子供たちがまちがいだらけの国歌を調子外れに甲高い声で歌い終わると、彼はシルクハットを再び被り、自分の朝食を用意することにした。

湯気の立つ鍋に二キロのマカロニを投入し、ニンニクをすりつぶし、固くなったパンの身をすり下ろした。それからイサアク・アンド・ビーコンズフィールド・リミテッド卿に英国のマグナカルタを暗誦させた。（これは三歳のおちびちゃんの仲間内での通称で、彼の正式な名はレーニンだ。一番年上はムッソリーニである。こうしておけばあらゆる危険を免れられるとマンジュクルーは思っていた。時の宜しきに随ってどちらかの名を引き合いに出す、そして筋金入りの共産主義者となるか熱烈なファシストになるかは時と場合によるというわけだ。）

　こうした英国風式典を執り行うのはなぜか？　その理由はこうだ。この背高のっぽの肺結核病みはイギリスに尋常一様でない愛情を抱いていた。その突飛な思いつきは大英帝国と国王陛下の艦隊に寄せる彼の熱い思いがなさせるのだ。彼が《ロンドン警視庁の刑事捜査部と同盟を結ぶ》と決めたその日以来、イギリスのものなら俺にはなにひとつなじみじゃないものはないというのが彼の口癖になった。この協定が極秘であろうと、条約締結国としては最高の、イギリスはロンドンの指導者連中の知るところでなくても、マンジュクルーはこの場合協定を誠実に尊重することにしていた。そんなわけで毎年一月一日には愛想のよい決まり文句を書いた名刺をつけてビスケットの小箱を英国王に送った。がつがつと貪り食うマンジュクルーのような男にしては、大した犠牲を払ったものだ。マンジュクルーの台所の壁には英国王室、モーゼス・モンテフィオーレ卿やディズレーリ、海軍将官団の諸卿たちの肖像写真が掛かっていた。しかも地下室の入り口には毎日ユニオン・ジャックがはためくのだった。微風がないときにはおちびさんたちのひとりが波打つように旗をあおって栄光に輝かせた。日没にはマンジュクルーは子供たちに囲まれて太鼓を連打し、漏斗を使って〈ブリタニアよ、統治せよ《ルール・ブリタニア》〉を歌ってから国旗を降ろした。この儀式にはケファリニアのユダヤ人らが大勢出席し、皆脱帽した。（一八九一年、ポグロムの時、マルタで沿岸警備にあたっていたイギリス艦隊の一部が全速力でケファリニアに向かったことを彼らは忘れなかったのだ。ああ、親愛なるイギリスの、正義にかない、厳格な、偉大な海軍陸戦隊員が上陸したとき、ギリシアの反ユダヤ主義者はなんとおとなしかったことか！　それはまぎれもない事実で、イオニア諸島のユダヤ人は彼らへのイギリスの無償の善意をいつまでも記憶に留めるだろう。）

　イサアク・アンド・ビーコンズフィールド・リミテッド卿は一六二八年の請願書を暗誦した。《我々上院と下院は……》。それから航海条例を朗唱すると、胸に手を置き、一六八九年の権利宣言で終えた。マンジュクルーの目は感動で輝いた。第一条が彼の大のお気に入りだった。

「《議会の同意なくして国王の権限によって法律の効力を停止したりその執行を停止したりするとされた権力は違法である。》」

「ほう！　さあ一騎打ちだ、諸王よ！」マンジュクルーは反らせた胸を意気込んで叩きながら誇らしげに張り上げた。

　しかし彼が一番夢中になったのは人身保護法《ヘイビアス・コーパス》だった。ほう、イギリスでは誰であってもいい加減に逮捕されはしないのだ！　嬉しくて、ドイツ人の警察官にパンチを浴びせ、一ダースほどノックアウトした自分を想像した。ああ、神よ、なぜフランス－イギリス国籍というのは無いのですか？

「さあ、諸君、これからお前たちに新聞記事をひとつ読んでやりこの公民教育講座を終わるとしよう。この記事がお前たちの赤子みたいな心に大人の俺の心と同じように響いてくれるといいのだが。聞きなさい。


《この間の晩、ハリンゲイの競技場でアイスホッケーの試合が行われた。観客席は六千、つめかけた一万二千もの観衆はイギリス人の冷静沈着さを少しばかり捨て去った。扉や窓が壊された。騒然とした中での試合開始は観衆にとっても波乱含みだった。カナダ人――試合に勝ったのはカナダ――とイギリス人は徹底的に闘った。試合終了数分前。イギリス人選手が顔を血だらけにして大混乱から抜け出してきた。

　そのとき、かの有名なイギリスのフェア・プレーは当たり前のこととして、それを大変誇りにしていた古くからのスポーツ愛好家に大恥をかかせるスペクタクルを、観衆は目にすることになった。ピストに飛び込む観客、カナダ選手に手当たり次第に物を投げつける観客。乱闘になるのを避けようとして、誰かがオーケストラへの合図を思い付いた。ガッド・セイヴ・ザ・キングが流れ始めた。すると直ちにイギリス人は帽子を脱ぎ、気を付けをした。》

　読み終わるとマンジュクルーは大股で窓の方へ行った。子供たちに背を向け、力一杯洟をかみ、誇らしさのあまり身を震わせた。そしてナポレオンばりに向き直るやいなやハンカチをポケットに入れた。

「感情抜きで行く」と彼は言った。「今度はボン《廉》マルシェ《価》男爵の番だ」

　ボンマルシェ男爵とは、人権宣言の朗誦を始めた二番目の男の子の名誉渾名《こんめい》だ。他の二人の子供たちは、フランスから世界に向かって発せられた善意の宣言と呼んで称賛しながらも、その錐の穴のように小さな丸い目で、固くなったパンの身とすりつぶしたニンニクをまぶしたマカロニが、今や油の中でとろとろ煮えているのを監視する幸せそうな父親の一挙手一投足を追っていた。

マンジュクルーは子供たちの食費の倹約にこれ努めていた。実際、俺の命数が尽きたら三人の哀れな孤児たちはどうなることやら？　と彼は言うのだった。不幸な子供たちは痩せ細っちまうに決まってる。食う物がなく絶食を強いられた酷《ひど》い時代に生きたちびさんたちの長兄は、喉仏が首の皮膚を突き破ったとさえ言われている、と彼は言うのだった。（しかしどんなに奇異に見えようと、マンジュクルーは良き父親だった。大切な子供たちが風邪をひくのを極度に恐れた。気温が十五度以下になると彼らを黒の毛皮で覆い、数リットルものルリチシャの煎じ薬を作り、がぶ飲みさせて発汗させた。更に悪魔という悪魔を罵りながら、子供たちに護符をいくつも付けさせた。どうしても彼らに食わせなければならなくなったとき、或いは、彼らのために、マンジュクルーがでっちあげた宗教上の断食を頑として守ろうとしないとき、彼はパンの切れ端を七面鳥だのチーズだのチョコレートだのと呼んで彼らに与えた。食べている子供たちの食欲を少しだけ失わせようと怪談を聞かせながら、彼は優しく見つめるのだった。）

「なあ、お前たち、俺たちに食い物を与え、その食い物で俺たちを喜ばせてくださるお方に礼を言おうではないか」と彼は人がよさそうに言った。

黒装束のおちびさんたちは立ち上がり、流しの上に置いてあった円筒形の帽子を取って、被り、足指の間隔が開いている跣の両足の上に直立し、祈りを唱えた。

「ところで俺のジャスミンたちよ、デザートとしてお前たちの胃の中に入れるにはなにがいい？　シナモンをかけた牛乳入りライスか、カリカリしてシロップたっぷり、しかもアーモンドをどっさり詰め込んだロザンジュがいいかな？」

「ジャム！」と聖歌隊の少年が大声で言った。

「大変結構、あなたのご意見を尊重し、後程極上のジャムをご用意いたしましょう」とよき父親は言った。「それでは、小さな子羊たちよ、これから俺はお前たちにいわゆる〈相手の承諾なしに先になされた意思表示〉をすることにする」

「つまり一方からなされた約束ないし提案で、他方によりまだ受け入れられていないもの」と打てば響くように、三歳のおちびさんが一気呵成に言ってのけた。

「であり、お前たち次第のものだ」とマンジュクルーが引き取り、質問した。「何に変わるのか、何に？」

「双務的協定！」と二番目が血気にはやって大声で言った。まだ四歳だ。

マンジュクルーは誇らしくて涙を拭った。涙こそ偽物だったが、我が愛しき者たちを守らせ給えと心の中で神に祈った。

「ここでひとつお前たちにすばらしい提案をしようと思う」と彼は嬉し気に続けた。「英雄の如き肉親愛から」(仔ペンギンたちは身震いした。これはまずいことになるぞ。)「気高い心ゆえに、その父親の萎びた命を維持するため食わないことを承諾する者には、と俺は言う、愛情溢れるキスと紙を切り抜いて作った立派なレジオン・ドヌール勲章を授けることで報いてやるつもりだ、どうだい？　君たちのパパに一心に身を捧げるチャーミングな若者たちよ」

　重く、しぶとい、強情な沈黙。うつむいていながらも顎に頑固さが見てとれる三羽の仔ペンギンはどうやら父親のキスや栄光の玩具なんかいらないと決めたようだ。

「お前たちは俺に辛い思いをさせようというのか」とマンジュクルーはひとりずつ、それから一度に三人を見据えてから言った。「まあ、いいだろう、子供というものは自分を作ってくれた人に苦悩と苦難をもたらすためにこの世に生まれてくるものだからな。さてと、真心からの説得もお前たちの心の琴線に触れはしないからして、歯を食いしばって諦める。俺の友人の、英国上院議員たちの言いぐさじゃないが、こんな生存競争《ストゥラグル・フォー・ライフ》に励む奴らを産み出したことがひどく恥ずかしい。そんなことはどうでもいい、我が愛しき者たちよ、俺はお前たちを許し、物質主義者のお前たちの心にとってもっと魅力的な提案をすることにする。誰が、我が息子たちのうちの誰が本物の五サンチーム硬貨をもらいたいか？」

「僕！　僕！　僕！」

「わかった、我が愛しき子供たちよ、おお、我が頭《こうべ》を飾る王冠たちよ、だがな、それにはひとつ小さな条件がある、この五サンチームはお前たちの朝飯と交換だ、それでもよいかな？」口ひげの両翼を一番人を惹き付けるやり方で捻り上げながら、静かに微笑んでたずねた。

　おちびさんたちは互いに顔を見合わせ、推算し、それぞれ台所の片隅へじっくり考えに行った。ようやく戻ってくると、提案を受け入れると宣言した。我らがマンジュクルー氏は彼の小さな生産物のひとりひとりに支払ってしかるべきものを渡した。そして、腕に縒りをかけてこしらえ上げたニンニク入りパスタをがつがつ食い始め、空っぽの胃にはその重さが堪えられず、その良い香りでますます旨くなると小さな聴衆たちにパスタを褒めちぎりながら、十分間で平らげた。ペンギンたちは自分を励まそうと、もらった五サンチーム硬貨を各自磨きに磨いて金貨に見紛うばかりにした。だが、マンジュクルーが食っている詰め物をした鵞鳥の首が余りにいい匂いを発散させていたから、三人はたまりかね、大切な五サンチーム硬貨を黙って父親に差し出した。

「俺は協約を反故にしようとは思わないぞ。蜂蜜入りベニエを静かに食わせてくれ、若き豚君たちよ」とマンジュクルーは言った。

飢えた子供たちは一杯食わされて、立ったまま餓鬼をじっと見つめていた。餓鬼は両方の手にそれぞれフォークを二本ずつ持ち、牛肉のソーセージ、スモークチーズ、酢漬けの脾臓を愛情込めて食い、凝りに凝った奇抜さとスケルツォ風な陽気さで終わろうとして、子羊の目のサラダで締めた。それもこれも巧みな話術で煙に巻き、支払いはいつも空約束の男のために、懲りずに子羊の目をとって置いてくれる彼の友人の一人である肉屋のお陰だ。食い終わるとマンジュクルーは満足してほっと息をつき、気前よくおくびを出した。

「俺たちは思いっ切り食ったな」と彼は子供たちに優しく微笑んだ。

彼は生きていて、子供たちを愛していて、幸せだった。彼は黄ばんで黒ずんだ長い歯を釘で掃除しながら、レストランごっこをしようと子供たちに提案してみようかと考えていた。奴らは必ず受け入れる。そうしたら飯代は一人頭一スーだと言おう。うん、すばらしい思いつきだ。

彼は桃のジャムが丁度良く煮え上がったかどうか見に行った。火から下ろし、商売に必要な創意工夫をおもしろおかしく子供たちに語りながら、ベルヴュとかいうホテルの紋章がついているスープ鉢に母親のような手つきで空け、刻んだアーモンドとレモンの皮を加えて興を添えた。

ジャムは熱すぎたから、彼はちょっと錬金術をやってみせることにした。(小さな弟子たちの感嘆の的になるのは至極大事なことだと思っていたから、彼は更に威信を高めようとしたのだ。)そこで彼は石炭に重曹、澱粉、その上水銀までも混ぜた。それから細かく砕き、すりつぶし、粉末にし、煮て、底の方までかき混ぜた混合物の味見をし、新薬は完成したと宣言した。この新製品の成分を聞かれたら、彼は答えに窮しただろう。子供たちは目を丸くして、心の底からすばらしいと思った。

「このような発見をしたからにはこの俺はもはや世に埋もれた人間ではいないだろう、と思いたいじゃないか、なあ、お前たち」とマンジュクルーは言った。「お前たちはどう思う?」

「あなたは莫大な手数料を得ることになるでしょう」と一番年若の子供が言った。

「そんなことは誰にもわからんよ、可愛い坊や。俺はきっと名声だけが不朽の人間に生まれついているんだよ、あーあ。まあ、辛抱することだ。陰鬱な考えはやめよう。そして至高の父なる神が我らのために良しとされた人生を楽しもうじゃないか。我らのジャムが冷えるのを待つ間、お前たちをライオンを見に動物園へ連れてってやる」

小さな動物園はすぐそばで、職業は新聞記者だと言い張って只で入園したのだが、マンジュクルー的語法では新聞記者は新聞の読者を意味した。

「さて諸君」唯一の食事付き長期滞在者である生後二ヶ月の小さな雌の仔ライオンがあくびをしている檻の前に到着すると、彼は言った。「脱帽！（子供たちは帽子を脱いだ。）なぜ脱帽するのか、なぜならこれがライオンというものだからだ。ライオン」と教育家は繰り返した。（彼は綴りを言った。）「L-i-o-n。即ち百獣の王だ。しかもライオンは我が氏族の紋章に、我らが旗にその高貴なる姿が描かれているのをお前たちも知っているだろう。ユダ王国のライオンだ！　我々の如く勇敢なのだ、諸君！　だがな、よくご覧、この俺の前では目を伏せている。彼はだな、諸君、優れた民族を相手にしていることがわかっているのだ。おお、見事な動物よ」と彼は、毛糸玉のような可愛らしい足の一つを軽く咬んでいる幼子の方を向いて言った。「俺はお前なんかちっとも恐くはないぞ。俺はお前を真っ正面から見据えているのだ、覚えておけ。目を伏せろ！　さあ、この俺が目を伏せろと言ってるのだ、だから目を伏せるのだ！」

そう言うとマンジュクルーは驚嘆している子供たちを引き連れて、その場を立ち去った。それから間もなく彼らはジャムがなま暖かい芳香を放っている薄暗い地下室へ戻ってきた。

猛獣使いは揉み手をし、歓喜の咳をした。

「さてと、我が親愛なる子等よ、お前たちには褒美が待っている。（まん丸な目をして、彼らはまたまた湧いてきた多量の唾液を飲み込んだ。）そうだ、そのとおりだ、お前たちはおとなしくしていたし、俺が雌ライオンにした説教をよく聴いていた。お前たちは褒美を二つもらえるのだ。ひとつは結婚式があれば、俺は招待されなくても出席し、お前たちを連れてゆく。我々はいろんなすばらしい料理を、招待された客と同じように、たらふく詰め込む、もうひとつは、今日のこの日、（子供たちはそれぞれちがった震え方をする。）お前たちは俺がデザートを食うのを黙って眺められることだ、もしいやじゃなければだが」

　マンジュクルーはジャムを壺に入れることは絶えてなかった。できあがるや否や、スープ鉢に空け、即座に平らげてしまうのだ。ヨーロッパではジャムを保存しておき、冬、薬のように少しずつ食べるのだとサルチエルから聞いたときには目を丸くした。しかもパンに塗って食うんだと！　サルチエルは世界一の大嘘つきだとマンジュクルーが決めつけたのはその日だった。ヨーロッパ人が節制していかにわずかな物ですませているにしろ、彼らだって人間だ、駱駝じゃあるまいし、桃やオレンジやマルメロの鍋一杯分のたっぷりしたジャムの誘惑にどうやって抵抗しているのだろう、みんなお前に向かって喚いてるじゃないか、《わたしを食べて！　そのためにわたしはここにいるのだもの！》ってな。

「それから、匂いを嗅がせてやるから来いって、お前さんたちのちびっこ仲間を呼びに行ってもいいぞ」とテーブルに着き、スープ鉢から大量のジャムをレードルですくって口に運びながら、マンジュクルーは言った。

　三人の坊やたちはゆっくりした足取りで地下室を出ると、通りで彼らの三スーを誰彼かまわず道行く人に見せて自分を慰めた。


　薄暗い住まいに通じる階段をソロモンが転がるように駆け下りてきたとき、マンジュクルーは十度目にすくったレードルのジャムを貪り食っている最中だった。

「安楽であれ、そして家族も」とマンジュクルーは挨拶した。

「世も末だ！」と奇怪な出来事をその小さな体に背負ってやって来た男は、大声で言った。「これから僕が言うことを聴いてくれ！」

「静かにしろ！」とマンジュクルーは厳命した。「もしいい知らせなら、聞く前からいい気分にしておいて、その知らせを喜びたいんだよ。もし逆に良くない知らせなら、いつ聞いたっていいんだから、俺の食欲をとぎらせるな」

「でも僕はあんたにすぐさま話さなきゃならないんだ！」

　マンジュクルーは立ち上がり、黒の縁取りのある大判のハンカチをポケットから取り出し――人差し指を使う方が好きだったからハンカチを使うことは今だかつてなかったが――ジャムを静かに食おうとしてソロモンを力ずくで黙らせた。デザートをもっとゆっくり味わおうとして、フランス史の教科書を読みながら食い、ルイ十四世統治下のフランスではパリ高等法院の裁判長は王族よりも力において勝っていたと言って、得意がった。彼は溌剌としてきた。彼は法学者としてこういう名誉を共有しているのだ。

「へっへっ！」彼は意地悪くせせら笑った。「脱帽せよ、竹の園生よ、法官貴族様の御前であるぞ！」

ジャムを食い終わると、彼は空っぽのスープ鉢をじっと見つめ、真水をコップにいく杯か飲み、内心ではジャムはそれほど旨くなかったと思った。ヨーロッパ人が小さな壺を戸棚に入れて取っておくほどジャムを好むのはなぜなのだろうと考えた。旨くない、実に旨くない、ジャムは吐き気を催させる。子供たちにも食わせるべきだった。可哀想な愛し子たち、昼にはあの子たちになにか食わせてやろう。彼は水を一杯飲み、おもちゃの電話の受話器をはずし、高官たちとなれなれしく話してお人好しのソロモンをたまげさせてから、ようやく彼に言論の自由を認めた。

「今はもうしゃべってもいいぞ、おお、行儀のいい父祖たちの末裔よ」

ソロモンから話を聞くなりケファリニアでは有名人のマンジュクルーの顔が瞬く間に黄色になり、すっかり動揺し、大砲の如き数珠屁を轟かせたから、台所の窓ガラスは震動し、二頭の馬は市場広場を暴走し、恐怖にかられた猫は大きな犬を咬んだ。

数分間瞑想していたマンジュクルーは、サラダ用水切り籠をすばやく摑んで中世の兜のようにして被り、悪臭芬々小路に駆けつけてみると、小路のはずれで彼の子供たちが互いに一スーを貸し合う不可解な遊びをやっていた。片一方の手で一番上と次に生まれた子供のぼさぼさ髪をひっつかみ、もう一方の手で一番下の子の片方の足を摑んだ。こうして三人の子供を荷物のように引きずって、住まいである地下室へ急いだ。砂利だのガラスだの陶器だのの破片が一番年若の子供の垂れ下がった頭やもう二人の子供の跣の足に引っ掻き傷をつけるので、仔ぺンギンたちは金切り声を出した。

イギリス国旗の前まで来ると、彼は子供たちを勢いよく地下の巣穴に放って、鍵を二度回してドアを閉め、鉄仮面を外し、感謝した。助かった、助かったのだ、彼の愛しい子供たちが彼と一緒にここにいる！

ソロモンは子供たちの親類だから、そうするには及ばなかったが、マンジュクルーは彼らを紹介した。彼らは揃って帽子を脱ぎ、お会いできて嬉しいですと挨拶し、水売りはびっくり仰天した。それから彼らは回れ右をし、ムッソリーニのような目で注意深く観察している指導者である父親の方へ向かった。

「諸君、君らを震撼させる知らせを受けしとき、君らが父親の乳房に避難しに来ざりしは何故か？　話せ、おお、毒あるヒキガエルどもよ、ごみより生まれし者共よ、便所の家系よ！」

「父上様、我等はその暗き知らせを知る由もありませなんだ。父上様はご寛大であらせられます故、おそらくは我等にご説明くださるでありましょう」と一番の年嵩が言った。

「我が空きっ腹にかけて、僕は知りませんなんだ！」とその体は小さくても雄弁術にかけては、すでに弁の立つ人として有名な二人の兄たちにひけをとらない三歳児は言った。

「我等は無邪気になにも知ることなく、専ら通りに人っ子ひとりいなくなってしまったことに一驚を喫していたのです」と次に生まれた者が言った。

「それ故、我等は我等の飢餓の代償を気の済むまで他見に供することができたのです」

「おお、ありとあらゆる徳をそなえし父上よ、おお、我等が機転の指導者よ、おお、知性をそなえし人よ、子を成す至高の人よ、悪はいずこより来るや、英知の蛇口を開きて我等に知らしめよ！」と年長者が言った。

「万一の場合、我等は我等の幼稚なる言葉もて、神におたずねするのみ」と一番の年若が結論した。

時局は重大だったがマンジュクルーの顔は優しく誇らかで、輝いていた。空恐ろしくなるほどの神童だ。しかもこの子らは俺に幸せな老後を約束してくれているのだ！　それに小さなシルクハットを被って、実に立派だ。小さな跣の足が何とも可愛らしいじゃないか。早くも声変わりし始めた声もなかなかいいぞ！　用心のため彼は、他の天運に恵まれない父親全員の邪な眼差しを払うため、角を模して二本の指をぴんと立て、心の中でこういう時の常套句を言った。《俺の指をお前の目ん玉に突っ込んで、めくらにしてやる！》彼はソロモンに眼差しを投げ、そばかすだらけの顔に浮かんだ感嘆に無上の喜びを感じた。そして一番年若の子供の帽子をなでながら子供たちに語りかけた。

「我が心の無上の喜びにして我が心の最愛の息子たちよ、ここにいるわが相棒をよく見るのだ。この男だ。（子供たちはそれぞれ自分の柄付き鼻眼鏡を取り出し、ソロモンをじっくり見た。）いいか、さっき我々が見てきた雌ライオン、爪と牙を持つ本物の野獣だぞ、そいつが逃げ出したんだ、檻の柵を食い破ってな！（この最後の部分はマンジュクルーの脚色だ。）と知らせに来てくれたのは。」

　三人の小さなさくらたちは父親に大変よくしつけられていたから、恐怖のあまり後ずさりし、偉大な悲劇役者よろしく一斉に顔を覆った。

「おお、我が民族の暗黒の一日よ！」と年嵩が叫んだ。

「おお、反ユダヤ主義者の陰謀だ！」と三歳児が語勢を強めた。

　マンジュクルーは自分のことを《科学者でアンチ御幣担ぎ》と言っていたにもかかわらず、害獣から彼の大事な末子の身を守るため、キリスト教徒の女魔術師に燻蒸消毒をしてもらおうと心に決めた。

「力は山を抜き気は世を蓋う！」と年頭が言った。「父上様、災い転じて福となすと言うではありませんか。この災厄を巧みに利用することこそ肝要なのです！　父上様、あなたが世界規模の株式会社を設立し、雌の子獅子からユダヤ人を守るのです！」

「しかし装塡した小銃で武装したキリスト教徒の傭兵を徴募する必要があります！　彼らは報酬につられて、一族郎党を率いてやってきますよ！」とその弟が言った。

「それから、貪り食われるリスクを対象にする保険会社を立ち上げ、ケファリニアにある一切の甲冑と武器をストックする必要があるでしょう！」とその弟の三歳児が言った。

　そして、彼が腕組みすると二人の兄たちがすぐに真似た。マンジュクルーが腕を組む代わりに開くと、三人の子供たちはその両腕に向かって急いだ。

「子供たちよ、子供たちよ、おお子供たちよ」とマンジュクルーは彼らを夢中で抱きしめ、赤子のようにむにゃむにゃ言い、彼らの帽子にキスしながら、心に染みる涙を流しているのだと信じ込ませようとした。「おお子供たちよ！」

　父と子らは、傭兵の報酬やら買うべき武器の数と種類を考えながら強く抱き合った。びっくり仰天のソロモンの目の前で、この四人の役者はついに宣誓するため挙手をし、互いに助け合うことを誓い、共に死ぬ決心を叫んだ。

「雌の子獅子があなたの前に現れたなら、お父さん、僕はその口に向かって急ぎ、あなたの身代わりとなり、自分の命を捧げます！」二番目が大きな声で言った。

「ありがとう、高潔なる被造物よ」と言ってマンジュクルーはすすり泣いた。（すすり泣きとは打って変わった実際的な調子で）「だがな、ぐずぐずしてちゃいかんぞ、俺の子供よ、ためらうことなくその口に我が身を投げようと言うからには、ライオンが俺の足を食い始めるまで待ってちゃだめなんだぞ」

「僕たちがひどく空腹を感じるのは感動したからなのですね」と一番の年若が結論した。

この余計な考察を無視してマンジュクルーは仕事用のテーブルに着くと、頭蓋に穿たれた溝に横たわる鵞ペンを取り出し、早速対雌ライオンキャンペーンのプランを起草した。ペンを置くと、三人の子供たちをどう思うかとソロモンにたずねた。

「奇跡だ」とソロモンは言った。

マンジュクルーは気取って目を伏せ、顔をそむけ、愛想のよい、慎ましやかな、くすぐったいような、同性愛者のような、いずれにしても女性的な微かな笑みをもらした。食いしん坊の処女のような微かな笑み、恍惚の、ほとんど性的な悦びの笑みで、《もう愛撫するのはやめて》と言っているように見えた。すべてこのとおり、嘘偽りではない。私は見たのだ、この笑みを。マンジュクルーは自分の子供たちを愛していた。確かに彼は子供たちにたくさん食べさせてはいなかった。だが、時には、くる病についての記事を読んだときなど、子供たちに漏斗で強制的に大量に食べさせた。しかも彼は子供たちのために大変な節約をしていた。台所には三つの隠し場所があり、愛しい子供たちのためにそこに金をしまっていた。子供たちの一人が病気になれば、マンジュクルーは食を断ち、嘘をつくのをやめた。夜何度も起きあがっては、眠っている幼き者の手に口づけしに行った。

7

雌の子獅子捜索の大捜査網が敷かれたが、その行方は杳として知れなかった。そして後にそう呼ばれることになる〈雌の子獅子に引きずられた暗黒の日々〉が始まった。ユダヤ人たちは急いで家の窓に格子を取り付けさせ、ポグロムのときのように、小麦粉、じゃがいも、種無しパン、マカロニ、山の如くの砂糖、卵、牛肉のソーセージ、数珠つなぎのピーマンや玉葱ににんにく、日干しにした乾燥トマトの団子、油漬けのマリネ、鵞鳥の脂肪、水瓶、薫製肉など大量の食料、それに下剤や薬も備蓄した。そうして彼らはドアを閉め、閉じこもった。

閉じこもった人々は、実際には、陰鬱な暮らしをしていたのではなかった。実に安全な場所で、陰鬱どころか、ひとつ家の賃借人たちは互いに訪問し合い、トランプやドミノ、西洋双六をしたり、〈雌の子獅子〉が煙突からうまく入り込んできた場合に備えて用意した鞭を鳴らしたりしていた。〈食い殺し屋〉とか〈死の天使〉と呼ばれているところのものが現れるのを見ようと、期待と恐怖が半々の幾人かが、窓に取り付けた格子の後ろに立っていた。

ケファリニア人たちは恐れおののき、さまざまな推測をした。《仮に子供の雌ライオンが子供の雄ライオンに出合っていく頭もの子を成したとすると、我々は一体どうなるのか？》急激に繁殖したライオンが家の中に入ってきて、窓につかまり立ちしている光景しか彼らの目には浮かばなくなっていた！　そう、ぞっとする。数ヶ月後にはむやみやたらに増えたたてがみのある雄ライオンやしっぽを鞭のようにしならせる雌ライオンが咆吼し、神がその鞭で打ち給いしこの気の毒な島で栄えるのだろう！　神経衰弱の人は、すぐさま集団自殺をするべきだと提案するまでになっていた。通りにはまだ湿っている足跡があちこちにあった。マンジュクルーは時代物の小型の大砲を買い求め、手を伸ばせばすぐ届くようにベッドに置いた。一晩中悪夢に悩まされながら眠る人たちの叫び声が聞こえていた。

しかしながら、勇名天下に鳴る益荒男たちはその評判が傷つかないようにと時々外へ出ていた。だが三人だけだった。事実ミハエルは暗黒の日々の初日前夜、密輸でアルバニアへ行っていた。サルチエルだが、彼は約束を守り、小切手が見つかり、暗号文を解読した時にのみ外へ出ると誓った鳩小屋から出ずにいた。

ソロモンは、車や機関車のスカートのように、有刺鉄線製のスカート――そのために彼はどれほど血を流したことか――とパレスチナではそのお陰で命が助かった鎖帷子を付けていた。頭は養蜂家のマスクで保護し、手には不可解なことに蝶を捕獲する網を持ち、雌の子獅子にたまたま遭遇したら怖がらせてやろうと法螺貝を吹いていた。（ケファリニアのユダヤ人は特殊だ。一般化するのは適当でない。）マンジュクルーはライオンの牙に耐える騎士の甲冑で我が身をすっぽり覆い、六人のキリスト教徒の友人に囲まれてゲットーの入り口に立ち、さまざまな防護手段を競売にかけた。

〈命知らずのユダヤ人〉と呼ばれる男たちが、ある者は潜水服に身を包み、ある者は漁網をまとい、またある者はラッパ銃や小型の鉈鎌、火打ち石銃で武装してぞろぞろ歩きができるのも、マンジュクルーのお陰だった。鶏が鳴く東男は出で向いとばかりに男の中の男たちは、夜の巡回は彼らの手に負えなかったから、昼の巡回をし、大汗をかきながらも笑いは忘れず、世界的という点ではいずれ劣らぬユダヤ人のいろいろな委員会へ電報を打ち、雌ライオンの檻がドイツの密使により開けられたに相違ないことを先進世界へ知らせるため、超超大規模な集会を開いてもらいたいと懇願した。

その翌々日の朝、自宅のバルコニーに上がったソロモンは、高処《たかみ》から法螺貝を吹いて住民を集めると、クロイチゴ坂の上で雌の子獅子が一羽の雌鶏を生きたままばりばりと音を立てて食っているのを、自分自身この目で見てきたところだと、首の静脈が浮き出るほど喉を振り絞った。

タルムード選集や殺虫剤、のこぎりや釘、乳鉢用の乳棒、ハンドドリル、釣り竿やアイロンで武装した数人の勇猛果敢な男たちが直ちに真偽のほどを確かめに行き、不運な雌鶏のものだった三、四枚の羽を発見して、身震いした。彼らは一目散に逃げだし、住民を不安に陥れた。早速大シナゴーグでお勤めが行われ、大部分のユダヤ人が遺書を書いた。

〈対雌子獅子ユダヤ人グローバル・ホールディング〉が鳴り物入りで設立され、同社の代表取締役マンジュクルーの天分が眩いばかりの輝きを見せたのはまさにちょうどその日だった。彼はこう宣言した。《今や雌の子獅子が我が物顔に辺り構わず動き回っている、然り而して、なすべきは只一つ、我々の方が檻に入るのだ！》持ち株会社はすでに系列会社として保険会社を持っているから、〈獅子対策交通会社〉をただちに設立した。

最初の乗り物は、行方知れずの脱走者のせいで破産し、絶望していた飼い主から買った小動物用の古びた檻に、マンジュクルーが車輪を四つ取り付けたものだった。この乗り物には床が無く、車を走らせるには乗客が歩調を揃えて同時に歩かねばならないのだ。次のような説明でもっとよくおわかりいただけると思う。檻は、会社の事務所、すなわちマンジュクルーの地下室前からいつでも出発し、終着駅は税関だった。二つの停留所が決まっていて、一つは食肉市場に、もう一つは大シナゴーグの前にあった。

乗降客があるときのみ停車する随時停留所は至る所にあった。安心して自分たちの商売にいそしみたいと願うユダヤ人が合図しさえすれば、動く檻は停まった。彼らは、羽根飾り付の二角帽をかぶった代表取締役兼運転手兼車掌のマンジュクルーに切符代を渡す。雌の子獅子が万が一にも秘かにうろついていたら遠くへ追っ払おうと、空砲をぶっ放してから、彼は柵越しに切符を渡す。入檻志望者はこのとき初めて臨時の渡り廊下ともいうべき小さな檻に通じる最初の扉を開ける権利を有することになる。そのときマンジュクルーが二番目の扉の南京錠を外し、乗客がいわゆる檻の中に入ると、檻は再び動き出すというわけだ。

乗客は、二等切符の哀れな連中が手ではなく――雌の子獅子の爪を怖じ恐れるあまり――使い古しの箒を柵に当てて押している檻の動きに合わせて、歩くのだった。檻を押す義務のない一等切符の乗客は動く檻の真ん中でこれなら大丈夫と安心し、堂々と歩いた。用のある店を看守長に言えば、乗り合い檻はその店の前で停まった。彼らが檻の柵に近づくのはその時だけだった。彼らが御用達に金を渡すと、その少し後で商人たちが注文の食糧を安全が売り物のこの小さな檻に置きにくる。そしてライオン対策乗り合い檻は再び動き出すのだった。

マンジュクルーの思いつきは大当たりだった。初日の乗客は二百人に達した。だが、二日目は千人を超えた。大勢に乗車拒否を、そして二つの停留所は通過せざるを得なかった。《満員だ！》喜びで顔もほころびるマンジュクルーは、残酷にも野太い声で言った。ユダヤ人は皆檻で移動したがった。ある者は商売のためだったり、衛生上の理由からだったり、またある者はスノビスムからだった。檻での往来は社交好きの証拠、勇敢の証拠だった。乗客は家に帰り着くやいなや大勢の親類縁者や隣人に取り囲まれ、彼等は皆寂《せき》として声なく、勇士の壮挙に耳を傾けた。

三日目からは、森を散歩したがっている婚約者たちのために、夜間にも一回運行されることになった。マンジュクルーは海水浴に行く人たちのために午前六時の運行も決めた。この運行では檻ごと海に入ることになっていた。雌ライオンは泳げるかもしれないからだ。

要するにマンジュクルーは儲け仕事で大儲けしたのであり、雌の子獅子を長生きさせ給えと神に祈った。彼は同業者のフォードのことをずいぶんしゃべり、雌の子獅子とその習性、その出没しか取り上げない「ライオンの進歩」という新聞を発行するつもりだった。ルクルゾーのシュネデール社やヴィッカーズ・アームストロング社の他にも同類の会社に電話して、中古の戦車の単価、一ダース、十二ダースの値段を聞いた。そうして返事がないのに驚くのだった。その上、仔ライオンを、近東のあちこちにあるユダヤ人の共同体だけでなくアメリカの共同体にさえこっそり放とうと企んでいた。そして、世界に蔓延する反ライオン主義なら俺にまかせろと豪語する自分を想像した。その日を待ちながら、彼は四日目から貧しい人たち用の檻を動かし始めた。同じように車輪の上に乗っているのは古い鶏舎で、もっとゆっくり進んだ。

彼はそこまでで止めておくような真似はしなかった。破産した猛獣使いから他の檻を買い、ヘッドライトを付けたタクシーに改造した。それで、混み合って窮屈なのを嫌う金持ち連中はどこにでも好きな所へタクシーで行けた。客とともに投獄された運転手はタクシーメーター――この場合は目覚まし時計――を首にかけ、新品の箒を使って小さな檻を押し、運転手の後ろにいる名士は群衆に敬意のこもった挨拶をされ、威風堂々と行った。金持ちが入っている二つの檻がすれ違うときには乗り物は止まり、紳士二人は檻から檻へ言葉を掛け合い、うちとけて話し、家族の消息をたずね合うか、あるいは柵にもたれてのんびりと商売の話をして能事畢《おわ》れりとするのだった。

ご婦人方はダイヤモンドで飾り、もっとずっと豪華な檻に乗って、午後の訪問をした。深紅色の繻子を張り、〈雌子獅子の二輪馬車〉と名付けられたこの乗り物は競争相手の会社の持ち物だったが、マンジュクルーは秘かにこの会社を管理していた。財界の謎とでも言おうか。

金持ちの中には専用の檻を持つ者もいた。ギリシア人は大いにおかしがっていた。だが、ユダヤ人は、死というものをいささかも気に掛けないこの浅はかな者たちに、笑わば笑えとばかりに好きなようにさせておいた。奴らは自分の命には三文の値打ちもないと思っているに決まってるんだ、とマンジュクルーは言っていた。

こうして六日が過ぎた。ライオンに怒りを鎮めてもらおうとして、贈り物を入れた何枚もの皿がどの家の前にも置いてあった。牛乳、クリーム、ヨーグルト、生肉の小さな団子、ハッカ入りキャンデー、サラダ菜の芯などだ。ユダヤ人の生きる場所はもはや檻の中しかなかった。見つからない小さな雌ライオンだけが自由を謳歌しており、喜んでいるのは〈投げ縄とぴしっと鳴らす鞭の使い手養成学校〉を開校したばかりの結核患者だけだった。

七日目は土曜日だった。黄金小路では、相互に血圧をたずね合いながら思い切り扇であおっているユダヤ人の男女で満杯の、五十台ほどの公私の檻がそぞろ歩いていた。檻に入った幾組もの婚約者たちは優しくうち解けて話に興じ、獄中の未亡人らはうつむき、二親は元気一杯でうぬぼれの強い子供たちを威張って教え導いていた。誰も彼も何の心配もなく安息日の散歩をし、たくさんのピスタチオや竈で煎った空豆、揚げたヒヨコ豆、それにカボチャの種を食べていた。

大きな檻のポールには、青と白の地に一頭の威厳に満ちたライオンが描かれているユダ王国の旗が翩翻とひるがえっていた。資金集めのためにアントワープからやってきた香水ぷんぷんのシオニストの女性弁護士がそこにいた。彼女は長広舌をふるって艱難辛苦の二千年を激しく訴えた。檻に入った人間たちは、口紅を塗り、爪を赤くし、髪を染めた女性預言者に拍手を送り、熱くなり、ヒロイズムに身を震わせ、涙で目を光らせ、シオニズム賛歌を歌い出した。

突如ソロモンが胸を引き裂くような叫び声をあげた。アルバニアから戻ったミハエルが檻なしで歩いてくる。あれじゃあきっと食い殺されちまう。婦人たちは気絶し、頭がおかしくなっている老カバラ学者は踊り出し、子供たちはひきつけをおこした。若者たちはミハエルにラテン語で訓辞を垂れ、ムーア人のようにウインクし、周囲の人間たちの感嘆ぶりを観測した。檻という檻が懇願した。

「死の危険が迫る！　おお、何たる静寂ぞ！」

「おお、肝がつぶれる！」

「俺たちに心配させやがって、少しは気の毒だと思ってくれよ！」

「檻に入れ、ミハエル！」

珍無類の光景だ。ミハエルは歩を速め、懇願する檻が彼の背後を追って走る。突然檻が止まった。イギリス領事のグレートデンに追いかけられて、雌の子獅子が脱兎のごとく檻の前を駆け抜けて行った。五十メートル先で犬がライオンを捕まえた。犬は慎重に口にくわえると、倒れて千状万態にひきつけを起こしている檻の中の男女をいささか驚いて見つめている主人の許に、獲物を丁寧に持ち帰った。

8

ある日の紫色に染まった夕間暮れ、ソロモンは大シナゴーグの前で、はにかみながらも誇りに顔を輝かせ、ばちさばきも鮮やかにおもちゃの太鼓を鳴らした。そして次のようなメッセージを読み上げた。

《故郷《ふるさと》の島に住まう最愛の人々よ、割礼を施されし高潔なる人々よ、我が誠実なるソロモンの口をとおして諸君に語るは我輩、サルチエルである。栄光の日は来たれり！　三十万ドラクマの小切手が、神の御助けと我が根気とによりついに見出されたのだ！小切手は我が玉虫色の靴下の片一方の中にあったのよ！　紛失することのなきようにと我輩がしまっておいたのだ。記憶の空白だ！　老化は、ああ、確実にしかも音もなく一歩ずつ近づく！　次なる知らせはでかくて胸をふくらませるものだ！　例の謎の文字列が自らその深き謎を明かしたのだ！　シナイ山で驚く鷲たちに取り囲まれたモーセのように、我輩はたった一人産みの苦しみを体験しつつ探求に励み、おかげでひげも伸び放題、深遠なる書物に学びし後、見出すに至ったのだ！　諸君に命ずる、明日午後四時、大広場《プラス・グランド》に集合すべし！　フランス万歳、国という名の樹木が繁る密林で出合う愛すべき雌鹿よ！　自由よ！　平等よ！　博愛よ！　教皇万歳！　ドイツで迫害されつつもくじけることなく立派でいるカトリック教徒万歳！　ナント勅令の廃止など糞食らえ！　パスカルの如く歯痛にもかかわらず、我輩はコーヒーミルとしても使用可能な機械仕掛けの箒を発明したのだぞ！　苦しむ人間を救済する偉大なる人間たち万歳！　物質なんぞ糞食らえ！　暴力を打ち倒せ！　そしてビーバーの毛皮で作った新品のトック帽を今後買わぬ、との我が決心も覚えておいてもらいたい。ビーバーについての本を読んだからだ。ビーバーというものは魅力的にしてまじめ、至極優しく、思いやりのある動物であり、しかも諸君はこの尊敬に値する動物ほど上手に家を作ることは不可能だからである！》

人々はソロモンに問い質したが、それ以上のことは知らないとの答えだった。業を煮やしたユダヤ人たちはマンジュクルーに誘導され、一斉に潮が引くように引き返し、サルチエルの住まい――今はもう使われていない工場の上に斜めに乗っかっている鳩小屋――へ向かった。しかし住民が目にしたのは門の前に仁王立ち、見張りをしているミハエルだった。

「無駄だ」と彼は言った。「英知のおじは明日、すべてをあんた方に明かすだろうよ」

すると群衆がしつこく食い下がったので、彼はピストルに手を掛けた。ユダヤ人たちは鳥が飛び立つようにすばやく散っていった。

その翌日、十二時になると、大広場は知りたくてうずうずしている人間たちで瞬く間にうずまった。どぎつい緑、シトロンの実の黄色、キイチゴの実の赤、ナツメの実の赤紫で装った群衆で広場は立錐の余地もなく、女たちは気を失い、老人には死人も出る始末だった。彼らはあおぎ、汗をかき、値踏みし、計算し、期待し、自分の体を掻き、足を踏み鳴らし、食った。益荒男たちは最前列に陣取り、マンジュクルーは感動で自分のひげの片方をすでに食い終わっていた。

ついにその時刻になった。多面の鏡で覆われ、四隅には松明《たいまつ》を掲げる金泥が剝落した天使の彫像のある古めかしい豪華な四輪馬車がよろめきながら現れた。花の冠を戴いた二頭の小さなロバが馬車をひき、白手袋をはめたサルチエルが深紅色のビロードの上に座っていた。彼は絶大な拍手喝采に迎えられた。彼は立ち上がり、ビーバーのトック帽を脱いだ。

おせっかいな人たちに助けられて、彼のために設えられた演壇に通じる階段の踏み板を、彼は造作《ぞうさ》無く上っていった。ミハエルが二発の空砲を撃つと沈黙が広がり、水を打ったようにしんとした。聞こえるのは扇であおる音と心臓が鼓動する音だけだった。今只今語られようとしているのは金に関わることだったから、この瞬間厳かで重々しい空気が流れた。

「島の我が友人たちよ」とサルチエルは品のいい、だが決然とした声で言った。「我が苦難の道を共に歩む仲間たちよ、わしは徹夜仕事と知力により、秘密中の秘密を見つけだした。この島で最も聡明な男は誰か？」

「俺だ！」マンジュクルーは思い切ってつぶやくように言った。

「張り倒せ！」群衆は怒鳴った。「出て行け！　マンジュクルーをぶっ殺せ！（偽弁護士は人目を浴びたことで満足し、にやにや笑い、会釈した。）海へ投げ込んじまえ、マンジュクルーを！　聡明な男、それはあんただ、サルチエル！　話してくれ、全能の神より愛されし者よ！　話してくれ、民族の花よ！」

「諸君、わしが諸君を招請したのは……」

「万歳、サルチエル！」

「早く言ってくれ！」

「だから、わしが諸君を招請したのは、見破ったのはわしであること、その見破った秘密の仕掛けは子供だましの、実に単純極まりないからくりだったってことを諸君に述べるためだ」

「言ってくれ！　言ってくれ！　言ってくれ！」眼球が飛び出しそうになるまで目を見開き、空中で激しく手を動かす群衆は唸るような音を立てた。

「だがな、わしには気になることが一つあってな、お前方に謎解きをしてやる前に、先ずそれを話しておきたいと思っているのだよ」

「わかった、栄誉を受けてしかるべき男よ！」

「話してくれ、英知の声よ！」

「こういうことだ、諸侯よ。ドイツ人たちが出合うと、奴らはヒトラー万歳《ハイル・ヒトラー》と言う。それでだ、我々にも識別標識の挨拶があってしかるべきだ！　今後、〈安楽であれ、そして家族も〉とか〈平安を〉とはもう言わないように しようじゃないか。もっと現代風なのがいいだろう。〈彼は嗅ぎたばこを嗅ぐため、とりわけござござ船の乗客の如き聴衆の気を揉ませるため、いっとき口をつぐんだ。〉我らの出会いの挨拶を提案しよう。それは〈フランス万歳だ！〉」

「ホサナ！」

「そうだ、我が親愛なる友達《ともどち》よ、フランスは老いたるユダヤ人に平手打ちを食わせるようなことはしない善意の国だからだ！」

「云云《うんぬん》！」マンジュクルーが叫んだ。「ほのめかしはわかった。だがな、俺は、イギリス万歳！　をも提案する！」

「採択！」

「それからアメリカ万歳！　もだ」

「それからチェコスロバキア、スイス万歳！」

「それからロシア万歳！　もだ」とミハエルが言った。

「もうそれで充分だ！」とマンジュクルーが怒鳴った。「俺たちは地理の教室にいるのか？　さあ、秘密だ、サルチエル！」

「だがな、我々は時にはドイツ万歳とも心の内で言うこともあるだろう」とサルチエルが言った。

「俺は反対だ！」とマンジュクルーが大声で吠えたてた。「お前さんの心の内とやらで一体全体何を語ろうって言うんだ？　この俺はな、俺が考えるときは心の外でだよ」

「わしは賛成だ」とサルチエルは言った。「ドイツが悪意の国だったことを、そして本当は善意の国であることを理解する日がいずれくるだろうからだ。なぜなら、要するに諸君、ベートーベン……」

「ストップ、サルチエル！」マンジュクルーは大声を投げた。「敷衍《ふえん》は無用だ」

「もう一つ解決せねばならぬ問題がある。挨拶するのに手を使ってどんな仕草をすればいい？　我々は腕と手をどこに置けばいい？」

「ズボンのポケットではどうかな？」とマタティアスが提案した。

「頭の上だ」とマンジュクルーが言った。「なぜなら頭こそ知性の在処《ありか》だからだ！」

「いいや、諸君。我々の識別標識の挨拶は胸の上に手を置いて、フランス万歳と言うことにしよう」

「で、これからは三億三百だ！」とマンジュクルーが言った。

「そうだ、謎の文字列の秘密を明かしてくれ！」

「うん、まあな、お前方にはなにも言わないでおくほうがいいと思うのだが」

群衆は断末魔の叫び声を上げた。

「そうなのだ、我が友達《ともどち》よ、秘密の仕掛けはいとも単純だから、聡明なる真のユダヤ人にこのからくりを解いて見せるのは彼らを侮辱することになる。わしはそんなことはしたくないのだよ。わしがお前方をここに招請したのも、ひとりで見つけるようにお前方を励ますためだったのだよ」

「裏切りだ！」とマンジュクルーが叫んだ。

ビーバーのトック帽とはしばみ色のフロックコートで身なりを拵えたサルチエルは、最高の知性が放つ君蕎《くんこう》を嗅いでいた。おお、もしわしがイタリア人のキリスト教徒に生まれていたなら、どんな教皇になっていたろうか？

「後生だ！」群衆は怒号した。

「からくりを言ってくれ」林のような胸毛が覗いている半ば開いたルダンゴトを死に瀕した人のように両手でつかみ、マンジュクルーは喚いた。偽弁護士はこの黒服をいつも肌に直に着ていた。「この俺だけにこっそり秘密の仕掛けを明かしてくれ！」彼は血走った目をしてあえぐように言った。


そしてサルチエルの同情を引こうとして、彼は一摑みどころか幾摑みもの胸毛をむしり取った。数千人が彼を真似た。引き抜かれた黒い胸毛が一陣の風に吹き払われ、一塊りの黒雲となって、なめらかで光沢のある紫の海へ向かって飛んでいった。七千人の男が懇願し、毛を抜かれた胸を叩き、満足させてもらえるなら金も払おうと提案し、このままでは島全体が死んでしまう、今後ユダヤ人は眠れなくなるだろうと呻くように言った。

「おお、僕の十年分の命を差し上げましょう！」とイサアク・アンド・ビーコンズフィールド・リミテッド卿は叫んだ。

「俺は不満のあまりの痙攣で、手足がねじ曲がっちまってるんだぞ！」マンジュクルーが吠えた。

一時間もの間群衆は懇願し、罵り、脅迫し、呪い、心に届かぬはずのない最高に優しい訴えに頼り、タルムードや十戒までも頼みの綱とし、果ては病の床に伏し苦しんでいる者までも頼りにし、サルチエルに哀れをもよおさせようと病人をベッドから引っぱり出して連れてくる始末だった。顔が腫れ上がった者もいた。若者たちは猛烈な蕁麻疹で体を掻いた。くしゃみがじぐざぐに走り、あくびは長々と伸び、最後は高音階で終わった。サルチエルの乳母だった九十歳の女が萎びた乳房の片一方を出し、恩知らずの乳飲み子に恥をかかせた。

「お前に飲ませた乳を尊いとは思わないのかい、そんな奴は呪われるがいい！」

答えてもらえない質問が原《もと》で死んでしまった彼の曾祖父の例を、マタティアスは挙げた。マンジュクルーは、自分自身のことだが、とわざわざことわって、その体を作っている肉も骨も、とりわけ骨でできているのだが、残念ながら、じきに死ぬことになるに違いないと主張した。彼は親愛なる友にして有徳の士サルチエルに、死に瀕する男の願いを叶えてくれと懇願した。

「俺のために秘密を明かしてくれ、亡き幼子の魂のためにもそうしてくれ！　おお、ユダヤ人たちよ、この虎を優しい気持ちにさせるため、声を帆に上げ説得しようではないか！」

だが、どうすることもできなかった。サルチエルはひっくり返した樽とベンチで巧みに構築した一段高い演壇で相変わらず微笑んでいた。待兼山の時鳥《ほととぎす》、疾うから疾うから待ち焦がれてじりじりしている同宗者を愛していたし、彼らの苦しみ、とりわけ満たされない好奇心で昏睡状態に陥り、静かになっているマンジュクルーの苦しみを無邪気におもしろがっていた。

「俺を殺してくれ！」意識を取り戻すと、偽弁護士は大声をあげた。「俺を扼殺してくれ、だが、話すのだ！　そうだ、俺の首を絞めるのだ、ほら、これが俺の首だ、この首をお前さんにやろう！」跪き、顎を前に突き出して、彼はそう提案した。

或る老いた賢者は、爆弾事件が降って湧いたのは今を遡ることおよそ三十年、今年と同じ星座の下でだったのを思い出した。そのことから老人はサルチエルが解き明かした謎も危険なものにちがいなく、それがなにを意味するのか、どんな影響があるのか、なにをもたらすのかを議論するのに島の住人全部では多すぎると結論した。〈ユダヤ人が恐怖に身を震わせて〈爆弾〉と呼ぶのはイギリスの装甲艦から発射され、命中しなかった魚雷のことで、船頭たち——ソロモンの父親とマタティアスの兄——がサルチエルの父親で著名なカバラ学者マイモンのところへ持っていった。マイモンはこの死をもたらす縦長の兵器を吟味してから、これは王が使う舟形食器入れで、時には海の上を、時には海の下を、ソロモン王の時代から旅していたもので、おそらくかの有名な帝王の至宝の一部がその中に存在するにちがいないと宣言した。それで鍛冶屋——ミハエルの父親——に持ち込んだ。鍛冶屋は魚雷を続けざまに叩き、見物人は詩篇を詠い、シュロの枝を振った。爆発で二十人ほどのユダヤ人が命を落とした。死者の中には私の親類も何人かいた。）

「おお、好事家よ、今年は爆弾の年のように災厄に見舞われるのではないかとむしろ心配すべし！」

「俺の三億三百はどこへ行った？　せめてそれだけでも！」とマンジュクルーは大声で言った。

「お話しください、尊きお方よ、僕はまだ幼くて未熟だから、待っているとむずむずしてくるのです！」とマンジュクルーの子供が金切り声を立てた。

「俺は俺の取り分二百億を放棄する！　百億だけは放さないぞ！　さあ、サルチエル！」とマンジュクルーは喘いで言った。

「秘密をあかすのだ、腸捻転が起こっちまうからな！」

「俺の血に酢が混じっちまったみたいだぜ！」

「秘密を言ってくれ、爪は反り返るし、髪の毛は抜け落ちる！」とマンジュクルーが言った。「言えよ、さもないと今すぐ自殺するからな！　この俺は、俺の知らないことを他の奴が知ってるとわかっても、堪忍して生きてゆく男だとでも思ってるのか、お前さんは？　俺は今脂がのりきっている。将に花の盛りだ。その俺に非業の死を遂げさせる権利はお前さんにはないんだよ！　悪をなす男よ、俺は化けて出て、お前さんの血を固めてかちかちにしてやろうか？　さあ、言え、さもないと疫病神になってお前さんに取り憑いてやるからな！」

「おじさん、僕のことを、この可哀想な男のことを考えてくださいよ」とソロモンが悲し気に言った。「僕も死の天使の腕の中で息絶えるんじゃないかって、心配してください！　おお、おじさん、ほんのちょっとでいいですから、僕らに説明してください！　僕らは生まれつき知りたがり屋なんですから」

どんなことにもけりをつけずにはいられないマンジュクルーは大きな賭けに出た。

「聖なる御名《みな》により」礼拝時に用いる房縁の付いたショールを頭に乗せると、出し抜けに彼は言った。「もしお前さんが即刻俺に秘密を明かさずば、俺はアメリカへ行ってドイツ人になり、妻を離縁する！　俺は牧師になる！　あんな残虐な民族はうんざりだから、ヒトラーに電報を打ち、彼を褒め、もっとうまくやるように勧告する！　俺はラビ・アキバにより、誓う！」

この宣言で群衆は水を打ったように静かになり、サルチエルは一本取られたと感じた。自分のせいでマンジュクルーが改宗するなど以ての外だ。それに、第一こんな牧師をアメリカ人に押しつける勇気は自分にはないと思った。そこで彼はついてくるようにと友人たちに言った。退去に先立って、彼はユダヤ人の新しいやり方で住民に別れの挨拶をした。一万一千ないし一万二千の手が一万一千ないし一万二千の胸に置かれ、大音声が上がった。

「フランス万歳！」

9

友人たちは鳩小屋の真ん中に鎮座ましますサルチエルを取り囲み、下では群衆が相変わらず懇願していた。「諸君」とサルチエルは言った。「わしのごとき人間には無駄にする時間はないのだ。一昨日の夜、わしは眠っていたのだ、このことを知っておいてくれ」

彼はとまどった。何を言えばいい？　解答により重みを持たせるにはどう言えばいい？　ふと名案が浮かんだ、とでも言おうか？　或いは膨大な計算と記述行為によるものだと言おうか？

「これ！　と言うよく響く声がわしを呼んだのは、わしが眠っている最中だった。そこでわしは答えた。《誰か来たのか？》《友人だ！》とその声が答えた。《あなたなのですか、モーセ様、我等の師よ？》するとその声がわしに答えた。《いや、違う、お門違いだ、モーセではない。サルチエルのような男を個人的に訪れるのは私だ！》と。要するに、我が親愛なる友達《ともどち》よ、それは神ご自身だったのだ！」

全身を震わせていたソロモンは別にして、益荒男たちはサルチエルが大袈裟に言っているのがわかっていた。だが、彼らも少なからず感動していた。

「そうして、神はこんな風に話された。《サルチエルよ、謎が解けるよう私がお前を少しばかり助けてやろう。知れ、我が親愛なる友よ……》」

「と、そう神は言われたの、おじさん？」小柄のおめでたき人物はたずねた。

「誓ってもいい！」早く話を終わらせようとして、マンジュクルーは言った。

ソロモンは尊敬を込めておじを見つめていた。

「それから」とサルチエルは続けた。「神は謎は簡単だと言われ、わからなかったお前の友人たちは大変愚かであるとも言われた」

「それはあんまりだ」とソロモンは憤慨した。「僕たちが全知ならわけなく見つけちゃうよね！」

要するにソロモンは、神は機転が利かないと思ったのだ。だが彼は敢えて言いはしなかった。

「いいから、いいから」とマンジュクルーは言った。「で、それで？」

「で、それでだ、我が親愛なる友達よ、神は御手をひげにやってから……」

「じゃあ、あなたは神を見たんですね？」とソロモンがたずねた。

「いいや、もし神を見たなら、わしは紙屑か小さな紙片に変えられていただろうからな」

「じゃあ神がご自身のひげに触れられたと、どうしてわかったんですか？」

「わしは毛の音を聴いたんだよ！（ソロモンは全身に戦慄を覚えた。）要するにだな、我が友達よ、神のお陰で……」とサルチエルは言葉を継いだが、話している内に出てきた瀆聖の言い回しにかなり当惑していた。

「神の毛からその後を早く言えよ！」とマンジュクルーは言った。

「結局のところ秘密というのは、文字だけに思いを凝らし、数字も印もフランという単語も考えに入れるなということだ。自分で読んでご覧」

益荒男たちは各々ポケットから暗号文書を取り出し、マンジュクルーが大きな声で解読した。

《この手紙を熱すること。そうすればおじは大きな喜びを得るだろう。》

「それなら金はどこにある?」

「わしは知らん。この手紙をわし一人で熱するのは恐かった。お前さん方と一緒の時を待つほうがいいと思ってな。それにわしはちっとばかし苦しみたかったのだよ」

「なぜだ?」

「神が哀れみ給い、真のよき知らせをお送りくださるようにだ」

手紙をコンロにかざすと、焦げ茶色の文字が現れた。

《サルチエルは四月二十五日午前零時にジュネーヴのイギリス公園に居ること。》

マンジュクルーは天を仰いだ。それで金は? サルチエルは歯をがちがちいわせた。

「これは彼だ、わが最愛の者たちよ! ソルだよ!」

彼は両腕を拡げ、友人たちは代わる代わる彼を抱擁した。すっかり老いてしまった彼はむせび泣いた。マンジュクルーは平静を装い、せせら笑った。このサルチエルおじは甥のこととなるとなんだかんだと騒ぎ立てるのだから! この俺は、マンジュクルーは息子を何人も数限りなく葬ってきた、あの小さな死者もだ。だが俺は逆境を堪え忍び、健気にもそれを糧にして己を強くしてきた。それに、俺は人前では泣かないことにしているのだ! サルチエルは確かに衰えた。ソロモンは皺の刻まれた古い友人の顔にその小さな両手でそっと触れた。

「おじさん、笑わなくちゃいけません、泣いたりしたらだめですよ」

「うん、けれどももし彼じゃないのなら?」

「そうだなあ」とマンジュクルーは言った。「もし彼じゃないのなら、そりゃあその方がいいに決まってるだろうが! そいつはおそらくアメリカの金持ち婆あだろう。その女と知り合いになりたいもんだ、紹介してくれよ。俺は二重結婚する、そうなれば俺の行く末も安泰ってわけだ。その女の足の裏をくすぐってやれば、彼女は俺が大好きになり、お前さん方は葉巻を吸い、お前さん方にソルベをおごり、お前さん方は、その日、俺が何様只人にあらずってことを知るだろうよ!」とマンジュクルーが言った。

「黙れ、くたばり損ないめ!」とミハエルが言った。

マンジュクルーがひやかすようなそぶりを見せたから、ミハエルは彼の鼻をひねった。マンジュクルーは額《ひたい》に箭《や》は立つとも背には立たじを地で行きたかった。

「けつの穴の小さい奴だぜ」とマンジュクルーは大男に言った。「ならぬ堪忍するが堪忍で、この俺が胸先三寸に納めておく。お前は張り倒されるところだったんだぞ！」

張り倒されたのはマンジュクルーのほうだった。彼はすぐさまルダンゴトのボタンをはめ、益荒男たちはこれから起こる虐殺を思って身震いした。

「二度とすまいぞ」とマンジュクルーは品のいい言葉使いで言った。「もし繰り返すようなことがあれば、私はお前を野蛮な男と呼ばずばなるまい」

それで一件落着と相成った。

「おじさん」とソロモンが言った。「この僕には何かこういい予感がするんですよ。あなたはジュネーヴで彼、ソラル殿に会い、世界の奇跡でもあり、また人間を愛したルソーの故郷でもあるその町で、砂糖漬けのような甘い日々を過ごすのです！」

彼の小さな胸は、ジュネーヴとその住民全部に思いをはせると、感激で震えた。

「ひっこんでろ！」とマンジュクルーが厳命した。ミハエルから受けた侮辱の腹いせをソロモンにするのが彼の慣わしだ。

「本気で言ってるの？」とソロモンがたずねた。

「ひっこんでろって！　学校の先生を気取りやがって、お前さんの言うことにはうんざりだ、おお、米粒みたいにちっこいやつめ！」

「本気なら」とソロモンは言った。

友を苛立たせないようにと彼はドア近くに身を置き、言われるままに罰としてそこにじっとしていた。後ろを向くと、体のあちこちを幾度となく掻いた。その間もサルチエルは行ったり来たりを繰り返し、思いを凝らし、空のグラスを一つまた一つと手に取り、そこに甥が居るかのようにグラスの中をのぞき込むのだった。二年この方、ソラルともソラルの父親ガマリエル師ともまったく音信不通でいた。彼も年波を重ね、死ぬ前にもう一度甥に会いたかった。

「三十万ドラクマがまたまたおもしろくなってきた。現金化しにアテネへ行くべし！」とマンジュクルーが言った。

「そのとおり」とマタティアスが言った。「この数百万で俺たちの頭が変になっちまったんだ。銀行にそれだけの金があってくれればいいんだが」

アテネへ向けての出発が明日と決まるやいなや、マンジュクルーはひどく陽気になり、三億三百を忘れてしまったかのように歌い始めた。その歌たるや、エチオピアの一部族の集団うがいとでもいったほうがましの代物だった。ミハエルが軽く平手で叩き、このリサイタルは終わった。

「諸君」とサルチエルは言った。「アテネで小切手を現金にしたら……」

「僕はね」とソロモンがくるりと半回転しながらさえぎった。「僕はドラクマをぴったりと僕の胸につける。ぼくからこの金を盗もうとする奴は大間抜けだよ、だって僕はドラクマの上に茨を置いとくんだからね！」

「人間たちに話させろ」とマタティアスが言った。

「アテネからわしは一人でジュネーヴへ行く、神のご加護を頼んでな」ここでロマン派風の姿勢をとるべきだと確信したサルチエルは言った。

偽弁護士はさげすみの大笑いをし、両足指を拡げ、痙攣させた。

「行くなら一人で行けとほざいている奴がここに居るとでも言うのか？」と彼はシルクハットを脱ぎながら尋ねた。「恥を知れ、サルチエル！　俺があんたをたった一人で行かせるとでも思ってるのか？　俺はあんたと一緒に行くぞ、サルチエル、と俺は言った。俺があんたと一緒に行くと言ったのには四つ理由がある！」

自分の演説が長くなると見た彼は、神経衰弱気味の舌の付き添いとして残しておいたオリーブの種を用済みとばかりに冷厳に追放した。

「理由の一番目は俺の取り分のドラクマのお陰で、今や俺は富と安楽の御曹司であり、二番目は旅行好きであることだ！　三番目は、（彼は再び帽子を被り、疑い深い目の片一方を隠すように傾けた。）三番目は、と俺は言う、あの国際連盟をこの目で見、判断し、その価値を理解すること、四番目、これが最も重要な理由だが、あんたは俺の掛替えのない相棒にして、おお、サルチエル、我が英国の友達《ともどち》が〈チップ〉と命名せし薄片のフライド・ポテトと同じぐらい大好きな友よ、その気高く稀有な感情は、俺がどれほど呪われし存在であろうとも、我が心を少なからず寛大にし、虹の如き様々な色に染めるからだ！　そして人生も黄昏時にさしかかったあんたの玉響《たまゆら》の命を脅かす暗礁やら岩礁、落とし穴やら罠などの障害物があちこちに転がっているそのど真ん中にあんたを放り出すわけにはいかないじゃないか？　おお、わが相棒のサルチエル、おお、我が親愛なる竹馬の友、俺はその傍らで死にたいのだよ」

そう言うと彼は大向こうをうならす役者のようにお辞儀をした。するとソロモンは泣きじゃくり、マタティアスは洟をかんだ。ミハエルは咳払いした。彼はソロモンにびんたを食らわせ、彼の感情とそのカイゼルひげとの非互換性を罰した。ソロモンは一切を理解し、その手を虐待者の膝に暴力を用いることなく置いて、小さな啜り泣きを続けた。

「この見下げ果てた奴ら」とマンジュクルーは益荒男たちを指で指し示しながら続け、彼らはびくっとした。「いかにも絞首台に相応しい悪党面をしたこの偽りの友人たち、真の享楽主義者のフリーメーソンども、エゴイズムという名の金髪の悪魔に痛ましくも鎖でつながれし者どもが、あんたを男やもめのままひとり放っておき、彼らの思いのままに、この陰鬱で腹黒い奴らの自由にしているのだ！（彼は本気で憤っていた。そして彼本来の優しさに思いをはせると、その顔は純真無垢の輝きを見せ、演説もますます熱気を帯びるのだった。）思いやりの心の持ち主であるこの俺は、たとえ火の中水の底、槍が降ろうが火が降ろうが砂漠を横断し、大水が出ようが朗読術の女先生に出合おうが、クラシックの交響曲や韻を踏んだ詩に出くわそうが、谷を越え、スイス最高峰の頂上に登ろうとも、いつでもどんな時でもあんたのためなら我が命を危険に曝し、海賊や獰猛な野獣に立ち向かう！　あんたをちょっとばかし騙すのは御茶の子さいさい、朝飯前だが、あんたを見捨てやしない、おお、サルチエル、絶対に！」

彼は帽子を脱いで挨拶すると、立ち去った。自分の演説に感極まった彼はオリーブの木の後ろへ回り、感動の嵐に身を任せ、思う様泣いた。

「でも僕たちは見下げ果てた奴らじゃないよ！」とソロモンが大声で言った。「僕もあなたと一緒に行きますよ、おじさん！　たとえ火の中水の底、風が吹こうが海賊に出合おうと！」

「剽窃家！」オリーブの木の後ろでマンジュクルーが叫んだ。涙でぐしょぐしょの、嗅ぎたばこの染みがついた大判のハンカチをしまってから、彼の演説の特許を取ることを唯一の目的とする会社の設立を一瞬考えた。

「ジュネーヴまで旅費はいくらかかるんだ？」とマタティアスが聞いた。彼は意地悪な男ではなく、サルチエルを彼の流儀で愛していた。

数分後、ソロモンはマンジュクルーの方へ駈けて行き、相変わらずオリーブの後ろで自分の優しさを思って感涙にむせんでいる彼に、益荒男たちが世界の果てまでもサルチエルと一緒に行くと決めた、と告げた。

「サルチエルの甥殿は公国を一つ、或いはなにか他の成功のキュウリを手に入れたんだね、きっと。僕らに金を送ってくるのは僕らを愛しているからなんだ。でも彼がどこにいるかは僕らには言わない。僕ら一流のやり方で彼の王座を台無しにしちゃうんじゃないかって恐れてるんだよ。僕らは能が無いしね、そう思わない？」とソロモンはごく小さな声で言った。

偽弁護士はその小男を注意深くじっくりと見た。オレンジが一つ枝から離れ、落下した。マンンジュクルーはそれを拾うと皮も剝かずにかみ砕き、十分間思案した。

「お前のおつむはちっこいが出来はいい」と彼は遂に言った。

ソロモンはこの褒め言葉に有頂天になり、走っていって、ぐるぐる回り、それから直進した。《ちっこいが出来はいい！》跳び上がったりぴょんぴょん跳ねながら、彼は鼻歌風に歌った。

そうして、ユダヤ人地区に戻ってくると、胸に押しあてるようにして持った角笛型の紙袋のナツメをこりこりと音を立てて食いながら、時にはけんけんで踊りの真似事をしたり、時には優雅に跳ねて踊ったりして、三万ドラクマが手に入る、三万ドラ〜ア〜クマだぞ！　とあらん限りの声で歌った。

じきにアテネが見られる、百ドラクマ紙幣で三百枚、十ドラクマ紙幣で三千枚、一ドラクマのコインならこいつはすごいや、三万個だよ。友人たちと出発だ、ジュネーヴが見られる、〈神々しいまでの氷河の都が〉と思うと天にも昇る心地になり、突然若駒のようにはやり立ち、アナリプシスの森へ向かってギャロップで駆けて行った。（おお、過ぎ去りし我が青春よ。）

ミケランジェロの彫刻を思わせるオリーブの木々は、二筋の奔流を受け入れる滑らかな海の方へくねり曲がった幹を傾けていた。ソロモンはその雨承け鼻を天に向けて鼻孔を拡げ、ほどよく塩味の利いた空気を吸い込み、一片の雲もない広大な蒼穹がシュロに分断されているのを眺めて大いに楽しんだ。

「畜生《ノン・ドゥ・ディユー》！」敬虔な小男は思いきって大声で言ってみた。［Dieu《ディユー》は神の意味］

牧場はビロードのようで、草いきれのする中で花という花が今を盛りと咲き誇っていた。海から突き出た岩山の頂にはセイヨウカリンが香っていた。かすかな音を立てる穏やかな、あくまで紫色の海に、永遠不変の太陽の強い光で、青緑色の部分と林間空地を思わせる白色の部分が浮かび上がっていた。この半透明の広がりに漲る静寂に熱狂した水売りは地面を蹴り、生まれて初めてあらゆる種類の品のない言葉を口にした。

うれしいなあ！　三万ドラクマだよ！　出発だ！　船室！　きれいで小さな簡易ベッド！　畜生《ノン・ダン・ディユー》！　な

んて言って、ご免なさい、神様！　海のそよ風！　船の舳先！　その一番先っぽに座って、僕より前には誰も吸ったことのない空気を吸ってるんだって言うぞ！　おお、特権よ！　おお、この世の無上の喜びよ！　喜びが彼を不安に陥れた。それで、その不安を厄介払いしようとして、彼は叫んだ。

「ばたん、きゅう、ぐー、とろっ、とろり、とろん！」

おお、みんなをマルセイユへ連れていってくれる大きな蒸気船！　おお、ゆっくり楽しむタールや熱くなったペンキのそそり立てる匂い！　おお、見ていると恐くなるそのすごい機械、ピストン、緑色のオイルが入っているガラスや銅製の可愛らしい容器を見にいって何時間でも過ごすんだ。ぴかぴか光っているピストンに一種の油のような物――多分槙皮《まいはだ》と呼ばれる物を整備士が塗っているのを見る！　おお、フランス人の背の高い船長に恭しく挨拶する！　おお、一等船客のご婦人方にみとれる！　おお、食堂へ下りて行く！　おお、料理の一品一品を三度おかわりする！　そうしてマルセイユ到着だ！　それから親愛なる友シピヨンとの再会！　それから鉄道だ！　旅に備えて食糧の買い出し！　列車に乗り遅れないように二時間前に駅へ行く！　コンパートメントに落ち着き、足を踏み鳴らす！　お前スーツケースはちゃんと持ってきたろうな？　それから食糧、どこにある？　そして列車で魅力的なフランス人や教養のあるスイス人と知り合いになる！　先ずは人間関係を結んで、次に打ち明け話をする間柄になったら、彼らに彼の喜びである三万ドラクマのことを話す！　三万ドラクマ全部彼の物なのだ！　スイスに到着！　羊飼いたち！　自由！　誠実！　徳！　独立！　ファシストも共産主義者もいないのだ、鳥肌が立つ！　そして今まで見たことがなかったジュネーヴと知り合いになる！　そして偉大な政治家たちで目を楽しませる！　ジュネーヴ人たちの霊的指導者カルヴァン様の手に接吻しにゆく！　そして、何よりも、何よりもすごい美男のソラル閣下に会うのだ！　彼を見て感激する！　芝居の一場面のように彼の目を見る！　サルチエルおじさんが大喜びするのを見るのだ、ソラル閣下で目を楽しませたおじさんは喜び過ぎで死んじまうぞ！

「こういったこと全部が僕のために、そして僕の友人たちのためにあるんだ！」けんけんで走りながら彼は大きな声で言った。

それに彼は生きている！　背こそ低いが勇壮活発だ！　ソラル家の分家筋の後裔はうれしまぎれにスイングスピンをしながら海に向かってギャロップで駈けて行き、服のまま腹から海へ飛び込んだ。不規則な動きで泳いでいた彼はじきに海底に沈んでしまい、水面に浮かび出てきたときには頭に海草を戴き、勇猛果敢ぶりも何処へやらの体《てい》だった。彼は草の上に寝そべり、舌を出した。それが人工呼吸だと思ったのだ。

我が心の息子ソロモン、懐《ゆか》しきソロモン、この世界の青春、無邪気、信頼、すぐれて道徳的な優しさ、砲架を備え、イペリットガスを噴射する鼻孔を持った怪物や人間であることを忘れてしまったマネキン人形たちすべての贖いよ。ソロモン、人間が皆お前のような人間になるであろう幸せな時代を予告するぱっとしない預言者よ。ぱっとしないが真の救い主よ、お前を評価し、お前を尊敬するのはこの私しかいない。お前は本当に偉大すぎる人間だから、自分が真の救い主であることがわからないのだ。おお、カタツムリ、おお、微生物、おお、高邁な精神よ。お前を笑う奴らには笑わせておけ、お前を馬鹿にする奴らには馬鹿にさせておけ、はしゃいで飛び跳ねるのだ、ぱっとしない者よ、全く見栄えのしない不滅の者よ。行け、我が子羊よ、我が大切な愛らしきメシアよ。

海で落命寸前に命拾いしたソロモンを灼熱の太陽がすぐに乾かしてくれ、彼は香《かぐわ》しい森をまた走って横切り始めた。百羽ほどの小鳥がぴいぴい鳴きながら彼を取り囲んだ。彼の頭を飾っている海草がこの上なく美味だったし、怖がらずについばめたからだ。彼が立ち止まると彼を良く知っている小鳥たちがその頭に止まり、無礼にも小さな足の緊張を解したり、休息したりするのだった。彼が再びはしゃいで跳びはね始めると小鳥たちはばたばたと大きな衣擦れのような羽音を立てて飛び去り、ふっくらと膨らんだ無垢の小さき者たちは一本の大木の高見で微かに揺れる枝に休むのだった。

彼と同じぐらい陽気であちこち飛び回るたくさんの小さな友人たちに取り巻かれて、歌ったり、跳び上がったり、散歩のように歩いたりしながら長い間楽しんだ。ときどきさいころ独楽のようにくるくる回り、天地の創造者である神を誉め称えた。あちらへひらひら、こちらへひらひらと空中に舞う破れた両袖は、まるで翼のようだった。

何時間か過ぎた。昆虫たちがかさかさと音を立てたり、羽を震わしたり、脅したりしたが、ソロモンはドラクマや日の光のきらめき、旅のことに夢中で、踊ったり、歌ったり、益荒男たちの新標語を叫んだりすることしか頭になかった。

「フランス万歳!」

その結果、夜の帳《とばり》に包まれた時、梟たちがせせら笑いの振りをし始めた暗い森の中で、迷う羽目になった。耳を塞ぎ、背中は激しい恐怖で冷や汗びっしょりの彼は、自分を勇気付けようとラ・マルセイエーズを歌いながら、辿るべき道を長い間探した。

10

実際マンジュクルーが一風変わった人物であることは否めない。雌の子獅子騒動が持ち上がったとき、立ち上げた会社が彼にかなりの大金をもたらしたはずで、そのお陰で子供たちにはこれでもか、これでもかとばかりに充分すぎる食い物を与えられただろうし、ルダンゴトを一着新調することも、それから、ソロモンの女房同様、彼のレベッカも大好きな、社会保障の払い戻しの対象となる薬剤を彼女に与えることもできたはずだ。下剤ボルドフロリン、ユロドナル、制酸剤、下剤のマニェジー・ビスミュレ、強壮剤のフリルーズ・ワイン、栄養、新陳代謝のカントニン、複合ビタミン剤、クルシェン塩、エノのフルーツサルト、肝臓のためのカーターの小丸薬、その他諸々の、万が一にもとやるせなく切望している医薬品を同時に服用して、体力強化をはかれたなら、彼女はどんなに喜んだことだろう。

とんでもない。そんな風に思うことこそ痴《おこ》の沙汰だ。持ち株会社を解散するやいなや、芸術の保護者になることこそ我が使命、と気付いたマンジュクルーは、敬愛する重要人物や大事だと思う諸機関に儲けを分配したのだ。読者にはそこのところに思いをいたしてもらいたい。この気前の良さは彼の寛大さの証なのだが、気の毒にもその鷹揚さは場違いで、溢れんばかりの感謝で受け入れられたのではないことを、彼は思いだにしなかった。詳しく書くとこういうことだ。

聖座へ千ドラクマ、シオニズムの機関へ千ドラクマ、そして英国王へ千ドラクマだ。この三番目の寄付行為については、郵便為替の裏側に注意深くきちんとこう認《したた》められていたから、ケファリニアの郵便局長はびっくり仰天。《ご自分のためには、なにかくだらないものでもお買いになってご自分を喜ばせ、お可愛らしい王女様方には、王女様方の良き友にして賛美者であります地を這うけちな蛆虫マンジュクルーからとして、スイスのチョコレートを差し上げてくださいますように。ネスレ製造のピスタチオ入りチョコレートダマクは、一度食しますればその旨さに痺れること請け合いです。》

三百ドラクマをとりわけ尊敬するノーフォーク公へ。二百五十ドラクマを殊勲賞受賞者にして大英帝国四等勲士、ヨーマン警備隊長である大佐テンプルモア卿へ。二百六十ドラクマを貴族軍団長ルーカン伯へ。二百四十ドラクマを海軍大将ビーティー卿へ。百ドラクマをシフトン伯へ。百二十ドラクマをダービー伯へ。百五十ドラクマをシェトランド侯へ。二百ドラクマをリンスゴー侯へ。百ドラクマをウィンストン・チャーチル氏へ。五十ドラクマをロイド・ジョージ氏へ。二百七十五ドラクマを、彼がその軍帽の羽の前立を熱賛している陸軍准将G・W・セント・ジョージ・グロガンへ。

三千ドラクマをフランス航空省へ（《ピンハス・ソラル伍長の軍隊式敬礼とともに》）。三千ドラクマをスイスへ（《高性能の大砲数門購入のため、そしてある一つの国境付近に注意を怠らないようにしてもらうために、えへん、えへん！》）。二千ドラクマをアメリカ合衆国大統領へ（《貧者の一灯、ご容赦ください、親愛なる偉大な友よ、貴国の懐具合を案じてのことではなき故に》）。

そして一サンチームのギリシアの郵便切手をドイツの宣伝省へ。

この諸方への贈り物が秘密裡に行われると、マンジュクルーは――レベッカの金切り声を恐れていたから――ピレウス経由マルセイユ行きの三等切符を四枚注文しに行った。彼の贈り物が届いたとき、イギリスの名士たちが感じる喜びに思いをはせながら、思い切り揉み手をした。やはりロイド・ジョージにはもう少し多く送るべきだったな、彼は気を悪くするにちがいない。まあ仕方ない、後悔先に立たず、だ。それに、結局はそのままでいいのだ。彼がロイド・ジョージに尊敬の念を抱いているのは確かだが、しかしその政策を全面的に是認しているわけではないから、そのことをそれとなく仄めかしたって、立腹はしまい。彼は立ち止まった。親愛なるイーデン、ネヴィル・チェンバレン、ボールドウィン、まだ他にもいるが、彼らには一文も送らなかったことに当惑した。万事休す、か？　もう一スーも残っていない。まあいい、この件は先送りだ、この人たちのことは覚えておけばいい。

地下室に戻ると、どういう風の吹きまわしか、急に優しさを見せたくなり、子供たちのために四十個もの卵を使ってオムレツを作った。夜の夜中に子供たちをたたき起こし、多種多様の滋養物を彼らに詰め込ませ、その様子を厳しく楽しそうな眼差しで見つめた。

11

マルセイユに向かってピレウスを出航したばかりの船のデッキで、三十万ドラクマのかわりとしてアテネの銀行が振り出した八千スイス・フランの小切手を——皮袋に入れて——その胸にぴったり付けて持っているマンジュクルーをミハエル、ソロモン、マタティアスが取り囲んでいた。（白熱の議論の末、四人の友人たちは順番に四時間交代で小切手を保管し、保管者である一人をあとの三人が取り囲むことで合意に達したのだった。）

サルチエルが見えないので心配になったソロモンはその場を離れ、探しに行った。幾重にも紐をかけた使い古しのスーツケースに座って、破壊されたエルサレムの廃墟に立つ預言者エレミヤのように、夢想にふけっているサルチエルを見つけた。小柄なおじは過ぎ去った歳月のことを思い出していた。四半世紀前には三十万のユダヤ人がケファリニアに暮らしており、祝福されていたあの頃はシナゴーグが五つ、タルムード学校が一つ、神学校が一つ、大ラビが一人、普通のラビが六人、そして司祭が十人もいた。けれどもユダヤ人は段々ケファァリニアから出て行き、今はもう一万五千人しか残っていない。他の者たちは皆繁栄している都会——ミラノ、アレクサンドリア、マンチェスター、パリ、ニューヨークへ移住してしまった。モイーズ・ソラルの孫息子のハイムは代議士となり、今ではヴィクトル・ソーラルと名乗っている。彼の娘のジュアンヌとオッペンハイム男爵との結婚式はパリで一番優雅な教会で挙げられた。ヴィクトル・ソーラルの息子はといえば、彼はアダルトものの小説家だ。彼はアドリヤン・ドゥ・ノヴァンクールとサインする、我が民族の恥だ。彼は戸籍簿更正の訴訟を起こすことさえ考えているそうな。

「おじさん、どこかお体の具合でも悪いのですか?」とソロモンが尋ねた。

こういった転向者は皆豚を食らい、知事と知り合いになって喜び、ケファァリニアのことを見下して話し、ほとんどあか抜けしていないこの島や彼らが今あるのはゲットーのお陰なのに、そのゲットーさえも二度と見まいと固く決心しているのだ。贖罪の祭りの日にしかシナゴーグへは行かないし、過越の祭りの間でさえもう種なしパンは食わないのだ。息子たちにはまだ割礼を行っているが、もはやヘブライ語は教えない。可哀想に子供たちはたった一つの祈りしか知らない。子供にはにつかわしくない大人のスーツのミニチュアに身をかためて山高帽を被り、成人式の日に彼らが唱える祈りだ。シナゴーグではは汚らわしくもオルガンが奏され、女が男と隣り合わせになるとは、戦慄を覚える。それから、こういった変節漢の娘たちは唇に絵の具を塗り、夜は半裸で外出する。男のようないでたちの女たちを見たこともある。一番の金持ち連中の息子たちは女のような物腰で、聖なる宗教の棄教宣言をする。聖性から堕落への突然の移行だ。

他の三人の益荒男が薄暗い船室に入ってきたとき、ソロモンはサルチエルの手を取っていた。

「みんなで一緒に詩篇を唱えたらどうですか?」とソロモンが提案した。

詩篇は堕落した民を守ってきたものではないから、サルチエルは手振りで拒否した。

「何だ、何だ、人は悲しい時は悲しいと言うし、悲しいと叫ぶものだ! 謎々物語なんてたくさんだぜ、おい、サルチエル!」とマンジュクルーは喚いた。

「島を離れたからだろう、おじ貴!」とミハエルが尋ねた。

「我々の民族に最後が迫っている」とサルチエルは言った。

マンジュクルーは首を縦に振った。もう随分前から彼にはわかっていたし、そのことで夜も眠れなくなっていた。それにこれまで生きてきて、なにか成し遂げたか？若いときには何かしたか？　発明をしたこともないし、死後には彼のことは何一つ残らないだろう。おお、品のいい本を一冊ものし、多くの人から絶賛される、なんてことになればなあ！　俺はもう死んだも同然だ。もしイギリスでキリスト教徒に生まれていたなら今頃は、一文の値打ちも無い自分を慰めようとして闇雲に食う鼻持ちならぬユダヤ人ではなく、インドで総督をやってるはずなんだよ。王は何でも持っている、勲章も喜びも栄光も、そして理由の有る無しに関わらず称賛の的になる。それで彼には、マンジュクルーには何も無い。彼は自殺するつもりで舷窓を見つめた。だめだ、通り抜けられない。明日一人でいるときに鋸でも使って船室の丸窓を大きくしよう。

だが、夕食を知らせる鐘が鳴って、マンジュクルーが立ち上がりざま巨大な両手を擦り会わせると、知的能力がそのひらめきの片鱗を見せた。イスラエルが死につつあっても彼マンジュクルーは生きている。こりゃいい！しかもヒトラー首相は、しばらく前からイスラエル魂を蘇らせようとしてくれているではないか！

「食いに行こう、諸君！　脂っこい食い物が我々を待っている。食い物が脂っこければ脂っこいほど俺向きだってことを、お前さん方も知っているよな！」

「おしゃれをしようよ。食堂はきれいだから面目を失わないようにしなければならないんだ！」とソロモンが言った。

「あの上の方では音楽が鳴っていて、敬意を表すべき一等船室のイギリス人や知り合いになるべき人物がいるっていうのに、俺たちは薄暗い船室に閉じこもってじっとしてるなんて、冗談じゃないぞ！」とマンジュクルーは憤慨した。

「それに目の保養になるご婦人たちもいる！」とソロモンが言った。

「電気だ、ソロモン、電気だ！」とマンジュクルーは手を叩きながら大声で言った。「つまみを回し、ありったけの電気をつけて明るくしろ、心の中まで明るくするのだ、俺はこの船会社をちょっとばかり破産させてやる、確かに儲けすぎだからな！」

洗面台の流しに張った水に両手を浸し、髪を湿らせ、ポマードを塗っててかてかにし、きれいに撫で付けた。

ソロモンが友人たちの服にブラシをかけてから益荒男たちは三等船客用の食堂へ一列縦隊で入っていった。彼らの異様な身なりは大成功を収めたが、サルチエルとソロモンは顔から火が出そうだった。

彼らは口を閉じずに舌鼓を打ちながらもりもり食い、このすばらしいオードブルはお代わりをしようと礼儀正しく約束し合った。その舌の根も乾かぬうちにマンジュクルーは、次いで出されたイタリア風パスタがいたく気に入り、ソロモンの皿から洗いざらい略奪した。

「これもお前のためを思えばこそだ」と彼は言った。「わかってるだろうな、おお、肉眼で見える一番小さな世界での巨人よ、お前の消化管はあんまり小さくてマカロニはその中に入ってゆけないから、お前の食道がマカロニの中を通ってゆくことになる。すると代位窒息が起こり、お前はあの世行きと相成るのだ」

軍楽隊の弾むようなマーチを口ずさみ、カスタネットのように鳴らすことができる親指で拍子をとりながら、マンジュクルーはマカロニのトマトソースを無尽蔵であるかのように食い続けた。次いで大きくて脂がのった子牛の骨付きロース肉が出ると、骨までがりがり噛み砕き、充分に堪能した。

ひげにそり残しのあるギャルソンが再び菓子を勧めに回ってくると、彼らはその菓子を褒めた。マンジュクルーは何時になく親切に、ソロモンにもう一度取るように勧めた。

「もっとたんとお食べ、息子よ、海風は腹の虫を鳴かせるからな」とマンジュクルーはにこやかに言った。

こうしてギャルソンに覚悟させ、前例を作ることにしたマンジュクルーは彼の番がくると菓子を五切れ取った。友人たちは顔を背けた。

「金を払っている者に権利があるのだ！」とマンジュクルーは呟いた。（彼が無賃乗船であることを控えておいていただきたい。）

マタティアスは鉄鉤を二切れに突き刺すと、ポケットに入れた。目にも留まらぬ速さで彼の分を飲み込むと、マンジュクルーは口笛を吹いてギャルソンを呼び、友人たちはいたたまれずに立ち上がり、醜態を演じる彼を一人残して立ち去った。

「イギリスの大型客船では同じ料理を三度勧めにくるが、この船にはそういうしきたりはないのかな？」シルクハットを持ち上げながら偽弁護士は尋ねた。（ギャルソンは答えもせずに立ち去ったから、マンジュクルーは見苦しくもせせら笑った。）

どんと構える振りをして、彼はコップ一杯の水を飲み、立ち上がって、一人で占領すべく船室に向かった。（船室を共にする四人のアルメニア人を立ち退かせるため、この好ましからざる四人の耳に具合良く届くように案配しながら、俺は人を喰うのが好きだ、とミハエルに打ち明けた。丁寧にきつね色に焼き上げた赤ん坊の味や老人たちの舌の魅力をしごく上手に解説したから、アルメニア人たちは別の船室を探し始めた。）

彼は急にさっぱりしたくなった。そこで半期に一度の体の清掃を実施することにした。体の清掃とは体の上から下までナイフで垢をこそげることだ。指物師のかんなの下から削り屑が湧き出るように、垢が出てきた。そして再び服を着ると、山師を思わせるケープをゆったりとまとい、憂鬱を道連れに三等デッキへ散歩に行った。

ポーランド系ユダヤ人の傍に座り、目を大きく見開き、持て余しながらも知りたくて堪らず、ローソクの光で「資本論」のヘブライ語訳を読んでいるソロモンを見つけた。見ず知らずの同族の目に興味をそそる男に映るようにと、マンジュクルーは益荒男たちの新しいやり方でソロモンに挨拶した。

「フランス万歳」と彼は心臓の上に手をやり、言った。

挨拶が終わるやいなやカール・マルクスの本を奪取すると頁をぱらぱらとめくった。二十頁までくると、仰天し、愕然とし、癇癪玉を踏みつぶし、頁を繰るのを止めた。カール・マルクスの野郎、俺の理念をことごとく盗みやがった！　彼は革袋に触れた。うん、愛しき者はここにいる。どう考えてみてもカール・マルクスの奴は誇張のしすぎだ。きっと腹が減って死にそうだったんだ。マンジュクルーはポーランドの同族に強烈な拳固を数発食らわせて追い出した。それから自分の誠実さに感動した。俺はスイス・フランの小切手を胸にぴったり付けて持っている。俺はとんずらなんかしないのだ！　なんと俺はりっぱなのだろう、神よ！　次第に人気が無くなってゆくデッキでソロモンはいびきをかいている。マンジュクルーは長い間この奇跡のことを考えた。

不意に彼は、サルチエルが彼らしくもなく風狂に身を任せているのに気づいた。両足の先端を交互に前に出し、両腕を丸め指を鳴らし、白い冠羽を跳び上がらせてすばやく半回転するのだ。

「サルチエル、破廉恥にもこんな踊りを踊るなんて、一体どうなっちまったんだ？」

「希望で胸がはちきれそうなくらい興奮しているのだよ！」とサルチエルは答えた。

トック帽を腕に挟み、老人は誰もいなくなったデッキでアントルシャを続け、マンジュクルーは困ったものだといった眼差しで見つめた。だが、しばらくするとマンジュクルーもダンスに加わった。生きなければならないのだ、どうしても！　それに皮膚の垢をこそぎ落としたから、心まで大いに軽くなったのだ。ソロモンも緑色の光に照らされて爪先旋回をした。そしてマタティアスまでダンスに加わることにした。ほんのわずかにしろ靴の底を減らすことのないように心を配り、ゆっくり旋回した。誰もが不可解にも幸せだった。腹一杯食ったからだろうか、スイスの小切手を持っているからだろうか、或いは月の光に照らされた優しい波に揺すられているからだろうか？　そうかもしれないが、ともかくミハエルがかき鳴らすお世辞にもうまいとは言えないギターの音に合わせて、彼らは一時間も踊り続けた。

へとへとに疲れて彼らはダンスを止め、サルチエルは舷墻《げんしょう》を背にして、揺れるデッキで車座になった友人たちに楽しい話を語って聞かせた。時々嗅ぎたばこを取り出しながら、ロスチャイルド男爵夫人は天然真珠のピュレを食べるとか、アメリカでは家具類は丈夫にした紙で作り、清潔という観点から毎日焼却するとか、パニョルとかいう名の作家は至極おもしろおかしいことを言う天賦の才の持ち主で、彼の口をついて出る言葉や話の一つ一つをアメリカへ打電するジャーナリストに昼も夜も追い回されているとか、彼が一つ話をすれば十万フランものお金がその懐に転がり込み、アメリカ中を笑いで痙攣させるとか、他の世界にも人が住んでいて、モーセはその様々な偉業を他の天体でも新たに成し遂げねばならなかったから、するべきことは山のようにあったに違いないとか、ジュネーヴで説教を聞いたとき、自分がプロテスタントだと痛いほど感じたが、ローマのサン・ピエトロ寺院に入ったときには、香と歌声に包まれてカトリシズムに身を震わせた。そして教皇、全身白ずくめだ、すばらしい！　とか、おまけにスウェーデン国王は大層凝ったお方で、ベッドのシーツを毎週取り替えさせると言ったから、その話は眉唾ものだとマンジュクルーに抗議の声を挙げさせた。フランス人はドイツに地下通路網を建設したが、それは次の戦争が起きたら、その一日目からドイツを爆破するためだとも語った。益荒男たちは開戦となれば戦闘行為の初っ端《しょぱな》から参加すると言明した。ソロモンは自分にはその能力はないと言明した。

「僕の喉は過敏なんだ」と彼は言った。「それから戦争は僕を苦しめる。それにどうやってサーベルを他の人の体に突き立てるの？　それを思うと胸が痛くなる、目をつぶっていてもだよ。それから、僕は、この僕は生きることが好きなんだ、僕の親愛なる友人たち、だから僕の生活信条は《死ぬまで牢屋でも、ずっと生きていられる》だ。だから戦争になれば、僕は自分のために潜水服と空気を一杯詰め込んだボンベを買い、海中深く潜ってヨーロッパの人たちが片を付けるのを待つんだ。だって彼らは勇敢だけれど、僕はそうじゃないんだから」

彼は叱られ、裏切り者扱いされた。彼は震え上がり、戦闘が始まれば駆けつけると断言し、名誉を回復した。だが、腹の中では、徴兵検査で軍医が聴診するときたくさん咳をするつもりでいた。兵隊が一人少なくても、そのせいでフランスが戦争に負けることはないのだ。彼はそうすることで生きながらえる。

「彼らは戦争をする」と彼は突然怒りを爆発させた。「けれども彼らは互いに愛し合っていると言う！　僕に説明してくれ、おお、ピスタチオに目がない友よ、彼らの信仰のこの不可解さを」

「彼らは互いに愛し合っていると言うがそれは、子羊のコートレットが好物の虎流にだ」とマンジュクルーは答えた。「で、俺は冷えたビールが好物だから、レストランへ行って、どっさり買ってくる、気前のいいソロモンの支払いでな」

12

えも言われぬ心地よい時が流れていた。塩味のピスタチオをかりかりと噛み、堅ゆで卵をほおばり、結露した水蒸気が玉になるビールのジョッキを幾杯も傾けながら、計画をたてるのは無上の喜びだった。波頭は月光で煌めき、心細そうに汽笛が鳴った。彼らは宝くじの一等を引き当てでもしない限り実現できそうもないすばらしいこと、善行、天井知らずの贅沢を思い描いて飽くことがなかった。百万フランもらえるならパリのオペラ座で「リゴレット」を歌ってみせるかと、最後にマンジュクルーがソロモンに聞いた。

「あたりきしゃりき」とちんちくりんの男は答えた。「面と向かって僕をあざ笑ったってかまうものか。トマトでも腐った卵でも僕に投げつけるがいい、それであんたたちが喜ぶならね。その間に僕は百万長者になる！　みんなが満足するまで好きなだけ調子っぱずれに歌ってやる、僕は百万フランもらえるんだ、僕はみんなをからかってやり、急いでとんずらする、もう生涯パリジャンに会うことはないんだからさ！」

　その時サルチエルは二十年来覚えようとしていっかな覚えられない「カルメン」のアリアを口ずさんでいた。だが彼は出だしの部分しか知らず、いつも最初のフレーズの真ん中で止めてしまうのだった。マンジュクルーは相変わらず馬鹿げたことを言い、お姫様たちにも腸《はらわた》があるのだと教えられるとソロモンは慄然とした。彼は驚きの叫び声を挙げたが、明白な事実に屈せざるをえず、姫君を賛美させてくれないマンジュクルーを呪った。それからサルチエルはフロイト教授とかいう慧眼の士のことを話した。

「ある男が盗んだが、そいつは盗みをしていないと言う！　よし、それならその野郎をこの医者で教授の所へ連れて行こう。彼はそやつをちらっと見ただけで、こう言う。《財布は竈の下にある！》と」

　このフロイトとは絶対に知り合いになるものかとマンジュクルーは心に決めた。それからサルチエルは、英国王は旨いモーニング・コーヒーをダイヤモンドのコーヒー茶碗で飲むのだと友人たちに語り、マタティアスはコーヒーではなく茶碗を思って舌なめずりした。次いでマンジュクルーはゾハール〔モーセ五書の解釈及び注解からなる中世の神秘主義的研究書〕を暗誦するに至った者は不可視となるから、菓子屋に闖入してちょっといただいてくることもできるようになると説明した。ソロモンは心の底でできるだけ早くこの謎めいた本を買おうと決めた。沈黙が流れる間、益荒男たちは星に向かって高く伸びたマストをじっと見つめていた。ソロモンが鼻をすすった。

「どうした、髭の裏にしがみついているマカロニの切れっ端君？」とマンジュクルーが尋ねた。

「僕は悲しいよ」

「一体なぜだ？」

「なぜって、エドワード八世はもうウィンザー氏としか呼ばれないんだもの」

「ああ、もし俺だったらなあ！」とマンジュクルーが言った。「一人の女のために帝国を、五千万ポンドの王室費を、そしてコーンウォール公爵領を捨てちまうっていうんだからな！　すべては一人の女のためなんだ、好きなだけ会いに行けたんだから、退位して大混乱を起こすことはなかったんだよ」

「王様のままでいて、その美しいご婦人とはこっそり会えばいいじゃないですかって、彼に電報を打ってみたら？」とソロモンが提案した。「そのご婦人に贈り物をして、慰めてやればそれでいいんじゃないのかなあ」

「首相を更迭すれば、少しずつでも彼女との結婚に近づいていけるだろうになあ」とサルチエルは言った。「ともかくわしは彼が好きだ」

マンジュクルーは忠誠の人としての沈黙を守った。イギリスのこれほど身分の高い重要人物に関わることだから、節度を守る義務があると思ったのだ。彼のことを考えないのではなかった。

「彼は英国に住むことさえ許されないんだ、僕はそれが一番辛いんだ」とソロモンは嘆いた。

他の益荒男たちも洟をかんだ。

「しかし俺たちも酔狂だぜ」とマンジュクルーが藪から棒に言った。「今のところはただのエドワード・ウィンザーでしかないだろう。だがな、その内彼は俺たちよりずうっと実入りがよくなる。だから心配するなって。彼の弟は愛想のいい優しいお殿様だから、いやというほど彼に爵位を授与するだろうよ！」

「それはそうだろうけど、彼はもう永久にイギリスでは暮らせないんだよ！」とソロモンはすすり泣いた。

「じゃあ、お前はイギリスで暮らしてるのか？　心配するなって、彼はニースに何台もの四輪馬車や城だの城館だの大邸宅だのを持つことになる！　それに彼は三等車で旅をするなんてことはないんだよ！　散歩にでも出かけるとするか、俺たち貧乏人は」

彼らは、一等船客用の広大なサロンで金持ち連中がなにをやらかしてるのかこっそり見てみようと、その場を離れた。彼らは物陰に一塊になってじっと伺い、感嘆した。オーケストラがイギリス国歌〈国王陛下万歳〉を奏した。二人のイギリス人が立ち上がると、ソロモンの心臓の鼓動は二倍になった。いたく感激したマンジュクルーは愛するイギリスの慎み深き代表者として脱帽し、厳めしやかで控えめ、真剣にして高貴、人品賤しからぬ風で直立した。

次いで鳴り響いたのはラ・マルセイエーズで、自分はフランス人だとの思いを強くしたマンジュクルーはダントンに夢中になった。もうすっかり総司令官に成りきり、数え切れないほどの連隊の兵士に軍隊式敬礼をしながら、デッキを歩き回った。ソロモンは祖国防衛に燃えていた！　ラ・マルセイエーズで勝利の女神の翼はいやが上にも拡がり、マンジュクルーはオーケストラの指揮者を重々しく演じた。

「もし俺がフランス国家元首だったなら、街頭で一時間毎にラ・マルセイエーズを演奏させ、愛国心を高めてやる！」と目に涙を浮かべて宣言した。「そうして煽動者は全部銃殺させる！」

「煽動者って、なんの？」

「煽動者は全部だ！」

　国歌が終わりに近づくと、煮えたぎる祖国愛に我を忘れたマンジュクルーは、ドイツ人を銃で狙った。片一方の手で愛する国歌を指揮し、もう一方の手は銃の引き金を引こうとしていた。百発百中だ。友人たちはもはや堪えきれず、自分たちの番だとばかりに銃を肩に当てて構えた。ぱんぱんと凄まじい銃声が響き、どすんという音が続いた。砲兵のミハエルだ。それでドイツ人は皆蝿のように倒れた。

　オーケストラが止み、益荒男たちはしたたり落ちる汗を拭った。マタティアスとミハエルはばつが悪そうだった。逆にソロモンは自分の勇気に感激していた。彼は少なくとも五十人のドイツ人を殺したのだ！

「で、俺が殺した奴らだが、ダムダム弾を食らわせてやったから、あいつらのおつむは飛び散っちまったぜ！俺の前に鏡があったから、うまく狙えたのさ！　じゃあ、また後でな、坊やたち、俺は一巡りしてくる」とマンジュクルーは言った。

　彼は四等船客のデッキに向かって歩いていった。そこで出合った一人のアメリカ人に、自分はお忍びの大使だ

と説明した。シリア人には、医者で患者を冷蔵庫に二十四時間入れておき、肥満症を治してやったと語った。

13

午前一時になっても、友人たちは揺れて足下がおぼつかないデッキにいた。単調な波の音でいつしか夢見心地、胡桃入りのパイ菓子をゆっくり食べながら、星を見つめていた。

黄や赤の砂糖漬けの梨やとてもまろやかなマカロンを添えた一杯のコーヒーで活力を取り戻した益荒男たちは、時を移さず、すばらしいことを新たに思い描いてみるのだった。一番目は絹の靴下をはく公爵になること、二番目はパイロットで、その飛行機はロープでつないであること、三番目はヒトラーを訪問して律法を巧みに語って聞かせると、彼がラビになってしまうことだった。

「ヒトラーが我々を迎え入れるなんて！　金輪際ありえない。あいつのことなら俺はよくわかっている。俺ならむしろ濃いメーキャップであいつのそっくりさんになってすべてに亘って指揮し、我々を愛せよと命令する、とまあ、そういうことだな！」

「そんなことをしてみろ、お前は逮捕され、ユダヤの豚だと認めろって命じられる、お前が命令に従わなければ、お前の爪は剝がされちまうんだ！　それが現実だ」とミハエルが言った。

「まあ、落ち着けって。俺は奴らが望むことは全部言ってやる。それで奴らがおもしろがるなら、あの馬鹿者どもが。俺はサービス精神旺盛だからな、私は三匹の豚でございますって言ってやったたっていい。そう言ったからって俺が百パーセントユダヤ人じゃなくなるって訳でもあるまい？　反対に俺はますますユダヤ人になる。俺の中のユダヤ人はしっかりと保全され、損なわれたりはしないのさ！　奴らが俺に触れる前に、私は豚の群でございますって叫んでやりさえするぞ！」

「僕ならヒトラー氏にあらゆることを上手に説明してやる」とソロモンが言った。「あっちにいる気の毒な僕らの兄弟たちの苦しみがわかれば、彼も涙をこぼすだろう。これが僕の計画だ」

「諸君、対反ユダヤ主義委員会を立ち上げよう」とマンジュクルーが提案した。

彼は承認されたが、先ず始めに用語の概念規定をする必要があり、討議そのものが困難であることが判明した。

ユダヤ民族というひとつの民族は存在するのか？　委員会とはなにか？〈反ユダヤ主義〉をどう意味付けるべきか？　まだ政治のことを話そうとする奴の太鼓腹に短刀のぴりりとした味を堪能させてやる、とミハエルが静かに言った。

「むしろ愛の話をしようや」と彼は提案した。

「おじさん、どっちがきれいですか」とソロモンが聞いた。「リラの香りがするブロンドの女性ですか、それともさくらんぼのように新鮮な、栗色の髪の女性ですか？」

「なぜだかわからんが、しかしだなあ、ブロンドの女はこんがり焼き上げた羊の肩肉のことをいつも思い出させるし、栗色の髪の女は赤胡椒をたっぷり振りかけた脂がしたたる牛の尻尾を思い出させる。金髪だって栗色だって女の話なら、聞いていて気持ちのいいものさ」とマンジュクルーが言った。

「詩情もなにもあったもんじゃないな！」とサルチエルが嘲笑して言った。「お前はこれまで愛というものを全く知らないできたってことを絵に描いているようなものだ」

「俺はお前さんより愛というものがよくわかっている。彼女はすごく綺麗だったたし、俺にいつも詩を誦してくれたんだ」とマンジュクルーは言った。

「僕はいつも愛というものを考えていたんだ」とソロモンは再思三考してから叫ぶように言った。「僕は愛されたことは一度だってない。当然だよね、僕の背が余りに低すぎるからだ。けれども僕は確信しているんだ、愛し合う人たちは皆詩を誦し合うんだってことを」

「しかしだなあ、男が一度病気になるかそいつの体のあるところが弱くなったりすると、もうそいつに詩なんて誦してくれないんだよ、愛人なんてものは。そいつは女たちに嫌悪感を起こさせ、女たちはそいつをひどく憎むからだ」とマンジュクルーは説明した。

「そうなると彼女たちはどうするの？」とソロモンは少しばかり不安になって尋ねた。

「彼女たちは指を二本口に入れ、ぴゅうっと鳴らしてホテルの従業員を呼びつけ、こう言うのさ。《この死体を始末して！》これが彼女たちのやり方だ」

「でもあんたが病気じゃなければ、無上の喜びなんだよね！」とソロモンは言い返した。（彼は立ち上がった。小さな握り拳と目を芳香が漂う空に挙げ、朗誦するように言った。）「あんたに日がな一日詩を朗誦してくれる女の人、なんとすばらしいんだろう！　あんたが朝起きると、あんたは一編の詩を耳にする、あんたの心という名の胃にとって、桃のジュースなんだよ、その詩は！　それで、あんたの恋はどんな風に終わったの、ねえ、マンジュクルー？」

「終わり良ければすべて良し、のまったく逆を行っていた」とマンジュクルーは言った。「それで、女というものは……って俺が気づいたその日に終わったのさ」

　そう聞いただけで嫌悪を催したソロモンは両耳を塞いだ。

「僕は聞きたくない、嘘だよね！」と大声で言った。

「じゃあ、これから説明してやる。だからさ、俺は二十歳で醜男じゃなかった。彼女は金髪で、綺麗だったなあ、髪を縦ロールにして海に昇る月のように魅力的だった。本物の西瓜《すいか》だった。雄鶏の目のように健康で、ゆでたてのイタリアのマカロニみたいに固くてしかも弾力があって、その上彼女の前も後ろも恵まれていて、まるで雌象のようだった！　そしてほっぺたときたら腹が空いていなくても、当然のことながらキュウリと一緒に食っちまいたくなる代物だった。睡蓮の花のような両手、肌が白く、一言で言えば真の美しい雌駱駝だった。俺が彼女に会いに行くと、彼女は美術の話と香炉で焚く香で俺をうんざりさせる。ソナタには参ったよ。つまりすごく綺麗だったたっていうことだ。（ソロモンは両耳を塞いでいた両手の片一方だけはずした。）そして最高に品が良かった。この最高の上品さが、お前さん方もいずれわかるだろうが、彼女に不幸をもたらしたのだ。彼女は韻を踏んだ詩行を俺に読んでくれ、自分で書いてくれさえしたが、なによりもまず彼女は百合であり、タチアオイであり、白鳥であり、夕日であり朝日だった！　音楽会では目を閉じて聴き、汚らわしくも彩られ、花と名付けられた食えない野菜で一杯にした彼女の部屋に、オペラの登場人物じゃないかっていう仕草で俺を迎え入れる。それに彼女は崇高な言葉しか発しなかった。そして俺に絶えず絵のことを、油絵だ、お前さんたちも知っていようが、昔のイタリア人たちの絵について話すんだ」

「ラファエロ、イタリア絵画のプリンスだ」とサルチエルが言った。

「高いんだぜ」とマタティアスが言った。

「もう片方の耳をもう塞がなくていいんだね？」とソロモンが聞いた。「もう下卑たことは言わないよね？」

「俺は本当のことを言う。さて、おお、我が鳩たちよ、ある晩、俺が予告なしに不意に着き、彼女は俺を見なかったと思ってくれ。彼女をひとつ驚かせてやろうと屏風の後ろに俺は隠れる！　彼女は背中を見せていた、このマドンナは。そのときだ、おお、我が友達《ともどち》よ、最後の審判を告げるトランペットのように、彼女が一連の屁を放ったのは。彼女は一人だと思っていたのだ、おわかりかな。以前に一度、俺たちは一緒に月の光を浴びて散歩したことがあった。高く伸びた草の中で、俺の口をついて出た機知に富んだジョークに彼女は笑いを爆発させた。そしてこの笑いはいかなる不可思議な共鳴によるのかはたまた気の緩みによるのか、先の爆笑には遠く及ばない段落ちの、もう一つの爆発を誘発した。しかしなあ、それは小さく控えめで甲高く、しかも恥じ入っていたから、俺は内心そいつを気の毒に思い、聞かなかった振りをした。だが実際には俺は全部気づいていた。なにしろ俺は冷酷な観察者だからだ。彼女がなんらかの理由で一層歩を速めていることにさえ気づいていたのだ！　可哀想に心配になってきたその女が、俺が知っているかいないか自問しているのを感じた。そこで俺はなんにも気づいちゃあいないと彼女に信じ込ませようとして、俺の心臓にぴったり付けるようにして彼女を抱いた。その後は、手短に言えば、もう一発あるにはあったがな、それ一つだけだ。しかし、その晩、今お前さん方に話をしている彼女が自分一人しか居ないと信じ込んでいたその晩だ、女流詩人のひった屁の何と千差万別だったことか！　おお、我が最愛の者たちよ、その屁にはざっくばらんなもののあり、鋭い音のものあり、急げよ急げとばかりに一つまた一つと次々に走り出てくるものあり、それに厳かなものあり、こんな風に——彼はオーケストラの指揮者がするような重々しい仕草をした——ゆっくりと、おお、我が友達よ、悲しげで強い芳香を発するものあり、だった」

「恥を知れ、悪党め！」とサルチエルが言った。

「とんだお門違いだぜ」とマンジュクルーは言った。「神が恥じることなく創り給いしものを形容詞で修飾したり、それに名前を付けたからといって、なんら恥じるところはなかろうが？　それ故俺はかの女流詩人がひった屁の目録を引き続き読み上げることにする。そのいくつかは感じよく組み合わされ、いくつかは物憂げで、また超俗的なオルフェオンの音色風、歯車の軋み風もあった。郭公の鳴き声に似たものもあった。その他にもっと完成度が高く、オルフェオンの演奏とはこういうものだと思わせるものもあった。要するにだ、諸君、エリアーヌというのが彼女の名だ、このエリアーヌの不作法で飛行船だって膨らませられるのだ。これはみーんなゴンドラとか美とか調和よく活けられたバラとか、あるいはボードレールとかシンホニーとかで俺を悩殺したひとりの女がひったものだからなあ！」

「そういうお前だって、不作法とは無縁なりと大見得を切る柄じゃあるまい！」

「俺はパルテノンのことを話したりはしないし、俺が美男子だと思わせたりはしない。俺の恋人だった女流詩人の出物に比べれば、俺のは微かなそよ風、気まぐれでバルカローレ風だ。彼女のは雷鳴の如き代物で、とりわけその多様性たるや信じがたいのだ、我が友達よ。劇的なもの、もの柔らかなもの、苦い胆汁のようなもの、蛇行するもの、才気煥発風なもの、吃驚仰天風のもの、共産主義者っぽいもの、ファシストっぽいもの、アクロバット紛いのもの、ビロードの手触りといったもの、暖かなもの、脂っこいもの、立派なもの、法解釈風なもの、静かなもの、燃えるようなもの、怒っているようなもの、穏健中庸なものという具合に千差万別、多種多様、万華鏡を見る趣だった。ああ、我が友達よ、何たる爆撃か！小さき死者の魂に賭けて誓う、あれは女じゃない、あれは日本の飛行大隊だったのだ！」

「なぜ日本なんだ？」とミハエルが聞いた。

「その見事さからだ。実に霊験あらたかだったぜ！　かいつまんで言えば、俺はそこを出て二度と戻りはしなかったのさ。俺の愛は窒息死しちまった！　俺の愛しいレベッカとならぜんぜん違うんだ。彼女は屁をこくのを俺に隠したりはしないから、彼女は俺の人生で一番愛しい女なのだ！　俺がもう一人の女と別れ、その女の多様な屁に憤慨したのは彼女が厚かましくも詩を作ったからだ！　ソロモンみたいな奴が愛の詩を俺に語りに来たとする。俺は内面でも外面でも嘲笑する、縦といわず横といわずこの体全体で、腹の中で、骨という骨の髄で笑ってやる！　そして言ってやる、世界で一番美しい女優の微笑も脂のこってりしたうまいカッスーレに比べりゃ、形無しだ、とな。だがな、このカッスーレのインゲン豆は少なくとも二時間は煮たものじゃなきゃだめなんだ。しかも女は皆そうなのだが、美人コンテストの優勝者も例外じゃないぞ、彼女たちの足の小指をとくと御覧《ごろう》じろ、見られたものじゃない。そいつはせむしで、その小さいせむしの爪を見ると、俺はいつも笑い転げる。以上だ、諸君、俺としては愛やファム・ファタル、大女優についての俺の考えをとことん披瀝したつもりだ。俺の説をしっかり覚えておくんだ、ソロモン、修正しようのない得難い意見だからな」

「そうはいっても相当の持参金を持っている女なら、そんなことはおかまいなしだぜ」とマタティアスが言った。

ソロモンは抱いていた幻想が消え、内心悲しんでいた。彼は指一本全部を口に入れ、よく考えてみた。それから指を口から出した。

「マンジュクルー、あんたは悪魔で意地悪だ」と彼は言った。「これが真実だと言わんばかりにあんたが話すと、それが真実なのに、真実じゃなくなる。あんたが言うこういった下卑たことはどんな喜びを、何をあんたにもたらしてくれるの？」

「真実だ」とマンジュクルーは腕組みをし、上品な小説家たち全員に挑戦するように、厳かに言った。

「なあ」とサルチエルが言った。「女の美しい目、大したものじゃないか。彼女たちに生まれつきの欠陥がいくつかあっても、欠陥があるからこそ彼女たちを一層愛し、敬ってやらねばならない。生き物にはそれ相応の魅力がある……」

「それから彼女たちが英語で歌を歌うときだよ」とミハエルがうっとりして言った。

「そいつはなんだか嘘っぽいな」とマンジュクルーが返した。

「嘘つきなのはあんただよ！」とソロモンが爆発した。「あんたは自分が醜男なもんだから、悔しまぎれにあんな風に言ったんだ。そのとおりですよ、おじさん、あなたは真実を言ったんだ。大したものだ、ご婦人の目は！だから僕は金持ちたちのサロンへ行って、ご婦人の目を見てくる。お生憎様、マンジュクルー！　悔しがるがいい、子供みたいに癇癪玉を破裂させればいい、この僕はご婦人の目を見に行く！　ともかくこの僕はカレーニンの本を読んだんだ。すばらしい本だったなあ！　あんなにも高貴であんなにも詩的なふたり、愛し合ってるんだ、夫には気の毒だけれど！」

「律法に反するのは明々白々だが」とサルチエルは言った。「それは麗しきものと認めずばなるまい、アンナ夫人とヴロンスキー公爵をすばやく捕らえた熱情の嵐は！」

「愛人か、夫よりずーっとすてきだ、言うまでもないけれど」とソロモンが言った。「ずーっと詩的なんだ、そして熱情は嵐のようなんだ！」

するとマンジュクルーは笑い崩れ、仰向けにひっくり返り、小一時間も体を小刻みに揺さぶっていた。皆からどうしたんだと尋ねられても答えず、痙攣を起こした馬のように空中で手足をばたばたさせていた。ようやく立ち上がると、こんな言い方で自分の考えを述べた。

「汝等の姉妹の皆が皆その目に宿す嵐と大風、おお、おぞましきかな、ユダヤ教に鑑みれば堕落せしユダヤ人《びと》！愛の詩《うた》いずくにありや、世界一の美女と三時間、汝間断なく田園にて共に過ごすこと能わず、佳人優しき歌曲の小品を歌うが如く汝に言う、《ともかく先に行ってちょうだい、じきあなたに追いつくから》」

「無神経な人だ！」

「真実を言うことはシニカルで無神経なことだ、そうじゃないのか？」

「僕は魂を信じてるんだ！」とソロモンは叫んだ。

「もし俺が去勢され」とマンジュクルーは言った。「お喋りでぽってりと肥えた甲高い声の魂を一つ手に入れるとする、神のいます天国へ行くのはどっちの魂だ、去勢される前の魂か、それとも後の魂か？」

「そんなことどうだっていいよ、魂万歳！」

「学者先生よ、魂とはなんぞや？　説明してくれ」

「翼のようなものだよ」とソロモンは言った。

「そうか。俺に言わせれば魂とは死への恐怖だ。人は何かを残したいと思うものだ。魂が何処に住んでるのか、知っとけよ！（彼は息を吐き、ふっ、ふっとやった。）これが魂なのさ！」

「僕は神が必要なんだ」とソロモンは言った。

「そんな理由は理由にならない」とマンジュクルーは言った。（彼は皆と一緒に浮かれ騒いでいるときには無神論者を気取ることがままある。）へえ、愛人の方がずっと詩的だと虫けらのごときバーミセリの切れっ端が宣う！　ああ、諸君、こうなったら、不倫の志願者たる女たちに、熱情に駆られて出奔しようとする女たちに、愛人も下剤を服用するのだと教えに来てくれる小説家の一人ぐらい居てもらわねば！　ああ、ヴロンスキー公爵と道ならぬ恋に走る愛人のアンナ・カレーニナが熱烈な愛の誓いを交わし、大きな声で喋るのは、彼らの腹鳴を覆い隠し、グル音を発しているのは自分ではないと二人とも思いたがっているからだと、教えに来てくれる小説家はいないものか！　愛人は錯乱し法悦に浸っている様子で微笑みながらも、姿勢を変えてみたり、胃をこっそり圧迫してグル音退治に必死なのだと教えに来てくれる小説家はいないものか！（益荒男たちはぽかんと口を開け、目をまん丸にしてこの想定外の辛辣さに耳を傾けた。）詩人のヴロンスキー公爵は下痢をしていて、その襲撃を堪えに堪えているから顔面蒼白、額は汗ばみ元気がない。片やアンナは彼女の永遠の熱情を彼に語っている。で、彼だが、便意を堪えようと片足を上げている。それを見て彼女が驚くと、ちょっとばかりノルウェー式体操をしているのだと説明する！　そしてもうこれ以上我慢しきれなくなると、詩を作らなければならないので暫く一人にしてもらいたいと最愛の人に頼む！　そうしていい匂いのする書斎でたった一人、彼は追いつめられる！　いつもの薄暗い小部屋へ行く勇気はない、なぜなら愛人のアンナが次の間に居るからだ！　そこでだ、ヴロンスキー公爵はドアに鍵を掛けて閉じこもると、山高帽をとり、レベッカ風にしゃがむ。レベッカとは我が妻で、彼女は自分が芸術作品のように美しい被造物だなどとは言わないんだ！　そして、突然不倫女の夫カレーニン氏のご帰還だ。彼は通りに面したドアを突き破る！　そこで熱情の虜になっているアンナは、もうあなたなんかに用はないわ。ヴロンスキー公爵とわたくしは吹きすさぶ熱情の嵐のさなかにいるの、あなたなんかもう見るのもいや、それにちっとも詩的じゃないんですもの！　と言ってのける。《ヴロンスキー公爵様、》と彼女は大声を張り上げる。《王国の扉をわたくしにお開けくださいまし！　おお、夫の犬野郎、おお、女房に浮気された男、スリッパみたいな奴、湿布みたいな奴、今の今、わたくしの宝物が、わたくしの熱情の鷲が何をなさっていらっしゃるかご存知？　そのお方は詩作に勤《いそ》しんでいらっしゃいますの！》だが、ヴロンスキー公爵はメロンの食い過ぎや冷たく冷やした水の飲み過ぎで、彼の山高帽、いやむしろ副官たる彼が被る軍帽の上にしゃがんで用便し、彼のお母ちゃんの名をこの上なく弱々しく、この上なく喜んで呟いている！　ピアノの前にしゃがんだ彼は鍵盤を叩き、ショパンの「夜遊びする人」を演奏して他の音を覆い隠そうとする！　こういうことを教えてくれる小説家がいないかなあ。これこそ俺の心にかなった小説だ！　そして夫は、気の毒な夫のカレーニンは去って行く。そしてアンナはノックし、尋ねる。《愛しいヴロンスキー公爵様、詩はおできになりまして？》すると公爵は答える。《もうすぐです。私の高貴なる鳩よ、詩句はまだできあがってはおりません。》そして五分後、彼女に部屋へ入るように言う。その部屋の窓は一杯に開け放たれている。無論床にはもうケピは置いてない、なぜなら書棚にケピを閉じ込めたからだ、この魅力的な愛人は！　絨毯には香水をまき散らしたのだ！　そして彼は彼女に言う。《ああ、芸術創造は何とすばらしいことか！》《そのとおりですわ、愛しい公爵様》と不倫女は尊敬を込めて答える。《本当にすばらしいことに違いありませんわ！》《そうなのです》と詩人公爵は大声で言う。《芸術には生まれ出づるべき瞬間があるのです！》そして愚かな女は彼の手に深い尊敬を込めて口づけする。ついに彼女は一人の非・背《ノン＝マリ》の君を見つけたのだ！　永遠に詩的な男を！　ほら、これが、女たちやいつもギリシアの士官たちをじっと見つめている我が忌々しき娘たちのために書いてやらねばならぬ小説だ！　だがこういう小説が何になる？　彼女たちはそんなものは読まないだろうからだ。彼女たちの想像力たるや実に微少で、世界一の美男の愛人だって、ある種の小さな場所である種の鎖を引くのだと言っても、彼女たちにはわかりかねるのだ。しかし夫に限って言えば、彼女たちはわかっている。なぜなら彼女たちは夫が鎖を引く音を耳にするからだ。気の毒なのは夫だ！　偽り、偽り、愛は偽りで成り立っているのだ！　山高帽の破壊者ととんずらを決め込むため、彼女の可愛らしい小さな男の子を捨ててゆくこの呪われたアンナのことを想像してみるがいい、優雅を好む俺のエスプリがそれ以上明らかにすることを拒否するある場所で、彼女のヴロンスキー公爵がうんこやおしっこを出すのを、滅多にない偶然で、初めて知って仰天する彼女を想像してみるがいい！　舞踏会で、盛装し、香水をつけ、思いっきり魅力的に見せていた彼に出合って彼女は一目惚れ、ってお前さん方は思っているんだろう？

違うんだよ、諸君、違うんだ！　盛装も香水も何を表しているのか？　それが表しているのは、愛が生まれるために見てくれを専らとせよ、便意を堪えよ、不自然であれ、喜劇を演じよということだ！　そしてこのヴロンスキーとの初めての出合いで、ヴロンスキーが屁をこき、しかもうっかり馬のように連続的に屁を放つのを——このヴロンスキーに起こったことだ、誓ってもいい——彼女が聞いたなら、彼女は恋に落ちただろうか？　否だ、絶対に否だ、諸君！　それなら、たかがうっかり放った屁一つで壊れ、色褪せるほどもろい感情にどんな価値を認めればいいのか？　しかも、平民が感じるこの感動にどんな価値を認めればいいのか？　俺は彼らが二言目には口にする〝ジュロ〔Julot＝ひも、やくざの意あり〕はタタ〔おかま、ホモの女役の意あり〕の生涯の男〟が大嫌いだ！　要するにだ、諸君、いわゆる絶対の、抵抗できない、抗い難い熱情を倒せ！　ということだ。そして結婚万歳！　これが俺の考えだ。真実の愛は、その女性を愛するから一緒に暮らすということではない、彼女と生活を共にしている故彼女を愛するということだ。俺は愛しいレベッカとそういう風に暮らしている。レベッカは俺の魂の肉体《すみか》であり、俺は彼女の魂の肉体《すみか》で、俺は彼女が大好きだ。だがな俺は彼女には黙ってるんだ。妻たちにそう言ってみろ、彼女たちは様子ぶり始めるからだ。愛は習慣で、芝居がかった戯れじゃない。アンナ・カレーニナ風の異教徒の気取った愛は偽りで、そこでは自分を見せびらかす必要があり、ある種のことはしてはならないし、隠さねばならない。役を演じ、習慣と闘わねばならない。聖なる愛、それは結婚だ。それは家に帰ることであり、そしてお前は妻に会う。それで、もしお前に心配事があれば、妻はお前の手を取り、お前に話し、お前を勇気付けてくれるのだ」「するとお前さんの女房はお前さんの話を尊重して聞いてくれるってわけだ」と耳を楽しませたマタティアスは言った。

「そうしてお前さん方は共に死を迎えるのだ」と道学者は結論した。「以上だ、諸君、俺はお前さん方にこのヴロンスキーとアンナという恥知らずの本当の物語を聞かせてやった。俺の友人の一人が俺に語ってくれたとおりにな」

「この嘘つき！」

「そのとおり、俺は嘘つきだ」とマンジュクルーは巨大な両手をぽきぽき鳴らしながら、認めた。「俺から嘘を取り上げたら、俺には何が残る？　しかしなあ、小説家というものは俺よりもっとずっと深刻な嘘をつく。奴らはどいつもこいつも悪書を書き、若い娘たちには愛は天国の鳥籠だと信じさせ、女たちには結婚は掃き溜めだと信じ込ませる！　嘘つきども、本物の嘘つきどもだ。しかも世の中に害毒をまき散らす風俗紊乱者だ。こういう上品な作家たちは、艶っぽく飲み食いし、葡萄の粒をいくつか悪戯っぽく噛んでみせる気取った女主人公を書く。ところで諸君、悪戯っぽく噛んだ後に来るものはなにか、こういった作家たちは我々にはその続きを決して語ろうとはしない。失礼ながらわたくしはそのことに驚きを禁じ得ないのであります。そうだよ、諸君、ホメロスからトルストイまで若き主人公、女主人公たちは、とりわけ彼らが美男美女である場合、分泌閉止、すなわち糞尿の貯留にひどく苦しむ。もう駄目だ、我慢の限界だ。三十年以上も前のことだが、例えばナターシャ・ロストフというお嬢様だ。彼女は飲むのだが、作者は一瞬たりとも退場の許可を彼女に与えないのだ！　シェークスピアやラシーヌ、ダンテの作品に登場する恋人たちは、彼らを書いた作家が彼らに課している禁失禁状態の維持にもう耐えられないのだ。彼らにふさわしくあるように数世紀もの間脚を交差し、苦しみで身を捩っているのだ！　しかし今日では解放と反乱だ！　この俺マンジュクルーがあなた方に許可と休暇を与える、おお、熱情に捕らわれた魅力の女主人公たちよ、高貴な主人公たちよ！　もう駄目だと告白したまえ！　小説家に責め苛まれたあなた方は皆水分を無くすことでこの苦しみを終わらせるのだ！　皆はしゃいで、一斉に本物の噴射ノズルから、ためらわずに、仲良く、遠くへ、勢いよくほとばしらせるのだ！　諸君、これが俺の結論だ！」

彼は額を拭った。唇は誇りと感動で震えていた。

「僕は納得しないよ」とソロモンは言った。「ご婦人たちよ、花々の姉妹たちよ、万歳！　アンナ夫人と彼女の大切な公爵様万歳！　公爵はあんたよりずっと美男子なんだから！　僕は美とか詩が大好きなんだ。美も詩もみんなあんた方の為になるんだ。みんな偉大で純粋で立派だよ！　あんたなんかとっとと消え失せろ！」

彼は頭に角を作って肺結核患者をからかい、世に埋もれた天才は肩をすくめた。

「結局、お前は詩人で理想主義者なのだよ」とサルチエルはマンジュクルーに言った。

マンジュクルーはかなり気をよくしたが、上品で深い洞察力のある人間でありたいとの願望と恐怖を与える人物であろうとする意志の相克にとまどい、渋面を作った。「そうかもしれないな」と彼は譲った。「だが、そうは言っても俺が地獄耳で鼻も利くことに変わりはない」

「お前は嘆いているのだ」

「嘆いてなんかいないさ。いや、結局は、そうなんだな、俺は嘆いているんだ、だがそんなことはどうだっていい、俺はなにか旨い物が食いたいんだよ。それに俺は反ユダヤ主義者だ。ユダヤ人は自分たちが正しいと言って、他の者に教訓を垂れ、厳しく戒める、まるで狂気の沙汰だ。俺はそういうことに我慢がならないのさ」

「それはお前がいつもやってることじゃないか」

「俺がそんな自分にうんざりしていないとでも誰かお前さんに言ったのか？」マンジュクルーはすばやくやり返した。「ユダヤ人なんてどうでもいいんだ。（せせら笑う唇に浮かぶ優しげな微笑は奇妙だった。）要するに俺はユダヤの装甲艦を死ぬ前に、一刻も早く見たいと思ってるだけだ。お前さんのためにドイツ全国を爆撃してくれるのはこの装甲艦だ！」

「わしは彼らのことを考えると残虐非道になる、と告白しておかねばならないよ」とサルチエルは言った。

「そしてこの俺は海軍大将で、ダビデの盾を刺繍した軍帽をかぶるのさ！」とマンジュクルーは言った。

「彼は恐いし、勇敢だ」とソロモンがささやくように言った。

「生まれつきだ」讃辞に関することであればその耳が鋭くなるマンジュクルーは優しく微笑んだ。

「でもあんたが指揮するのは装甲艦一隻だけ？」とソロモンが聞いた。

「ああ、けれどもこのユダヤの装甲艦のでかさはドイツの装甲艦の二十隻分はある！」

「ふうーん」とソロモンが言った。

サルチエルはすっかり魅せられて、堪えきれずに聞いた。

「それほどでかい装甲艦が海を航行できるのかね？」

「できないだろうな」とマンジュクルーが言った。

「冗談じゃないよね？」たった一隻しかないこの装甲艦が役に立たないのではないかと心配になって、ソロモンは聞いた。

「そのときには何機もの航空機で移動させる。そしてその日にこそ」とマンジュクルーは自分でもぎくっとしたほどの声で付け加えた。「ドイツに災いあれ！」

「僕は」とソロモンは言った。「もし僕があんたの言った装甲艦の艦長なら、僕はドイツ人を殺したりはしないよ、殺したりするもんか！　五年間彼らから旨い物を奪ってやるんだ！」（彼はマンジュクルーがやるように腕組みをした。）

「お前は本当にとんでもない奴だな」と冷静なミハエルが言った。

「仕方がないよ、友達のミハエル、彼らが僕を残虐非道にするんだよ。（おじがこの言葉を使ったのを思い出して、彼は赤くなった。）要するに意地悪をするっていうことだよ」（彼は恥ずかしくなって風に当たりに行った。）

「わしは心配しているのだよ」とサルチエルが言った。「イタリアが、建造した艦全部を投入して、ヨーロッパに破局を招くのではないかとな」

マンジュクルーの軽蔑の笑いが空中を引き裂いた。

「じゃあ、あんたはイギリスがどう出ると思う？　もしイタリアが意地の悪いことをすれば、イギリスは黙っていないぞ。《つっ、つっ、つっ、ちょっとこちらへいらっしゃい、おちびちゃん、お前が装甲艦を一隻建造すれば、私の方では一艦あたり百の砲門を備えた装甲艦を二十隻建造しますからね！　私はお金持ちだからよ！》と、俺のと瓜二つの悪魔のような笑い声を発しながら、俺の愛する英国は言う。《そして私のお友だちのフランスやアメリカも同じようにするわ。どう、お前聞いているの、おばかさん？　それからお前もよ、ドイツ、用心おし！　私の友アメリカは数十億の金、石油など全部揃っていますからね！》イギリスはイタリアにこう言うんだよ！」

「一部の国の国民はまるで子供みたいだとわしには思えるのだよ」と言って、サルチエルは溜息をついた。「彼らは互いに盗んだり盗まれたりする。それが領土であっても菓子であってもおなじことだ。そして彼らは盗んだ者と仲違いし別の者と友情を結ぶが、翌日にはそいつと仲違いしてしまう。風見鶏の心と椋鳥［おっちょこちょい、軽率な若者の喩え］の頭を持った蟻どもだよ」

「しかし反ユダヤ主義となると彼らは意見を変えないぞ」とミハエルが言った。

「でもなぜ彼らは反ユダヤ主義なの、おじさん？　僕に説明してください」とソロモンは頼んだ。

「彼らは戦争をする。一つ戦争が終わるともう一つ別の戦争を用意する。そして彼らは新たな戦争のために借金をする。そして彼らはもう金がないと言って腹を立てる。そこで彼らは我々を棒で打ち据えて自分を慰め、なにもかもうまく行かないのは我々のせいだと言う。彼らの短い人生をおとなしく送ればいいものを、ありったけの意地悪をした挙げ句の果て、死んで行くのだよ」

「僕は死のことを考えると、掛け布団の下に頭を隠すんだ」とソロモンは言った。

サルチエルは、ドイツがラインラントに軍隊を再配置した丁度その日に釣りに行ったと言われている、フランスの外務大臣への怒りを突然爆発させた。

「じゃあ、この大臣は何をすべきだったのか、おお、賢者よ？」マンジュクルーは皮肉たっぷりに尋ねた。

「スパイを送ることだ！　要するに行動することだ。彼自身、付けひげで変装し、ちょっとベルリンへ事態を見に行き、不和の種をまき散らすこと、その他諸々だ」

「おじさん、あなたが大臣だったとして、あなただったら釣りになんか行きませんよね」ソロモンは讃歎の念で目を輝かせて言った。

「どうしようもないじゃないか、息子よ、このわしに充分外務大臣が務まるとは、世間様は思ってくれないのだよ」とサルチエルは悲しげに言った。「ピスタチオを一つお取り、さあ」

「ありがとう、おじさん」

「ああ、大臣は」とサルチエルは溜息をついた。「おびただしい書類に署名する！　急いでいる振りをする！　外交小荷物を監視する！　それに一言で、マンジュクルー、わしはお前を子爵にしてやれるのだぞ」

「俺は男爵の方がいい。軽薄度からいえばこっちの方がより低い。もっともそんなことはどうでもいいんじゃないのか？　結局俺はかなりの共産主義者ってことだ」

「わしもそうだ」とサルチエルが言った。「ただし誰をも苦しめないという条件が付くがね。共産主義が小鳥の羽を一枚でもむしりとったり、子供を泣かせるようなことをするなら御免だな！」サルチエルは言った。

「僕は教養がない」とソロモンが言った。「物を売ったり靴磨きをするために十三歳で学校とは縁を切ったんだ。でもね、政治に対する僕の意見を言うとね、みんなが満足すること、それにもう肉を食べなくてすむようななにかを発明すること、こういうことなんだ」

「じゃあ、虎はどうするんだよ?」とマンジュクルーが聞いた。

「野菜を煮て山羊の形にしたものをやったらどうかなあ」とソロモンが言った。「そうして少しずつ山羊の形を取り去っていけば虎は気が付かない。それから虎に言うんだ。《わかるかい、お前が食べていたのはカリフラワーなんだよ。おお、虎よ、カリフラワーの方が旨いってお前思わないかい?》

サルチエルとマタティアスは、もう寝ると言ってその場を去った。他の者はデッキに残り、とんでもない遊びを始めた。ソロモンをナチスに見立て、軍法会議にかけるというものだ。マンジュクルーが検事総長で、取るに足りない下っ端のヒトラー主義者を公然と非難し、ひげの生えない善良そうな顔には重罪を犯したと書いてあると主張した。結局ソロモンは完膚無きまでやられた。その上、涙を浮かべた気の毒な小男は軍隊式敬礼をさせられ、彼を虐待した者たちに礼まで言わせられた。

その後で彼らは腕を組み、ちょっとした散歩をした。三等船室の階段の前まで来るとソロモンは立ち止まり、身震いした。今この時にも死に行く人々がいるのだと考えたのだ。それに苦しんでいるたくさんの幼い子供や老人がいるのだ! 彼は自分が苦しんでいることを友人たちに打ち明けた。そんなことがあっていいものか?

「人間というものはもともと性悪に生まれついていて、社会が人間を更に悪くするのだ」とマンジュクルーが言った。

「そのとおりだ。ちょっぴり干渉してくれてもよさそうなものだが、なぜ神はそうしない?」とミハエルが尋ねた。

「神は怠け者なのさ」とマンジュクルーは言った。

「祈らなきゃだめだ」とソロモンが言った。

マンジュクルーは鼻の先で笑った。

「そんなら我々が神に知らせなきゃならんのか? 神は全知じゃないのか? 老いぼれの召使いを呼ぶみたいに、呼び鈴を取り出して、これから祈るからと神を呼ばなきゃならんのか? 俺は神が気に入らない。神は存在しないんだ、だから俺は絶対に神を許さない」

「僕はあんたに誓うよ、神は存在する!」とソロモンが大声で言った。「僕は神の前であんたにそう誓う! おお、マンジュクルー、神を信じてくれ、お願いだから! 神が存在することは世界中に知れ渡っている!」

「神が存在すると彼らに言ったのは我々だ。そうして彼らが我々の言ったことを鵜呑みにしたんだよ!」とマンジュクルーはせせら笑った。「神は存在しないんだ、お前さん、俺の言うことを信じろ、さもないとお前は永久に堂々巡りを続けることになるぞ。或いは神は存在する、神は善ではない、なぜなら不正義が多すぎるから、或いは神は善である、しかしこの場合神は存在しない、とな」

「あんたは天国へは行かないんだろうね、マンジュクルー！」

「得たり賢し、そうこなくちゃあ。天国の住人はおかちめんこの、金持ちの、文句やの、意地悪の、慈悲深い、信心に凝り固まったひらひら飛んでる婆あどもだ。そんな奴らに出合うのは真っ平御免だぜ。神の善良さを余りに信じすぎ、余りに期待しすぎて狂っちまったり、一杯食わされたり、不幸になったり、無神論者になっちまった誠実な者たちで溢れている地獄の方が、俺はよっぽどいい」

「でも神がいなかったら、どうして善良でいられるの？」

「神無くして善良なのが本当の善良ってものだ」とマンジュクルーは断言した。「おお、無神論者のある偉大な学者の清純で道徳的に優れた生き様《よう》を知ったとき、俺の体毛という体毛が敬虔な感動で立っちまったんだよ。もういいだろう。なにか果物があるかい、ソロモン？」

「りんごならあるよ」

「俺はりんごは嫌いだ。どうも虫が好かないんだ、りんごは。アダムの馬鹿野郎、ったく。お休み」

だが彼は寝付けなかった。一時間後にはソロモンをベッドから引きずり出すことにした。一等船客用の人気のないサロンで、大丈夫《だいじょうぶ》とその一寸法師の従者、このネグリジェ姿の二人は優雅に踊った。星々は絹のように滑らかな海にきらきらと輝き、生きていることは神の在る無しにかかわらずすばらしかった。それから、マンジュクルーは四つん這いになり、金持ち用の豪勢な絨毯の柔らかさをもっとよく感じたくて小さくジャンプし、自分は著名な資本家だと思おうとした。

しかしながら一時間後自分の船室に戻ると、マンジュクルーは死にたくなった。この風変わりな男は全く真剣そのもので、芝居を演じて戯れているのではない。彼はしばしば電撃的な憂鬱に襲われる。人は誰でも死に、地上には意地の悪い奴がうじゃうじゃ居るのに生きていたって何になる？　愛用のシルクハットを頭に乗せたやけに縦長の裸体はすっくと立ち、陰鬱な考えで汗をかいていた。マンジュクルーは人生の落伍者だ、酷く醜男で、まったく無用の人間だと繰り返しながら、決して品行方正とは言い難い彼は鐘の舌のように行ったり来たりした。そして、なかんずく神は存在しない、宇宙には目的などないのだ。耐えられない。彼は婦人用の小型ピストルの銃身を心臓の位置にぴったり合わせた。目を閉じて精神の空白、それほど悩まずに引き金を引かせてくれる無意識の瞬間を待った。おお、神様、この時間彼は生きていて、数秒後にはもう決して動かなくなる！

しかし精神の空白はやってこず、マンジュクルーは真ん中に凹凸のあるいつもの鉄兜をかぶり、横になった。彼はアニスの香りを付けたビスケットを何枚か食い、ヌイユの干し葡萄ソースやオニオンチーズ入りミートボール、鱈の葱添え、ヒヨコ豆のホウレンソウ添えの作り方を暗誦しながら眠りに就こうと務めた。

「ピンハス・ソラル、なんと馬鹿げた名前だろう。俺が死ねば俺のことは何一つ残りはしないだろう。俺の子供たちはがっかりする。俺の女房は俗物だ。そして俺だが、飛行機で航行させる装甲艦を建造しようと言う馬鹿者だ。トマトと赤胡椒をたっぷり入れたトリップ入りマカロニ、うん、こいつは旨いんだ。ヒトラーを感動させる手紙を書くか？」

14

朝八時、日差しはすでに耐え難かった。だがミストラルが吹いていて、店の前の日よけやカヌビエール大通りが終わる旧港《ヴィユー・ポール》に舫《もや》う船の旗がぱたぱたと鳴っていた。太鼓腹が目立つ五十がらみの片目の男が桟橋にしゃがんで、彼の創作料理に舌鼓を打ちながら、生きる喜びをかみしめていた。彼が〈朝露〉とか〈男への励まし〉と呼んでいるその料理の材料は、ウニ、ホヤ、固ゆで卵、パンの切れ端、唐辛子、サフラン、鱗形のニンニク片三十個ほどで、油と酢がたっぷりかかっていた。青縞のシャツが、女のように乳が盛り上がっている小柄な男の上半身を際立たせていた。日焼けし、もじゃもじゃの金色のすね毛が絡み合う、捻れた二本の短い脚が半ズボンから出ていた。

「ああそうだ、これからちっとばかしめかしてみるか、な」

やあ、マルセイユ、
すんばらしき都よ！

　生まれ故郷を讃える自作の歌をバリトンで歌いながら、フォークの役割を果たしたばかりの小型の短刀を使って、鱗状の薄片で覆われた足の爪を切った。
　シピヨン・アンジュ・マリー・エスカルガサスは《ご婦人たちの憧れの男性》たることに随分こだわっていたから――ご婦人たちの寵児だと本気で信じていたのだ――このように身だしなみにはおさおさ注意を怠らなかった。時折中断しては、行き来する木靴やスリッパ、絹の靴下をはいた若い女の魚売りに〈ご機嫌取り〉と彼が呼んでいる艶っぽいおべんちゃらを言った。彼女たちに気に入られたくて、二十人ぐらいの女性の名を彫った両腕の動きで力瘤を強調して見せもした。白粉を付け化粧したかわいこちゃんたちは遠慮なく笑ったりぷっと噴き出したりして、《エロ親父》と彼に向かって叫んだ。シピヨンは物笑いの種にされても平気の平左だった。《娘っ子たちはどぎまぎしたのを隠そうとしたのさ》と彼は古馴染みに言うのだった。《あの娘《こ》らは他の娘と一緒だと、俺のことをからかっているように見えるがね、実際は俺に出合うのを楽しみにしてるのさ、なんてたって俺は男の中の男だからな。》
　歯はもう十本くらいしか残っていなかったが、彼は自分が魅力ある男だと思っていたし、小さなこてでカールしたごく小さな口ひげ、模造品の指輪や耳輪、日焼けでレンガ色になった額の上でうまい具合にたわむポマードでてかてかの愛嬌毛が、結構自慢だった。だが彼が至上の誇りとしていたのはデブレール［Anatole Deibler 一八六三―一九三九、フランスで最も有名な死刑執行人、執行は三百九十五回に及び、各執行の詳細を記録、歌に歌われ、伝記が書かれ、映画にもなった］を煩わすまでもなく、すでに剃った項《うなじ》だった。《こうやってな、断頭台へ送られる時に備えてよ、ギロチンの刃が落っこってくる場所を前もってちゃんと用意してるってわけよ》と陰鬱そうに言うのが彼の口癖になっていた。
　三十五年この方、シピヨンは――妻を裏切ることはなかったが――彼の想像力の産物である精力絶倫ぶりを誇示した恋の武勇伝や彼に備わっている曰く言い難い魅力を披瀝するに及んでいた。女性に気に入られること、それがこのちんちくりんの頭でっかちの人生の規範だった。だから彼はヘリオトロープの香水や白絹のスカーフやエナメル塗りのエスカルパン――ひどく幅が狭かったので普段は肩から斜め掛けにして持ち歩き、特別の場合にしか履かなかった――に途方もなく金を使っていた。

マッチ棒で耳掃除を済ませると、道行く人からほめられたいし、健康にも良いから、側転運動をした。それからようやく、彼に言わせれば余技にすぎない閑事に専心することにした。このちんちくりんのマルセイユ人には二つの職業があった。その一つは、自称神に次ぐ比倫を絶する航海士の彼がその腕を生かして、現在は〈燃え盛る炎の女号〉と称している船で観光客に《くまなく海を見る》小旅行をさせるガイドだった。この小舟の名は〈栄光の女性《ひと》〉〈ヴァエ・ヴィクティス《敗れし者の不憫さよ》〉〈千と一〉〈寛大な女性《ひと》〉〈アウステルリッツ〉〈ゾウアザラシ〉〈勿忘草《わすれなぐさ》〉〈大胆不敵〉〈鯨〉〈愛らしき女性《ひと》〉〈ジガンチック〉というように次々と変えられた。彼のもう一つの生業《なりわい》はムール貝売りだった。

　彼はポマードを塗りたくってかてかにした頭に防水帽を乗っけ、サンプルで仕立てた満艦飾のケープで肩を覆った。それからムール貝の小さな山を指し示しながら叫び始めた。眼球が飛び出し頸静脈が浮き出す。その声は吃驚するほどしゃがれ、凄みを帯びていた。

「さあさあ、一山十スーだよ、十スー、売切れ御免だ、持ってきな！　俺を見てくれ、極め付きのイケメンだ！　いやほんと、いい男だぜ！」彼は怒りをぶちまけるかのように喚いた。

だが彼は、彼の商品が愛されるに値すると思っていると言いたかっただけなのだ。完売を目指してもう朝の八時から、彼のムール貝を十スーで売ると大声を張り上げるのが彼の習わしだった。しかしムール貝が全部売れた例《ためし》はなかった。

　テーラードスーツはグリーン、髪は赤褐色のイギリス女が二人、〈燃え盛る炎の女号〉の前で立ち止まり、キャンバス地の看板に興味を示した。そこには血が流れ出ているハートで囲まれた小さなシャトー・ディフと、その花文字の綴りを尊重すれば、《親切・丁寧がご婦人方に大評判！》と読むべき吹き流しをくわえる巨大な鳩たちが油絵の具で描かれていた。描いたのは無論シピヨンだ。

　乗ってくれそうな客に気付いて、彼は防水帽とケープを脱ぎ、金モール付きの指揮官の軍帽をすばやく被ると、歯は欠けていても人を惹き付けずにはおかない微笑を浮かべて声をかけた。

「奥様方《ミラディス》、御用は何なりと仰せ付けくだされ！」と軍隊式に敬礼して、彼は野太い声で言った。「〈燃え盛る炎の女号〉の船長シピヨンであります！　航海歴二十年！　この船長が唄う舟歌に乗っての海のプロムナード！〈声の調子は心に染み入る危険で扇情的なものになった。そして突き抜くような眼差しの短軀の男は瞼をほとんど閉じた。）衛生、安全、感興……」

この絵になる男を写真に撮ろうと思い、二人のイギリス女は彼の提案を受け入れることにした。二本の指が欠けた手で――《シカゴのサバンナで》カイマンの口の中に指を二本残してきてやったと以前は言っていたのだが、今では戦争で失ったというのが疑いのない事実になっていた――シピヨンは、イギリスは偉大な国だが、こと色恋となるとイギリス女は……と物憂げな危険な声で二人にささやきながら、彼女たちが舟に乗るのを手伝った。

「もう充分だ。ご婦人たちを讃えよう、そしてその美しさに敬意を表そう！」

秘密を打ち明けられた腹心の友のように微笑みながらチャーミングな女性客の尻の下にクッションをあてがうと、彼は人差し指を湿らせ、高く掲げて〈水平線を探る〉と、嵐の心配は全くないと告げた。遂に彼は帆を拡げると宣言し、帆を巻き始めた。彼は帆の扱い方を知らなかったのだが、英姿を見せるにはそうする他なかった。

ふとカヌビエール大通りのほうに目を遣ると、思いがけない光景が目に飛び込んできて、彼は一瞬石と化した。野蛮な叫び声を挙げ彼の小舟から飛び出すと、一目散に駆けだした。

四半世紀余り遡ってみる必要がある。

ソラル家の大部分の分家筋がフランス国籍であることは天下周知だが、彼らは虚弱体質故に兵役を免れていた。まだ肺結核を発症していなかったマンジュクルーは違っていた。感嘆と不安の念が相半ばする住民に送られて、二十歳の偽弁護士は戦争の危険――彼は連隊をそう呼んでいた――へ向かって出発した。マルセイユの第百四十一連隊の兵営で彼はシピヨン・エスカルガサスを知るや、その性格が気に入り、すぐにこの男と友情の絆で結ばれた。その二年後、今度は益荒男たちが忘れようにも忘れられない事の成り行きで、シピヨンと知り合いになった。

除隊になる少し前、マンジュクルーはケファリニアの親類縁者や友人らに次のような電報を打った。《名誉にもこの僕がフランス共和国政府と陸軍大臣と総司令官により様々な特権や免除並びに四席の優待切符を得られる正真正銘の高位の階級伍長に任じられることを誇らしさと喜びをもってお知らせいたしますストップ凄まじいほどこの国に愛着を抱き愛国者として涙するあなた方の友ピンハス・ソラル、ナポレオンと同じく伍長の通称マンジュクルー》この電報は高くついたから、マンジュクルーの貯金は底をついた。

誰もが思い及ぶことながら、この知らせにいたく感動したケファリニアっ子は彩色装飾を施した羊皮紙に祝辞を認《したた》め、ただちにこの軍人に送った。その上ユダヤ人の伍長をこの世に誕生させ給うた万軍の主に、シナゴーグで特別な儀式を執り行い、感謝を捧げた。夜空にさく花々のような星月夜の下で、新しいリーダーが着用に及ぶ金ぴかの制服について解説し、長い間戦略を語る彼らの胸は誇りで膨らむのだった。遂に彼らは、ミハエル、マタティアス、サルチエル、それに当時まだ殆ど子供だったソロモンで構成される代表団のマルセイユ派遣を決め、その栄誉を讃えてマンジュクルーにヤタガンを贈り、陸軍大臣の覚えがいい彼に帰化、パスポート、関税免除などといった諸要求に対する大臣の支持取り付けを頼むという、二つの任務を彼らに託した。

それで益荒男たちはマンジュクルーの友人と知り合いになり、すぐにこのマルセイユっ子に惚れ込んでしまったというわけだ。シピヨンが兵営を出て間もない頃、腸チフスにやられた時、益荒男たちは俄仕立ての看護士を勤めるほどになっていた。病原菌の感染を恐れながらも彼らはこの善きキリスト教徒を優しく看病した。一ヶ月間二時間交代で彼を大事に世話をし、風呂に入れたり、体を摩擦したりした。

恐ろしい病気に感染しないように、彼らは外科医風に顔を覆い隠そうとした。しかしこの覆面は高くつくし、使用方法がややこしく思えたから、カーニヴァル用のグロテスクな面を購入するにとどめ、面の鼻にはニンニクを数片、玉葱、酢をしみ込ませた綿を差し込んだ。それでシピヨンは黒人や中国の戦士の面をかぶった奇妙な看護士たちに看病される羽目になった。この面は夜など気の毒な男に恐怖を与えた。ソロモンは子豚、マンジュクルーは巨大な嘴の猛禽で、この身もすくむ恐ろしい面をつけたその彼がカンフルや重炭酸ソーダ、アスピリン、発泡性アンチピリン、料理用食塩、赤胡椒、ナフタリン、丁子、野生のミント、アンモニアをしみ込ませたぼろ切れ、ヨードチンキ、石油、ジャヴェル水を彼に詰め込んだ。

要するにシピヨンは四人の母親に囲まれ、彼らがでっちあげた予防方法で窒息させられそうになっていたのだ。シピヨンは頑健な体質だったからよく頑張り、アンモニア性の蒸気を堪えさえした。病気の回復期に入ると友人たちと共に乗船し、ケファリニアへ向かった。そこで数週間、食い、飲み、唄い、友人たちに辛い思いをさせまいと豚を断ち、彼らを喜ばせようとしてシナゴーグの典礼に同席し、幸福な日々を過ごした。祭式の司式者がヘブライ語で歌っている間中、シピヨンがカトリックの祈りを唱えていたのは確かだ。しかし別れの日が来て、シピヨンはマルセイユに戻ったものの、マルセイユは退屈だと口癖のように言っていた。友情は途絶えることなく、逆に深まっていった。

　手紙が定期的に交換された。益荒男たちは受け取った手紙でシピヨンが就く様々な仕事を知った。この二十五年間、シピヨンは子供たちのために馬車ならぬ山羊車の御者、入れ墨師、霊媒、カヌビエール大通りをそぞろ歩く子犬売り、海上輸送会社のもぐりの荷役、リヨンへ一度旅行してからは自称探検家、入れ墨消し、プレーヌの縁日の見せ物に登場する未開人など。この最後の職業では体を黒く塗り、正午から真夜中まで檻に閉じ込められたシピヨンは、唸り声を挙げて友達を震え上がらせ、葉巻やハツカネズミ、果ては金《かね》さえ食った。それから市役所での常連の偽証者、マルセイユでは〈出来立てのほやほや〉と呼ばれるアンチョビー入り菓子の売り子、プロヴァンス地方自治主義党の独裁者、元プラン・ドゥ・キュク非選出市議会議員でもあった。

　最も長期間続いた職業の一つが代書人だった。サン・ジュリヤン大通りに小さな馬車を据え、彼は車中に納まり返り、その頭上にはティエール氏の写真を飾った。《もうちっとばかし待っとくんなさいよ、巻き毛のお姐《ねえ》さん方》と彼は女性客に言った。《あたしの秘書がじきに来ますからな。》この代書人は印刷用活字の大文字は読めるのだが、文字は書けなかった。それで彼はロディ通りにある学校の生徒に彼の仕事を手伝わせていた。女性客の言うことを口述しなおす二重口述で、それを文字にするのがこの小さな男の子だった。この職業に従事している時のシピヨンは鵞ペンや鉛筆、万年筆でその耳に品格を与えていた。

　読者もお気づきのことと思うが、シピヨンは益荒男たちの、なかんずくマンジュクルーの親友になるべく生まれ付いていた。ある秋の日の昼下がり、このケファリニア人と同時に鼻血が出てからというもの、シピヨンは彼とは血の兄弟だと言っていた。この偶然の一致に二人は夢中になった。その手紙の中でシピヨンはマンジュクルーを〈死を共にせし親愛なる者〉と呼んでいたことも最後に付け加えておこう。或る晩彼らを兵営へ連れていってくれる電車が脱線したからだ。

《彼の昔の長にして、現在、未来の友であるマンジュクルー》に宛てられたシピヨンの最後の手紙には、転がり込んできた遺産のお陰で大型の船を買ったと書いてあったが、実際は百年を経た小舟で、競売で買った船首像を取り付けて綺麗にし、興を添えたものだった。この小舟――正確を期すれば〈燃え盛る炎の女号〉で、その船中では面食らった二人のイギリス女が、なぜちんちくりんのフランス男は逃げ出したのかといぶかっている最中だった――のお陰で益荒男たちの友人は、凪の海でも嵐の海でも羅針盤と海図、コンパスと六分儀を頼りに観光客を海へ連れだし、それをたずきにしていた。

15

途中さしたる面白可笑しいことにも遭遇せず、両腕を拡げて通り道を開けるよう野次馬たちに頼むマンジュクルーに先導されて、益荒男たちがベルジュ河岸に向かっていると、一人の小男が目にも留まらぬ速さでマンジュクルーの首に飛び付いた。マンジュクルーにキスを浴びせてから、シピヨンは他の益荒男たちを抱擁した。それからミハエルの前でボクシングの格好をすると拳を作って、いきなり力強いパンチをいくつか彼にお見舞いした。結局彼はマンジュクルーに方向転換することにし、一発かませるごとに声を張り上げた。

「そんならこいつはどうだ、今度は感ずたか？　じゃあこいつはどうだ、ダイナマイトパンチだぜ！」

感動表現はマタティアスの腹に頭突きをひとつ食らわして終わった。マタティアスの後ろには自分を守ろうとするソロモンが立っていた。最後にもう一度彼らは抱擁し合った。シピヨンは友人たちの腕を撫で回し、益荒男たちの新しい挨拶の仕方に大喜びし、ただ一人いたわられたサルチエルの手を礼儀正しく握り、ひとりひとりに体調はどうかと尋ね、返事を聞かずに、昨日の晩は尼っ子たちがすさまじくてよ、俺の血は一滴のこらず使われちまったのよ、それで今朝はちっとばかしお疲れってわけだ、といきなり語り始めた。

「名に立ちしまめ男とはまことなりけりってね、これ俺のこと」

サルチエルは通行人が寄り集まってくるのに思案投げ首の体《てい》だった。しかしシピヨンは彼らもそれぞれ自分と似たりよったりの不名誉を抱えている同類だと仮定し、大声で、しかも名指しで、監獄に入っている兄弟だの遣り手婆あのおばさんだのすぐにその商売の見当がつく妹の消息を彼らに尋ねることで、即座に野次馬を追っ払った。二人のイギリス女はロンドンではお目にかかれないこの光景に啞然としたものの、小舟を下りようとは思わなかった。

「かわいそうによ、あの二人はもうすっかりこの俺にぞっこんだ」とシピヨンは言った。

彼は友人たちを伴い、彼の外見に興味を引かれたばかりに馬鹿を見る羽目に陥った女たちに向かって歩を進めた。

「舟を下りてくださいよ」と彼は優しく、だが断固として二人に言った。「熱情より友情、英国より仲間だ！　しかもあんた方と俺の間にゃセント・ヘレナ島［一八一五年、イギリス政府は海外自治領のこの島をナポレオン・ボナパルトの禁錮場所とした。ナポレオン一世は一八二一年、同島で没］ってものがあるんだよ！（彼女たちには何のことやらさっぱり訳が解らないようだったから、荒っぽい語調でこう付け加えると、彼女たちは立ち上がった。）さあ、さっさと下りた、下りた！　船上での反乱は御法度だぜ！」

英国は下船し、彼は冷たい物を飲みに行こうと友人たちを誘った。彼らは腕を組んで〈ラマルチーヌとベルジェのバー〉へ乗り込むと、シピヨンは虎の乳五つと注文したから、ソロモンは驚愕した。益荒男たちはシピヨンが飲み干したアペリティフ、アニスリキュールに唇を付けた。彼らはしゃべり、腸チフスの楽しかった日々を思い起こした。

「腸チフスのおかげでよ、俺は歯を二十二本もなくしちまったが五人の友だちができた。何つうこたあないさ、女にとっちゃあ歯なんてどうでもいいんだからな。女がこだわるのは男の魅力だ。で、俺の魅力だがね、腸チフスで俺の歯が抜けちまう以前の俺を女は知らないんだ。まだ生まれてなかったからな！」とマルセイユ人は言った。

　こうして三時間が過ぎた。サルチエルは頭が痛くなった。シピヨンには好感を抱いてはいたが、この好人物は自分の愛人たちのことをしゃべりすぎる──彼女たちはお祭りの楽しみすぎで虫の息だなどと言う。いや全く彼は充分に女性を尊重しているとは言い難い。フランスの出生率は高くないから、ラシーヌやコルネイユを読んでいない者たちを大勢過ぎるほど帰化させているのだと思うと、サルチエルの心は悲しみに満たされるのだった。それにフランスでは山林を伐採しすぎる。それがまた思いやりの塊である老人には気がかりの種となり、ひどく悩むのだった。気の毒なことに百年後はつるっぱげだ。この国は一体どうなってしまうのだろう？　結局、老いた益荒男はシピヨンの手を握ると、マタティアスと一緒に立ち去ることにした。

　シピヨンは肩の重石がとれたようにせいせいした。この二人は堅物すぎて、彼の好みに合わなかったのだ。彼は胸を叩いて肉体の逞しさを誇示し、尼っ子たちを満足させてやるにはどうしても健康でなくてはならず、健康維持には外で食うべしと宣言した。様々な形のパン──小さなピラミッドがいくつもそそり立つ王冠型のパン、〈一杯機嫌〉と呼ばれる細長いパン、そう呼ばれるだけあって実に旨いのだ──、アンチョビー、固ゆで卵、チーズ、沢山の鰯の缶詰、それにソロモンが物騒な物と思ったウニを買った。

　突堤の石に座り、きらめく海の緑色の動きを目にしながら飲み食いした後で、小山の上で昼寝をすることにした。シピヨンが小山と呼んでいるのは落花生をうずたかく積み上げたもので、ソロモンとマンジュクルーは気楽に冗談を言い合っている振りをしていたが、足が奈落の底に吸い込まれないように充分注意し、顔面蒼白ながら無理して微笑み、よじ登った。

　目覚めの後、益荒男たちはプレーヌ市場でぶらぶら過ごした。ミハエルは例の謎の小切手がジュネーヴで現金化されたら、すぐに自分の取り分からかなりの金をシピヨンに渡すようサルチエルに命じると、藪から棒に言った。マルセイユっ子はミハエルを凶暴そうな目つきでじっと見ていたが、やおら上着を脱いだ。

「持ってな、カボチャ」とソロモンに言った。

　そしてミハエル相手に新たな闘いが始まったが、今度は頭でっかちの小男に、ミハエルは手加減しなかった。「負けたと言え」とシピヨンはくずおれながら、大声で言った。

　彼は立ち上がると、なぜ闘いに勝ったのかを説明したが、こういうところは名立たる将軍たちと同じだ。ソロモンも同じようにシピヨンに贈呈したいと思ったのだが、この男の感激ぶりが恐かった。

彼らはガラス吹き職人に感心し、曲面鏡の前で大笑いし、厚紙製の大きな熊の腹から出てくるシュークリームを頬張り、外で友人たちを待っていると言うソロモンを除き、大人のための医学博物館に入った。しかし長居はしなかった。シピヨンは胎児を見ると、真っ青になった。腕が鈍らないように、絶えず練習して腕に磨きをかけようと、シピヨンは射撃場でピストルを撃ち、オーナーの女を殺しそうになると、ピストルに欠陥があるからだと言って、その責任を武器に転嫁した。彼を元気付けようとマンジュクルーは銅の指輪を彼に売った。〈ちょっとしたからくりを紹介しよう。ケファリニア人は〈金張り〉《ドゥブレ・オール》と言わずに〈金の二重張り〉《オール・ドゥブレ》と言った。結局のところ、そう言っても間違いではないと考えた。言葉は同じだが与える印象が違う、後の方が比較にならないほどよいのだ。〉

ソロモンはジャガイモの皮むき用の包丁数本とタイヤ用のすばらしく効き目のある糊を買った。この糊さえあればチューブが飛び出してどこかへ行ってしまうこともないだろうから、ここはひとつ自分に自転車一台奮発してやるかという気になった。旅回りの歌手たちの歌を聞いた。彼らは公人シピヨンに歌を一曲捧げた。しばらくすると背低のマルセイユっ子は彼の政治的見解を、とりわけドイツの独裁者――彼はヒトラーのことをイレールと呼び、ドイツ語の発音ではこうなると言い張った――についての考えを友人たちに披瀝した。

「俺に政府を任せてくれれば、俺はイレールに言ってやる。《さあ、正々堂々とかかってきやがれ！　喧嘩好きな野郎め！　彼奴《あやつ》が打ち負かされりゃぁ、奴の国は敗戦国だ》ってね。で、俺だが、柔術の必殺技を繰り出す。可哀想にイレールは、保証するよ、奴は敗北だ！　奴を倒したら、奴のひげをねじ上げて、この時とばかりに奴に言ってやる。《おい、御同役、今となっちゃあこれぐらいは言えよ、以前に比べりゃあ悪くなっちまったな、フランスは！》ってな」

八時になるとマンジュクルーとミハエルは暇を告げた。シピヨンは異を唱えた。彼を慰めようと、マンジュクルーはソロモンはまだ寝はしないと頭越しに決めつけ、彼をシピヨンの副官に指名した。ソロモンは眠かったし、それにシピヨンがちょっと恐かったから、嬉しくはなかった。だがマンジュクルーの命令には従うしかなかった。

シピヨンは諦めた。結局はその方がよいかもしれない。ソロモンは葱を背負った鴨で、お誂え向きだ。彼はこのおちびさんが大好きだった。とてもおとなしく、抗弁することは絶対にない。

マンジュクルーはエルサレムからの使者だと偽り、ユダヤ教長老会議のメンバー二人から慈善に使う罰金を騙し取った上にジュネーヴの同僚宛ての推薦状をせしめた。

その後で行った豪華なレストランでは、夕食をする優雅な女を口をあんぐり開けたままじっと見つめた。他の客たちは別段驚いている様子もない。尋常でないと思ったのは彼だけなのだ。その女は飲んでいた。ということは彼女は穴を一つ開けて、そこに液体を流し込んでいるのだ。彼女は水差のようにとくとくと自分を一杯にし、それから再び穴を閉じるのだ。水差は一杯になった。なにもかも驚きだった。食っているこの二人の紳士。彼らは口を開け、小型の園芸用フォークのようなもので焼いた屍の切れ端を口に入れる。それから彼らの口の中にある粉砕器や石臼を下ろす。彼らはそれを上げたり下ろしたりする。そして音楽について語りながら、すりつぶす。

彼は大思想家になる素質が自分に備わっているのかいないのか自問した。出っ張っている彼の喉仏が感動で上がったり下がったりした。彼は偉大な男かもしれないとの考えが彼の食欲を断った。彼は給仕頭がテーブルに置いていったばかりの茴香《ういきょう》添え鯔《ぼら》を見つめて考え込み、明確な答えが得られぬまま、一口も食わずに支払いを済ませ、出ていった。

16

シピヨンはカフェ・リシュ《栄華》にソロモンを連れて行くと、自分のためではなく彼のためにすごく濃いコーヒーを二つ持ってこさせた。そして、市役所の裏手だが、女の子に会いに行ってみようじゃないか、別に悪いことをしに行こうっていうんじゃないんだ、ともちかけた。

「子猫ちゃんたちだよ」と彼は説明した。「小一時間ほどおふざけを言いに、な、それだけのことよ」

ソロモンは震え上がった。よくない暮らしをしている人たちと話した後では、愛しい妻の顔を見ようにも見られないのではないのか？

「いやだよ、僕の宗教がそんなことをするなと僕に言っている」

「おや、宗教だと！　本当はお前、なにが好きじゃないんだな。彼女たちから断られると思っちまってるからさ。（しめた、うまい手が見つかったぞ。）我が友よ、この俺をな、彼女たちはこの俺を往生させてくれるんだよ！　さっきな、例《たと》えばだ、ミハエル相手にぶん殴り合いやって、俺が倒れちまった。それにはなあ、我が友よ、それにはこういう訳があったんだ。（彼は愛嬌毛をなでつけた。）昨日の晩はよ、我が友よ、八人だぜ！　彼女たちは下で順番待ちをしていた。一人が出ていくともう一人が上がってくる、下には仲間が一人いて、番号付きの添荷札をそいつが彼女たちに渡すって寸法だ。（シピヨンの言葉使いでは〈aque《アク》〉は〈avec《アヴェック》〉［〝〜と一緒に〟、〝〜を相手として〟、〝〜がついた〟などの意味］のことだ。）十人いたんだが八人にしか尽くしてやれなかった。ああ、たった一晩でもいい、独り寝できたらどんなに幸せか、俺には無縁だよな！」

「このご婦人たちをそっとしておいてあげることが、あなたにはできないのですか？」

シピヨンは憤慨し、目を丸くした。

「彼女たちだよ、友よ、彼女たちが俺をそっとしておいてくれないんだよ！　彼女たちは、死ぬ、死ぬ、いい、いい、ってな！　仕方なかろうが、俺は強いられているんだよ、同情心からってとこだな」

そして彼は拳を天に向かって突き出した。その仕草が彼には立派に思えたからだ。

「俺をこんな風にひょうきん者に作ってくださった神様

を俺は恨めしく思ってるんだよ」

ソロモンは片目の男の魅力は那辺にありやと、後ずさりしてその男の肉体をしげしげと見た。両手を後ろで組み、彼は頭の天辺から足の爪先まで仔細に考察した。いいや、魅力なんてない。やっぱりねじくれた脚なんて美しいはずがない。その他は全部もっとずっと醜い。（こんなにも愛されているのだとすっかり御満悦のシピヨンは我を忘れて自転する地球のようにくるくる回り、「唐辛子の血」という題名の自作の歌を歌った。）きっとマルセイユの女性たちは変わった趣味の持ち主なんだ、とソロモンは考えた。無論左の目は悪くない、でもやっぱりね。

シピヨンは小さなチョコレートパンを一つソロモンに買ってやり、車道の横断には手をつないでやり、ホテル・ノアイユの前で歩みを止めるよう命じた。温室ではスウェーデンのイングリッド王女がアルク公爵夫人にすばらしかったインド旅行のことを話している最中だった。「例《たと》えばさぁ、背のでっかいブロンド、お前が見ているあれだ」とシピヨンは王女を目立たないように指さしながら言った。「お前、気付かれちゃあいかんぞ。静かに、気を付けろよ、大柄のブロンドだ、今しゃべってる女だ、よせ、そんな風に彼女を見つめるな、彼女に迷惑をかけたくないんだよ、何でもないような振りをしろ、まず、窓を見たいと思ってるように、空中を見て、それから目を移しながらほんのちょっぴりちらっと見る、この背の高いブロンド、友よ、お前、誰だかわかんないだろうが？（そう聞いたのは何か名前を付けねばなるまいと思い、時間稼ぎのためだった。）イギリスの提督でトラファルガー・スクワールにその銅像が立ってる勝利者の娘のレイディ・ロスコフだ。今度は褐色の髪の毛の女にちっとばかし注目してみよう。（彼はアルク公爵夫人を指さした。）あれは……イタリアで超、超、超高い地位に就いてる紳士の娘だ。（とつぶやきながら）なあ、お前、彼女たちにはこの俺が愛嬌たっぷりの男に見えるんだろうよ、俺をじっと見つめている。おい、ちょっと見てみろよ、二人とも作り笑いをしてるみたいだぜ。人は見かけによらぬもの、あの二人だって仲良しで、まじめで、優しそうに見えるが、どうしてどうして内心じゃあいがみ合ってるのさ。恋する女ほどの偽善者《いぜんしゃ》は他には見当たらない。蛇なんざ顔色無しだ！　思ってもみろよ、褐色の髪の女、イタリア女だ、あの女はブロンドを毒殺しようとしたんだぜ！　それもこれも焼き餅のせいだ、この俺故のな、わかるだろう。そこでこの俺はあの二人にこう言ったんだ。《ねえ、ちょっとあんたら、この荒っぽいやり方は一体何なんだい？　仲間同士で毒殺のしっこ、こんなことをあんたらは学校で習ってきたのかい？　あんたらは上流階級の人間なんだぞ、まったく！そんなこたあするもんじゃあない、砒素でとはなあ！》そうなんだよ、お前さんに言うのを忘れてたんだがね、ブロンドの方も褐色の髪を毒殺したいと思ってたんだって、彼女が俺に言ったんだよ。《愛故に、二人とも殺人犯になるなんて、あんたら恥ずかしくないのか？　悪い子たちだ、猫いらず、だもんな、ねえ！　パパやママのことをちっとは考えてみるがいい、まったく！　あんたらが牢屋へ入れられたら、親御さんたちがどんなに気をもまれることか、考えてみるべきだ！》ってね。ところがどうだ、俺に会い続けるために、二人は仲良しに見られるように仕組んだんだ。二人とも笑い興じてな。だがみいんな嘘っぱちだってわかるんだよ。（その点ではシピヨンは正論を吐いている。）ああ、こういう具合に俺の人生は悲劇に巻きこまれるってわけだ！　俺の二本の指、ちょっと見てみろよ、うん、これはな、焼き餅なんだよ！」

　彼は手を見せた。子供の時薪割りをしていて指を二本飛ばしてしまったその手だ。

「あなたが指を二本なくしたのは戦争でだったでしょう」とソロモンは思い切って訂正した。

「戦争中って俺は言ったんだ。でとは言ってない、中って言ったんだ！　ある休暇の晩、俺がものにしたのは将軍の娘で、身持ちは堅かった。パパに会うとのふれこみで前線にやって来たんだが、本当のところは誰のためだったのか、お前さん、よおく考えてみろ！」と熱狂的な、殆ど狂わんばかりの喜びで叫んだから、その肉厚の胸部は震え、その柔らかな乳――むしろ乳房と言うべき――は激しく揺れた。「そこでだ、ある晩のこと、それは八月《アウ》（彼はaoût《ウ(トゥ)》をa-ou《アウ》と発音した。）二十五日だったが、まるで昨日のことのようによく覚えている、八月二十五日、あるいは多分、多分、多分八月二十六日だったかもしれない、二十五日でも二十六日でもそんなこたあどうだっていい、一日ぐらい気にもしない。うん、それから彼女は塹壕へ行った。みんなもう眠っていた。彼女はヘーゼルナッツ入りチョコレートを俺のために持ってきてくれた、それがまたでっかい棒チョコレートでな、このぐらいはあったな。彼女は俺の装具を開けてチョコレートをその中に入れると、（酷薄な情け容赦のない声で）乳繰り合いを始められるようにと準備をし始めた、このヒメモリバトちゃんは！（ソロモンは後ずさりした。）だが彼女の目は偶然に俺の雑嚢に出合う、彼女は開ける。彼女は匂いを嗅ぐ、こんな具合に。（彼はソロモンがわかるように鼻をあちこちに向け、少なくとも二分間ふんふんと派手に鼻で息を吸ってみせた。）《いい匂いがするわね！》と彼女が俺に言う。この時彼女はすでに難しい顔をしていたよ、そうなんだよなあ！　彼女が雑嚢の中をよおく見ると、あった、あった、アメリカにある共和国の大統領の女房から来た何通かの手紙が、この女がまた情熱の塊ときてるんだ、我が友よ！　彼女は手紙をじっと見る、それもちょっとの間だけ、《毛深くて小柄なフランスの勇者、あなたのお顔が大好きよ》って書いてあるのを読むだけの時間でよかったんだ。その時だ、彼女が俺に襲いかかってきたのは、彼女は口を開け、俺の手を摑むと、えい！（彼は食人種の痙笑を見せた。）彼女は口を閉じる。そうして、えい！　彼女は俺の指を二本嚙み切る！　怒りに燃える彼女は二本の指を食っちまったとさ！　しかしそいつは眉唾ものだ、なにしろ俺はその場に居合わせなかったんだからな」

「将軍の娘たるものが！」とソロモンは大声で言った。

「俺はな、彼女の評判を傷つけないようにと、これは女性に対する心遣いの問題だ、俺の指二本をぶっ飛ばしたのは敵さんの弾丸《たま》だって言ったのよ。俺はこの時生まれて始めて嘘をついたのさ」と言う彼の声は沈んでいた。

「さあ、来いよ、散歩でもするか。さて、レイディ・ロスコフとその友だちに話を戻すと、褐色の髪の女、ミシュランジのお嬢様だ、あれっ、こいつは驚きだあ！　俺今、名前言ったよな、お前、少なくともこの名を誰かに言ったりはしないよな？　お前、秘密は守るよな、なあ、おい、ちっこいの、え？」

ソロモンはこっくりと頷き、二人はメーランの小径に置かれたベンチに腰掛けた。気の毒にケファリニア人はもう瞼が垂れてきてうつらうつらし始め、シピヨンが円錐形の紙袋から取り出したブリオッシュをぼんやり食っていた。

「いたずら女たちのことをもっと話してもらいたいのか、え、小僧？」

ソロモンは強いて否やは言わないことにした。

「それではノアイユに泊まってる二人の女の子、レイディ・ロスコフとミシュランジのお嬢様、彼女のパパはイタリアの偉大な将軍様だ、この二人との馴初めから始める」

彼は充分に空気を吸い込むと駄法螺というすこぶる味の良い水の中に飛び込んだ。

「想像できるか、お前、一ヶ月まえから毎晩六時になるときまって、雨が降ろうが槍が降ろうが、風が吹こうが雷が鳴ろうが、きまって俺の家の門の前に、コワン・ドゥ・ルブール通り、九番地に彼女たちはいるんだよ。毎朝六時、六時十分、六時十五分、要するに大体六時頃にだ、ともかくいつも六時半までには来てるんだ。魅力ってものがそうさせるんだなあ。だからよ、この俺も可哀想なものさ、俺にはどうすることもできないんだからなあ！　二人を俺の腕に抱いてやるなんてこたあもういい加減御免蒙りたいもんだって思ってたんだよ！　他の女たちが焼き餅をやくし、俺は俺でくたびれ果ててぶっ倒れちまうからな！（彼はバイロン風な顔を作った。）それで、始めの頃は。（シピヨンはたとえ帝国を一つやろうと言われても彼女たちの思いどおりにはならないはずだった。）それで始めの頃は、俺んちから下りていく時、彼女たちを見ないようにしてその前を通り過ぎたものだった。だがな、お前さんにもわかるだろうが、（彼は悪戯っぽくにやっと笑って、ウインクした。）俺は全部お見通しだったたってわけだ！　毎朝だぜ、めかしこんで、そうなんだよ、毛皮に羽毛、なんだこりゃあ、それでちょっとさきにゃあ車が待っている。こいつはちっとばかし気の毒だったたな。さて、ある朝のことだ、俺はパン屋へ行くとき、彼女たちに笑いかけた、彼女たちを軽蔑したりすることのないような笑みだ。一瞥の情《なさけ》をかけたってわけさ。（悲劇調で、）ソロモン、運命のさいころは投げられた！　その明くる日のことだ、俺もまったく懲りない男だぜ。（彼は自己嫌悪に陥ったというので渋面を作った。）俺は自分自身に満足しちゃあいないんだ、ああ、俺は何て悪党だ！　彼女たちを見つめたばっかりによ、彼女たちを俺の魅惑の虜にしちまったんだからな、こんな風にだ、よく見てろよ」

彼は立ち上がり、腰に拳を宛《あてが》い、大股で歩き、健常な方の目を閉じた。

「わかるな、こう言ってるようにだ。（見た目はまさに口説き上手のギャングだった。）《恋はマルセイユの子供。》その時何が起こったのかお前には見当もつかないだろうが？　彼女たちは俺の後を追っかけてきて、俺のコーヒー代を是が非でも払わせてくれってな、これが発端でよ、彼女たちが俺を征服しようってんで、俺の所へ通ってくるようになったのさ！　それからだ、俺の人生が凄いことになったのは、ソロモン！　例《たと》えばだ、昨日金髪が、レイディ・ロスコフだ、彼女が俺に言った。《シピヨン、（彼女が彼に何を言ったことにすべきか急には思い付かなかったので、自分の名を繰り返すことにした。）シピヨン、シピヨン。》だめだ、お前には言えないよ、わかるだろう、友だちにだって言えないことはあるものだ。そこで俺は優しく、パパのようにだ、答えてやった。《で、あなたのご主人は?》」

「それじゃあ、彼女の名はロスコフじゃないんじゃないの? ロスコフは彼女のお父さんの名でしょう、ロスコフ提督氏っていうんだから」とソロモンは異を唱えた。

「彼女は従兄弟と結婚したんだよ! 馬鹿なことをほざいて俺の話の腰を折るんじゃない!」とシピヨンは怒って大声を出した。

二人はベンチを離れ、再びホテル・ノアイユの前に来た。

「彼女を見てみろよ。時折、彼女は聞き耳を立てるようにしている! 例の話に戻ると、彼女は俺にこう返事したのさ。《私の主人ですって、彼にはもううんざり! 先ず第一はいびき、いびきをかくのよ! 出発しましょうよ、シピヨン、いい匂いのするどこか他の国へ旅立ちましょう、そこでは共食い風のキスより他には、あなたは何もしなくていいの!》こんな風に、誓ってもいい、彼女は俺に言ったんだ! 俺は今ここで、歩道の上で死んじまいたいよ! (彼は足でアスファルトを叩いた。)

「それで?」この上流社会のアヴァンチュールの話ですっかりいい気持ちになってしまったソロモンがたずねた。

「それで、俺はな、なあ、おい、氷のように冷静に彼女に答えた。《だめだ、お嬢ちゃん、だめなんだ。(彼は威厳に満ちた拒絶の印に頭《かぶり》を振った。) 俺たちは離ればなれになる運命なんだ。》すると彼女が俺に答える……——おっと、それは丁度今朝のことだったんだがね——」と彼は明確にした。「その時彼女が俺に答える。《それならせめてちゅうしてよ!》って。(子供に甘い母親のような、思いやりのある、ほとほと感心したという調子で。) お前わかるよなあ、いたずらっ子みたいでよ、ちょっぴり英語なまりでさ、それがまたパリなまりよりよっぽど可愛らしいんだ。それに顔だ、友よ、ああ、本物のマドンナだ! その時隣近所の連中がよ、窓辺に集まり始めたからよ、ためらってると、彼女が俺に向かって大きな声で言った。《一つでいいからちゅうして、まさか私にはちゅう一つするのもお断りって言うんじゃないでしょうね! もしそうならあなたは無礼な男ってことになるのよ!》彼女は腹を立て始めた。《さあ、ちゅうしなさい、ちゅうするのよ、シピヨン、愛の渇きを癒すちゅう一つ、ある狂おしい情熱の日、あなたの心が私の心を捕らえてしまったのだから!》と彼女は叫んだ。参ったな、お隣さんたちは窓辺に雁首並べて今や御見物だ。そこで彼女にこう言ったんだ、この俺は。《ざっくばらんに言えば、貞淑なる女性アレクサンドラ夫人よ、あんたは何てことをおっしゃるんですか?》」

「よくぞ言ったり。で、それで?」とソロモンが言った。

「彼女が答えたとおり一言一句たがえずお前に教えてやる。もしも俺の言うことが出放題馬の尻、だったら、俺の片目は潰れろ! (彼の指は力強くはっきりと左の目を指した。) 彼女はこう答えたんだ。《ざっくばらんに言えば、シピヨンさん、あたしあれをやりたいのよ!》」

「しかし彼女が提督の娘というのは確かなんですか?」

「ざっくばらんに言えば、あたしあれをやりたいのよ!」とシピヨンは自分の話に熱くなって、大声で言った。(警官が立ち止まり、彼を厳しく見据えた。)「あたしあれをやりたいのよって彼女が言ったっていうんで、お前びっくりこいてんだろう? なあ、友よ、情熱の火がめらめらと燃え上がってるんだ、どうしようもないじゃないか——シピヨンの手は炎の揺らめきのように動いた——彼女は礼儀作法を一切忘れちまったのさ! 一度女王が、だめだ、女王の名は言えない。しかし、俺がお前に言えるのは女王と俺、それぞれの馬に跨った俺たち二人を見れば、お前さんにも目の保養になるってことだけだ。女王は乗馬が大好きだ、とりわけ朝の乗馬がな。それでこの俺も長靴をはいて、毎朝女王陛下と馬で行くってわけだ」

彼は危ういと思った。

「神掛けて! 俺は神の御前《おんまえ》でお前に誓うぞ、聞いてるのか、お前、俺がお前に言ったことは全部本当のことだとな! (ソロモンは納得した。シピヨンが神に掛けて誓うやいなや。) ところで俺は一体何の話をしてたっけ?」

「ざっくばらんに言えば……」

シピヨンはよき聴衆におべんちゃらを言った。

「あんたは実にいい人だ、そうだよな。そこで俺は彼女にこう言った。《で、ざっくばらんに言えば、アレクサンドラ夫人、そんなことをしてあんたはどうしようっていうんですかい?》彼女が俺に言った。《あら、ざっくばらんに言って、おっしゃるとおりですわね、まあ、あたくしとしたことが、あたくしそのようなことは思ってもみませんでしたことよ》と言って、彼女は俺を見つめるんだ、なあ、おい、あの花のような青い目でよ。ああ、これは言うべきことじゃあないがね、その時の彼女はすんごくかわゆくってさ、ドレッシングをかけて食っちまいたいぐらいだった! (彼は自分の手の指先にキスをした。)《あたくしそのようなことは思ってもみませんでしたことよ。》彼女は笑いながら俺に言ったんだよ」

「でも、さっき、彼女はその反対のことを言っていたでしょ」

「いちいち俺の言うことに茶々を入れて、話の腰を折ってくれるなよ！　彼女たちが風見鶏みたいにくるくる考えを変えるのは俺の責任だとでも言うのか？　頭は持ち主の思いのままに向きを変える、仕方なかろうが！　彼女たちはお前に白と言って、お前の顔を見る、そうして不安で動転すると、彼女たちはお前に黒と言う。これこそ恋の陶酔ってもんだ。それで、彼女は俺に言う。《おっしゃるとおりですわ、ざっくばらんに言えば。では、あたくしの兄になってくださいな、シピヨン、そうなるとあたくしはあなたの妹。でも少なくともちゅうはしてくださいね、シピヨン。（燃えるように）ちゅうを一つ、ね！（毅然として）ちゅうをひとつ、いいでしょ！》そして彼女はテーブルを叩く！《一度だけでいいの、悪党、その後は兄と妹よ！》そして俺がしたくないと思ってるのがわかると、その時あばずれは、彼女は俺に言う。《さあ、ちゅうしなさい、ちゅうするのよ、愛のちゅうじゃなくていいから、いとこ同士のちゅうをひとつ！》そこで俺は」

彼は口をつぐんだ。疲労困憊なのだ。選択肢は沢山ある！　彼はこのキスをしてやらねばならないのか？

「そこで俺はたちどころに」と彼は再び始めた。「イングリッド王女、別名レイディ・ロスコフのセックス・アピールに思いを巡らし、必死になって自分をその気にさせた。顔を俺の方へ向かせると、乱闘だ！　口の中で赤紫色のものが裏になったり表になったり、反り返ったり、そんなキスをだ！」

ソロモンは両目を閉じ、その手は街灯に助けを求めた。

「俺が彼女にこのキスをしてやった時には、マルセイユ中でこのキスができるのは俺一人だった。お前にその秘術全部は教えてやれないが、舌がとんぼ返りするってことだけは教えてやれる。こうして俺は彼女にキスしてやる、彼女は目を閉じ、地上に倒れる、こんな具合に、まるで死人だ！　死人、可哀想に、いやはや！」

彼は両手で歩道を指し示し、喪の印に両手で顔をおおった。

「二十三歳の死者、蠅のような死者！　永遠の死者、快楽に殺された死者！」

その死者は温室でお喋りの真最中なのを思い出し、会話をつないだ。

「俺は彼女を拾い上げ、彼女は突然動き出す。《もっと、もっと、もっと！》彼女は叫ぶ。おお、宿命のあばずれ女、いかなる状況に俺はいるのか！」

取り乱した目の上に張り出している汗ばんだ額に、彼は両手をやった。

「頭に血が上った女とたったひとり！　俺がだめだと断ると、彼女はまた仰向けに倒れ、手足をばたつかせ始めた。まるで重病人、さもなければ転んでもう起きあがれなくなった馬のようだ！　おまけにお隣さんたちが一人残らず御見物だ！　それで俺の女房だが、寝てたから、叫び声で目を覚ましちまうんじゃないかって心配だった。彼女が歩道にひっくり返って四つ足をばたばたさせてるのはちょっとした見物《みもの》だった。折も折、なにが出来《しゅったい》したのか、お前にはわからんだろうな？　もう一人が現れたんだよ、ミシュランジの娘、ブルネット、あのお嬢ちゃんがさ！　ああ、なんちゅうこった、ああ、情けなや！一体どうすりゃいいのさ？　俺は子供らが遊ぶこまみたいに自分の周りをぐるぐるまわった！　ミシュランジの娘だけに、パパみたいにお利口さんなんだよ。一目見るなり、全部見て取っちまった彼女は大声で言った。《私にも、私にも、私にもしてほしいのよ！》女というものはな、わかるかい、自尊心の塊だ！　彼女は地団駄を踏んだ、そうなんだよ、歩道をぴょんぴょん跳ぶんだよ、まるで蛙だ！　イギリス女は立ち上がって、叫ぶ。《もっと、もっと！》だが彼女が言ったのは英語でだ。《ピクルス、ピクルス！》こんな風に言うんだ、わかるだろう、ピクルスとは英語で〈もっと〉っていう意味だ。そして今度はイタリア女が叫び出す。《ピカッリリィ！ピカッリリィ！》《私にも、私にもしてちょうだい！》って意味だ、イタリア語でな。要するにお前が知ってるイタリア語じゃなくてさ、上品なイタリア語だ。彼女らは二人とも屠殺場に引かれて行く豚みたいに喚くんだ。《ピクルス！　ピカッリリィ！》愛の渇きを覚える女たち！　それでお隣さんたちが、ああ、なんたることか！（彼は目をおおった。）そこで彼女を満足させるため、あんまり大騒動《そうどう》にならんようにと、俺はミシュランジお嬢ちゃんにキスをする。これでいい！　嬉しくて、彼女はひっくり返っちまった！《ピクルス！　ピカッリリィ！》その時お隣さんらが下りてきて、一体全体どうしたんだと俺に聞いた。そこで俺はお隣さんに言った。《心配はいらん、行ってくれ、あの二人はちっとばかし疲れただけだ、何でもない。》だが彼らは消防を呼びにすっとんでった！　地面にひっくり返った二人のお嬢ちゃんはその間中ずっと怒りと焼き餅で互いに相手の鼻を咬み合ってたんだ！」

タクシーが一台ホテル・ノアイユの前で止まった。文人シピヨンは偶然をうまく利用した。

「タクシーが来る！　俺は大急ぎで二人を中に押し込め

た！　タクシーの中で二人は俺をその気にさせようとして、俺をくすぐるんだ！　俺に火をつけようって魂胆《こんたん》だ。あんまりくすぐるから俺は頭が変になっちまった。それで俺が素頓狂な声を出し始めたから、運転手は俄に怯えだし、カヌビエール大通りの真ん中で我々を三人とも下ろしちまいやがった！　面倒なことになったもんだ。一人は怒鳴りまくるし、もう一人は、おお、俺は何と惨めなんだろう、歩道で俺をくすぐり続けた、で、俺は、彼女が無茶苦茶くすぐるもんだから、吊し首にされる人間のごとく絶叫した！　俺たちを見ようと寄ってきた大勢の人間共は、まあ一種の痴れ笑いだが、笑い過ぎでよ、みいんなちびっちまった！　その時だ、俺が不意に自分に言ったのは。《シピヨンよ、お前が何者であるかちっとばかし見せてやれ、時は今ぞ！　お前が男になりたきゃあ、今がその時だ！》そこで柔術で鍛えた業の披露と相成った。俺は彼女たちの関節をはずした、二人のな！　彼女らはもう動けなくなったが、それでも二人は叫び続けた！　誇張《こっちょう》はなしで、ソロモン、そこには少なくとも九千人もの人間がいて、大騒《ざわ》ぎを見物し、笑いすぎて小便をもらしていたんだよ。とりわけイギリス女だ、彼女はまったく手に負えなかった。ひどく発情してて、しゃっくりがとまんないんだ。そうしてイタリア女はがなりたてる。《あれがしたいよー！》そこで彼女たちがもう俺をくすぐらないようにしっかり捕まえて、二人に言う。《なあ、二人とももうちょっとおとなしくしてくれ、ああ、あんたらがずうっとこんな風だとマルセイユでの俺の評判はがた落ちだ！》そうして力ずくで彼女たちを薬屋へ引っ張ってった！　少なくとも一万六千人ぐらいの人間が俺たちの後ろにくっついてくる、笑いながら、ズボンの中で小便をちびりながらな。薬剤師に、こいつは俺の仲間だ、事の成り行きを説明《せつめい》した。すると彼が俺にこう言った。《シピヨン、科学的にはやるべきことは一つしかない。交尾させたくない時に雌猫にやるあれだ、彼女たちにあれをやるしかない。》彼女たちにやるって、何をだ？　と俺は尋ねた。《クロロフォルムを嗅がせるんだよ！　彼女たちを鎮めてやるにはそれしかないぞ！》と彼は言った。さあ、ゆくぞ。彼はでっかい瓶を取ると、それ！　彼は二人にクロロフォルムをまいた。すると彼女たちは鎮まった、だがそれも束の間だ！　薬剤師に俺は言った。《おい、ティタン、店を閉めろ、これ以上男を下げたくないからな。あの連中を見ろよ、いるわ、いるわ、うようよいるわ！》その時少なく見積もっても三万から四万はいた。奴らはみーんな臍のよじりすぎで小便たれてるんだ。《俺をお嬢さん方と三人だけにしてくれ》と俺は薬剤師にいった。奴は俺の小学校友だちだ。そのとき矢庭に二人が立ち上がった。クロロフォルムが薄すぎたんだ。二人は濃硫酸を取り、真っ黄色の広口瓶に入ってるんだ、俺に言った。《シピヨン、キスして、してくれないなら、私たち二人とも濃硫酸を飲むわよ！》そこで俺は雷様のように速く濃硫酸に飛びかかると、急いで二人を毒のない小部屋へ押し込む！（彼は話すのを止め、なにやら考えていた。）いや違う、なあ、おい、俺は嘘つきだぜ。濃硫酸の広口瓶は黄色じゃねえ、緑色だ、明るい緑色。さてお嬢ちゃん方に戻るがね、俺は彼女たちを小部屋に押し込み、そうしてスータンのボタンをはめる。俺は顔を挙げ、わかるかい、冷酷で誇り高い映画俳優ってとこだ。そうして俺は二人に言った。（彼は恐ろしげな門歯を見せた。）《終わったことは終わったことだ、奥様方。あんた方はもうキスはしてもらえないだろうよ！》（およそ六十秒ぐらい彼は人差し指を動かして否定の身振りをした。）《なぜなの？私のパパはイタリア軍の指揮権を持っているのよ、あなた知らないの？》ってイタリア女が俺に言った。で、俺は彼女に答える。《あんたのパパは、言うなればだ、》止めとく、甚だお品のよろしくない言葉だから、俺は二度と口にしたくないんだ。彼女にも彼女のパパにとっても思いやりのある言葉とは言えないからだ、気の毒だがな。《俺はフランスにいる、自由の国だ！　だからもし俺があんたにキスしたくなければ、俺はキスしない。俺にそうしろと強いるのはあんたのパパじゃない。さあ、ずらかっちまいな、さかりのついたお人形さん！》と俺は彼女に言った。そうして俺は拳を空に突き上げた、わかるかい、政治家みたいにな！　かいつまんで言えば、イタリア女を追っ払って一件落着、彼女が俺の愛国心を傷つけたからだ。次はイギリス女で、彼女をちっとばかしかわいがってやった後で、一種のお追従なんだがね、彼女の両手を軽くぽんぽんと叩いて頭を冷やしてやり、薬屋でそのふしだらな女がこの俺にやってくれって頼んだことへの返事として、こう言った。《ジェームズ》と俺は彼女に言った。それが彼女の名だ。

「でも彼女の名はアレクサンドラでしょ」全く順序立てられていないこの話に、ついてゆくのに苦労していたソロモンが言った。

「話の腰を折るなって、それともびんたを食らいたいか！　アレクサンドラはもともとの名だ。しかし彼女と親しい人たちは彼女のことをジェームズと言う。（彼は〈ジェアムス〉と発音した。）《ジェアムス、あんたはおかしな女だな、俺はそんなことは絶対にやらない、とりわけ店ではな。人間の名誉の問題だ。》（彼は眉をひそめた。）《じゃあ、あなたがもうやってくれないのはどういうわけ？　あなたは私にやってくれたじゃないの、あんなにじょうずに》と彼女が言う。そこで俺は彼女に言う。《おお、品のないお姐さんだぜ、一度優しくしてやったから、今度はこの俺をあんたの召使いにしようってのか？》そこで俺は帽子をかぶった。（彼は脳天を叩いた。）そして俺は彼女に言ってやった。《知っとくことですね、奥様、俺のキスは危険だってことを。このキスは一回こっきりだ、一つしてもらえば御《おん》の字、それでお仕舞いなのさ》《まさしくあなたはそのキスを一つ私にしてくれたわ。そしてそのキスは舌が二度もひっくり返りさえするものだったわ！》と彼女が言う。そこで俺は彼女に答える。《一回目は上々の首尾、二重丸、花丸だ！　しかし二回目は一回目に遠く及ばない。（パリ風の悲劇的な口調とナポリ人風に頭を動かして）俺のキスは魔法だ、俺のキスは惚れ薬だよ、奥様！　可哀想に、俺はあんたに同情するよ、さあさあ、家へお帰んなさい、さあさあと俺は彼女たち二人に繰り返す！（イタリア人だと彼が言っている女の方はもうとっくに追っ払い済みなのを、彼はすっかり忘れてしまっていた。）夕飯を食いに家へ帰るんだ、奥様方！》すると二人とも揃って跪くじゃないか、葬式かよ、薬屋の店のど真ん中でさ！　外の連中はどいつもこいつも陳列窓から覗き込んでいやがる！　で、俺は《ミレディ［milady 英国貴婦人に対する敬称］、俺のキスから逃げろ！》すると彼女は怒りに駆られ、なあ、おい、まるで雌虎だよ、《こいつは驚きだ》って彼女が俺に言ったんだぜ。《あなたは男じゃない、シピヨン、あなたの体には血というものが流れていないのよ、あなたは女嫌いなのよ！》俺を侮辱するためだ、お前にもわかるだろう。女の手練手管よ。この上なく気高い感情が傷つけられた俺は、俺がそんな男だと思いたきゃあ思うがいいとばかりに、彼女に言う。（歯を食いしばって）《俺が女嫌いだと、この俺が？》（彼は自分の胸を強く叩きながら、この脅すような質問をソロモンにもぶっつけた。《俺は黒人よりも危険な男だ、奥様よ！　俺は鉄筋コンクリート製なんだよ、それぐらい知っとくんだな！》お前にこの仄めかしがわかるか？」恥ずかしくて居た堪らないソロモンは目を伏せていたが、シピヨンは益荒男に重々しく尋ねた。

　彼は話すのをやめ、嚙みたばこを取り出して嚙み、微笑んだ。

「三番目がいるんだよ、先日俺に結婚を申し込んだアメリカ娘だ。その時俺は静かに、ちょっと吸血鬼っぽく彼女に言う……」

「ええ?」立ったまま眠っていたソロモンは飛び上がった。

「吸血鬼っぽく」とシピヨンは目をきょろきょろさせながら続けた。「俺は彼女に言う。《カルメン、あなたはこの私には金持ち過ぎる。ヴァンデルビトの娘なら、同じ階級の者と結婚するものだ、私の心なら私は与えるが、心は売りはしない》と。俺はそれほど率直じゃなかったなあ。彼女が大いに俺の気に入ったなら、俺は離婚したろうな、多分! なにしろ九億二千五百《しゃく》万の持参金だぜ! しかもアメリカの金で数百《しゃく》万、全部ドルとポンドだぜ。だがな、俺はそれほど彼女が好きじゃなかった。(粗っぽそうに歯を食いしばって)だがな、この俺は彼女の気に入った! あらら、彼女が俺に襲いかかってきた、やばい、彼女が俺のシャツを開く、ヴァンデルビトの娘が、あろうことかあるまいことか! だが俺は彼女が気に入らない。そういうことは強いられるもんじゃあない。けれども彼女はきれいな女だった。これみたいにな。(彼は二人の前方にある巨大な花籠を仕草で指し示した。)それから胸、よく手入れされていた! (彼は通常の倍もあろうかという花籠を描いてみせた。)その頃俺はアメリカのシュター二人と進行中だったのよ。映画だよ、映画シュターだよ。その内の一人が俺のお気に入りだったんだ、友よ! すべての女の中で、俺が一番好きだったのはその女だ。マドレーヌ・ディートリックっていうのが彼女の名前だ。おお、その美しさといったら、友よ! 彼女の尻、三十キロはあったろうな! マドレーヌ・ディートリック、たった一人の女だ、お前聞いてるのか、俺が贈り物をしたたった一人の女なんだよ。棒チョコ一本だ。彼女は俺にこう言った。《このチョコレート、いつも私の心臓の上に置いて、大事に持っているわ》ってな。俺が贈り物をしたたった一人の女なんだ、男が女に贈り物をするのは男子の沽券にかかわると俺は常々思っているからよ。アメリカの映画シュターほど多情な女はいない! 彼女はお前をすっからかんにさせる! ああ、そうそう、」と専門家は言い足した。「あれについての知識や動きもシュターより上はいないんだよ! しかもまったく以て気前がいい、オララ! その上優しいときている! この靴、見たかい? (彼はエナメル塗りのエスカルパンを履いた足の片一方を上にあげた。)これはな、マドレーヌ・ディートリックがくれたんだ。彼女のことを話してるのを聞いたことあるだろう? それは舟の上でのキスから始まった。俺は彼女にキスをしてやった、礼儀正しくな。すると彼女、感激で海に落ちちまった。俺は水に飛び込み、彼女を引き上げ、〈燃え盛る炎の女号〉へ向かって泳いだ！　けれどもマドレーヌ・ディートリックは水の中で溺れていた時でさえキスのことしか考えていなかったんだ！　彼女はその艶めかしい腕を俺に巻き付け、叫んだ。《もう一回して、船長さん！》彼女にはおとなしくしていてもらわねばならなかったから、大急ぎですぐさま一つしてやった。《さあ、マドモワゼル・マドレーヌ、今ちっとばかし静かにしていてくださいよ。こんな風にあんたが動くと俺たち二人とも溺れて一巻の終わり、御陀仏だ。もう少しの辛抱です、よござんすか！　舟にたどり着いたらもう一つキスしてあげますからね》《だめよ、だめ、すぐして！》彼女は叫ぶ。海は時化《しけ》で大荒れだった。荒れ狂う海の真ん中で溺れている女、おとなしく抱えられていればいいものを、猛り狂う海で叫ぶ女を救い出さねばならない男を、お前、思ってもみろよ。《キスして、キスして、溺れたってかまうものか！》おお、友よ、何たる大騒ぎだ！　マドレーヌ・ディートリック、友よ、荒れ狂う海の真ん中で、魚が陸《おか》でやるように、いやもっと危険なんだが、跳ねるんだ、突然跳ね上がるんだ、こんな風に、見ていろ」

彼は歩道に長々と身を横たえると両足を開き、体を波打たせた。一種のベリーダンスだ。

「それでな、気の毒なのはこの俺よ、彼女を救うにはこうするしかなかった。俺は両足で立ち泳ぎすることにした。片一方の手で彼女をしっかり抱え、もう片方の手で彼女の顔を撫でておとなしくさせ、これ以上動かないように両の頬へずうっとキスをしていた。その光景たるや！　こんな具合に足だけで、足よりほかには何も使わず、塩辛い水の中でこの女性にキスしながら泳いでいる俺が目に見えるだろう、いやはや、参った、参ったヨ！　這い上がるようにして再び舟に乗るやいなや、優しくするのはやめにした。俺は彼女を麻縄でマストに縛り付け、〈燃え盛る炎の女号〉を寄港させることにした！　岸に着くと濡れ鼠の彼女は濡れ鼠のおれの手を取ると、できるだけ速くホテルへ行こうと、こんな具合に俺を引っ張って通りを急いで駆け抜けてった！　デラックスな部屋に入るやいなや、友よ、なんとこの部屋は一日十二フランもするんだ、彼女はせっかちに俺のシャツのボタンをはずした。前へ進め！　戦闘開始だ！　それは七十二時間も続いた、詩情に満ちた愛は」と再び彼はパリっ子の口調で言った。「七十二回だよ、友よ！　そうして彼女は両腕で俺をぎゅっと抱き締めた、俺は壊れちまうんじゃないかと思ったね！　ああ、なんちゅう女だろうね、まったく！　吸い込むだけで、送り出すことを知らないポンプだぜ！《ああ、私の宝物》と彼女は怒鳴るんだ！《ああ、私の美しい金の雌鶏、私と一緒にアメリカへ行くのよ、あんたを映画に出してあげる！　あんたは大役を演じるのよ、リゴレットとかフオスト［ファウストのこと］よ！》しかし俺は断った。それで彼女は俺に山のような贈り物をして、発ってった！　あーあ、お陰で俺はカサゴになっちまった！（彼は、首に巻き肩の方の上でラヴァリエール風にふんわりと大型の蝶結びにした白絹のスカーフを指し示した。）このしゃれた物は中国の絹だ、無論マドレーヌ・ディートリックさ！　彼女は俺の口ひげのためにって、カーラーもくれた、金製だぞ。そうして、発とうって時には滝のような涙を流したんだ！《私がここにいなくなったら、あんたはもう私を愛さなくなるにきまってる》と絶叫した。《おお、私の女神《ミューズ》、おお、私の麗しき気まぐれ者！》彼女は、マドレーヌ・ディートリックは泣きながらそう言ったが、その目は心の奥底を見つめていた。《あんたはいつも美男のおちびさんで、絶対に、永遠に年を取らないんだわ》俺は彼女にセルビアの化粧石鹸を贈り、彼女を落ち着かせようとして、恩は忘れやしない、彼女が発って行くのを見るのはひどく辛いと彼女に言ったのは、実は見せかけで、心の中じゃあ、彼女のどはずれな好き心にはいささかうんざりしてたから、発ってったのは俺にとっちゃあめっけものだと思ってたのさ。要するに彼女が発ち、俺は大いに喜んだってわけ。俺にはもう吸い取られちまって一滴も残ってなかった。男にとっちゃあ命に関わることだから。もう彼女のことは口の端にも上らなくなった。うがった見方をすりゃあ、俺の花の雫を余さず飲んじまった女カサノヴァのことだ、ひどくくたびれちまって、もう映画の仕事もできなくなり、つまんない女優に成り下がっちまったんだろうよ、気の毒にな」（彼は心底心を揺すぶられて、洟をかんだ。）

　五分後彼らはまたホテル・ノアイユの温室の前にいた。

「見えるだろう、彼女はいつもあそこで待ってるんだ、頭がおかしいんだよ。御免よ、明日彼女に会うっていう合図をしてやらねばなるまいよ」

　ソロモンは何が何だかさっぱりわからなかった。シピヨンは金輪際会わぬと言ってレイディ・ロスコフを追っ払ったのに、今は彼女と明日会う約束をすると言うのだから！

「よく見てろよ、そうして、薬にするんだ」とシピヨンは言った。

　彼は小さな鏝《こて》でカールしたごく小さな口ひげを捻り上

げ、それから意味深に咳払いした。

「見たか、彼女が飛び上がった」

　彼は勇敢にスウェーデンのイングリッド王女に向かっていろいろな仕草をし、人差し指を水平に動かしたが、それが《今夜はだめだ》と言っているように見えた。それから彼の持てる指全部を拡げて、彼女とのランデヴーは明朝八時だと彼女に知らせる振りをした。ソロモンはすっかり納得した。大した男だ、シピヨンは！


　彼らはカヌビエール大通りのイルミネーションで飾られたカフェの前をそぞろ歩いた。シピヨンはきれいな女が通るたびに、ソロモンを肘で乱暴に突いた。秘密は全部俺の知るところだという目をして、この黒人のお姐ちゃんはあの前には笑い、あの最中には叫び声を挙げ、あの後では泣くんだよと囁いたかと思えば、このブロンドの大女、この俺は可哀想によ、彼女に勇ましく闘いを挑む羽目になっちまってよ、と耳打ちするのだった。同じような話がその後も続いた。

「肥えた女が来るだろう、よーく見ておけ、後で説明してやるからな。素知らぬ顔をしてろよ、亭主がうるさいんだ」

　女という女をよく見ろ、だが、くれぐれも彼女たちを眺めているそぶりは見せてくれるな、と要求するこの疲れを知らない男のせいで、ソロモンは頭がぼーっとしていた。女たちが彼の目には入ってこなかった。彼が唯一欲していたのは、彼の愛しい妻の写真にキスしてから眠りにつくことだった。

　超イケメンの若い男と歩いていた若い女がうっかりしてシピヨンにぶつかると、彼は間髪を入れず上の空を装い、ギャングっぽく呟いた。

「明日の晩、同じ時刻に」

　そしてソロモンだが、球のようにまん丸な体はへとへとで、カヌビエール大通りからサン・フェレオル通りへ、それから逆にサン・フェレオル通りからカヌビエール大通りへと渡り歩いた。恐るべきマルセイユっ子の猥りがわしさに驚愕したその顔には、熱の花が出ていた。シピヨンは独壇場だった彼の夜にご満悦の体で、時々髪にヘリオトロープをまき散らし、歌を口ずさんだ。うっとりさせる腕と無上の幸福、途方もない希望と堅い約束や恋人たちの甘い夢、優しさと悲しさ、我を忘れる愛人たちと心乱れる陶酔、いずれも心の底からほとばしり出る恋歌だった。（旧港《ヴィユー・ポール》の小柄な船乗りは本当はすばらしい夫であり、貞節の模範だったことを忘れてはならない。）ソロモンは後々どこかの夫から共犯だと咎められることのないようにと、始終目を伏せていた。とうとう彼は決心し、これからホテルへ帰ると言った。

「送ってってやるよ」とシピヨンは言った。「しかしそれには一つ条件が付く。俺にもっと女のことを話させろってのがそれだ。（彼を蝕む憂鬱の源はこの虫酸が走る結構な顔で、彼はその顔への怒りに不意に襲われるのだった。）時々俺はなあ、友よ、この鼻を無性に削《そ》いじまいたくなるんだよ！（歯を食いしばって）今がそうだ。俺は今、不幸に見舞われたこの顔をめちゃめちゃにぶっ壊してやりたいと思ってる！」

　その痘痕顔を小さな鏡に映して眺めているうちに、清らかな哀れみの情がシピヨンの唇に浮かんだ。できない、こんな傑作を削る勇気は彼には無い。

「そんなに髪をきちんと整えなくてもいいのに、香水を全部振りかけたりしないほうがいいんじゃないですか」とソロモンは提案した。

「チャーミングな俺だからこそチャーミングでいなきゃならんのだ」とシピヨンは答えた。「神は彼女たちを幸せにするために、俺をこの世に遣わしたのさ。いい匂いのするもののことだが、女はいい匂いのする男がお好きだからよ、お前知らんのか？」

　ソロモンは歩を速め、一人でちゃんと帰れる、ホテルへの道はわかっているとシピヨンに言った。

「もう一つ、これが最後なんだがなあ」とシピヨンは提案した。

　しかしソロモンは段々歩く速度を上げ、シピヨンは追いすがり、へりくだって懇願し、優しさをこいねがった。

「おい、この話を聞いてくれるなら、お前に二十フランやる。一番別嬪の女の話だ。（彼はほとんど泣かんばかりだった。）なあ、お前をこんなにも愛してる俺の話が聞けないってのか？」

　ソロモンは逃げ出した。もううんざりだった。男は男で、犬じゃない。男は一人の女とその女の産む子供たちのために創られているのだ。彼が全力疾走したので、意気阻喪したシピヨンは立ち止まり、がっかりし、悔しそうな様子を見せた。彼は追うのを止めた。あれほど外に出たがっていたのに引っ込められてしまった話を道連れに、淋しく家に帰ったシピヨンは、危うく妻にその話をするところだった。


　ホテルに着くとソロモンは、シピヨンの際どい話を聞いていた我が身の禊ぎをしようと頭の天辺から足の先まで全身を洗った。それから祈りを捧げ、この迷惑千万のシピヨンが素行を改めるように、人の一生は短いのだから人は優しくあるべきで、残酷であってはならない、そして窒息性毒ガスを創ってはいけないことをドイツ人にわからせてくれるようにと神に頼んだ。永遠なる神の名を口にする時はいつも爪先で立って背伸びし、少しでも神に近づこうとした。この世界の生きとし生けるもののために、蠅さえも含めて、神の加護を求めてから、この天使のごとき男はベッドに入った。あなた方を誘惑し、溺れさせ、口の中で舌を前に反らせたり後ろに反らせたりする！　そんな危険な女たち全部から遠く離れて、一人きりで清潔なシーツの間に身を置いて、彼は幸せだった。

突然彼は目を覚ました。髪の毛が逆立っていた。共和国大統領の娘が彼の足の指を一本また一本とがつがつ食っているのだった。

17

市民諸君！
間抜けなるもの運命が時は今ぞと告げている！
我輩はジュネーヴに赴き国際連盟に
マルセイユの独立を願い出る！　今宵来たれ
我輩を歓呼で迎えるためにサン・シャルル駅に！
我輩は二十三時に出発する！
我輩は運命の男の後に従う！
ご婦人方は我輩にもっと手紙を書くべし！
マルセイユよ　お前の子は涙しながら去らんとす！

シピヨン・エスカルガサス

張り紙は立派だが、ジュネーヴのお偉いさんは誰一人シピヨンを迎えてくれはしないだろうよ、とマタティアスが言った。

「俺は、俺の全財産二万七千フランを国際連盟の親玉が俺を迎えてくれる方に、賭けるぞ！」とシピヨンが声を張り上げた。

「賭けに応じる。もしお前の負けならお前は俺に二万七千を支払う、もし俺が負ければ俺がお前に二千七百を支払うという条件付だがな」とマタティアスが言った。

シピヨンはサルチエルの賢明な忠告に耳をかさず、この条件を受け入れた。サルチエルおじさんは供託物管理者に任命され、千フラン札二十七枚が入っている釣り針用の箱をシピヨンから預かった。マタティアスはその場を離れ、上っ張りのボタンを外し、分厚い財布を取り出すと、断腸の思いで百フラン札二十七枚を数えた。

その晩十一時に自治主義党員六人が彼らの党首を見送りに駅へやって来た。シピヨンは三等車の切符を買ったのだが、駅員へのチップと引き換えに、発車まで寝台車のステップを占領する権利を獲得し、これが自治主義者からやんやの喝采を浴びた。シピヨンは静かにするようにと彼らに合図した。これがまた彼らの目には天性の慎み深さの現れと映ったから、その感激はいや増した。英姿颯爽、一世一代の名演説で彼は完全な代理権を要求し、獲得した。彼は突然演説を止めた。ケファリニアの友人たちは？　駅員は既に列車のドアを閉め、叫んでいた。

《ご乗車ください！》

自治主義者に駅の数人のポーターが加わって「やあ、マルセイユ」を歌い出した。その瞬間手に包みを下げ、スーツケースを背負った益荒男たちが汗だくでプラットホームに駆け込んできた。（彼らは是が非でも裏付きのズボン下を手に入れたかったのだ――ジュネーヴは、サルチエルの言を信用すれば、恐ろしく寒い都市だった。その上新聞紙で胸を覆いつくすのに多くの時間を費やしたのだ。）

「さあ、早く乗れよ！」とシピヨンが叫んだ。

しかし、列車は動き始めていたし、益荒男たちは体操まがいのことまでしての駆け込み乗車はご免だった。

「ジュネーヴで会おう！」とシピヨンが大声で言った。

「何処でだ？」

「駅だ！　次の列車に乗れ！」

彼は三等車のコンパートメントに身を落ち着けると、老婦人に微笑みかけ、サンドウイッチを勧め、でっかい漁網で水牛を捕らえたとか、鯨を、本当は小さな鯨なのだが、斧で殺したとか、ペルシャ湾で鮫を捕まえた時、その喉元を恐ろしい力で絞めつけたから、《奴の面《つら》が真っ赤っかになっちゃった》などと話してきかせた。それから虎の話で、彼が虎に催眠術をかけ、毎朝彼のためにキオスクへ新聞を買いに行かせたというものだった。

「毎朝、八時、八時十分、八時十五分と几帳面に新聞を口にくわえて、あたしんちの家の前で、あたしを待ってるんですよ。アレクサンドラってのが彼の名前でしてね、本当のことをいいますとね、あれは雌虎だったんですよ。あたしゃね、時々ミレディって、彼女のことを呼んでたんですよ」

電球が窓ガラスに線をひきながら消えていった。列車は長々しい課業を誤りなく暗誦することに専念し、満足する巨体の学童さながらの息遣いで前進していた。工場は赤々と輝き、遠ざかるにつれて、血の色に染まった。

18

停車が待ちきれず、シピヨンはプラットホームに飛び降りた。そしてすぐさま胸に手を当て、男一匹尻尾を振らず、不賓《ふひん》の士といった面持ちで自作の歌を歌い出した。

ごきげんよう、麗しのジュネーヴよ
おお、我が夢の都よ！

憲兵に止めてもらいたいと頼まれたので、シピヨンは喜んで従うことにした。勿論ジュネーヴ人は上品だから、言動を慎まねばならないのだ。

一晩車中で過ごしたからには、当然のことながら体を洗わねばなるまい。ジュネーヴ人に気に入られるにはすべて非の打ち所が無いようにすることだ。彼の鼻腔は煤が固まり、目の縁は目やにが乾いてばりばりと音を立てる。彼は水飲み場で顔を洗い、鼻から水を吸い込みトランペットのごとき音と共に吐き出し、ハンカチで拭った。上出来だ。今はもう礼儀に欠けるなどとは言わせないぞ。感じのよい人間として好感を持たれたい、万事順調と思うことにして、モンブラン通りに沿って歩いていった。北風が少々刺すように感じられる。まあいい、不愉快というほどではない。昨晩彼の崇拝者の一人が持ってきてくれたバラを探し、口にくわえて湖に向かった。《気を付けろ、品の悪い言葉は御法度だ、いいか、シピヨン？ジュネーヴ人は礼儀正しい金持ちの部類に属する。不逞の輩に見られるなよ、え？》

通りの清潔さにマルセイユっ子は目を見はった。それに、誰も彼も晴れ着を着ている。金曜日なのに。大変細身で、丈は腿半ばのコート、頭の入り口が小さめでかぶると愛嬌毛がはみ出し、それがまた彼の魅力となっている褐色の山高帽、右肩の上で大きな蝶結びにしたラヴァリエール、きゅっきゅっと鳴る爪先の尖ったカナリア色の綺麗な靴を店頭の鏡に映して、彼はそんな自分に見とれた。彼は揉み手をした。

「さあ、ジュネーヴの紳士諸君と知り合いになるぞ！」

湖は全然悪くない、ちっとばかし物足りないのかな、それでもすごく美しい。それに随分きれいにしてあるじゃないか、驚きだね！　毎日さらってるんだ。それにしても何と綺麗な都じゃないか。地面には紙一枚落ちてないし、この湖はミネラルウォーターだそうだ。これから湖の仲間と知り合いになるか。淡水魚についていろいろ上手に質問できると踏んだ彼は、港の横断に使われるエンジン付小舟に乗り込んだ。男は淡水魚の習性は知らないと答えた。

「大丈夫ですよ」とシピヨンは応じた。「何でも知ってるなんてこたああり得ませんやね、当たり前です。それで、霧の時にゃあ羅針盤を使うんでしょうが？　あたしも海の男だから、こういったことに関心があるんですよ。あたしぁね、夜は北極星の方がいいんですよ。それで、海難事故なんですがね、たんとあるんですか？　あたしあ海の子なんで嵐はもう大好きなんだなあ。ある夕べ、それは黄昏時でしたがね、いやそうじゃない、あたしあ嘘つきだなあ、それは夜の夜中でした、ひどい霧でねぇ、〈燃え盛る炎の女号〉のロープを風が鳴らしていた、ひゅう、ひゅう！　トップマストでひゅう、斜杠帆でひゅう、バックステーと水平留め板でひゅう、ひゅう、帆桁の吊りロープで、そしてシュラウドでひゅう！、嵐だよ、友よ、あんたが今まで見たこともないような奴だよ！　こういう嵐をあんたどう思うね、お仲間さんよ？」

エンジンの男は何も言わず、恥ずかしくなったシピヨンは、小さな鏝でカールした口ひげで自分を慰めた。無論無愛想な人間はどこの国にもいるものだ。湖ではこんな時化《しけ》には滅多にお目にかかれやしないから、この男は焼き餅を焼いたんだろうよ。男は機械操作係にすぎないのを恥ずかしく思ったんだろうか？　それに、気の毒にこいつは母親《ママン》を亡くしたばかりなんだ、きっと。

シピヨンは、だから、返事をしてもらおうと粘るのはやめ、丁寧に別れを告げ、舟を下りた。これから国際連盟をちっとばかし見てくるか？　朝の八時だった。

車道の真ん中で、聳えるような大男の憲兵が貫禄たっぷりに交通整理をしていた。白いだけでなく清潔なその手袋は、吸差しをしばしば耳に挟んでいるマルセイユの民主的な警察の警官を見慣れたシピヨンを、少なからず感動させた。我らが主人公は爪先で歩いて音もなく近づき、褐色の山高帽のブリムに触れて、最も魅惑的な声を作り、パレ・デ・ナシヨンへはどのようにして行けばよいのかと尋ねた。ギリシア彫刻を思わせる公権力の具現たる警官は、黙って彼に市街電車の停留所を指し示した。シピヨンは軽微な震えを覚えながら、その場を去った。無論警官がすごくおしゃべりだった例《ためし》はない。

彼はたばこ屋の前で電車を待つことにし、その店の鏡に映る自分の姿をもう一度見つめた。そう、彼は盛装している、ちっとも酷《ひど》い格好じゃない、きちんとしている。「そうしてこのぱりぱりのスーツケースだ。風采品格申し分なし、この男を信用するなって人から言われるようなものは何一つない。あのエンジンの男だが、何程のことがあろうか、母親を亡くしたんだよ。それからあの憲兵、きっと歯でも痛かったんだ、気の毒に。普段着を着なかったのも天の配剤だ。この俺に文句の付けようもないだろうが、ジュネーヴの人間たちは！　なぜって、此処では、我が友よ、豪勢なんだよ。みんな晴れ着で、着飾ってるんだ、日曜でもないのにさ！　ああ、俺はこの都が大好きなんだよ」

ようやく市街電車がきしりながら停車し、社会に飢えたシピヨンは乗り込んだ。《俺はしゃべらないと腹ふくるる思いが高じて、舌に吹き出物が出て来るんだ》とは彼の口癖だ。）彼は愛想よく微笑んで、路面電車の運転士に一枚の写真を見せて結果を注視した。だが、運転士はちらっとも見ず、その目はレールに吸い付いていた。「これはあたしの妻です」とシピヨンは説明した。「もしあなたがあたしの妻をその目で見れば、その時あなたは何と言うんでしょうかね！」

しかし運転士は一言も発しなかった。シピヨンは、妻は美人であるだけじゃない、腕利きの料理人なんですよ、婆さんになったもんです！　と付け加えた。

「木ぎれからだってとろりとしたスープをあなたに作ってくれますよ！」

運転士は突き立てるようにぴんと伸ばした人差し指でほうろう製のプレートを指し示した。《運転士に話すこと厳禁》シピヨンは最後部のデッキに立った。ここジュネーヴでは皆とても清潔で、かなり金を持っていそうだが、口は達者じゃない。

「気候のせいにちがいない。食い過ぎ、飲み過ぎで胸焼けがするんだろう。路面電車を待ってる時、たばこを買った店のおかみさんの身ごなしもひどくゆっくりしていて、映画で見るテニスのフォールトを告げる時の動作みたいだった。誰か重要人物がジュネーヴで死んだんだろう、それで皆悲しみに沈んでるんだ。驚いたぜ、マルセイユにだって路面電車が走ってて、もっとでっかい張り紙に運転士に話しかけるべからずと書いてある。だからといって、ちょっとした話もしちゃあならないってことじゃない。こいつは消化にいいんだよ。ここじゃあ湖の水が、お前の言うとおり下剤の役目を果たしてるんだな」

けれども彼は親父さんを亡くしたに相違ない、きっとそうだ、この運転士は。もう一回やってみなきゃな。彼は中に入り、乗客一同に挨拶し、至極行儀よく座った。彼は車掌に子供は何人いるのか、子供たちはおとなしくしているか、《可哀想にあたしの娘のようにビステリーの発作を起こすこと》はないのかと尋ねた。その男は彼の胃液を凍らせ、汗ばませるような目で彼をじっと見た。それでシピヨンは車掌がパレ・デ・ナシヨンと告げるその瞬間まで口を閉じたまま、電車を降りた。

「なあ、おい、友よ、人付き合いという点では、彼らは決していいとは言い難いぜ。しかし、人付き合いのよさは人生の喜びのはずなんだがなあ」

彼が国際連盟事務局の正門で呼び鈴を押したのは八時二十分過ぎだった。スリッパを履いた夜勤の門衛があくびをしながら少し開け、そういった方々の誰にも十時前には会えないのだとシピヨンに言った。シピヨンは微笑んだが困惑した。ああ、何てこった、彼らは青い目をしている、このジュネーヴ人たちは、その青い目が詐欺師のやる気を削いでしまうのだ。

「その代表の方々とやらを待ちながら、ちっとばかしおしゃべりはどうです?」と彼は遠慮がちに提案した。

「スーツケースには戦前のペルノーがあることだし」

扉が再び閉められた。そしてシピヨンの心も閉じられた。薄手のコートの下で震えながら、灰色の湖に沿って彼はさまよった。カモメが意地悪そうな目付きで彼を見つめる。そしてこの水の中にいる小さな雌鶏たちはその尖った嘴からパリジャンのような叫び声を挙げる、いやはや！　おお、何と質《たち》が悪いんだろう、このちっちゃなおしゃべり好きの門番たちは！　彼女たちはあなたの悪口を言っている、あなたはそれ程清潔ではなく、育ちが良いとは到底言えないと感じている、その鳴き声を聞いていると、そんな風に思えて来るのだった。

　彼は岩石を下ろしている船員たちの前で歩みを止めた。この国ではメデューズ号の筏のような奇妙な艀《はしけ》を使っているんだな。やはりやってみることだ。彼はパイプの掃除に余念がない一番年嵩の男に笑いかけた。

「あのう、湖なんですよね、これは？」彼は人を惹き付けずにはおかない口調で聞いた。

「いいや、ちがうね」と老いたユーモアのある男は答えた。

　恥ずかしさに赤面し、シピヨンは立ち去った。突如彼は立ち止まった。そんな馬鹿な、冗談じゃない、マルセイユでは皆に愛されている男がここジュネーヴでは全く相手にされないなんてことがあっていいものか！　いずれにしてもこのジュネーヴ人たちは人間だ。彼らには足がある、脚もある、人間にあるべきものはすべて揃っている。彼は咳払いし、右足を前に出し、鉛色のさざ波が踊りの真似事をしている湖を前にして、冷たい霧に包まれてよく響く声で自作の歌を歌った。

　　マルセイユはお洒落をした、その一番綺麗な装身具を付けて、
　　それは戯れ、それは愛！

　歌い終わると彼は再び目を開け、微笑み、死の静寂の中でお辞儀をした。船員らがゆっくりとロープをぐるぐる巻いており、その他の者たちは「ラ・スイス」紙を読んでいる現場監督の監視の下に、ゆっくりと岩石を運んでいた。

「一体全体なんなんだ、これは」不幸な男はぼそぼそと言った。「幽霊以外の何ものでもないじゃないか？」

　だが、これも体面を保つためだけになされた熟察だったから、シピヨンは彼が受けた屈辱の証人たちから逃れようとして、背をまるめ、足早に去った。しかも不運にも憲兵に呼び止められ、旅回りの歌手の許可証を所持しているかと聞かれ、今日のところはよろしい、今後このようなことは二度とすまいぞと注意された。そこでシピヨンは憤激した。何だと、歌を歌うのに許可がいるんだ

と？　マルセイユでこの話をすれば、嘘つき呼ばわりされるだろうよ。息をするにも便所へ行くにも許可証がいるってのか？　おお、しかし、本物のパリだぜ、このジュネーヴは！

彼はベンチへ座りに行き、恨み辛みを募らせた。傷ついた彼の心はユダヤ人の心そのものになっていた。生まれて初めて難癖を付けてやろうと思った。誰もいないベンチに一人腰掛け、彼は《このジュネーヴの男たちにバンデリリャを突き刺した》。奴らの白鳥なんて図体のでっかい鵞鳥じゃないか、まるっきしらくだだぜ。奴らの湖ときた日にゃ、クロロフォルムの窒息しそうな臭い匂いのする水が、両岸に挟まれてるだけの代物じゃないか。要するにシピヨンはジュネーヴに来たことをひどく悔やんでいたのだ。

彼はちょっと一眠りしてやろうとベンチに寝そべり、眠っている間にカモメが目をつつきに来るかもしれない、と心配して顔をハンカチで覆い、スーツケースに頭を乗せた。

貧弱な赤茶色の顎髭を蓄えた小柄な老人が背を丸め、足取りは重く一寸足で、顔にハンカチを被せたシピヨンが鼾をかいているベンチに近づいた。彼はいつでも立ち上がり、その場から立ち去ることができるように、用心深くベンチの一番端に腰を下ろした。頬がこけ、憔悴しきって黄色くくすんだ顔は、彼がアーリア人種ではあり得ないことを明白に告げていた。彼の衣服もそうだ。レヴィットは縁がほぐれて房状になり、破れ、継ぎが当てられ、色褪せ、厳しい気候で反り上がり、その伝統の形状を少しばかり失っていた。胴の辺りに開いた大きな穴をどうにかして隠そうと穴の縁を不器用に近寄せ、縫い合わせてあった。この処理でダーツを付けたようになってしまったレヴィットは、軽薄な代物と化していた。

そのユダヤ人は座り、ぼろぼろになった皮、厚紙、壁紙でできている時代物のスーツケース——紐や針金、ラフィアで補強してあった——を開いた。穴の一つからは鹿の角の先端が出ていた。二つの取っ手をぴったり合わせている重い南京錠も、スーツケースの底が離れて口を開けていたから、何の役にも立っていなかった。

選民の代表者は斜め掛けにした空き缶からトマトを一つ取りだした。深呼吸をして澄んだ空気の味を噛み締めて体力を付けたり、何か心和む光景を思い出しているのか、微笑んでみたり、体を掻いたり、太い紐がそのか細い首に結んである、ティトゥスと名付けられた生後六週間の子犬を撫でてやるために中断しながら、赤い野菜をゆっくり食った。彼はトマトを置くと、同じように斜め掛けにした片方の靴下から角砂糖を一つ取りだし、彼の友だちに与えた。それからトマトを少しだけやったが、幼い犬は欲しくないという表情をし、断った。そこで彼は左腕にかけている二重蓋の籠から、塩味のピスタチオを一つ取り出した。殻を取り除き、薄皮を剝いて、緑色のアーモンドを小さな動物に差し出したが、同じやり方で拒絶された。老いた残骸は、残念だが今日は他には何もないんだよと説明するかのように、どうしようもないという仕草をした。子犬は無心に尾を振り、自分の足を食うことにした。レヴィットに隠されていた祈りの時のショールから垂れている神秘的な二本の紐を手にし、ユダヤ人はそれに口づけし、山々を見つめ、世界の始まりに様々なものを創り給うた神を讃えた。それから、スーツケースから巨大なタルムードを取りだし、聖なる解説をよりよく理解しようと額に皺を寄せ、読む事に没頭する余り顎髭や巻き毛の毛を引き抜きながら、口の中でぶつぶつ言った。

「ジェレミー」カモメ対策のハンカチを顔にかぶせたままの御大シピヨンは、夢の中で大きな声で言った。

　老人は飛び上がり、籠が落ちて、この老いたユダヤ人の飯の種である塩味のピスタチオが地面に散らばり、子犬が吠えてそこに留まれと厳命したにもかかわらず、ピスタチオたちはあちこちへ転がっていった。

19

シピヨンは、若き日、その洞察力から彼の嗅覚の代わりを務めてくれた友人で、二年前から音信不通になっていたやけに縦長の、打ちのめされてひどく萎びたキュウリを愛情のこもった目で飽くことなく見つめ、キュウリはティトゥスの耳を撫で回しながら、ドイツの監獄から最近出てきたばかりだが、《将に《ましゃ》》今夜マルセイユ行きの列車に乗るのだと一所懸命説明した。

するとシピヨンは彼を遮り、自分はまったくどうしようもない碌でなしで、彼のことを資本主義者とか貧乏人の血を吸うヒル呼ばわりしたし、マルセイユの友人たちが普通に使っていた呼び方もした、だが、ねえ、君、そういう呼び方は君の場合には適当じゃなかったよなあ、と言った。

するとジェレミーは、彼が《ユダヤ人《ジフ》》だからというので監獄にぶち込み、一番大事に思っている歯を折った《ドイツ《デーチュ》人紳士たちの正当《しぇいとう》化し難い行為》を語り続けた。しかし彼らに恨みは抱いていない、彼らは《わかっていにゃく、実際は悪意のにゃい》子供のようなものだからと。

しかしシピヨンはこの見方には賛成しかねた。ああ、今晩ケファリニアの友人たちとの約束がなければすぐにでも列車に飛び乗り、《イレールと差しで腹を割って話し合いをするものを！》彼はすばらしい復讐を思い付くと、俄に晴れ晴れとした顔になった。今後愛の物語を語るときにはあのブルネットは、愛しい女よ、もうミシュランジの娘じゃなく、ドイツの独裁者の姪かいとこにしちまおう。

二人は子犬を従えて出かけた。子犬は放《ひ》り掛けるからというのでしょっちゅう止まっていたが、実際の放水は殆どなかった。

シピヨンは既製服屋の入り口までジェレミーを連れていった。だが、非の打ち所が無い三つ揃えを目にするとジェレミーは後込みし、こんなぱりっとした服を着れば怪しまれる、しかもとりわけ警察の注意を引くことになるから絶対に着ないと言い張った。それに無駄な金を使って、シピヨンしゃん、あんたはなぜ破産しようとする？　結局古着だが美しいルダンゴトを買うことに落ち着いた。古着屋を出ながらジェレミーは、こんなに真新しいユダヤ人の紳士用コートは見たことがないと言った。

「馬鹿を言うなよ」とシピヨンは言った。「初《しょ》っ端《ぱな》から古くてどうする！　さあ、行こう、さあ！」

「ユダヤ人《ジフ》のコートとはそういうものでしゅ。これは希代不思議だ。ユダヤ人のコートで新品《すん》なんてないんだから」

　次に、豪華版のスーツケースを今度もシピヨンの金で買い、ジェレミーはその中に使い古したスーツケースを入れることに同意した。しかし靴屋へ入ることは断固拒否した。折良くスーツケースには文句無しの婦人用アンクルブーツが一足分入っていたからだ。それに数時間後にはサバトの聖なる日が始まるから彼はすぐさま履くことにした。それは一本の木の後ろで行われた。ヒールはひどく高く、一足は右側が、もう一足は左側がなくなっていた。だがジェレミーにとってそんなことはどうでもよく、そういうことで神も無力になったものだ、などとは絶対に言わないのだ。

「今終わりましたよ、で次は、シピヨンしゃん？」

「床屋だ今度は、ジェレミー、髪の毛を切る」

「床屋はだめです、私《わたせ》にはできましぇん」

（ジェレミーの発音を書き表すのは困難だが、まあ、大体こんなところか。〈u《ユ》〉はすべて〈i《イ》〉と発音される。すべての〈e《ウ》〉は〈é《エ》〉ないし〈i《イ》〉。〈on,ain,an《オン エン アン》〉の大部分は〈one,aine,ane《オヌ エヌ アヌ》〉。〈oi《ワ》〉は〈oâ《オア》〉。〈un《アン》〉は〈aine《エヌ》〉。〈r《エール》〉は驚くほど喉を使って発音する。《Je《ジュ》 suis《スイ》 allé《ザレ》 chez《シェ》 un《ザン》 bon《ボン》 coiffeur《コワファール》 qui《キ》 m’a《マ》 demandé《ドゥマンデ》 peu《プゥ》 d’argent《ダルジャン》》（私はよい床屋へ行った、床屋はほんのわずかな代金しか要求しなかった。）は《Jé《ジェ》 si《シ》 allé《アレ》 chez《シェ》 aine《ゼヌ》 bonne《ボンヌ》 coâffèhrr《コアフェールル》 qui《キ》 m’a《マ》 demandé《ドゥマンデ》 pé《ペ》 arrhgeanne《アルルージャヌ》》となる。奇妙奇天烈な発音を引き続き完全に書き写すのは不可能だ。）

「で、お前《めえ》、なんでできましぇん？」マルセイユっ子は尋ねた。

　ジェレミーは強く頭《かぶり》を振り、シピヨンは宗教上のしきたりである耳の傍の巻き毛を引っ張った。

「女管理人の愛嬌毛とちっとも変わりゃしないじゃないか、このカールした髪の毛のおかげでよ、美男になってるとでも思ってんのか？」

「もし切れば」とジェレミーは耳の傍の巻き毛を見せながら言った。「私《わたせ》がユダヤ人《ジフ》であることがもうわからなくなるでしょう」

「心配するなって」とシピヨンは言った。「お前がイギリス人だと思う奴は一人もいやしないから。おお、聖マリアよ、神の御母《おんはは》よ、これが俺の友人だっていうんだからなあ、この病んだ羊のような顔をした奴がよ！　さあ、床屋だ！」

　しかしジェレミーは両の手の平を空に挙げ、微笑み、行かないという身振りをした。

「それじゃあせめて顎髭ぐらいはちょっぴり切らせろよ」

「罪でしゅ」とジェレミーは言った。

「何の罪だ？」

「裸体を見せるのは失礼になりましゅ」とユダヤ人は厳かに説明した。「もし私《わたせ》が顎鬚を切れば、私《わたせ》は丸裸になるのと同じことなのでしゅ」

　シピヨンは大笑いした。もし髪の毛を切られると、娘っ子たちが振り返って見るから、気の毒にこの年寄りはそれが心配で心配でならないんだと思うと、おかしさがこみ上げてくるのだった。

「なぜ私は生きているのか？」とジェレミーは再び始めた。「宗教の戒律を守るためでしゅ」

　そして彼はややこしい説明をし始めたが、どうやらモーセやタルムードの掟や教えには深い意味がある、さして重要とは思えないものにさえも、ということを繰り返し言っているようだった。

「例えばでしゅ。豚を食わないというはどういうことか？　生きて行くには常に選択しなければならない、清浄《せいじゅう》なものと不浄《ふじゅう》なものがあることを知らなければならない、ということでしゅ。唯《たた》単に頭の中で考えるだけではなく、実践しなければならないことをユダヤ人に思い起こさせるためでしゅ。しかし、現代の霊的指導者《ラビ》《ジフ》《バン》ら（彼はラベーヌと発音する。）は何もわかっていましぇん。（彼は肩をすくめた。）彼らが言ってることは小便《しょんべん》みたいなものです。（ジェレミーがこの〈しょんべん〉という言葉を口にするのは、実に現実離れしている。）全部小便みたいなものでしゅ。馬鹿者どもめが！（彼は腹を立てていたのだ、平和を愛する人ジェレミーが。）割礼についてもでしゅ、小便みたいなことを言っている！　割礼とは、将《まし》に、苦しみのために選ばれ、苦しみにより王となる我々は、他の人間たちとはちがうという印なのです」

　彼の発音の仕方は確かに滑稽だ。しかし、その顔には時として、穏和、毅然、威厳の表情が顕れるのだった。

「要するにお前は坊主の味方なんだよな」とシピヨンは結論した。

　今や彼はこの都市で遠慮はしなかった！　通り過ぎて行く清潔で足にぴったり合った靴をはいている郵便配達夫に話しかけ、彼のことをパリジャンと呼び、村のレストランはどこにある？　と聞いた。

　二人はブラスリーランドーのドアを押した。だが、皿の上で、不浄《ふじゅう》な目つきでジェレミーを見据える豚の頭に気付くと、彼は逃げだし、シピヨンがその後を追った。

　彼らはユダヤ料理のレストランを探しに行った。不意にシピヨンが歩みを止めた。

「なあ、ジェレミーよ、俺はな、お前が一体何処の国の人間なのか、さっぱりわからんのだよ」

「私はリトアニア生まれでしゅ」

「ああ、そうかい。リトアニアはちっこい国だろう、聞いたことがある。そんならお前はリトアニア人なんだな」

「いいえ、シピヨンしゃん。私の父はルーマニア生まれでしゅからね」

「わかった。お前はルーマニア人なんだ」協調性に富むシピヨンは言った。

「ちがいましゅ、ルーマニア人じゃないでしゅよ。ルーマニアの紳士たちは私のお父さんのパスポートを取り上げてしまったからでしゅ」

「じゃあ、お前はなに人だ？」

「むしろセルビア人でしゅかね」

「なんだって？　むしろ？」

「私は少しイギリス人でもあるからでしゅ」

　既に頭が痛くなってきたシピヨンは、その手を額に持っていった。

「説明《せつめい》してくれよ、お前さん、さあ、あんまり力んでくれるなよ」

「私の母はポーランドで生まれました。でしゅが、母のお父さんはテッサロニーキ生まれで、トルコ人なのでしゅが、少《しゅ》しばかり」

「じゃあ、お前はトルコ人てわけだ、つまりは」

「いえ、いえ、そうじゃありましぇん、こういうことなのでしゅ、簡単なことなのでしゅよ。領事が頭が悪かったから理解できなかっただけなのでしゅ。私のお父さんのお父さんはモロッコで暮らしていたのでしゅがね、彼はイギリス領のマルタ生まれでしゅ。けれども領事は彼がブルガリア人であることを認めなかったのでしゅ。わたしの父のお父さんのお父さんがタタール＝パザルジク人であったにもかかわらず、当時カナダに私のいとこがおりまして、彼はカナダへ来る前はロシア人でして、(シピヨンは苦しそうに呻いた。) マンチェスターで大金持ちになり、ロンドンにはたくさんの友人がいて、私がマルタ人であることを証明する書類を用意し始めてくれていたのでしゅが、いとこが死んでからは……」

「やめろ！」とシピヨンは叫んだ。

「どうしてでしゅか、シピヨンしゃん？」

「俺も死んじまいたかあないからだ！」

「おもしろいのは終わりの部分でしゅから、説明を続けましゅとね、私のパシュポートはセルビアなんでしゅが、私はギリシャ人でしゅ、なんとなれば私はベルグラードに友人がおりまして、その男は……」

シピヨンは逃げ出した。ジェレミーは仰天して、彼の後を小走りで追った。シピヨンは走った、これらの国々が追いかけてくるようで恐かったからだ。


一時間後二人はユダヤ料理店を出た。ジェレミーが舌鼓を打った鯉の冷製はシピヨンにはなんとも食えた代物ではなかった。シピヨンは、俺を喜ばせようとは思わないのかとユダヤ人に聞いた。

「私があなたを喜ばせたくないと思っているとは、一体なぜでしゅ？」とジェレミーは赤褐色の貧弱な顎鬚をひねりながら、慎重に応じた。

そこでシピヨンは《カトリックは立派な宗教だし、只単にユダヤ人と友達でいるだけでは満足できないのだ》と言って、カトリック教徒になれとジェレミーに強く命じた。ジェレミーは優しげな微笑を浮かべて、彼にはできないと答えた。それに対してシピヨンは、ユダヤ人の宗教は信徒を随分辛い目に遭わせているから、本物の宗教じゃない、と反駁した。それに対してジェレミーは、指を優雅にくるくる回して、微笑んだ。

「いいか、真面目じゃないんだ、お前の宗教は。御母《おんはは》マリアもなけりゃあ、聖人もない、なんにもないんだ。神が一つ、たったの一つ、それより他にはなんにもない。ふざけてる、そうだろうが！　それによ、来世のためにお前がローストされることになるのを俺が喜ぶとでも思ってるのか？　そうして俺はひとりぼっちで、この俺は、天国で何をするんだ？　お前はこういうことを考えないのか、お前は？」

「もし天国があるなら、私も多分《たぶん》天国にいるでしょうね」とジェレミーは微笑んだ。

シピヨンは憤慨した。ユダヤ人が天国へ行くだと！　えらいことになるぞ！　ジェレミーはすこぶる不思議な微笑を浮かべた。

「たっての望みとあらば、地獄へ行け！」シピヨンは腹を立てた。「ああ、何度でもお前をたずねてやるよ、あの高いところでどんな旨い物を食ってるのかお前に話してやろうじゃないか。お前にちっとばかし内緒で持ってってやってもいいぞ。（彼は考えていたが、顔を曇らせた。）お前さん方の宗教を信じてる者はみんな気狂いだ！　そうしてお前さん方が待ってるこの救い主《メシア》、みいんな馬鹿げたことだ、お前はわかっちゃいないんだよ！（ジェレミーの顔をちらっと見る。）結局俺にはわからん、俺には。メシアは来るかも知れないな、やっぱし。そうだ、もっと確かなものにするために、御母マリアにお願いしてみよう。俺は御母にこう言う。《聖処女よ、お願いです、具合の悪いことにまだ来ていない彼のメシアを、どうか彼のために来させてやってください、そしてもうメシアのことは話さなくてもいいようにしてくださ い！》とな。

それから彼らは話題を変え、ジェレミーはパリのすばらしさには驚嘆するとシピヨンに語り、シピヨンは俺の友だちでパリへ行った奴がいるが、パリで死んじまいやがった、と反駁した。

「お前が見たのはお前がすごくきれいだと思うパリだからだ、あばたもえくぼよ。パリの人間たちはちっとばかしお天道様が顔を出すと、もう顔を輝かせて大喜びだ。それも野暮な中国人みたいによ、日焼けして、錆で腐った鉄棒色になりたがるんだから！　そうしてニンニクだ、お前がほんのちょっぴり食ったっていうんで、あいつらはげんなりした顔をする！　ニンニク、その奥深さといったら、バラなんざ有っても無くても猫の尻尾だ、くらべてみりゃあな！」

こんな風にしゃべったり議論したりしながら、二人は長い間そぞろ歩いた。ジェレミーはオーナーを前にした私立病院の雇われ院長のように神妙で、シピヨンはインターンたちを引き連れて大名行列をする医学部の教授のように尊大だった。ジェレミーは、彼の友だちと一緒にいればいかなる悪からも守ってもらえると確信していたから、シピヨンの手を握っていた。マルセイユっ子は、大きな犬や憲兵、或いはブロンドすぎる学生を避けようと、しょっちゅう歩道を変えるユダヤ教徒の放浪者の気まぐれに従った。ジェレミーはスーツケースから目覚まし時計を取り出すと、薬のように振ってから、見た。「祈りの時刻でしゅ」と彼は言った。「シナゴーグへ行きましょう。私が知っていましゅ」

信心深いユダヤ人なら誰でも必ずそうするように、ジェレミーも神の家へ急いでいることを示そうと歩みを速めた。シピヨンはシナゴーグの入り口で辛抱強く待っていたが、ジェレミーが聖所を出る名残惜しさを顕わにしながら至極ゆっくりした足取りで出てきたのは、一時間後だった。

サバトを祝うため、婦人用アンクルブーツをはいた小さな巻き毛のある乞食は、前もって手の平に挟んで擦り合わせておいた銀梅花《ミルテ》の葉の香を嗅ぎ、わざとらしい小さな笑い声を発した。永遠の平安と正義のメシア紀元を予示するこの聖なる日には、心楽しくあれと命じられているからだ。何か悲しいことを考えている時には自分の脇の下をくすぐって無理に大笑いするのだ。生後六週間の子犬のティトゥスは走り回っては、信頼の目で彼の老いた主人を見つめた。老人は通りを行く人々の嘲笑も揶揄も気にせず、信仰心から目を空に挙げていた。

20

同じ日の朝、マルセイユから乗った車内で、益荒男たちは気で気を揉んでいた。事実昨夜来、ソロモンは絶えずくしゃみをし、洟をかんでいた。この男はユーカリ飴、メントール入りワセリンとケファリニアでもてはやされている薬――煎って粉末にしたアマの種子――をいつもどおり服用していろいろ予防策を講じていたにもかかわらずだ。その上モンブラン颪《おろし》を恐れて、自動車の運転手が二十世紀初めに着用していたものと同じ山羊皮のオーバーを買いこんでさえいたのにだ。

彼はこの暖かな毛皮の下で汗をかいていたが、くしゃみは相変わらずだった。益荒男たちはこのペスト患者から遠ざかり、胸部疾患に効くというシロップを飲み、くしゃみに余念のない小柄な馬鹿男の吐き出す黴菌濾過のため、鼻にハンカチーフを押し当てていた。

自分に狙いをつけているインフルエンザのことはもう

思うまいとして、マンジュクルーはドアに近づいた。トンネルの入り口に向かって四本の鋼鉄のテープが突進する。恐怖の叫び声をあげて侵入した列車は、轟音を立てるトンネル内を奥へ奥へと突き進んで行く。鉄が叫ぶ、それは苦痛に喘ぐ金属が抱く恐怖だ。トンネルから出ると列車は落ち着きを取り戻した。大きな愚かしい目にも似た月の光の下で、木々が背を丸めて後ずさりする。ひとつぽつんとある小さな池がきらっと光って姿を消す。扉に取り付けられた窓枠に野原や麦畑が我勝ちに逃げ込んでくる。木々はそこに飲み込まれ、電柱は倒れ込む。一台の機関車が燃える情火の如き熱い息を吐きながら、通過する。マンジュクルーは自分を大臣に見做し、機関士に挨拶を送る。一頭の馬が悲しげに夜の草の匂いを嗅いでいる。空では星がその運行を止めている。列車は躊躇し、速度を緩め、レールは鞭打たれる子犬のように鋭い鳴き声を挙げる。不意にマンジュクルーは、ソロモンは黴菌の山だということを思い出した。

「離れていろ、疫病神め！」できるだけ場所をとらないようにと片隅で小さくなり、将来病原菌に感染するに違いないと決め込んでいる者たちの大いなる憎しみを思って気が詰まり、窮屈そうに、控えめに、罪悪感に苛まれながら洟をかんでいる罪のない男に、彼は厳しく命じた。

機関車が脱線したのはベルガルドからおよそ四十キロメートルの所だった。P・L・M社にはもはや信頼は置けないからと益荒男たちは下車し、列車に最終的に見切りをつけた。

彼らは道を調べ、少なくとも二十メートルは離れてついてこいと不幸な黴菌保持者に厳命して、その場を去った。仲良しグループから追い出されて浮かぶ瀬のないのけ者は、彼には大きすぎ、長すぎる毛皮のコートの中で大混乱、大紛糾を来《きた》していたから、しばしば転んでは強烈なくしゃみをした。

インフルエンザ暫定未感染者たちは、夜の篠突く雨の中を行った。彼らは当然のことながら道に迷ってしまい、見えない星に問いかけ、苔むした木々の傍近くを行き、ジュネーヴは北の方にあるのかどうか議論し、北は寒さを意味するから北だろうと推測した。忌々しいインフルエンザ奴《め》――スペイン風邪に相違ないとの強迫観念に取り憑かれて、彼らは行った。インフルエンザの病原菌が狙っているのはまさしく頭だから、マンジュクルーはルダンゴトを脱ぎ、頭に巻き付け、予防用のマスクにもした。彼は病原菌のことを真っ赤な獰猛な丸い目がらんらんと輝く真っ黒で毛むくじゃらだと想像していた。

益荒男たちは安堵する診断を期待して舌を見せあった

り、自分の脈を取ったり、或いは自分の脈を取っている不幸な連れに、その者の脈が自分の脈より病的に打つことを期待し、押しつけがましく俺が取ってやろうかと申し出るのだった。(ややこしい説明だ。)罹ったが最後数年間も眠り続けると言われる脳性インフルエンザのことをマンジュクルーが話し、声高に遺言を読み上げると、友人たちがそれを真似、各人の包括受遺者は全員とすることが決った。

雨足は次第に激しさを増し、ひとりぼっちのソロモンは、病人が雨に打たれているとインフルエンザも必ず結核になると思うのだった。未感染組ではくしゃみが始まっていた。皆他の者の同情を引こうとして喘いだ。皆それぞれ自分の症状を言うのだが、誰も聞いていなかった。どうすればいい? 医者はどこだ? 尤も医者は皆反ユダヤ主義者なのはよく知られている、ユダヤ人の医者でさえそうなのだ。

漆黒の夜と沛然たる雨。ソロモンが近くに来ていたのに、他の者たちは、今や彼らの死も近いと確信していたから、彼を追い払うことなど念頭になかった。右も左もわからない道を惨めにとぼとぼ歩きながら、彼らは瀕死の人の祈りを大声で唱え、風は冷たく吹いていた。精神面の身体的側面への影響を知っている教養人のマンジュクルーは、時折笑おうとした。だが、彼の笑いは幽霊の笑いで、風がその濡れ鼠の体を凍らせた。

農家だ、やれやれ! 彼らは一夜の宿を頼んだ。百姓らは彼らの異様な風体を眺め回し、この気狂いじみた顔つきの外国人を匿うのはお断りだと言った。益荒男たちは懇願した。結局一人十フランで話をつけ——マタティアスだけは九フランで話をつけ——牛小屋の上の小部屋で一夜を過ごす許可を得た。ソロモンは治ったと宣言した。実際彼はもうくしゃみをしていなかった。(今だから言おう。彼はインフルエンザではなかった。恐ろしくメントールを効かせたワセリンの濫用で、鼻と喉に軽い炎症を来《きた》していただけだった。)各人はそれぞれの部屋へ行き、藁布団の上で四肢を伸ばした。

奇妙な物音でマンジュクルーは寝付けなかった。ハツカネズミが動き回り、雌牛は夢を見て大きな声で鳴き、外では野鳥が笑っていた。マンジュクルーは大粒の汗をかいていた。闇の中で恐怖が彼にぴったりと寄り添っていた。彼はソロモンの部屋へ行き、ドアをノックして、是非とも部屋へ来て付き添ってもらいたい、頼む木の下に雨漏る、なんてことにならないように、頼んだぞと言った。元流感罹患者はよしきたとばかりに実践し、長すぎるネグリジェのまま肺結核患者の部屋に赴くと、労咳病みは死について語り始めた。

「もしあんたが続けるのなら、僕は帰る」とソロモンは言った。「僕はこの手の題目は嫌いなんだ」

マンジュクルーは一人でいるのを恐れていたから、下手に出ることにし、約束した。彼は怯えていた。騒擾罪を科して鉄槌を下してやりたいあのネズミどもに取り囲まれて、もう気が狂いそうなのに、あの雌牛どもときたらまたもうもうと鳴きやがる！　ソロモンは藁布団に横になった。マンジュクルーは小型の脚立に座り、両手の指をぼきぼき鳴らした。外では風が災いを予告していた。恐怖の対症療法は唯一、話すことだ。彼はぶつぶつ不平を言い、再び眠ってしまったソロモンを揺さぶった。彼を起こしておくにはどうすればいいのか？　彼は一層激しく揺さぶり、俺たちは逮捕されるのだぞと言った。

「どうして？」と尋ねたソロモンの逆毛が不意にぴんと立った。

「国家反逆罪を犯したからだ」とマンジュクルーは行き当たりばったりに呟いた。

「一体僕たちが誰を裏切ったっていうの？」

「フランスだ」長い沈黙の後でマンジュクルーはそっと教えた。

「何てことを言うの？　誰かそんなことを言おうとする人がいるの？」ソロモンはぼそぼそと言った。そしてソロモンは両手を胸に置き固唾を呑んだ。

「僕を安心させてよ、マンジュクルー」

マンジュクルーは大きな溜息をついた。ソロモンは両手で頭を抱えた。

「恐るべき事態だ」とマンジュクルーは言った。

「言ってよ、言ってよ、あんたは友だちなんだから、親友なんだから、言ってよ、僕たちの身にどんなことが降りかかってくるのか言ってよ、僕たちにはどんな不幸が待っているのか言ってよ」

「全く不当な告発だ」

「そう、でも納得できるものなんでしょ？」

「残念ながら、そうだ」とマンジュクルーは目を閉じて言った。「可哀想に気の毒なソロモンよ」

「仕方ない。僕は覚悟を決めた、矢でも鉄砲でも持ってこい、だ。話してくれ。これ以上堪えられない」

「俺たちは共犯者にすぎない。お前だよ、主犯は」

「そうだね、無論、そのとおりだよ」冷や汗でこめかみがびっしょり濡れているソロモンは言った。

「どう見てもお前は不利だ。あの時、スケッチしようなんて考えは俺には毛頭浮かばなかったんだからな」

「お願いだ、僕はもっと知りたいんだ」

偽弁護士はわずかに否定の身ぶりをした。遂に彼は悲しげな声で話すことに決めた。

「マルセイユでのことだが、俺達はサン・ニコラ砦の前で立ち止まった。（ソロモンは歯をがちがちいわせて、マンジュクルーの手を取った。）軍事的な構築物のスケッチは禁じられているのを、お前、知ってるだろうが。耳がちょっとばかり欠けてる兵隊が立ち止まって、お前が何を描いてるか見てたんだ」

「でも僕は花を一つスケッチしていただけだよ！」

「スパイが使う旨い手なんだ。奴らは花の中に見取り図を置いておくんだ。で、俺たちは皆お前の周りにいたんだよ」

「それだけのこと？」

「残念ながら、否《ノン》だ。車中で同じ兵隊を見つけた。彼は俺たちの後をつけてきたのさ。なぜ彼は、将に他ならぬこの列車に、俺たちと同じ列車に乗ることにしたのか？軍の警察官に間違いない。しかも彼は俺たちのコンパートメントの前を何回か通っている。そうして彼はじいっと見た。先ず初めにお前を、我々共犯者を次に」

「「そうだね」ソロモンは言った。「覚えてるよ」

今度はマンジュクルーが突然震え始めた。ちがう、ちがうんだ、この考えは理屈に合わない。あの兵隊には二度出合っているが、単なる偶然に過ぎない。ソロモンを起こしておきたいばかりにあの兵隊のことを話しただけだ。ところが今、あの兵隊が彼を怯えさせているのだ。おお、あの耳。おお、あの意味ありげな眼差し。

「ちがう、それはちがうんだ」と彼は言った。「俺たちはその罪を犯していないからだ」

長い沈黙があった。鎧戸が砕けるような激しい音を立てた。

「ドレフュスもそうだよ」と闇の中でソロモンが囁くように言った。

彼は藁布団の上に座り、苦しそうに息をしていた。

「俺たちが逮捕されることは多分なかろう」とマンジュクルーは言った。

ソロモンはマンジュクルーの手を探し、マンジュクルーはその手を取り、強く握った。

「僕はサン・ニコラ砦のスケッチなんかしなかったんだから」

「非難攻撃をするならしろ、矛先を向けるなら向けよ」とマンジュクルーは陰鬱に言った。「これで終わりということは永遠にないのだ」

サルチエルの声が墨を流したような闇の中に響いた。

「わしらは罪を犯したりはしていないのだからな！」

「だから薄気味悪いというんだよ」とマンジュクルーが言った。

「僕のスケッチがここにある！」ソロモンが大きな声で言った。「花を一つスケッチしただけのものだってことが彼らにもわかるよ」

「これはデッサンなんかじゃない、有罪だ、国家反逆罪のデッサンだと彼らは言うだろう。彼らはまちがっていると一体どうやって彼らに証明するんだ？」

「その通りだ」と歯を派手にかちかち鳴らしているマタティアスが言った。「ドレフュス」と彼は呟いた。

「俺たちは負けだ」とマンジュクルーは汗を滴らせて、囁くように言った。

「それでもしわしらが逮捕されなければ、人々はこう耳打ちするのだ」とサルチエルが言った。「売国奴とその加担者とな」

「そうして、俺たちはジュネーヴへ、国境の町へ行ったと言われるのだ。国境近くではいつだってスパイ行為が行われるからな」

「でも僕たちが裏切ったって誰が言うの？」

「あの兵隊だ」とマンジュクルーが言った。

「でも多分彼は言わないよ」

「多分だと！」マンジュクルーは悲痛な声を上げた。「これだからなあ！」

「いつもひどく不安なのだ」とマタティアスが言った。

「でもね、彼が僕に嫌疑を掛けていたんだから、僕を逮捕しなかったのはどうしてなのかなあ？」

「彼には確信がなかったんだ。彼は一味を一網打尽にしたかったんだよ、ドイツの加担者め」

「じゃあ、僕たちは酷《ひど》い目に遭わなくていいんだ！」

「だから彼は、俺たちには多分何も言わないだろうよ。しかしだ、彼は他の者たちにこっそりそう言うのだ、すると他の者たちがそう繰り返し言う」

「そうして皆がそう思うようになる、俺たちは多分売国奴だと」

「皆耳打ちするんだ」

「名誉を傷つけられた者たちか」マタティアスが歯がみをした。

「ドイツの新聞が書き立てるだろう」

彼らは気持ちが高ぶっていた、痛ましいユダヤ人、恐怖と罠の継承者。そして彼らは一頭の子牛が唸る度にびくっとするのだった。

「いつかそのうち、彼らは俺たちを逮捕するだろう」

「だけど僕たちは何一つやっちゃいないんだ」とソロモ

ンは最後にもう一度異議を申し立てた。

マンジュクルーは検事と今頭の中で支配権を握っている考えの双方を同時に睨んでいたが、人間の性は善ではないと呟くに留めた。そしてソロモンは納得し身震いした。そして仕切壁に触れているマタティアスの鉄鉤は痙攣したようにかちんかちんと鳴っていた。ソロモンは立ち上がり、逃げようと言った。

「わしらが何処へ行っても、彼らはわしらを見つけるだろうよ」とサルチエルが言った。

「警察署では」とマンジュクルーが始めた。

「何だって？」

「彼らは交代で俺たちの傍を片時も離れないようにして、気の毒な罪なき者を、俺たちのことだ、そっとしておいてはくれないだろう」

「十日間彼らはわしらを眠らせないだろう」

「僕たちは意気地がないから、やってもいない裏切りをやったと白状しちゃうだろうね」

「ポーランドでは、わしらユダヤ人が、座視するに忍びないが、宗教的儀式で殺人を犯すと信じられている」と闇の中でいう声がした。

「だから」ともう一つ別の声が始めた。

「中世では」と三番目の声が始めた。

ソロモンはドアに向かって走った。だが、ネグリジェの裾を踏んでしまい、売国奴としていずれ逮捕は免れないと思うと恐怖で頭が混乱し、闇の中での闇雲の大奮闘でネグリジェの中に全身がすっぽりと飲み込まれてしまった。彼は部屋、ネグリジェ、心という三重の闇の中で恐怖の叫び声をあげた。彼は部屋の中をぐるぐる走り回り、マンジュクルーは藁布団の上にひっくり返って腑抜けのようになり、彼を迫害する者たちにすぐさま自分を逮捕してくれと懇願していた。ネグリジェの中に閉じ込められたソロモンは、国家反逆罪は平和時においてもギロチンに値するのかと聞いた。よくよく考えた上で発せられた問で、益荒男たちは逃げることに決めた。農場の連中の耳にはすでに入っていて、憲兵に通報したにちがいない！

彼らは走った。ネグリジェ中のソロモンは月光を浴びながらぴょんぴょん飛び跳ねるようにして先頭に立った。他の者は背を丸め、ぶるぶる震えながらその後に従った。裁判で有罪になるかもしれないし、ならないかもしれない、そんな宙ぶらりんの状態が彼らに重くのしかかっていた。頭は気塞《きふさ》ぎの馬のように動き、両手はぎゅっと握りしめ、目はやぶにらみのように不幸を見つめている。渺々たる闇。生きていたって何になる？　時折不幸な者たちの一人が飛び上がった。

「そうだな、だが、俺たちは自己弁護すればいいじゃないか、そうすれば彼らも俺たちを釈放せざるを得ないだろう」とミハエルは言った。

「彼らは俺たちが嫌いだ」とマンジュクルーは言った。

小川に気づくと、束の間彼はくるぶしまで水に浸かっていたが、共犯者たちに追いつき、もっと早く死ねる自殺の方法を見つけることにした。

ようやく日が昇り、益荒男たちはとある納屋へ入った。傍迷惑と言わんばかりの雄鶏たちが挑戦してきた。益荒男たちは声も出なかった。沈黙の中で空腹を訴える腹鳴が空中をうねうねと縫っていった。ソロモンは立ち上がり力一杯足を踏み鳴らした。

「ちがう、ちがうったらちがうんだ！」と彼は大声を上げた。「僕は本物の花を一つ描いたんだ！」

いい天気だ、明るい、なんてことはないんだ、花を一つ描いたんだって彼らに説明してやりさえすればそれでいいんだ！　花を一つ、花を！　すっかり安心してネグリジェを脱ぐと、きちんと身なりを整えたソロモンが現れた。益荒男たちは村の旅籠《はたご》へ行き、熱々のコーヒーを飲んだ。しばらくして、一台の車が彼らを乗せて行った。

ベルガルドのビュッフェで、ジュネーヴを発ってからは二度目の昼食。ソロモンは、花をスケッチするのが大好きで、子供のときから花をスケッチしてきた、それが彼の癖だと肌身離さず持ち歩いている手帳に書いた。その上、ジュネーヴに着いたらすぐ植物学の本をたくさん買うことにした。備えあれば憂い無し。要するに愛すべき小男はやはり何らかの予防策を講じておこうと思ったのだ。

七個めのクロワッサンを貪った後で、マンジュクルーはソロモンを冷やかし、臆病な手に負えないちんちくりん扱いした。彼はギャルソンにソロモンを指さした。

「サン・ニコラ砦のスパイだ！」と大声で言った。

ベルが鳴って今度の列車の到着を告げた。マンジュクルーは自分の体をあちこち触って、パスポートを探した。うん、パスポートはある。突然彼は青くなった。軍人手帳がない！　脱走兵ではないことをどうやって説明する？　ポグロム。右派のジャーナリズム。アーリア人種の法文の箇条。ルーマニア、ハンガリー、ポーランドでの迫害。そしてイタリアでも迫害が始まった。クー・クラックス・クラン。ドイツの反ユダヤの法律。今度は他の者たちの番で、彼らが青くなり、体を触り、やっとのことで自分たちの軍人手帳を見つけると、友だち思いの彼らは顔を見合わせ、マンジュクルーの災難に同情したが、マンジュクルーの方は額に汗を滴らせ、人間は他人の不幸なら健気に堪え忍ぶものだと考えていた。

列車の中ではサルチエル、マタティアス、ミハエルがたばこに火を付け、陶然としてその煙を吸い込んでいた。ソロモンは赤い大麦糖をゆっくり味わい、その先端を尖らせて喜んでいた。一人マンジュクルーだけが塞いでいて、シェルシュ＝ミディの監獄にいる自分を想像していた。

ついに彼は軍人手帳を見つけた。これで万事うまくゆく。すっかり気が晴れた。彼は調子外れに歌ったが、その歌声はまるで雷鳴のようだった。

俺たちゃあっちじゃ朗らかスパイの五人組
腹黒売国奴の五人組、悪漢五人組、同胞五人組

ソロモンはいきなり飛び上がり、マンジュクルーにキスをした。彼は生きている！　ああ、生きているのは何と楽しいのだろう！　彼には友達がいる、友達がいるとは何とすばらしいのだろう！

21

「諸君」とマンジュクルーは始めた。「今日は四月二十六日、月曜日だ。四月二十四日、土曜日には俺たちはまだベルガルド近郊におり、ソロモンは他愛もない花を描いた廉で、あの馬鹿めはギロチンにかけられるのもじきだと思って、歯をかちかち鳴らしていたのだ！」

「でも、それはあんたが……」

「知の巨人であるこの俺に向かって侮辱の言葉を投げつけようにも、その安本丹《あんぽんたん》の空気頭じゃ土台無理な相談だぜ、無理だ。事の次第の続きをやる。だから、土曜日の朝俺たちはジュネーヴの駅に到着した。そこには血を分けた兄弟も同然のシピヨンが、時折玉葱の匂いをかいでは枯れそうになるのを補充した熱い涙を流しながら、俺たちを待っていた。そして今や俺たちは再びシピヨンと一緒になり、そうしてポーランド系ユダヤ人のあの馬鹿者はホテル・ファミリアルの貴賓室に陣取り、サルチエ

ルは唖《おし》になった」

「お前はいつもわしに話させようとはしないじゃないか」とサルチエルは嘆いた。

「敗れし者の不憫さよ《ヴァエ・ヴィクティス》！」と力に酔う超人マンジュクルーは愉快そうに叫んだ。「もし俺があんたから言葉を奪っているのなら、それはこの俺が強いからだ！　ローマを目指し、前進！　これが人生というものだ！　弱肉強食だ！　本題を離れての処世哲学の講義はこの辺で終わりとし、続ける。議事日程は二つある。一つ目は昨四月二十五日、日曜日の夜、俺たちは例の謎の手紙の要求どおりイギリス庭園へ赴いたが、真夜中になっても人影は見えなかったことだ」

「俺たちはそこにいたんだから、そんなことは先刻承知だ」とマタティアスが言った。「俺とシピヨンの賭けに移ろうや」

「黙れ、鼻でっかちの守銭奴の王よ！　イギリスでは常に問題を要約するんだ。二つ目だ。おお、カトリック教徒の我が兄弟よ、今日の午後、お前はうまいこと国際連盟に迎え入れられたか？」

マタティアスは、鳶が油揚げをさらうように、マンジュクルーがさらってしまうのではないかとシーツのように顔面蒼白となった。

「俺の二万七千フランを彼にやってくれ」とシピヨンはサルチエルに言った。

マタティアスは、滑らかに動かない扉が立てる音のような笑い声、いやむしろ山羊の鳴き声と言う方がよさそうな笑い声を上げた。〈燃え盛る炎の女号〉の船長が悲しげに見つめる中、サルチエルは財布を出した。だが、ミハエルがマタティアスの金に飢えた手から奪い取った。

「今後も会ってもらえないというのは確かなのか？」と彼はシピヨンに聞いた。

「彼らは手強いよ」とシピヨンは溜息をついた。「俺は金曜日にジェレミーと連れだって行った。イギリス人の使用人が俺たちを雌牛のような目でまじまじと見やがった。あんたら雌牛のいばりくさった目を知ってるだろうが、あの雌牛たちのよ、雌牛があんたらをじっと見るときの、あの目よ、何もわかっちゃいないのに、何でもわかってる振りをするときのあの目よ。以来俺は毎日あすこを訪ねてるんだ。で、さっき憲兵が俺に言いやがった、もし俺がまたこの事務局に足を踏み入れるようなことがあれば、俺をスイスから追放《つっほう》する、ってな。奴は俺が去勢《きょっちぇい》された男じゃないかどうかって身体検査までしやがった」

「サルチエル、くれよ！」マタティアスは健常な手と鉄鉤を差し出しながら大声で言った。「彼は会ってもらえなかった、だから彼は払うべきだ！」

「あんたはびた一文やることはない」とミハエルは言った。「俺が引き受けるからにはシピヨンを会わせて見せる」

「裏切りだ！」数時間前マタティアスに買収されていたマンジュクルーは声を張り上げた。「お前にはそんなことを言う権利はないぞ、ミハエル、この出しゃばりが！　シピヨンは誰の助けも借りないで一人でうまくやっていくのさ！」

「まったくお前って奴は、血を分けた兄弟も同然が聞いてあきれる」とシピヨンは苦々しく呟いた。

「俺は政治家だ」とマンジュクルーはウインクしながら言った。「いくら徳高き御仁でも、金がなきゃろくでなしだ」

サルチエルが判定者に選ばれたが、迷っていたから議論となった。マタティアスの主張を支持してからシピヨンの前に来ると、マンジュクルーはこっそりと手を差し出した。シピヨンは目立たないようにその手を握った。するとマンジュクルーはすぐにマタティアスを糾弾し、その貪欲ぶりを公然と非難した。

「黄色くくすんだ顔色、油断のならない顔つき、この見下げ果てた奴は、諸君、金のためにのみ生きているのだ！　貪欲と愚暗が競っているあの顔立ちを見るがいい！　彼はひどく吝嗇であるからして、諸君、もし彼がピストル一丁買ったなら、それを無駄にしないように、買ったために損することのないように、自殺さえしかねないだろう！（マタティアスが異議申し立てのそぶりをしたので。）壊乱者！」とだけ言って、マンジュクルーは彼に背を向けた。

それから、シピヨンをしきりに褒めそやし、彼の立場を見事に守ったので、サルチエルはマルセイユっ子に有利な裁定を下した。マタティアスはマンジュクルーの先祖の遺骨を呪った。しかしマンジュクルーは大変な博識の士で、ひどく難解な侮辱の言葉――ローマ法に出てくる母方の血縁者［cognat］とか、マスタバ［mastaba］、古代ローマの旗手［vexillaire］、連帯保証人［cofidéjusseur］、繕い［passefilure］、木製シャベル［escope］――を彼に投げかけたから、マタティアスは反駁する勇気がなかった。そこでマンジュクルーはミハエルに話しかけた。

「シピヨンをどうやって面会させるつもりだ？」耽美主義的な男を気取りながら、彼は尋ねた。

「俺にはわからん」とミハエルは言った。「だがな、福者なら長たちの長に彼を面会させることだってできるのさ！」

　ほどなく彼はソロモンを従えて出かけた。彼は数分間、赤銅色に日焼けした旅行者二人がスペイン語で語り合っている小ホールをそぞろ歩いた。カウンターに近づくと宿帳を無造作に繰り、花瓶のアザレアを一輪引き抜くとサルチエルの部屋へ戻った。思い付いたと彼は告げ、益荒男たちは尊敬を込めて彼を見つめたから、それがマンジュクルーを苦しめた。

「しかしお前はどうしようっていうんだ、おお、肉と骨の合体よ？」大公風に脚を組んだマンジュクルーが聞いた。

「俺の秘密だ」

「俺の二万七千フランを要求する！」とマタティアスは大声を上げる。

「黙れ、人非人」ミハエルは厳命した。「今から二十四時間以内に、もしシピヨンがこの国際愚行連盟《ソッティーズ・デ・ナシオン》、またの名を国際腑抜け連盟《サラド・ドゥ・ヌイユ》、またの名を国際世間知らず《サロン・デ・ニエ》連盟という、まあその他呼称はいろいろあるが、このＳ・Ｄ・Ｎのお偉方の一人に面会できなかったら、お前は賭けの勝利者になる。あんただがマンジュクルー、あんたは至極有能だから、益荒男二人を中に入れるようにやってみてくれないか、俺のように、もしあんたがうまくやれば、すぐさまあんたが食いたいと思う物を、十二時間に限り、好きなだけ食わせてやる」

「保存加工してない生きのいいキャビアをか？　俺が食いたいだけ？」

　ミハエルは肯定のしるしに頷き、マンジュクルーは喜びを先取りし、馬のいななきにも似た声を出した。

「ということで諸君、明日火曜日、お前たちが会いたいと思う人物が、何人だっていいぞ、威儀を正してお前たちを迎え入れるようにしてやる！」と彼は告げた。

「ともかくシピヨンとジェレミーを入れるのは、俺にまかせておけ」とミハエルが言った。

「で、俺は、在庫の残りを」とマンジュクルーは言った。

「或いはむしろ……」

　ソロモンをじろじろ見る彼は、その政治的、社交的、国際的効用を見極めようとしている風だった。小男は無視されるのではないかと心配していたから、合掌した。

「会わせてくれ、僕も！」と彼は懇願した。（やけに背の高い結核患者は不得要領な顔をして、咳をした。）「金なら払うよ！」

「まあ、いいだろう、入れてやる、この男もな」とマンジュクルーはしぶしぶ認めた。「金のお陰だと思え、お前を入らせるのは難しいんだよ、お前を」マンジュクルーは情け容赦がなかった。（それからミハエルを振り返り、度外れの尊敬を込めて、）「創意に富んだ男よ、国際連盟に彼らを迎え入れさせるのに、どんなあの手この手を使うのか伝授してはもらえまいか？」と彼は言った。

ミハエルはポケットから一本の釘を取り出すとマンジュクルーに見せた。

「これでだよ」と彼は言った。

そして、皆が感嘆の余り静まり返っている中、彼は外へ出ていった。マンジュクルーだけがひどくいやな気分になった。

「それで、あんたは僕たちをどうやって面会させるの、あんたは？」とソロモンが聞いた。

「これでだよ」とマンジュクルーは自分の鼻を指さしながら、言った。

「もっとよく説明してよ」とソロモンは懇願した。

「なあ、おい」とマンジュクルーは言った。「お前俺に百万よこすことになってるんだよな。事の序《つい》でにもう五十フラン俺にやってはくれまいか、といってもなにもお前に要求するつもりはないんだがね。なにしろ好きと向きは九十九種、この俺はこねくりまわすのが滅法好きなんだよ。その金があれば、俺はそぞろ歩きしながら俺の策略を煮詰めにかかれるってわけだ」

「少なくとも僕はあんたと一緒に行ってもいいんだよね？」

「もしお前が俺に敬服するなら、無論だ」

ソロモンはマンジュクルーが天才だと信じていると断言した。彼は満足し、手を差し出した。ソロモンは一エキュをそこに置くと、マンジュクルーは噛んでみて、いい味がしたのだろう、ソロモンがついて行くのを許可した。


一時間後生き生きした肺結核患者とその小柄な友人はローザンヌに降り立った。

「ビュッフェで待ってろ」

「あんたと一緒に行くために僕は支払ったんだ。おお、マンジュクルー、あんたが何をやろうとしているのか教えてよ」

マンジュクルーは彼の恐ろしげな十本の指を拡げた。

「お前がついてくるなら」と彼は言った。「お前の一本歯の女房は目が潰れ、それでもなお、百二十年も生きながらえ、苦しまんことを。そしてお前自身だが、監獄で癌性肺結核にかかり、その間にお前の娘は……」

ソロモンはマンジュクルーが言い終わるのを待たずに駅のビュッフェに駆け込み、彼の呪いの言葉を払いのけようと指で角の形を作り、万全の備えをした。それからアーモンドシロップを注文し、偽弁護士はローザンヌへ何をしに来たのかと考えながら、マンジュクルーの帰りをおとなしく待った。彼らを国際連盟に迎え入れさせるのにどうしてローザンヌにいるのだろう？　彼はそこにいる、なに一つわからぬままに駅のビュッフェにいる。マンジュクルーにチップを渡し、ジュネーヴ、ローザンヌ間の往復切符代を二枚分払ったのに、ビュッフェに穴籠もりとはご苦労なことだ！　そうしてそこから敷衍して言えば、この世界で彼は一体何をしているのだろうか、地上にはなぜ、どんな目的でこんなにも多くの人間がいるのだろうか？　となる。

　彼はテーブルの上で腕を組んだまま、眠り込んだ。数分後強烈な平手打ちを一発くらって目を覚ますと、マンジュクルーが目の前に立っていた。

「それで？」

「オール・ライト！」とマンジュクルーは言った。

「証券取引所《ストック・エクスチェンジ》」

「十分間で全部やったの？」

「バイ・アポイントメント・オブ・ヒズ・ロイヤル・ハイネス《殿下のご指定により》、だ」

「じゃあ僕は、明日、国際連盟の一番偉い人に会えるんだね？」

「神は偉大なり」とマンジュクルーは言った。「そしてこの俺もだ」

22

その翌日、午後は三時頃、シピヨンとジェレミーは貸衣装のルダンゴト、乗馬鞭、それにいくつかの勲章で風采品格を上げ、パレ・デ・ナシヨンに向かった。ジェレミーは新品のスーツケースを肩に担ぎ、シピヨンは虎の乳をふんだんに飲み、ミハエルの強い勧告を大きな声で繰り返した。

「尊大に構えること。よし。この封印された封筒を誰か長の付く人物に渡してもらうこと。尊大に構えること、これが第一だ。わかってるって」

その上近衛兵は、封筒を開けて中身を見ないことを何人もの聖人に賭けて誓わせ、彼の命令にきちんと従えばどんな難儀も降りかかりはしないと断言した。

「尊大、前へ進め！　それから、お前、ジェレミーよ、お前はあんまし尊大そうじゃないから、ちっこい巻き毛がまたぞろ伸びてきたら、隠せよな！」

そう言うと彼は回転扉を押し、パレ・デ・ナシヨンのホールへ入った。

ちょうど会議が終わったところで、代表たちが議場から出てきた。背が高く、感じのよいロバート・セシルは、十九世紀の優雅な役者を思わせる風貌で、大きな両翼をすぱっと切り取ったようなアタッチドカラーを付け、上の空の静かな猛禽、用心深いせむしといったところだが、形は三日月刀の鼻を研ぎながら、ギャロウェー卿の方へ急ぎ、卿は一人の大使館員に遅れて微笑み返し、セシルと連れだって遠ざかりながら、振り返りもせず、誰だか思い出しもせずにその者に話し続けた——彼はギャロウェーであるからして、彼の言うことを聞き漏らすことのないよう、聴く立場にある者が常にうまくやってくれることを知っていたからだ。

病む禿鷹か学部の陰気な教官助手といった顔つきのポーランドの大臣が、ヴェルサイユ条約を手に、心配そうに歩きまわっていた。イタリア代表——老獪な狼のような歯とフィレンツェの専制君主のようながっしりした鼻の持ち主で、猫背ながら如才なく女の尻ばかり追いかける老人——は葉巻をぐちゃぐちゃ嚙み、イタリアは非常に強力な大国であるとセシルに、それから背が高く身だしなみのよい——現実主義者らしい口ひげ、農夫風のアタッチドカラー同様、心を揺すぶる清潔なバラ色の頭に生えている髪の毛で、理想主義者に見えるギャロウェーに断言するのだった。彼はイタリア人の言うことに耳を傾けるでもなく、国際連盟事務総長夫人レイディ・チェインにその綺麗で丈夫そうな歯を見せながら、子供っぽく微笑んだ。彼女もご多分にもれず、傲慢な者たちの専有物である鼻から口角に走る皺の持ち主だった。曰く言い難いイギリス風の内股で歩く彼女は、真心は誰にも与えないが、誰にでも、アルバニアの代表にさえ、愛想よくした。

背が高く大変な美男子の、まだ若い事務次長ソラルに、もう一つ別の取るに足りない国の代表が自国の財政状態を説明していたが、ソラルはその男を厄介払いしようとして心ここにあらずの体で慇懃に微笑むと暇《いとま》を告げ、息をするのもできるだけ控え、極めて限られた空間を占めるべく努め、活人画さながら壁にぴったりと貼り付いている三人の若い役人の前を通り過ぎていった。

外交官たちは彼らの国や政府のことをしゃべりまくっていたが、自国に寄せる彼らの愛情は観念的、抽象的で、その言葉にはいつも目覚めている彼らの愚かしい自尊心が透けて見えるのだった。香水をぷんぷんさせたバルカンの肥った女性代表は、その嵩張った胸を更に高くし、分厚い唇にくわえた巻きたばこ用の緑色の長いパイプから大量の煙を吐き出し、象のような巨大な腰に拳を当てて、グループからグループへ渡り歩いた。

ジャーナリストらは互いに真に受けない罵詈雑言を吐き合っていた。《だめだよ、お前、お前の持ってる秘密情報をあいつに漏らしちゃだめだ。奴はペテン師一味の一人だからな。》ハヴァス通信社の代表がルーマニアの外務大臣に質問したら、大臣は、かんかんに怒った神経衰弱で肺結核患者の小学生のようなしゃがれ声で、答えた。ギャロウェー卿は、イギリスポンドが欲しくてへりくだっている高位高官連に静かに挨拶した。五十人ものジャーナリストが耳を澄ましているのを知っていたから、彼は当たり障りのない態度をとったのだ。

アタッチドカラーはセルロイド、オーバーは既製服アカデミー・フランセーズ会員ジャン＝ルイ・デュエズム氏は、それは受け入れがたいと誰にでも言っていた。フランスの首席代表レオン＝ブルジョワ翁は――純白の上着で、おじいちゃん特有の優しい言葉を持ち合わせておらず――付け鼻風のその鼻をぐらつかないようにしてから紳士たちに暇乞いをし、ジュネーヴで一番小さく、一番狭く、一番古いおなじみのタクシーを呼んだ。足にぴったりの靴を履き、鼈甲縁の眼鏡をかけたアメリカのジャーナリストたち――国際乗合馬車の中をちょこまか動き回るばかりで役に立たないよけいなお節介焼きたちが、大学教授風な柄付き眼鏡をブラウスにピンでとめ、いかにも清潔そうで、真っ赤な顔のノルウエーの女性代表に質問していた。二角帽をかぶった憲兵たち、ジュネーヴ共和国の口ひげをはやしたナポレオンたちはベルトに汚れのない太い指をぎごちなく置き、敬意を込めながらも用心おさおさ怠りなく、この上品な代表たちを注視していた。中国人の女が遠慮がちに微笑みながら、彼女の小さな足を見つめていた。畝織りの贅沢なストッキングをはき、日焼けで鼻に染みができたイギリス人の秘書たちが急ぎ足で通って行くと、その後に花咲くりんごの木の匂いが残った。大学人で数ヶ国語を操り、有能で、髭を剃り、絹のように滑らかな肌をしたよく笑う随行員たちは、発育途上の、まだ地位を築き終えていない若者の奔放な不器用さでふざけていた。垂れた頬がその顔を威厳に満ち、決然たるものにしているバルカンの女性代表は、鼈甲縁の眼鏡の位置を調節しながら、酒保の女経営者のような腰に指の短い手を置き、行ったり来たりしていた。国際協力に熱中している彼女が、巨乳で辺りを払いながら行き来すると、その見事な尻の後ろにはキプロスの海を行く船の航跡もどきが残った。ある取るに足りない国の代表は、トルコの首席代表が、金色のターバンを巻き、血走った目をして煤けた色の手に雨傘を一本持っているマハラジャとの話を終えるのを待ちながら、たった一人悲しみを帯びた優しさを友に歩き回っていた。ギャロウェー卿には夢想癖があり、その時も一人夢に耽りながらそぞろ歩きをしていた。彼はこの精神的弛緩を心行くまで楽しみ味わっていたのだ。代表が幾人か近づこうと突進してくるのを察すると小さな手帳を取りだし、彼らの意気込みをくじいた。書くことに没頭している振りをして、実際は、明日のゴルフのことや政治を軽蔑しながらの、先程の気持ちの良い純正哲学を好ましく思いながらの、湖畔の逍遥に思いをはせていたのだ。フランスの首席代表はいつもの骨董品のタクシーが迎えに来ると、ちょっとお喋りしようと優しく突進した。その経歴の最高峰にまで上り詰めた二人の善き老人はお互いが大好きで、揃ってレジオン・ドヌール三等勲章受章者の小柄な日本人同業者らが丁寧すぎるお辞儀をしても、殆ど意にとめなかった。ラペルホールを大きなMの字で飾っているマルコーニ社の社員たちが歩き回っていた。事務総長は彼の官房長が言っていることをよりよく理解しようと唇をゆがめ、軽く額を掻いた。モノクルがあちこちできらっと光り、ランデヴーのためエルメスの手帳の頁が繰られた。ジョン卿は公平に慇懃無礼な挨拶をして回った。石井子爵はマルセイユなまりでアメリカ人ジャーナリストを相手に話していた。ジャーナリストの絹のカフスは清潔だが、皺が寄り、爪にはマニキュアが施してあったが少し汚れていた。この男は彼の夜の務めに劣らず昼の務めも真面目に果たしていた。国際労働事務局長の遣り手で菜食主義者らしいひげからは、赤色の明かりが点滅するように舌が敏捷に動いて、巧みに構成された慇ろな文言が出てくるのだった。その眼鏡は知的な揶揄できらりと光った。あるユダヤ委員会の代表は、そんな様子はおくびにも出さないが、後程報告書を一冊おねだりしようと目論みながらうろついていた。明日崇拝者を前にして《家でお読みなさい、これはきっとあなたの興味を引くはずです》とギャロウェー卿が言われたと、ネロを気取って彼らに説明し、この報告書の解説をしようと思っていたのだ。ロバート・セシル卿はソラルの腕を取って歩いていた。燻製鰊にモーニングコートを着せたような人物が側近にある報告書を読んでやっていたが、この報告書は彼の秘書が書いたものだとは無論言わなかった。彼は旨く読めず、訳がわからなくなった。彼らは報告書について議論し始めた。評言は矛盾だらけだったが、鰊はその度にこう言った。《そのとおり、完璧だ》と。

困ったものだ。彼らは自分たちがわかっていないことだけがわかっていた。セシルとソラルは例外で、二人はわかっているのだが、わかっていない振りをする。他の者たちはわかっていないのに、わかっている振りをする。ようやく当の秘書が現れ、説明した。そして皆こう言いながら散っていった。《勿論です、勿論ですとも。》

23

代表たちが退出し、シピヨンはパレ・デ・ナシヨンへの入城を決行した。(一時間前に入り口の扉を押したのだが、ひどく立派な身なりの紳士たちに気圧されて引き返したのだ。友人たち二人は大庭園に身を隠し、好機を窺った。) 先だっての〈従僕〉がいないので喜んだ彼は、守衛長に向かって進んでいった。守衛長は、フロックコートにシルクハット、乗馬鞭で身を固めた二人の紳士に目を丸くした。一番の驚きは隻眼の小男の耳輪と貧弱な口ひげだった。

「ご用の趣を承りたいと存じますが?」

「そんな口っぷりはやめろってんだ! 俺は見習いコックのひやかしを聞く気分じゃねえんだ。俺はお前さんの親方に会いてえんだよ、だからもっと早くしろってんだ!」

「ジョン卿は只今会議中でございます」

「黙れ、イギリス人の奉公人め!」

「どなた様とお知らせすればよろしゅうございますか?」ハンチントンはひどく驚いてたずねた。

「この詮索好きが!」シピヨンは憤慨した。「さあ、急ぐんだ、下っ端め! 俺たちの封筒をそいつに持っていけ、そいつが俺たちに早く面会するようにな! こうやって客をまたせるたあどういうことだ?」

自分の流儀にこれほど自信を持っているとは。この男は南アメリカのどこか小国の代表に違いない、と守衛長は思った。彼らが重要人物でなければないほど一層自尊心が強く、復讐心も強いのだ。へまをするなよ。そこで彼は紋章で飾られた大きな封印付き封筒をジョン卿でも事務次長の一人でもなく、少しも重要ではない人物のところへ持って行くことにした。

政治部長のシュルヴィル伯爵は五十歳ぐらいの勿体ぶった大馬鹿で、香水をつけ、モノクルをはめていた。ぺしゃんこで先端が天上を向いているインコの嘴型の小さな鼻は、その顔の造作の中でも最も強い固有性を発揮していた。彼は意地も口も至極悪く、ひどくねたみ深くて、その死んだような目は下位の職員にとっては恐怖だった。度量も狭く脳も小さいが、顔だけは広かった。

彼はフォアグラを彫って作ったような自分の執務室でにっこりしている最中だった。著名な女流詩人であるルーマニア代表がブリッジに招待してくれ、そこでダルク公爵夫人に会えると思うと嬉しかったからだ。

「ポン、ポン、ポン」

うん、あのイタリア人の守衛は随分親切だ。とても愛想がよくてあなたの帽子やコートをすばやく受け取る。その上可愛い顔をしている。目を掛けてやらねばなるまい。

「さあ、仕事にかかるとするか」

すーっと息を吸い込み、汚れのない湖、汚れのない大庭園、汚れのない絨毯、爪にマニキュアを施した汚れのない手を好ましく思いながら見つめて、袖をまくり上げ、《こういうものを見事な裁断という》新しいカフスを見て喜んだ。それから金のシガレットケースを開け、たばこを一本叩いて取り出すと口にくわえ、金のライターの炎で火を付け、紋章を刻んだ印章付き指輪を優しく見つめた。うまいたばこの一服は至福のひとときだ。彼は机に身を屈めた。

「仕事にかかる」

彼はその日買った品物——万年筆とナイフをゆっくり楽しもうと机の上に並べた。万年筆にインキを満たし、ためしに書いてみてキャップをかぶせ、また外した。それから金のナイフでちゃんと切れるのかどうか見てみようとした。それから二つの買い物を横に並べてみた。それからナイフ、万年筆の胴体とキャップを使って三角形を一つ作ってみた。

この真新しい所有物に瞳を凝らしてためつすがめつ見ていると、すばらしく愉快な考えが浮かんできた。フランスの間抜け共は気の毒に税金をしこたま払い、底なしのフランの下落をじっと堪え忍んでいる。ところが彼は、第一に税金と名の付くものは一切免除、第二に物価指数十パーセント以上の上昇で自動的に増える俸給、第三に清潔で健康的で快適、空気は澄み、湖が美しいジュネーヴに住んでいるのだ。フランスでは、いやスイスでさえも好きなだけ通貨の価値を下げるがいい！　通貨の信用度が下がれば下がるほど自分がいかに運がいいか、特権を受けているかがわかろうというものだ！

彼はフォンダン・オ・ショコラを一つ取り、書類綴りを開いた。あれ、どうしたんだろう？　尻に奇妙なむずがゆさを感じるのだ。彼は立ち上がり注意して見た。くそ！　掃除夫のどん百姓どもがまたまた俺の新聞紙をとっぱらっちまいやがった！　肘掛け椅子に置いてある新聞紙はいつもそのままにしておくようにと、再三再四忠告しておいたにもかかわらずだ。ビロードとの接触は体を温かくさせるから、伯爵なのだが役人でもある彼の尻のデリケートな皮膚には有害だ。彼は新聞紙の上に座っている時にしか仕事ができないのだ。新聞紙無しだとむずがゆさに襲われる。

定期刊行物課から配布された数紙を〈入〉の書類箱から取り出してみたが、その中には「フィガロ」紙は見つからなかった。新鮮な「フィガロ」紙だけにあるあのつるつる感が彼には具合がよいのだ。彼は直ちに定期刊行物課の課長宛てに次のようなメモを緑色の付箋にしたためた。

《スーザ夫人。私には「フィガロ」紙が絶対に必要で、同紙を受け取るべくあなたの注意を喚起します。この定期刊行物は参考資料の一つとして私にはとりわけ不可欠です。本日只今からその配布を再開してもらえればありがたく思います。》

彼はサインし、日付を入れ、そのメモを読み返した。メモは少々ぶっきらぼうすぎないか？　スーザは事務総長の細君と非常に馬が合う。彼はもっと丁寧なメモに改め、〈至急〉と書いた小さな張り紙をピンで止め、〈出〉の書類箱に入れた。

気を楽にしようと体操の呼吸運動を何回か行った後で、「グラビア入りル・モンド」はその紙が「フィガロ」紙より光沢があり彼の尻にはもっとずっと気持ちがよいのではなかろうかと思った。そうなんだよなあ、だがこのグラビア入りの紙はかさかさと乾いた音を立てすぎる嫌いがあるかもしれない、そうだとするとその音が邪魔になるだろう。ひとつ試してみるか。

《軍備縮小を目的とする玩具屋に於ける広報活動》と題された書類綴りを開き、デスクに置いてある小型の置き時計にちらっと目を遣った。まだ四時か。彼は置き時計を引き出しに閉じ込めると、一時間経過したと感じるまで監禁しておくことにした。彼は長い間、非常に長い間その時が至るのを待ちながら、倫理部長が貸してくれたガリア史の逸話集を読み終えた。フランス・フランの為替レートが前日より下がった。彼は自分の俸給が現在のフランス・フランに換算すると一年、一月、一日、一時間当たりいくらになるのか知りたくて、長い間計算した。いろいろな通貨に換算した結果は彼を喜ばせるものだったから、彼はフォンダン・オ・ショコラをもう一つつまんだ。

さあ、もう時計を見てもいい頃だ。確実に一時間は経っているはずだ。彼は置き時計を取り出した。ああ、苦痛だ。時計の針は四時十七分をさしていた。

四時二十分すぎに軽く扉をノックする音がした。（格好を付けるのにことのほかご執心の彼は、軽く扉をノックするという品の良い習慣を部に取り入れていた。）ノックしたのはハンチントンだった。シュルヴィル伯爵は封筒の中身を読み、灰色の顎鬚をそっと撫でて感動を鎮めた。これから行う高位の人物二人との会談は、国際連盟の将来にかなりの重要性を持つことになるだろう。この青天の霹靂に後ろを見せてはならぬ。

「上がってもらうように」気後れを隠そうと彼はゆっくりと冷たく言った。

「お知らせしておきますが、部長殿、この二人の紳士には何かこう奇抜なところがございまして」

「わかっておる、聞いておる」

「二人ともかなり立腹しているように見受けられます」

部長は、自分のような顕職にある者は、一介の守衛如きとこのような会話を続けるべきではないと思った。だからかすかな不平不満の呟きを発するにとどめて、彼の不快感をあからさまにした。ハンチントンはシピヨンとジェレミーに知らせに走った。

程なくレジオン・ドヌール勲章の赤い略綬を付けて、モーニングコートで執務室を出た老伯爵は、階段を上り詰めた所で二人の代表を待った。厳粛な葬儀人夫風な二人はシルクハットと乗馬鞭を手にして、ゆっくり階段を上がってきた。シピヨンは二度立ち止まり、柄付き鼻眼鏡でハンチントンをじろじろ見た。

部長はフランスの古風な礼儀作法に従い、深いお辞儀をした。シピヨンは最高に粛々とお辞儀をし、ジェレミーもそれに倣ったが、二人とも心のなかで臨終の祈りを唱えていた。高官はもう一度大袈裟なお辞儀をし、二人の友達は挨拶のお返しをしなければならないと思った。二人のこの思いがけない洗練された慇懃さに魅了され、シュルヴィル伯爵は三度目のお辞儀をした。シピヨンとジェレミーはこの馬鹿丁寧な礼儀作法に度肝を抜かれた。大粒の汗が、痛棒を食らわされてしかるべき二人の額に噴き出した。

24

逆戻りしてみようではないか、親愛なる友人諸君、生きていることを大いに喜んで。万事順調に運んでいるし、生きることは死ぬことと同様なかなかよいものだからだ。時計の針を数時間逆回ししてみよう。そして、その本名はピンハス・デ・ソラル、渾名はマンジュクルー、このイヌワシを思わせる傑物の部屋に侵入してみようではないか。酒神バッカスを讃える巫女たちのように叫び声を挙げて。エヴォエ！

この男が目覚めると、すでに十時を過ぎていた。掛け布団からはみだし、ベッドの柵の間を通り抜けて、涼しいところで寝ていたそのきれいに垢光りしている両足を眺めた。彼はほろ苦い喜びに浸りながら足指をぼきぼき鳴らし、その生涯で決定的な一日となる今日のこの日は、とりわけ聡明でいようと心に決めた。

彼はベッドから飛び出し、服を着て、両手を洗面器に浸し、顔に持って行き、再び清潔になったことを喜び、満足して息を吸った。それから靴を履いて身繕いを終えた。

彼は軽やかに踊った。その場で一連の半回転をしたり、緩慢さが突然燃え上がる嫉妬の炎のような激しさに入れ替わるフラメンコ風にぐるぐる回ったり、指を鳴らしたり、キスをするときのように口を尖らせてみたり、メキシコの高級娼婦、いやむしろ皇后が究極の愛の告白をしている時のように目を伏せたりした。両手の指に可愛らしいダンスをさせたりもしたが、踊っている間はずっと優しく微笑んでいた。

こんな風に衝動的に体を動かしていたこの陰気な醜漢は、殿様でもあるのだ。用心深くドアを開けると巨大な舌をだし、爪先で階段を下りた。なぜ外へ出たのか？ 謎だ。多分マンジュクルーは生きていたからだろう。多分ちょっとした冒険を楽しみ、ちょっとした危険を冒すためだろう。そんなことはどうでもいいか？ いや、どうでもよくはない、何から何まで大事なのだ。

かいつまんで言えば、彼はモンブラン通りの小さな雑貨屋に入り、売り子にスイスへの衷心からの愛を告白してから、糊を一瓶とアルコール焜炉、鋏を買った。支払いを済ませると気絶を装った。気絶のお陰でコニャック一杯は只酒、そして外へ出た。(買い物をした店で気絶するのが彼の習わしだった。このやり方でスープやサンドウイッチの他に、元気を付ける飲み物などの軽い間食をせしめていた。)彼はウインクしたり黒いひげを二つに分けて辛辣ぶりを顕わにしたり、露店の物売り台から小さな果物をいろいろ失敬し、厚かましくも悪びれる様子もなく、大いに楽しみながらホテルへ向かった。

十一時三十分、彼は友人たちに次のような手紙を書いた。

《いずれ死者となるマンジュクルーが生涯の友達《ともどち》へ挨拶を送る、やあ、諸君! 今度ばかりは負け戦だ。あんた方を国際連盟へ迎え入れさせようと、俺が一片の悪意もなしに苦労して仕組んだマキァベリ的術策は、裏と出た! 俺はたった一人我が絶望とともにここに留まり、眠りの暗き襞の下に我が憂鬱を埋めるべく眠りに就く、この面目を灰にまぶした俺を見逃してもらいたい。失墜したマンジュポワ《木タールピッチ食い男》のために祈られたし》

彼は呼び鈴を鳴らし、使用人を呼んでスエズ運河の株の購入を勧めた。それはルームボーイの懐具合を知るためのちょっとした策で、あわよくば利金の一部を彼の取り分としてせしめようとの魂胆でもあった。それからこの手紙をサルチエルに届けるように頼んだ。

「で、第二にだが、雛鶏を一羽その兄弟と一緒に焼いて、まあ言うなれば二羽の雛鶏だ、それに強火の油で揚げたフライドポテトをたっぷりと、一個や二個じゃなくいくつものジャガイモを使うんだぞ、それにパンとサラダ、マカロニのトマトソースを四人前、俺は一人きりだが、唯一の神のようにな、全部俺の部屋へ持ってくるのだ。それから外交官の礼儀作法が書いてある本も一冊持ってこい。いいか、俺の友人たちには全部内緒だからな。俺は最も辛い断食の最中で、静かに涙を流していると言うんだぞ。さあ行け、善をなす者よ」

午後の三時、シエスタを終えたばかりのサルチエルおじはドアの下に封筒が差し込まれているのに気がついた。彼は身をかがめ、震えた。それは一通の電報で、信じられない程の厚さがあった。彼は一人きりで電報を開く勇気がなくて壁を叩いた。友人に立ち会ってもらいたかったのだ。

間もなく髪が逆立ったソロモンが裸足でネグリジェのまま現れた。前日疲労困憊し、目を覚ましたばかりのソロモンはまだ綿のように疲れていた。

「悪い知らせですか、おじさん?」小さな手を心臓に当てて彼は尋ねた。

サルチエルがまだ開けていない封筒をソロモンに見せると、彼も電報嫌いだったから、両方の鼻孔がわなわなと震えた。それで彼はミハエルに助けてもらおうと呼びに走った。二人の益荒男がドアを押した時、至急電報を手にしたおじは、部屋の中を勝手気ままに動き回っていた。

「わしは恐ろしいのだ、我が子らよ」

「善くない知らせならあなたの手をとりますよ、おじさん」とソロモンが言った。

サルチエルは電報を開いたが、目は閉じたままだった。彼はついに目を開けることにし、その緑色の用紙にちらっと目を遣った。彼は大きく息をし、尊大な仕草でソロモンとミハエルを追い払った。彼に宛てられた電報には願ってもない署名があった。彼は注意深く読み、気を失った。

しかし彼はすぐに意識を取り戻した。そこには証人になる者がいなかったからだ。魂の抜け殻のようで、顔面蒼白、立ち上がると鏡と洗面台の付いた化粧台の柄付き水差しから水を飲んだ。それからよろよろしながらドアに向かい、開けるとそこには言うまでもなくソロモン、ミハエル、マタティアスが待ちかまえていた。

「僕の妻のことでよくない知らせですか、おじさん?」ソロモンが聞いた。

「もっといい知らせだ、わしの息子よ。マンジュクルーを呼びに走れ、そして四人一緒に来るのだぞ、一人来た、二人来たはだめだぞ」(彼は簡潔、明確に言った。)

ソロモンは走って行き、マンジュクルーの部屋のドアをノックした。しかし偽弁護士は熟睡しているのだろう、応答がない。ソロモンはドアを押した。確かにマンジュクルーは唇に遣る瀬無い、感謝に満ちた罪のない微笑みを浮かべて、無垢な眠りの深淵に沈んでいた。

ソロモンは親友を起こすには余りにも突然すぎると思って、困惑した。彼は優しく口笛を吹くことにした。唇を丸め、いろいろ努力してみたが、一向に音は出てこない。(一番優しい時期である幼年時代からソロモンは口笛を吹けるようになりたくて、努力してきた。金を払って稽古をつけてもらいさえした。しかし無駄だった。本当に善良な男たちは口笛が吹けないのだ。小さな謎だ。)雷鳴のごとき鼾をかいているマンジュクルーを彼はとても優しく呼んだ。段々強く揺さぶった。

ようやくマンジュクルーは片目を開けたが数秒後には

再び閉じ、今度はもう片方の目を開けた。

「俺は何処にいるんだ?」この処女もどきは子羊のような声で聞いた。

25

「公使殿」ジェレミーとシピヨンを代わる代わる注視しながらどちらが重要人物なのかを即座に見抜いたシュルヴィル伯爵は言った。「ようこそ御来駕くださいました。両閣下の御来訪は偉大な貴国と国際連盟との関係に於きまして、誠にあらまほしきことと存じ、必ずや新たな時代の発程《ほってい》となり得るものとの喜ばしき希望を抱きつつ、御両所をお迎えいたしております」

外交に携わる高官の集まりで慣例になっている長科白《ながぜりふ》を、彼は述べた。一本調子で無感動な顔、それにはこれはあくまで外交辞令で、口上言いとして慣用句を言ったまでのことと相手に明言する目的が隠されていた。

ジェレミーとシピヨンはもう一度お辞儀をした。なにしろこれほど上品な重要人物を目の当たりにしたのは生まれて初めてだったから、何を言えばよいやら、わからなかった。ジェレミーは友達と一緒に来てしまった自分の弱さを死ぬほど悔やんでいた。国際連盟がこれほど恐ろしい所だとは夢にも思わなかったのだ。そして宗教上のしきたりである巻き毛を犠牲にしたことで神は絶対に彼をお許しにはならないだろう。

「誠に申し訳なく存じますが、ジョン卿は両閣下をご自身でお迎えすることは瞬時たりとも不可能です」二人のよそよそしい黙り《だんま》に怖じ気づいて、政治部長は言った。「両閣下の御往訪は午後の終わりとしか私共には知らされておりませんでして……」

シピヨンはお辞儀をし、ジェレミーも同じようにお辞儀をした。沈黙はその場の空気を重くした。シピヨンはいつもやっているように、手の平で額を拭った。

「水に流そうぜ」とうとう彼はパリの下町訛で言った。「休戦《アルミスティ》［armistice《アルミスティス》が正しい］だ」

代表たちの大部分が誤った言葉使いをすることに慣れていたシュルヴィル伯爵は、彼が少なからず自慢にしている冷静さをこの時も保ち、自分のキャビネット［cabinetは単数で執務室の意。Cabinetsは複数になると多くの場合便所の意。sは発音されない］に御案内いたしたく存じますが、いかがでございましょう、と高位の人物二人に提案した。シピヨンは、二人にこれほど恭しくおかしな提案をした高官を吃驚仰天して見つめた。

「我々が用を足したくなったときには、あんたにそう言いますよ」と彼は大真面目で答えた。

だが、二人の重要人物を先に通すため脇へどいたこの高官の広大な執務室を見ると、彼は愁眉を開いた。シピヨンはひどく赤くなってお辞儀をした。上品に見せようとしてすり足で、唾液を飲み込んで、優雅に入室し、これまでになく背中を丸めたジェレミーが後に続いた。シュルヴィル伯爵は椅子を指し示し、葉巻を勧めた。上品であることに心を砕いていたシピヨンは、その葉巻をポケットに入れた。ジェレミーも手に持って重さをはかり、転売するときの値段を内心で推算してから、同じようにポケットへ入れた。それから胸を掻き、溜息をつきたいのをじっと我慢している部長に、にっこりした。無論こういう事態は覚悟しておくべきだったのは言うまでもない。この二人の左翼政権の代表が無教養で粗野なのは仕方がない。

「私が敢えて申し上げておきたく思いますのは」とシュルヴィル伯爵が脚を組んだから、シピヨンは今度は自分が脚を組む番だと思いこみ、ジェレミーがそれに倣った。「偉大な貴国が国際家族の懐へ帰って来られるに際し、各国にはそれぞれ第三者には触れられたくない部分があるものでして、――当然でしょう、ジュネーヴの当機関は貴国の神経過敏な部分にはとりわけ触れまいとしております」

シピヨンは《最《も》もだ》と言いながら苦しそうに微笑んだ。それから彼の愛嬌毛を撫で付けた。

「あなたは長い間プロヴァンスでお暮らしになられたのではありますまいか、公使殿?」

「あんたとしたことがちっとばかし不躾じゃあないのかね」とシピヨンは気難しい鑑定家のような口調で始めた。「しかし我が偉大な国が評価する男のことだ、そんなこたあ屁とも思やしない。だからあんたに親切に答えてやるよ。親爺はマルセイユ人で、我等が将来の大国に一家をあげて移住したのは俺が十五、いやさ、十四のときで、俺の舌っぺらもすっかり皺がよっちまってよ、舌にゃあアイロンはかけられないんだ! しかも家じゃあいつもマルセイユ弁で話してた、忘れちまわんようにだよ」

シュルヴィル伯爵はいい匂いのする頭を軽く下げることで彼が評価していることを示したが、実際はひどく嫌な気分にさせられていた。

「高貴な貴国の復帰につきまして、公使殿、貴国政府の意図するところを私にお知らせ願いたいのですが、いかがでしょうか?」

「結構、結構」とシピヨンは答えた。(巧みな応答をする男だと老獪な伯爵は思った。)「このことに付き詳細にご説明いただければ、願ってもないことです。さしあたって貴国はオブザーバーの資格でのみ連盟に復帰されることは我々のよく知るところですし、それにまた御両所が私にお渡しくださった紹介状にもそう告げられております」

「俺もそのことは知ってる」とシピヨンは言った。「ところでだ、高貴な国のことについてあんたに答える前に、世界の平和のためにあんた方の高貴な宮殿がどんな活動をしてるのか、教えてもらいたいんですがね」

シュルヴィル伯爵は殆ど天啓を受けた預言者のようなすばらしい微笑を浮かべた。

「パレにはドアが千七百」と彼は早くも熱気を帯び始めた。「窓が千六百五十、天窓を除いてガラスがはまっている表面積は八万八千平方メートル、エレベーターが二十一基、七万五千平方メートルの塗装部分、九千の明るく照明された部屋、その消費電力量は三十二万キロワット・アワーです。ボイラー《シヨフリー》室で温める《シヨフ》——同音を繰り返してしまいまして、失礼いたしました——」文体に気を使う趣味人として、彼は苦笑いした。「温めるのは三十万立方メートルで、千九百台の暖房機を使用しておりますが、この暖房機を一直線に並べますと二千五百三十三メートルに達し、重油タンクの貯蔵能力は十五万リットルです。更に六百六十八の手洗いと化粧室があります。最後になりましたが、私共が世界平和のために年間使用する紙は一直線に並べますと地球を約八周する長さになります」

「わかった」とシピヨンは言った。「じゃあ、戦争があるとあんた方は何をするんですかね?」

「私たちは苦しみます」とシュルヴィル伯爵は答えた。「戦争で死んだ人は、すべて痛ましい限りです。(彼はフォンダン・オ・ショコラで一杯の鉢をシピヨンとジェレミーに差し出したが、二人は断った。彼はその鉢から一つ取った。)そうです、痛ましい限りです、戦争で死んだ人たちはすべて。一つお試しになりませんか?(彼は旨い物で一杯の鉢を差し出す身振りをわずかにした。)痛ましい限りです、戦争で死んだ人たちはすべて。お試しにならないとは残念ですな。まだ温かいのですよ。えも言われぬ味で、とりわけ臥っている人には栄養食品です、ビタミンが入っておりますからな。むしろなま暖かいと申しましょうか、この小さな電気クッションの上にいつも置いておくのです。こうすると熱でチョコレートのアロマが出てくるのですよ」

「で、戦争がひとつおっぱじまるとあんた方は何をするんですかい?」

「私共は書類を作成します」とシュルヴィル伯爵は自分の体を丈夫にし続けながら言った。「私共は会議を招集し、慎重なコミュニケをジャーナリズムに配布し、このコミュニケを介して、苦悩する私共の遺憾の意を表明します」

「それでもしこの戦争が続くなら?」

シュルヴィル伯爵は誘惑に抵抗しやすくなるようにと、フォンダンの鉢を遠ざけた。

「そのときには」と彼は男性的な口調で言った。「私どもは強硬手段をとります。私どもは委員会を立ち上げますが、それだけではなく分科委員会を組織することさえやぶさかではありません、必要なら交戦国に殺戮の中止を懇請するところまで行きます、限りなく命令に近い懇請です。このフォンダンは全くお二方のご興味を引きませんかな?」

「それでもしこの戦争が続くなら?」

「そのときには私共はもはや懇請はいたしませんが、戦闘行動を中止すべきだと勧告します。この微妙な差異をお感じになりますか? 勧告、私は憚りなく言います、本当の意味での勧告と」

「それでもしこの戦争が続くなら?」

「そのときには私共は要望するのですが、その中で交戦中の二国の弱者の方が理にかなうとしつつも、強者の方が間違っていると非難することはいたしません。そして交戦中の両国に、二国は交戦しないこと、二国は紛争解決のため事態収拾作業を実施することを公式に表明するよう要請します。そのほうがより穏便に済ませることができます。最後には軍事行動となるのが普通です。その場合には強い方が行《や》りたく思う領土の占領は、併合という言葉を発しないとの条件で、私どもは容認します。エチオピアの場合ですが、私どもは最初、強硬姿勢で臨み、イタリアの姿勢に対する抗議も辞しませんでした。しかし、このように正義の理想への私どものこだわりを表明した後で、私どもは現実を正面に見据えざるを得ませんでした。ネタ不足に悩む三文記者らが突拍子もないことをしゃべろうがそれはかまわないのですが、私どもは理想郷を夢見る者ではありませんからな。それ故この領有を承認するか否かを加盟国の裁量に任せたことに私どもは満足しております。駆け引きはおもしろいものです、御両所にはどのように思われますかな? 実際、すべて然るべくなされており、齟齬はありません。と申しますのも、第一に、国際連盟といたしましては、少なくとも今のところは、エチオピアの領有を承認してはおりませんから、国際連盟はその理想に忠実でいます。第二に、加盟国が国際連盟に対する義務を果たしているのも、加盟国がエチオピア領有を承認したければ、国際連盟は加盟国にそれを許可するからこそです。私どもは、ご承知のように、国際連盟加盟国で、未だ被支配国ではない国々の思想の自由と主権を大変気にかけております。各国にはそれぞれ好きなようにしてもらいたいものです。私どもは責任を引き受けません。結局のところ、私どもの役割は慎重な要望と、誰の恨みも買わない巧妙な解決方法の議決に尽きるのです。私どもの任務はこの一言に要約されます、毒にも薬にもならないこと! 私どもはこの任務を日々、専心一意、鋭意果たして参ります。(ここだけの話だと断って、)ところでこのネギュス〔エチオピア皇帝の称号〕は至極感じが悪い、虫の好かない男でしてね。病人には全然見えない、喜劇に見えるのですよ。その上、言ってしまいましょう、彼は金に困っているのです。無論こういうことはみな嘆き種《ぐさ》です。しかしどうしようもないじゃありませんか? エチオピアは窒息性ガスを使うしかなかった、エチオピアには低劣な軍隊しかなかったとしても、やはりそれは私どもの責任ではありません、私はそう言って憚りません、低劣なと。(彼はテーブルを叩いた。)国際連盟の活動を簡潔に要約しますと、公使殿、そういうことになります。しかしそれで全部ではありません。私には大きなプロジェクトが二つありまして、それらはいわば血肉を分けた子供、私の頭と心から生まれた子供、瞑想と沈黙の中で私が抱いた構想です。まず一つ目のプロジェクトをお二方に内密にお話しいたしましょう。もしジョン・チェイン卿がご同意くだされば、私どもは人類、融和、国際平和、同様に現在建造中のすべての装甲艦に注意を払うよう大国に頼むことです。私の二つ目のプロジェクトは玩具屋で売っている兵隊や大砲の撤去です。子供たちの武装解除を！　子供たちは道徳の観点から親たちよりずっと重要なのです。子供たちは未来だからです！」

　自分のテーマに熱くなって、老獪な伯爵はひどく早口でしゃべったから、このような上品な語調に不慣れな二人の友人たちは、何を言っているのやら、殆ど理解できなかった。ここはひとつ相手を喜ばせる社交家風な質問で沈黙を破る必要があるとの感を、シピヨンは強くした。

「俺は友だちの名を知るのが滅法好きでね」と彼は言った。「名を知れば会話も弾むってもんだ。あんたのために彼女はどんな名を選んだのかね、おっかさんは？」

「アデマールです」とシュルヴィル伯爵はどんなことでも堪え忍ぼうと心に決めて、答えた。

「蓼食う虫も好き好きよ」とシピヨンは言った。「ところでアデマールさん、あんたにひとつ言っておきたいことがある、俺を侮辱するのもいい加減にしろってことだ。おれの高貴な国の名前を言うとあんたの舌が痛むらしい、我が国の名はあんたをうんざりさせるらしい、そうだよな」

「私は、公使殿、アルゼンチン共和国のことを話すときには、いつも最大級の好感を抱いておるのです」

　シピヨンは立ち上がり、シュルヴィル伯爵の手を握りに来た。

「ありがとう。（彼は再び座った。）あんたは多分発音がうまくできなくて、アルゼンチン共和国と言えないいんだって俺は決めつけてたんだ」と彼は独り善がりにおちいって言った。「俺には、例《たと》えばの話、学校友だちによ、祖国の旗《ドラポー・ド・ラ・パトリ》ってどうしても言えない奴がいてな、そいつはいつもガマガエルがぱくり《クラポー・ド・ラ・パクリ》って言ってた。やっと片が付いた。おお、アルゼンチン共和国、俺がどんなにこの国を愛してるか、ああ、あんたなんかにわかってたまるか！　それになんちゅう女たちだ、畜生！　で、これからは率直さが十割になるように、そうして俺たちが具合よく仲間になれるように、ひとつあんたに言うことがあるんだ、アデマールさんよ、俺がひどく嫌がってることなんだがね、俺のことをあんたは公使殿としか言わないよな、それだよ。俺の肩書を俺に全部並べると、あんたの土手っ腹に風穴が開くってことですかい？　さあ、さあ、言ってくださいよ、おわかりですかい？　ちょっとした心遣いが俺を喜ばしてくれるんだよ、威信の問題、人間の品格っつうか、な。それから我々の政府はおっそろしく厳格だ。政府は我々に敬意が払われることを強く望んでる。わかるかな、あんたは俺に公使殿と言うが、他にはなんにも付けない、まるでろくでなしに言うようにな、それが俺を不機嫌にさせるのよ。礼儀の問題なんだな。なぜかっていうと、礼儀として、わかりますか、アルゼンチンでは……（アルゼンチンの洗練された礼儀作法をわかってもらおうと唇の形でいろいろと怪しげな音を表した。）しつけの行き届いた国を三千世界に探しても、アルゼンチンほどの国は見つかりっこない！」

「おっしゃるとおりです、特派全権公使殿。過度でない限り、或る程度礼節を重んじるのは好ましいかぎりで、それを証明するのにやぶさかではないことを付け加えさせていただきます、特派全権……」

「毎度言わんでいい」とシピヨンは遮った。「一度そう呼んでくれれば、後は時々でいい、それで充分だ、敬意を表してもらわにゃならんから、そう言ったまでよ」

そして、シピヨンは今やすっかりくつろいで爪楊枝を取り出した。シュルヴィル伯爵は唖然とした。何たる言葉使いだろう！　何たる行儀だろう！

（読者は政治部長がペテンに気づかなかったことに驚いているにちがいない。この上品な伯爵が極めて優れた頭脳の持ち主でない上に、アルゼンチン共和国がジュネーヴの我が家へ戻るに際し、同意すべき条件につき議論しに来る代表のことで、まさにその日の朝、会話したばかりだったのだ。ジョン・チェイン卿は、数日前アルゼンチン新政府の代表にパリで会ったが、彼らは実に育ちが悪い、しかし見かけほど馬鹿ではないように思えたと彼に言った。《用心することだ。彼らは大事なことを聞き出すために馬鹿を装っている。彼らの突飛な言動や無教養ぶりには多くの策略が隠されているのを、私は幾度も気づかされた。おさおさ用心を怠らぬように》と事務総長が彼に言ったのだ。）

歯の掃除をし終わったシピヨンは、シュルヴィル伯爵が勧めたポートワインを飲んで、旨いと口を極めてほめ、ジェレミーにも飲めと勧め、二杯目をグラスに受けると、どう言ったらよいかわからぬ味だと言い、味の定義のためと称してもう二杯飲み、自分を闘志の塊だと思った。国際連盟何するものぞ。

「アルゼンチン共和国で文書を渡された時、俺たちは遠慮して中身を見なかった」とシピヨンは言った。「しかし、俺は俺たちの肩書きが全部書いてあるかどうか知りたいんだ。こっちにくださいよ。（シュルヴィル伯爵は、この逃げ口上には一体何が隠されているのだろうかと心中で問いながら、信任状を差し出した。）ペドロ・オロリヨ・ガルシア。俺はスペイン語の音では読まない、あんたがわからんだろうからな。これ、これは俺だよ、わかりますかね、公使だよ。まあここに書いてあるんだから、わざわざ長たらしく言うこたあない、そんなことをすりゃ、俺が自分で自分を自慢してるように見える。こいつは立派な地位だ、そう願いたいな。俺は並外れた《エクストラオルディネール》［正しくは extraordinaire《エクストラオルディネール》、ここでは〝特派の〟の意］男ってことで送られてきてるんだよ！　俺の国じゃあみんなが俺のことを絶倫男って見てるんだ！　ああ、アデマールさん、ここまでくるにゃ励まにゃならんかった！　ああ、アルゼンチン、能力を認めてくれる国だ！　で、あんたわかりますかね、俺は並外れた公使なんかじゃなくていいんだ、並外れた公使なんて真っ平御免だ、俺は政府の連中にこう言ったんだよ。《普通《オルディネール》としといてくれ》ってな。（シュルヴィル伯爵は趣味の悪い冗談だと受け取ったから、微笑んだ。）あんたはアルゼンチンに来たことはないのかね、今まで一度も？」

「三十年前に、公使殿」

「それはよかった、それは」

「それはよかった、とはまたどうしてですか、公使殿？」

「この国は随分変わっちまったからですよ。今やどこへ行っても蚊だらけだ。そこで俺は、俺が海軍大臣をやってた時だが、俺はいつも〈燃え盛る炎の女号〉に乗ってた、こいつは一番でっかい装甲艦だ。近代装備完備で、魚雷は、我が友よ、いやはや、おっそろしくでかくてねえ！　アルゼンチンの海軍みたいな海軍はそうたんとはないねえ！　アルゼンチン人は根っからの船乗りなんですよ！　ああ、彼らは優しいんだ、アルゼンチン人は」と彼は突然心から感動して言った。「思ってもみてくださいよ、俺はジュネーヴには来たくなかったんですよ。しかし、愛撫には抵抗できないんだな、俺は。それが共和国大統領の娘とくりゃなおさらだ。彼女は赤唐辛子のキス——アルゼンチンじゃあそう言うんだ——を俺にしながら、ジュネーヴへ行ってくれって俺に頼んだんだ。（シピヨンは少々エロチックな一瞥を伯爵にくれ、伯爵はアルゼンチンの上流社会の道徳性をしっかりと記憶した。）それに、ねえ、あんた、俺はマルセイユ流で話すのを恥ちゃいない。こいつは家の伝統だ。俺んちにはこんなモットーがある、《アルゼンチン人の心を持つ根っからのマルセイユっ子》。銘と言やあ《デュボ・デュボン・デュボネを》なんてものもある。おお、全くいらいらさせる広告だ、いやはや！　こいつを見ると腹が立ってくるから、デュボネを俺は絶対に飲まないんだ！　市街電車に乗ってこのポスターを見るたびに俺は心の中でこう言う、《おい、デュボネさんよ、俺はお前の客になんかなるもんか、うんざりだぜ！》　夜眠れないとき、何度もこのデュボ、デュボンが俺につきまとう。それで俺は怒り心頭に発するんだ。しかしなあ、デュボネったら実にうまいんだなあ、リキュールとしては。アルゼンチンに戻ると、俺はあっちじゃ人気者なんだよ、なぜって、俺は座持ちのうまい男でね、冗談を言い、よく喋るからさ。俺は奴らに謎をかけたり地口を言ってやる、嘘から出たまことだとか裾から出た真綿とかさ。それで奴らは俺が大好きなんだ。おお、あんたが下院にいる俺を見られたらなあ、俺が登壇するかしないうちに下院議員たちは笑いの渦に巻き込まれちまって、俺はよ、拍手喝采を博すから、一言も口を挟めないんだ。（《なんという人たちだ！》シュルヴィル伯爵は思った。）全く俺としたことが自分のことばっかしゃべっちまって。俺の仲間のことを話すほうがいいだろう。（彼はジェレミーを軽く平手でぽんとたたいた。）彼には何かが欠けてるんだ。あんたにはこの仄めかしがわかりますかね？　アルゼンチンじゃぁ俺たちゃみんな〈すけ〉が大好きでねえ、信条の自由にゃ賛成だから、どうこう言うつもりはありませんがね。（シュルヴィル伯爵は困ったような微笑を浮かべた。）見てのとおり、この男は法務大臣だったんだ！　あんまりしゃべんないが、恐ろしい人間なんですよ。人呼んで議会の小型魚雷艇。この男には用心することだ、ねえ、彼は一言もしゃべらない、彼はあんたの言うことに耳を傾けてる、それからひゅっと矢を射る！　ああそうさ、俺たちゃお品が悪いってこたあ先刻ご承知だ！　品のいい連中は役人のまんま、だが品の悪いこの俺は公使だよ！　原文のまま《シック》！」（シピヨンは〈sic〉「ラテン語で、〝原文のまま〟の意」を使うと冗談に具合よく区切りがつくし、おまけにこの風変わりな言葉にはよくはわからないが物事を滑稽にする不思議な力があると信じていた。）

彼は突然熱狂し、立ち上がった。ポートワインは最高にうまかったし、彼は公使だ！　闘牛士がやるように素早い半回転を繰り返してから、影も形もないカスタネットを打ち鳴らしながらカンティレーナを歌い始めたから、シュルヴィル伯爵は目をぱちくりさせるし、気の毒にジェレミーはがたがた震えた。

パンパの王はこの俺よ、
でかぱい美女連に愛しがられる
パンパの王よ！
ああ、ああ、ああ！

彼は酔っていた、彼にはわかっていた、だが何かとんでもないことをしでかしてやろうという欲求に抵抗できなかったのだ。しこたま飲んだから、彼にはギロチンさえも魅力あるものに思えた。シュルヴィル伯爵はもし気分が優れないのなら、ジョン卿との面会を明日にしたらどうかと公使殿に勧めた。

「気分が優れない、この俺が？」とシピヨンは脅すような目をして言った。「あんたに関係あることに専念するんだな、俺は運搬橋みたいに頑丈だ。さあ、ちっとは俺に政治のことを聞いてやってはくれませんか。あんたにもわかりますよ！」

「法律部の私の同僚が休暇中で、それで私が代行しておりますことは、公使殿、ご存知なくはありますまい。私が申し上げたいのは、公使殿、高貴な貴国の姿勢につきまして何らかの情報をいただけますれば、感謝を込めて受け取りたいと存じます。貴国は……」

「ほっといてくれ、アデマール」両腕を思い切り伸ばしていい気持ちになっていたシピヨンは、優しく呻くように言った。

彼はポートワインの瓶をすばやくつかんだが、ジェレミーがその手から瓶を奪い取った。この事件がどこで、どのように終わるのかがわかっていたから、その体は相変わらず震えていた。

「アデマールさん、あんたが俺に率直に話してくれたのならなあ、すぐにこの俺もあんたに残らず説明《せつめい》したんだがなあ、親切にな！　だがよ、小器用なやり方は気に入らんのだよ、俺は。それに俺たちが着いたとき、俺たちを出迎えた者は下には誰もいなけりゃ、ブラスバンドもなかったし、花束を持ったちっちゃな女の子さえいなかった。俺はそのことであんたを恨んでるんだ。ああ、アルゼンチンじゃあ俺が通るとき旗が一杯だ。ああ、それを思うとな！　で、ここにはなんにもない、俺たちがまるで浮浪者みたいにな！　しかし、ああ、アルゼンチンじゃあ、俺がマッチを一箱買いに店に行きゃ、すぐ近くに凱旋門があってな、俺が着くのを見るか見ないうちに、それ、早く！　とばかりに凱旋門に旗を押っ立てるのさ！」

「申し訳ないことです」

「なぜなら俺たち、革命の子供たち、いやさ、アルゼンチン革命の子供たちは」と彼は脅すように、だが、おぼつかなく人差し指を立て、はっきり言った。「俺たちゃあうるさいんだ、わかってるな、無礼を一つ働けば、三発の銃声だ！　これが相場だ！　しかしどんな公使だかあんたはわかってんのか？　あんたが正しく言えるかどうか調べるから、もう一回言ってもらいたい」

「全権」

「大変結構。しかしながらこれは難しい言葉だ。あんたは教養がある。俺もまたそれをうまく言える。で、もしあんたがそれをアルゼンチン語でおれに言って聞かせてくれるなら、そのときあんたはおごってもらえるよ！

（優しく）あんたに命令するわけじゃないがね、アデマールさん、俺はな、法務省の俺の仲間とはそれを言ってやるほど親密なんだよ」

彼はジェレミーを執務室の奥の窓際に引っ張っていった。

「お前はアルゼンチンの恥だ。お前が居心地悪そうにしてるから、彼は警戒してるんだよ。彼に話をして、俺を喜ばせてくれ。そうしてもっと陽気にしろ！　もしお前が彼をうまく笑わせたら、お前はもう行っていい。親玉に会うのはこの俺だからだ。おおい、アデマールさん、終わったよ！」

寛大で優しい彼は、ちっとばかし彼の仲間に話してもらえると結構なんだが、とシュルヴィル伯爵にそっと耳打ちした。

「あんたが彼に一言も言わないから、彼は恥じてるんだよ」（心を込め、共犯者のようにそっと合図を送った。）

「ではアルゼンチン共和国は大統領を失い、悲しみに沈んだのですね」とシュルヴィル伯爵はジェレミーに話し始めた。

「ええ、それはとても愉快《ゆかい》でした」とジェレミーは何一つ聞き取れなかったが、その場から逃げられるというので陽気になろうと決心して、答えた。

「何とおっしゃいましたか？」

シピヨンはここはひとつ助け船を出さねばなるまいと思った。

「我らが敬愛する大統領は、屍としてはちっとばかしおかしな奴に見えたんだ、そうなんだよ。それでみんなが笑ったのさ」

「埋葬のときにですか？」

「アルゼンチンのしきたりだよ。埋葬のときにはいつもみんな笑うんだ。それぞれの国にはそれぞれのしきたりってものがある。人々は霊柩車が通って行くのを見て、大いに笑うんだ。彼らは笑いすぎて歩くこともできなくなっちまう。葬儀人夫や神父さえ身を捩って笑うんだ。俺たちゃそうやって俺たちの悲しみを隠すのさ」

ジェレミーは何かおもしろいことを言おうと頭を絞っていた。

「わたせがひとつおもちろいゲームをやってみましょうか」と彼は愛想よく提案した。「わたせがあなたに十個ピスタチュを上げましょう、部長しゃま」

そして彼は塩味のピスタチオ十粒をポケットから取り出した。

「それで私は何をすればよろしいのですか?」かなり困惑したが、陽気な参加者を装おうと務めて、部長はたずねた。

「それで、あなたはわたせに五フラン硬貨をくれましゅ。ありがとう、部長しゃま、ピスタチュをどうぞ」

「それで、このゲームは何で成り立っているのですか?」彼のたなごころにあるピスタチオをよくよく見て、伯爵は聞いた。

「このゲームはわたせが五フランを返さないことで成り立ちましゅ」ジェレミーは晴れ晴れした微笑で言った。

「では、それから?」

「それから、また始めましゅ。これはアルゼンチンのちっとしたゲームでしゅ。人を笑わしぇるための」

だがシュルヴィル伯爵は少しも笑わなかった。このゲームは珍しいものですね、実に、と言う勇気は、しかしながら、辛うじて見出した。

「はい、そうでしゅね、部長しゃま」とジェレミーはスイスの五フラン銀貨をポケットにしまってから、持ち前の善良さで言った。

高官はピスタチオを事務机の上に置き、モノクルをぴったり合わせ、彼に欠けている鑑識眼を強化してから、二人の代表をじっと見た。皺がほとんどない彼の脳に、アルゼンチン共和国大統領の奇妙な葬儀の話の後で、疑念がゆっくり浸透していった。その時守衛が入室し、事務次長がアルゼンチン代表団を待っていると言った。

「俺はあんまり気分が良くない」とシピヨンは言った。「あそこへ行って、また戻る」

がたがた震え、顔面蒼白の彼は執務室を出ると、自由への道を探したが、見あたらず、疲労困憊の極みに達して足がふらつくことのないように、目印を付けながら廊下から廊下へ彷徨《さまよ》った。数分後彼はスンダールとすれ違った。鬱病患者のような物憂げなインド人で、役人たちは彼のことをベナレスの幽霊と呼んでいた。顔色が灰白色のこの穏やかな肥った若い男はインド代表の甥で、国際連盟事務局の廊下を五年前から彷徨っていた。微笑を浮かべて朝から晩まで各階を漂う彼に、役人たちは出合うのだった。そんなにも穏やかな頑固さで自分を曲げようとしない彼を非難したり、見せかけだけでいいから仕事をしている振りをしてくれと、彼に頼もうとする役人はいなかった。彼は誰の邪魔もしなかったし、誰からも邪魔されたくなかった。非の打ち所のない役人だ。彼は時間どおりに来て、規定の七時間を夢想に耽りながらパレ内を巡回してすごし、時間どおりに退出した。

彼は誰に対しても、有名であっても無名であっても、ひどく慇懃だったから、シピヨンにもそのぴかぴかの歯を優しく見せ、両方のポケットに手を突っ込んで、淋しげに微笑みながら、道すがら出合う同僚たちに優雅に挨拶しては永遠の巡礼を続けた。(この彷徨える星がその軌道の運行を中断するのは毎月二十日のひとときだけだ。この厳かな日、彼は会計窓口へ行き、かなりのスイスの銀行券を受け取る。それからふくらんだポケットのまま翌月の二十日まで続く心地よい彷徨を再開するのだ。)

その微笑に勇気付けられて、シピヨンは出口はどこかとスンダールに聞いた。心優しきアジア人は特別に愛想良く彼に教えた。出口に関係することすべてが彼は好きだった。彼は出て行きたいと欲する人たちに好感を持つのだった。

シピヨンは自分を情けない奴呼ばわりしながら、駅の出札口でマルセイユ行きの切符を買った。コンパートメントで卑怯にも見捨ててきたジェレミーのことを思って、洟をかんだ。

「ぞっとする。この俺は普段は随分勇気があるんだがなあ」

そうして彼はこのいかにも不可解な一件を悲しく思いながら、よく考えてみた。ベルガルドのすぐ近くに来たとき、彼は愁眉を開き、救世軍の若い女性兵士に、彼が催眠術をかけた鮫の話や絞め殺した虎の話、そして最後によくなついているカイマンの話を語ってきかせた。結局彼を慰めてくれたのは、空想から生まれたニンニク入りチョコレート製造工場の叙述だった。

「しかし、あの女工たちときたら、俺を静かにしておいてくれやしない。俺が入って行くや否や先ず口紅を取り出して、唇に塗ったくるんだ」

26

ソロモンが泥のように眠っているマンジュクルーを揺さぶっている間に、サルチエルは自分の部屋を片づけた。丸テーブルを囲むようにして椅子を置き、公式の場らしく体裁を整えてから、一張羅のルダンゴトを羽織り、留め金付きのエスカルパンを履き、細くて綺麗な白髪の房を湿らせ、できるかぎり直毛にしようと念には念を入れて仕上げ、真剣に鏡に見入っていると、鏡の中の反ユダヤ主義者の目から涙が流れだした。それから両手を後ろ手に組み、彼は待った。

友人たちがなかなか来なかったから、彼は鏡の前で政治家風のさまざまなポーズを試してみた。一番目は首の後ろに両手を置く。だめだ、どう考えてもだめだ、全然貫禄がない。二番目は一方の手は胸に、もう一方の手で巻いた紙を持つ、偉大な男の銅像のように。悪くない。三番目は額に手をかざして目を保護し、戦場をじっくり見る。四番目はいろいろな種類の軍隊式敬礼だ。

ドアをノックする音がした。彼は花柄のチョッキの二つのボタンホールの間に三本の指を通した。「前へ進め！」と号令をかける彼の声はすっかり若返っていた。「一列縦隊、沈黙」と部屋に入ってくる益荒男たちの列に命じた。「全体止まれ！」

益荒男たちは大事な知らせをその手に握っている男の前で止まり、かつての自信を取り戻したその男は彼の群を鷲のように眼光鋭く見つめた。

「ソロモン、お前の上着のボタンがはずれている。ボタンをはめろ。（ソロモンはすばやく実行した。）マタティアス、お前の鉄鉤は一直線をなしている。ミハエル、お前のギターはこの場に相応《ふさわ》しくない。（ミハエルは楽器を暖炉の上に置いたが、うっかり鳴らしてしまったかのように音をだした。）ありがとう、諸君、かけたまえ。（益荒男たちは従った。）諸君、立ち給え。（益荒男たちは命に服した。）諸君、先ず益荒男式挨拶だ」

「フランス万歳！」

「さて諸君、今度は神に感謝を捧げよう」

益荒男たちは自らの眼球に半回転するように伝え、白目にして、まだどんなものかもわからないその知らせを神に感謝した。静寂の中で心臓の鼓動だけが聞こえ、サルチエルは息をするのも苦しげだった。

「諸君、四ないし五ダースもの世紀が諸君に瞳を凝らしている。我が子らよ。（彼はそれ以上言葉が続かなかった。それでも彼は続けた。声が詰まった。）感極まっていたのだ。それでも彼は続けた。声が詰まった。）友達《ともどち》よ、王国が蘇るのだ。（残されていたほんのわずかの唾液を飲み込み、その手は痙攣を取り除こうとして喉を締めていた。）そしてその柱石はこのわしだ。わしは自分が偉大な人間であることはよく解っていた。諸君、わしは齢七十にして己の辿るべき道を歩み始めるのだ」

そして彼は挑むように友人たちを見据えた。彼らを抱擁したかったのだが、植えるに時ありと言うではないか、今はその時ではない。頭首が感極まってどうする。この感嘆措く能わずの宣言に続く気詰まりな沈黙がサルチエルを深く傷つけた。歓声や感涙、歓呼の声があがり、それを彼が抑える、跪拝や臣従の礼を彼が威厳をもって拒絶する、気の毒な男はそんなことを期待していたのだ。マタティアスは鉄鉤を赤毛の山羊髭に滑らせ、それから服の襟刳りに突っ込み、背中を掻いた。

「サルチエル、あんた頭痛じゃないのか、寝るほうがいいんじゃないのか?」ととうとうマタティアスが言った。

サルチエルは威厳を失うのは辛かったが、嫌みたっぷりな微かな笑いを抑えることはできなかった。

「お前こそ、マタティアス、この知らせを聞けば床に就いてしまうだろうよ。おお、我が友人たちよ、おお、我が愛を注ぐべき大切な者たちよ、わしがこの電報を読みながら、泉下の客とならなかったのは、わしに大志を抱かせ、気力を注入してくれたこの電報のお陰だということを知ってもらいたい。さて、わし個人に関わる問題についてはもうこの辺でよしにしよう。立ち給え、諸君、かかる文書は起立して傾聴する他能わず、だからだ。先ず諸君、イスラエルに於いてその名を青史に垂れる人物の一人、ハイム・ヴァイツマン博士の健康祈願をしようではないか。（それは実行された。）ではこれから、諸君、わしは諸君に読み聞かせるが、非常に小声でだ。独波洪羅［ドイツ、ポーランド、ハンガリー、ルーマニア］の耳が我々の言葉に耳をそばだてているかもしれんからだ」

彼は背を高く見せようとして小型のスツールの上に乗り、様々な仕草を交えながら電報を読んだ。ここにその崇高な文章を披露する。

《貴殿がジュネーヴに居られるのを知るストップ私はイギリス政府の決定によりユダヤ共和国臨時大統領に任命されたがこれは機密ストップだから万歳こ

のニュースは数日中に公表されるだろうストップ内紛に巻き込まれていない重要人物を首相に選任する必要ありストップ貴殿の数多の書簡はいつも有り難く存じおりまた貴殿の政治家としての天分に感嘆し貴殿がジュネーヴに居られるこの機会を逃すことなく捉え貴殿を任命する（芝居気たっぷりのサルチエルは読むのを止め、顔を拭い、目を閉じた。感動で益荒男たちの二人は真っ青、三番目は真っ黄色。最後の一人ソロモンは真っ赤になった。ちょうどその時スペイン民謡を聴きながら、非常な喜びを以て私が書いている紙よりも、サルチエルは、もっと白かった。遂に沈黙が充分功を奏したと判断し、サルチエルは続きを読み始めた。）ユダヤ共和国首相に》

彼は電報をテーブルの上に置き、腕組みすると、その誠実にして誇らかな眼差しを友人たちの一人一人に投げた。ソロモンはこの一撃で崩れ落ちるように座った。マタティアスは座り、その耳は回転した。ミハエルは唸り声を上げてサルチエルに近づき、その手に接吻したから、サルチエルは彼を祝福せずにはいられなかった。それから小柄なおじは、ここはひとつ高尚な考えに沈潜する必要ありと思ったから、うつろな目で時空を越えた遥か彼方を見遣った。

「続きを読んでくれ！」とマンジュクルーは懇願した。

サルチエルは電文が書かれている紙を再び手にし、顔を拭い、また読み始めた。

《従って貴殿に組閣を担当させ広大な領土獲得のため国際連盟への急行を勧めるストップもし成功すれば貴殿をその職務の遂行者と認定し各種の資金を貴殿に送るストップもし失敗すれば貴殿は辞職者として静かにケファリニアへ帰られたしストップシオニズムを掲げる政治家として心からなる挨拶を送るヴァイツマン博士追伸貴殿に参考資料を提供するようまた歴史上重要な貴殿の任務遂行のため行政担当職員を貴殿に自由に使わせるよう厳命する航空郵便をジュネーヴのシオニスト代表に送ってある故その人物に連絡を取られたしストップすべし強気で行き給えストップすべし五千年の歳月が燃えるような眼差しで貴殿を注視しているストップすべし親密の証としてファーストネームだけを改めて記すハイム化学博士にして戦時中イギリスに於いて偉大な発明により多大な貢献をなせし発明者》

読み終えるとサルチエルは両手を背後に回し、彼の昔からの親衛隊を閲兵した。

「文体は美的観点から申し分なしだ。俺は、私人であれ公人であれ、概ね取るに足りない人物を前にして、諸法典に鑑みこの電報の支持を表明する」とマンジュクルーは明言した。「この〈ストップすべし〉にはすべてほとほと感心する。そこに行動の男を感じる。今は無駄にする時間はない、組閣すべし！ 俺は立候補する、下院の副議長と法務大臣、それに商業大臣を買って出る！」

身障者が耳の回転を中止した。

「ちょっと待った」と彼が言った。「電報が本物だと誰が俺たちに言ってるんだ？」

「でもね、小さな帯封にエルサレムの印が押してあったよ！」おじの喜びを台無しにしかねないその眉に唾を塗る態度に憤慨して、ソロモンが言った。

「マタティアスは間違ってはいない」とマンジュクルーは控えめに言った。「この電報を送ったのは間違いなくヴァイツマン博士、博士もこの俺も在り在りて千秋万歳といきたいところだが、そのヴァイツマン博士だと誰が言っているのか？ エルサレムの悪ふざけ好きな連中なら誰だって電報を送れるんだぞ！」

サルチエルは電報を取り、再読すると、その顔が輝いた。

「この電報は本物だ、諸君！ 諸君が気づかなかったものが一つある、諸君が！ だがこのわしは気づいたのだ！」

「なにも見逃しはしないんだね、おじさんは」とソロモンは言った。「早く言ってください、意地悪な人たちが黙るように！」

「この箇所だよ、諸君。《航空郵便をジュネーヴのシオニスト代表に送ってある故その人物に連絡を取られたし》、博士が彼らに書き送ったのだよ、諸君！」電報を満身の力を込めて叩きながら言ったので、紙のあちこちが破れた。「さて、ジュネーヴのシオニスト代表だが、……窓を閉めろ、ソロモン、我々の討議が外へ漏れないように。（だがソロモンは推論の続きを聞きたくてうずうずしていたから、敢えて従おうとはしなかった。）さて、わしは言う、ジュネーヴのシオニスト代表は便箋を、とりわけ親愛なる博士の署名を知っている！ それ故この電報で語られている手紙は本物なのだ！ それ故電報も本物なのだ！」

ソロモンは幸福の余り熱狂し、握り拳を作り、マタティアスの山羊鬚の下で、それからもう一人の、懐疑主義者で、舵に従わない船のようなマンジュクルーの二股顎鬚――その両翼は黒いのだ――の下で旋回運動せよと握り拳に伝えた。実を言えば、マンジュクルーはすぐにそのとおりだと思ったから、正々堂々と敗北を認めた。

「俺は神秘の糸でそのシオニストの代表と話をするまでは納得しないぞ。電話番号が書いてあるどでかい本がある」とマタティアスが言った。

「お前の説明をやめろ、真に能力のある者なら歯が痛くなるからな」とマンジュクルーが言った。「俺はそんなことは先刻ご承知だ、生まれる前からな。釈迦に説法だぜ。さあ、来給え、諸君」

彼らは打ち揃って電話機が置いてある廊下へ飛んでいった。マンジュクルーは電話帳を調べて電話番号を回し、電話口で応答しているのはシオニストの代表者かと聞いた。相手はそうだと応じた。

「知恵の男、選ばれし男、最も優れた者たちを選んで見せる敬愛すべきサルチエルが特別にあなたに話す。もしもしと言えよ」と彼はサルチエルに耳打ちした。「さもないと電話が切れるぞ」

「もしもし！」これほど高い地位に就いている人物と話をするというので、感動したサルチエルは言った。

しかしこの男も所詮は自分の部下にすぎないことを思い出すと、彼の声はたちまち権威を帯びたものになった。会話はかなり長い間続き、サルチエルは再びテーブルを囲んだ友人たちにそのやりとりをかいつまんで話した。

「そうだ、諸君、国際連盟内のシオニスト事務所はことの次第がよくわかっていた。事実彼らは昨日エルサレムからの航空便を一通受け取った。それが高潔なるヴァイツマン博士の隅から隅まで自筆の手紙だったのだ。そして シオニストの代表はこのわしを表敬訪問するため、華々しい正装でびしっときめている最中だったんだよ」

「僕たちはシオニストに会えるんだね！」ソロモンは喚声をあげた。

「いいや、わしは訪問はもっと後にしてくれと彼に言った。組閣はまだだし、シオニストたちが組閣に立ち会えば激烈な議論は避けられまい。だから彼らには来てもらいたくないのだよ。わしらの威信にかかわる問題だ。しかも組閣の成功という名誉はわしらだけのものにするためにも、彼らにはこの件に余り首を突っ込んでもらいたくないのだよ」

「それに、俺たちに何か彼らを必要とするものでもあるというのか。雄弁で騎士道に叶った上機嫌のまさに太陽のような我々ユダヤ人、優雅な物腰のまさに海のような我々ユダヤ人、絹を纏い、短剣や略綬、ローズカットのダイヤモンドを身につけ、剣を帯びて馬に乗っていたスペインのユダヤ人の末裔である我々ユダヤ人にとって、訳のわからぬ言葉で不幸を語るこのポーランド系ユダヤ人、冷えた鯉を食らう奴らの必要性がどこにあるというのだ。天が奴らを押し潰さんことを、蚤で一杯の奴らの鼻や奴らのカールペーパーもろともに！」マンジュクルーが叫んだ。

「マンジュクルー！」とサルチエルが厳しく言った。「お前はきっと、――わしはまだわからんが、決めてはいないからな――お前はおそらくかなり重要なポストに就こうとしているのだろう。それならそれでお前の言葉つきを控えめにし、政治家の資質である節度ある協調的な調子をお前の言葉に付与するのだ。ポーランド系ユダヤ人はわしらの兄弟だ、そのことを忘れるな。そしてもし不幸のせいで彼らがわしらより出来の良くない人間になったとしても、それは彼らの責任ではないのだ」

「俺は現実主義者だ」とマンジュクルーは言った。「もし奴らが不幸なら、奴らには気の毒だが、仕方がない！あっちこっち移動するリトアニアの猿だか虱だかしらないが、そんな奴との交尾で生まれたしもやけだらけのユダヤ人に娘を嫁にやるなんて、俺は真っ平だ。ドイツ人に嫁がせるほうがよっぽどいい。奴らは淫らな笑い方をするし、なにかにつけ餓鬼共の写真を人に見せたがる。それに奴らがどんな風にフランス語を発音するか、その話し方ときたら、断頭台ものだ！しかも奴らの足にたこがあるのは万人周知の事実だ。それに奴らはドイツ語を話す。ダヴィデ王の時代にドイツ語が話されていたなんて信じられるか？俺が法務大臣になったらすぐさま奴らをみんな監獄にぶち込んでやる。いや、そうじゃない、むしろ奴らに鎖を付け、俺たちのために労働させるのだ。中世のスペイン在住のユダヤ人の末裔であるすばらしいユダヤ人、フランス語を話す高貴なユダヤ人である我々のために。ポーランド系ユダヤ人の話し方にはうんざりする。奴らが奴らのやり方でヘブライ語を話しているのを耳にすると、俺は、奴らのむくつけき顔のど真ん中に鎮座在している赤っ鼻を、無性にそぎ取ってやりたくなる。そうじゃなきゃ我が友ヒトラーに祝電を打ちたくなるんだよ」

「ここから出て行け、破廉恥漢めが！いかなる大臣ポストもこのわしに期待してくれるな！」

「これはとんだご挨拶だぜ、電報のことは撤回する、それにヒトラーはこれっぽっちも俺の友だちじゃないってことも認める。さあ、急いだ、急いだ！」

「ちょっと待てよ」とマタティアスが言った。

マタティアスはここが思案の置き所とばかりに小指を

耳に突っ込み、激しく動かした。それを目にするとソロモンは唾を吐いた。

「俺が言いたいのはこういうことだ」と彼は言った。「ヴァイツマン博士はなんでまた選りに選ってあんたに白羽の矢を立てることになったのか？　ロスチャイルド家の人々は世界中にいるし、あんたよりよっぽど名の知れた男たちもいるというのに、摩訶不思議だ」

「おお、慎重居士めが！」とマンジュクルーは大声を上げた。「おお、組閣を邪魔立てする男よ、ちょっと黙ってろ！　なぜお前はこうして俺たちに与えられた絶対的な力を台無しにしようとするのだ、おお、座を白けさせる男よ、俺たちのバラの花模様の絨毯にお前のゴミを並べてどんな喜びがあるというのだ！」

「こいつを追ん出しちまうか、サルチエル？」とミハエルが聞いた。

おじは重々しく手を上げて苛立っている者たちを鎮めた。

「諸君」と上辺だけは穏やかに、彼は始めた。「嫉妬というものはな、負け腹の業煮やし連中の一部が抱く感情だ。わしらはそういう人間に同情こそすれ、腹を立てるべきではない。知れ、おお、醜き者よ」と彼はマタティアスに美しい旋律を歌うように言った。「おお、最高に嫌みったらしい男よ、おお、毒の嚢よ、おお、専ら悪に向かうその熟考よ、知れ、おお、黄色い男よ、口の遊ぶに任せて言いけらく本物のレモンのごとく真っ黄色な男よ、おお、塵の末裔よ、便所の子孫よ、知れ、おお、バシリスクよ、ヴァイツマン博士とこのわしの二十年に亘る頻繁な文通を、そしてわしが彼に書き送る助言なしで済ますことは一月《ひとつき》たりともないことを」

「頻繁な文通だと！」とマタティアスは口の中でぶつぶつ言った。「頻繁というのはあんたの側からなんだろう、彼があんたに返事をするなんてことは絶対にないからだ」

サルチエルは真っ赤になった。

「二度彼はこのわしに返事をよこした」

「二十年間に」とマタティアスは言った。「そうして二度とも書かれていたのは数語だったんだ」

「そうだとしても、書かれていたのはどんな言葉だったのか、おお、猿の末裔よ？」とマンジュクルーは聞いた。「最初の手紙の文面をお前は覚えていないのか？《誠に含蓄するところ大なる御書、有り難く拝受。》これで何が不足だというのだ？」

サルチエルは腰に拳を当て、反っくり返った。

「それから、その上、おお、黄色［黄色は屈辱の象徴］の製造者よ、サルチエルはありとあらゆる種類の発明をしているのをお前、知らないのか？」とマンジュクルーは続けた。

「釘の自動分配器付きハンマーだよ！」とソロモンが言った。

「釘を一本打つと、新しい釘がもう一本打ち込まれようとして出てくる装置付きのハンマーだ」とサルチエルが補った。

「それから霧対策用噴射ポンプ！」とマンジュクルーが大きな声で言った。「それから子供用自動車のブレーキ、車を手から放すと四つの車輪にブレーキがかかる！ それから速乾性インク！ このすばらしいもの全部が、今かんかんに怒っているヘブライ人の新しき首長の頭から出てきたのだ！」

サルチエルはマンジュクルーの手を握った。その時、マンジュクルーの生涯辿るべき道は政治家と決まった。

「そうだな。しかしヴァイツマン博士はジュネーヴのサルチエルの居所を、どうやって知ったのかな？」とマタティアスが尋ねた。

「わしが電話で話したシオニストが言うには、わしがこのホテルにいることは彼が放っているスパイから聞き、親愛なるヴァイツマン博士がわしのことをすばらしい人間だと思っているのを知っていたから、彼がヴァイツマン博士に電報を打ったと言っていた」

「これではっきりした」とマンジュクルーが声を張り上げた。「だから俺たちをそっとしておいてくれ、マタティアス！ なあ、俺たちが大臣になるのを邪魔しないでくれ、獅子身中の虫よ！」

「そう言われても」とマタティアスは言った。「サルチエルになんだかんだと言ってくるこのヴァイツマン博士ってのは、俺には分別がないと思えることに変わりはない。ともかくサルチエルはいろんなものを発明したからといったって、一人の無名の男だ。その発明品だって誰も欲しがりゃしないんだ」

「わしが一人の無名の男だと、このわしが？『ソラル』と名付けられた本は一冊丸々わしのことを書くためにあるようなもので、わしは本名で登場している。この本を書いたのはコーエンという人だが、その名は奇妙なことにアルベールだってことをお前は知らないのか。で、このアルベールだが、生まれは、わしらの島の隣にあるコルフ島で、コルフ共同体の古くからの住人の孫に当たる。わしのお袋はもう少しでこの長老と結婚するところだったんだよ。それでこのアルベールはまあ言うなれば、わしの親類みたいなものだな！ 世界のありとあらゆる国で、セイロンでさえ、なあ、マタティアス、この本のお陰でわしはなかなか好感の持てる男だと思われているんだよ、お前そんなことも知らないのか、この本を読んでないのか?」

「読んだささ、だが俺はこの本が嫌いだ」とマタティアスは言った。

「僕は好きだな!」とソロモンが言った。「僕は悔しい、腹が立つ、僕はこの本が好きなんだ! ご婦人の素っ裸の頁があって、この頁を除いてだけどね。僕はこの頁をやぶっちゃったんだ」

「諸君」とマンジュクルーは言った。「小説のことで時間を無駄にすまい! 問題なのは小説ではなく国際連盟へ駆けつけることだ! おじは有名人だ、それは事実だ、で、俺もそうだ。これから俺の知名度は上昇の一途をたどる、俺は外務大臣になるからだ」

「だめだ」とサルチエルは言った。「もうふさがっている。外交はわしのために取っておく。行動に移そう、ユダヤ人の内閣を組織するのだ。それぞれ選び給え、諸君」

「あらかじめ」とマンジュクルーは言った。「我々は〈ユダヤ人の〉という言葉を定義しておくことを提案する。ユダヤ人という国民はいるのか?」

波瀾万丈の組閣について語る時間は私にはない。サルチエルおじが一番いいところをせしめ、ヨーロッパの同僚に倣って、五つの大臣職を勝手に手中に収めてしまった。友人たちは抗議したが、恐いものなしの彼は信任投票を求め、異議を唱える者がいたにもかかわらず、反対はなしと断言した、つまり自分で立候補し、自分で任命してしまったのだ、と書くにとどめる。マンジュクルーは法務大臣に任命された。大蔵大臣の時、競争は激烈を極めた。結局この大臣職はマタティアスの手に落ちたが、夜、金庫の鍵を返すという条件がマンジュクルーにより付けられた。

ミハエルはサルチエルの私的な警備隊の隊長になって彼の眠りを見守り、青と金色の服が着られればそれでいいと言った。ソロモンは大臣になるには頭が悪すぎるからその資格がないと言明した。(彼の理想はカフェのギャルソンになることで、《彼にとっての重要人物、それは金を払ってくれる者だった。》しかし彼はこの微志を敢えて告白しなかった。)サルチエルは彼のお気に入りに愛情をこめてしつこく衛生大臣の職を提案した。〈衛生〉という言葉がソロモンをたじろがせた。鼻に指を突っ込み、その意味を知らないと謙虚に白状した。

「アラビアの香水だよ」とマンジュクルーは説明した。

結局ソロモンは、鉄のサーベル、軍帽の羽の前立て、それに生きている馬をもらえる約束で陸軍大臣に任命された。

「馬に乗って僕は何をするの？」

「何もしない」とサルチエルは答えた。

「いいなあ」とソロモンは言った。

「毎週お前はエルサレム銀行へ行く」とマンジュクルーは言った。「するとお前は二ポンドもらえる。お前はおじ貴の執務室の前で馬に乗っていて、おじ貴が通る時にはサーベルをきらりとさせる」

「おとなしくて、動かない馬がいいな」とソロモンは言った。「堪えきれずに転げ落ちちゃうからね。正午に若鶏を食いに行く。その後五時まで気持ちよくシエスタをしてから、サーベルをきらりとさせに行くよ」

「そういうことは二次的な問題だ」とサルチエルは晴れ舞台に立つ時のために取っておいた、黴の生えたシルクハットをかぶりながら言った。「我が内閣の基本政策は何かな？」

「英国との同盟関係だ！」とマンジュクルーが声を大にした。

「フランスとも！」とミハエルが勧めた。

「認めよう」とサルチエルは言った。「で、次は？」

「ドイツに対する宣戦布告と全面的な兵役免除」とソロモンが提案した。

「第一項目のみ認める、陸軍大臣殿」

「了解」とソロモンは言った。「でも戦争はしないんだ、やっぱり」

「そうだ、宣戦布告で充分だろう」とサルチエルは言った。

「我々の軍隊にインディアンを徴募する。彼らはすごいんだ」とマンジュクルーが言った。「それからドイツ人には呪いの言葉を書いた匿名の手紙を送る」

「それから、諸君？」

「大臣は税金なしにする」とマタティアスが言った。

「わしは独断的に拒否する」とサルチエルは言った。

「孤児と未亡人たちへの年金」とソロモンが提案した。

「よかろう」とマンジュクルーは言った。「そうして三人の子持ちの父親たちの年金はもっと多くする」

「金本位制」とマタティアスが言った。

「何のこと？」とソロモンは尋ねた。

「銀行の地下室に置いてある全身これ金のでっかい馬［étalon-or《金本位制》の étalon には種馬の意がある］」のことだ」とマンジュクルーが説明した。「この馬が肥えていればいるほど為替相場はよくなるんだ。それから大臣は皆長靴《ちょうか》をはく。しかしソロモンは陸軍大臣を務めるに足るだけの勇気があるのかなあ？　お前にはどんな資格がある、短いの？」

愛すべき短軀の男は彼が乗る馬や彼が帯びるサーベル、彼が徴募するインディアンにはすでに慣れていた。彼はよく考えてみた。自分に勇気があることを証明するには何を引き合いに出す？　彼の祖父の一人はブルガリア人将校の靴を上手に磨いていたが、これでは不十分だと感じた。遂に彼は見つけた。

「もう昔のことだけど、ギリシアの憲兵が僕に向かって、けちなユダヤ人と言ったんだ。それで僕はその男に、尊大に構えて、応じてやった。《あなたの言ったことには賛成できません、憲兵殿！》」

「それで憲兵は何て言ったんだ？」

「わかんないよ」とソロモンは答えた。「その時彼はもう遠くの方まで行ってしまっていたからね」

「なぜだ？」

「僕だってちょっとばかり遠くの方へ行ってしまっていたからさ」

マンジュクルーは伍長という彼の階級を持ち出して一個のメダルを見せ、自分こそ陸軍大臣にふさわしいとした。彼は軍隊関係のものだと主張したが、実はシピヨンからもらったロンドンの土産品だった。

「ソロモンが陸軍大臣に留まる」とサルチエルは言った。

「閣下、こちらへ。（ソロモンは軍隊式敬礼をし、踵を鳴らし、それから体を左右に揺すりながら内閣の首長に向かって歩を進め、その右側に立つと思慮深く腕を組んだ。）諸君、シマウマの迅速さを以て行動し、重要事項に移るとする。この内閣の政治をどんな色合いに染め上げるか？」

「ためらいなく言おう、俺の色にだ」とマンジュクルーは言った。

「ということは？」

「独裁者然とするにはおよばない、我が親愛なるサルッチェリーニ。シオニズム、反ユダヤ主義、王政主義、共産主義で治国平天下だ」とマンジュクルーは一気に捲し立てた。

「不可能だ。有明の月をうかがう猿か、海を山にするというのか、副総裁殿は」

「それならトーリー党だ。俺はそっちの方がいいな。心の底では俺はトーリー党員だからだ！　ホイッグ党と聞くとぞっとする。だからアスキス一家には何一つ贈り物をしたことはない」

「仮採択」とサルチエルは言った。「トーリー党はイギリスでは大成功をおさめたからな、結局は。さて、ここに言下に実行すべき行動計画がある」

「ブラヴォ！」とソロモンのオクターブが上がった。

「充分な国土をユダヤ共和国に認めるよう国際連盟に頼みに行く前に、床屋へ行く、これがその行動計画だ、諸君、会議は閉会とする」とサルチエルが言った。

閣僚たちがローションをたっぷり振りかけられて床屋を出ると、通りで爆笑が起こった。益荒男たちは嫉妬のせいにした。すぐその後で、彼らは既製服店に入り、彼らの占める高位にふさわしい衣服を買い整えた。

「酷熱の国から来たように見せよう」とマンジュクルーが言った。

白のかつらぎ織りの三揃いと鋲を打った靴を彼は買った。おまけにシルクハットにかける白布のカバーをその場で作ってくれと売り子に頼み、その縫製に三十分かかった。サルチエルは苛立ち、このカバーは時宜を得ないと思った。しかしマンジュクルーは頑張った。俺は暑い国の大臣か、否か？　もしそうなら、植民地風の何かが要るだろう。

ソロモンはマンジュクルーの論法に深く感銘し、小学生くらいの少年用テニスズボン、白いカンバス製の靴、シェリー風のシャツを選んだ。彼の服装を軍隊のそれらしくしようとボーイスカウト用の小型ナイフを買い、ベルトに吊して、ふっくらした尻にぴったり付けた。ミハエルは何一つ変えようとはしなかった。ガマリエル師の元近衛兵はそれ故、フスタネラ、白の長靴下、先端が反り返った靴、金銀を象眼した短刀二振り、それに金の飾り紐付きの短い上着という装束のままだった。商業大臣のマタティアスは油を塗ったレインコートだけ買うことにしたから、彼は海軍大臣代理と呼ばれた。サルチエルは白皮の手袋と刺繍のあるハンカチを一枚買うにとどめた。

エルサレムの破壊後初めて組織されたユダヤ人内閣の閣僚は、オーデコロンの匂いをぷんぷんさせながら、国際連盟へ向かった。同じ頃、国際連盟では気の毒にジェレミーが酷《ひど》い目に遭っていた。この重要な地位にある政治家たちは小指をつないでいた。サルチエルのラペルホールでは大きな房状のリラの花が満開で、マンジュクルーはときどき白のシルクハットを持ち上げるのだった。マタティアスは物も言わずに長文の電報料を推算していた。少なくとも五百スイスフランはかかったにちがいないとの結論に達した彼は、シオニスト機構に対してほのぼのとした気持ちを抱いた。

突然マンジュクルーは手を挙げてタクシーを止めると、唖然とする友人たちを後目に、一人乗り込み、《全速力で》飛ばせと運転手に言った。数秒後には白いシルクハットは自動車が舞い挙げる土埃の中に姿を消し、益荒男たちは道の真ん中に釘付けになり、あの裏切り者にはまたしても一杯食わされるのかと思うのだった。彼らははっとして、漫ろ歩きを楽しむジュネーヴ人がおもしろがって飛ばす野次の中を、駆けだした。

27

守衛が扉を閉めた。ルダンゴトで不安を覆い隠し、ズボンの中では脚が震えているこの見るも哀れなアルゼンチン代表は、容姿艶麗で絵にも描きたいような若き事務次長の前に立った。並外れて長軀のソラルは虚ろな目をして、歩を移していた。俯き、スーツケースは片時も放さず、奇妙に凹んだシルクハットを手にしたジェレミーに、彼は一瞥を与えた。彼はか行きかく行きしていた。その顔は冷ややかで、その目には倦怠と我不関焉《われかんせず》の砂漠が拡がっていた。

ジェレミーには生涯最大の破局が迫っていることがわかっていた。深まる沈黙。我が心の老いたユダヤ人——私は彼の息子であり、彼を尊んでいる——このユダヤ人はスーツケースを持つ手を替えてみたり、床に置いてみたり、また持ってみたり、微笑んでみたり、また床に置いてみたり、ひげをもつれさせてみたり、注意を引こうと咳払いしてみたり、心が引き裂かれるような微笑を作ってみたり、何かしなければと額を掻いてみたり、その善良な目を上げてみたりするのだが、なかんずく扉の方を盗み見るのだった。

（そう、私は彼を尊んでいる。彼は、この世界で人間になること、そのために自然と闘うことを宣言した民族に属しているからだ。私には言うべきことが数多《あまた》あったのだ。この益荒男たちの物語よりも遥かに大事なことだ。いつかそれを語る日もあろう。いずれにしても私は今あるお前を、あるがままのお前を愛する、私の本よ、暗い冬の朝まだき、陰気な家ではまだ皆眠っているが、私は再びこの本に取りかかる。辛抱して待ってもらいたい、我が友人たちよ。）［一九三八年四月、『選ばれた女』の膨大な原稿を見て驚愕したガリマールの要請で、そこからいくつかの章を取りだし『釘食い男』の題名で同年出版されたのが本書。その帯には『選ばれた女』の出版が予告されていた］

事務次長はその手を見つめ、それからアルゼンチン代表を、それからまたその手を見つめた。そしてジェレミーは悪運を払いのけようと微笑んだ。おお、卑劣な微笑、気の毒なジェレミーの唯一の防衛策だ。おお、我がユダヤ人たちよ、嫌われ、両手が打ち合わされ、いとも容易く潰される哀れなダニ。おお、我がユダヤ人たちよ、途方もない叡知の者たちよ。

「向こうを向いていたまえ」

ジェレミーはいそいそと従った。ソラルは注射器を取りだして小瓶からモルヒネを吸いだすと、ズボンの上から突き刺して注射筒を押し、待った。一分後満足そうに大きく息を吸い込むと、あらゆる言葉は威厳を優しさで包んだ柔らかな軽味を帯びた。二人の男は再び善良になった。

「こちらを向いてください」

ジェレミーは従い、ソラルは、祖国無きみすぼらしい人たちには世間は優しくないことを六十年もの間思い知らされてきた無邪気な人の、苦悩の色濃い顔を見つめた。彼は綺麗な眉を上げた。

「女性は男性よりも美しい」と彼は言った。

ジェレミーは才気煥発であろうとし、しかも楽しんでいる風を装おうと努め、大急ぎで微笑んで同意した。しかし言うべき言葉は一つも見つからなかった。彼の喉は動かなくなっていた。それにもかかわらず、会話の出だしは彼には吉兆に思われた。だが事務次長はそれ以上何も言わず、タルムードに精通している背の低い男たちによく似た鉤鼻の小さな生き物たちを描いていた。電話のベルの音。事務次長は受話器をはずし、見つめ、置いた。

アルゼンチン代表は沈黙を破るべきだと感じた。

「いい天気ですね、今日は、総長殿《どにょ》」優しい歌うような調子で、とても嬉しそうな目をして彼は言った。「わたせは小しゃな鳥たちのために喜んでおりましゅ。（彼は頭を上げ、そこにいるたくさんの小さな歌い手たちに微笑みかけるかのように、天井に目を凝らした。）天気のよいときには彼らは大いに楽しゅむことができましゅが、天気のよくにゃいときには彼らは歌いましぇん。（ジェレミーの子供っぽい優しい語調を読者にはお伝えできない無力さを私は感じている。ジェレミーがどんな風な発音でそっと囁くかを私の愛する人たちに私自身の声で伝えられるのがせめてもの慰めだ。）けれども時には雨が降っていても、彼らは歌うことがありましゅ。こんな風に言っているかのように。《時は春、わたせたちには雨が降ってても勝手に笑ったり歌ったりする権利がある。だからわたせたちは雨が降ってても歌うんだ。》彼らには彼らの小しゃな権利、彼らの小しゃな生命《いのち》があるのでしゅ」

赤毛の小さな尖った山羊髭を指でカールしながら、そんなそぶりは見せずに顕官の顔を注意深く観察し、小鳥の話が彼に歓迎されるのを期待しながら微笑んだ。

「鳥というものは可愛いものでしゅ、総長殿。これから外へ出て、鳥たちを見てきましゅ」

「駄目ですよ。（ソラルは数分間夢想に耽っていた。そして突如ジェレミーに顔を向けたから、彼はびくっとした。）私はいつも忘れるのですよ」と彼は言った。「女性たちが服の下には何も付けていないことを、男好きであることを。（老人は恐ろしくなって身を震わせた。）女性たちに抱く子供っぽい尊敬、私はそれを払拭できないでいるのです。だから私は女性たちに随分敵意を持っています。そうなのです。あるすばらしい若い女性が男たちを見つめ、彼らに興味を持っているのに気づいて、私は唖然とする。最も禁欲的で純潔な女性たちが男のことを考えているのだと気づくと、激しい怒りがこみ上げてくる。ぞっとする、女同士では男のことを話すのだ！　ある上品な人妻が既に一人の息子の母でありながら、夫とおぞましいことをして汗をかくのは当たり前のことだと納得しながらも、私は恥と嫉妬と恨みを終生抱き続けるのだ。永遠なる神よ、男の何がそれ程までに女性たちの注意を引くのでしょうか？　なぜ女性たちはこのちっぽけな取るに足りないもののことであんなにも騒ぎ立てるのだろうか？　女性の中でもとりわけ上品で、あんなにも汚れのない顔をした天使のような我が愛しき女性たちが、男を、あの胸がむかつくひどく卑猥な、ひどく醜悪な、まさに犬の如き特質を受け入れられるのはどうしてなのか？　彼女たちは男に触れる、触れるに決まっている、だが彼女たちは百合のように純潔な眼差し、そして優雅さや慎み深さもここに極まれりという立ち居振る舞いで私に接する、私は決して彼女たちへの深い尊敬を捨て去ることなどできないだろうな。結局ドン・ファンは、彼に抵抗することで、ついには彼に崇めさせる女性を捜し求めていたのだ。だから私はいつも仕返しをしている。彼女たちを侮辱するのにあらゆるものが役に立つ。あの奇妙奇天烈な、がっくりさせられる小さな帽子さえも。優雅な女性たちの帽子ほどくだらなくて、醜いものはない。要するに女性はすべて私にとっては母なのだ。そしてこの私は知恵遅れの息子なのだ」

「そうでしゅ、総長殿」ソラルが発した最後の言葉の意味が理解できなかったジェレミーは言った。

「黙っていてください。（ジェレミーは二本の指で唇を挟んだ。）あなたはアルゼンチン人ですか？」

「アルゼンチン人《じぇん》でしゅ、総長殿」ジェレミーは慎み深く目を伏せて答えた。

「確かにそうですか？」

「皆がそう言っていましゅ、総長殿」

「アルゼンチンの政治状況を話してください」

「まあまあでしゅ、総長殿。少し良くて、少し悪いでしゅ」

「私は数年前アルゼンチンへ行きました。（ジェレミーは礼儀正しく頷いた。）お国は随分変わったはずです」

ジェレミーは咳をし、微笑し、顎鬚に触れ、ようやく、国は《みしろ》変わりましたとささやくように言った。

「奇妙なことですが、お国の首都の名が出てこないのです」

「そうでしゅ、総長殿」ジェレミーは優しく頷いた。

「私はお国の首都の名を忘れました」

「そんなことはなんでもありましぇん、後で思い出しましゅよ、あなたが一人になったときに、今晩おやしゅみににゃるときに」

「これほどの大国の首都の名を忘れるとは、いらいらします。（ジェレミーは同情した。）私にその名を思い出させてもらえると、公使殿、ありがたいのですが」

沈黙があり、ソラルの意地悪な目で見つめられ、ジェレミーは将《まさ》に追いつめられた獲物だった。

「わたせは首都の名を言うことはできましぇん」彼は遂に目を伏せて、そう呟くことで決着を付けようとした。

「どうしてですか？」

彼は身近な理由を探したが見つけられず、陰謀家としての道を突き進むことにした。

「それは国家機密でしゅ、総長殿。我々は首都の名前を変え、数年間はその名を秘しておくことに決めたのでしゅ」

「では変える前の名は?」

ジェレミーは近づき、優しく微笑みながら総長殿の手を取った。

「思い出すよう努力してくだしゃい」ソラルの手を優しく撫でながら頼んだ。「ゆっくり、ゆっくり、少しずつ、じきに思い出しましゅよ」慰める母親のような調子で彼は付け加えた。「忘《わしゅ》れてしまったことを自分で思い出しゃにゃいと脳によくないでしゅよ。わたせがあなたをお助《たしゅ》けしましょう。首都の名にはいくつかの文字がありましゅ。もうわかりましたか?」

「それで、あなたの御同役はどこにおられるのですか?」

「わたせが探しに行きましょう」ジェレミーは親切ごかしに提案した。

そして彼は扉の方へ急いだ。だが恐ろしい総長殿の、切っ先で斬りつけるような鋭い《駄目《ノン》だ》が彼を止め、ジェレミーはおとなしく戻った。下された命令に従って、彼は、椅子に対しても礼儀正しくしようと気を使い、如才なくその端っこに浅く腰掛けた。

「今度はアルゼンチンについてのあなたの全般的な印象を聞かせてください」

「おお、わたせの印象など重要ではありましぇん」と謙虚なジェレミーは答えた。

「早く」

ジェレミーは乾いた舌を乾いた唇に持ってゆき、人差し指を鼻孔の一つに近づけた。彼は気も狂わんばかりになっていたから、鼻くそをほじるという人間の心の中に、王侯貴族の心の中にさえ、いつも押さえ込まれている子供時代の古い欲求が混乱に乗じて表面に浮上したのだ。ついに彼は思いきって困難に挑戦した。

「では、わたせの全般的な印象でしゅが」と彼は哀歌でも歌うような調子で始めた。「アルゼンチンは遠い国だということでしゅ。もっと旨く言おうと思ってもできないと思いましゅ。今もしあなたが特別な印象をお望みなら、また今度、別《べちゅ》の折りにお話ししましゅ、なぜならわたせは頭痛がするからでしゅ、それでもしあなたがお許しくだしゃるなら(彼は納得してもらえるように優しく微笑んだ)わたせはちょっと一巡りしてから戻ってきましゅ」

「あなたはユーモラスな人だ」

「そうでしゅ、総長殿」この言葉の意味を知らないジェレミーは答えた。「つまり少し」面倒なことにならないように、そう付け加えた。

「アルゼンチンについて他のことを、早く」

「はい、総長殿」ジェレミーは溜息混じりに言った。

その国のことは何一つ知らないのだから、一体何を言えばいいのだろう？　観念した彼は静かな歌うような口調で、アルゼンチンは小《ちょう》国だと言う人たちがいましゅが、大国だと言う他の人たちもいましゅし、要しゅるにそれは好みの問題なのでしゅ、と優しく断言した。その途端彼は鉱脈を掘り当てた。

「アルゼンチンには」と彼は感激して言った。「何でもあるのでしゅよ、自転車に家、優しい男たちに優しくない男たち、ユダヤ人《ジフ》」

この主題をすっかり自家薬籠中の物にした彼は、鳥瞰図を描き続け、アルゼンチンには女性、子供――小さな子供、中くらいの子供、大きな子供――パン、鰐、たばこがあると明言した。そうして彼は腕組みし、満足げに空気を吸い込んだ。

「要するに繁栄している国なのですか？」

「すごく、総長殿」

「アルゼンチンの政治だ、今度は」

「おもしろくありましぇん、総長殿、全然《じぇんじぇん》」

「それで、あなたの共和国大統領はいかがですか？」

「ねえ、総長殿、どちゅらかと言えば、元気でしょう、ありがとう。彼は朝早く起き、ブラークコーヒーを飲み、そして――あどけない乳飲み子の就寝の話をするかのように、優しい声にして――夜は寝ましゅ。そういうわけで――アルゼンチン共和国大統領が何時に就寝するのか、その正確な時刻は保証の限りではないことを総長殿に理解してもらおうと、左右の手の平、手の甲を交互に反転させながら――十時か十時十五分に。けれども寝る前に、健康のためにちっと散歩しましゅ。（物乞いの、共犯者の、少し悪戯っぽい、少し不幸な微笑を浮かべて）それでわたせも、総長殿」

「駄目です」

「いいでしょう、ここにいましゅ」ジェレミーはおとなしく従った。

「大統領は相変わらず耳が聞こえないのですか？」

このことなら自分の能力が及ぶ範囲だからジェレミーは嬉しくなり、赤茶けた苦悩の色濃い顔を女のように輝かせた。

「彼は聞こえましぇん、ご想像くだしゃい、総長どの」

「あっ、間違えました、彼は目が見えないのです」

「どちゅらかと言えば、みしろ」ジェレミーは妥協的な口調で歌うように言った。「つまり耳が聞こえないのが目に移ったようなものでしゅ」

　そして彼は書棚へ急ぎ、その隅を爪で掻き削り、小しゃな染みがあったが掻き削ったから、小しゃな染みはもうにゃいと説明した。

「ご親切痛み入ります。ちょうど大使がすぐ傍のサロンにいます。大使に会われますか？」

　ジェレミーは礼を言い、いいえ、大使殿には会いたくありましぇん、それはそうでしょう、大使殿とはちっとばかり仲《にゃか》違いしているからでしゅ。なに、大してじゃありましぇんがちっとばかり。そして彼は肘掛け椅子のビロードを愛撫するように撫でると、すぐ言った。

「もう埃はありましぇん」

「大使殿と仲違いしているのはなぜですか？」

「それは家族の秘密でしゅ、総長殿。もう埃はありましぇん。部屋はきれいでしゅ、今は」

「大使殿と仲違いしているのはなぜですか？」

「彼はわたせの父を殺したからでしゅ、総長殿」と老いたユダヤ人は愛想良く言った。

　そして、彼はその悲しい出来事以来、大使殿とは仲違いしているのだと説明した。彼は突然首を横に振った。背を丸め、その肩に商品を入れた小さな包みを担ぎ、彼の律法を胸にしっかり抱き、腹を空かせた幼いジェレミーの手を引き、リトアニアの雪野をゆっくり歩いて行くごく小柄な小間物商の父親の姿を思い出したからだった。彼は溜息をつき、愛想笑いをした。ソラルは弔意を述べ、奇妙な殺人に興味を引かれた。

「おお、それにはおよびましぇん、総長殿、わたせは大使殿を許しましたから。で、これから外へ出て、また戻ってきましゅ」

「この大使はどのようにしてお父様を殺したのです？」

「彼は髭と爪《づめ》を引き抜きました」

「それだけですか？」

　ジェレミーは実際それだけでは不十分であることに気づいた。

「ペストル、ナイフ、毒ででしゅ」

「それではこの大使は悪党だ！　私はもう彼に会いたくなくなりました！」

「おお、それはいけましぇん、総長殿、彼はとても優しいでしゅ」

「しかし彼はあなたのお父様を殺したのですよ！」

「おお、そんなことは何でもありましぇん、総長殿」

「しかしその男は暗殺者ですよ！」

「暗殺者《あんさつしょ》とはどういうことでしゅか？」ジェレミーは溜息をつくように言った。「誰もが暗殺者《あんさつしょ》でしゅ、総長殿。

(彼は迫害され続けてきたこれまでの人生のさまざまなエピソードを思い出した。) 大使殿は立派な紳士でしゅ。わたせがあなたに言ったことを彼には知られたくありましぇん。わたせが言ったことは彼に迷惑をかけることになるでしょう。ではこれからちっと散歩してきましゅ」

「駄目です」

ジェレミーは微笑し、座った。ソラルは最後の煙を吸い、そのたばこをテーブルの下に捨てた。ジェレミーは身を屈め、その吸い差しを拾い、ソラルがじっと見ていたのに気づいて、獲物を手放し、目を伏せた。

「これはアルゼンチンの習慣でしゅ、総長殿。(再び目を上げ) いいえ、これはアルゼンチンの習慣ではありましぇん。(沈黙。) わたせの習慣でしゅ。貧しいユダヤ人《ジフ》の習慣でしゅ、総長殿、アルゼンチンのユダヤ人《ジフ》ではありましぇん、フランスでもなく、スイスでもなく、イギリスでもなく、スウェーデンでもなく、どこの国のユダヤ人《ジフ》でもない。ユダヤ人《ジフ》。わたせの名はフランス語ではジェレミーでしゅ。では、今から監獄でしゅか?」

「勿論だ」

ジェレミーは超然とした、だが疲れたような仕草で薄くなった赤毛の髪をくしゃくしゃにし、湖と木々を眺めた。外は雨が降っていた。雨滴が窓ガラスに当たって崩れ、気儘にしたたり落ちて行く。そう、人間は窓に降る雨の滴のようなものだ。この滴は左へ流れ、それからいきなり右へ流れる。それが雨滴の定めなのだ。そこで彼、ジェレミーなのだが、彼は四十年来いつも破局の方へ流れる雨滴だった。我慢だ。聖なる律法は破局より偉大ですばらしいものだから。

「監獄へ行くのは悲しいですか?」

「ちっとばかり悲しいでしゅ、総長殿。でしゅが、わたすは肺結核《へいきっかく》じゃありましぇんから、満足でしゅ」

「ではもしあなたが肺結核だとしたら?」

「その時は癌でにゃいことで満足しましゅ」

「もし癌だとしたら?」

「その時はユダヤ人《ジフ》であることで満足しましゅ。それは破局でしゅが、すばらしいことでしゅ」

「どうしてですか?」

「異教の民が、総長殿、人間は皆兄弟になり、もう貧乏人も金持ちも意地悪な者もいなくなるだろうと考えるようになったのはせいぜいここ二ロバか三ロバのことでしゅ。(気の毒にジェレミーは《二年か三年》と言いたいのだ [ロバは âne、年は année]) しかしわたせたちは二千ロバ、三千ロバ前からいつもそう信じています。これはよいものでしゅ。わたせもまたすばらしくよい指輪を持っていましゅ」

彼はポケットから宝石の模造品がつけてある小さながらくたを取り出すと、勇敢にも差し出した。

「いくらだ?」

「しかししゅばらしいものでしょう!」

「いくらだ?」

ジェレミーは頭の天辺から足の爪先までソラルの何も彼も値踏みした。

「二千フラン」(彼はフランクスと発音した。)

「結構だ。今度は穏当な値段だ」

「千五百フランクス!」ジェレミーは熱くなって言った。

「結構だ。今度はこれ以上負けられないという最低値段だ」

「千フランクス」

「結構だ。今度はこの値段で売るという決定値だ」

「五百フランクス」

「結構だ。今度はユダヤ人への値段だ」

「四百。(暫く間があり、ソラルが微笑したので、ジェレミーは言い足した。)二十」

「結構だ。今度は本当の値段だ」

「三百」

「見せ給え」


ソラルは窓際へ行き、目に宝石を近づけ、宝石商のやり方でその石を調べた。ジェレミーはソラルにまといついて愛嬌を振りまき、そのルビーは本物だと言った。

「輝きが全くない」とソラルは言った。

「輝きは内側にあるのでしゅから、見えましぇん」

「いらない」ソラルは調べ続けながら言った。(彼はジェレミーに指輪をさしだした。)「二十五フラン」

「総長殿はわたせに死ねとおっしゃっているのでしゅね! おお、我が母よ、汝何故に我を産みしか? 二十五フランクスとは!」と彼は憤慨した。(それから、冷静に)わたせは三十の年から売っているのでしゅよ」

「ほら、三千フランだ」

ジェレミーは目をぱちくりさせた。

「いけましぇん、総長殿。これではあなたにとって得な取引とはならないでしょう。指輪は三百(少し間を置いて)五十であなたにお渡ししましゅ」

彼は金を受け取り、二束三文のすばらしいルビーに息を吹きかけ艶だしをしてから、その指輪をテーブルの上にそっと置いた。

「神がこのしゃしゃやかな商取引を祝福し給わんことを、総長殿。けれどもわたせは損をします、わたせには損な取引でしゅ」

「私もだ」とソラルは言った。

「商売とはそういうものでしゅ」とジェレミーは言った。

（沈黙。）「やはり監獄でしゅか、総長殿？」

「たっぷり入ってもらおう」

「はい、総長殿」とジェレミーは己を弁えているかのように、穏やかに言った。「監獄に入る準備はできておりましゅ。ジュネーヴの監獄にはまだ入ったことはありましぇんが」

事務次長は立ち上がり、近づくと、躊躇するように見えたが、身を屈め、その老いた手に不快感を覚えながらも口づけした。

その時ドアがノックされ、ソラルはすぐさま鍵をかけた。邪魔しないでくれと彼はハックスリに言った。しかし扉の後ろではハックスリが粘っている。ギャロウェー卿が事務次長にお会いしたいとおっしゃっています。

「呼び鈴を押す」

ジェレミーは狭いロッカールームに仕舞い込まれた
――彼はそこが気に入らないではなかった。ソラルはすぐに呼び鈴を押す決心がつかなかった。架空の顎鬚をひねったり、背を丸めたり、恐怖に怯える身振りをしたり、前に突き出た厚ぼったい下唇にしてみたり、優しい微笑を浮かべたりして歩き回っている様は見るに忍びなかった。彼はそれから、リトアニアから移動してきた虱が全部彼の胸に巣くったと想像して面白がり、痒さのあまり夢中になってその胸を掻いた。いい気持だ。唇は笑っていたが、その目は悲しみを湛えていた。

そう、彼は他者の前では輝いていて、頭の回転の速さと鋭さでは彼らの完璧な手本だった。彼の中には瓜二つの人物がいて、木偶《でく》の坊の政治家連中と話すのはこの男だ。数ヶ月来、彼は良識の人、人間味のない重要人物として振る舞い、死ぬほど退屈し、夢の中でのように生きてきた。巧妙と言えば言える。しかしその翼や本来の知性を失いながらだ。彼の歯は嚙みつくことを恐れた。改めて苦しむことは敢えてしないでいた。成功の中に身を潜めていた。彼が愛したいように愛し、生きたいように生きれば彼は幽閉されるだろう。

彼はテーブルに近づき、紙を切るのに使っている柄が黒檀で鋼が眩い短刀を取った。紙の家の副王。袖をまくり上げ、筋肉隆々の腕に短刀の切っ先を押し当てて深い切り傷をつけ、そこに唇を近づけた。

なぜ彼は昨夜トランプでいかさまをやったのか、勝つためではなく負けるために？　何か裏があるにちがいない。それは小説家たちに見つけてもらおう。

「ユダヤ人を殲滅せよ」

この昔からの愛の言葉を壁の上に読むのは恐いが、読まずにはいられず、電光石火の如くすばやい不快な眼差しを投げる。だがリッツのアパルトマンに居れば、反ユダヤ主義の新聞を目にすることもなければ、それを読んで惨めな快感に浸りたいという欲求も全くない。〈六月〉［juin（六月）の綴りは Juif（ユダヤ人）に似ている］という言葉は彼に恐怖を与えるから、記事中にあればたちどころに見つける。改宗するか？　ならばその前に脳をたっぷり切り取っておいてもらわねばなるまい。

生きる理由を一つ、すぐにだ！　聖書を読んでみるか？　預言者たちの言葉を要約すると、《あなた方は羊ではないからうまくゆかないのだ。だが、もっと後にイスラエルが肥ってとても柔らかな羊になれば、その時には万事うまく行くだろう。》ひとつ精神の菜食主義に夢中になってみるか？　彼にはできない。しかしこの盲従は彼が世界で一番好きなものだ。では神のことを話してみるか？　とても優しくてすべての人間を愛し、しかも意地悪な人間たちや彼らの窒息性毒ガスさえも、そしてその毒ガスで殺された嬰児たちをも愛する神のことを。だからドゥームの妻を愛そうか。そうしよう、だがそうすると彼女を誘惑しなければならない。ぞっとする、決して失敗したことのないこの化学実験には。むしろ男を愛するのはどうだろう、まずいか？　それもいいだろう、だが息子たちは父親の死から二年後に笑う。息子たちは父親の死から二年後にしてようやく笑うと言うほうがずっといい。未亡人らはすばらしく装う。そして友人は友人の埋葬が終わると食う。

彼は呼び鈴を鳴らした。間もなくその端正さときたら感動もののギャロウェー卿が入室した。卿の純真さはその効能と同様に相当なものだ。誰も彼もが幸せなのだ、ソラルを除いて。事務次長は見事なチュビオットの上着にジェレミーの指輪を買わないかと持ちかけ、輝きは内側にあるから見えないのだと言いたくてうずうずし、この背徳的な欲望に抗った。或いはむしろジェレミーに出て来させるか？　そうだ、この放浪者と一緒に無茶苦茶祈りまくり、テフィリンを付け、ギャロウェーの軽蔑を楽しむか。しかし彼は礼儀正しくきちんとして、懐疑主義もここに極まれりといった口調で話し、ゴルフ狂を以て自ら任ずると明言した。だが老境にある卿に言ったことのすべてを心の中でヘブライ語に翻訳していた。もうたくさんだ、うんざりだ。このユダヤのレプラと一緒にここから逃げ出すか。

28

乗ってきたタクシーから降りると、マンジュクルーは揉み手をした。そうとも、俺の思いつきは大向こうを唸らせる名演技ならぬ奇手妙手だ。最高のポストをなぜサルチエルに渡さにゃならんのだ？　一番乗りして総元締めに話をし、パレスチナの領土の十分の九をそいつからふんだくり、ヴァイツマン博士に電報を打って、この俺をただちに内閣総理大臣に任ずべしと要請する！

歩幅も大きな急ぎ足で、彼は国際連盟事務局の人気のないホールを横切り、受付の前で止まった。受付はつい先程まで鉛筆削りのグラインダーを回していた手を止め、立ち上がり、愛と尊敬の漲る顔でペトレスクの指図に耳を傾けていた。ペトレスクは異常なほど念入りに髭を剃り、目立たない程度に白粉を付けている白子で、前額部の痙攣のせいでモノクルがしょっちゅう落ちるのだが、幸いにも危うい所でキャッチするのだった。（ある大馬鹿の公爵は、習慣で、話の終わりに《要するに〜ということじゃないのか？》を連発していた。この公爵を真似るペトレスクだが、こちらの方は無闇矢鱈に《要するに〜ということじゃないのか？》と喚き、そうすることで自分がとても上品だと思うのだった。）

マンジュクルーは白いシルクハットを脱ぎ、禿げて日焼けした頭の汗はすべてそこに流れ込むいわば排水用の溝に手を遣った。白い作業服の出現に仰天したペトレスクに冷ややかに挨拶すると、黒い髭の両翼の片一方をすばやく摑み、受付に向かって言った。

「逃げ口上もおもちゃにするのもよしにするんだ、我が友よ！　熱帯で駱駝に乗るときの服を着用に及び艱難辛苦を乗り越えライオンの生まれ故郷である砂漠を横断してこの俺が無償でやって来たとお前の主人の許へ走り伝えもしお前が俺の庇護を当てにしようと思い国立銀行が近々銀行券を発行するに際し俺の覚えがめでたいと思いたければこの手紙を彼に渡しこの銀行の頭取にはロスチャイルドが就任するが疑い深い俺の監視下に置かれるからなぜなら《富は足ることを知るに在り》とはなかなか行かず金のある者ほどいつももっと金を欲しがるものだからで祖国は昼夜兼行で俺が監視するのを当てにしておりそれに金庫には鍵が二つ付いていて公証人の立ち会いなくしては開けないし我らが公証人の自由を奪っておくのはなにが起こるかわからんからだし金庫もろとも奪われたとの記事が新聞紙上をにぎわすご時世だからだしこうなると年金生活者は自分自身を責めるしかなく彼らが司法試験に合格していない即ち無免許弁護士に調停を頼むしかないからで彼らが訴訟を起こしたところで結局この俺は彼ら年金生活者に金を支払ってやるには及ばないのだ」

若い役人と受付は、かばん語もどきの言葉の行進を口をぽかんと開けて聞いていた。

「だから、歴史に残る俺の使命に関わるこの手紙を持って、縞のある綺麗なロバのように、そしてペリカンの如き誠実さを以てお前の主人のもとへ走り、俺の口上を伝えよ、俺は上機嫌で、余りに狭小な領土の中で呻いているパレスチナのユダヤ人たちの願いを、臨時に公職にある重要人物に出される慣例の簡単だが量がたっぷりのおやつを前にして、届けられれば喜ばしきことこの上なし、との俺の言葉を彼に伝えるのだ！」

ペトレスクにやってみるべきいい手が閃いた。風変わりな御仁――突飛な思いつきだの危機の解決方法だのを提案しに日常的に国際連盟にやってくる大勢の頭のおかしい奴らの一人なのだ――が事務次長に接触する機会を与えてくれるかもしれない。彼は事務次長の官房付とはいえ、あのハックスリの奴が自分だけよい目を見ているから、事務次長には滅多に会えないのだ。そうだ、御大としゃべり、頭の変な男の身なりのことを詳しく話そう。

階段を駆け上がりながら彼は事の成り行きを思い描いた。御大は彼が語る半気違いの人物像に引きつけられて手紙を読み、そいつを来させてくれと言うにちがいない。二人はそいつを尋問する、そして二人して頭のおかしい奴をあざ笑う、最高だ！（親玉と一緒になって笑う、ということは親玉と親密な関係になるということで、役人にとっては願ってもないことなのだ。）

ソラルが手紙を開くと、サルチエルにマンジュクルー、そしてその他の者たちのサインが目に入った。彼はペトレスクにその男を追い返してくれと頼んだ。それからもう一度彼を呼び、考えが変わった。なるほど、おもしろいかもしれない、と言った。だからその頭のいかれた奴をサロンに通しておいてくれ、おっつけ手下共もそいつに合流するだろうからな、と彼に頼んだ。

数分後、隣接するサロンが騒がしくなり、ソラルは鍵穴から覗いた。彼らは皆揃っていた。テニスのチャンピオン風のソロモン、鱒漁師風のマタティアス、文明開化した黒人王風のマンジュクルー、オペレッタの憲兵風のミハエル、そして言語に絶する慇懃な重々しさのサルチエルが。

彼はサロンに面したドアに差し錠をかけ、廊下へ出て他のドアにも鍵をかけた。彼らは閉じ込められたから、一時的にしろ害を及ぼす可能性はないだろう。今何をすべきか？　彼らに会うか？　益荒男たちがやってくるといつも碌なことはない。ユダヤ人に包囲された。

彼は執務室を出ると鍵をかけ、面会の都合がつかないとポルトガルの代表団に言った。大袈裟なお辞儀、暖かな微笑。大ホールの守衛たちは愛情を込めて気を付けの姿勢をし、回転扉を押しに急ぐ彼らのボスを見送った。

ソラルが二言三言お抱えの運転手に言うと、白い車は突っ走った。五分後車はカーニヴァル用の小道具の店先で止まった。

29

サロンでは、一時間以上も待たされている益荒男たちが、軽んじられているのではあるまいかと疑心暗鬼に駆られ、酷《ひど》い不安に苛まれていた。丸々一つの政府を平気で待たせておくこの事務次長とは一体どんな人間なのだろう？　サルチエルは、《あんたを卑劣にも排除しようとしたんだが、俺の試みは失敗に終わった》と臆面もなく告白したマンジュクルーと小声で話し合っていた。怖じ気づいてパニックに陥ったお陰で仲直りしやすくなったのだ。

「この事務次長は何という名前なのかな？　とわしは考えているのだよ」とサルチエルは言った。

「彼はきっとイギリス人だ」とマンジュクルーが言った。

「彼は俺たちを待たせ過ぎだ」とマタティアスが言った。

「仕方なかろうが、我が友よ」とマンジュクルーが言った。「やはり俺たちはユダヤ人の政府でしかないんだよ。

俺たちがここでもうちょっと尊敬されるようになるには、空高く飛べるどでかい最先端の爆撃機を一ダースすぐにも買う必要がある」

「一人といえども殺すまいぞ」とサルチエルは言った。「あんたの姉さんの目にある斑点ほどの、ほんのわずかな人間だって殺しはしないさ！」とマンジュクルーは言った。「ドイツを震え上がらせる艦隊が一つ必要なんだ。そうしてイギリスが俺と同盟を結ぶには、イギリスが俺たちを信頼し、俺たちの軍備をみごとだと思わなきゃならない。そうして俺はアメリカ人とも同盟を結ぶ。アメリカの労働者は皆、ギリシア国王のアパルトマンよりよっぽど立派な台所を持っていて、そこには魚の腸を抜く機械だの、鳥の羽をむしる機械だの、菓子を作る機械だの、いろいろな機械が備わっている。小麦粉と他の何種類かの原料をごっちゃにして片一方から入れてやると、もう一方から中にクリームがたっぷり入り、砂糖漬けの果物で飾られた菓子が出てくるんだ。しかしイタリアともちょっとした条約を結ぶ必要があるだろうな。俺はちょっぴりファシストで、他の者たちより優れた人間であるからして、階級制を好むからだ。ムッソリーニは正しい。お前は頭がいい、だから命令せよ！　お前は馬鹿だ、だから辱めを受けよ！　イタリアとは百パーセントの共感からではない少々警戒気味の条約にサインする」

「じゃあ、ドイツとは？」とソロモンが心配した。

「掛け売りを止める。そうすれば口に入れるものは銃弾しかなくなるから、餓死するだろう！」

「いい気味だ！」とソロモンが言った。「でもドイツの子供たちには僕たちが何か甘い物を送ってやろうよ」

そうして、彼は心の奥底で、装甲艦の大砲には、音でドイツを震え上がらせればいいから、粉の他には一切入っていない偽物の砲弾を装着する！　と決めた。

それから彼らはルーマニアやポーランド、日本やドイツと千態万状の凄まじい戦さをし、打ち負かした。これらの国には罰金を科し、その領袖を牢に閉じ込める。その上、良い国々のため、彼らをただ働きさせることにした。

「さあさあ、フランスのために鉄道を作るのだ。イギリスに無償で石油を提供せよ。そして良い物をたくさんアメリカへ！　それからスイスにもだ、ならず者どもよ、スイスへ貢物をせよ！」とマンジュクルーは敗者に荒っぽく命じた。

ユダヤ人に優しい政府にはありったけの好意を示し、とりわけ無利子で莫大な金を貸し付けることで意見の一致を見た。

「だが償還されること」とマタティアスは条件を付けた。

「ただし百年後だ」とサルチエルが言った。

「そうすればフランスは借金しなくてもいいんだ！」とソロモンは感激のあまり大声で言った。

「そのとおりだが、俺はフランスに言う。《俺はお前に一千億くれてやる、わかってるのか、金貨で一千億だ。だが、もうびた一文俺には借金を申し込まないという条件付きだぞ！》と」マンジュクルーがそう言うとソロモンは目を輝かせて彼を見つめた。「ああ、親愛なるわが友どちよ」と偽弁護士は続けた。「俺は我が母に無言の非難を呈する。俺はイギリスに生まれたかったからだ。ああ、イギリスの大臣になりたいなあ！ 俺にとって都合がいいのは国籍混合だ。たとえて言えばバニラ苺アイスクリームのような。俺はフランスイギリスアメリカチェコスカンジナヴィアスイスのパスポートが欲しいんだよ。(彼はあくびをし、静脈が浮き出た毛むくじゃらな両手が、まるで電気が走ったように、びくっとした。)ああ、我が親愛なる友どちよ、俺の言うことを信じろ、彼はこれほど長くは待たせないんだ、イギリスの大臣たちならな！」

「しかしだ、我が愛しき者よ、国際連盟の次長であるこの男に引き比べられるのは一体どんな大臣だろうか？」とサルチエルが言った。

「全部覚えていて、全部知っていて、全部威厳を以て言える、こういった権力者たちはどんな頭の持ち主なんだろうね！」とソロモンが大きな声で言った。

「お前が陸軍大臣だってことを忘れるでない」とサルチエルが言った。

「僕は陸軍大臣にはなじめないんですよ、おじさん。それに、僕の軍隊はどこにあるんですか、僕の将軍たちはどこにいるんですか？ それに、僕は何も知らないから、どういう風に命令するのか、将軍たちが命令どおりにやっているのかどうかを知るには、可哀想な僕はどうすればいいんですか？」

「軍隊関係の本を一冊買えばいいんだよ」とサルチエルは言った。

「でも僕の頭には何も入らないんですよ、おじさん！ 本を読んで全部わかり、覚えたと思っても、いざ将軍の一人に話そうとすると、僕は将軍が恐くて全部忘れちゃったってことに気づくことになるんですよ」

「それならお前の将軍たちに、お前たちは間違っているといつも言ってればいいじゃないか」とマンジュクルーは提案した。「そうすれば将軍たちはお前を恐れ、お前の能力に敬意を払うだろうよ」

「一番いいのは」とソロモンは言った。「サン・シールの士官を雇うことだ。サン・シールの将軍たちの保証済みで、僕が言うべきことをその士官が全部僕に耳打ちしてくれるから、僕はそれをそっくりそのまま大きな声で言えばいいんだ。（じっくり考える。）だめです、サルチエルおじさん、僕は陸軍大臣になんかなりたくありません！　一匹の蟻を潰すのだって恐いと思うこの僕に、戦争をさせたがるのはどうしてですか？」

「今は内閣改造の時期ではない」とサルチエルは言った。

「聞いてください、おじさん、僕はあなたに辞表を出します」とソロモンは言った。「こういった会談は僕たちのような無知な人間相手に行われるべきものじゃありません」

「卑怯者！」とマンジュクルーが叫んだ。

「僕は勇敢だけれど、危険が迫るときにはそうじゃなくなる」とソロモンは言った。

　ミハエルを別にすれば、益荒男たちはひどく神経質になっていた。医者に行き、待合室で待っている病人のように、彼らは何も頭に入らぬまま雑誌を読み、天井に目を凝らし、飛んでいる一匹の蠅を目で追い、装飾用の置物の位置を変え、鋭い声を出してあくびをした。

「真剣に話そう」とサルチエルが言った。「面会の時我々はどのようにする？」

「あなたが話してください、おじさん、僕たちは黙っています」とソロモンが言った。

「おい、ソロモン、世界の副王がお前に質問したら、わしたちに累を及ぼさんようなことを何か答えるのだぞ」

「不安がケ・ドルセを支配していると言ってみたらどうかな」とマンジュクルーが提案した。

「合い言葉だが、希望と外交はどうだろう」とサルチエルが言った。

「だめだ、葬式と不運だ」とマンジュクルーは言った。

「もし彼が何かいいことを約束するなら」とマタティアスが言った。「すぐにそれを書き記し、彼にサインさせよう。後で約束を反故にされないためだ」

　隣室で物音。恐ろしい時の到来だ。マンジュクルーは廊下に面した扉の方へ急いだ。サルチエルは内閣副総理大臣の手首を摑んだ。

「ポストの放棄は銃殺ものだぞ、わかってるだろうな？」

「わかってるよ、だが、逃げるんだ！」とマンジュクルーは言った。

　ああ、残念、扉は閉まっていた。ねずみ取りの中のねずみだ！

「なあ、サルチエル」マンジュクルーは真っ青になって言った。「あんたが俺たちを巻き込んだこの厄介事はどうも俺のお気に召さない。俺は辞表を提出する。あんたの思うとおりに彼に言えばいい、俺は気にしない。ただしあんたに言っておかねばならんことが一つ……」

　この時扉が開き、化け物が現れた。

30

　黒の部屋着に黒の手袋をはめ、人間の顔のない事務次長が出入り口の敷居に立っていた。その肩にはガーゼの包帯をぐるぐる巻きにして顔も髪も包み込んだ白い球形の物体が乗っていた。黒眼鏡をかけたその物体からは赤毛の顎鬚がはみ出していた。それは見るからに醜く、実に恐ろしい事務次長だった。

　益荒男たちがこの神のごとく崇拝する人物にお辞儀をすると、彼は押し殺した声で話し始めたが、その発音にはいくつかの欠陥があった。

「私《ばだし》はこのひょうに包帯《ほうふぁい》だらけの顔であなた方をお迎えするのを残念に思っておるのですが、数《ずつ》日前に自動車事《ひ》故にあってしまったのです」

「酷《ひど》い事故だったのですか？」サルチエルは愛敬を売ろうとして言った。

「いや、ありふぁとう」とその人間機械はサルチエルに答え、お辞儀をしたサルチエルはひどく紅潮していた。

「何かご用《ひょう》ですか？　急ふぃでください、私は六時《ばたしりょく》に約束があるのです」

大臣の誰一人返答する勇気はなかった。その皺の寄った顔も和やかに、サルチエルは石鹸をつけて手を洗うような仕草をしたが、それはひどく当惑している印だった。寂《せき》として声なし、ソロモンは恐ろしげな紳士に、彼としては何一つ要求するものではないと言おうと心に決めた。

「私も何も望みはしません、殿下」とマンジュクルーは言った。「欲するところをほしいままに言うべきなのはサルチエル氏です。彼が何故我々をここに連れてきたのかさえ、私にはわかりかねます」と裏切り者は言い足した。「この私には一つだけ知りたいことがあるのですが、それは列車の時刻です。しかしあなたが教えてくださるには及びません。国際連盟事務局の奴隷が教えてくれるでしょうから、私は直ちに出発します。さようなら、殿下」

ガーゼ頭の化け物は不同意の印をし、マンジュクルーに椅子を指し示したから、彼は従った。

「私はしばし集中したく存じます、閣下」とサルチエルは言った。

そして彼は死人のように蒼白ながら、堂々と小サロンに向かった。後ろ手でドアを閉め、神に語りかけた。そう、彼は孤軍奮闘を覚悟している、だが打ち負かされるがままではいない。彼に力と魅力を与え給えと神に頼んだ。モーセやディズレーリが彼を見つめている。そう、例え寸暇でも一人になれる時間をもらいたいと頼んだのはよかった。だからこそ彼はより大きな成功の糸口をつかむこともできるのだ。

白手袋をはめてからドアを開け、両手を後ろ手に組み、首を傾げ、魅力的な髪の房と炯眼の持ち主は、上品に、闘牛士のようにすばやく、小股で事務次長の方に急ぐと、同僚の如く手を差し出した。

「嬉しく存じます。国際連盟は立派な機関です」

怖めず臆せず、事務次長に椅子に座るように勧め、エルサレムからの電報を彼に手渡すさまは気品に溢れていた。益荒男たちはそんな彼を大したものだと腹で唸った。サルチエルは片方の拳を腰に当て、電報を読む化け物をじっと見つめた。奇妙なことに、電報をテーブルに置いた彼が注視したのはサルチエルではなく、マンジュクルーだった。

「こちらの皆はんを紹介ひてくだふぁい」とサルチエルに頼むと、彼は喜んで従った。

ソロモンの番になったとき、黒の部屋着の高官はアラブ人に対してどのような姿勢を採るつもりかとたずねると、小柄な陸軍大臣は赤くなりながら、《むしろ情け容赦のない姿勢を採ります、閣下》と返答した。サルチエルは勝利の時は来たれりと感じた。

「閣下」と彼は言った。「ジュネーヴがまだ腐敗した泥沼にすぎなかった頃……」

マンジュクルーは、誇り高き軍馬のように耳を立て、一方ならず、気に入っているこの最後の言葉を聞くと心中穏やかならず、声を立てずにいないたが、その胸中では発揮されない雄弁の才が湿疹となった。ああ、なぜ喋っているのが彼ではないのか、なかんずく《腐敗した》と言ったのは彼ではないのか？

「ジュネーヴがまだ腐敗した泥沼にすぎなかった頃」とサルチエルは繰り返した。「その畔には数件の掘っ建て小屋があり、残念ながら裸の人間たちはその近くで、彼らの歯を使って獲物を捉えていた頃、オリエントでは一つのすばらしい都、壮大で壮麗な都が拡がっており、そこには多くの神の子が住んでいて、彼らは棕櫚の枝をうち振り、人間になるためにと神が与え給いし戒律を読んでいました」

マンジュクルーはひどく悔しがり、その舌は今にも動きだしそうだった。嫉妬で胆嚢が肝臓の中で破裂しそうだった。この忌々しいサルチエルは一体いつになったら終わりにするのだろう？　彼は友人の一言一言を盗みや横取りにみなしていた。

「この都は」とサルチエルは続けた。「エルサレムと称され、イスラエル王国の首都でありました！（嫉妬に苦しむマンジュクルーは長い間咳をし、発言者の邪魔をした。）要するに閣下、その国は再建前夜にあるのであります。その国は国の水先案内人という栄誉を私に与えてくれたのです。私は自分のすべてをこの栄誉に賭けるものであります！」

このとき包帯で頭を覆った化け物は益荒男たちを大層勇気付ける仕草をした、信じられないような仕草を。彼はサルチエルおじの手を取ると唇に近づけた。益荒男たちは勝利の風が彼らの帆を膨らませるのを感じた。世界の副長がサルチエルの天才を認めたのだ！　マンジュクルーは最早冷静さを保つことができず、無言症で死ぬだろうと感じた。彼は立ち上がり、発言者を脇へ押しやった。

「今度は殿下」と彼は言った。「趣味の良い、美しく装飾された言葉を発することで、舌をいい気持ちにさせてやるのは私の番です。私は――良き教育を受けた男ですからして、この私は――まず始めにあなたが恐ろしい、しかし神のご加護により死には至らなかった自動車事故に遭われたことにご同情申し上げます。（サルチエルをちらっと見やり、小さな咳をして当てこすった。）ご回復とご健康を祈念いたしておりますと礼儀作法どおり申し上げますと同時に、いささか礼儀に反する俗な表現ですが、頭が胴体とさよならすることのないようにと、神叩きをいたしましたと申し上げておきましょう。これは私には必ず異を唱えるあのあまのじゃくが腐敗した泥沼のことを語りたくて、殿下に申し上げるのをすっかり忘れてしまったことなのです」

マンジュクルーが頗る付きのしかめっ面をして嫌悪感を顕わにしたから、サルチエルは立ち上がり抗議しようとしたが、事務次長は話の腰を折らないようにとの身振りをした。

「私の味方にして至高の庇護者になってくださり、ありがたく存じますが、殿下、どこまでお話し申し上げましたやら、わからなくなってしまいました。秩序破壊の要素をたっぷり備えている話の妨害者の憎しみが、腐敗とは縁遠い私の頭の中で、言語による思考の道筋を断ち切ってしまいましたから」

「祈念だ」

「ありがとうございます、殿下」とマンジュクルーは化け物に向かって手を差し伸べたが、化け物はそれには気が付かなかったようで、それがサルチエルの深く傷ついた心には慰めとなった。「そうです、電光石火の如きすみやかなご回復を礼儀作法どおり慇懃に祈念いたしましてから、あなた様のご立派な自動車を慎重に、いえ、むしろのろのろと転がすようにとの、私どもの愛情のこもったご忠告を繰り返し申し上げましてから、私たちが命を落とせば私たちにはもう何一つ残りませんし、それに私どもは殿下をこよなく愛しております故、あなた様の亡骸にお悔やみを申し上げることになると思うだに身が震えるのです。それ故、私は法律上の問題につきまして発表させていただきます。実際の所、諸君、何が問題なのか？　問題なのはイギリス政府が、そうだろう、パレスチナで我々に充分な領地を与えなかったことなのだ。それでユダヤ人の子供たちは衰弱している、ユダヤ人の雌牛たちも衰弱しており、口に入れるべき果物がないので激しい痙攣を起こして死んでゆく！　パレスチナの豹たちも野生のフランボワーズを食い、夜毎活気を失っている！　私はこの哀れを誘う苛酷さに後ずさりする！（後ずさりしてから額に手を遣り、人を逸らさぬ微笑を浮かべて再び事務次長に近づいた。）ですから殿下、どうぞもう少し領土を大きくしてください。それでもしあなた様が私のために この小さな紙片にサインしてくださればば、私が自分自身で登記いたします、あなた様をお煩わせしたりはいたしません」

「イギリスはあなた方に何平方キロメートル与えると言うのですか?」ガーゼ頭の男がたずねた。

マンジュクルーはサルチエルの方を向き、サルチエルはマタティアスの方を向いたが、マタティアスは何も知らないと言った。

「ともかく、殿下、角形であれ円形であれ、イギリスから提供される平方キロメートルでは不十分なことは明白です。それで私は収入印紙を貼った紙を持参いたしましたから、あなた様はそこに数語お書きくだされればそれでよろしいのです。例えば《私はあなた方にイギリスの倍与える》と」マンジュクルーは言った。

もしイギリスがユダヤ人にパレスチナの四分の三を与えるなら、国際連盟はその二倍を彼らに与えるのは難しいだろうと事務次長は反論した。

「ご心配には及びません、殿下。私どもにお任せくださ い。その場合我々はエジプトを少しばかり頂戴します。どうかお気遣いくださいますな」

「それでもやはりアラブ人のことを考《かんが》えなければなるまい」

マンジュクルーは善良そうな微笑を浮かべて化け物に近づき、その手を取った。

「奴らはみんなのらくら者ですよ、殿下。たっぷりチップをはずんでやり、殺虫剤をすこしばかりくれてやれば、おとなしくしていますよ」

「いや、私《ばたし》はあなた方にそんなにも多くは与えられない」

「ひとつオファーしてもらえませんか」とマンジュクルーは言った。

「イギリスの十《ひっ》パーセント増しだ」

マンジュクルーは両腕を天に向かって挙げた。

「殿下、ご冗談でしょう!」と彼は大声で言った。

サルチエルは己の斜陽を淋しく見つめていた。人生とは不公平なものだ。昔の彼なら勝手放題はさせておかなかっただろう。しかし今や彼はバイタリティーも昔ほどにはないし、すっかり老いてしまったから脇にのけられているのだ。いやそれは年齢のせいだけではない、なかんずくソルを失ってしまったからだ。突然彼は事務次長の奇妙な振る舞いを思い出し、再び期待をかけた。

「閣下」と彼は笑みを浮かべながら始めた。

「ちょっと待った、御宅」とマンジュクルーは言った。

「俺はまだしゃべり終わっちゃいないんだから、俺がうち解け顔で盛り上げてる友好的な会話を邪魔してくれるな。（彼はしばし沈思黙考した。）失礼の段はお許しください、殿下、国家機密を打ち明ける必要に迫られまして、お部屋の片隅をお借りいたします。背に腹はかえられませんからな」

彼は広大な執務室の奥にサルチエルを連れて行き、小声で彼に話した。《白熱の戦いの最中に俺は小さな矢を何本か放ったが、悪く思わんでくれ。俺はいつもあんたの友だちで、己の本分を逸脱するようなことは全くやっていないつもりだ。心配するなよ、俺はあんたから首相の職を奪ったりはしないから。だが俺の好きなようにやらせてくれ。俺は彼が何を言いたいのかわかっている。》彼はサルチエルの手を握り、化け物のところへ戻って行った。

「殿下」と彼はにこやかに言った。「物事をもっと大所高所から見ようじゃありませんか。私は先程アラブ人へのチップのことをお話ししました。なるほど我々は巨額の資金を保有しております、殿下。（人にうまく取り入る優しさで、）あなた様にはご家族がおありでしょう、子供たちが病気になれば、医者への払いが生じます。生きている子供たちには食べさせなければならず、幼子たちが死ねば埋葬しなければなりません。ええ、そうですとも、我々金持ちは、殿下、物わかりがよいのですよ」

「黙れ、と私はお前に命じる！」とサルチエルが厳しく命じた。「閣下、この背徳者の言うことに耳を傾けることのないよう、お願いいたします！」

「彼が言うことはおもしろい」

サルチエルは慄然として口を噤んだ。マンジュクルーは優雅な手つきでズボンを螺旋状にまくり上げると、賭博者のなれなれしい口調で機嫌良く続けた。

「ですからねえ、殿下、長時間じゃなくていい、短時間の個人的な会談をやるべきだと私は言ってるんですよ。その席へ一つ、ふん、小さなスーツケースをひとつ持参しますよ」と付け加えた彼はすこし下卑て、悪魔っぽく見えた。（無邪気を装って）「スーツケースですがね、殿下、ごく小さなスーツケースにどのくらいの銀行券を入れられるか、注目なさったことがおありですか？　何千となくですよ、殿下！（芝居がかって）脇道へそれてしまいましたな、問題はこのことではありません。それ故、殿下、近いうちに私の小さなスーツケースを持って、あなた様のくつろげるアパルトマンにお伺いいたしましょう」

このような風俗の紊乱に慄然とした益荒男たちは事務次長がマンジュクルーの頰を軽く叩くのを目にした。臆面もなく何たる態度だろう！　その時マンジュクルーは揉み手をした。

「ではおいとまします、親愛なるお方」と彼は化け物に言った。「友人のヴァイツマンに電報を打ち、ふん、スーツケースの大きさにつき、彼にちょっとアドバイスをしてもらうためです」

　すると藪から棒に驚くべき事態が発生した。事務次長が電報を取り、その語数を数えはじめたではないか。彼は立ち上がると、マンジュクルーの方へ向かった。

「あなたは悪者だ」と彼は言った。

　びっくり仰天してマンジュクルーの舌は一瞬はずれてしまったようだった。

「とんでもないことです、殿下」ようやく彼はできる限り堂々と答えた。

「この電報を送ったのはあなたです、そうじゃありませんか？」

　マンジュクルーは胸に手を置いて、後ずさりした。

「殿下、何たる憶測でしょう！　私が、この私がですか？　滅相もない、名誉のために我が命をまるまるかけてもいいんですよ、殿下！　そのようなお考えに私の一番深いところにある一番細い血管がもつれあい、私の足の爪は反り返っています！　殿下、このような恥辱は血でしかあがなえません、しかもその血は私の血です、私はあなたの血を非常に大事に思っているからです！　それ故私は失礼します！」

　だが、化け物は彼を引き止めると、彼と容疑者だけを残し、益荒男たちはサロンへ行くよう命じた。

31

「殿下」とマンジュクルーは両手を前に突き出し、これ見よ顔で誠実さを顕示し、言った。「電報は昨夜エルサレムから送信されたと、郵便電信局の帯封に印字されているのですから、この電報を送ったのは私だとあなたが断言されるのはどうしてでしょうか！　昨日は一日中私がスイスにいたことを死んだ幼子の魂にかけてあなたにお誓いいたします！　アーモンドのように潔白なのですよ、殿下！」

「あなたは悪漢だ、マンジュクルー」

偽弁護士の長い脚ががくがくした。国際連盟の諜報機関や恐るべし！　俺の渾名まで知っているとは！

「殿下、僭越ながら申し上げます。あなた様におかれましては六時に約束がおありと伺っておりますが、あなた様の時計は六時七分を指しております。あなた様の資力と顕職に鑑みまして、あなた様の時計は正確に時を刻んでいるに相違ありません。それ故殿下、あなた様と私は外出し、この取るに足りないことなどもう話さないようにするのがよろしいかと存じます。殿下は会合に赴かれ、殿下の道を行かれる。そしてこの私は我が道を、暗く地味な我が運命《さだめ》に向かって、行きます」

「私は会わないことにする。それは女性だ」

マンジュクルーはたっぷりと驚いて見せ、女性に待ちぼうけを食わせるなんて、いけません。我々の会談は明日に延期してもなんてことはないのですから、と言った。「おお、女性は敬うべきです、殿下！　その女性《ひと》は美人なんですか？」その顔に優しい父親のような温情に満ちた表情を浮かべて、彼は思いきってたずねた。

「お掛けなさい」

「恐れ入ります、殿下」

「この電報には電文の語数は百八十九語との記載がある。従ってこの電報には百八十九語なければならない。ところが百八十二語しかない。あとの七語はどうしたのですか？」

「七語は私の所に、恐れながら殿下、私のホテルの慎ましやかな部屋に控えおります。殿下、あまりいじめないでくださいよ、酔いが醒めてしまうじゃないですか。私は謙虚に認めます。弁解するのはやましい証拠、ですよね、殿下！　二歳から三歳の九人の幼子たちに汚点のない名を伝えたいと思っている一家の父親を、どうか気の毒に思ってください！」

「この電報を送ったのはあなたですか？」

「恐れ入ります、殿下」とマンジュクルーは胸を叩きながら言った。「ローザンヌから、殿下、恐れながら私がジュネーヴへ電報を送りました。ジュネーヴからジュネーヴへの電報は印字されないからです、手書きだからです。私は、殿下、電報料だけではなく、ジュネーヴ、ローザンヌ間の往復切符代まで払わなければならなかったのですよ！　という次第でして、あなたにはよくおわかりいただけますよね、殿下」と彼は哀願調で言った。「私は、ですから、少々細工を加えようとして、殿下、私は自分自身に宛てて電報を送ったのですよ。私は電文に七語から成る不要な短い文言を控えめに加えておいたのです」

　彼はウインクし、苦しげに微笑んで見せさえした。小さな観測気球を上げたのだ。

「不要な文言と私は申しましたが、この文言にはサルチエル・ソラルとエルサレムの語がありました。私はこの文言が打たれている紙テープの端を剝がし、宛先である私の名の上にサルチエルの名を貼り付け、同様の巧妙なやり方で、電文の初めの所に印字されている電報の発信地であるローザンヌの上に、この都市とは比較にならないほど古い、エルサレムという都市の名を貼り付けたのです。そしてサルチエル氏の部屋のドアの下から改竄された電報を滑り込ませたのです。万事至極うまく企てられていました、殿下、誓ってもいいですよ！　だが、仕方がない。あなたの炯眼のお陰でこの儲け仕事もあえなく一場の夢に終わってしまいました。電報は私には随分高くつきましたよ！　そのことであなたを非難しようとは思いませんがね、殿下！　しかしですねえ、あなたのお陰で誉れの人生丸ごと喪失ってところですかな！　サルチエルはこのことで私を終生許しはしないでしょう！　しかしながら、私がしたことはすべてサルチエルのためなんですよ」

「そしてあなたのためでもある」

「そして私のためでもある、無論ですよ、殿下、私の掌中の珠である子供たちに誉れ高き名を残してやりたいがためです。一瞬の錯乱ですな！　私は大臣になりたいと思ったのです。偉大さへの狂おしい情熱ゆえに、徳を積んできた私の過去を、私は一切忘れてしまったのです、そして今ここにいるのは脳味噌が出払ってしまって、頭が空っぽになった人間です！　私はよく一人言うんですよ、殿下、偉大な政治家は悉くペテンから始まったとね。それなら私だってペテンから始めて何が悪い？　覚えておられますか、殿下、エムスの至急報［ドイツはコブレンツ近くの湯治場エムスで一八七〇年七月十三日、スペインの王位継承者としてホーエンツォレルン家から候補者を出すことにつき、ビスマルクへの至急報が書かれた。ビスマルクは至急報の一部を削除し、新聞に掲載させ、この至急報で戦争が決まった］、ルイ十一世とラ・バリュ枢機卿、マザラン！　そしてナポレオン、殿下、ここだけの話ですが、ナポレオンがその道に入り立ての頃、経歴詐欺まがいのことを言わなかったでしょうか？　自分はイスラム教徒だとエジプト人に語ったときのことを覚えておられますか？　そしてブリュメール［共和暦の第二月霧月十月二十二（二十三、二十四）日から十一月二十（二十一、二十二）日］十八日のこと［一七九九年ブリュメール十八日、ナポレオンが執政政府を樹立したクーデター］を？　一言で言えば、もしあなたがこれほどまでにしたたかでなかったなら、この私は成功し、我々は広大な領土を獲得したとエルサレムに打電し、ヴァイツマンにそのことを認証するよう、そして私を首相として追認するよう要請したでしょうに！」

感極まった彼が袖の折り返しで額を拭うと黒く汚れたが、大股で歩いたり、立ち止まって大袈裟な身振りをしたりしながら続けた。

「そして私はどんな首相になったでしょうか、殿下！　どんな新手の工夫を凝らしたでしょうか！　私の国民と私自身にどんな繁栄をもたらしたでしょうか！　どんな艦隊を編成し、どんな賄賂を受け取ったか！　そして遂に数十億の大金持ちになり、どんな物を食ったろうか！　あの誉れ高き小さなゴマのベニエを飽きるほど食ったなら、さすが底なしの私の心も優しく満足するでしょう。世界広しといえどもベニエを作らせたらその右に出る者がないあのケファリニアのヤコブ・サン・ムショワール《手鼻かみのジャコブ》が私のために毎日送ってくれるのです！　何とも言えず美味なるベニエよ、我が心の熱烈愛好物ベニエよ、おお、その心髄までシロップで一杯なら、ああ、甘露甘露、顎に杖して食ううちにその滋味は不味となる小さなベニエよ！　おお、シトロンの実やメロンの水気の少ないジャム、おお、アーモンドペーストと丁子をつめたデーツの水気の多いジャム！　おお、失脚のマンジュクルーには佳饌は無縁！　おお、我と我が身にお悔やみ申し上げます！　それからもし私が大臣だったなら、自分自身の、個人的利益を秘密裡に得るため、エルサレムにすばらしい銀行を創設したでしょうな！　平価切り下げが議決されるやいなや、私は直ちに布告しますが、その前にこっそりとインサイダー取引をして大儲けしたでしょう！」

悲劇役者よろしく高くあげた両手が別の生き物のように震えていた。

「どんな軍隊を組織したろうか」と彼は再び始めた。

「そして私はどれほど高額のリベートを軍隊の御用商人や納入業者から受け取ることになっただろうか！　それから悪知恵を働かせて、権力者たちとどのように折衝しただろうか！　そして大使たちとどんな饗宴を催しただろうか！　ああ、発汗のために小さな穴が幾つも開いている白手袋をはめて食い、大晩餐会ではパンをナイフで切り、真の社交界人士として、イギリスの高級将校のように、私は彼らの上司だ、チーズは指で取るのではなく、ナイフの先端で突き刺して取り、半熟卵の殻を大きな音を立てて砕き、アスパラガスは、その先っぽから根っこの方まで良く嚙んだ後、後ろに投げるのではなく、透かし模様入りの紙の切れ端に礼儀正しく置く、正装し、上流階級の礼儀作法に通暁しているユダヤ人の首相がどんな人間なのか大使たちの知るところとなっただろうに！　私はこういうことをする首相になっていたんですよ、殿下、もし私が首相になっていたならです！　しかしあなたが私の口から甘《うま》し物を奪い、フライドエッグも奪ってしまわれた！　ああ、殿下、そういうものはすべて、すべて二度と手にすることはないのです！　さらば饗宴よ！」とマンジュクルーはオペラ歌手のように、胸に手を当て、目を閉じて、高ぶった声で叫んだ。「さらば、袖を濡らす演説よ、さらば、水晶は塵を受けずといったんは拒絶しておきながら、秘密会談では、そして月無き夜には受け取る利得や心付けよ、さらば、勲章の闇取引よ、さらば、熱狂する群衆への軍隊式敬礼よ、さらば、軍隊での気を付けよ、さらば、首都へ入城する私への二十一発の礼砲よ、さらば、非公開の入札よ、さらば、公的利益のための土地収用よ、さらば、尊敬するに足る謙虚な司教や枢機卿との洗練された丁寧な会話よ、さらば、法律で禁じられている裏取引で謝金を払って好意的に釈放された囚人たちよ、さらば、政治家の高級な暮らしがもたらす無上の喜びよ、さらば、壮麗な四輪馬車とランドー型馬車、それに皮のヘルメットを着用しオートバイに乗って警備にあたる憲兵に周囲をかためられ、安全運転を心がける慎重な運転手が運転する自動車よ、お前ともおさらばだ、さらば、マタティアスのやっかみよ、店の前に私のティルバリー［二人乗りの軽装二輪馬車］を止めさせるという我が栄光が彼に妬まし顔をさせるのだ、そう、さらば、社交界人士と政治家の麗しき暮らしよ、何枚ものタオルを使う毎日の入浴と嵐で遭難するのを恐れながらも、周囲を四隻の装甲艦に囲まれての一等の船旅よ、さらば、人生の黄昏にようやく訪れたマンジュクルーの栄光よ、さらば、さらば！　ケファリニアの太陽は永遠に沈んだ！　万軍の主は我を大盾の上に横たえたり、此処に我は勝利と栄光を眼前にして戦列を離れんとす！」

彼の感動は嘘偽りではなく、大きな汗の染みが作業服のルダンゴトに染み出ていた。

「それから朝食《ブレクファスト》ですかね、殿下、あなたのお陰で食い損なった朝食《ブレクファスト》のことですよ」と彼は差し伸べた両手を震わせて責め立てた。「朝食《ブレクファスト》、つまり、白いナプキンとカチン、カチンと鳴るガラス製品で供される大臣たちのイギリス風朝食のことですよ！（彼の声は突然母親のような優しさを帯びた。）一ダースほどの丸かったり細長かったりする小さなパンでの愛しの朝食《ブレクファスト》、閣下が私の口から残酷に奪い取った魅力の朝食《ブレクファスト》、悪魔じゃなければ考えつかないような私の策略があなたに見破られ、私の玉座が台無しなるようなことがなかったなら、私がロンドンで食うはずだった朝食《ブレクファスト》全部、私の同僚の大手大臣《シャンスリエ・デ・ゼシェック》［正しくは大蔵大臣《シャンスリエ・ドゥ・レシキエ》Chancelier de l'Echiquier］と一緒に楽しみ味わうはずだった豊饒の象徴としての朝食、旨いソースをかけた喉が鳴る薫製の魚、殿下、食い放題のパンと嫌が上にも食欲をそそられるさまざまな焼き方のロースト肉、キクジシャ［チコリの根の粉末でコーヒーの代用にする］入りじゃないカフェ・オ・レ、蜂蜜、ハントリー・アンド・パルマーズのビスケット、ジェリコー卿に供されるようなクロス・アンド・ブラックウェルの黄金色のオレンジ・マーマレード、ものすごく辛いマスタード付きの薄切り肉とフライド・エッグ、殿下、フライド・エッグですぞ！」

彼の声は拡散し、その両腕は長々と伸び、目は夢想家のそれだった。

「フライド・エッグ、たくさんのフライド・エッグ、私は程良く揚がったのが好みだ。液状の黄身と凝固した白身、胡椒と塩を充分すぎるほどきかせたフライド・エッグ、イスラエルで権力者になったなら、もうどんなラビだって恐れるに足らずだから――ラビなんて悪魔にさらわれちまえ！――平ちゃらだったんだ、と私は言う、平ちゃらだったんだと、ハムの大きな切れを何枚もフライド・エッグと一緒に食っても、豚足や頭さえも！　そういったことすべて、すべてですよ、殿下、その上国民の財産、私心のない演説をする機会までも失ってしまった、電報に数語が足りなかったというので、こういったこと全部が永遠に失われてしまったのです！」

彼は話すのを止め、いろいろな小型ガラス瓶が乗っているテーブルに近づくと、大きなグラスにポートワインを注いで、絶望から一気に飲み干し、それから二杯目を飲んだ。

「これから武器販売店へ行きます」と彼は締めくくった。

「しかし私は断末魔にあってもあなたのことは忘れませ

んし、あなたのために祈りますよ、殿下！　これが私の気高い復讐です！」

そう言うと古典悲劇に登場する絶望した盲目の王たちのように一方の手でうなだれた額をおおい、もう一方の手を後ろに伸ばして立ち去った。泉下の客となることにした男として、彼は出口へ向かった。しかし、ああ、扉には鍵がかかっていた。

彼は不運にもめげず、偽装自殺という逃げ場へおとなしく緊急避難する方法はないとみてとると、諦めてそこに留まることにし、不運な出来事から何らかの利益を得ようと決めた。脳を活性化させるため激しく咳をし、こんな風に再び始めた。

「要するに、殿下、私は個人的、私的利益のため身命を賭したのですが、肉を切らせて骨を断つとはいきませんでした。私は気持の上では殺されたも同然なのですよ、殿下、それで誰に殺されたのか？　あなたにですよ、殿下、あなたを侮辱したわけでもないのに、です！　一通の電報から数語足りなくなっているからといって、殊更それを指摘する必要がどこにあるというのですか？　あなたがおられなかったなら、私は絶対的な権力をなんとか手に入れられたのですよ！　あなたは男一人虐殺したのですよ、殿下！　なんという男を、なんという個性を！」

自分の追悼演説をやっているのだと思うと、声も湿ってきた。

「如何なる情熱の男が無の中に沈んだのか！　偉大なものをかぎ分ける嗅覚の持ち主にしてパレスチナの同胞を紳士的な国民に仕立て上げたであろう男です！　千五百万の人間を紳士にしようとした計画はあなたのせいで流産の憂き目をみたのですよ、殿下！　彼ら一人一人に長靴《ちょうか》と馬を支給し、この私は鼻孔をぴくぴくさせる鼻息の荒い黒馬にまたがり、先頭にたち、殿下、二つに分かれた顎鬚を蓄え、きらきらした目で辺りを睥睨する！　私は戦いに勝利しただろう、近代装備完備の軍隊を作っただろう、たっぷり食いもしただろう、叙勲されもしただろう、私は我が愛する祖国のために為すべきことはすべて為し遂げただろう！」

彼はポートワインをもう一杯のみ、手の甲で唇を拭うと続けた。

「私はあなたを許します、殿下、誠に気前のよい御方《おんかた》が好意的な目でこの度の一件を検討され、ジュネーヴ、ローザンヌ間の往復切符、莫大だった電報料、糊、意気阻喪、鋏、焜炉、名誉と朝食の喪失に対し殿下が法律の条文にとらわれずに、私に損害賠償してくださることを期待しております故！　それから忘れるところでしたが、殿下、私のジュネーヴの友人シルベルフェルドを買収したときに支払った金もです。彼はカフェの電話ボックスに待機して、サルチエルが電話したとき、シオニストの代表者を見事に演じてくれました。つまり、物質的、精神的な損害を見積もりますと……」

彼は口を噤み、立派な家具調度にその眼差しを遊ばせた。

「六千から九千九百フランというところですかな。しかしここで問題にしておりますのは表面に現れた損害、つまりですな、私自身が蒙った損害だけです。学識深き我々法学者が遺失と名付けているもの、平たく言えば儲け損ないですわな、もし私がこの損失を取り戻そうと思えば、そうなりますと私はあなたに数百万を要求することになるでしょうね、私が法務大臣として受け取ることになっていた小さなスーツケース数個のことはあなたもおわかりでしょうからな！」

彼は手をぐるぐる回し、いたずらっぽくウインクした。

「運命に恐るべき残酷さで打ちのめされ、ひどく落胆させられたサルチエルの悲しみを含めて、殿下、一万五千フランで手打ち式ってのもいいじゃありませんか。可哀想に私に会うたびに話すのは、どうかして再会したいと切望している行方知れずの甥のことばかりです。それもこれもひっくるめて二万フランほどでいいんですよ、ねえ、殿下」と長い腕を大きく拡げて言い、自分の声に感動した。「殿下、謝っていただくため、二万四千フランを小切手ないし、今現在流通している金、現金で受け取れるよう命令を出してくださいよ！」

差し出したその手にガーゼ頭の福の神が百フラン紙幣を置いたので、マンジュクルーはポケットに入れる前に恭しく唇に挟んだ。

「ところで殿下、あなた方の国際連盟が持っておられる世界中の住民台帳で、ソラルの住所、ラビであるガマリエル・ソラルの息子なんですがね、その住所を見つけられないか、あなたの部下に聞いてはいただけますまいか、もし見つかったらその頰にキスできるよう、サルチエルおじに知らせてやってはくれますまいか？　私たちがここジュネーヴに到着した日、手紙に書かれていたランデヴーの場所へ行ってみたのですが、そこには誰もいなかったからです！　そして今、サルチエルはこの二年間続いた憂鬱に再び陥り、同じように真実の追究を再び始めることになるのです！　祭りの日、自分の前に甥のソラルの皿を置き、そこに一番いい肉を取り分けて、たった一人で食べる可哀想なサルチエルをあなたがご覧になれたなら！　カラフには甥の写真を立てかけてあるのですよ！　ああ、殿下、あなたがかつてのサルチエルをご存知だったなら、活気に溢れ、しかもその法螺は人を食ったものでしたからおもしろくてねえ、そんじょそこらの法螺吹きじゃなかったから、彼の口元にはいつも作り話の花が咲いていた。しかし今は、殿下、甥が行方不明になってからというもの、すっかり冴えない男になってしまった！　この途方にくれた男は今や本当のことしかしゃべらない、だから余命幾ばくもないということでしょうよ！」

そしてマンジュクルーは話すのを止めた。本当に悲しくなり、サルチエルの命が心配になってきたからだ。この男は、真面目なときは持ち前の雄弁さをことごとく無くしてしまうのだ。彼は腰を下ろし、大臣のすばらしさを並べ立てたとき、ババを忘れたと思った。突如決心すると、立ち上がった。

「殿下」と彼は言った。「名誉失墜の対価として要求した二万五千フランはいりません。あなたはまだ私にくださってはおりませんが、必ずやくださると思っておりましたし、今もそう思っております。しかし、いただかなくて結構です、放棄します、そのかわり、甥との再会を懇望するサルチエルをあなたに助けてもらいたいのです！」

ソラルはこの異様で滑稽な人物に仲間の所へ戻るよう手真似で言った。一人になると彼は広大な執務室を歩き回った。そう、彼は自分の民族を恥じていた、自分の一族を恥じていた。彼はとばっちりを受けているのだ。サルチエルはギャロウェーやハックスリ、あるいはペトレスクが軽蔑する輩であることが彼にはわかっていたからだ。あのペトレスクなんかロスチャイルド家の人々をひどく敬っているのに、サルチエルがこの世にいるありとあらゆるロスチャイルド家の人々よりももっとずっとすばらしい人間であることは絶対に理解できないだろう。彼らに会うとするか？　うん、だが会えば数日後には、反ユダヤ主義の新聞に風刺画が載る。〈事務次長とその一族郎党〉。彼が一番愛している人たちを否応なく苦しめ、すばらしいと思っている人々を恥じざるを得なくなる。そう、彼だけがユダヤ人の異様、滑稽を、ユダヤ人の育ちの悪さを、彼らの鼻や猫背、彼らのおどおどした眼差しを尊いものと敬っている。彼の民族を恥ずかしく思いながら、彼の民族を、彼らがまとう地面を引きずる虱のわいたレヴィットを王侯の服にもひけをとらないと尊んでいるのだ。

ヘマをやる運命なのだ。ケファリニアの彼らに手紙を書き、彼らにあの小切手と彼らを楽しませようとして馬鹿げた暗号文を送ったが、それは誰かに頼まれたからか？　イギリス庭園でのランデヴーも誰かに頼まれたからか？《そうなのですよ、卿と敬称付きで呼ばれる貴貴《あてあて》しき御方よ、私は真夜中にタクシーのカーテンを揚げ、遠くからゆっくり彼らを鑑賞していたのですよ。》

　そして今、彼らは彼から二メートルのところにいる。そしてもう一人、例のジェレミー、ピスタチオ売りの預言者は衣装棚に吊されている！　立派なコレクションだ。ユダ公たちに包囲されているのだ。彼が相手にするユダヤ人が一人のとき、彼はひどく気弱になる。あのジェレミーが来た、追っ払ったり逮捕させたりするどころか、意気地無く彼と関わり合いになった。ユダヤ人は彼の愛人、彼の不倫相手なのだ。もっともジェレミーの一件はヘマというほどのことでもない。結局は島に戻ったサルチエルの知るところとなるだろう。この一風変わった男は「ル・タン《時代》」紙を読んでいる。その他の新聞は、高度な政治の鑑定家の目には格別優れたものには映らない。《遅かれ早かれ彼は私が国際連盟幇間次長と知るだろう。》彼らが相手だとひどく意気地がなくなり、あのポーランド人に、アルゼンチン人になりすましてやって来た目的は何か、どのように手筈を整えてシュルヴィルとの面会を実現させたのか、訊ねさえしなかった。彼は陶然としてジェレミーの匂いを嗅ぎ、その鼻を大いに楽しんだのだった。

「そのとおりだ、魚みたいな目をした親愛なるペトレスクよ、私はリッツに住んでいる。しかし、夜になると私の父が私を待っているセリニーの人里離れた家へ行く。盲《めしい》たうっとうしいラビ、その唇は三キログラムにもなり、おかしなアクセントでフランス語を話す父親のいる家へ」

　ペトレスクのような人間たちのせいで、彼の父親は彼から遠く離れて一人で暮らしている。昔は誇り高かったあのガマリエルが今ではすごく従順だ。レプラのように隠れる恥辱をひどく謙虚に受け入れている。そう、あのペトレスクは梅毒にかかっているにちがいない。ペトレスクのような人間たちには、紫色のターバンを巻いたラビが存在するなんてことは信じがたいだろう、そんなペトレスク風人間たちを誉め称えよう。サルチエルをセリニーに閉じ込めるか？　サルチエルは信用できない、しゃべりすぎるのだ。

「綱渡りだ」

　いずれセリニーの人たちは、ひっそりと暮らしている人物を訪れているのが誰なのかを知るだろう。しかも彼らは、高い塀に囲まれた蜘蛛の巣だらけの陰鬱な小さな庭を、一日中朝から晩まで彷徨い歩く盲人のことを、話の俎上に乗せるにちがいない。家事使用人もいず、日毎たった一人一張羅の祭服を纏い、老人は辛抱強く息子を待つのだ。息子が彼のことを恥じているのが彼にはわかっていた。おお、息子が着くときの老人の微笑。息子の喉は抑えた啜り泣きで締め付けられるのだった。彼は父親を監獄に入れたのだ。

「そうだ、親愛なるセシルよ、この私が父親に食糧を届けているのだ。裏切るかもしれないから、家事使用人は置いていない。父親に食事の支度をしてやるのは私だ。笑うなら笑え、体を洗ってやるのもこの私だ」

彼が到着すると、老人は埃りと腐った木の匂いがするサロンへ彼を連れて行く。二人して花柄のぞっとするカナペに座る。そして死人のような目をした老人はその手を息子の膝に置き、掌中の珠の息子が語るすばらしい話に耳を傾けるのだ。おお、この威厳に満ちた病人のような微笑。

そうだ、益荒男たちに恩を着せ、直ちに立ち去るようきっぱりと彼らに命じるのだ。彼らに沢山の金をやろう。

32

「だからわしをどんな風に立ち上がらせてくれ、どんな風にわしを抱擁してくれたかお前たちも見たろう?」とサルチエルは何度も洟をかんでから言った。

マンジュクルーは、三文芝居を見せられているようで、けったくそが悪かったとだけ言った。彼は心と裏腹な悪態をついた。自分が男らしく情が強《こわ》い人間に見られたかったのだ。幸福の絶頂にいたサルチエルは、マンジュクルーを陰険な男呼ばわりをすることで我慢した。

「ああ、我が愛する友どちよ」と彼は続けた。「今やわしの両手は強烈な鉄拳を食らわせられるほど頑丈になり、足はすっかり若返ったような気がする。彼はわしに内緒話をするように声を落として、余すところなくとても良く説明してくれた。ここ数年の音信不通は、可愛いではないか、最高峰を極めるべく、もう一段上ってからおじに手紙を書こうと思っていたからだ。この小切手は無論彼からのものだ。わしたちが謎好きだってことを知っていたからこそ、まるで小説みたいなやり方で小切手をわしらに送ってきたのだよ」

「もっと、おじさん」とソロモンは懇願した。「胸のつかえをとってくれたそのすばらしい話をもっときかせてください」

「いいとも、いいとも、喜んで話してあげるよ、わしの息子。お前たちを全面的に信頼しているから、わしは安心してお前たちに話す。おお、我が友どちよ、彼がこのわしを呼んだ時、この上なく快いその声がわしにはすぐにわかった……」

「そうでしょうね」とソロモンは言った。

「そうして彼の広大な執務室をまるで瀕死の人間のようにのろのろ歩いていると、昇る朝日のような彼がいた。彼はわしの額と肩にキスしたから、わしは押し潰されそうだった。わしらは涙に溺れた。彼はわしにフルートをみせた。彼が子供の時分にわしが吹いてやり、彼がその音に合わせて踊った笛だ。大人になった今でも彼は大事に持っていたんだよ！　それからわしの脚が震えていたから、彼は肘掛け椅子までわしを抱えていってくれた」

「玉座のような肘掛け椅子に」とソロモンが言った。

「それから引き出しを開けてわしの写真を見せてくれた。わしはこれらの写真を取り戻そうと思う、そこに置いておくのは好ましくないと思うからだ」

彼は微笑み、甘美な涙を流した。彼は彼の〈祈り〉に再会したのだ。彼は甥のことを秘かにそう呼んでいた。

「もっと、おじさん」とソロモンは頼んだ。

「彼はわしの前にひざまずいた。これ以上何を言う必要があろうか？（マンジュクルーがふくれっ面をしたから、サルチエルはそれが気に入らなかった。）コブラよ、お前のちびっ子ども、髪は黒く肌は褐色のあの惨めったらしい三人は国際連盟に所属していない、そうだろう？少なくともこのわしにはそう思えるのだよ。それにお前の甥の一人はパリのブールバールでこうもり傘を拡げて、その中に絹の靴下を並べて売っているって噂だ」

「マンジュクルー、もしあんたが意地悪をやめないなら、僕があんたの首を絞めてやる！」とソロモンが言った。

「しっ、我が子よ、わしの甥は司教に会うのだよ」とサルチエルが言った。

ソロモンは誇らしくて、二本の人差し指を立ててささやかなダンスをした。司教が大層気に入ったから、マンジュクルーは殿様ソラルが何でもないサルチエル如きに跪いたのを許した。

「そうして」とおじはいった。「彼が袖をまくり上げたのだよ！　わしは彼がいつも腕にテフィリンを巻いているのを知ったのだ！」

「だが、袖で覆い隠している」とマタティアスがいった。

「いいさ。それなら誰にも知られないからな。だがなあ、彼があんたをそれ程までに愛しているなら、彼はなぜイギリス庭園に来なかったんだ？」

　サルチエルは咳をした。

「まあ、しかたなかろう、何か差し障りがあったのだよ」

　物事を紛糾させようとしてマンジュクルーは、何を考えているのだ、とソロモンに聞いた。

「僕の脳は小さいけれど、質がいいんだってこと」とソロモンは言った。

「子供たちよ」とサルチエルは言った。「礼儀を守り、慎み深くあれ」

「俺が考えているのは、彼が俺に支払ってくれ、俺を肥え太らせてくれ、そうして俺が紳士《ジェントゥルマン》になることだ」とマンジュクルーは言った。「結局一万フランもの金を、彼はあのジェレミーに、あんな奴なんか呪われちまえ、手から手へ即金払いでくれてやったんだから、あいつを追っ払う前にな、（サルチエルはそれを思い出すと嘆かわしくて、目を閉じた。）この俺には十倍支払うべきなんだ。さあ、今度はミハエル、お前はどんな筋道を踏んで、シピヨンとあの欲の皮のつっぱった疫病神のポーランド人を面会にこぎつけさせたのか、話せよ」

「ホテルのサロンで」とミハエルが始めた。「スペイン語を話している醜男二人が目に入った。俺はスペイン語がわかるんだ。二人は本物のアルゼンチン代表だった。俺は耳を澄ました。他のホテルが満杯で、この貧弱なホテルに泊まらなければならなくなって、文句たらたらだった」

「かいつまんで話せ」

「それから彼らが急ぎの用事で、パリへ発つことにしたのがわかった。その他にもいろいろとな。二人は正午に出かけたから、俺は頭を働かせて具合良く釘をねじ曲げ、彼らの部屋へ侵入し、彼らが持っていた紹介状を頂戴したのさ」

「お前の計略は曲がない」とマンジュクルーは凝った言い方で軽蔑を顕わにしてみせた。

「殿様が言葉を運ぶ機械を使って、現金出納係に彼の給料三ヶ月分を持ってくるようにって命令したとき、堂々としていて立派だったたね、見たでしょ」とソロモンが言った。

「徳なき女であるお前の母親の目には給料と映るん

だ！」とサルチエルは言った。「世界の副王ともなれば、給料などとは言わないのだ！」

「ああ、そう、そうですか。僕は知らなかった」とソロモンは言った。「僕の聖人のようなお母さんのことを悪く言うのはやめてください」

「言葉の綾だ」とサルチエルは詫びた。

「じゃあ、どう言えばいいんですか？」

「報酬」とマンジュクルーが言った。

「特別歳費だ」とサルチエルが言った。「わしは世界の副王と言ったがな、実際は王と言うべきなのだ。なぜならあのイギリス人のご老体、疫病神のジョン卿だ、あの御仁を悪魔が可及的速やかさを以て食らってくれれば、我々（この〈我々〉は無論ソルのことを言っているのだ。）が彼の地位を襲うことになるからだ。あの愚かなイギリス人のご老体、とわしは言うが、あの人はお飾りとしてあの高い地位に就いているにすぎないのだ」

　マタティアスがにやっとし、サルチエルはその薄笑いが気に入らなかった。

「わしが〈副王〉と言ったのが、おお、松脂嚙みよ、もしやお前の回転耳には耳障りだったのではあるまいか？」

「一つ確認したいことがある、俺が間違っていないかどうか」と身障者は言った。「あんたの甥が抱擁館《アンブラサッド》〔大使館 Ambassade と言うべきところ、抱擁館 Embrassade と言っている〕で秘書をやっていた頃、俺が秘書よりましなものがあるっていうそぶりを見せただけで、あんたは俺を侮辱した。だがな、彼は今秘書の下……」

　サルチエルは怒りの発作に襲われた。

「マタティアス、よく聞くのだ、わしがお前に話すのはこれが最後だからだ。わしがこうして今までお前に話しているのはな、お前のことを思いやってのことではない、蛆虫どもに貪り食われるのもそう遠い将来ではないその五体不満足な亡骸に敬意を表するためでもない、その人間の名誉とその真実のためなのだ！　わしがお前の顎鬚を引っこ抜いて修羅場を来させないのは善意からではなく、お前の悲鳴がわしの甥に害を及ぼすことのないように、そして顰蹙をかわないようにするためだ、先ずそのことを知っておけ。秘書の下、とお前はわざとそう言ったのだ！　しかもお前は忘れている、悪意の男よ、お前は一番大事な〈総《ジェネラル》〉を付け加えるのを忘れているのだぞ！　それでは何の〈総〉か？　世界の津々浦々の国全部を表す〈総〉だぞ！」とサルチエルは地球を覆うような大きなジェスチャーで言った。「愚か者、汚い無知な男よ、お前の足指の間のように汚い男よ、わしはこの間それを目にして悲しくもなり、恥ずかしくもなった。おお、鼻持ちならない奴とはお前のことだ、誰の種ともわからぬ息子よ、遣り手婆あの甥よ、おお、贋金作りの末裔よ、おお、下司の生まれよ、おお、反吐が出るマタティアスよ、おお、アラブ人よ、お前は教養が無く、道端の溝でスー硬貨を探す時とか、或いは取れた魚を子供たちから安く買いたたく時だけはうまくやる男だから、わしから学べ、百パーセントのハイエナよ、秘書の意味を教えてやる、秘書とは秘密を知る者という意味だ！　それで、誰の秘書だ？　世界中の国の、だ！」［ソラルは国際連盟事務次長（Sous-secrétaire général de la Société des Nations）　sous は下、次の意味］

「それはそうだが、次長だぜ」とマタティアスは人差し指で膝を叩いて、執拗に言った。

「それならモーセは神の補佐官ではなかったか？　神よりもっと偉大な男ではなかったか？」サルチエルおじは自分の主張を擁護するため、敢えて踏み込んだ。「国際連盟の次長とは何か、知らないのか、お前は？」

「そら、またおいでなすった、抱擁館秘書が」とマタティアスは口の中でぶつぶつ言った。

「事務次長は……（彼はこの〈次〉がどうにも我慢できなかった。だがどうしようもないではないか？）事務次長は、友よ、朝、その執務室にやってくる。うん、そこで、何が起こるか？　ルーマニアからの電話だ！《税金を上げてもよろしいでしょうか？》か細い声でルーマニアはたずねる。我が甥の冷酷で意地の悪い返答。《だめだ、バルカンの馬鹿者共よ、トランプのいかさま師よ、新税などもってのほかだ！》そのとおりだ。彼は受話器を置く。ハンガリーからの電話だ！（ハンガリーからの電話の声を作ろうとして、気取った若い女性の声で言った。）《私たちにはもうお金がありません、一スーもないんです！》そこでわしの甥は（男性的なきっぱりした声で）《あなたがたはまた金を全部使ってしまったのですか、駱駝の、牛の糞のハンガリーの馬鹿野郎どもが？——国が貧しいのです、顕職におられます閣下！　とハンガリー人が答える。——それはそうだろう、とソラルが応じる。私が先月ハンガリーで通用している金を現金であなたがたに与えたが、あなたがたはオペラハウスだのオーケストラだのを作ったり、氷で冷やしたコーヒーを飲んだり、途方もなく高価なヴァイオリンを買ったりして、ありとあらゆる種類の馬鹿げた浪費でその金を無駄にしてしまったのだ。それに新しい列車を作る必要がどこにある？　ハンガリーでは古いもので我慢すればいいのだ！　さあ、早く寝なさい！》とまあ、こんな具合だ！　そういうことだ！」

「それで、イギリスは?」と不安になったマンジュクルーは聞いた。

「イギリスもだ」としばしの躊躇《ためら》いの後で、サルチエルは答えた。「イギリス人から電話があり、《我々は更に十隻装甲艦を建造しようと思っています》と彼に言う。すると彼は、つまりわしの甥だが、至極愛想のいい調子で答える、少々音楽的に、だが悲しげに……」

「しかし、そんなこと全部をあんたはどこで知るんだ?」

サルチエルは身障者に雷を落とし、先刻わしにそう言ったのはソラル自身だ、と言葉少なに反駁した。おお、またよく嘘がつけるものだ、おじは!

「だから、我が愛し子はイギリス人にこんな風に言ったんだ。《親愛なる英国首相よ、貴殿は少々誇張しすぎではありますまいか? 貴殿をお喜ばせしたいのはやまやまなれど、私は装甲艦九隻以上は許可できません。》そう言ったのだよ、我が友よ、そう言ってのけたのだよ! ここからすぐに出て行くのだ、マタティアス、パンがない、パンがないといつも愚痴をこぼしてばかりいる、腐ったレモンのようなお前の顔をもう見たくないからな! ここから出て行け、わしの部屋から出て行くのだ! 彼がどんな風にポーランドの大臣に挨拶したか、お前わかるか? そいつの顔に唾をはきかけながらだぞ!」

「でもその人は怒らないの?」とソロモンが聞いた。

「全然、我が子よ」とサルチエルは優しく言った。「彼は礼を言うんだよ!」

「知ってるか、マタティアス」サルチエルの寵愛をどうしても取り戻さねばならなかったマンジュクルーが言った。「お前知ってるか、おお、陰気で冷酷な男よ、尊敬すべき殿下にして甥が旅行するとき、税関吏どもは彼のことを覚えていないことがある。そういうとき、お前わかるか、おお、ミス・コンテストなら〝ミスけちん坊〟まちがいなしのお前、(サルチエルはミルクを飲んでいた。)お前わかるか、節約から、貯め込み趣味から、どこかへ旅行したりは決してしないお前、わかるか、何が起こるかわかるか、お前?」

サルチエルは親友マンジュクルーに近づき、もっとよく理解できるようにと目を皿のようにし、もっとよく聞こえるようにとラッパ型にしたその手で耳を囲み、嬉しそうに傾聴した。

「彼は」とマンジュクルーは続けた。「彼は敬われるべき人、崇められるべき人だ。そこにいる税関吏ども悉く彼を無視する振りをする。《おい、そこの》と彼らは横柄に彼に言う。《一等車で旅行するからといって、無通関とはいかんぞ！》そこで彼は上着を開き、メダルを見せる。もう一人の男、彼よりほんのちょっと上にいるジョン卿のほかには誰一人持っていないメダルだ。税関吏共はたちまち、へへーとばかりに跪くのだ！　そうして、ソラルが税関長に雷のような声で何を言うか、お前わかるか？《知れ》とサルチエルの甥は言う。《おお、一万頭の駱駝の息子よ、黒山羊の糞みたいな税関長よ、知れ、おおお、スーツケースを引っかき回して探るのが好きな嫌な奴よ、知れ、おお、安月給取りよ、おお、飢えて死す者よ、底を取り替えた靴を履く者よ、おお、ダニだらけの、猫背の、卑劣の、凡慮の男よ、我が喜びは一万本のたばこと一キロ平方メートルのレースをスーツケースに入れておくことだ！》すると税関吏どもは埃にまみれて平身低頭、声を揃えての大合唱だ。《このたばこが香しき至福をもたらさんことを！》と。まあ、こういうことだ。そうして警察署長は彼のパスポートをちらりとも見ないってことを、お前知ってるか？　署長が何をするか、お前わかるか？」

「いいや」サルチエルは胸をどきどきさせて言った。

「早く言ってくれ、親愛なるマンジュクルー！」

「署長は大急ぎで殿様にブラシをかけ、靴を磨くのさ！」

「ちがいない」とサルチエルは言った。（彼は腕組みし、打ち負かされた身障者を眼差しで激しく咎めた。勝利の目に見えない蒸気がぴくぴくする鼻孔から噴出していた。）さあ、元気を奮ってしゃべってみろよ！（打ち負かされてマタティアスは詫びた。だが、サルチエルはどうしても敗者を踏みつけずにはいられなかった。）それに、彼が下院議員だった時、彼は大層聡明で学識が深かったから、下院で組閣するように提案されたことがある。それもお前、知らないのか？」

「なぜ彼は受けなかったんだ？」

「彼が属していた社会党は過半数には足りなかったからだ」

「だから彼の党は脳足りん党だと言うんだ」とマンジュクルーが言った。「全部の党と仲良くしさえすれば、このジャムを手放さずに済んだんだ！」

「彼は挙国一致内閣は組織したくなかったんだよ」

「俺なら」とマンジュクルーは言った。「俺なら挙国不一致内閣を組織するんだがなあ、大臣は皆何をしたっていい、俺もその内閣の閣僚で、我が愛するフランス軍を強化し、フランスの首相として最愛のイギリス国王ジョージと握手し、その御前で目に涙を溜め、世界で最も高貴な二国の国旗を打ち振りながら、ラ・マルセイエーズをがなり立てられればなあ！」

「いずれにせよお前には閣僚のポストなんて無縁だぜ、誰もお前なんかに大臣の椅子を提供するものか」とマタティアスが言った。

マンジュクルーは気を悪くして立ち上がり、堂々とドアに向かった。それから回れ右をすると戻ってきて座った。

「俺はなるほど能なしだ」と彼は悲しそうに言った。

「そんなことはない、世に埋もれた男なのだ」とサルチエルが言った。

「偉大な男はいつだってそうだよ」とソロモンが言った。

ソラルが入ってきた。皆立ち上がり、海に昇った月のように美しいと思った。彼が黙っていたので、彼らは女性のように彼にみとれた。

サルチエルはもう一度彼を抱擁するのは厚かましいと思った。しかし彼との愛情のこもった触れ合いを断ちたくなかったサルチエルは、甥の袖に埃が付いているように見せかけ、それを注意深く払った。アルゼンチンの一件は落着したとソラルは告げた。重要証人のシュルヴィル伯爵は今夜にも任務を帯びてバルカン半島へ旅立ち、ハンチントンは長期休暇に入ると言った。


「それで、私のために、殿様、外交特権で何か一つ非合法の仕事をまかせてくれませんかねえ？」とマンジュクルーが頼んだ。

「国際連盟が輸出入、或いは担保付き融資に関心を持っているなら、検討の上でその事業に参加してもいい」とマタティアスがゆっくり言った。

「お前を少しばかり手助けできるかな、我が子よ？　例えば書類にスタンプを押すとかな」とサルチエルはたずね、マンジュクルーは公式の便箋をくすねた。後日いつも必ず役に立つからだ。

「我々にあなたの代わりをさせてもらえませんか？」と背の高い結核患者は提案した。「パスポート交付やヴィザの発給を拒絶する喜びのために」

「拒絶してどんな喜びがある？」とマタティアスが聞いた。

「ああ、ポーランドの領事ならだれでもいい、そいつにこう言いたいんだよ。《今度は俺の番だ、我が友よ、お前を焼き肉にしてやろうか、それともオーブンで蒸し焼きにしてやろうか、二ヶ月後にまた来るんだな、ヴィザを発給するかどうかはその時教えてやる、お前のことを警察に調べさせてからだ。》」

「お前の金を盗まれないようにするには、疑わしい職員を監視するのが一番だ」とサルチエルが言った。

「そうだね、僕たちみんなが付け髭で変装して監視すればいいんだ」とソロモンが大きな声で言った。

「ところでおじさん、万事順調ですか？」とソラルがたずねた。「一番新しい発明は何ですか？」

「お前に話そうと思っていたんだよ、我が愛しき者よ」とサルチエルは即座に答えた。「時計だよ、科学者連中はその時計を見ると、かまどのような大口を開ける、すると蝿どもがそこに勢いよく飛び込んでくる。この時計は床屋のためのものなのだよ、お前。客は髭を剃ってもらっているとき、何をしている？　鏡を見ているのだ。で、鏡を見ているとき、彼は何をしたいと思う？　時刻を知りたいと思うのだ。このとき彼はがっかりする、時刻を読めないからだ、お前が気づいたかどうかはわからんがね、ソル、鏡の中に一つ見えることは見えるのだが、それは裏表逆さまだ、ソル。そこでわしはな、そうなのだよ、お前、このわしはな、文字板が裏返しの時計を作らせたのだ、鏡の中でその時計を見ると、表を見ることになるのだよ。わしの特許を二千フランで買ってくれた人があってな、今ではアテネのどの床屋にも裏返しの時計がかかっている。若者たちは鏡の中の時計を見忘れると、調子が狂っちまうんだよ」


「ブラヴォー、ブラヴォー！」とマンジュクルーは叫んだ。「ところで殿下、爵位に関することなんですが、乗馬ができるように閣下《ミロール》になりたいと、この私は強く望んでいるのですよ。少なくとも国際連盟が私に相応しい称号だと判断されればですがね」

「そして、僕は男爵とか、むしろ皇太子のほうがいいのですが」とソロモンが提案した。（無駄なことながらどうでもよい注を一つ。ソラルがおぼろげながら同意の身振りをしたから、ソロモンはその晩妻に電報を打ち、自分は皇太子になったと告げた。翌朝彼はこんな返電を受け取った。《お願いだからしっかり布団にくるまって、お医者を呼ぶように。》）

彼らは豪華な執務室へ入って行き、みとれ、あらゆる物に触れ、誇らしくて得意満面だった。そしてサルチエルは彼の生き逢った人をじっと見つめ、他のおじだの甥だのを軽蔑した。実にちょこまか動き回る男だ、サルチエルは。愛しき者の後を追い、彼のために肘掛け椅子を前に出してやり、ソラルがわざと落とした物は全部拾う。この立派な執務室に駝鳥の羽飾りがあったなら、サルチエルの幸福は完全無欠になっただろう。そう、赤い羽飾りが欠けている。ソルにこっそりそう言おうと決めた。

「あなたの靴を磨く警察署長の話は本当なんですか？」

とマタティアスが聞いた。

「警察署長は靴の底だけだ。警察庁長官だけが靴の甲を磨く権利がある。現金出納係が私に給料を渡しに間もなくやってくる。おとなしくしていてください」

深い黙《しじま》が揺れた。なんという喜びだろう、彼らは世界の副王がいくら稼ぐかじきに知るのだ！　数分後現金出納係長が入室し、益荒男たちは立ち上がってその白髪に敬意を表した。この敬意に値する老いたイギリス人は牧師の父であり、息子であり、従兄弟で、殆ど耳が聞こえず、しかもひどい近眼で、ルーペのような部厚いレンズの眼鏡をかけているにもかかわらず、一メートル以上離れていると見えないのだ。ソラルがとんでもない親類がいるにもかかわらず、敢えてこの老人を来させたのは、そういう理由からだった。

尊敬すべきウィルソン氏は、事務次長から月給三ヶ月分をフランスの銀行券で彼のところへ持ってくるように頼まれたことで、かなり驚いていた。得意になりたいサルチエルの、そして胸をときめかし、ケファリニアでそれを話の種にしてすばらしい会話を楽しみたい益荒男たちのために演出されたものだとは、老人は知る由もなかったからだ。

益荒男たちは感動して、老人の後に残る目に見えない航跡にお辞儀をした。現現金出納係が巨大な財布を開けたとき、長い鼻毛が絡み合うマンジュクルーの鼻孔は著しく大きく膨らみ、マタティアスの尖った耳は震えた。

「そういたしますと、事務次長殿、三十七万二千五百フランになります」

サルチエルはよろめき、致命傷を負った大きな海鳥のようにマンジュクルーに倒れかかり、マンジュクルーは感極まってそよ風のような一発を軽やかに放ち、目を閉じてソロモンの肩にもたれて静かに息を引き取ろうとし、ソロモンはしゃっくりをしてからマタティアスに倒れかかり、ミハエルは倒れるマタティアスを支えた。殆ど盲目の現金出納係は何も気づかなかった。

ソラルは紙幣を引き出しに放り込み、現金出納係が差し出した受領書を受け取るとサインをしようとした。サルチエルはもう我慢がならなかった。

「ソル、受け取りを渡す前に紙幣を数えろ」彼はケファリニアのユダヤ人が使うヴェネチア方言でそっと耳打ちした。

（益荒男たちの言葉が大好きだったから）ソラルも、そんなことはできない、紙幣が多すぎる、と方言でささやいた。この非常識な返答に益荒男たちは憤激し、騒然となった。多すぎるだと、なんてことを言うんだ、他の物ならいざ知らず、相手は金なんだぞ。「今のお前を見て天国で泣いている聖人のようなお前の母親に成り代わって、頼む、ソル、我が愛し子よ、確かめもしないで受取証をあの人に渡さないでくれ。お前のおじいさん、我等がラビ全部、モーセ、族長の名において、病んでいるわしの心臓に代わって、頼む、ソル、わしをこんな目にあわせないでくれ！」

　ソラルは、少し後でもう一度来てくれと現金出納係に頼んだ。敬うべき老人は出ていった。

「おお、困った子だ！」とサルチエルは言った。

「おお、困った殿下だ！」とマンジュクルーは沈んだ様子で大袈裟に言った。

「ソラルの殿様、これから僕たちはどうすれば穏やかに生きてゆけるんですか？」とソロモンは言った。

「ケファリニアのおいらのベッドで、どうすれば心安らかに眠れるんですかい？」とあわてふためいて松脂を飲み込んでしまったマタティアスが言った。

「僕は一晩中寝返りを打つでしょうよ、今頃あなたは絶対にあなたの特別歳費を確かめてはいないだろうなって、独り言をいいながら！」ソロモンが言った。

「この年になって、こんな苦しみをお前に味わわされることになろうとは、露聊《つゆいささ》かも思わなかったよ！」とサルチエルは言った。

「気のいい殿様」とマンジュクルーは言った。「今一つ良い考えが浮かんだのですよ。あなたが心安らかでいられるよう、おじ貴もですが、私を財務長官にしていただけますまいか、そうしてもらえれば私がいたします故、あなた様は紙幣を数えて確認する必要は全くありません。（こういう具合に自分の考えるところを厚かましく表明する時、人がよくそうするように、彼もウインクした、だが内心でだ。）」

「お前は誰の血を引いているのだ？」とサルチエルはどうにも理解できない甥を見つめながら、激して言った。

「わしは二十フランの金を受け取るときでさえ、数えて、また数え直すというのに！」

「俺はな」とマンジュクルーが言った。「俺はな、金を借りた奴が返済に来ると、俺の権利確立のために、受取証には決して サインしないと、必ず前もって、つまりだな金を確認する前にはっきり言っておくのさ！」

「おいらは」とマタティアスが言った。「金を数えて確認すると真っ先においらのポケットに金を入れてから、おもむろに受取証にサインする、金がテーブルの上にあるとき、おいらがサインすれば、その男は金と受取証を同時に取っちまうんじゃないかと心配になるからだ！」

「で、俺はな」とマンジュクルーは言った。「受取証には決してサインしない、サインするのは慎重を欠くと思うからだ」

「諸君」とサルチエルは鉄縁の眼鏡をかけながら言った。「さあ、仕事だ、数えよう！」

「紙幣の枚数確認に向かって前進！」とマンジュクルーは声を張り上げた。急ごう、盗人がもうすぐやってくるからな！」

マタティアスが生娘のうぶな笑みを浮かべて数え始めると、銀行券を取り囲んでいる仲間たちが彼に倣い、唇を不安げに震わせながらせっせと金を数え始めた。

マンジュクルーはズック製の作業服の上着を脱ぎ、両の二の腕までむき出しにしたが、それは計算が合わない場合、いささかなりとも疑いの目で見られないようにするためだった。その上自分の正真ぶりに感心してもらいたくて、紙幣が散らばっているテーブルからできるだけ体を離していた。その裸の毛むくじゃらな上半身は下心のないことに感動して、汗ばんでいた。広大な執務室は数字が飛び交い、学校の教室と化した。この感動のひととき、自分の仕事に全身全霊を捧げ、冗談なんて以ての外、老けた生徒たちは大きな声で数え、親指を湿らせ、真贋の確認のため権力者の像をぱちんと指で弾き、透かし模様の有無を明かりにかざして調べ、二十枚を一束にして紐をかけ、そうして優しい玄人の手つきで金の杯に静かに置いた。サルチエルは椅子の上に立ち、灯台守となった。良く動く疑い深い目で彼は検査員を検査していた。クルピエの長としての彼の眼差しは、とりわけその大きな手が気に入らないマンジュクルーの方に向いていた。

「合っている」とマタティアスが残念そうに言った。

「ぴったりだ」

「今回は、だろう」とマンジュクルーは訂正した。

「あの現金出納係は時々正確に数えた金をお前に渡す。お前に信頼感を抱かせるためだ」とサルチエルが言った。

「あの男が俺たちを見たとき」とマンジュクルーが言った。「あいつは目を伏せた、気が付いたか、友人諸君？あいつがくすねた札をうまく財布に戻しおおせたというのが俺の印象だ」

「でも彼は正直そうだったよ」とソロモンが言った。

「まさにそのとおりだ」とマンジュクルーは言った。

「本物の悪党は皆そうだ」

「私はサインしてもいいかな？」とソラルが聞いた。

「いいですとも」とマンジュクルーは言った。「けれどもこう書いておくことです。《たいていの場合、私の権利はなんでもないものであっても、すべて特別かつ無条件に留保される、この留保さえも留保されるものとする。》」

ソラルは呼び鈴を押して守衛を呼び、ドアをわずかに開けて受取証を渡した。

「それで、この金全部、どうしようというのだね？」とサルチエルが聞いた。

「ここに入れておきます」

「木の引き出しに入れっぱなしにしておくのか？」とサルチエルは怒った。

「じゃあ、僕のポケットに入れておきますか」

サルチエルは両手で頭を抱えた。

「三十七万二千フランをズボンにとは！　おお、わしは何と呪われた男なのか！　これまで七十年生きてきて、こんな忌まわしいことを耳にせねばならぬとは、一体このわしがどんな罪を犯したというのだ？」

「せめて錠前付きの鉄製のズボンならなあ！」とマンジュクルーが言った。

「どうすればいいんですか、それなら？」

益荒男たちは顔を見合わせた。実際銀行は閉まっているし、他にどうしようもないではないか？

「わしたちがお前と一緒に寝ずの番をする」とサルチエルが決めた。「それで明日の朝、お前の銀行にある金庫までお前を護衛して行くよ」

ソラルは世間知らずと見紛う風を装い（おじの眉を顰めさせるのがおもしろくて、その憤慨ぶりをじっくりと楽しむのだった。）、銀行の金庫とは何なのかと尋ねた。サルチエルは震え上がった。並外れて頭のいい男が銀行に金庫があることを知らなかったとは！　これは深刻だぞと言わんばかりに甥を見つめた。しかし神はなぜ社会的に重要な地位をわしに与えなかったのか、良識も経験も豊かなこのサルチエルに、わずかばかりの財産を細工を施した踵《はだし》に保管し、襲われるかもしれないからと偽札を入れた財布をいつも持ち歩いているこのわしに？

これからはいつもソルの傍にいようと心の中で言うと、気分が晴れた。ソルが金を稼ぎ、サルチエルがその金を保管する。なぜなら保管すること、それならできるからだ！

ソラルは腕時計で時刻を見た。大きなむくのプラチナの装身具に向けられたマンジュクルーの貪欲な眼差しを目にすると、手首から腕時計を外し、偽弁護士に投げ与えた。巨大な毛むくじゃらの手が捕らえると、その小さな驚嘆すべき物の上でその手が閉じられた。サルチエルは嫌悪の眼差しをマンジュクルーに、そして甥にさえ投げた。

「おかしな真似をするこの男に、お前は少なく見積もっても百フランはする装身具をくれてやったのだな！」

「じゃあ、お前は何様だ、サルチエル、若鶏の骸骨に申命記を刻む者よ？　お前は世界の指導者の意向に反対するために存在しているのか？　彼が俺を助けてやろうというのだ、それがお前に何の関係がある、何のために余計な口出しをしようっていうんだ？」

「彼の財産のためだ。おお、我が息子よ、この男をお前の傍に置くなら、この男はお前のシャツ一枚に至るまで、身ぐるみ剝いでしまうのだぞ！」

「我が殿のシャツまで剝いでしまうだと、とんでもない、そんなことはするものか！」とマンジュクルーは言った。「俺は絹が嫌いだから、絹ときくと歯が痛くなる。しかし海の真珠には目がなくてな、朝の澄んだ光のようなお顔の殿様がネクタイに付けておられる真珠は、サバトの日、俺の可哀想な女房を大喜びさせるだろうよ」

　ソラルはネクタイピンをはずした。

「ソル！」サルチエルは声を震わせて激語した。「もうよせ、でなければ警察を呼ぶぶ！　なあ、それをわしにくれ、その真珠を！」（これは小さな計略で、真珠のネクタイピンを自分がもらう振りをして、数日後無分別な者にそれを返すのだと、サルチエルは心の中で言った。）

　だが、ソラルは大好きな叔父を苦しめるのがおもしろくて、その憤激ぶりにうっとりするのだった。マンジュクルーは益荒男たちが吃驚仰天して見つめるなか、見事な真珠をも物にした。彼はせせら笑い、閣下が俺のことを好きで堪らないのだから、俺にはどうしようもないやね、俺が妬みから吐いたなんてことない毒舌も、俺同様好感を持たれたってわけよ、と焼き餅焼きたちに言った。

「あなたのためにこの私が取り除いてさし上げられる過剰な負荷は、他にはもうありませんかな？」と彼はにこやかに尋ねた。

　ソラルは益荒男たちにその他いろいろな物を与えた。その間サルチエルは後ろを向き、耳を両手でふさいで、景色を見ていた。少なくとも知らないでいることだ。ソロモンは金のシャープペンシルと、ある王女の写真を、マタティアスは毛皮付きコート、ミハエルは美しいコルトをもらった。サルチエルは向き直り、甥を破産に導く莫大な出費を嘆いた。このような喜びの日に、すっかり浪費させてしまった！　ミハエルが受け取った贈り物を見て、彼は自分を励ました。この贈り物には異存はない。《ミハエルは自分を傷つけたいだけ傷つければいいのだよ。》

外には陰気な夜が訪れていた。広大な建物の中は静まり返っていた。ソラルは外へ出た。その後ろに水夫の防水帽サウスウエスターをかぶったマタティアス、白い帽子のマンジュクルー、フスタネラのミハエル、玉虫色のストッキングをはいたサルチエル、そしてスポーティーなフランネルの服を着た小柄なソロモンが続いた。

　彼は、ジュネーヴでは一番高価な車と言われている上品なロールスロイスで彼を待っている白服の運転手に、益荒男たちを見せるのを恥じていた。彼らは黙って歩いて行った。知人にばったり出逢うようなことにでもなればと、ソラルは気が気でなかった。そして自分が恥じていることを、恐れていることを恥じていた。

「みんなで腕を組もう」と彼は言った。

　彼らは美しい湖沿いに歩いていった。光の斑点が散りばめられた、船首の尖った玩具のような船が一隻、なめらかな光沢のある黒絹の湖面を二つに裂き、その後ろに二筋の斜線を置き土産として残してゆき、その航跡が揺らす何艘かの小舟とその灯は愛の歌を歌っているようだった。

　消え去った我が若き日々と喜びの親愛なる麗しきジュネーヴよ。親愛なるスイスよ。夜の部屋で私はお前の山、お前の水、お前の濁りなき眼差しを思い出している。

33

明くる日の晩。鉄線にぶら下がった蒼白い電球のせいで、混ぜ物をした牛乳を塗りたくったように陰気に見えるパキ通りに沿って、彼は髪を風になびかせ、足早に歩いていった。ユダヤ人への侮辱の言葉が白墨で書かれている壁に、細身の短剣を思わせる鋭い眼差しを投げてから、彼はとあるバーへ入った。カウンターで立ったまま、しかめ面をして立て続けに四杯ひっかけた。

その一時間後には、ホテル・リッツの窓に裸で肘をつき、程好い火影姿《ほかげすがた》のジュネーヴを見つめていた。不成功は悲しい。成功はもっと悲しい。木偶《でく》の坊の政治家連中の間で彼は何をしているのか？　そしてなによりもユダヤ人に生まれた罪だ。ユダヤ人に生まれたことは罪なのだ。《ユダヤ人を殲滅せよ》と壁に書いてあるのを目にしない都市は、世界中探したってありはしない。この言葉を書いた人たちは、ユダヤ人にだって目があるから見るし、心があるから苦しむことを知らないのか？　ユダヤ人がこの死を願う意地の悪い言葉を見まいとうつむくのを、知らないのか？

溶けつつある雪の塊にも似た白鳥が、陰鬱な湖面をさまよっていた。ソラルは無色透明な光を放つダイヤモンドの指輪を抜くと、巨大なポロネーズ［キルシュに浸したケーキにシロップ漬けの果物を詰め、メレンゲでおおったもの］を思わせる優雅な鳥めがけて投げつけると、鳥はゆらゆら揺れながらまどろんでいたバンをその嘴で打ち、バンは直ぐに水に潜り、その本いとこたちは鋭い声で鳴きながら逃げていった。

彼は体の向きを変え、憂いを帯びた美貌、完全無欠の歯、背が高く引き締まった裸体を鏡に映してみた。たっぷり遊んだから、社会の一員としての扮装をせずばなるまい。

非の打ち所のないぱりっとした燕尾服、糊をぴんときかせたプラストロン、それに勲章。何をするための？　ああ、そうだ、ギャロウェー卿に会うのだ。ギャロウェー卿と会談したからといって、二千年後に何か残るものがあるのか？　それならギャロウェーはやめだ。

彼はトランクを開け、糊の瓶、縮れた髪の房、衣類、靴を取り出した。全部小型のスーツケースに放り込むと、人気のない長い廊下では、午前四時に列車を乗り換えるジェレミーのように、好んで肩に担いだ。

聞こえてきた足音で良識を取り戻した彼は、大急ぎでもっと品の良いスーツケースの持ち方に変えた。あくびをし、必要もないのに微笑んだりして、彼はゆっくりと階段を下りて行った。醜く膨れたエジプト代表が慇懃に挨拶した。ソラルは気にもとめなかった。階段を数段下りたところでお盆を手にしたホテルの従業員に出合うと、ソラルは彼におじぎをした。立ち止まり、電球を感心してしげしげ見つめ、なにもかもさっぱりわけがわからない、この電球も電話も、と呟いた。では、愛は？　今だにまだ女を求めるのはなぜだ？　運命でソラル家《ソラル・デ・》のソラル《ソラル》として生まれついたから、ファーストネームがない。だから女なんて何になる？《ソラル一族の高貴な家に伝わる名なのですよ、親愛なる侯爵夫人。長子はソラル・ソラルと命名されるのです。ファーストネームがなければセックスすることはできません。》

三階で彼はネクタイがわりにしていたコマンドール勲章をはずし、高く放り上げては摑み取って、遊んだ。階段を上ってくる資本主義者の声が聞こえると、急いで勲章をあべこべに付け、ローマ人の顔を作り上げ、真面目腐って下りていった。

二階の大サロンでは幾組かの男女が踊っていた。彼はチュールのカーテン越しに眺めていたが、肩を露わにした女性たちが夫ではない男性にその体をぴったり付けていることに気づいた途端、仰天した。あの若いフォレステル侯爵夫人は、もしそのダンスの相手——彼女の夫の友人——が昼日中、十回まではいかないにしても、彼女に触れるとする、彼女は貞淑が傷つけられたと金切り声を出すだろうに！　しかし夜の十時で、そしてこの半交尾はタンゴと呼ばれている。だから、彼女はその半種馬に愛想よく微笑んでいるのだ。突飛な思いつきだ、ダンスとは。ぐずぐず言うな、ややこしくするな、愛し合うには月光も手紙もいらない。単刀直入だ。彼女に触れられるし、彼女のあちこちに自分の体を縦方向にくっつけられるのだ、あたかも彼女があなたを愛しているかのように。彼女の夫が今度彼女に紹介するのはペルシャの代表で、彼女はその男と立ったまま交尾同然のことをする。ほら、この見知らぬペルシャ人は彼女にぴったり体を付けて欲情を催し、彼女は微笑み、彼にされるままになり、彼女に初めて会ったペルシャ人は、丸く突き出た彼女の乳房の堅さを感じる。他の準備はいらない、彼女の綺麗な髪やその高邁な精神について語る必要もなく、膝を彼女の膝にぴったり合わせるのだ。

「私はサロンに入って行きさえすればいい、そして五分後には、私も羊や牛の旋回病のようなダンスを口実に、彼女をいじくりまわせる。しかし、通りで同じ様なことをしようものなら、彼女は激しい恐怖で喚き、警察を呼ぶだろう。私には何が何だかさっぱりわからない」

五十組ぐらいのカップルは立ったままやり、微笑み合い、誰も彼も自分たちのことを百パーセント誠実だと思っている！　しかし、ここで始めたことを彼らが部屋で終わらせないのはなぜだろう？　有徳すぎるからとでも言うのか？　偽善者どもめ！　もし彼の言っていることが彼らに聞こえれば、彼らは何と嫌な奴だろうと彼のことを思うだろう！

そして、座っているもう一人の女、彼女は脚を組み、膝頭まで見せている。大サロンに入ってゆき、彼女のスカートを膝より少し上に上げでもすれば、彼女は彼に腹を立てるだろうが、それはなぜなのか？　恐るべき文明だ。この女性たちは背中の下の方を飛び出させ、胸の輪郭を描き出す奇妙な服装をする。そして愚直で無邪気な若者が触りたくて堪らなくなるようにと彼女たちが願っているものにその手を近づけようものなら、彼女たちはすぐさま怒号し、その若者は監獄入りとなるだろう！

今度は彼の番だとばかりに怒号し、自分を可哀想な愚か者に見なして嬉しがり、再び歩き始めた。大天使のように美しく、若々しく、背の高い彼は、無聊《ぶりよう》を託《かこ》つ風狂の人の秘めやかな笑みをうっすらと浮かべて、ゆっくり階段を下りていった。自殺でもするか？　いや、まだその時期ではない。今夜試みようとしていることの結果待ちだ。

一階の小サロンではチェスター侯爵が一人の若い女性としゃべっていた。ソラルに気付くと、彼は快活に手を挙げた。皆幸せなのだ、ここにいる連中は。若い女性は艶やかで、ソラルは斜めに進み、友人といってもよい人物の方へ歩いていった。彼は若いグローニング伯爵に紹介された。彼女はその眩しいほどの輝きを見せる赤毛を三つ編みにし、王冠のように巻き付けていた。紹介が終わるとすぐ、チェスターは詫びた。残念ですが約束がありまして、などなど。

彼女は背が高くスタイルがよく、鼻は気丈さを表し、目は少々出っ張り気味で、駱駝のような顔をしていた。だがその顔は彼女に合っていた。彼は、信念をもって国際協力を語る彼女を見つめた。話が彼女のこだわる主題に及ぶとその目は湿り気を帯び、カナリヤが水を飲む時のように顔を後ろに反らせた。幸福な富豪で、とてもきちんとした女性の彼女は悪から守られていて、悪が存在することなど思うだにしないのだ。では彼女はなぜ悪の存在を思うだにしないのか？　彼女は子供時代にはバラ色のゴム製の湯たんぽを使っていたにちがいない。そして彼女は両親からどんなに愛されていたことだろう！　貧乏人は、彼らは、自分たちの子供を愛する時間などないのだ。他の天使のような小さな大金持ちたちと一緒に、初めてのすばらしい学校で、無邪気なえも言われぬロンドを歌っている五歳の彼女を想像してみた。違う、労働者の子供たちとは違うのだ、巷のセンチメンタルな歌なんて歌ったりしないのだ。明るい部屋、愛らしい人形、休暇、ほんの少し具合が悪くても呼ばれる医者、そしてポグロムとか強制退去とか人間の苦しみなんてものはなに一つ知らないのだ。理想主義の夢のように美しい妖精の国で生きていたのだ。富者と貧者を望み給う神よ、万歳！

　しかしその間にも若いグローニング嬢は、重要人物であるパパのことを話していた。大富豪の彼女はパパの秘書を無償で務めている。ソラルは、田舎で役にもたたない大ジャンプをする栄養の良い子供たちの日焼けした健康そうな顔色を思い、唖然とするのだった。彼らはメトロに乗ったりはしない。そうしてテニスの試合が長引いてとても疲れたと不平を鳴らす。彼はこの大きな口の中で輝く全く欠陥のない歯に恐怖を覚えた。そうなのだ、一歳の時から彼女は六ヶ月毎に歯医者に連れて行かれたのだ！

　突然彼はグローニング伯爵の背後に彼女が消費した数知れぬ若鶏や仔牛、それにフォアグラ、そして彼女が詰め込まれたあらゆる種類のビタミン剤が入っているきれいな小瓶を見た。《話せよ、娘さん。この私は金持ちが嫌いだ。金持ちには金はあるが、心がない。まさに電気メッキだ。金《かね》という金属層で心を覆っているのだ。》そう、金持ちでいるには善良であってはならないのだ。金持ちに生まれついたのだからしようがない。それでもなお金持ち連中は鼻持ちならない。そう、誰にも責任はないのだ。だが、こういう貴族風な考え方をしていると、人は何にでも賛成するとんまになってしまう。

　彼女の言うことが彼にはさっぱりわからず、彼女は処女か否かと自問していた。彼女は絶対に処女ではない。処女は何処へ行ってしまったのか？　彼女たちを母親の胎内にとどめておくべきだったのか？　彼女は従兄弟と上品に肉体関係を結んだにちがいない、相手が美男で音楽があったからという口実で。彼はその従兄弟を呪った。彼女の魂が宿る肉体を純粋無垢な気持ちで誉め称えたいので、裸になってくれ、と彼女に先ず初めに頼む金髪の美貌の馬鹿者が浮かんだ。彼は確信した。女たちは皆彼を騙す！　ソラル、どこにでもいる寝取られ男よ。違う、彼女は処女にちがいない。

　彼は上の空であくびをし、立ち上がった。若い伯爵にはショックだった。彼女は経済的社会的力の享有を事務次長と一緒に感じたかったのだ。彼女も立ち上がり、不遜で愛想のいい一言を言った。金持ちはジェレミーとは違うのだ。彼らは身を守ることを知っている。

　ジェレミーの敵を討つため、彼は彼女のウエストに腕を回して抱き寄せると、その唇にキスをした。彼女はディープキスを返してきた。ほら、ここにいるのはもはやグローニングではない。彼女はソラルのハーレムの一人になったのだ。彼女は抵抗せず、パパの評判を台無しにしてしまった。彼は美しい乳房の一つを押し、手で摑んで数秒間考えた。

「だめだ」と彼はその若い女性に言った。「部屋はだめだ。ベッドもだめだ。（彼は彼女に優しく微笑んだ。）裸もだめだ。アリヤーヌ、彼女の名だ。愚か者と結婚している。おお、言ってくれ、言ってくれ、言ってくれ、最愛の人よ、途方もない妹よ、どうして愚か者と？　私はある集まりで彼女を見た。彼女とは言葉を交わさなかった。平安があなたとともにありますように」とイスラム教国の若き長老の慇懃さで祈願した。「大勢のお子さまが授かりますように、小さなお子さま、大きなお子さま、そして中くらいの」

　彼は、ゆっくりとグローニングに戻りつつある女のまだ湿っている唇に、夢の中でのように指を一本置くと、スーツケースを意味もなく振り、聖人のように天井に目を挙げ、出ていった。なぜ今幸せなのだろう？　制服の従業員が大急ぎでやって来て、スーツケースを奪うようにして取り、事務次長が外へ出られるように脇へどくと、彼は白い横長の車に吸い込まれた。

「シュマン・デュ・ナン・ダルジャン、コロニーだ」


　車はジュネーヴの田園でよく見かけるスイスの山小屋風のヴィラの前で止まった。帽子はかぶらず、スーツケースを手にして、ソラルは車から下りた。

「ホテルへ帰っていてくれ」

　一人になると、彼は漆黒の乱れた髪を頂いた冷ややかな顔を指の長い手で撫で、マホガニーに見えるほどよく磨かれた豪勢なヴィラを見やった。月光を塗ったようなスレート葺きの屋根の上で、風速計の椀型の穀斗《かくと》がゆっくり回転していた。ソラルはライターを付け、銅板のプレートにかざした。〈アドリヤン・ドゥーム〉。彼は、巡礼者が大蠟燭を掲げるように、火の付いているライターを持ち、街路を彷徨った。《在れ、存在せぬものよ、もし汝存在せば！》彼は空気を感じようと手を上げた。天気は至極穏やかで、彼は服を脱いだ。裸の彼は空気をもっと摑もうとして両腕を大きく拡げ、人気のない道の方へ駆けだした。しばらくするとまた服を着てかつてないほどきちんと装うと、大貴族然として粛々とヴィラへ向かった。

　黒い熱情が浮かぶ唇を嚙み締め、彼は慎重に鉄格子門を押し開けた。砂利が音を立てないように、ロカイユで囲んだ紫陽花の花壇まで跳んだ。明るく照らされた大窓の前に来るとベンチに上り、つたに隠れて目を凝らした。

　赤いビロードと金泥の木材《きざい》で装飾されたサロン。螺鈿装飾がほどこされたテーブルの上のランプの下で、アザラシのような面相の――とはいっても、その顔に小さな顎鬚が貼り付けられているアザラシなのだが――小柄な老人が知恵の板［木片を組み合わせて遊ぶ中国風パズル］に興じていた。彼の傍らには五十がらみの骨張った女――こちらは駱駝のようなご面相だ――がグラビア雑誌から目を離さずに編み物をしていた。彼女の上では、ベルギー国旗をふわっと結んでリボンのようにかけてある額の中で、国王が微笑んでいた。編み物をする女が背にしている暖炉の上では、壺に入れたドライフラワーの下で、金メッキされたブロンズの雌虎が矢に射抜かれて唸り声をあげていた。二人に背を向けて、三十台の男がライティングテーブルの前に座り、カードに記入していた。パズルがうまくいった小柄な老人は顎ひげ同様貧弱な口ひげを所在なさそうに弄んだ。そうして、飛び出した大きなまん丸い目、いつも怯えている目を天真爛漫な子供のようにめちゃくちゃこすった。

「お前がやっているのは事務局の仕事かね、アドリヤン？」と彼がたずねた。

「いいえ」相変わらず口笛を吹きながら続けている若い男は答えた。

「わだしにはわからん、降参《こうさん》だ［〈降参する〉は donner sa langue au chat〈自分の舌を猫にやる〉と言う］」と小型のアザラシは言った。

「イポリット、ぶしつけじゃありませんか」と五十台の女が言った。

　背が高くがっしりした若い男は立ち上がり、強い男を気取って両手をポケットに突っ込み、奇妙に尖らせた舌を唇に這わせた。

「僕は妙案を思いついたんですよ」

「妙案とはなんだろうなあ」と老アザラシは貪欲そうに言った。

「イポリット、ディディに話させておやりなさい」

「わだしはそうしているよ」

「あなたはいつもディディの話の腰を折るんだから。何ですって、アドリヤン？」

五十がらみの女は至極優しい声音でたずねた。

「うん、こういうことなんだ、マミ……」若いアドリヤンは、短く刈られ、手入れの行き届いた輪状ひげに手をやり、答えた。そのひげのおかげでアドリヤンはロマン派の詩人、いやむしろ近代の画家といった雰囲気を漂わせていた。

「よだれが出そうだ」と優しげな爺様が言った。

「イポリット！」そのいぼだらけの両手に編み物を止めさせて、夫人が厳命した。

「うん、そのことなんだけど、僕は美食とホテルのカードを作ってるんだ。僕の同僚が良と評価したレストランやホテルを教えてくれる度に、カードに記しておこうと決めたんだ。カードは二つに分類して整理する、地理とアルファベットの二つだ」

「それから料金も入れるの？」と編み物をする女が聞いた。

ライティングテーブルに向き直ったアドリヤンは行動する男の重々しさで《そうだ》と言った。その輪状ひげに最後の愛撫をしてやってから、彼は仕事を再開した。

「無論ゼンドラルヒーテングの有る無しも書き入れるのだね。そんならすばらしい考えだとわだしは思うよ」と、子音不全の発音をする小柄な丸ぽちゃは言った。「お前の同僚、つまり国際連盟の（この名称をゆっくり楽しもうと、彼はしばし口をつぐんだ）紳士たちはどれがいいホテルで、どれがいいレストランだとわかってて言ってくれてるのだとわだしは思うよ。そうじゃないかね、愛《いと》しい人？」と彼は妻に聞いた。

その愛《いと》しい人は——皮膚が線維化した短い靭帯が首からぶら下がっていて、その先端には小さな肉の珠、鳴らない鈴が付いていた——満足して品良く微笑んだ。それにもかかわらず、そのすぐ後で、あなたみたいにのべつ幕なしにしゃべっていると、アドリヤンの邪魔になりますよ、といつもどおり小柄な夫に言った。

「それならしゃしゃやくような声でならいいかね？」

「ささやくような声であっても、いけません。私の邪魔にもなるのです。今私は増やし目を数えるのに集中しなければならないからですよ」

山羊ひげを蓄えた小型アザラシは言われたとおりに黙りこくった。しかし彼は、夜家族が集まって炉辺談話をするのが大好きだったのだ。五分間黙っているのは、彼には苦痛だった。彼はあくびをし、それからすらりとした妻と、マダムの首を飾っているリボンからはみ出し、揺れている肉の珠を優しく見つめた。彼は彼のアントワネットをとても愛していたから、あばたもえくぼで、彼女のすべてが彼には魅力的に見えるのだった。それで彼はあの見られた物じゃない皮膚製の紐とそいつの先っちょにくっついている珠をよく小さな花にたとえた。彼が妻に愛情を表現するときには《お前の小さなスズランの若茎》と言うのが習慣になっていた。十分たつと彼は立ち上がり、アルパカ毛織りのジャケットのポケットに両手を突っ込み、物陰で縫っている美しい女性の傍のソファーに座りに行った。

「あんたはどう思うね、アリヤーヌ?」と彼はささやくように言った。「わだしは、このわだしはだね、妙案だと思うんだよ。あんたがアドリヤンとエジプトへ行こうと思ってると仮定しよう、彼は自分が作ったカードを見る、そしてあんたらは信用のおける方々が推薦《すいしぇん》するホテルを見つける」

　若い女性は少し高ぶった声を吸い込むようにして、《ええ《ウィ》》と賛同し、再び縫い始めた。

「ところでアリヤーヌ、あなたの部屋着の繕いははかどっていますか?」と編み物をする女がたずねた。

　若い女は顔を上げ、この厄介な仕事はじきに終わりますわ、と淑やかに微笑んで、答えた。実際は一針も縫っていなかったが、物陰にいて目立たずにすんでいた。膝の上に確かに薄地の部屋着を拡げてはいたが、糸も針も持っていなかった。しかしながら、彼女の手つきは堂に入ったものだったから、家族の誰一人として計略に気付く者はいなかった。彼女はまた仕事を始めた。針は少し抵抗したが、布地に入ったようだった。数分後縫い終わった部分を滑らかにするかのように、指でしごいた。それから存在しない糸を切って見せ、終わりました、と言った。

「もう十時二十五分すぎだ」とアドリヤン・ドゥームが言った。

「なんてことだ!」と小型アザラシが大きな声で言った。

「ベッドに入ることを考える時です」勿体ぶった駱駝というご面相の、骨張った愛しき人が抑揚をつけて言った。

　レンズがかすかに青みを帯びた眼鏡を外し、彼女は、愛すると決めたからにはとことん愛するとの断固たる決意も顕わな眼差し——宗教のプロに固有の真似のできない眼差し——を、彼女の様々な所有物、即ち彼女の夫、彼女の養子、彼女の義理の娘、すばらしいラジオ、十二種類の緑の植物で一杯のフラワーポット、ほんのわずかな太陽光線にも下ろすビロードのカーテン《私のタピスリーが二〜三年で色褪せるなんて御免ですからね。》）に巡らした。ドゥーム夫妻が立ち上がった。若いアドリヤンはカードを仕上げられなかったと残念がり、溜息をついた。（怠け者は皆そうだが、何もしないと言っては、彼も始終忙しくて時間がないのだった。）

「じゃあ、もう寝るんですか？」

「そうよ、あなた、夜が更ける前に眠りに就くのが一番なのですよ」

「じゃあ、僕は残る、ね！（ドゥーム夫人は、然るべき職に就き、すでに身を固めている愛し子の子供っぽい言い方に魅せられて、微笑んだ。）僕はカードに記入し終わらない限りサロンを出ない。もし必要なら、徹夜も辞さないぞ！」とアドリヤン・ドゥームは決然と言った。（筋骨逞しいにもかかわらず、性格は軟弱だったから、好んで粗暴な振る舞いをしたり、〈最高〉とか〈凄い〉という類の、どう見ても過剰としか思えない形容詞を使った。）

ドゥーム氏は、寝る前に、ディディがショパンを真似て少しピアノを弾いてくれるといいんだがね、と言った。アドリヤンは喜んで弾き、親父さんは聞き惚れた。養子が妙技を見せようと鍵盤の右端で時には右手の上に左手を交差させ、自由奔放にテンポよく作り出すごたまぜの高音がとりわけ彼のお気に入りだった。鍵盤の蓋を閉めると、若き芸術家は妻の方に向き直った。

「アリヤーヌちゃん、君、僕に付き合ってくれる？」

「私、少し頭痛がするの」

お休みのキス。階段の踏み板を踏みしめて淑やかにびっこをひきながら、ドゥーム氏はアドリヤンを負かしてやろうと企てた。そうとも、明日になったらカードを作る、彼も。ヴィラにある物を一つ残らずカードに書き入れる。そうしておけば探しやすくなる。それにはカードが必要になるな！　まあ、仕方なかろう。すごいことになるぞ。アントワネットが、ジュリーおばさんの磁器のインク壺はどこだったかしら、わからなくなってしまったわと言えば、急いでカードを見に行き、誇らしげに大きな声で言う、《屋根裏部屋、大形トランクナンバー四、左側の底！》彼は揉み手をした。ジュリーおばさん、ジュリーおばさん？　ジュリーおばさんで何を思い出したのか？　彼は赤くなった。ああ、そうそう、アントワネットの家では、女の生理期間のことを昔からそう呼んでいたんだっけ。

一人残ってカードに記入し終わると、アドリヤンは猫のドゥームと遊ぶことにした。肥えた無気力な雄猫だ。

彼は、お手、と命じ、猫は従い、若い飼い主は大いに満足した。（命令する、すばらしい猫を飼う、その猫に芸当をやらせて友人たちをおもしろがらせる、つまらない喜びだ。）それから彼は自分専用の喫煙室へ行った。それは国際連盟事務局の友だちを招待するときにサロンとして使用する部屋に隣接している。自分の美的感覚はまんざらでもないと彼は思っていた。馬鹿じゃないぞ、アドリヤンは！　上品な男、芸術家なんだよ、くそ！　喫煙室、これは少なくとも現代風のサロンなんだ！　壁の一つは黄色、もう一つはバラ色、三番目は緑、四番目は牛の血の色の赤。もうこれは絵だ。彼はそれらの絵をじっくり鑑賞しようと目を細めた。彼は〈仕事机〉の前に座り、小説を書き始めた。物書きになるときにはその両肩を絹のショールで覆うのだった。芸術家という人種にはなべてこのような変なようなところがあるものだ。

四行書くと彼は止め、パイプに火をつけるばかりにし、十三本もの真空管を搭載した、巨大な家具ともいうべき自分専用のラジオをつけ、若きウインストン・チャーチルの思い出を読み始める準備をした。チャーチルの人生を共有するのだと意識すると、彼は嬉しくてたまらなかった。ウインストン・チャーチルと全部同じだ、彼も重要な公職にある人間だ。だからすごく立派な家に住み、趣味の良い服装をし、長期休暇と大盤振る舞いの追加手当を享受する若き中尉チャーチルの麗しき人生に、焼き餅を焼くことなんかないのだ。彼だって運のいい人間だ。彼はベルギー人で、それを誇りに思っているが、何といっても、彼は非常に地位の高いイギリス人たちの友人だ。だから彼はウインストン・チャーチルが好きなのだ。《結局やらねばならないことは、オブライエン家のように壁に大きなサボテンを掛けることだ。すごく現代的だ。それからチャペックの家にある関節のように折れ曲がるランプと鋼鉄とサイの皮でできた肘掛け椅子だ。これで完璧、完璧！》彼は揉み手をした。

十一時が鳴った。おい、おい、ヘマをするなよ、もう寝るんだ！　明日元気でいることが大事なのだ。そこで彼は開巻に先立ち、ウインストン・チャーチルの本の最初の頁に《アドリヤン・ドゥーム蔵書》と書いて立ち上がった。僕はインテリなのだ、そのとおり！

34

スーツケースを手に、ヴィラを一周したソラルはスモモの木の前で止まり、その木をよじ登った。二階のバルコニーに達すると、眺めた。寝室だ。ナイトテーブルが置いてあるから、ここではない。

隅石に片足をかけ、木の張り出し部分に片手をかけて体勢を立て直し、三階の窓台に達した彼は、十字形で仕切られたガラス窓を押した。ここも寝室だ。ナイトテーブル、花、大きな美しいベッドの上にはたばこ、本が数冊、灰皿、爪用の道具箱が散らばっていた。今度こそ、これこそ目指す部屋だ、まちがいない。

彼はスーツケースをカーテンの陰に置き、ベッドに近づき、本を開いた。『事実と記憶』。可哀想な女だ。はっとして身を固くし、聞耳を立てると彼は駆け出し、白いビロードのカーテンの陰に隠れた。若い女が入ってきた。両肘が少し擦り切れた地味な服を着ていた。彼女は姿見に近づくと鏡の中の唇に口づけし、ベッドに腰掛け、ベルクソンの本を開いて肩をすくめ、ひどく硬いボンボンを噛み砕きながら読んだ。そうして、その本をビロードのカーテンめがけて力任せに投げつけ、立ち上がった。

彼女は寝室に隣接する浴室へ入った。水の轟音、多種多様な小さな笑い声。十分後彼女が出てきた。背が高く稀に見る美貌の女は黒い斑点のある白の鹿皮のテーラードスーツを着ていた。誇らかに寝室を大股で歩き回ってから、再び浴室に入った。彼女が戻ってきた。信じがたいほどスタイルの良い体を品の良い白のイヴニングドレスに包んでいた。かすかに衣擦れの音をたてるトレーンを引いて、彼女は鏡にちらっと目をやりながら歩き回った。

「世界で一番美しい女」と彼女は宣言した。

彼女は鏡に近づき、靄《もや》がかかったような目、金色がかった美しい栗色の髪、憐憫の情と知性を湛える厚ぼったい重そうな下唇をじっと見た。しばしば開く口は、彼女を時には驚いている風に、時には茫然自失している風に、時には少し白痴のようにさえ見せていたが、それが皮肉っぽい両の口角と好対照をなしていた。

「なにもかもすごく美しいわ。鼻が少し大きすぎないかしら？　いいえ、全然。ちょうどいいわ」

彼女はほんのわずかドレスを持ち上げた。生の脚が露わになった。私の脚は絹のように滑らかだから、ストッキングなんていらないのよね？

「女でもすね毛が生えている人がいるのよ」

彼女は勝ち誇って、微笑んだ。あの女性《ひと》もこの女性も毛むくじゃら、みんな毛むくじゃら、この私の他は。他の女性はみんな少しゴリラみたい。でも、私は、おお、この私は彫像よりもすべすべしている！　彼女は肘掛け椅子を鏡の前に持ってきて座り、イヴニングドレスと白の縮緬の靴に微笑みかけ、彼女の夫は隣の寝室でうがいそっくりのいびきをかいていた。

再び静けさが漂い始めると、彼女は恥じらいなど薬にしたくてもないほど大胆に、脚を高く組んだ。まだ秘密にしてある裸身のあちこちをこっそり見やりながら、魅力的な老婦人と語り合う自分を想像した。対話は一つの声でなされた。公爵夫人はアリヤーヌのことをえも言われぬ美しさだと言った。アリヤーヌは言わずと知れたこととばかりに誇らかに礼を言った。それから立ち上がり、ドレスをウエストのところまでまくり上げ、絹のように滑らかな腿とこれ見よがしの引き締まった上品な尻を鏡に映して見ながら、女王然として歩き回った。

「私ってやっぱり情欲をそそる女なのね」

彼女はスリルを感じたくて、ドアを細めに開けてから、まくり上げたドレスを左手で高く掲げるようにして持ち、自分の奇天烈さを面白がり、ボンボンを食べながら皇帝然として部屋を横切った。

「あなたはどうかしていますよ、公爵夫人」

「おっしゃるとおりですわ、公爵夫人、アリヤーヌ」

自分自身にぞっこんの彼女は行きつ戻りつし、腰の辺りの曲線や熱線を放射するような金色がかった栗色の髪、彼女の許しを得て外へ出てきた挑戦的な乳房を罪の意識からおずおずと見て、愛《め》で痴《し》るのだった。それから、明日は歯医者へ行くと宣言した。ええ、行くわよ。しかし、いつも行く甲斐がないのだ。稀に見るきれいな歯をしておられる、歯医者をやっていてこれほど見事な歯は未だかつて見たことがありません、全くなにもすることはありません、奥様の歯は全部完璧ですし、こんなにも美しい歯並びも見たことがありません、と行く度に歯医者は言うのだから。では、何のために行くのか？

「何のためか、ですって？　そんなことわからないわよ。ほっといて！」

彼女はドレスがずり落ちるに任せた。なぜ、そうよ、なぜ幸せじゃないのかしら、こんなにもきれいな歯をしているから？　たばこでも吸ってみる？　隣室ではアドリヤンがベルギー国歌を口笛で吹いていた。彼女は物音で半ば目覚めさせられた女のように、呻いた。アドリヤンが口笛を止め、アリヤーヌは大人《おとな》であることが自分を悲しませているのだと突然悟った。他者を相手にしている時には、思慮深く頷き、不動産こそまちがいなく安全確実な投資です、と言うのが大人なのだ。ところが彼女は小型アザラシの山羊ひげを無理に引き抜いてみたくなったり、性的快楽の味を知ることを永遠に禁じられたいぼだらけの駱駝の、あのすてきな肉の珠を引きちぎってみたくなったりするのだった。

「しかたがないわね。あれを取りにいってこようっと」

彼女がボール箱を持って浴室から戻ってきた。床にすわり、ボール箱を開けて彼女の小さな王国を絨毯の上にまき散らした。見られたものではない木製の雌牛たち、頭部の欠けた磁器の羊たち、黄色い綿のヒヨコたち、ガラスの犬たち、十年前に詰めてあったおがくずがなくなってしまってからは、衰弱の一途を辿っている淡い緑色のビロード製の汚い子猫が一匹。百三十七匹の動物と二十個ほどの小さなダンボール製品、蛇たちのバスタブやキリギリスの祈禱台となっている古いプチフールの入れ物で全部だ。

彼女は個々の動物にまつわる物語を語りながら並べていった。金属製の熊は王様、でも本当の、本当の王様は三本足の小さな象で、少し元気のないアヒルがその奥さん。それから小さな王子様もいて、それは鉛筆削りの愛すべき小型のブルドッグ、メランコリックな刑事のような顔をした足の太い子犬で、銀紙で飾られた帆立貝の中で眠るのが大好きなのよ。

十一時半、彼女の動物たちをボール箱にしまっていると、突然それらがみな本物の動物であるように思えてきた。こんなお馬鹿さんみたいな話はもう大概にしなさい。けれども彼女は眠くはなく、彼女だけの海をどうしても作りたくなった。

彼女は洗面器に塩水を満たし、その中に革紐状に切ったスカンポの葉を海草に見なして入れて、台所から戻って来た。万年筆用のインク少しとヨードチンキを十滴投入し、鼻を近づけた。いい匂い、まさに海の匂いだわ。彼女は目を閉じて洗面器に裸足の足を浸し、苔の生えた階段の下の方にいるのだけれど、地中海は冷たすぎて飛び込むのを躊躇しているのだと想像した。

水浴に満足して、彼女は舞踏会用の靴をまた履き、浜辺のつもりで手足を伸ばして腹這いになり、腰のくぼみまでドレスをまくり上げ、日光浴をした。果実の香がする尻を時々撫でながらヒンズー教の偉大な神秘主義者たちについての本を読んだ。だが、じきに本を閉じ、紫色のパラソルが日差しから守っている老婦人と会話を始めた。

「ええ、親愛なる公爵夫人、私の名前はアリヤーヌ・ドゥームですけれど、私はジュネーヴ一の名家の出です。娘時代の私の名前はアリヤーヌ・ドーブルです。ドーブル家は大したものなのです。ジュネーヴの名家中の名家なのです。二百年以上もの間、大勢の学者や道徳家、長い行列になるほどの牧師が輩出しましたが、例えばこの私は――彼女は鼻をつまんで信心深い人の声にして――その牧師の一人の娘なんでございますのよ。〈敬うべき仲間〉に所属して、調整役を果たした者たちも大勢います。そして数え上げたら切りのない銀行家も。パパは大学教授でした。先祖の一人はパスカルと一緒にたくさんの科学研究をしました。ジュネーヴの貴族は最高です、無論イギリス貴族を別にすればですけれど。お婆ちゃまはアルミヨ＝ティディヨ［Armiot-Idiot］家の出でした。アルミヨ＝ボワイヨ［Armyau-Boyau］家もありました。勿論イディヨとかボワイヨは実際の姓字にはなかったのですけれど、姓の最後の綴りを言わなくても区別できるように付け加えただけなのです。［フランス語の連音（前の語の語尾の子音＝この場合はtと次の語の語頭母音＝この場合はIを連続して発音するので前の語の語尾の音が出る。母音と子音の場合は連音はない）］ 要するにそういうこと、ちぇっ。ああ、生きていると役にも立たないことをいろいろ話さなくちゃならないんだから。そういう訳で、あなたには私の先祖の嫌な女にも関わり合いになっていただきます。しかもアグリッパ・ドーブルはこれまた大したならず者で、アンリ四世とは刎頸《ふんけい》の交わりだったんです。妻のコリザンド・ドーブル――私自身もアリヤーヌ・カッサンドル・コリザンドって名なんですよ――は女たらし《ヴェール・ギャラン》［アンリ四世はle Vert-Galant女たらしと呼ばれていた］のひげに無関心ではなかったとさえ言われているんです。彼女は確かに間違ったんです、だから私はひげが大嫌いなんです。要するに私にはブルボン家の血が流れているかもしれないし、そうなると私がフランス国王の真の王位継承者ってことになるのかもしれませんね。要するに私はうぬぼれやの気取った女、スタイルは抜群だし、目は金褐色、不透明な琥珀のような頬、良く響く声、すごくすべすべした額、でも俗受けするような額じゃありません、ほんの少し大きめな口、ほっそりした手首や足首、化粧をしない誠実な顔。とても優雅でしょ。結婚でプチブルの家に入ったのはなぜでしょう？ それが不可解なんです、あなたには後でご説明いたしますわ、親愛なるお友達のあなた。その間あなたは私をひどく退屈させますわ。さっさと退散してくださらないかしら、お願いします、薄汚い婆あめ」

彼女は立ち上がり、試しにベリーダンスをやってみた。それからマッチを擦ってカーテンに近づけたが、燃え出さなかった。彼女は何の値打ちもない、放火犯にもなれない自分を憾《うら》み、苦笑した。

35

明くる日の晩。小サロンに入ってきたレストランの給仕長がソラルに敬意を表した後、仕方なく益荒男たちにお辞儀をすると、彼らも同じように頭を下げた。給仕長はソラルが自分用にしている食堂に通じる両開きのドアを押し開けた。ソラルはケファリニア人たちに先に入るようにと言った。彼らは従い、社交界人士を気取って、爪先を滑らせ前方へ足を動かすデガジェ風に歩を運んだ。

マンジュクルーがソロモンの腕を取ると、彼は宙に浮いた。偽弁護士は猟犬が匂いで嗅ぎ付けるように、見事に飾られたテーブルに向かって進んだ。上品な給仕長が出て行くや、彼はメニューをすばやく摑んでざっと目を通すと、メトロ・ゴールドウィン・メイヤーのライオンさながらの唸り声を発さないように、ここは自分を抑えた。すっかり満足した彼は揉み手をした。すぐ付け上がる彼のことだから、その勿体ぶりようも尋常でなく、イギリスの大ラビも何するものぞとばかりに、傲然と先ず殿様を、次いで友人たちを見遣った。

「着席したまえ、諸君」と彼は言った。

彼らは着席し、ナプキンで身を鎧い、窓辺近くでたばこをふかしている殿様を優しくそっと見ながら、至極おとなしく待った。サルチエルは苛立たせまいとして、ソラルの傍には座らなかった。だが、甥がたばこを取り出す度に、おじは急いで火を付けに行った。膝にマッチ箱を乗せ、その摩擦面に一本マッチを当て、擦るばかりにしていた。

「ソラル殿、僕たちの質素な食事にお付き合いいただけませんか?」とソロモンがたずねた。

「こいつの如才なさはどうだ!」大から小まで各種のフォークとナイフを両手に持って、食人鬼さながらのマンジュクルーは嘲笑した。

ソラルは、空腹ではないが彼等に相伴する、と言った。彼はぐったりし、半死半生に見えた。マンジュクルーはと言えば、彼は百パーセント生きていて、食う気満々、待ちかねてじりじりし、叫び出したくなるのを抑えていた。食い物はなかなか出てこない。自分を鎮めようとして、彼はブリオッシュ風の小さなパンを馬に食わせるほど詰め込んだ。

ようやく上品で無言のボーイ三人が六十個のオードブルを運んできた。それから、そのクールブイヨン煮が絶品と言われる多彩な鱒料理、ノルマンディー風、デュグレレ風の舌平目が十二尾、カッスーレ、フォアグラのゼリー寄せ、その料理の名前は忘れてしまったがバロティーヌ、パテの温製、トリュフのクリームソース、パイ皮包みのパテ、チキンクリーム入り一口パイ、子牛の胸腺肉の様々なタンバル、ツグミのパテ、鴨の蒸し煮オレンジソースかけ、鶏のボーリュー風、マレンゴ風煮込みとか、ロシア風サラダの他にもいろいろなものが付け合わされたすばらしい名前の冷たい料理が次々に運ばれてきた。更に、クリスタルガラス製のテーブルの上では中国、スペイン、イタリア、アラブ、トルコの料理が回っていて、十五種類のアントルメ、十種類のチーズ、果物、六ダースの心を揺すぶる菓子、プチフールの見事な山々、それに砂糖漬けの果物とコーヒー、種々様々なリキュールと六本のワインが入っている大箱が一つ!これがみんな! そしてそのすべてが隣接するサロンで絶え間なく演奏されている「美しく青きドナウ」に包まれていた。

食事の始めには、殿様ソラルが益荒男たちを注意深く見ていたから、彼らは行儀良く淑やかにしていたが、居心地はすこぶる悪かった。彼らの流儀からすれば、少々静かすぎるのだ。彼らはオードブルを大喜びしながらも遠慮がちに、儀礼的な言葉をやりとりしては上品に食べていた。しかしワインが効いてくると、フォークなしですませ、ナプキンを取っ払い、愛想も糞もあるものかとばかりに、不要の物は一切捨て去った。

マンジュクルーはもっと気楽に行きたいからと、ルダンゴトとスパイクシューズを脱いでしまった。《ああ、なんたる幸せ！》とさも気持ちよさそうにぐるっと見回して、言った。そうして彼はカッスーレに挑戦した。裸足で毛むくじゃらの上半身を曝して、喜びを爆発させた。打った舌鼓は数知れず、唇に多種多様の音を出させ、フォークで皿を叩き、給仕長に遠くから呼びかけ、こんなによく食ったのは初めてだと大声で言い、げっぷをし、むさぼり食うのは止めずに喋り、笑い、あらゆる問題を解決し、《大使館の参事官は、喋ることしか能がない大使に助言するのだから大使より強く、少なくともお前にある国へ入国する権利を与える領事よりも遥かに弱いのだ》と説明し、株式会社に手紙を書くときには、その会社が古くから在るなら、会社ではなくマダムと書かねばならないと言明し、ボーイたちを叱り、彼らの稼ぎや親類縁者について質問し、自分の子供たちを喜ばせようとしてクッキーやプチフールをこっそりポケットに詰め込み、給仕長には料理のレシピをたずね、盗んだこともあるだろう、感心できない利益を得たこともあるだろう、白状しろと詰め寄り、いつ終わるとも知れぬ長話をし、人生は麗しいと頭が割れるほど声を限りに歌い、両手でたらふく詰め込んだ。

サルチエルは少し飲み、少し食い、彼の副王をとっくりと見、彼にいろいろと政治に関わる質問をした。皆大声で喋っていたが、誰一人、人の言うことを聞いていなかった。ソロモンは汗をかき、腹一杯になり、辛い日々を笑い飛ばして勇気凜々だった。マタティアスは、食いだめをしておけば明日は何も食わなくてすむから節約になるというわけで、専ら早食いに努めた。彼は嬉しくて、時々ドルやポンドに換算した金額を叫んでいた。ミハエルだけが黙っていた。力強く嚙んでいたのだ。その恐るべき咬筋は角張った顎の動きに弾みをつけ、驚くほど低い額の下の、小鼻がやけに幅広の鼻には汗が吹き出ていた。マンジュクルーは時に立ち上がっては、鶏のドラムスティックや一切れのパテを手に持ち、「美しく青きドナウ」に乗って処女のようにくるくる回ったが、食うのは止めなかった。

一八〇八年物のジュレ・ナポレオンを自分で自分のグ

ラスに注ぐと、彼は殿様ソラルを楽しませ、彼に好感を持ってもらいたくて、ソロモンのことをおもしろおかしく話した。彼がとりわけ力を入れたのは、この愛すべきちんちくりんがケファリニアのブラスバンドの一員だったとき、自分のトロンボーンに落っこちてしまい、楽器の渦巻きに飲み込まれて姿が見えなくなったのだが、皆がフォークでエスカルゴのように引っぱり出してくれたという話だった。それからまた自分のグラスを満たし、人生は麗しいと沈んだ声で歌い、再び食い始め、俺にならえと友人たちを促した。

「食え、ソロモン！　お前の太鼓腹が破裂するまで詰め込むのだ。こんな晩飯はお前個人の歴史上でもはたまた人類の歴史上でも、唯一無二のものだからだ！　食え、マタティアス、家畜の食《は》み物を食らう今わの際にある男よ、今日の今宵はすべてロハだから。そしてお前が残せば残すほどパトロンは不当にも金持ちになるから！　前へ進め、祖国の子等よ、仕事熱心なる子等よ、咀嚼しよう！　全部ロハだ！　もし死なねばならぬなら死にもしよう、だが、咀嚼しよう！　おい、ミハエル、お前こんな祭りは見たことなかったろうが、え？」

　サルチエルは彼の率いる群に秩序と節度を回復させようと幾度か試みてはみた。が、無駄だった。元気溌剌のソロモンは、僕はおじさんと同じ発明家だ。顔の毛穴に種を入れてひげが生えるのを邪魔する——すると数日後にはほっぺたの上に小さな花が突然出現する、というのが僕の発明なんだと言った。サルチエルは深遠な主題を導入し、名詞の〈現金《コンタン》〉と形容詞の〈満足な《コンタン》〉は語源を同じくするに違いない——これは納得が行くと説明した。しかし益荒男たちは語源学をやる気分にはならなかった。彼らは押さえがきかなくなっており、アインシュタイン教授がノーベル賞を受賞したばかりだったから、給仕長に大見得を切り、歌い、笑い、食い、料理をやり取りし、食い物を詰め込めば詰め込むほど次々と料理を持ってくるから、もっと食おうと励まし合った。マタティアスは重炭酸ソーダを巨大なスプーンで何杯か飲むとき以外は食うのを止めなかった。重曹は腹を膨らませ、その結果尻に締まりがなくなり、音が響き渡る。屁こき大将マンジュクルーも顔色無し、重曹を飲む時間があったならと、マタティアスを羨むことしきりだった。

　だが、偽弁護士は忙しすぎた。騒々しい音を立てて殆ど噛まずにむさぼり食い、嚥下に支障をきたして喉を詰まらせ、二度も昏睡状態に陥ったが、友人たちが嗅がせた粉胡椒のお陰で蘇生した。リキュールの後には思いがけないものが彼を待っていた。他ならぬ彼おひとり様のために追加された一皿だ。エスパニョールソースをかけた十二個のフライドエッグで、オレンジマーマレードとカフェオレ付きだ！　彼は早速食い、飲んで、五分で平らげた。そうして満足感からげっぷを出した。そのげっぷたるや、始まりは牛の鳴き声のようで、終わりは快感を得た後の憔悴したうめき声に似た代物だった。それから彼はビールを頼んだ。泡立つジョッキが来ると、彼は立ち上がった。

「先ずは友人たちよ、益荒男風の挨拶だ。（友人たちはやっとのことで立ち上がり、胸に手を置き、無邪気に心から叫んだ。《フランス万歳！》）ありがとう、諸君。伏せ、だ、今は。ソラル閣下、こういっては何ですが、今の私は将《まさ》に、飽ける者は蜂の蜜をも踏みつく、です。私が食いに食い、空腹ではなくなったのは我が人生に於ける初体験であることを断言しつつ、泡立つ私のジョッキを挙げます。もっと旨く言い表すにはどのような表現がよろしいのか？　今初めて国際連盟の有用性と人道主義的役割を理解するに至りました故、私は国際連盟に感謝を捧げます。国際連盟《ソシエテ・デ・ナシヨン》、S・D・Nはむしろこう呼ばれるべきです。《飽食の満足感《サティスファクシオン・デ・ヌーリ》》《へそも銜え楊枝《サティエテ・デュ・ノンブリル》》《ヌードルに食傷《サチュラシオン・ドゥ・ヌイユ》》と！　食事を振る舞う主人役の閣下、嘉饌《かせん》の喜びを与え給う御方よ、一席舌と喉の味覚の宴を張る御方よ、私が食い、吸収し、むさぼり、ばりばり噛み、ちびちび食い、食い尽くし、味わい、くわえ取り、丸飲みにし、胃が膨張し、その内壁が最高度に拡張して危険信号を発するまで堪能したこの偉大な日を、私は決して忘れるものではありません！　あなたの気前の良さのお陰で私は命をつなぎ、家畜が草を食むように食い、牛のように食したものを反芻し、人生を享受し、胃袋と舌乳頭を思いっきり満足させてやり、この私も実際に本当に旨いものを食い、元気を回復し、癒され、満喫し、満ち足り、満たされ、詰め込み、一杯になり、給養しました。おお、私はこのような吸収、栄養摂取による成長を生涯考え続けることでしょう！　確かに、私が吸収した栄養は私の消化器官に入り込んでおり、私の胃の中でもその最後の日までこの成長のための挿入養分が枯渇することはないでしょう。結論を申しますれば、ソラル閣下、今この時、ここにフライドエッグが一個私のために持ってこられましても、食べ残した料理と私の愛する母親の仙骨に賭け、そのフライドエッグは断ることになるでしょう、お誓いしてもいい！　他に何を言えばいいのです、ソラル閣下？　大好きな私の胃に成り代わり、申し上げます、ありがとうございますと！　そしてこの私は、私の腸《はらわた》たち全部が満足して叫んでいるアレルヤを叫ばずして腰を下ろしたりはいたしません！　だから、さあ皆、我が親愛なる仲間である鱒、バロティーヌ、そしてトリュフたちよ、唱和せよ。《我等に糧を与え給う神、そしてその神を縁の下の力持ちの如くしっかり支えられるソラル閣下は誉め称えられよ！》」

「誉め称えられよ！」

「そして次なる夕食会です！」とマンジュクルーは再び座りながら言った。「次回は前もって、数日前でいいんですがね、お知らせくださいまし、閣下、絶食し、穴が深くでかくなるように下剤を服用しておきますからな！さあ、諸君、」長くて隙間がある黄色く黒い歯の先端で砂糖漬けの梨をちびちび食いながら、彼は付け加えた。「今この時腹を空かせている者たち、不幸な者たち、飢えている者たち皆を思いやろう。そして人口に膾炙した話に出てくるラビのように叫ぼう。マタティアスは陽気で才気煥発な人間を気取って、このラビの話をしたが、へたくそで聞いてられやしなかった。陽気さと才気煥発は俺の専売特許よ。俺たちは礼儀上、その話を知らなかった振りをして変梃りんな話だと思っているように見せかけたんだよ。叫ぼう、と私は言う、そのラビのように、《貧乏人よ、万歳！》」

彼はびっくりしたように口をつぐんだ。友人たちがたずねた。

「腹が減った」彼はばつが悪そうに言った。

サルチエルの中では、感嘆と漠然とした不面目が相半ばしていた。ソルに礼を言わねばならないのなら、あれではだめだ。だが彼はスピーチをする気にはなれなかった。ワインを二杯飲んだから頭がぐらぐらし、ぼーっとして微笑んだ。

冷製や温製の料理でポケットが膨らんでいるマタティアスが、席を立とうとしているソラルにこう言って、夕食会を締めくくった。

「閣下、近いうちに俺たちを宴に呼んでやろうと思うなら、むしろ等価交換で、俺たちに現金をくれませんかね。そうしてもらえれば、俺たちに一番利益になるようにうまくやるんですがね」

「では、お休み、ソル」とサルチエルは言った。「ところで、今朝お前は金を銀行へ持っていったんだろうな？」

「忘れてました」とソラルは言い、出ていった。

益荒男たちは顔を覆った。これほどの大金が一日中上着とズボンのポケットにあったとは！　彼らは寝に行かず、殿様が眠っている間、この食堂で寝ずの番をし、三十七万二千五百フランの安全と保管を監視することにした。《《この五百フラン》とマンジュクルーが藪から棒に言った。《彼はこの五百フランを俺にくれてもよさそうなものなのに。この五百フランは彼には何の役にも立ちゃしないだろうが？　彼には水滴だが、この俺にとっちゃ十リットルよ。》》

サルチエルがこの決定をソラルに伝えに行った。彼はしばらくして戻ってきた。

「親愛なる友達《ともどち》よ、彼の金は安全な場所にある」

「どこだ？」

「至極安全な場所だ。後で言う。第二に、彼はわしらに少々うんざりしているということだ」

「恩知らずにもほどがある！」とマンジュクルーが言った。「で、なぜだ？」

「わからんよ。夕食中、お前たちの振る舞いが紳士らしくなかったとわしは思っている」

「食うのにどんな紳士らしさが欠けていたっていうんだ？　紳士は食わないのか？」

「つまりだ、彼のアパルトマンから出ていってくれとわしらに頼んでいるんだよ」

「掛け布団の下に豊満な美女を隠していなかったか？」とミハエルがきいた。

「いいや、紳士殿。女性なんか彼にはどうでもいいんだよ。彼は良識ある人間で、お前のような淫蕩な人間じゃない。多分そのことのせいだろうな」と彼は考えた。

「そのこととは何だ？」

「そうさなあ、彼は小説を書いているとわしには見受けられた」

「で、それはまたどうしてだ？」とマタティアスが聞いた。

「書いちゃいけないの？」とソロモンが言った。

「小説を書くだと、一体何考えてんだ！」とマタティアスが言った。

「お前が彼と同じくらい金を稼げるようになった暁には、お前にも批判する権利が認められる」とマンジュクルーは言った。

「どこなんだ、その安全な場所とは？」とマタティアスが尋問調で訊いた。

「小説のことを話してください、おじさん」とソロモンが言った。

「彼がわしの意見を求めたのだよ。こういうことだ。ある男が、若い男だと思うのだが、数日前の華やかな夜会で注目した女性の寝室へ侵入する。彼は彼女に話しかけはしなかった。しかし彼は彼女がいたく気に入った」

「それはそうでしょう、美人なんだから」とソロモンが言った。

「おそらくイギリス人だろう」とマンジュクルーが言った。

「おお、僕はその女の人が大好きだ」とソロモンが言った。「で、それから?」

「それがな、その男は彼女の家へ行くのだよ。彼は身を隠して彼女をじっと見つめる。彼女は寝ている、眠っているのだよ。それで小説の登場人物は彼女に話しかけもせず、近づきもせずに立ち去る」

「彼女はベッドにいて、体を動かす用意は万端整っていたんだから、一体どうしてまた?」ミハエルは憤慨した。

「お前がそんな風にしゃべり続けるなら、わしはもう何も言うまい。要するに作中人物は立ち去るのだ。そのほうがいいのだと彼は自分に言い聞かせるように言ったのだよ」

「その登場人物は大馬鹿三太郎だ」とミハエルが言った。

「僕にはその考えが少しはわかるような気がする」とソロモンは言った。「誠実さからだ、きっとそうだよ」

「小説の登場人物が、愛する若いご婦人に話しかけないのはどうしてか、彼はわしには説明したがらなかった」

「若い女性」とソロモンは訂正した。

「わしはな、登場人物が正しいと思っている。彼女に話すべき人物は彼ではない。経験豊富な年寄りを送り込んで両親と話させ、その若い娘の健康状態を調査し、彼女に持参金があるかどうかを嗅ぎ出させればそれでいいのだよ」

「嗅ぎ出す、だと!」マタティアスは憤慨した。「嗅ぎ出すなんてこたあ問題じゃない、あるなしをはっきりさせ、父親の支払い能力を調べて、結婚する前に娘の持参金を渡せって要求するのが大事なんだ!」

「そりゃそうだ、しかしなあ、父親は応じなかろう、娘を連れて行かずに持参金だけ持って、婚約者がトンズラするんじゃないかと思ってさ!」とマンジュクルーが言った。「その作中人物名義の銀行口座に金を入れ、口座を凍結する、そうするしか他に方法はないな、つまりだ……」

「議論が横道にそれている、諸君」とサルチエルが言った。

「金の問題じゃないよ、愛が問題なんだ!」とソロモンが言った。「金なんかいらないんだよね? それで小説はどんな風に終わるの?」

「彼自身もわからないのだよ、それで苦しんでいるのだ。(マタティアスは肩をすくめた。)彼はこのわしに質問した。《おじさん、賛否《ウィ・ノン》で答えてください、あれこれ考えずに。作中人物はもう一度彼女の家に行き、彼女を一気に誘惑する、ああ、これは児戯に類することです。あるいは大多数の人のように、つまり社交界の舞踏会で彼女に再会する機会を求め、——まあ彼はそうは言わなかったがね、言わんとするのはそういうことだな——ゆっくり時間をかけて彼女を誘惑する、これはつまらないやり方です。結局彼女が好むのは皆がやっているゲームなんですよ。あるいは第三の可能性として、作中人物が謎のスーツケースを持って彼女を再び訪れるという手もあるのですがね？》《息子よ、わしはお前に答えてはやれないよ、スーツケースに何が入っているのかわしは知らないからだ。》だが、彼はスーツケースの中身をわしには言いたがらなかった。彼は粘った。それでな、彼が腹を立てたから、彼が作中人物にさせたいと思っていることを即座に当てて見せようと努め、その人物はスーツケースを持って再訪すべきだと彼に言った。この謎のスーツケースがひどく彼の気に入っていることが、わしにはよくわかったからだ」

沈黙。ソロモン以外益荒男たちの誰一人このことに熱中する者はいなかった。マタティアスは、大金を稼ぐ人間が〈作り話〉を書くとは何ともはやお気の毒なこってす、と思っていた。ミハエルは作中人物は女を知らないのだと思っていた。なんてこった、麗しの若き女がベッドにいて、用意万端ととのっているというのに！　美女に釣り合った男にはやるべきことは一つしかないのだ。それを彼女にしてやらなければ、彼女には本当の眠りが訪れず、これは確かだ、してもらえなかったことで彼女はその男を軽蔑し、最甚《いといた》く憎むのだ。マンジュクルーは、フランス銀行の地下室でご令嬢の父親、大蔵大臣、若い男の三者会談が開かれ、《彼はご令嬢の愛を利用して未来の舅に平価切り下げをさせ、好調な株式市場に打撃を与えて終わる！》小説の方が好みだった。

「つまりだな、小説を書こうとすればどうしても夜は仕事のしすぎになる、それが頭のためによくないのではと心配になるのだよ」とサルチエルは総括した。

「でもこの謎のスーツケースには一体何がはいっているの？」とソロモンが聞いた。「花か、さもなければきっと可愛らしい小鳥たちにちがいない。美しい人が優しい気持ちになってくれるようにと、その人の前で放してやるんじゃないのかなあ？」

マンジュクルーはあくびをした。

「もうしゃべりくたびれたろう、諸君、俺の関心を引くのはその一種のスーツケースだけだ、スーツケースは花や小鳥用の代物じゃないことは確かだ。さて俺たちのお宿へお引き取りになるとするか、サルチエル？」

「戻ってはならない。愛し子はわしたちに傍にいてもらいたいのだよ。御前方に言うのを忘れていたが、この豪勢なホテルには寝室が五つあって、この上の階だが、わしらが行くのを待っている。パトロンの盲従の徒がいつでもわしらにその部屋を見せようと待機しているのだよ」

彼らはその寝室へ向かった。ソロモンはスーツケースの中身を推測しながら、殿《しんがり》に控えた。

36

友人たちはアパルトマンに度肝を抜かれ、案内したレセプションの若き紳士はショックを受けたが、観念の臍を固めた。益荒男たちはそれぞれの寝室だけでなく、それぞれの浴室、それぞれのしゃれた婦人用私室の正当な使用者となった。

寝室が五つ、浴室が五つ、それに婦人用のしゃれた私室が五つ！　後生だから、何のためか教えてくれ、だが不満顔をする必要がどこにある？　総勢五人にすぎないのに、十五もの部屋が彼らにあてがわれたのだ。それも各アパルトマンに付いている入り口の間を数に入れずにだ。それに何とすばらしい家具調度だろう！　ベッドはイギリス国王用並だし、絨毯はスルタン用で、他の物も同様だ。一つの浴槽に代わる代わる入って体を洗ってはいけないのか？

「それにしても、大体湯舟なんて要るのか？」とマンジュクルーが言った。「大事なのは、千鈞の重みを持つ部分がさっぱりすることだ。即ち計算と山盛りの食事のために作られている頭部、それに金を摑んだり、食い物をその目的地に運んでくれる両の手だ」

「彼は部屋代を全部でいくら請求されるやら、見当もつかん」とサルチエルが呻くように言った。

「その問題は検討する」とマタティアスが言った。「その前に、大金の安全確保のための巧妙な手段とやらを聞かせてもらおうか」

「彼がわしに預けた三十七万二千フランの金はわしのシャツの下だ」

「あんたは五百フランを忘れている」とマタティアスが言った。

「まったくなあ」とマンジュクルーが言った。「よこせよ、三十七万二千五百フランは俺が保管する」

「だめだ」とサルチエルが言った。

「それなら少なくても五百フランだ」

「だめだな」とサルチエルは上の空で言った。

　彼はひどく心配していた。フランスの金で支払わせるなんて、気まぐれにも程がある！　今夜にでも平価切り下げがあったらどうするのだ？　それにこの札全部、どうすればいい？　マットレスの下に置くか？　体の皮膚という皮膚を直接札で覆い尽くすか？　彼はあちこちのポケットに札を振り分けて入れていた。札の枚数が無闇に多くて、叔父のどこもかしこも目立っていた。つまり妊婦のようだったのだ。暫くすると彼は金を出して数え、ミハエルにポケットに縫い込んでくれるように頼んだが、その直ぐ後で、偽札がありはしないかどうか調べてみるから、縫い目を解いてくれとまた頼むことになるのだった。


「おい、見たか、ズボンの中に見もしないで札をごちゃごちゃに入れているのを？」

「まるで列車の切符だ！」

「俺は列車の切符一枚だってしっかり中に押し込んで、その上にハンカチを何枚か被せるのさ」とマタティアスは言った。

　電話が鳴りサルチエルは飛び上がった。悪いことにきまっている！　ソルはきっと病気なのだ！　虫垂炎かな？

「そうだ、わしだ、我が子よ、どうした？　わしがそっちへ行こうか？　ミハエルが薬屋へ駆けつけてもいいぞ！」

　全くの取り越し苦労だった。ソラルはおじに部屋は気に入ったかどうか聞こうと思ったのだ。

「大変立派だ、我が愛しき者よ、わしの胸をむかつかせるご婦人用の私室の他はな。結局は、ありがたい、ということにやはりなるかな。なあ、ソル、例の物は相変わらずあそこにある。ふうむ、お前わからんのか？　わしはな、三百七十二フラン五十サンチームのことを言っとるんだよ。（スパイの最中にちがいない電話交換手に情報を仕入れさせる必要はない、と彼は思っているのだ。）大した金額じゃないが、まあ、安心していてくれ。わしらは皆周りにいるからな」

サルチエルの鋭敏な前髪の房がその頭の上でぴんと立ったから、この時ソラルはぞっとするようなことを言ったに相違ない。

「お前は気でもふれたか！　お前の金を全部あいつらにやってくれだと？　とんでもないことだぞ、ソル、絶対にやってはいかん！」

マンジュクルーは電話機の前に跪き、何本もの胸毛を引き抜き、両手を組んで、この不幸をもたらす忠告をもうこれ以上しないでくれと懇願した。二人は妥協し、ソラルは半分持っていることに同意した。益荒男たちは残り半分を分け合うことになった。友人たちは直ちに計算し、ごちゃごちゃと書いた。まだ現金化していないスイスフランの小切手を合わせると一人一人の取り分はおよそ五十万ドラクマになった。

ソロモンは将《まさ》に甲高い声を出す小さなボール、柔らかなベッドの上で跳躍し、何度も頭を天井にぶっつけた。マンジュクルーは、ミハエルの下手なマンドリンに乗り、その指を思い切りぱちぱち鳴らしてカスタネット風の音を出し、アントルシャをした。スペイン風の甘美な悩ましさを漂わせてくるくる回り、感動の余り皇后の顔《かんばせ》の微笑にも似た不思議な笑みを浮かべてその場に立ちつくし、額に手をかざす彼は、奇跡的な愛をじっと見つめているようにも見えた。薄情者の女王の如くせせら笑うかと思えば、感極まって、腹を突き出しては引っ込め、モーニングコートの尾をひらひらさせて、痩せた尻で円を描きもした。口元は大きくほころび、歓喜踊躍《かんぎゆやく》。髪は乱れ、喉仏は上がったり下がったりし、首には黒い汗が流れていた。マンドリンに合わせて全身全霊で踊り、その脚は宙を飛び、顎鬚はダンスで起こる風に流れた。マタティアスは両腕を拡げ、厳めしい顔つきで目を閉じ、その場でゆっくり回っていた。幸福感が体に染み渡り、疲れ切ったマンジュクルーは突然ダンスを止め、彼に支払われるべきものを即座に渡せと要求した。呪いの言葉も猜疑心もなく分割された。好運とそれぞれの取り分の増殖を相互に願いながら、抱擁し合うことで一件落着と相成った。

「我が心の子らよ、大金持ちの息子たちよ」とマンジュクルーは言った。「ここを離れまい！　サルチエルの部屋で気持ちよく夜を過ごそうではないか！　しかしだ、百全万全にするため俺たちのベッドをここに運ばせよう！　そうしていい気分で俺たちのお宝や栄耀栄華を語り明かそうじゃないか」

「もう夜更けだよ」とソロモンは言った。「ベッドを四つ運べって、あの人たちに強いるなんてできないよ、とりわけこのベッドは重たいんだから」

「俺には五十万ドラクマがあるんだよ」とマンジュクルーは応じ、それぞれ持ち場についている従業員たちの呼び鈴を次々と押し、長い時間がかかったものの、彼らに断固とした命令を下したから、間もなくあと四台のベッドが寝室に整列した。

　益荒男たちは服を着たまま大の字になって寝た。頭は、枕だと思いこんだ羽布団の上に乗っていたから、実際はちっとも気持ちよくなかった。何に付け処理能力では勝るマンジュクルーは《スイス流に》四つに折れと命じた。そうして、夜も更けていたが、彼らは計画を立て、彼らの敵をくじき、彼らの友人たちを嫉妬で気も狂わんばかりにさせる諸々の手段、方法を思い描いては長広舌を振るった。マンジュクルーは彼が建造させる三十もの船室を備えたヨットのことを話しながら眠り込んでしまった。豪勢な話の中でも極め付きはこのヨットで、イギリス国王陛下のためのものだった。

　午前三時頃彼らは物音に驚いて目を覚まし、明かりを付けた。サルチエルが消えている！　サルチエルと大金が盗まれたのだ！　使われていないアパルトマンの一つから物音がする！　ミハエルがドアを押し開け、他の三人がずっと離れてその後に従った。マンジュクルーは歩みを止め、がたがた震えながら、こちらもまた身を震わせているソロモンに、おっかながるんじゃない、と命じた。ついに五番目のアパルトマンで目を閉じ歩き回っているサルチエルを発見した。

「おじさん、あなたは夢遊症なんですか？」とソロモンが小声で尋ねた。

「いいや」と彼は言った。「わしは詳細なる調査を実施し、わしらのために用意されたこの胸くその悪いご婦人用のしゃれた私室とやら付きの五部屋は、彼にとってどのくらいの出費になるか考えていたんだよ。しかしわしはこの絨毯の価値を知らんから、金額を出せないでいるのだよ」

　アパルトマンは甥たちのソファ《ソファ・デ・ヌヴゥ》［Sopha des Neveux Sophaはラオスの有名ホテルか？］

——国際連盟《ソシエテ・デ・ナシヨン》のマンジュクルー風新呼称——の支払いなのだからそんなことはどうでもいい、とマンジュクルーは言った。サルチエルが突発的に受話器を外した。眠そうな声が部屋の値段を告げると、彼はこう答えた。

「お前のばあ様は百三年の間不倫の子を産み続けることだな！」

　ドアマンはドイツ語圏のスイス人で、フランス語がよくわかるとは言えなかった。彼は礼を言い、サルチエルは受話器を置くと、悔悟の印に頭にまく灰があればと暖炉の口蓋を揚げに行った。

「我が友どちよ」と彼は言った。「覚悟のほどはよいか。（益荒男たちは覚悟した。）五つのアパルトマンはあの異教徒のご婦人用私室付きで一日二百スイスフラン、ということは……」

　彼は口をつぐんだ。ドラクマ、エスクード、レアル、レウ［ルーマニアとモルドバの通貨単位］、厘銭［古代中国などの円形方孔、刀形の鋳貨］、或いはドルでは五つのアパルトマンの室料がいくらになるのかを知るのは、彼には余りに苦痛だったからだ。

「つまり月六千フランだ！」

「装甲艦一隻の値段だ！」と激しく両手を動かして、マンジュクルーが大声を上げた。

「そうすると十年では七十二万スイスフランにもなるよ！」と自分も他の者たちと同じように憤慨していることを表そうとして、ソロモンが言った。

「六百年間複利で預ければおおよそ一億もの金を生み出すことになる」とマタティアスが言った。

「しかし、何でできているのだろうか、この部屋は、宝石か、ないしは金か？」とソロモンが芝居の登場人物の如く質問した。

　サルチエルは両手で頭を抱えた。

「おお、リッツの支配人の盗人め、お前の娘は母親より先に死なんことを、そしてお前の妻はお前より先に死なんことを！」

「子供たちよ」とマンジュクルーは言った。「このまま済ませてなるものか！　仕返しをする！」

　彼は立ち上がると十五の部屋の電灯をつけ、五つの浴槽に湯を注ぎ、一方サルチエルはドアマンに二度目の電話をし、支配人はファラオだと支配人に言えと命じた。

「そうして神が今月末に支配人を破産の憂き目にあわせてくれますように！」とマタティアスが言った。

　それから——午前四時だったが——マンジュクルーはルームボーイ、メイド、給仕長の呼び鈴を交互に鳴らし、ルームボーイには服のブラシをかけさせ、他の二人にはジュネーヴの歴史的大建造物について尋ねた。

それが済むと彼は五階にあるすべてのトイレに入り、電灯を付け、トイレットペーパーを洗いざらい持ち去った。それからテーブルの脚を蹴飛ばし、スパイクシューズで絨毯をごしごし擦り、電球をはずしてスーツケースにしまい込み、廊下の痰壺に痰を吐き、トイレの鎖を引き抜き、バスローブで靴を磨いた。最後に、友人たちに風呂に入れと命じた。毒を以て毒を制す！　だ。いい機会だぜ！　畜生、一日二百フランだからな！

マンジュクルーは顔をしかめて湯舟に入った。実際彼は今まで入浴したことがないのが自慢で、それを口実に自分をルイ十四世に比していた。彼は湯の中に一時間も浸かっていて、皮膚病を心配しては溜息をついた。ところがその溜息も少しずつ心地よさがさせるものとなっていった。恐ろしいことだ、彼が風呂好きになりつつあるとは。彼は堕落者になってしまった、退廃期のローマ人になってしまった。しかもその堕落を完璧なものにするため、彼は人生で初めて自分の体を石鹸で洗った。体を乾かしながら鏡の前でポーズをとると、やりきれずに後ずさりした。とても自分の姿とは思えなかった。

午前六時、水治療法でへとへとになった益荒男たちは、湯舟に注がれる水の心地よい喧噪に癒され、眠り込んでいた。マンジュクルーが水、とりわけ湯を出しっぱなしにしておくようにと強く勧めたからだ。

37

彼らは蒸し風呂のような熱さの中で目を覚ました。五里霧中とはこのことだ。轟音とともに浴室から蒸気が噴出し、明かりを付けてみたが、一メートル先も見えなかった。壁紙は剝がれ、ベッドのシーツは湿っぽかった。マンジュクルーは濃霧の中、手探りで窓を開けに行った。

「前へ進め、諸君、スイス風の朝食だ！」

　彼らは食えるかぎり食おうと努め、――畜生、一日二百フランだからな！――彼らが飲めなかったり食えなかったりしたものは湯舟かどこか他へぶち込んだ。

　肺結核患者はサロンに下りて行き、その巨大な両手を使ってグランドピアノで奇妙な曲を作った。始めはなんでも利用してやるつもりで弾いていたのだが、そのうちに、ひょっとして俺は未来の大作曲家ではあるまいかと思いはじめ、では一つ試しに作曲してみようじゃないか、となったのだ。彼は内心支配人を恨んだ。奴が敢えて俺に微笑みかけたのは、一日二百フランのためだ。白の作業服を着込んだけったいな奴だが、そいつと事務次長は稀代不思議な関係でつながっているようだから、うん、ここのところは笑顔を見せておく方がよさそうだ、と踏んでのことだ。

　客の使い走りをする小柄なボーイと話をし、瑕疵と損害のことで思うところがあるのだと詐欺師まがいの謎をかけてから、マンジュクルーは消化のため、湖畔を散歩することにした。イギリス人に出合うと、ホテル・リッツは止す方がいいと言ったが、彼らは皆彼を無視し、ふん、と言うように顎を上げて、傲然と散歩を続けた。マンジュクルーはそういう態度にむっとすることはなかった。彼は手すりにもたれて、レマン湖にみとれた。超さらさらの青インクのタンクだ。

　さあ、これからが真剣勝負だ！　部屋に上がって服を着、髪にポマードを塗り、髭は剃りたての益荒男たちは生きる準備を整え、エンジン全開の観を呈していた。

「諸君」とサルチエルは言った。「作戦を立てようではないか。わしらは現金化すべきスイスフランの小切手と銀行に預けるべき多額の金を持っている」

「二等分した」とマンジュクルーが注意を促した。

「俺たちの金とあんたの甥の金」とマタティアスが明確

にした。

「なにか提案はないかな、諸君？」とサルチエルが聞いた。

「僕たちは先ず小切手を現金化し、それからこの金を全部銀行の金庫に入れに行くことを僕は提案します」とソロモンが言った。

小男は軽蔑の目で見られた。まったくくだらないことを考える奴だ！

「それで、もし盗人どもが俺たちを付けていたら、おお、こざかしいやつめが？」マンジュクルーが聞いた。

「その時は」とソロモンは言った。「石油の力で一人で動く、ここにあるような自動車に乗ればいいんだ」

他の四人は顔を見合わせた。つまるところタクシーに乗るという考えはちびすけから出たものだが、悪くない。そうだ、分、秒に至るまで、きっちり決めておき、その時刻に来るようにタクシーの運転手に言い、ギャングどもに接近する時間を与えないように迅速に乗り込む。しかしその考えを掘り下げると危険であることに気がついた。もし運転手がカラブリア人や地元のギャング団の一味なら、彼らを人気のない場所へ連れて行って縛り上げ、線路上に放っておくことだって朝飯前だ。

彼らは計画を立て、唾を飛ばしてしゃべりまくった挙げ句、マンジュクルーが偵察しに下りて行き、《周囲の状況を探り、》通行人の顔つきを調べてくることに決まった。それが行動に移された。

ホールの奥まったところで、銀行券がぎゅうぎゅう詰めのスーツケースをサルチエルがしっかりとその胸に抱いていた。他の三人に守られて、彼はマンジュクルーが交通渋滞はないと合図するのを待っていた。肺結核患者は《通りを行く奴ら》に疑い深い眼差しを投げていた。ようやく彼は振り返り、ウインクしながらファシスト風の敬礼をしたが、それは――事前に制定されたコードによれば――不審な人物はそれほど多くないという意味だった。それで、四人の友人たちはホテルから出た。

しかし通行人たちは、厳しい顔つきの見張り番四人に囲まれている戦争捕虜のような、ビーバーのトック帽をかぶった小柄な老人に好奇心を刺激され、振り返った。「ストップ」とサルチエルが言った。「わしらは注目されすぎだ。避難しよう！」

彼らは小さなカフェに駆け込み、ブラックコーヒー一杯と水を四杯注文した。座ると彼らは小声で話した。今のところは救われた。しかし、盗まれることなく無傷でクレディ・リヨネにたどり着くにはどうすればよいか？

「クレディ・リヨネにたどりつくには、諸君、俺がさっき見た地図によれば橋を一つ渡らにゃならんが、この橋がまた他の橋同様、いかにも悪党らしき野郎どもがたむろしているから、それが由々しき問題だ」とマンジュクルーが言った。

彼らは脳味噌を絞り、マンジュクルーは俺にとてつもなくいい考えが浮かんだと告げた。彼は外へ出た。二十分ほどするとサラダ菜や人参、トマトや玉葱でふくらんだ網の買い物袋を下げて戻ってきた。

「この買い物袋が救いの神よ、諸君！」

彼は礼儀上その所在が明示されていないカフェのトイレに友人たちを連れていった。ドアに差し錠をかけると、マンジュクルーはお宝を網の買い物袋に入れるのだと種明かしをした。

「この網の買い物袋に五十万近くのフランスフランが入っていようとは、お釈迦様でもご存知あるまい。人参と玉葱が俺たちのアリバイよ！」

銀行券や小切手が野菜で汚れる恐れがあるとマタティアスが注意を促した。ソロモンが新聞を買いに行くことになった。小柄な益荒男は警戒するパトロンの疑うような視線の下をかいくぐり、走ってカウンターを通過した。しばらくすると、息を切らし、その紙型が打ってつけだと思えた「ル・タン」紙を手にして戻ってきた。

皺にして見るも無惨にした新聞紙で銀行券を包み、いろいろな野菜の真ん中に置いた。そうしてトイレを出た。支払いを済ませると、――逆上でその行動原理をすっかり忘れてしまっていたから――マンジュクルーは、泥棒連中をもっとうまくひっかけるにはルダンゴトやオーバーの襟を立て、いかにも惨めったらしく見せねばならない、万全の策を講ずべしと友人たちに囁いた。皆が彼に倣った。カフェの客たちは口をぽかんと開けて、奇妙な一団を眺めた。

「しかも」とサルチエルは小声で言った。「恥じ入っている様子をしよう、腹が減って死にそうな人間を、素寒貧の人間を演じよう！」

彼らはカフェを出た。厚い下唇を前に突き出し、溜息をつく悲痛な面持ちの五人組が通ってゆくと、道行く人々は皆振り返った。マンジュクルーは夢中になりすぎていた。仲間のように陰鬱な目をし、溜息をついていたばかりでなく、洟をかみ、めそめそ泣き、赤心の涙を拭い、飢えが定めの己を嘆いていた。サルチエルは網の買い物袋を腕でひどく深刻に抑えていたので、ほとんどのトマトが潰れた。

機械橋にさしかかると、老婦人、少女、兵隊、犬、腕白小僧など五十を越える人や動物が彼らの後に従っていて、ビーバーのトック帽やフスタネラ、山羊皮や白のシルクハット、フード付き上っ張りをからかった。偽貧民たちがクレディ・リヨネに駆け込んだときには野次馬は総勢百人以上になっていた。

彼らは小切手を現金化し、それから金庫室を点検した。金庫の壁は彼らに言わせれば、厚さが足りなかった。その上椅子は木製だから燃える。彼らは靴の埃を、思慮に欠けるこの銀行にまき散らし、すっかりリヨン嫌いになって、外へ出た。

自転車に乗った者たちに先導され、その数を次第に増しながら付いてくる群衆に守られ、益荒男たちはコラトゥリー通りを横切り、不健全な羨望を掻きたてないように、敢えて一つの銀行に決めてそこをたずねることはせず、当て所無く行った。マンジュクルーは陰険な目で見つめた。好奇心の塊だ、ジュネーヴの連中は！　まったくもう、彼らは網の買い物袋を見たことがないのか？ようやく二番目の銀行に行き当たった。だがこの銀行は気に入らなかった。顧客で溢れていないのは破産の可能性があるということだ。

三番目の銀行。彼らに情報を与えてくれた行員はペテン師特有のさも優しそうな顔だった。彼らは外へ出、絶対の銀行の探求を続けた。小さな男の子が買い物袋から落っこちた札束一つを彼らのところへ持ってきてくれた。憲兵が発汗している五人を尋問し、交番へ連行、彼らのパスポートを徹底的に調べた。マンジュクルーは彼が殿下の従兄弟だと告げて、警察署長をぺちゃんこにしてやりたかった。だが、サルチエルが、そういうことはしてくれるなと小声で彼に懇願した。警察はしぶしぶ彼らを釈放したが、秘密警察が奇妙な一団を尾行し、彼らは喚声をあげる陽気な群衆を従えて、更に三つの銀行へ行った。

彼らの目が遂にクレディ・スイスを見つけた。行員たちはとてもふくよかな、とても誠実な顔をしていて、顧客もとても多かった。金庫室は鋼鉄製だったから、彼らはいたく気に入った。金庫室に入りながら丁寧に帽子を脱ぎ、小声でいつもよりずっと礼儀正しく話した。金庫は分厚く、実によくできており、信頼の置けるものだった。これもまた分厚いずんぐりむっくり型の、謹厳実直を絵に描いたような警備員が金庫の入り口扉を開けた。彼は彼らが自由に使える一区画を示し、彼らの言うことにうやうやしく注意して耳を傾け、鍵を渡し、秘すべき数字の組み合わせ方——その複雑さが彼らを大いに喜ばせたのだが——を説明した。彼らは感動も新たに礼を述べ、自分の区画を開けている顧客やその仕切内に座って配当券を切り離している顧客たちを愛した。彼らはその顧客たちがうらやましいとは思わなかった。彼らは同じ資本家階級に属す兄弟ではないのか？

警備員がその場を離れた。彼らはこの慎み深さを高く評価した。

「クレディ・スイスに神のご加護のあらんことを！」

サルチエルは紙幣を数え、六つの山に分けた。悪意ある眼差しから彼を守るべく、友人たちはその周りで監視した。紙幣が紐で括られると、目つきも陰謀家のそれになり、小声で議論した。秘密の数字はどう組み合わせればよいのか？　三百七十四ではだめだ、当たり前すぎる。百十一は？　からかってるんじゃないのか、すぐ眼付く。四百五十六では？　乳飲み子でも考えつく。遂に彼らは知的な数字を見つけた。強盗どもを困らせるのに打ってつけの数字で、吉兆とされる七から始まっていた。

別の問題。七を設定しようとして、刻みのついたつまみを回すとかちりという小さな音が七回聞こえるから、鬼婆――この場合はあのご立派なドゥーム夫人のこと――がすぐ傍にいれば、よく覚えておくことだってできる。操作する間、気管の専門家であるマンジュクルーが咳をすることで合意を見た。サルチエルが五番目と六番目の〝かちり〟の間でかなり長目の間を取って複雑にし、すぐにはそれとわからないようにした。あの嫌な女や警備員――偽善者ってこともなきにしもあらずだ――それから顧客全部――咳をするというので顧客の誰もが抗議し始めた――その連中にも泡を吹かせてやらねばならない。マンジュクルーが〝かちり〟の度に咳を一つしたから、狙っている盗人が数字を知るには咳の数を数えさえすればよかった。それで彼らは秘密の数字を変えることにした。彼らは肺病病みに切れ目無く咳をするように頼んだ。

三十分後、言うは易く行うは難しの作業もようやく終わり、札束はきちんとしまわれた。それでも益荒男たちは何度か戻ってきて、本当にしっかり閉まっているかどうかを確かめるために、彼らの区画の小さな扉を一人一人が力一杯引っ張ってみるのだった。

「さて、諸君」とサルチエルが言った。「わしらは皆よく見た、そうだな？　わしらは皆開けようとしたが、扉は開かなかった、そうだな？」

「そうだ」と益荒男たちは最後にもう一度一人一人確認してから、言った。

「では、今日のこの日が乳と蜂蜜で作られた旨し日とならんことを」

「この鍵にほんとうに合い鍵のないことを願おう」とマ

ンジュクルーが言った。

「スイス人は誠実だ」とサルチエルが言った。

彼らは短い祈りを捧げてから立ち去ったが、すっかり安心していたわけではなかった。小さな扉がしっかり閉まっているかどうかを確かめに戻ってくると、少々心配になり扉を開けた。札束は相変わらずここにあるだろうか？　ある、ありがたいことだ。彼らはこの扉、世界で一番大事な扉を再び閉め、警備員に扉のことをくれぐれも頼み、最後にもう一度狂わせた組み合わせ錠の聖なるボタンを見つめた。彼らはしぶしぶ出口に向かい、金庫室を閉ざすどっしりとした鋼鉄の円形扉の前で立ち止まり、すばらしく魅力的な四十もの舌を愛し、その途方もない厚さに手を触れ、その四つの錠を愛しく思った。

もう一人の警備員が二番目の扉の前にいる。見るからに誠実で勇敢そうだ。サルチエルは武装しているのかどうかと愛想よくたずねた。警備員は巨大なピストルを見せた。サルチエルは彼を褒め、優しく礼を言い、好感を抱いていると告げ、握手をし、他の友人がそれを真似た。マンジュクルーはつい間違ってしまった振りをして、手を握る代わりにその腕を触った。完璧だ、実に筋骨たくましい男だ。

外に出ると、老いたユダヤ人が一人広告ビラを配っていた。彼らは、クレディ・スイスの前でちょっとした仕事をしてもらえまいか、もし怪しげな輩が銀行に出入りするのを見たら、警察に通報してもらいたいのだが、とその老人に頼んだ。

そして金持ち病に罹った彼らは歩いて行った。彼らは不安だったし、平価切り下げやストライキ、破産や戦争を恐れていた。その上彼らは自分は貧乏だと思っていた。これが金持ちの不思議なところだ。彼らは安全確実な投資に腐心したが、その投資先はおいそれとは見つからなかった。とうとう彼らは独裁はいいことであり、ムッソリーニは恐ろしく頭のいい男で、少しも愚かではないと合点するまでになった。レオン・ブルムのことは、それほど好感の持てる男じゃないと考えるようになっていた。

「あまりにも穏やかすぎるということだ」とマンジュクルーは言った。「彼は強腰じゃない。俺には強力な政府が必要だ、ともかくスイスでもだ！」

「資本は資本だ」とマタティアスが言った。

「労働者には厳しくすべし、だ」とマンジュクルーが言った。「それから、首謀者とか列強に秘かに雇われている怪しい分子どもは銃殺することだ」

「貧者と富者が必要なのは間違いない」とサルチエルが言った。

「俺のように、専ら他人の額に汗をかかせようと努力する者たちから奪い取り、もっと稼いでやろうとするストライキやには我慢できない」とマンジュクルーが言った。

「僕はいろんな階級が連携協力すればいいと思っている」とソロモンが恥ずかしそうに誇らかに言った。

「結構毛だらけ猫灰だらけ」とマンジュクルーは言った。「連携協力か！　仕事を分け合うか！　失業者は腹を減らし、我輩は失業者の代わりに食うか！　最後にジュネーヴの政府がちっとばかし反ユダヤ主義者であってくれることを願おう。そういう連中が世の中の秩序をきちんと維持してくれるのだよ」

彼らはニュース映画館に入った。ソロモンはスペインの砲兵に、あんたたちは見苦しいと叫ばずにはいられなかった。こういう戦争にはすべて嫌悪を催す彼らは外へ出て、とあるカフェに避難した。サルチエルは左手でカップを持ちながら飲んだ。《こうやって飲めば淫蕩が原因の病気に罹る危険はない、お前が左手でカップを持てば、お前が触れるのは人の唇が触れたことのない縁だ、何故なら連中は右手でカップを持つからだ》とサルチエルは説明した。

ごくわずかなチップを置いて、彼らはカフェの外へ出た。彼らは金持ちになった今、金の価値を知ったのだ。

最後に彼らは宗教改革記念碑を見に行き、帽子を脱いでカルヴァン像をじっくり見た。

「わしはカルヴァンが好きだ」とサルチエルは言った。

「厳格だ」とマンジュクルーが言った。「俺はそこんとこが好きなんだよ」

「スイス万歳」とソロモンが言った。「スイスが髪を三つ編みにした少女だといいのにね、僕がキスしてやれるように。次の戦争でスイスがやられるんじゃないかと思うと、僕はこわくなる」

スイス国歌を歌ってから彼らはシナゴーグへ行き、彼らのお宝が長生きし、ますます殖えるよう神に頼んだ。（金持ちになったこの日、彼らは何時にもまして自分たちが信心深くなったように思えるのだった。）マンジュクルーはアクセントを付けて正しく発音しないと言って、ポーランドのユダヤ人に腹を立て、彼らに恥をかかせ、彼らの声に覆いをかぶせるように東洋風のリズムで喚いた。（不倶戴天の敵とひとりごちている彼の声が益荒男たちの耳朶《じだ》に触れた。本当は彼はポーランドのユダヤ人が大好きだったのだ。）

シナゴーグを出ると、マンジュクルーは歯医者へ行き、虫歯に全部金充填法を施すといくらかかるかと聞いた。しかし結局は歯を一本残らず、健全な歯でさえ抜いて、入れ歯を入れる方がいいと心の中で言いながら、彼はこの金満家の計画を放棄した。総入れ歯にすればもう猛烈な歯痛ともおさらばだ。検討のこと。

マンジュクルーを除き、益荒男たちは教会へ入った。彼らは感嘆した。彼らは脱帽し、誇らかに教会内を行き来した。ソロモンは煉獄の霊魂のための献金箱に小銭を全部入れた。外ではマンジュクルーが背中で両手を組み、顎を高く上げ、真の硬骨漢として行ったり来たりを繰り返していた。

彼らはホテルへ戻ることにした。サルチエルは一言も言わずに歩みを止めた。彼はユダヤ人の資本家の運命は悲しいものだと気が付いた。彼は資産家としては保守系政府の方がいいはずだ。そのとおりだ、だが、ユダヤ人としては？　その時、ダンテ・アリギエーリはイタリア詩人のプリンスだということを思い出して、非論理的ながら自分を励ました。『神曲』の作者がミラノの王宮を訪れたとき、貴族はこぞって脱帽し、敬意を表したことを思い、感涙にむせんだ。

ホテルに戻った益荒男たちは閣下と出くわした。閣下はキャンピングの喜びを言い囃し、そこから得られる栄光を彼らに話した。要するに彼は、千二百メートル級の山で、ケーブルカーのあるサレーヴ山をちょっと一周してくればよいと彼らに強く勧めたのだ。スイスの巨大な山に登ったとケファリニアの友人たちに話してやれると思うと、彼らは狂喜した。

38

マンジュクルーは手始めに、本屋の店先でロワゾーの著した入門書をくすねた。数分後、店に引き返し、入門書の代金だとは言わずに、店主に寄付したいのだがと言って、堂々と四フランを置いた。そして、驚きで呆然とする店員のことなどもはや気にもとめずに出て行ったが、そのさまはどうしてなかなか堂に入っていた。

友人たちはイギリス庭園のベンチに座ってキャンピングの入門書を注意深く読んだ。そのベンチは黄色に塗られていなかったが、今後も黄色の塗装が施されることは絶対にないだろう。それから、買い物に取りかかったが、これほどの装備を整えた登山家は、世界中を探しても、かつてあるまいと思わせるほどの買い漁りぶりだった。ジュネーヴの商人は益荒男たちの慎重さがもたらした巨額の利益をおいそれとは忘れないだろう。

特記に値する彼らの買い物は、軽飛行機の翼用に織られた布製で、後陣付三本支柱二重屋根構造のテントが一張り、掛布団とシュラーフザック、エアマットレス、杖と銃の仕込み床机《しょうぎ》、内部がガラスのアルミニューム製魔法瓶、三十枚刃のナイフ、二種音のみのラッパ、弾を装填していないピストル、斧《アシュ》ー掬鍬《ペル》ー鋤《ベーシュ》ー鶴嘴《ピオシュ》（四種が仕組まれたこのすばらしい道具の名を彼らは驚異的な早口で発音した。）、コラノキの種、酸素気球、超大形の薬箱、粉末洗剤、脱水機付き洗濯釜、アイロン、バリカン、種子、黒眼鏡、歯関係の器具、ヨードチンキの小樽——ただちにソロモンがその昔の酒保の女経営者風に背負った——虫垂炎手術用メス、抗蛇毒血清、蠟引きの防水布製ズボン、缶詰、噴霧式殺虫剤、保存携帯食糧、石油コンロ、様々な楽器、ハサミムシ用罠、参謀本部地図、ボンヌヴァル産ラシャ地の半ズボン、アイスピッケル、滑り止めの小さなチェーンと金具付きのトゥリクーニ社製アザラシ毛皮の靴、絶壁での動きを容易にする袖が脱着可能のサイ皮ブルゾン、巨大な登山用ベレー帽、休息用のモカシン、ミトン、ミトンの上にはめるミトン、登山用ザイル。店員が彼らに見せたのは麻製で、——おお、軽率なキリスト教徒よ——とても彼らに信頼感を抱かせるに足る代物ではなかった。彼らは登山には鋼鉄製のロープに限るということで一致した。薬剤師には抗蚊血清が必要不可欠だと言った。この薬剤師はユーモアのある男で、彼らの要求に応じる振りをした。

だが、これで全部ではなかった。テントの中ではざっくばらんにくつろぎたかったから、ウールのブリーフも買った。ベルトに鎖で固定する財布、日本の置き炬燵、アブ対策のフェンシングマスク、メントールとユーカリの芳香をしみ込ませたハンカチ、携帯シャワーに持ってこいだと確信した野菜の水切り用穿孔ボール、アルプスの思い出を物するためのタイプライター、住民に強い印象を与えるためのモノクル、赤い雨傘、子羊たちに与える鉢植えの草、マッチを入れておく防水箱、毎分ローソクを押し出すメカニズム搭載の簡易燭台、雄牛用自動拳銃と手榴弾、夜行性の山羊と蛇用の鉄条網、救命用照明弾、高度計、六分儀、セシュエ博士の火傷及び日焼け用軟膏のチューブ、裁縫箱、プリズム双眼鏡、映画撮影用カメラ、小型の国旗をも買った。

更に発熱性の綿のパジャマだの白鳥の綿毛でライニングされたズボン下を注文して、婦人服仕立屋の女性を怯えさせた。ついにマンジュクルーは名刺まで百枚作らせたが、そこには次のように書かれていた。

ピンハス・ソラル
五十万ドラクマの持ち主
サレーヴ山遠征隊長
困難極まる登攀であれ、頂上を極めさせうるガイド
いかなる寄付も受け付けるが礼は無し
上記の如き潤沢なる基金による
英国の諸卿、諸将の庇護者にして
死せる幼子とすばらしき三人の子供の父親

彼らは婦人服仕立屋の女を酷使し、午前二時にパジャマとズボン下を受け取りに行った。そしてその翌日、個人的な用事でジュネーヴへ戻ると宣言したミハエルを除き、彼らは出発した。四人は先刻お見通しだった。

彼らの魂、とりわけ彼らの肉体のためにシナイ山の神の加護を祈ってケーブルカーに、ロープウエーに乗ったが、両方とも彼らの気に入らなかった。《なんだ、こりゃ、まいったなあ、少なくとも車体の下に、サーカスで軽業師のために張るような大きなネットがあったらなあ。ああ、キリスト教徒は狂ってる、軽率なんだよ！》だが、小型の列車が動き出し、ケーブルカーの歯が破損することもなきにしもあらずと思うと、骨の髄を恐怖が走り、彼らはぶるぶる震えだした。それでモヌチエで下りてしまった。

彼らは最初、頂上まで連れていってくれるロバを借りようと考えた。だがすぐに考えが変わった。つまるところ、ここモヌチエは海抜八百メートルに位置する。それで充分ではないか。為替レートじゃないが、換算すれば八百メートルはケファァリニアでは少なくとも四千メートルにもなるのだ。

三十六計逃げるに如かず。進行速度を上げるため、かいつまんで語ることにする。だから、モヌチエでのことだ。彼らは一軒の別荘《ヴィラ》から百メートルの所にある牧場にテントを張った。宵闇迫る七時。夕食の準備。コンロが爆発し、缶詰を食う。寝床の準備。予防のため〈抗蛇毒血清〉を注射し合う。針を刺す前から、だからその最中は無論のこと、終わってからも呻き声を上げる。看護士を連れてくるべきだったのだ。

寝袋に潜り込む。だが、山蟻がいることに気づく。四人のうちから徹夜する者を一人選ぶ。二枚の紙ナプキンの間にこのぞっとする虫を集めて、テントの外へ捨てるのがその役割だ。むしむしするが、大自然の中での生活はえも言われぬすばらしさだと宣言し、将《まさ》に寝ようとするその時、毛虫が何匹か顔に落ちてくる。見張り番はなすべきことが多々ある。寝袋の中に紐で括られている不幸な男たちには、対毛虫の自衛策はないのだ。うわっ、いやな奴のお出ましだ、蜘蛛だよ！　見張り番がピストルでそいつを倒す。

雨。寒さ。くしゃみ。声がする。彼らに立ち退けと厳命するヴィラの持ち主だ。

テントを余所《よそ》に移す。彼らは眠った振りをする。はぐれた雌牛がノックもしないで侵入し、愚かしい、だがすごく意地の悪い目でソロモンの赤いネッカチーフをじっと見る。紐で括られた寝袋の中の男たちは目をつぶる。雌牛がテントを食い始める。彼女の感情を傷つけるのが恐ろしくて、彼らは敢えて抗議はしない。彼女に手榴弾を投げるか？　いや、その一撃は彼女を怒らせることになるだろう。ようやく雌牛が出ていった。風が立つ。テントが吹き飛ばされる。テントの後を追う。

五時に、バッタに起こされる。テントの天蓋は罠を侮るハサミムシで真っ黒だ。

「この寒さは健康にいいね」とソロモンが言う。

沈黙。益荒男たちは寒さで指先がかじかんでいる。マンジュクルーは暖かな海のことを話す。農夫が三人、ハイカーを見に来て、笑う。嫉妬してるんだよ、とマンジュクルーが解説する。

叫び声が一つ。サルチエルが仕掛けたオオカミの罠にかかった若い羊飼いの叫び声だ。損害賠償。口論。罵声。

彼らは寝直す。だが、眠れない。モヌチエの全住民がテントの周りに集まっている。益荒男たちはもっと遠くでキャンプすることにする。この地域には遠吠えする犬がうようよいる。その口の中は犬歯だらけだ。マルブル社製の防水箱にマッチを入れ忘れたから、冷たい料理を食う。

「この田園生活で俺が好きなのは、想定外の出来事だ」とマンジュクルーが言う。


天気ことのほか麗しき夕間暮れ、彼らの気分も晴れやかだった。それで友人たちは堆《うずたか》く積み上げた干草に寄りかかって座った。気持ちのいい場所だ。叙事詩の英雄たちにも負けず劣らずの冒険譚を、無知は至福であるとでも言いたげな島の連中に話してやるのは、さぞかしいい気分だろうよ。

生後二ヶ月の可愛い盛りの子猫が、ママと一緒に暮らしている納屋から出てきて、遠征日記を起草し、風俗や習慣、天気のことを書き留めている最中の友人たちから一メートルのところに座った。子猫は小さな水の流れに目を凝らし、わかろうとして考えていた。いわば子猫の形而上学的考察だ。どうしてもわからなかったから、耳を派手に掻いて知的活動を終わりにした。そして子猫は水への関心をすっかりなくしてしまった。相変わらず座ったままで、子猫は、絵に描かれた聖母マリアの目のような、悪を知らない青い目で、アルピニストたちを無邪気に見つめた。二本の垂直平行線のように行儀良く並んだ前足に円を描くように尻尾を巻き付けて、将に行儀作法のお手本だった。

ソロモンが飛び上がった。髪の房がぴんと立ち、叫び声を上げた。

「どうした？　馬鹿めが」

驚きで目を見開き、ソロモンは、その一ミリグラムのバラ色の舌が、目的物に向かって狙いをつけている小さな動物を指さした。マンジュクルーはじっと見た。マンジュクルーが青ざめた。マンジュクルーは立ち上がった。猫は小型の虎で、虎は獰猛だ！　それに、猫虎は存在しないと言いきれるのか？　もしこの子猫が獣の狂気に捕らわれ、俺のひげにむしゃぶりついて、目に穴をあけでもしたら？（有り得ない事じゃない。）しかもちょうどその時、喉をごろごろさせながら子猫が近づいてきた。とてもおませな子猫で、マンジュクルーは後ずさりした。

「落ち着くんだ」額にはじっとりと汗を滲ませ、追いつめられた獣の目で彼は言った。「落ち着くんだ、諸君」

と野獣を刺激しないように、小声で繰り返した。「手出しをしなけりゃ、お前さんたちに危害を加えるようなことはしまい」

子猫があくびをし、その犬歯が偽弁護士の血を凍らせた。それに子猫であっても、破傷風菌がいる爪でしがみつかれると、菌を追い出すのは不可能だ。これは万人周知の事実だ。

「おっかながってるそぶりを見せちゃだめだぞ、諸君、奴を興奮させるからな。唐突に動いたりするなよ。落ち着くんだ」

彼は麦の茎で犬歯を備えた獣を追っ払おうとした。(まちがってはいない。)子猫は大喜びで、後ろ足の上に腰を下ろしたまま、美しい動きを見せる麦の茎にじゃれ始めた。その爪が光り、マンジュクルーは真っ青になった。

「手伝ってくれ」テタニー症候を誘発する獣から目を離さずに言った。

ソロモンが一本の小枝を持って助けに来た。しかし、ひどく興奮していた子猫は前足で強力な一撃を加え、その爪の一本がソロモンの手をかすめたから、彼は小枝を捨てて逃げ出した。ソロモンを捕まえて安心させてやろうとの口実のもとに、マンジュクルーとマタティアスが駆けだした。

サルチエルは子猫の方に手を差し伸べ、その首の皮をつまんで膝に置いた。そして小さな動物を撫でながら、夢見心地でたばこを吸った。

マンジュクルー、ソロモンそしてマタティアスがこの見せ物用の小動物園的光景を、遠くの方から恐ろしそうに観察していた。それは事実だ、小柄なおじが獣を飼い慣らしてしまったのは! やはりサルチエルは並のユダヤ人ではなかったのだ。異教徒の動物たちとこんな風に付き合うのだから! 自分の目を危険にさらしたり、人殺しの毛をむさぼり食うのが彼の好みだとしても、それは彼の自由なのだ! いずれにしても彼は独身だ。

「サルチエルの血管にはキリスト教徒の血が流れているんだ、俺はいつもそう思っている」とマタティアスが言った。

だが、数分後、子猫が動かないのを見て安心したソロモンは、ほんのすこしでも動こうものなら逃げようとの心支度をして、爪先立ちで戻ってきた。ところが獣は深い眠りについていた。その無邪気さに心打たれたソロモンは、近づくと思い切って撫でてみた——動物との接触で手を汚さないように、草の束でだ。全く咬まないことがわかると、彼は子猫を取って膝に乗せ、サルチエルには優しく、他の二人にはひどく不快そうに見つめられながら、草の束で子猫を撫で続けた。

　山羊皮のコートの下の小さきものは暖かくていい気持ちだったのだろう、五分後には喉をごろごろ鳴らしていた。ソロモンは罪悪感を持った。とりわけ胸を揺さぶられたのは小さな心臓の鼓動だった。ズボンの上の灰色の毛を見て、妻に気兼ねした。なあに、かまうものか、ブラシをうんとかければいい、そうすれば毛はなくなる、妻には絶対ばれっこない。この微小動物をもっとよく見ようとして、毛皮付きコートを少し開いてみると、子猫は目を覚まし、ブルーの、霧のかかったような目で彼を見つめた。

「子猫ちゃん、どうしてお前は子猫を選んだんだい、人間じゃなくてさ?」とソロモンは言った。

　彼は、万一の用心のために、少なくとも一生に一度はこの無宗教のものも聞いておくべきだと思い、モーセの十戒をとても優しく子猫に朗誦した。あなたはいかなる像も作ってはならない、あなたはそれらに向かってひれ伏してはならない、あなたの神の名をみだりに唱えてはならない、安息日を心に留め、これを聖別せよ、殺してはならない、盗んではならない、偽証してはならない、と安心しきっている小さな獣に説いた。とりわけ子猫にとって大事なのは父母を敬うことだと強調した。そう、子猫にはわからないことは百も承知していたが、十戒はすごく力強いから、その聖なる言葉が行儀良く足を揃えて目を上げ、彼の言うことに真剣に耳を傾けている小さな存在に何らかの良い影響を与えないとは誰が言い切れよう。姦淫してはならないと子猫に禁じて終わりにした。

　彼らは子猫をその夜泊めてやることにした。大きな薬箱に子猫を幽閉しさえすればよかった。念のため子猫には破傷風抗毒素を注射してやろう。この時だった、地平線の辺りに、意地悪く角を生やした二頭の黒山羊の姿がくっきりと見えたのは。もうたくさんだ。益荒男たちは大童で荷物をまとめ、滑り止めのチェーンを付けた靴をはき、ピッケルを手に出発し、サヴォワ・ホテルに向かった。

　彼らは一室しか借りなかった。キャンピングの手引きの指示するところに厳密に従って、彼らのテントを張った。晩の十時に寝袋に潜り込み、小さく跳躍してテントに入り、エアマットレスの上に横たわり、保存携帯食品のかけらを唇に付けたまま、微笑んで目を閉じた。

　その翌日、真夜中近くに彼らは思いがけない訪問を受けた。ミハエルと重そうな綱に彼の小さな犬をつないだジェレミー、それに後悔からジュネーヴに舞い戻ったシピヨンだった。

「やっと巡り合えたな」とミハエルは抱擁をかわした後で言った。「俺たちは山の頂上まで行ったんだが、お前さん方はここにいるって山の住人らが教えてくれたんだよ。あんたらはこの地方じゃあ超有名人なんだな」

「当たり前よ」とマンジュクルーが言った。「俺たちがちょっとばかり山を下ったのはな、空気が薄いせいで耳鳴りがしたからだ。それで、お前が訪ねてきた理由はなんだ、おお、けったいな野郎だぜ、香水をぷんぷんさせやがって、声は消え入りそうで、目には隈をこしらえて、お前の極太の薬指は、真新しい指輪で締め付けられて窒息死寸前だ、で、俺たちの清らかな滞在先にまでやって来たのは、またどういう訳だ?」

「お前さん方ここで幸せかい?」

「勿論だ」とサルチエルが言った。「簡素な暮らしと肉体の鍛錬だ」

「ああ、わが親愛なる者よ」とマンジュクルーが言った。「岩場を横切って歩き、急流をのぞき込む俺を見たら、俺の山への情熱がお前にもわかろうというものだ! 自然の織りなす壮麗な絶景を前にしては、豈《あに》精神も闊達ならめやも! だ」

「空気がとてもおいしいんだよ」とソロモンが言った。

「瞑想にはうってつけだ」とサルチエルが言った。

「非常に健康的だ」とマタティアスが言った。

沈黙。

「実際はな」と藪から棒にマンジュクルーが言った。「ここでは俺たちは退屈で死にそうなんだよ。それに雌牛どもは俺の好みから言えば、鋭すぎる角と不躾すぎる視線の持ち主なんだ」

「この尖った岩山はどれもこれも僕の目を痛くする」とソロモンが言った。

「それにあの異教徒どもだ。わざわざ金を払ってこの岩山にやって来て、寒くて死にそうになるんだよ!」とマタティアスが言った。

「確かに山には高度と岩という二つの難点がある」とサルチエルが言った。

「僕は」とソロモンが言った。「僕はこっそり逃げ出そうと思ってたんだ」

「俺もだ」とマンジュクルーが言った。

「俺もだ」とマタティアスが言った。「で、あんたは、サルチエル?」

サルチエルは咳払いした。

「俺は確信しているんだが」とマンジュクルーが言った。

「一つの山は一個の石っころなんだよ。この石っころが千メートルであろうが、八千メートルのインドの最高峰であろうがそんなことはどうでもいいんだ！　そんなものでは俺に感銘を与えられはしない。なぜなら俺は十万メートルもの山を想像できるからだ。奴らのヒマラヤなんかこぢんまりしたものさ。俺は一頭のシャモワか一人の人間か？　ところで人間は人間として生きるように作られているのであって、自然の中で生きる蛇とはちがう。だから平野へ戻ろう。わが親愛なる友人たちよ、道に迷った人間たちの肉を好物とするサン・ベルナール修道院の犬どもが徘徊しているこの場所から逃げ出そう。この犬たちの献身ぶりはつとに有名だが、そこには秘密があるんだよ。犬たちが道に迷った登山者を探索するのは、生肉が好物だからというのが本当のところだ。手短に言おう、諸君、俺たちには金がある。その金をジュネーヴへ行って引き取ろう。そしてその金を享受しよう、なぜなら人間は皆死を免れないからだ！」

「ブラヴォー」とソロモンが言った。「皆で出発だ！」

「俺も行くぞ」とシピヨンが言った。

「わしはソルとの再会が待ち遠しくてならないのだよ」とサルチエルは言った。

「会えないよ」とミハエルが言った。「彼は旅行に出た」

「さあ、アメリカへ向けて出発進行！」とマンジュクルーが言った。

彼らは直ちに出発することにした。彼らが整えた豪勢な装備を恨んで踏んづけ、やけに大きい寝袋やテントには目もくれず、雌牛の愛好家に置いていってやることにし、ホテルの主人に支払いをし、彼にも恨み辛みを並べ立て、愛想の良い平地に再び相見《あいまみ》えるのを待ちきれず、飛び立つばかりに歩いてその場を去った。

清幽の夜、清澄の空。彼らは腕を組み、ミハエルのギターに合わせて歌った。静穏な天気。腕を組み、時々友情からその腕を締め付けてみるのは気分のいいものだった。彼らは気持ちの良い男たちで、しかも本当の友人同士だ。彼らは歌い、マタティアスの心は友愛に支配され、時々友人たちに金額はまちまちだったが寄付をした。結局彼はある日死ぬのだ。それなら金を持っていたとて何になる？　彼らは億万長者ではない、若くはない、有名人ではない、絶世の美女に愛されているのでもない、だが、彼らは友情を喜びとする心腹の友人同士なのだ。

日が昇ろうとしていた。彼らは道の曲がり角で止まった。一本の木の梢でふっくらした小鳥が一羽、夜明けのすがすがしい大気の中で歌っていた。この世界に一羽の小鳥として生きている喜びを、何のためでもなく、飾り気なしに、素直に、報われるためでも無論なく、ただひたすら歌っていた。友人たちには内緒で、マタティアスは数フランを道に落とした。

昇る太陽に夢中になっている小さな羽のあるものを、彼らは我を忘れ、大喜びして見つめた。細くてしなやかな高い木の天辺で、小鳥は緊張を緩めるため小さな足の片方を上げ、自分のためによかれと小さな動きで足指の体操をした。足の痙攣も止むのだろう。それから休ませていた足を枝に戻すともう片方の足を上げた。小鳥はドイツの戦車を心配するでもなく、為替レートの新たな変更、物価や税金に心を砕くでもなく、ポーランド大使と面識がないと言って嘆くこともない。小さな嘴が備わっていて、その持ち主であることがひどく得意げな小鳥には、人間社会の悪意に満ちた愚かな言行など問題ではないのだ。小鳥は愛を歌い、人生は美しいと歌い、さきほどの楽しかった飛翔を歌い、歌うのを止めると、縫い目を滑らかにするように小さな羽を整え、そうしてさっき夢中になっていた詩の朗誦をまた始めた。

「おお、愛らしいものよ、大好きだよ」とソロモンは言った。

彼らはこの純粋無垢にして精励恪勤、しかも廉謹《れんきん》の預言者にすっかり惹きつけられていた。身じろぎもせず、じっと目を凝らす彼らは、この小鳥こそ真理だと思った。感動と尊敬から彼らは小鳥の歌に耳を傾け、あんなにも高いところに止まって無我夢中で歌っている小さきものへの、父親のような心情が湧きあがってくるのを感じるのだった。

「あの子が目眩をおこさないか、落っこちるんじゃないかって、心配になる」とソロモンが言った。

頭はくらくらし、心が震えるマンジュクルーの脳裏に、あたかも天啓の如く突如閃いた。神は生きとし生けるものをそれぞれ絶対の愛を以て愛し給うのだ、神はとりわけこの小鳥と、とりわけこのマンジュクルーという名の取るに足りない男を、そして神が創り給いしものの中でも一番小さな昆虫やすべての爬虫類、このくだらない尖った石ころでさえ、愛し給うのだ。彼はシルクハットを脱いだ。

「神に栄光あれ」と彼は重々しく言った。

丸くてぽってりした頬に涙が流れ、ソロモンは訳もなく静かに泣いた。彼の小さな爪がマンジュクルーの毛むくじゃらの手に食い込み、彼は我慢できずに呻いた。おお、なんと幸せなのだろう、彼ら七人は友人同士で、心洗われるすがすがしい朝、真理と美を深く理解したのだ。

彼らの人生でこのようなことは二度とないだろう。だからこそ彼らはこの瞬間をけっして忘れはしないだろう。

「俺は俺の金全部を貧乏人にくれてやる」とマンジュクルーは言った。

「俺は半分だ」とマタティアスが言った。

マンジュクルー、ソロモン、サルチエル、マタティアス、ミハエル、シピヨンとジェレミーは曙の若々しさと生きていることを喜んで曙が催す宴を存分に享受して、再び歩き始めた。彼らは腕を組み、牧場や歌っている木々、咲き乱れる愛想のよい花々の傍らをバラ色と灰色の空気に包まれて、足取りも軽く進んで行った、名うての兄弟にして友人の七人は。

39

翌日の晩。アリヤーヌは戸棚を開き、秘密の帽子を取りだした。オオライチョウの羽を付けたタータンチェックのベレー帽で、一人で居るとき好んで被るものだ。彼女は経験豊かな登山家の、確信に満ちた重い足取りで部屋を一周した。彼女は今ヒマラヤの、時には静謐な、時には大惨事を招く生まれ故郷の山にいる。すさまじい風が取り巻く頂きには最後の神々が立っている。彼女は人っ子一人いない夜の国の高地を苦労して登っている。

「ヒマラヤ、それが私の祖国なの」

こんな馬鹿げたことはもうたくさん。片づけましょう。彼女はタータンチェックのベレー帽と動物たちをしまい、紙屑籠にコップの水を空け、明かりを消し、イヴニングドレスと靴を勢いよく放り投げ、目を閉じた。ヨードチンキを塗って地下室の籠に隠している傷ついたヒキガエルは、明日には治っているかしら。

「明日もし晴れるなら、庭で壁にもたれてお昼を食べよう。結局私はとても幸せなのよ、なんですって、幸せじゃないの？　ええ、幸せよ、きまってるじゃない。私は絶対に幸せな女。汝何処《いずこ》に置き去りにされしか。偉大な説教師になる？　オーケストラのすばらしい指揮者になる？　私が十一歳のときのこと、学校に八時に着くには七時に起きればよかった、七時というのはとても素敵な時刻で、私たちを徐々にご機嫌にしてくれる、でも私は目覚まし時計を五時にセットし、その二時間を使って、もうだめだと思われている一人の兵士の看護をする私を想像したの。眠るのよ、おばかさん。奥様方、お嬢様方、亭主野郎、よく眠れるようにヴェロナールを三錠飲みます」

　そうよ、眠ることだわ、もう考えないようにすることね。彼女はその三錠を飲み込むと、グラスを壁に投げつけた。なぜか？　多分ロシア風の大いなる激情の人生、まがいものだっていい、そんな人生が欲しいからだろう。彼女は紙片に数語殴り書きすると、ドアを開けてその紙をピンで止め、二重に鍵をかけ、ベッドに入った。

　ヴェロナール三錠、気違い沙汰だわ。でも仕方ない、少なくとも正午までとぎれることなく眠れるのは確か。あの小さな肉の珠を引っ張ってみること。或いはドゥームのくそばばあに無理矢理フラメンコを踊らせ、あたしの情夫《おとこ》のドイツ野郎と踊るとき、あたしの頭はいかれちゃうの、って歌わせること。でも三錠でよもや死んでしまうなんてことはないでしょうね？　いいえ、そんなこと絶対にないわよ。わかるもんですか、もっと後になれば、そういうことも、多分。今は生きているけれど、私だってもう何一つ知ることのない一個の物になるのよ。そうなるのは確実。ぐったりした彼女は壁の方を向き、眠ろうとした。霊魂の不滅を信じることだって、畜生！　一族からあんなに大勢の牧師が輩出したなんて、ご苦労様なこと。墓地が彼女を呼んでいる、そして彼女はじめじめした眠りの深みへ入っていった。

　数分後カーテンが開《あ》いた。ソラルは静かに謎のスーツケースを開け、糊の瓶、縮れた髪の房、小さな小麦粉の袋ともう一つの袋——そこからは土が少しこぼれ出ていた——を取り出した。彼はこれらの物を絨毯の上に置き、長い間眺めていた。彼の運命はおそらくこれらの物にかかっているのだ。さて、始めるとするか？　いや、もっと後にしよう。先ずは休息だ。彼はゆっくりと服を脱いだ。全裸になると絨毯の上に寝そべった。これから実行に移すことをよく考えてみようと彼は目を閉じた。この部屋に侵入したのは、これで二度目だ。今度は最初の時よりも成果が得られるだろう。

40

我が親愛なるドゥーム爺さんは、目覚めると柄付き眼鏡を手にし、もう半世紀以上の習慣なのだが、飛び出し気味の怯えきった丸い目で、ナイトテーブルに置いてある懐中時計を見た。その蓋は拡大レンズになっている。

「六時半だ。わだしの頭の中には目覚まし時計が入っているに相違ない、ナポレオンのようにな」

彼はにこっとすると、いつもどおり、聖なるその語をはっきりと発音しながら、くしゃみをした。彼ははっくしょんが大のお気に入りで、その一番最後の子音を殊更強く発音して、満足感を覚えるのだった。《は・っ・く・しょ・ん！》

確信と正当性を以て鼾をかき続けている彼の愛する妻を見やって、朝のくしゃみで彼女が目を覚まさなかったのを確認してから、夜の小さな出来事や彼の眠りの質を思い出そうと努めた。

「そうだな」と彼は呟いた。「わだしはよく眠った。少なくとも自分ではそう思いたいのだよ」

寝間着のまま裸足で、だができるだけ冷たさを感じないように踵しか付けずに、びっこをひきひき窓に向かった。静かに鎧戸を開けた途端、髭を蓄えた善良そうな顔が喜びで輝いた。木々が雪の衣を纏っている。白色の展覧会だ！

「うれしいなぁ！　雪《ゆき》だよ！」

この大事な知らせを告げるために、アントワネットを起こすべきか？　いや、やはり起こすべきじゃない、アントワネットはいつもより早く起こされるのをいやがるだろう。

「四月三十日に雪が降るとは尋常じゃないな！」

ドゥーム氏の心の琴線が震えた。（その欠陥のある発音で私をまごつかせる）面食らったような優しい顔つきの六十台の男は、ヴィラの暖かさを噛み締めさせてくれる愛すべき良き雪に、子供のように夢中になるのだった。

「しかも、クリスマスには降らずじまいで期待はずれだったから、今朝の雪は少なくともいい雪と言える」

待ち切れなくて彼はちょっとしかめ面をした。ああ、うれしいなあ、もう少ししたらアントワネットにこう言えるのだ。《ビセット、びっくりすることがあるよ！　当ててご覧！》そうだ、落ちてくる小さな白い羽を彼女に見せないように、自分が遮蔽幕になろう！《わからないかい？　降参かい？　じゃあ、見てご覧！》そして彼はそこをどく、彼女はあっけにとられる！　雪だよ、四月三十日に！　こんなことって四十二年ぶりだ！　この雪の記事を「ジュネーヴ新聞」で読むのが楽しみだった。

「ほう、ほう、ほう、ちょうどいい暖《あだた》かさだ」

この重油のセントラルヒーティングは何と几帳面で静かなのだろう！　おお、この重油暖房機の発明者はそんじょそこらにいる人物じゃないのだ、銅像を建てるに値する！

彼は気圧計を軽く叩いた。この気圧計が家に来てからもう百年近くも経っていて、彼のお気に入りだったからだ。うん、高気圧になっている、それに空には雲がない。彼は窓ガラス越しに温度計を見た。ブルル、零度だ。四月三十日というのに雪だからな！　しかし空は青い、ということは御天道様《おてんとさま》を拝めるのだ。温度計もいい天気だと告げている。シャレから出てきているのは歯でナイフをくわえた羊飼いの木彫り人形で、社会主義者じゃないからだ。

「大したものじゃないが、わだしたちの配当金を受け取りに銀行へ行きながら、暖かな日差しの下を散歩するのもなかなか乙なものだよ」と彼は呟いた。「それから国際連盟へ行きアドリヤンを待つ。そうして新《あだら》しい広場の工事がどこまで進んでいるかちょっと見に行く。わだしは大好きなんだよ、それを見に行くのが、このわだしは。歩いて行く、運動になるし、市電に乗れば金を払わにゃならんからな！　塵も積もれば山となるって、パパが言っていたもんな」

彼は、写真に目をやり、公証人によく見かける長い頰髭で縁取られた愛する父親の顔を、尊敬を込めて見つめた。その顔は以前のように、彼にこう言っているように思えた。《百フランやるからお前の好きなだけ使え。そのかわり、絶えず五十サンチームくれとわしにせがむのはやめろ！》

「絶対に確かとは言えないが、よく眠ったように思える。ともかく顔色がいいからな」とドゥーム氏は小さな体に乗っかっているアザラシ顔をタンスの鏡に映して見た。

彼は垂れ下がった口髭と顎鬚を整えて、上手につなぎ合わせようとした。それからふっくらした腹同様お気に入りの、大きなほくろと呼んでいる、頰にある暗赤色のワインの澱に似た小さな染みを掻いた。彼は自分に帰属するものならどんなものでも大好きなのだ――彼の財産、彼の妻、彼の山羊ひげ、彼の置物、彼の予備役中尉時代の古色蒼然たる軍服。

彼は首にかけた黒の細紐で落ちないようになっている柄付き眼鏡を寝間着のポケットから出し、ナイトテーブルの上の様々な物の中から、ガラス拭きに最適の液体が入っている小瓶を取った。ガラスを充分に湿らせて、白い寝間着の紫色の裾で拭いた。（美よりも経済を優先させるドゥーム夫人が修繕を考えて、紫の布を縫いつけたのだ。）柄付き眼鏡をかけると彼の眼差しは知的になった。

自記温度計を見て夜間の最高気温と最低気温を小さな手帳に記し、ドアを開けて階段を注意深く下りていった。

「うまいカフェオレでも作るとするか」

（彼はお手伝いたちを信用していなかったから、もう何年となく自分でコーヒーを淹れていた。女中たちは度し難かった。挽いたコーヒーは充分に圧縮すること、沸騰している熱湯を注ぐこと、〈濾過《ろが》〉中はコーヒーポットを湯煎にしておくこと、と口が酸っぱくなるほど何度も彼女たちに説明した。だが、あの娘たちには道義心が欠けているのだ。赤い共産主義者の悪党どもがロシアを支配するようになってからというもの、彼女たちの精神構造に何らかの変化が生じたのだ。ドゥーム氏はレーニンの出現とお手伝いたちがやっつけ仕事のように淹れるコーヒーとの間には相関関係があると睨んでいた。そう考えればすべて辻褄が合った。ダンスホールでは、あの娘たちは既成の価値を覆す言葉を聞き、映画新聞を読んでいる。要するにドゥーム氏は十月革命この方、自分のコーヒーは自分で淹れているのだった。）

「ああ、もしわだしが奴らをとっつかまえてやったなら、あの共産主義者《きょうしゃん》どもをな！　ともかくキャビアはロシアから来る、それならもう食《ぐ》ってなんかやるものか！　ざまを見ろ！」

彼は突然口を噤んだ。共産主義者のせいで、頭に血がのぼっちまったんだ、まったく。驚いたことに彼は寝間着にスリッパで台所に来たのだ！　彼は寝室へとって返した。風邪をひいたにちがいない！　いや、温度計は二十度を表示しているから、結局はひいていないのだ。いずれにせよ、用心するにこしたことはない、一銭もかかりはしないのだから。彼はおなじみのすごく良く効くフェノール入りワセリンを鼻に詰め込んだ。

「偽の危険信号にすぎないと思うことにしよう」

老いた小柄な男は駱駝の毛皮のパジャマを着ながら、夫婦のベッドの上に掛けてある、金泥の額に収まった彼の最初の妻のカラー写真を見つめた。写真の下の方に姓名、生年月日、没年月日を綺麗なゴシック体で書いたのは彼だったが、その文字もくすんでいた。

「彼女は本当の柳腰だった」

彼は確かによく眠ったと納得したから、口笛を吹いた。そうして、もうヴァカンスではないことを喜んだ。あのニース旅行で彼は疲れ果ててしまった。ニースで凍え死にそうだったのだ！　家を暖房する術を心得ているスイスの方がずっと暖かで、郵便局も清潔だ。パンタロンはよじれ、ケピは斜めに被り、社会主義者みたいにたばこの吸い差しを耳に挟んだフランスの税関吏どもは、思うだに震えがくるのだった。それに比べてスイスの税関吏は善良で優しく、良質の緑色の生地で仕立てた立派な制服で、カラーも非の打ち所がなく、糊がしっかりきいている、結構なことだ！

それから、スイス鉄道の職員たちだ、すごく親切で、足にぴったりの靴を履き、きちんとしている！　それにスイスの列車はとても清潔で、とてもよく暖房がきいていて、時刻どおりに到着し、電気で動き、乗客も乗ってきた時と同じように優雅に下りる。そして労働者は大変良識的で、毎度昇級を要求したりはしないのだ！　スイスは国は小さいが、スイスフランは安定している、結構なことだ！　そして議員は一度選出されれば、長期間、死ぬまで静かに仕事をさせてもらえる。彼らは誠実で、国民は彼らを信頼している。ところがフランスでは三ヶ月毎に新しい内閣が誕生する！　そしてフランスの郵便局では、空気はよどんでいるわ、壁は汚れているわ、女性職員たちは鋏と糊の刷毛を手に、窓口の後ろでぺちゃくちゃしゃべるわ、住所変更の用紙を頼むと、猜疑の目で見る。それから、赤ワインで赤くなっている葬式のときの坊主どもや黒ヴェールを被った女たち、路上であなたから金品をまき上げるストライキをする者たち、彼は思うだけで身震いが出るのだった！　それにあなたを窒息させる硫黄マッチ！　そして彼らのチョコレートときたら、スイスとは比べものにならないぐらいひどい味なのだ！　彼は美味なラム酒入りチョコレートのパッケージに《成人用》と表示した製造者トブレール氏に感心した。スイスでは人間が良心的なのだ。それからフランスで食ったグリュイエールチーズ、味も素っ気もなく、まるでゴムだ！　ニースから戻ると、彼は旨い本物のグリュイエールチーズを日がな一日食い、傘をなくしても心配は要らない、翌日遺失物取り扱い事務所へ行けば必ず見つかる、だからこそこうして親愛なるジュネーヴに安心して暮らしていられるのだ、と感慨に耽った。

「ああ、スイスはいい、実《ず》にいい国だ！」と老いたスイス人は鼻歌を歌った。（彼は突然半回転した。）「しかし今朝わだしはなにをしたろうか？　おかしなことばかりやっている。ストライキをするフランス人のことばかり考えているから、頭が変になるのだ。このわだしもフランス人みたいになっちまうところだったよ、風呂に入るのをすっかり忘れていた。結局フランスはやっぱしフランスで、世界の一等国だ、わだしは自説を曲げないぞ。フランスは魅力的な国だ。あの国ではもはや秩序が保たれていないのが残念《じゃんねん》だ。ストライキをやる人間たちがあなたから金品を奪うって話は本当じゃないかもしれないな。結局は裸になって大好きな風呂に入ることになる」

夫婦のベッドで怒濤のような鼾をかいているひどく骨張ったベルギー人の愛する妻を、彼はパジャマを脱ぎながら優しく見つめた。褐色のいぼだらけの彼女の両手は刺し子の掛け布団の上で組み合わされていた。

「おお、我等がささやかなるねぐらは何と快適なのだろう」と彼は呟いた。

アントワネット・ドゥームはモンスの生まれで、娘時代はレールベルへ嬢だった。公証人だった父親が破産し、その死後、関係ははっきりしないのだが、いとこ同士とかで、金持ちのヴァン・オッフェル家の世話になった。その後、ランパル夫人の付き添いとして雇われた。ヴァン・オッフェル家とランパル家がアントワネットにとって社会的に最も価値あるものだった。百年以上前からレールベルへ家は、ベルギーに多くの不動産を所有するパリの株式仲買人ランパル家のベルギーにおける封臣、公証人であり不動産管理者だった。

寡婦となったランパル夫人は一年の大半をレマン湖畔のヴヴェーのヴィラで過ごしていた。彼女は髑髏もどきの顔をした暴君のような女で、夜は可哀想なアントワネットを幾度となく起こし、足の裏に熱々のシップを貼らせたり、睡眠薬代わりに足の裏を掻かせたりするのだった。このオールドミス――当時彼女は三十五歳だった――は道義的責任から、ランパル夫人の我が儘をすべて堪え忍んだ。アドリヤン・ヤンソンの父親は近衛騎兵風の山羊ひげを蓄えた歯医者だったが、アントワネット・レールベルへの妹との結婚後数年も経ないうちに死んだ。そのすぐ後、彼の妻も後を追うようにして墓に入ってしまった。孤児となったアドリヤンはわずかな金を相続しただけだったから、伯母は健気に母親役を引き受け、父親の遺言どおりアドリヤン少年をパリへ留学させ、リセで寄宿生として勉学を続けられるようにその生活費を供与した。(このことについては説明を要する。父親の故ヤンソンは内容豊かな勉学はフランスでしかできないと頑なに信じ込んでいた。彼自身コンドルセの寄宿生だった。彼はそれを生涯誇りにしていた。我々はみなこのような小さな幻想を抱いているものだ。)

愛しいアドリヤンにはヴァカンスにしか会えないことが、アントワネット・レールベルへには辛かった。パリでアドリヤンは月に二度親愛なる大金持ちのランパル家に行く機会があるのだから、神の思し召しに叶えば、その折りに評価してもらえるものと思い、自分を慰めていた。オールドミスは持参金が無く、自然も特別な魅力を彼女に与えてはいなかった。肉はほんの少ししかついていないが、そのかわり骨といぼはふんだんにあり、しかも駱駝顔だった。結婚することは絶対にありえないとの思いを強くしていた彼女は、愛の渇きのことごとくを甥で癒そうとした。彼女がランパル婆さんの黄ばんだ足を掻いたのは甥のためだった。そのランパル婆さんは、よく尽くしてくれたアントワネットにヴヴェーの瀟洒なヴィラを遺して、三年後に死んだ。

彼女が設定した値ではヴィラは売れず、長期滞在者用の家族的なホテルに改造することに決め、それを〈ベテル療養ペンション〉と名付けた。信心深く菜食を専らとする回復期にある病人の、陰鬱な収容所だった。(レールベルへ嬢は、二百年来、聖性の強い芳香を放ってきたプロテスタントの一族に生まれた。彼女自身も信心に凝り固まっていて、ある種の至信心のカトリック教徒やユダヤ教徒と同じように、耐え難い人物だった。）この痒いところへ手が届く気配りの施設は辛うじて成り立ち、レールベルへ嬢はアドリヤン名義でわずかな利益を預金した。

アドリヤンは夏休みを伯母の元で過ごした。九月も終わるころ、彼はパリへ戻り、輝かしい学校教育を受けるのだった。月に二度、とてつもない金持ちの家へ昼食をしに行き、退役将官ランパル翁の秘書代わりを無償で勤めた。《愛しい子、親愛なるランパル家の方々を欠かさずお訪ねすることです。私はその方々のために毎日祈っております。好感を持たれるように気を利かせ、そして礼儀を弁えることです》とアントワネットは書いた。

ペンションには利用者が殆どない時がしばしばあり、そんな時彼女は、処女のままで死ぬのだと思って悲しみに沈んだ。微笑を湛え、ラベンダーの香を漂わせ、細やかな心遣いで包んでやった神経衰弱や消化不良の長期滞在者の一人が愛情を告白してくれたらと、何度思ったことだろう。しかしそんな男性はいなかった、いた例《ためし》はなかった！　とりわけ彼女は、彼女のことをとても大切な人と呼んでくれたローザンヌの教授に、大いに期待を寄せていた。だが、浮気男は厚化粧の浮気女に夢中になってしまった。

こうして数年が経った。小男のドゥーム爺さんが長期滞在のため保養所へやってきたのは、アントワネットが四十歳の時だった。彼は五十歳で、妻を亡くしたばかりだった。彼はひどく気を滅入らせ、鬱病患者のようだったから、医者たちは転地を勧めた。感じの良い会話。ジュネーヴの個人経営の銀行に行員として三十年間勤務したドゥーム氏は、大きくはないが上等の貸しアパートを妻から相続し、この不動産が彼に充分な収入を保証していた。しかもジュラ＝シンプロンとCFF［Crédit Foncier de France フランス住宅金融公庫］シリーズA.K.の債権を持っていた。彼は退職したばかりで、仕事といえば〈剛毅［枢要徳の一つ］プロテスタント老人ホーム〉の寄付金集めというジュネーヴ州のためにする無料奉仕だけだった。暇つぶしをしていたというわけだ。

この律儀な男はアントワネットに気がかりの種を打ち明け、不動産管理の気苦労、わずらわしさを話した。彼女は家賃の請求書の作成や領収書の準備を手伝おうと親切に申し出た。感謝で一杯のドゥーム氏は今は亡きクラリスへの思いを切々と語った。ペンションの女主人は近づいてきて、悲嘆にくれる男の手を取り、物の見事に神のことを彼に語ってのけた。ドゥーム氏は少々困惑して、離れた。その翌日、彼はぎっくり腰に襲われたが、この愛すべきレールベルへ嬢は一時間毎にやってきては彼に微笑み、申し分なしの世話をした。腰痛が治ると、お人好しのドゥーム爺さんは、保養所を出たら、まず最初に感謝の気持を表すために、やさしい老嬢に花束を持ってゆくのが自分の義務だと思った。四十歳台の処女は気が遠くなり、目を閉じると、肝を潰した好人物の腕の中に身を投げ、同意いたしますわ、私の返事は《はい《ウィ》》です、あなたの妻になることは神のご意志ですからお受けいたします、と囁いた。

　数週間後、結婚式が挙げられ、ドゥーム爺さんは、彼が新ドゥーム夫人を奉らないとき——彼女の言葉では〈彼女に寛容ではないとき〉となるのだが——気絶したり、泣いたり、頭痛がしたりするにこやかな女暴君を傍に置く羽目になった。始めの頃の数週間は彼も反発しようとした。結婚後三十日目にはとうとう《いい加減にしろ》とまで言った。しかし新妻は数日間泣き、拗ね、声を尖らせて強い命令口調で言い続けたから、ドゥーム氏はもはやこれまでと諦めた。彼はこういう女たちが魅力的な夫と呼ぶ、つまりいつも彼女らの思いのままになる奴隷と化したのだ。女性が巻き起こす騒動の威力とはこういうものだが、彼女たちはその騒動に悲しみとか絶望、或いは逆上というより穏当な名を付ける。ああ、情けなさもここに極まれり、だ、我が兄弟たちよ。

　ヴヴェーのヴィラは貸すことにし、ドゥーム夫妻は、バカロレアの第一部を〈良〉で通ったアドリヤンと一緒に暮らすために、パリへ発った。イポリットはたちまちその若者が大好きになり、アドリヤンは新しい伯父にとても優しかった。アントワネットの甥は老夫婦の養子となり、アドリヤン・ドゥームとなったのだ。

　しかしドゥーム氏はパリの魅力には全く無関心で、次第に衰弱していった。彼の頭にはジュネーヴしかなく、フランスのチョコレートを食わなければならないことに激しく苛立ち、製造業者に怒りを爆発させた。《それにしても、畜生、なぜ奴らはスイスのように旨いミルクチョコレートが作れないんだ。ともかくミルクはどこでも同じだ。ああ、職業的良心に欠けているからだ、すべての源はそこにあるのだ！　それから紙屑やら空き缶だらけのブーローニュの森！　それから社会主義者の大臣ども！　それからこの汚いセーヌ川！　それからあちこちにある工場の煙突！　おお、あんなにも清潔で〈きちんと整頓された〉ジュネーヴの街、美しい公園、親愛なる湖のあの汚れのない水にもう一度会いたいものだ！》

ドゥーム氏は日に日にやせ衰え、医師たちはまた転地を命じた。アドリヤンはブリュッセルで文学士号取得の準備をすることになった。ドゥーム夫人は、息子にフランスでの中等教育課程の終了を強請した父親を恨んだ。可哀想に、少年はブリュッセルで居心地の悪い思いをするだろう。転がる石に苔は生えぬ。その上このスイス人の夫ときたら、ジュネーヴでなければ憔悴の余り死んでしまうだろう、だから彼は、明確な意思表示はしないが決して譲ろうとはしない羊のような頑固さで、ブリュッセル行きを拒否したのだ！　それでアドリヤンはベルギーへ、ドゥーム夫妻はスイスへ出発することになった。

ジュネーヴで、ドゥーム夫人は小柄な夫が社会的にはゼロであることに気づくのに時間はかからなかった。彼女はいろいろな慈善事業に熱心に取り組み、そこで魅力的な婦人たち、つまり上流社会に属している婦人たちに出合ったが、それもアドリヤンから引き離されていることの慰めにはならなかった。彼女はアドリヤンが国際連盟事務局で官途に就ければと願っていた。職員はまずまずの俸給を与えられることを知っていたからだ。

ヴァン・オッフェル家の一人が腸チフスに罹った。ドゥーム夫人はブリュッセルへ飛び、病人を申し分なく看護した。ある日、彼女は回復期にある病人の世話をしているうちに、気絶した。問い質されて彼女は自分の苦悩を語った。愛する夫はジュネーヴから遠く離れては暮らせず、中等教育を受けている愛しいアドリヤンは将来ベルギーで職に就くに相違なく、いつまでたっても養母と一緒に暮らせない！　と。彼女は泣いた、可哀想に引き裂かれた母親にして妻は。アドリヤンがジュネーヴで社会的に重要なポストに就ける可能性は何かないのか、と彼女はきかれた。すかさず、《国際連盟があります》とドゥーム夫人は洟をかんで、溜息をついた。《けれどもそれには後ろ盾が要るのです。》

ヴァン・オッフェル夫人の義理の兄弟がベルギー外務省で部長のポストに就いていた。それでアドリヤンは任命されたのだ。

41

ドゥーム氏は暖房機の上で夜を明かしたタオルを持ってきて、ニッケルがぴかぴかの大好きな浴室へ入った。緑色の湯の清澄さが彼を熱狂させた。ああ、ローヌ川の流れはセーヌ川より《ずっときれいだよ！》今朝もいつものように、タオルに赤い糸で刺繍されたリフレインを、そのとおりと言わんばかりに笑みを浮かべて読んだ。もう六十年も前に、イポリット少年の啓蒙を意図して書かれたものだ。

　お湯万歳
　お湯万歳
　お湯は清潔にしてくれるし
　　美しくもしてくれる！

「これは完全押韻じゃない」と彼は丹念に体を石鹸で洗いながら言った。「皆が皆ヴィクトル・ユゴーじゃないし、ズスト・オリヴィエ［Juste（ジュスト）Olivier 一八〇七―七六、スイスの作家、フランス語で執筆、サント・ブーヴと親交があった］でもない。それでもこれはよく韻が踏めてる」

風呂はいつも冷水のシャワーを浴びて終わるが、その時この素人衛生学者は快感と恐怖にいささかあえぎ、微かに震える尻のほっぺたへびんたを何発か食らわせて呻くのだが、ためになると思い、スポーツマン精神で堪えるのだった。

浴槽から出て熱々のタオルで体を拭くと、それがまた実に気持ちがいいからにっこりし、それから秘密の儀式を執り行った。力一杯その大きな腹を膨らませ、熱帯アフリカの奥地で忠実な一族郎党に戦いを呼びかける黒人酋長に自分を見なし、両方の手の平で腹を叩いた。人はそれぞれこうした小さな秘密を持っているものだ。

それから、相変わらず裸で、だがひげを蓄えた顔には柄付き眼鏡を当て、《おいちに、おいちに》と絶叫しながら、両腕の回転で構成される体操を真面目に行った。

最後に、湿り気を全部取り去ってくれるはずのバスローブを着た。体が乾いたと感じ、自分の義歯をからかい、寝室へ戻ると、アントワネットはまだ眠っていた。その部屋で、詩趣に富むひとときをじっくり味わう準備を始めたが、準備といっても何等疲れを感じさせるものではない。窓を開けると呼吸を我慢し、――なにしろ感冒にかかりやすいのだ――愛すべき男はくるみのかけらを入れたニットの袋を、シジュウカラのためにすばやく吊り下げるだけだ。

「さあ、今度はいよいよ我等が旨きカフェオレの番だ」

　彼はアントワネットが目を覚まさないようにそっと扉に向かった。彼女は狸寝入りをしていたが、彼は思ってもみないのだった。


　二十分後準備は万端整った。お盆の上には小さな袋型のエドルドンを被せたコーヒーポットとミルクポット、ほどよく焼いてナプキンにくるんだトースト、蜂蜜の巣房、オレンジ・マーマレード、半熟卵、小型のロールパン、牛乳の表面にできる皮膜――ドゥーム氏はこれが大嫌いだ――を通過させないためのこし器、社会主義者たらんとして髪をきちんと整えすぎた牧人に綱を引かれて山小屋を出てくる、健康そのものの雌牛が描いてある長方形のバターの箱が乗っていた。

「足りないものはなし！」

　彼は揉み手をし、古いワルツを口ずさみながら、数回地球のように自転した。彼はこの一瞬の過ちをすぐに後悔した。踊るなんて！　熱いコーヒーは間を置かず、すぐ飲まないと生ぬるくなる恐れがあるというのに！

「前へ進め《しゅしゅ》！」

　開けると自動的に閉まるドアだったから、お盆を持ち、閉まらないように右足でドアを支え、突然バタンとゆかないように背中を使い――彼は音を立てるのが嫌いだった――朝食を司る祭司はその場を去った。

　脱脂せず、口蹄疫の病原体がいない――《ミラノで出された白墨汁《づう》のような代物ではない》――健康に良い牛乳を飲むと思うと嬉しくて、彼は大急ぎで階段を苦労して上がった。旨い供物を捧げ持ち、愛する妻を起こしに行くこのえも言われぬ瞬間に、家事手伝いには遭遇したくなかった。寝室の前に来ると、待ちきれずにドアを足で押し開けた。

「カミツレ茶だよ！」無理に太く籠もった大声で、彼は言った。

　この煎じ薬は大嫌いだったが、カフェオレには目がないドゥーム夫人は、長い間味わってきたこの十年一日の如き才知に富んだ言葉に微笑んだ。毎朝同じ文言を聞くことが彼女にとっては喜びであり、心が落ち着くのだった。思いがけない雪について、果樹が被害を受け、野菜も法外な値段になると、この雪がもたらす損害について長々しく熱心に解説する時ではなかった。おもしろい話題がなくなるとドゥーム氏はもう一度妻にキスしたが、キスされても妻は編み物をする手を休めなかった。彼女は時間を無駄にするのが大嫌いで（私は編み物をしながら出産した女性を知っています）、未婚の母を受け入れる家〈ベルカイユ《我が家》〉に暮らす彼女の被保護者の一人のために、その赤ん坊の靴下を編んでいる最中だった。《可哀想に彼女たちはいつも甘い言葉に騙されっぱなしなのですから！　とうとう昨日彼女と真剣に話すことができました。それが彼女にとって祝福であってくれればと願っているのですよ。いずれにしても彼女はとても美しい感情の持ち主です。この靴下は労働者の子供にはきれいすぎます、と私に言った時、私は彼女を大変愛しました。》

「十四、十五」

仕事の流れを見失わないため、超多忙であることを夫に見せつけるため、そしてとりわけ無意識にドゥーム社の社長は自分であることを彼に思い出させるため、彼女は大きな声で編み目を数えた。

「何時間眠ったのかい、ビセット？」

「十九と裏目が一つ」

ドゥーム氏は慄然として後ずさった。不幸な妻に一体何が起こったんだ？

「時間のことを言っているのじゃありません、編み目のことですよ。私が眠ったのはせいぜい四時間です」ドゥーム夫人は、ラヴェンダー水で頬をこすることがよくあり、そのせいで炎症を起こしている顔を掻きながら、はっきり音節を区切って言った。「でも私は感謝しております」と若い殉教者の崇高な微笑みを浮かべて言った。「これは進歩です。昨日は三時間しか眠りませんでした。そうです、私は感謝しております」と彼女は悩ましげに、夢見るように、上品に、控えめに、優しく、道ならぬ恋をしているかのように抑揚をつけて言った。

その後で沈黙が訪れ、感銘を受けはしたがあまり居心地のよくなかったドゥーム氏は、敢えて一言も発することなくいた。妻が、私は感謝しておりますと言う時、この感謝は間違いなく、ドゥーム夫人の眠りの寝ずの番というおかしな仕事に従事する力ある神に捧げられるものであることが彼にはわかっていた。奇妙なことに、彼女は九時間ないし十時間ぶっ続けに眠らせてくれなかった彼女の神を非難しようなどとは、万が一にも思わないのだ。古くからいる女中が恐くて、彼女には非難めいたことは敢えて何も言わないようにしている一家の女主人のように、ドゥーム夫人は彼女の神の仕事《サービス》に満足し、神の無能力には目をつぶっているのだった。

「私はほんの少ししか眠りませんでしたが、私はよく眠りました」とドゥーム夫人は眼鏡の奥で微笑み、彼女のしがない夫はこの霊的生活の原理を恐ろしく思いながらも、やはり彼女は大したものだと感心するのだった。

ドゥーム氏はコーヒーポットをくるんでいる小さなキルティングのドームを持ち上げ、立派な容器に手の甲を当て、心中で震えた。コーヒーはもうすごく熱くはなかったのだ。

「御免よ、アントワネット、コーヒーがもっと冷めてしまうからね」

「まあ、大変！　急いで一杯注いでちょうだい。今朝はむやみやたらに暖かい物を飲みたいの」

「わたしもそうなんだよ」とドゥーム氏は途端に陽気になり、コーヒーを、それからミルクを注ぎながら言った。「やれやれですよ、私が叱責してからというもの、パン屋が時間どおりに来るようになったのですからね」

彼女は焼きたてのパンがない朝食には我慢がならなかった。パン屋が遅れて立ち寄るのはしばしばだったから、ドゥーム夫人は柔らかなロールパンを食べる喜びを得たいがために、朝食を十時三十分まで遅らすことがあった。

「砂糖を入れようか？」

「ええ、ありがとう、入れて」と駱駝顔の夫人が答えた。

「いくつ入れればいいのかね？」

「一つよ、いつものとおり」

夫と妻はようやく飲み始め、彼らが飲んでいる茶碗の上にある目で微笑み合った。

「ロールパンを三つ取ってくださらない？」とドゥーム夫人はこの世のものとは思えないほど軽やかな声で、必要とする物質を取ってくれるように頼んだ。「どうもありがとう」

「どういだしまして」（この健啖家たちは朝食のときにはひどく丁寧で、礼儀正しくしている自分が二人ともとりわけ気に入っていた。）

ドゥーム夫人はロールパンにバターを塗り、更に蜂蜜を塗った。親父さんはもっと男性的なやり方をした。パンを小さく切る。せかせかと少々不器用に、熱に浮かされたようにパン切れを自分のカフェオレに放り込む。それから蜂蜜とバターを混ぜ合わせてスプーンで口に運び、パン切れの一つをくわえ取ろうと努めながら、コーヒーを飲む。タルチーヌは腹の中でできあがるものだ、というのが彼の持論だった。

彼らは思う存分食い、飲んだ。このえも言われぬ時が彼らを有頂天にさせた。ドゥーム夫人は裕福な人間であることの喜びを全身でゆっくり味わっていた。結婚で金持ちになった彼女だから、《充分な金がある》ことを常に意識していたいのだ——そのとき掛け布団の下で気晴らしにささやかなダンスをしていた足指に至るまで。彼女は飲むのを止め、その密度と弾力性を感じるのが好きな、優雅な生身のペンダントである肉の珠を指の間で転がした。それから雪が降るのを見て感嘆し、裸足の足を湯たんぽの上ではなく、その下に置いた。その行為がちょっとした変化をもたらした。

「私はお茶が大好きです」と彼女は言った。「お茶ほど渇きを癒してくれる物は他にありませんからね（結婚以来五、六千回言われてきたが、この時もいつもと同じで、確信したてのほやほやとばかりに繰り返された。）でも朝はカフェオレのたっぷりした一杯に勝る物はありません」

「わだしはあんたの意見には賛成しかねる」とドゥーム氏が言った。「一杯のカフェオレに勝る物があるんだよ、それはね、二杯目のカフェオレだ！」

ドゥーム夫人は目下の者に好意を示すつもりで微笑み、ドゥーム氏は笑いすぎて息が詰まりそうになった。《このわだしも時にはおもしろい人間になれるのだ》と呟をしながら考えた。窒息死の危険が去ると、真夜中ごろ夜遊びする者たちの歌で目が醒めてしまったと妻に打ち明けた。

「政府が禁じるべきですよ……」茶碗の底にまだ溶けずに残っている砂糖のかたまりをスプーンでかき集めている最中のドゥーム夫人が言った。（何一つ無駄にしてはならないのだ。）

「こういう乱痴気騒ぎの好きな輩は全部監獄にぶち込んじまうことだ！」とドゥーム氏が補った。

夫が使うぞんざいな言葉を耳にしたくないドゥーム夫人の顔に、〈困ったこと〉という表情が波のように押し寄せた。

「しかもそういうことをするのは外国人にきまっていますからね」と彼女は言った。

「外国人《ずん》、わだしは嫌いだな」とドゥーム氏が言った。「無論礼儀正しく振る舞う人は別だがね。そういう人は沢山はいないとわだしは思うよ。それに世界中で皆が外国人に苦情を言っている、隠れもない事実だよ」

それから彼らはアリヤーヌのことを話し、ドゥーム夫人は、アドリヤンの妻は彼女をひどく嫌っているとはっきり言った。この断言に一層の重要性を与えるべく、彼女は編み物を置き、明るいブルーの目で夫を見つめた。

「彼女は私をひどく嫌っています」と長い編み針の一本で背中を掻きながら、彼女は繰り返した。

「あんたを、こんなにも善良で、こんなにも優しいのに？」

「廊下で私に出合うと、いつも彼女は口実を見つけて、自分の部屋へ戻ってしまうのですよ」

ドゥーム氏は一言も発しなかった。彼は対話の成り行きに失望したのだ。朝食の後では、一日の残り時間すべてについてもそうなのだが、彼は楽しいことを話したかった。

「一見礼儀正しいのですが、まあ多かれ少なかれ、でも私には決して打ち明け話をしたことのない人、それが彼女なのですよ！　いつも丁寧ですけれど、つんとしている。（悲劇はドゥーム氏を不快にするから、少々頭痛がしてきた。）それでね、彼女がどういう人間か知ることのできるものが一つあります。決して、私の言うことをよく聞いてくださいよ、決して彼女は一緒に祈ってくださいと私に頼んだことはないのです！　あなたお聞きになりたい？　私たちの名前には貴族であることを示す〈ドゥ〉［de］がないからというので私たちを軽蔑しているのですよ！　ともかくドゥーム家からは連隊長が一人出ているのですから、ドーブル家とは甲乙付けがたいのです！」（もしドゥーム夫人に娘があり、その娘がモーツァルトと結婚したとしよう。彼女は手紙の宛先をモーツァルト＝ドゥーム夫人としたことだろう。音楽はすばらしい、才能もすばらしい、だが娘の夫のモーツァルトはまだ死んではいない。天才が生前に認められたことがかつてあったろうか？　天才は皆その死後に認められるものだ。）

妻を鎮める手段はたった一つ、彼女に祈ることを提案するに如くはないと彼は感じた。彼が絶対的な信仰の人だからではなく――彼はそういう類の人どころか、自分で言っているように宗教にはそれほど注意を向けていなかった――アントワネットを鎮めるにはその手しかなかったからだ。祈りの後では、少なくとも一時間は、いつも彼女は彼に対してひどく優しくなるのだった。それに、祈りの間は休息できた。目を伏せているだけでよく、議論の必要は全くなかった。そうはいってもドゥーム氏は決して無神論者ではなかった。毎日曜日説教を聞きに行き、ここ地上はすべてよく、そして神のいます天国はもっとずっとよいのだと確信させてくれ、とても励まされるよい本を読むのを楽しみにしていた。宗教で彼が一番気に入っているのは、死とは病気もなく、心配もなく、革命もなく、遥かに快適な、永遠に快適な生活への移行だとする考えだった。天国は秩序の国、階級制の国、万人に愛される一人の独裁者により統御されている国だから、結局は独裁的全体主義の国なのだ、と彼には思えるのだった。要するに天国が大いに気に入っていたのだ。ところがドゥーム夫人が宗教を信じることから得る感動は彼の頭を痛くした。彼女と彼とオックスフォード運動支持者の友人と三人で一緒に祈っているとき、彼は自分がかなり場違いな招待客に見えてくるのだった。実を言うと彼は愛国的な式典の方が好きだった。ああ、国旗を前にした時の彼の感動はいかばかりだったろう、ドゥーム爺さんの！　そして栄光に輝く軍旗が通って行く時、彼は好んで帽子を脱いだものだ！　そして帽子を被ったままの青二才らに、怒りに燃えた眼差しを投げたものだ！

「わだしは祈りたいのだよ」と彼は恥ずかしくて、囁くように言った。

　ドゥーム夫人は天使のような微笑を浮かべて、感謝した。

「**親愛なる**友よ」とドゥーム夫人は彼の両手を取りながら言った。「あなたが私をどれほど喜ばせてくれているか、あなたはおわかりになっていませんわ。私は、神の子になりたいとの願いを強めてゆくあなたを、いつも見ていたいのですよ。あなたは私を喜ばせようとして、私に提案したのですか、それともあなたは本当に祈りたいと思っているのですか？」

「とても」とドゥーム氏はしわがれ声で言った。

「ではあなたは**真実**神に身を捧げたいと思っているのですか、ご自分の意志で」彼女は彼の両手をしっかり握って持ち上げ、次いで独りでに落ちるにまかせながら、言った。「あなたはそうしたいのですか？」

「わだしはそうしたいのだよ」とドゥーム氏は陰鬱に言った。

「それなら結構です。けれどもすぐにその御方《おんかた》に言葉をかけることはいたしません。グラニエ嬢が今日来ます。彼女ははつらつとした信仰の持ち主で、しかも今宗教で何が新しいかに精通、異彩を放っています。私は彼女と**祈りたい**のです、それで、あなたは？」

「わだしもだ」自分でも満足していないこの返答の平板さを埋め合わせるために、毅然とした顔をしようと努めながら、ドゥーム氏は言った。

　平静を装おうとして、彼はまたコーヒーを飲んだ。

「まだ暖《あだだ》かいよ」と彼は自分がよく知っている事柄について話すのが嬉しくて、言った。

「神がどんなにお優しいか、あなたおわかりですよね、ねえ、あなた」とドゥーム夫人は言った。「神は見守り給う、見守り給う、見守り給う！」彼女の声は次第に強くなっていった。

　しかしながら、どうやら神は完全には見守ってくださらないらしい。彼女は少し後で、――三時十五分過ぎぐらいだった、よく覚えている、三時十五分過ぎだった、そう、――すきま風が入って来るような気がして、そのせいで首の痛みを感じて目がさめてしまった、と文句を言ったからだ。ドゥーム氏は俄然ひどく生き生きしてきて、実接《さねつ》ぎを点検すると約束した。割れ目をコロホニウム、おがくず、魚膠が構成要素となる彼の発明品で充塡すると言った。

　沈黙が流れた。ドゥーム氏は会話が再び宗教に向かうのだけは絶対に避けたかった。（《わだしにはそういう話はどうにも我慢がならない。》妻が聖ヤコブと聖パウロの気質のちがいを話す時、そう独り言《ご》つのが習慣になっていた。）そこで彼は会話をつなぎ、夜の目覚めの原因は他にもあると話した。彼が四時頃目を覚ますのは彼の湯たんぽが冷たくなるからだった。（ドゥーム夫妻はいつも夫婦のベッドに湯たんぽを二つ入れさせていた。）

「おお、あの娘《こ》ときたら！」ドゥーム夫人は憎々しげに憤慨した。「あの娘《こ》は全くどうしようもありません。私はニットのカバーに湯たんぽを入れなさいと再三、再四言っているのですよ。――彼女はこの最後の二つの言葉を強調した――（彼女は足で夫の湯たんぽを探した。）無論あの娘《こ》はカバーに入れてありませんよ！　この家にカバーがないわけじゃあるまいし！」

「九つある。この間わだしは台所にある品物の目録を作ったんだよ」

「湯たんぽにカバーがかかっていないことにあなたがすぐ気づかなかったのは、一体どうしたわけですか？」

「わだしはウールの厚い上履きを履いていたんでね。わだしは真夜中ごろそれを脱いだ。その時には湯だんぽは丁度《じょうど》よかったんだよ」

「使用人に言うことをきかせるのは、もう無理です」とドゥーム夫人が言った。「もしそれが革命なら、世間で言われているように！」

「我々がモスクワの監督下にないかぎり、我々には湯だんぽを包む権利があるのだ！」とドゥーム氏は声を張り上げた。ドゥーム氏はそのすぐ後でくしゃみをした。

「あれ？」彼は有り得ないことだという風に、言った。

「あれ？　あれ？」途方もない大魚に釣り針を食い込ませたと思いこんでいた太公望の、いかにも玄人風の深刻な面持ちで繰り返した。「偶然に――鼻の状態をもっとよく知ろうとして鼻で息を吸った——足が寒波に襲われて、風邪を引いてしまったのだろうか？」

「そうではないと思いたいわ」とドゥーム夫人は言った。

「ともかく寝ていてくださいよ」

「しかしありきたりのくしゃみだよ」

「あなた、喉が痛くはありませんか？」

ドゥーム氏は咳払いをして調べ、いろいろと嚥下を試みた。

「無論喉に痛みがあるとは言い難いが、まさかということもある。だがね、実際には感じていないよ」

「ともかく風邪をひいたと思ったら、私に言ってください、穴の開いたハンカチをあげますからね」

しかし山羊ひげを蓄えた小型アザラシは、これから極秘裡に歓を極めようとしている例の件がご破算になると思うだに、風邪のことなどもう考えたくもなかった。彼は爪先立ちでドアに向かい、鍵を二度回した。

「今朝はご開帳といくかね？」淫らで恭しい表情で彼は囁いた。

「それこそ是非やらなければと私が思っていることです」と骨張った雌駱駝が恥じらって答えた。

「ほんの一瞬《いっすん》でいい」とドゥーム氏が言った。「すぐに、さっさとやろう」

「そうですね」とドゥーム夫人は極小さな声で言ったが、その眼差しからは妙な光が発していた。

彼は絨毯を持ち上げ、寄せ木張りの床板にナイフを差し込んだ。床板を少し上げ、薄葉紙といろいろな布地で何重にも包んだ十二・五キロの金塊を取り出した。だれにも知らせずに、アドリヤンにさえ内緒で、平価切り下げを心配して一週間前に買ったのだが、銀行の貸金庫に隠しておくのは益のないこと。彼らのすぐ傍に金塊があると思うととても心強いのだ。ドゥーム氏は朝食のお盆に金塊を乗せ、先程と同じとがむべき表情でドゥーム夫人の顔を見た。

「なんて大きいのでしょう」と彼女は唾を飲み込みながら言った。

そして彼女は思いきって、処女のように恐る恐る金塊を手で触った。

「気を付けてくれ、落とさんようにな！」

「なんて美しいんでしょう」とドゥーム夫人は言った。

「ああ、私たちは感謝しなければいけませんよ！」

ドゥーム夫人が鑑定家の指で軽く撫で続けている金塊の上に、ドゥーム氏はその手を遣った。夫と妻の手が出合うと優しく握り合った。そうして彼らは愛する金属の上で手をつなぎ、微笑み合った。

「頼りになるな、金塊は」とドゥーム氏が言った。

「いいえ、イポリット」とドゥーム夫人が天に目を挙げて言った。「頼りになるのは、目には見えないけれども、実在しているものだけです。頼りになるのは神だけです」と付け加えた彼女の手は、相変わらず頼りにならない物質を愛撫していた。

背筋が寒くなるような恐ろしい考えがドゥーム夫人の心をよぎった。金塊を持っていることは大変結構だけれど、革命の時にはどうなるのかしら？　金塊を換金するのは不可能になる。そしてもし換金しようとすれば、私たちはブルジョワとして目を付けられるのだわ！

「そうして、銃殺される」撃ち殺されて、灰色の壁にもたれかかるようにしてくずおれる彼の愛する肉体を凝視するドゥーム氏が、陰鬱に付け加えた。

「おお、あの社会主義者たち！　なにがしかのものを蓄えている人たちがいて、その人たちが彼らに何をするというのでしょう？」

「妬みだよ」とドゥーム氏が言った。

「要するに、労働者は節約をすればいいのですよ！　ところがどうでしょう、あの人たちは節約よりも映画に行く方が好きなのです！　私たちは行きますか、私たちは映画に？　それから、信じていただきたいのですけれど、彼らは食費となると切りつめることを全くしないのですから！　昨夕、私は以前修理を頼んだ配管工の家を訪ねました。一家は夕食の最中でした。子牛の肝臓があったのですよ！　それで私は息が詰まりそうになりました！」

「昨日の新聞《すんぶん》で読んだのだが」とドゥーム氏は金塊をナプキンで包みながら言った。「もし平価切り下げがあれば、金は一時的に取引禁止になるかもしれないとあった。わだしは動揺したよ！」

「あなたもご存知のように、私は物質的なことはよくわかりません。その一時的な取引禁止とは何なのですか？」

ドゥーム氏が説明すると、妻は身震いした。然るべき人たちをひどく苦しめるために、万事企てられているのだ。他に打つ手を考えなければならない。

「金塊を売って債券を買うのはどうかな？」とドゥーム氏が提案した。

「その考えはいけません」とドゥーム夫人は入れ歯をしっかり固定しながら言った。「平価切り下げの場合には償還金が確定している有価証券は惨憺たる結果になりますよ。良い株式を考える方がよいでしょう」

毎度同じ妻ご推薦の銘柄についての講釈を、妻が説き薦めるのをまたいつものように聞く羽目になるのかと思うと、ドゥーム氏はぞっとした。

「わたしが思うに」と彼女は続けた。「一番良いのは国際化学工業です。去年の配当は二十パーセントでした。現在の相場では二・九パーセントにすぎませんが、確かな銘柄です」

「ほんとうかね？」

「勿論ですよ。なにしろ窒素性毒ガスの生産では最大級の会社なのですから」と彼女は尊敬を込めて言った。

　だが、ドゥーム氏はこの大企業の所在地は遠すぎると思った。それにアメリカ人は繁栄から恐慌へ移行するのが速すぎるのだ。

「リヨネーズ・デ・ゾー《水のリヨン社》だが、どう思うね？」食指が動いて、彼はたずねた。

　ドゥーム夫人は聖書に目を通していたのを止め、もう一度読み直したいと思った一節に指を二本置いた。

「有利な取引ですよ」と彼女は言った。「株はここ数年元金の四十パーセントもの利金を産んでいます。現在の相場ではまだ三・二五のままです。でも私心配なのですよ。フランスではこういったデマがあるからです。ああ、良いのは、残念ながら買うにはもう遅すぎますけれど、ボル鉱山の株ですよ」

　彼女は我を忘れて立ち上がり、聖書が落ちた。

「銅ですよ！　砲弾を製造するのに銅が必要なのですよ！　資本金はほんのわずか、千四百万です、しかも社債なし、負債なし、それで現金で二億の準備金があるのですからね！　第一位の、最高位の、極上の会社です。ボル鉱山はここ数年百二十七パーセントも分配しているのですよ！」（ドゥーム氏の目は輝き、丸くなった。）

　話し終わると、ドゥーム夫人は彼女専用の化粧室へ向かった。確かに彼女は風呂に入るのを好まず、現世で霊魂を包んでいる外皮、つまり肉体だが、その諸々の部位を一つまた一つと、スポンジやら柄付き水差しやら洗面器やらいろんな家庭用布類の小さな切れ端を使って、多種多様なしゃがんだ姿勢で洗うのを好んでいた。

　アントワネットのくしゃみ、洗面器を移動させたり、その水を空にしたり、摩擦したり、溜息をついたりの音――を聞きながら、ドゥーム氏は自らベッドメーキングをした。家事手伝いたちはシーツや毛布の端をマットレスの下に折り込むことを知らないし、しかも厄介なことはもう自分自身でやるしかないのだ。それにちょっとした体操にもなる。

　十五分後ドゥーム夫人は色気とは無縁の部屋着姿で戻ってきた。寒がりは昼用のベージュ色のアンゴラのブラウスにウールのぶよぶよのズボン下をはいていた。それは体の線を全く出さない踝《くるぶし》まで達する男物で、裏側はメルトンのように毛羽立っていて、表側は大変実用的な芥子色だった。尻のところには花模様のある紫のペルカムで作られた尻当てが付けられ、それが飾りにも補強にもなっていた。《先ず実用的であること、美しさは二の次》が口癖のドゥーム夫人は、平均十年は《もち》、風邪から、もし神がそう望まれるなら、彼女を守ってくれるこのズボン下が得意だった。《至高の神の在す天国への移動証明書》を受け取るのが待ち遠しいとしばしば言っているドゥーム夫人だが、ここ現世にあっては、健康への愛と永遠不滅なるものへの愛が彼女の中ではつながっていた。おお、彼女は父なる神の許へ大急ぎで飛んで行くのをどれほど楽しみにしていたことか！　そんな彼女はほんの軽い病気でも医者に往診を頼んだ。

ドゥーム氏はサロンへ下りて行き、ベロミュンスター放送のラジオの音に合わせて、少しばかりリズム体操をした。小柄な老人が真面目くさってリズムに合わせて飛び上がるのを見るのはおもしろいものだ。ダンスが終わると試しにガスマスクを付けてみて、慣れるために今夜からマスクを装着して寝ようと決めた。戦争になってもこれでだいじょうぶだ！　ビセットにも今夜付けるように言おう。これも親切からだ。

「イポリット！」コルセットカバー姿のドゥーム夫人が階段の手すりに身をかがめて、大声で言った。「風邪をひいたようだと思うなら、〈暖か鎧〉に身を固める方がいいでしょう。屋根裏部屋にありますからね」

「そいつはいい思いつきだ」とドゥーム氏は言った。

それで彼は、留め具付の、熱を発する真綿のシートを胸に取り付けるため、大急ぎで階段を上がった。三階まで来たとき、グレーのゲートルを着けた養子が踊り場を大股で歩き回っているのに出くわした。彼は爪先で立って背伸びし、抱擁した。

「なにかうまくゆかないことでもあるのかね、アドリヤン？」

アドリヤンは妻の部屋のドアにピンで止めてある紙片を目で指し示した。《催眠薬服用、たくさん眠る必要あり、起こさないこと。》

「またね、と言わずに出かけるのは辛いです」

「ああ、そうだな、わしにもわかるよ。詰まるところ彼女は優しい人だよ」（この時親爺さんは全く別のことを考えていた。列車の通路を蝿が飛んでいる、蝿たちは空中にいて逆方向に飛んでいる、外へ出てまた入ってくるが、蝿たちは旅をしているのだ！）

「ねえ、パピ、僕はひどく遅刻してしまいます。急いでマミにキスして、行きます」

ドゥーム氏は屋根裏部屋へ行き、そこで長い間ぶらぶら過ごした。〈暖か鎧〉のことはとっくの昔に忘れていて、何か役に立つ楽しい仕事はないものかと探し回った。そんな用事は見つからず、また蠅に戻った。

「ちょっと考えてみるか。蠅が一匹コンパートメントにいて、空中を飛んでいる、蠅はどこにも座らないが、列車は蠅を運んで行く。しかしながら、蠅は空中にいる。わだしには全く理解できないごとが世の中にはあるものだ」

42

太いステッキを手にして、アドリヤンは大股で歩いていった。健康には頗るよい。それに彼の大事なクライスラーのエンジンを労《いたわ》ることにもなる。自分の将来には何ら不安はないと確信している彼は、体内の毒素を燃やそうと時々大きく息を吸い込みながら、歩を進めた。

九時三十分、彼はモンブラン河岸に着いた。国際連盟事務局には遅くも早くもなく着きたかったから、ベンチに座って定刻になるまで待つことにした。彼は来週土曜日にペトレスク夫妻に招待されているのを喜んだ。実に好感の持てる人たちだ、ペトレスク夫妻は。それに、皆からとても好かれているし、有力な知人が大勢いてとても顔が広いのだ。好かれて当然だ。

「上品で才気煥発であること。イギリスはオックスフォード流でゆくこと。《ねえ、ペトレスク》とごく自然に口をついて出てくるように、毎日鏡の前で十回ぐらい言うこと。彼らの招待にお返しをしなければならない。その晩にはパピとマミには来てもらわないほうがいいことを二人に納得させること。ファン・フリスを招待すること。（ファン・フリスはアドリヤン・ドゥームの直属上司である。）彼の執務室へ入る前にちょっと一杯やる。それが僕を大胆にしてくれる。ファン・フリスは、ペトレスクにとってはかなり力になりうる存在なのかな？ジュネーヴの名士を何人か招待できれば、喝采ものだよ」

そうだ、何人か招待できるように、アリヤーヌに頼んでみよう。けれども、彼らは彼女を敬遠しているように見える。ドーブル家の一人と結婚したことで、ジュネーヴの上流階級全部と知り合いになれるものと彼は信じていた。ヴァレスキュールのゴルフホテルへ行ったのはやはりいい考えだった。ペトレスク夫妻に出会い、実際彼らと知り合いになったのだから。高かった、当然だ。関心に値する人たちと知り合いになるのは、いつも高くつく場所でだ。彼は大きく息をした。親密になったのだ、ペトレスクと親密になったのだ。彼は事務次長と親しくて、毎日顔を合わせているから、一年後にはA級に昇進するだろう。魅力のある人たちだ、ペトレスク夫妻は。

アドリヤン・ドゥームはこのように招待したりされたりに情熱の炎を燃やすのだが、ある晩友人になりたての男が影響力を持つ人物たちを自宅に招待したとき、自分が招かれなかったりするとたいていの場合その炎は消えてしまう。若いドゥームはこの点ではすこぶる自尊心が強い。ほんの少しでもなおざりにされたとか、自尊心を傷つけられたと思うと、彼は妻にこう宣言するのだった。《ねえ、リアネット、ヴェルレックだけど、付き合わないことに決めたよ》と。

彼は眼鏡のつるを変形させないように、ブリッジを持って素早く外した。やっぱりシックだよ、モノクルをはめたペトレスクは！　それでもし、彼が、彼もモノクルをはめたら？　いいだろう、だが困ったことに彼は両眼とも近視なのだ。彼は鼈甲の嗅ぎタバコ入れに入れていつも持っている小さなシャモワ皮で、眼鏡のレンズを拭いた。ペトレスク夫人に花を送るか？　うん、十七世紀風の格好いい短い手紙を添える。言許《ことゆる》し給え、奥方……彼は舌先を鋭く尖らせた。それからクローデルについて彼が著した研究論文の抜き刷りを彼女に忘れずに贈ることだ。献辞には凝ること。ファン・フリス殿、再来週の土曜日は拙宅にお運びいただけませんでしょうか？ペトレスク夫妻をお招きいたしております。いや、ペトレスクの家へ行って、再来週の土曜日に彼らを招待する算段にしてからの方がいい。

「ペトレスクの所で誰か好感の持てる人間を見つけるように努めること。だがあくまでも一組の夫婦だけにしておくこと、そうじゃないと、人間関係に飢えた男に見えるから。ファン・フリスが再来週の土曜日に空いていないと困ることになる。早めに取りかからねばならない。行動計画、再来週の土曜日は空いているかファン・フリスに今日聞くこと。もし空いていると言えば、後程改めて確認させていただきますと言い、ペトレスクに同じように空いているかどうか聞く。もし空いていれば、ファン・フリスに再来週の土曜日であることを確認する。そうじゃなければ、ペトレスクが選んだ日がファン・フリスも空いているかどうか調べる。こういうことはすべて機転と自在さを大いに必要とする」

　蟻が一匹ゲートルを着けた彼の大きな靴の周りを回っている。その動きをつぶさに見ようとして、彼は身を屈めた。

「万事順調だ。アドリヤン・ドゥーム、国際連盟事務局B級職員。特権が認められているから、外交官だ。すごく親切だ、クローデルの返事は。彼に会いにパリへ行くこと。彼に会ってもらえるように努めること。得た権利は胡麻すりの賜だ、畜生！　そう、彼の知遇を得ることだ。僕の友人のポール・クローデルってことになるのもそう遠くはないぞ。それを知った時のペトレスクの顔！　ジッドについての小冊子も作ること。いや、作らない、なぜなら《ビコーズ》共産主義者だから。むしろヴァレリーについての小冊子だ、知識人協力委員会のメンバーなんだから。それからジロドゥーについての小冊子もだ。なにしろケ・ドルセだもんな」

　長編小説でも戯曲でも成功をおさめているジロドゥーが彼は羨ましかった。この作家よりも彼の方が稼ぎが多いと思うことで、自分を慰めた。

　人間関係という財産を殖やすにはどうすればいいのだろう？　人形芝居の復興促進をめざして協会設立といくか？　うん、時代の先端を行くとはこういうことなんだ。好感の持てる人間だけしか入れない。（若いドゥームの語法では《好感の持てる》は常に《影響力を持った》と同義語なのだ。）協会の委員会には知識人協力委員会のボス連を入れて、協力してもらうように努めること。こういうお偉方みんなを夕食に招待する。そしてその日には、ジュネーヴの貴族たちはもう僕のことを好ましからざる人間だなんて思わなくなるだろう！

「もし僕がヴァレリーのような男を招待すべき夕食会を開くようになれば、僕は評価されるのだ」

或いはストーリーのない映画を私的に上映するクラブを作るなんてのはどうだろう？　プーランクの音楽に乗って、小さな棒たちが身を捩るという類の。役人の仕事とは無関係なこういう機会こそ、国際連盟事務局のお偉方の知遇を得るきっかけになる。そこにこそ成功の秘訣があるのだ。

「そういう場ではお偉方は警戒しないから、あなたを招待する。そうしてその後では、ひとたびあなたのことをよく知るようになると、あなたが彼らに頼み事をしてもはねつけはしないはずだ」

「エスプリ」のグループに参加するのはどうだろう？いや、このグループには知の巨人はいない。「ルヴュー・ドゥ・パリ」と「ヌーヴェル・ルヴュー・フランセーズ」に書くこと。それからグランゴワールについて書くか？だめだ、新しい事務次長はユダヤ人だから、左派だ。いまいましいユダ公め。

「人形芝居のことを思いついたが、結局は再検討だ。本気で取り組むようなことじゃないからな。キュリーって女は委員会のメンバーになりたがらないだろう、アインシュタインって男も。人形芝居なんてだめだ。講演企画会社を立ち上げる。こいつはいいぞ、すごいぞ。このアイデアの生みの親は僕なんだから、僕が社長になる。いや、それは駄目だ。僕には充分な資力がないから。事務局長ぐらいが関の山だ。名誉会長職を御大の事務総長に差し出すとするか？　ソラルの奴も必要だろう。この二人には、ジュール・ロマンとかジロドゥーとか、こういう手合いを講師として呼んでいいかどうか、賛否のお伺いを立てなきゃならないから、それがこの二人に会いに行く口実となる。そうして、講演会終了後には、事務局長として、この二人のボス招待のため精一杯やる。真夜中の我が家での華やかなパーティー、冷たい料理のビュッフェ。講演者、名誉委員会の委員たち、すごいことになるぞ！」

彼はルーズリーフ式手帳を取り出し、しなやかな小さな鎖で手帳につながれているボールペンで、この実の生りそうなアイデアを書き留めた。彼はその他にも次のようなことを記した。

《委任統治部の資料を使用し委任統治委員会の活動に関する本を書くこと。長い文章がぎっしり印刷された行政関係の分厚い本になる！　委員長に献呈のこと。委員用にベラム紙に印刷し純良な麻糸で綴じた抜き刷りを用意、委員には一部ずつ自分自身で届ける。委員一人一人への讃辞をこの本のあちこちにそれとなくちりばめる。電話局へ行き、来年度の電話帳には、僕の名前の後に国際連盟事務局上級職員と入れるように依頼すること。》

準備中の長編小説に自然観照を取り入れることにした。それで目を半ば閉じ、観察者のように一層鋭い眼差しで湖を見つめた。青く輝くエナメルのような液体？　だめだ、斬新さがたりない。彼は手帳に記した。

《政治色のない文芸雑誌の創刊。可能な雑誌名＝交換、協力、印象、喧噪、不在、顔、展望、観点、地平線。》

ヴァレスキュール到着の翌日、アリヤーヌは〈他人ごっこ〉をして遊びたいと彼に言ったがおかしなことを考えるものだ。彼女を満足させようと、彼は路上で赤の他人として彼女に話しかけるために近づき、サン＝ラファエルの恐ろしく高いレストランで夕食をしようと誘った。ホテルに帰ると、彼女は別の遊びをしたいと言い出し、彼は剣闘士に扮しなければならなかった！　それから彼女は〈強姦ごっこ〉をやりたがった。この最後の酔狂は実のところそれ程馬鹿げているとは思わなかったから、彼はやはり上手に演じた。

彼はチョッキの、シャモワ皮の裏を付けた特別仕立てのポケットから精密時計を取り出した。十時十四分前だ。次は腕時計で、十時十二分前。平均では十時十三分前となる。間もなく定時だ。彼は完全防水の腕時計が気に入っていた。機械を濡らすことなく二十四時間もの間、水に浸しっぱなしにしておいても大丈夫だと思うと嬉しかったのだ。

十時十分前。二分後に出発だ。彼はその日の行動計画を心の中で言った。

「第一、探さなくてもよいように鋏を掛けておくフックを取り付けさせる。規格統一！　第二、フランスの定期刊行物管理カードの新しい分類方法につき検討する、第三、今朝はいつもどおりじゃなかったから、今夜はいつもの緩下剤を服用する。さあ、仕事だ！」

太いステッキと社会的地位で武装した彼は、勿体ぶって愛する事務局へ向かって大股で歩いていった。旅回りの歌手が大きな黒い目をしたジプシー女の魅力をやるせなく歌っていた。腹を空かせた優しい敗者、地の塩だ。アドリヤンは自分が嫌悪感を持つにちがいないと思った。ところが、自分がエリートだと感じると有頂天になり、軽蔑の笑みを浮かべた。〈頭のよさとくだらない「美しく青きドナウ」に感動する愚かしいほど生き生きした心を併せ持つのは不可能であるかのように。愚か者ほど自分に欠けているものを無闇に欲しがるものだ。）

明るい色の手袋をはめた手に重々しくアタッシェケースを下げ、回転扉を押して、見知っている重要人物に目星を付けるため目を光らせながら、彼はパレ・デ・ナシヨンの入り口ホールへ入っていった。忘れようにも忘れられない叱責を受け、痛めつけられたカッタネ侯爵には覚えていてもらえると思ったのだ。彼は微笑んで挨拶したが、空しかったから、あらぬ方を見つめて自分の考えに微笑んでいる振りをし、面目を保った。議論し、二言三言でB級職員を年俸二万八千スイスフラン（あるいは二万二千か三万か。思い出せない。）のA級に昇進させ得る目の前の権力者たちに心を奪われて、彼は歩き回った。遠くの方から彼らに見とれ、彼らを愛し、寝台車、舞踏会、豪勢な晩餐会、勲章、報酬をたっぷり与えられるミッション、彼らよりもっと有力な者たちとの接触、諸国の首都との長々しい電話会談——彼はそんな優雅な生活の匂いを嗅いでいた。

惨めな男はホールにいる代表者たちを一人も知らないことで苦しみ、最後の委員会の時に彼を昼食に招待してくれた委任統治委員会の委員たちのことを考え、自分を慰めた。その内の一人がフレール・ドゥ・スーザ将軍で、彼を肺を病むコンドルを思わせるポーランド公使に紹介してくれた。公使は、太り肉《じし》でハレムに住む方がお似合いの、香水の匂いをぷんぷんさせたバルカン代表が、前日の彼の演説を褒めちぎるのを憑かれたように聞いていた。そのポーランド公使もカッタネ侯爵同様、彼のことは覚えていなかった。アドリヤンは、愛すべき、だが近寄りがたい有力者たちに心を奪われ、うっとりと見つめたままその場を動きもしなかった。

一人の高官に気づいた途端、アドリヤンは上着のボタンをはめた。やっと挨拶でき、一言二言言葉を交わす機会を得られるかもしれなかったからだ。経済財政部長のジョンソンだ。眼鏡の奥の目は狡猾で嘲笑的なジョンソンだが、ケンブリッジの仲間には助けてもらっていると常々感じているボスの優しい語調で、自分の補佐に指示していた。

お辞儀をするか？　多分ジョンソンは気づかないだろう。帽子をちょっと上げて挨拶する方が目立つかもしれない。それでアドリヤン・ドゥームは庭に出てフェルト帽を被り直すとホールに戻り、ボスの眼差しにほんの少しでも暖かさが認められればすぐさま立ち止まる準備を怠りなく、大急ぎでジョンソンの方へ向かい、大きく顔をほころばせて帽子を取った。ジョンソンは小さく頷いて見せたが、その意味するところはこうだ。《うん、うん、あなたが誰かってことはわかっているよ、そして無視できるってことも。》だがこの首肯には愛想のいい笑みが添えられていた。ボスたる者は嫌な奴との評判をとるべきではないし、敵を作らない方がいいからだ。その愛想のいい笑みは瞬時に消えてしまった。彼は、対話という大魚を釣り上げようとやっきになっているこの何の役にも立たないしがないB級職員との会話を恐れていた。その代わりジョンソンはギャロウェー卿にはたっぷりと長い間微笑み続けた。老いたイギリス人はジョンソンに小さく頷いて見せたが、その意味するところはこうだ。《うん、うん、あなたが誰かってことはわかっているよ。》アドリヤンはジョンソンの笑みを思い出して満足し、もっと遠くの方へ行き、うろうろ歩き回ることにした。

　本心を見せない赤ら顔の司教は破産状態にある某国の首相で、ジャーナリスト等が表明する同情に煩わされていた。借金しにジュネーヴへやって来た彼は直立不動の姿勢を保ち、激情を静かなる威厳をもって抑えていた。マルセイユの或るジャーナリストが彼とぜひ握手したいものだと思っていた。《猊下、貴国の不幸に思いをいたしますと、胸が張り裂けそうです。子供たちは、可哀想に、子供たち《ディー・キンダー》、ひどく《ゼーア》痩せて！　あなた方は神から不幸という特別の恩恵を受けた人たちです、そういうことです。結局は、雨の後は上天気、ですよ。》司教はそれはどうかなとでも言うように、かすかな笑みをもらした。ナポレオン風に両手をスータンに置き、泰然自若として唇をきっと結んだ。

　アドリヤンは司教から数メートルのところに十分ほどたたずんでいた。司教は有名だから愛し、猊下が弄《いじ》くり回しているボールペンが落っこちるのを期待し、指から放れるや否や間髪を入れずに拾いに駆けつけられるからだった。アドリヤン・ドゥームの理想は、地位の高い男たちの傍近く仕えて、彼らのお陰でより地位の高い男たちの知遇を得られる地位まで出世することだった。要するに極官になりたいとは思わないのだった。

（おかしなことだが、社会的地位を上げてみせると断固決意したアドリヤンは、時として友情や熱情などどうでもいいと思うのだった。策謀家やスノッブを毛嫌いしたが、それこそがスノッブの特性だ。それで、スノッブは皆そうなのだが、彼も自分の役に立ち得る人物を愛し、心底敬服する。役に立つ人間関係よりも、共感し合える階層に属するおもしろくて教養のある友人たちを求めて努力していると確信することも時にはあった。だが、大概は中途半端で、極めることもせず先へ行ってしまうのだ。）

残念ながら司教のボールペンは落っこちず、アドリヤンは自分の事務室へ向かった。彼が最初に見たのは〈入〉の書類箱だった。

「畜生！」アリヤーヌを伴ってヴァレスキュールで過ごした十日間にたまった書類の山を見て、彼は大声を挙げた。

彼は書類を数えてみた。十二もある！　こんなことがあってたまるか、チェッ、チェッ！　ヴェヴェの馬鹿野郎！（ヴェヴェとは委任統治部長ファン・フリスの渾名だ。）僕のことを徒刑囚とでも思ってるのかよ、えっ、どうなんだ？　一人の時は恐れることなく、自分の思うところをヴェヴェにずけずけと言う。

実を言えば彼は満足だった。届いたばかりの新しい書類をぱらぱらと見たり、原本に記録されている役人たちの短い交信からその書類にまつわる物語や長旅にも似たその来《こ》し方を読んだり、外国人の同僚の文体を揶揄したり、皮肉を看破したり、ファン・フリスのメモに手際よく答えたりするのが大好きだったからだ。

彼はペッカリーの皮の手袋とウエストを絞った栗色のオーバーを脱ぎ、上着を両袖口がすれて光っている古い上着に着替えた。所属するクラブのバッジを上着に付けている一部のイギリス人の役人に嫉妬を感じて、彼は束の間身動きもせずに突っ立っていた。それに、彼らは上着の袖にハンカチを入れていて、それが少しはみ出し気味なのがなかなかシックなのだ。彼も同じようにやってはみたものの、うまくゆかなかった。ハンカチがいつも落ちてしまうのだ。チェッ、仕方ないや。

彼は自分の小さな檻が大いに気に入っていた。一発で全部の引き出しが閉まる鍵付きの立派な仕事机、ペルシャ絨毯とほとんど変わらない絨毯、同じ職階の同僚の物とは比較にならない程しゃれている書棚。大変結構。そして、彼がA級になった暁には、知的にしてくれるモダンな絵を何枚か掛ける。今のところは慎重に構えて、悪口を言われないようにすることだ。

彼は座り、角砂糖を一つかりかりと囓り、書類を取って開くと立ち上がり、部の同僚のところへちょっとしゃべりに行き、新しい昇進者や長の付く者たちのことを慎重に少しばかり悪く言った。十分後彼は戻ってきた。

「ファン・フリスに挨拶に行くのを忘れるなよ。十日間も休んだ後では当然だ。あの馬鹿野郎には用心することだ。僕はこんなB級でくすぶってなんかいないぞ。さあ、仕事だ！　おお、労働よ、世界の聖なる掟よ……」

　彼は再び書類を開くと、糊の瓶の傍らに横たわっている巨大な鋏をすばやく摑み、細心の注意を払って爪を切った。十分後爪は文句の付けようもなく綺麗に整えられた、少なくとも彼にはそう思えた。さあ、これで仕事が始められる。彼は揉み手をし、空気をたっぷり備蓄した。

「仕事にかかれ！」

　彼は立ち上がり、温度計を見に行った。二十一度。何も言うことはない、適切な温度だ。彼はまた座った。

「ああ、今はもう仕事にかからなくちゃ」

　彼はタバコをくわえ、火を付け、その将来は安定し、まずまずの報酬が支払われる役人であることを自覚すると、嬉しくて息を吸い込んだ。

「ポン、ポン、ポン」と彼はシュルヴィル伯爵のように鼻歌を歌った。

　うまい、文句無しだ、このスイス製のゴールド・フレイクは本家本元よりうまいが、ずっと安い。気をつけろよ、午前中の割り当ての四本目だ。この一本を吸ってしまうと正午までは一本しかなくなる。（彼は健康にこだわっていて、努めて一日十本しか吸わないようにしていた。）彼は小さなポケット鏡を見た。

「悪くないな、ドゥーム氏は！　ああ、やるか！」

　彼は最初の一件書類を真面目に吟味し始めたが、例のポン、ポン、ポンを発してみたり、隣室の会話に耳を傾けたり、生地の見本を検討したり、エプソム塩を嗅いだり――彼にはその必要は全くないのだが、彼の癖なのだ――また呼吸運動をしたりしては中断した。

　書類N―六〇〇―三三〇―四二―四は〈パレスチナのユダヤ婦人協会との往復書簡〉と題されていた。彼女たちは不満をもらしているにちがいない。いつも文句ばかり並べやがって、ユダ公どもは！　アラブ人が奴らを困らせている、いい気味だ！　返事はもっと後だ、奴らをちょっと待たせてやれ。

　彼は二番目の書類を取った。おお、チェッ！　またもやジュネーヴのシオニスト代表からの手紙だよ！　奴らのシオン主義者連盟は政府関係の機関じゃ全くないし、国際連盟事務局とは何の関係もない、あるのは委任統治国との関係だけだってことをこのユダヤ人どもはいい加減頭に入れてくれないかな。《国際連盟内シオン主義者連盟常設機関》と書くこの厚かましさ！　常設機関だと？　こんな名称にしやがって、一体奴らは何を狙ってるんだ？　抜け目のないユダ公どものことだ、奴らの組織を公式の常駐代表団に合併させようと目論んでいるにちがいない。すべての非公式に対する公式の側からの憎悪が滲み出る返答の草案準備に、彼はいそいそと取りかかった。

《拝啓、興味深い》（ずっと前からの習慣でつい書いてしまった〝興味深い〟を彼はすぐさま消した。）《お送りくださいました》（彼はこれも線を引いて消した。）《あなたが私宛てに送った統計の受領をお知らせします。敬具》（〝敬具〟に **agréer** を使うか、いや、使うものか！ **Recevoir** でたくさんだ。［agréer のほうがより丁寧］）

だが彼は、シオニストの代表がファン・フリスと、あろうことかファン・フリスの家で昼食をしたことをふと思い出し、手紙の結尾文では、彼の格別なる尊敬の念を、ブランバーグの奴には疑われないようにする方がいいんじゃないのか、と思った。突然憤怒にかられて、彼は草稿を引き裂いた。

「僕は反ユダヤ主義者だ、百パーセントの。奴らにはうんざりだ、このシオニストどもには。いつも目はうるうる、鼻はぐしょぐしょで、あなたに狙いをつけ、廊下で待ち伏せし、何をした民族か、何をされた民族か、有ること無いことごっちゃ混ぜで、彼らの来し方二千年についてしゃべりまくり、いわゆるイギリス行政の不公平について退屈極まりない話をあなたにする！　それから無闇矢鱈とあなたを昼食に招待したがる！　あなたがいやな顔をすれば、それこそ奴らの思う壺、今度はあなたを極上の夕食に招待する。これが奴らの巧みな筋運び、要領を心得ているってことですよ。そうして手心を加えることはしない！　なんのことはない、奴らはあなたに金を払って奴らの話をあなたに聞いてもらうんですよ！　奴らは誰でも捕まえて昼食に招待する。奴らは招待で破産する、奴らは愛想を振りまく、微笑む。汚い奴らだ！　招待するのは誰でもいいんだ、臨時雇いでさえ招待するんだから！　そして多分それはすべて奴らの上司に書くためなんですよ。《私はS・D・N［Société des Nations 国際連盟］のル・ガンデック氏に二時間インタヴューしました》と。奴らはあまりに高すぎる極上の食事代をそうやってあなたに支払わせるのです！　奴らの統計は全部拝聴しなければならないし、グレープフルーツを何個収穫したかとかね、奴らの収入に興味のある振りをしなければならないんです。奴らはあなたが金持ちなのを知っているんですよ、全く汚いユダヤ人どもだ！　奴らのシオニズムは関心の的で、事務局ではシオニズムのことしか考えないにきまってると信じている振りをする。出世主義者、おべっか使い、いつもあなたに米搗きバッタみたいにぺこぺこしていても、五分後には大胆にもあなたの腕を愛撫する！　そしてあなたにいつも実現不可能なことを頼む、会議場に席を取ってくれだとか、まあそういった類のものですがね」

彼は三つ目の書類を取った。チェッ、またあの手紙の文案かよ！　睡眠病とカメルーンのアラブ野郎が罹る睡眠病の歴史についての研究報告書で、フランス政府から送られてきたものだから、受領通知の文案を作れというわけだ。これは政府が関係している事柄だから、嘘偽りなく至急なのだ。文案を明日か明後日には口述しなければなるまい。ファン・フリスがこの文案作成を彼に命じたのは数週間も前のことだ。しかしヴェヴェの畜生は修正だと言っては三度も突き返してきやがった。お陰で毎回全部やり直しだ！

一回目は《〜について》《アン・ス・キ・コンセルヌ》があったからだ。ソラルの官房長がこの語句が気に入らないとファン・フリスに言って来てからというもの、ヴェヴェは《〜について》《アン・ス・キ・コンセルヌ》刈りに乗り出した。二回目はどんな理由だっけ？　ああ、そうだ、手紙の冒頭にこう書いたからだった。《J'ai l'honneur de vous accuser réception et de vous remercier》[貴殿に受領を通知し、そして感謝申し上げます] ファン・フリスは彼を執務室に呼びつけると、エジプトの踊り子風に首の後ろに両手を置き、大いなる議論を開始した。《受領の通知と感謝を結ぶことに見られるオリジナリティーを理解しないというわけではありませんが、しかしこれは少々なじみにくい。余りに文学的すぎるんだな、我が親愛なるドゥーム君、余りに文学的な、余りに文学的な、ですよ》と彼は言った。

「まだ消すべき日が二十一年分ある、もううんざりだ！」アドリヤン・ドゥームは嘆息した。

彼は前日買ったシャープペンシルを解体して、鉛筆の芯がまだ充分長いかどうか調べた。これはチョッキのポケットにいつも入れてあるものではなく、恐ろしく太くてずんぐりした《手にしっくりする》事務用のエヴァーシャープだった。シャープペンシルを元通りにし、彼のモノグラムを刻んだ新しい万年筆を眺めて喜んでいると、不意に幸福感が溢れてきて、それが余りに大きかったから、その拠って来《きた》るところを知ろうとして、万年筆の観察を止めた。好運の星の許に産まれているんだ、いいぞ、いいぞ、いいぞ！　感謝から、彼は美しい透明の万年筆でカメルーンへの手紙の文案をものしようと決めた。

《お送りくださいました》（彼は線を引いて消した。）《私共に御送付くださいました》（〃私共に〃を棒線で消した。なれなれしすぎるし、それ程上品じゃない。）《我々の部宛てに御送付くださいました睡眠病についての《キ・コンセルヌ》》（いかん、いかん、〃ついての《キ・コンセルヌ》〃はいかん。彼は棒線で消した。）《睡眠病に関係する《ルラチフ》》（彼は線を引いて抹消した。）《興味深い参考資料を拝受いたしました。》（ああ、だめだ、句点はまずい、取る。）《ことをお知らせ申し上げますとともに、その常に無き御親切に篤く御礼申し上げます。》

「ファン・フリスは眉を顰めるだろう。《関係する《ルラチフ》》もそれ程好まない。《～に関係のある《キ・アヴェ・トゥレ・ア》》の方がいい」

　彼は全部棒線で消した。だめだ、うまく書けない。《我々の部宛てに御送付くださいました参考資料を拝受、》とし、その後へ《非常に興味深く読み、調べましたことを》とすべきだった。彼は立ち上がり、日本政府へ送った同種の手紙の副本を探し、そこから成果を上げられそうな想を得た。

　すばらしいアイデアだ！　委任統治委員会は必ずやこの資料を会議で報告し、役立てることに相成るでしょう、と書く。だが、気を付けろ、自分の評判を危うくしてはならないぞ。彼は頭を捻り、慎重な文言を産み出した。《この報告書は～に思われます》（〃思われます〃と直説法現在を使うよりも、条件法を使って婉曲表現にする方が後腐れがなくていいかもしれないが、文体の観点からはまずい。《この報告書は～になり得るように思われます。》～になり得るの〃～〃にどんな言葉を置けばいいのか、皆目わからない。彼は受領通知に高度な政治を取り込むのを断念した。

　下書きを終えると、読み返した。《我々の部宛てに御送付くださいました云々》の代わりに《……日付け貴翰により云々……その常に無き御親切云々》と始めるのはどうだろう？　そうすれば改行して字下がりにした新しい一行《誠にありがとうございました。》を加えればそれでいい。だめだ、キリン――ヴェヴェの二番目の渾名――は独創的すぎると思うだろう。

　チェッ、十一時だよ、もう。一時間後には昼飯を食いに行かねばならない、いや、むしろ四十五分後には、だ。出かける準備に五、六分はかかる。結局彼にはもう三十分しか残っていないのだ、と思うとやる気が失せた。通知の文案は午後また考えればいい。出かけるまで何をする？

　彼はトイレに行き、そこにいることを正当化しようとして排尿を試みたか、或いはその振りをした。それから大きな鏡を見た。耳の傍の吹き出物は殆ど消えていた。

「なかなかの男っぷりだ、アドリヤン・ドゥーム、実にハンサムだ。そして紫のストライプがブルーに映えるこの三つ揃い、エレガントを絵に描いたようだ！」

自分の体型に満足すると、今度はその丸顔、ランパル家で使っていたのと同じキニーネ水を毎日優しく塗擦しているその滑らかな髪、小さな筆型の口ひげにつながる短く刈った輪状ひげ――現代的であると同時にロマン派風な風采を彼に与えている――を彼は愛した。

「アドリヤン・ドゥーム、国際連盟事務局の職員だ」と彼は鏡に呟いた。「そうだ、これからはアタッシェと言うことにしよう。その方が一層外交官らしくなる。シックな男だ」と秘中の秘を漏らすように続けた。「外交官にして芸術家、だが身だしなみの良い芸術家だ」

若いドゥームの心に刻まれた今もって癒えない傷。彼は文学士号の試験に落ちたのだった。仕方ない、チェッ。突然彼は、文学士でありながら、千ベルギーフラン！かそこらの薄給で砂利どもに文法や歴史を教えている昔の仲間たちのことを考え、喜びを抑えきれずに、幸せでくっ、くっという声を漏らした。

「ところがこの出来の悪いドゥーム・アドリヤン様は文学博士様たちの五倍も稼いでるんだぞ！　しかも僕はこの道に入ったばかりなんだ！」と彼は丁寧に髪をととのえながら、鼻歌を歌った。

彼は自分の髪の分け目が大好きだった。腸内のガスにいたるまで自分のものは何もかも大好きだった。そうして、服、靴、爪にブラシをかけた。（彼が爪ブラシの存在を知ったのは国際連盟事務局でだった。）

そうだ、次のブリュッセル旅行では仲間たちに会い、外交特権や俸給、フランスやイタリアへのミッションをひけらかしてやろう。靴底を取り替えて履いている幸薄き彼らの一人が、いかにも親密そうにこう言うのが彼には既に聞こえるのだった。《ねえ、君、君の職場には、僕のためのポストが一つぐらいないかなあ？》その時彼は勿体ぶってこう答えるだろう。《あそこのポストは相当人気があるんだ。空席があった例《ためし》は殆どないな。しかも自国政府の紹介が要るんだよ。》そうして腹を空かせた教師連を目の玉が飛び出る位のレストランに招待してやる。いいぞ、いいぞ、いいぞ！　何時だ？　十一時十分か。

彼は時間つぶしにパテル＝ノステールへ入った。いつも上がったり下りたりしている扉のないエレベーターで、無聊に苦しむ役人たちにとって得難い退屈しのぎだ。彼は六階に着くとパテル＝ノステールを出て、下りのエレベーターに乗った。五階で綺麗な女性が一人乗ってきた。

二階まで恋の戯れ。一階に着くと忙しそうな様子でエレベーターを下り、図書室の扉の前まで行って回れ右をし、上りのエレベーターに乗り、その場を去った。

43

準備完了。アルパカ毛織りのジャケットに白ネクタイでおめかしした小型アザラシは大真面目で、絹のドレスに身を包み、金鎖で飾って勿体を付けた駱駝顔の黄色い出っ歯の堂々たる妻に向き合っていた。皇太后と見紛うほどきちんと装った彼女は、この家の支配者であることを象徴する鍵束をウエストに掛け、スポンジ状の柔らかな汚れなき胸にラヴェンダーの香をしみ込ませたハンカチを差し込み、夫の身拵えに手を加え、鼻を高くしていた。日々の暮らしにいたく満足し、過ちを犯さず、にこやかな二人は腕を組んで階段を下りていった。

彼女は先ず電気屋へ電話して、女中部屋に取り付ける自動消灯スイッチの見積りを頼んだ。

「宅の使用人がボタンを押すと最長二分間電気がつくようにして、ボタンはベッドから相当離れたところに取り付けてもらいたいのです。それと、廊下と階段に取り付ける三十秒で電気が自動的に消える自動消灯スイッチの見積書も送ってください。宅にはぼんやりが一人ならずおりますのでね」

ドゥーム氏は咳払いをし、両手をルダンゴトのポケットに突っ込んだ。

「さてと、これから何をするかね？」電話が終わると彼はたずねた。

二人とも、燃料に重油を使う重油セントラルヒーティングの設備を見に行こう、とどちらかが提案するのを待っていた。この設備は既に一ヶ月前から機能しているのだが、二人は飽くことなくほめちぎるのだ。ドゥーム氏は策略を用いた。

「ゼントラルヒーティングを設置した工事人とはこれっきりだなんて、わだしには到底思えんのだよ。すっかり汚しちまったんだからな！　あの連中とやりとりするには、アントワネット、あんたの勇気と忍耐力がものを言う。（ドゥーム爺さんは彼の妻が大好きだった。だからなおのこと彼女の機嫌をとろうとお世辞を言うのだから、少しばかり偽善者なのだ。ドゥーム夫人は、どんな犠牲でも捧げる準備ができている天使のように慎ましやかな様子で、大きく息を吸い込んだ。）ゼントラルヒーティングだがね、ちょっと地下室まで見にいってみないかね？」

ドゥーム夫人は上品に同意した。夫の先に立ち、時々手の甲を厳かに腰の下に滑らせ、彼女が口をすぼめて〝お下屋敷〟と呼ぶ便所に先程立ち寄ったから、スカートがまくれ上がったままになっていないかどうか無意識に確認しては、廊下に置いてある様々な物に焼き絵の手法で付けられた自分のイニシャルを満足げに見つめたり、通りすがりに家庭用布類の戸棚がしっかり閉めてあるかどうか確かめたりして、鍵に微かな音をさせながら地下室の扉に向かって歩いていった。

セントラルヒーティングの火室の前に夫婦は腕を組んでじっと立ち、ぶんぶんいう音に耳を傾け、彼らのボイラー室を崇めた。そしていつもの連禱が始まった。

「なんと清潔なのでしょう！」

「石炭《すきたん》とはちがい、心配無用だ！」ドゥーム氏が呟いた。

「それにずっと経済的ですよ！」ドゥーム夫人が詩篇を唱えるように一本調子で言った。

「そしてこのサーモスタットのお陰で安心していられる！」とは夫の返答。

「いつも二十度です！」ミサの司式者は言った。

「面倒をみてやらなくても！」

「私はとても有り難く思っているのですよ！」

「ああ、あんたの考えはよかったよ、ビセット！」

「ええ、でもこの装置を選んだのはあなたですよ！」

深く感動し、相手への感謝の念が溢れてきて、物質的充足感と余裕を共有するドゥーム夫妻は、快適さをもたらす非の打ち所のない装置の前で抱擁し合った。

だが、どんな喜びにも終わりは来るもので、間もなく夫婦は上がることにした。彼女のしがない夫を相変わらず従えて、ドゥーム夫人は台所へ行き、その週用の清潔な布巾を女中に渡した。至る所が修理され、かつての生地は跡形もなく消え失せ、布巾はもはや何枚ものぼろ切れの積み重ねにすぎなかった。その清潔な布巾はコップやグラス、ガラス容器の布巾となり、次に皿類の布巾になる。その役目を果たすと今度は手拭き用の布巾となり、その役目を果たした手拭き用布巾は、ドゥーム夫人の検査の後、キャセロールの布巾になるのだ。この布巾には緑色の染みが一つ付いていますが、なぜなのですか。二ヶ所に鉤裂き同然の傷がありますが、どうしてこのような傷が付いたのですか、と女中に糺してから、ドゥーム夫人は――怒りを抑え、心に罪の許しを生じさせる役割を振られた溜息を一つつき――その布巾を大箱にしまい込み、鍵をかけた。布巾の歴史の一巻の終り。

一家の主婦は次いで台所を注意深く調べ、ドアのノブが充分にピカピカ光っていないのを見つけると、熱烈な隣人愛で女中を見つめた。

「私の娘であるあなた」と彼女は言った。「私は我慢がなりません。私たちの家では銅製品をなおざりにすることは絶対に許されません。こういうことが繰り返されるようなら、とても悲しいことですけれど」と彼女は優しく微笑んで、「一週間分の給料を払って、あなたに暇を出します。私たちは神が私たちを置き給いし場所で、各自の領域で、自分の務めを果たさなければならないのです。それに、仮りに私があなたを解雇することにしたとしましょう、でもね、それはとりわけあなたの役に立とうとするからですよ。正しい道、歩道に」と言って、「神の王国へ導いてくれる線路にあなたを戻すためなのです」と言い換えた。もしそうしなければならないのなら喜んで朝四時に起きなさい。一家族の幸福はあなた次第と思うことがあなたを元気付け、あなた自身をほめてやることにもなるのですよ、私の愛しい子、ねえ、そうじゃありませんか？　それは本当の意味で特権なのですよ！　それがあなたにはわかっていますか？」

「はい、奥様《おつさま》」アッペンツェル出身の女中は答えた。

「ですから、奮い立て、ですよ、マルタ、私と一緒にアレルヤと言いなさい！」

「アレルヤ、奥様」

　マルタはその時、午後になったらすぐ美容院へ行ってもいいかとドゥーム夫人に許可を求めた。

「それはまたどうしてですか、あなた？」

「私《わたち》髪をカールしたいんです」

「髪をカールする、ですって！　カールなんかしてどうするのですか？（マルタは汗をかき、恥ずかしそうに微笑んだ。）あなたが髪をカールすれば、神はあなたを一層愛し給うとでも言うのですか？」

「私にはわかりません、奥様、私は今までいつも髪をカールしていましたから」

「だめですよ」とドゥーム夫人は優しく微笑んで言った。「だめですよ、私は許可しません。だめですよ」と彼女は優しく頭を振りながら繰り返した。「だめ、だめ、だめですよ。私の家に髪をカールした女中なんかいりません」

「私の友だちは皆髪をカールしてます」

　ドゥーム夫人は目を閉じた。なんという階層なのかしら！　かわいそうな子！

「私は私が決めたことをあなたに言いました、私の愛しい子。私には信徒指導の責任があるのです。ですから私の家では無為や小さな巻き毛は必要ありません。小さな巻き毛は遅かれ早かれ放蕩に、罪に導くのです、罪に」と彼女はさも気持ちよげに鼻歌を歌うように言った。「私はあなたには有り余るほどの愛を持っています。（女中は女主人を感嘆して見つめた。）ですから、このような生活態度をあなたに許すわけにはゆきません」

「二時から四時まで休《やっ》ませてもらえればとでもうれすいです、奥様」

「休みをもらいたいのなら少なくとも四十八時間前に申し出なければいけません」とドゥーム夫人は楽しそうに言った。「そうですよ、そう、そういうことです」と彼女は微笑んだ。「私のことも少しは気の毒に思ってくれないといけませんよ、あなた。あなたは私の健康状態を知っています。藪から棒に休みをもらいたいだなんて、私には落ち着いて状況に対応する時間もないじゃありませんか、少し残酷ですよ、あなた、そうは思わないのですか、少し残酷だとは？」二歳の赤ん坊に話しているように、彼女は鼻歌を歌った。

　ドゥーム氏は台所から出て行った。禿頭を掻きながら自室へ戻り、多分、自分の考えを混乱させようと思ってのことだろうが、アシェット社刊の年鑑で、家族の年代記用に設けられている頁に、呱々の声を上げた日、鬼籍に入った日をいくつか書き入れた。

その間にも台所の会話は続いていた。女中は、洗濯ができるようにと今朝は三時に起きたから、奥様は休みをくれても何も損はしないのだと説明した。

「我が子よ、もう少し愛他主義者になるよう学ぶことですね。あなたは自分のことしか話していません。《私は洗濯をした、私は今朝三時に起きた》だのと。私、いつも私、なのです！　けれどもあなたは私のことなど、私の頭痛も、私の疲労も殆ど考えないのです！　突然の決定や計画の変更を私が好まないことをあなたは知っています。もしあなたが少なくとも昨日私に知らせていたなら、事の利害を比較検討することができたのです。今朝洗濯したことは許してあげます。おお、心から許します。あなたがその許可を得なかったにもかかわらずです。そういうことは思いやりや心配りの問題です。しかも下着類を水につけておく時間が充分ではなかったのですよ。けれどもどんな罪にも許しはあるものです。自分は罪を犯したのだとあなたが気づいてくれることを私は望んでいます」

「はい、奥様」汗をかいているマルタは言った。

「おお、あなたはなんという喜びを私に与えてくれることでしょう、私の愛しい子！」ドゥーム夫人はその手を心臓にもってゆきながら言った。「もっとも今日の午後は洗濯だけすればよいことになっていましたが、あなたは（断固としたぶっきらぼうな声に変えて、）サロンに床磨き用の金たわしをかけることもしなければならなかったのです。それなのにどうしてあなたは今日の午後、休みを取りたいと思ったのですか、あなた？」

「私はその訳をあなただに言ようとしてたんです」

「その訳を〝奥様《おくさま》に言おう〟」とドゥーム夫人は優しく直してやった。「神のいます天国では私たちは皆平等ですけれど、この世ではそうではありません。もっともそんなことはどうでもよろしい。私がこういう風に注意をするのはあなたの教育のためです。ですから、あなたを裁いているのではないことをしっかり覚えておきなさい、おお、裁いてなんかいるものですか！　それで、休みを取りたいというのは、なぜ今日の午後なのですか、（ドゥーム夫人は《休みを取りたかった》と過去形で言わなかったことに注意すべきだ。現在形を使うことでマルタに若干の希望を持たせようとしたのだ。）あなた？」

「私の友達が結婚するからです。そのかわり、日曜日《につようび》には一日中《いっんつ》残ってますから」

「あなた、私の可哀想な子、でもね、日曜日は聖別された日、それは主日なのですよ！」とドゥーム夫人は楽しそうに言った。

「じゃあ、私は友だちの結婚式《すき》に行けないんですか？」

「彼女のことを心から思ってあげなさい」とドゥーム夫人は微笑んだ。「そして金たわしをかけながら彼女と彼女の愛する旦那様のために祈るのです」

彼女はマルタの手を両手で包むようにして取った。四角に切ってある爪の先端はヤスリの先で爪垢がとってあり、とても白かった。

「私もあなたのお友だちのために祈ります」と彼女は内緒話をするような調子で言った。「それから、この結婚により彼女が神の恩恵を受けられるように、そして彼女の愛する夫とともにいつももっと高みに上れるように、願いを聞き入れ給う御方である神にお願いしましょう！（ドゥーム夫人の上げた指は屋根裏部屋を、天を指した。）こし器が一つ足りませんね」といきなり彼女は言い足した。

そして、夫が作って台所へ持ってきて、その上に板ガラスを乗せてある明細目録に近づいた。ええ、ええ、こし器が一つ足りません。（自分で全部チェックすることですべてに気を配っていることをこの愛すべき子供に示して、不幸な娘が道具の一つもくすねたい気持ちにならないようにするのがドゥーム夫人のやり方だった。下流階級――ドゥーム夫人は好んで、《質素な階層》と言っていた――では、残念ながら他人の財産には大いなる敬意を表さないのだった。）

マルタはしゃがんで長い間探した。ドゥーム夫人は身動きもせず、目を閉じて待っていた。静かに、穏やかに、冷酷に、彼女の財産が見つかるまでは台所を出るものかと決意した彼女は、将《まさ》に正義の寓意そのものだった。ようやくこし器が見つかった。

「そうです、確かにこれがそのこし器です」とドゥーム夫人は眺め回してから言った。

彼女は自分の時計を見ると、ウエストにかけている鍵束の鍵を一つ取って食品戸棚を開け、かなり大きめのパンを二切れ取りだし、微笑みながら女中に差し出した。（使用人の朝食は十時にしか取らせないと彼女は決めていた。そうしておけば、この可哀想な愛すべき子供は十二時三十分にはまだあまり腹が空かないからだ。）いつものように彼女はマルタに、バターを少しどう？と勧めた。いつものようにマルタは断った。いつものようにドゥーム夫人は、目には見えない実在から放射されるとりわけ輝かしい微笑で、マルタの断りに報いてやった。最後にもう一度彼女の食品戸棚の中身をしっかり見てから、戸棚に二重に鍵をかけた。

ヴェランダでドゥーム氏は、先刻目撃者として目にした光景を、無意識にだが、大好きな仕事をして忘れようと務めていた。彼は仕事机の前に、そこに堆く積まれた料理の本と家計関係の本の間に、座っていた。彼はこれらの本の一頁目に小さな器具を押しつけて、彼の名前と住所を入れ墨のように彫り込んでいた。

終わると彼はあくびをした。それから家にある振り子時計や置き時計、掛け時計のゼンマイを巻き上げた。それからすることのない不幸な暇人は、ジャケットのポケットに両手を突っ込んで、何か修理する物はないかと窺いながら、いくつかの部屋を軽いびっこを引いて歩き回った。結局彼は、色々な染みとその染み抜き方法を一覧表にして花文字で書くことにした。書き終えると模範的な子供である彼は、妻に見せに走った。その妻は二階の寝室で大好きな長椅子に横たわって『完全無欠なる愛徳』と題された本を読んでいる最中だった。時々彼女は読むのを止めて、衣魚《しみ》をひねりつぶしたり、微笑みながら小さくうなずいたり、高尚な本の一節を古い銀行の明細書の裏に記したりした。しがない夫が誇らしくて興奮気味に見せる一覧表に邪魔された彼女は、インテリの愛想の良い眼差しを投げ、恐ろしく間隔が開いている傾斜した歯を見せて笑った。そうしてまた読書にもどったが、ここ数週間で読んでおくようにと勧めた何冊かの敬神の本の題名で、ドゥーム氏を縮み上がらせた。

「あなたはちゃんと覚えていますよね？　あなたが手始めに読む本は『目を覚まし、かつ祈れ』、次は『祈り、かつ目を覚ませ』、次は『祈り、そして生きよ』、次は『道を選び、読め』、次は『読み、かつ祈れ』、次は『目を覚まし、かつ読め』、次は『道を選び、祈れ』、次は『道を選び、生きよ』、次は『祈り、道を選べ』です。私は難度順に書名を言いました。一冊読む毎に一段と励まされますよ。本の題名を書き留めておいてくださいよ」

「勿論だ、ビセット」再び本に没頭し、ひどく《頭が疲れた》とき、頼りになる焦げ茶色の角砂糖を黄色い出っ歯で少しずつ齧り始めた妻に、ドゥーム氏は言った。

彼女がつまんでいる角砂糖の鉢が置いてあるゲリドンの四本の脚にも、肘掛け椅子の脚同様、寄せ木張りの床に擦り傷をつけないように、メルトンで裏打ちした小さな袋を足袋のようにはかせてあった。《こんがらがっちまって訳もわからんような本の題名を、このわだしがぜんぶ覚えていると思うなら、あんたのお門違いも甚だしいというものだ。しかもこういう類の本は、いつだってどれもこれも同じなんだよ》とドゥーム氏は彼の恐るべき伴侶に心の中で返答した。

「あんたのために釘を何本か打ってあげようと思うんだが、どうかね？」

釘、とりわけ絵を掛けるX鉤を打つのは彼にとって無上の喜びで、殆ど肉体的な欲求だった。精神的霊的世界に浸っていたドゥーム夫人は、そこから引きずり下ろされて、見下すような、うんざりしたような、だが思いやりのある微笑を浮かべた。

「いいえ、今日の所は釘打ちは結構です」と彼女は言った。「でもね、私のナイトテーブルの大理石を糊でつなぎ合わせていただきたいの。ひびがはいっていると思うと、私眠れないの」

ドゥーム氏は喜び勇んで、『あの手この手を繰り出す人の千と一つのうまいやり方』という枕頭の書に相談しに走った。

見かけにごまかされてはならない。愛すべきドゥーム爺さんは、ブルジョワ暮らしを詠う詩人なのだ。詩人といっても、無論、自分が詩人であることを知らずにいる詩人なのだが。崇敬の念さえ抱いている『あの手この手を繰り出す……』が説くやり方に全幅の信頼を寄せていたから、繰り出される諸々の手を試してみたくてうずうずしていた。この本は無論のこと、『生活費を切りつめずに金を貯める方法』とか『実施の手順と手先の器用さ』といった本で、見えないように踵に部品を取り付ける方法、染み抜き石鹸の製造方法、ピアノの弱音法、錫製品を生キャベツできれいにする方法、石鹸の節約方法（《石鹸は横に寝かせて置く。立てて置くのでもなく平らに置くのでもない。平らに置くと石鹸はひどく減りやすくなる。》）を知るのはこの上なく楽しく、心のときめきを覚えるのだった。彼はその方法を全部試さずにはいられず、それが理性を備えた妻を絶望に陥れ、彼女から厳しく叱責されるのだった。だが、ドゥーム氏は馬の耳に念仏で、悪癖は止むことなく、その翌日には蜂蜜入り石鹸を製造し、夏の間暖炉を塞いでいるスクリーンをひまし油で洗い、玉葱は沸騰するキャセロールの上で皮をむけば泣かないですむと台所へ教えに行って、女中をうるさがらせ、自分の本の天と地、小口を卵白と金箔を使って飾り立て、余り丹念に油を差しすぎてミシンをメーカーに送らねばならなくし、振り子時計を巧みに分解掃除しすぎて壊してしまったりした。

だから親爺さんは嬉しくて、ナイトテーブルを汗をかきかき、びっこをひきひき地下室に作った工房に下ろした。硫酸をベースに彼が製造したとんでもない糊で、ジャケットは汚れるし、靴は火傷を負ったが、結局ナイトテーブルの大理石は、落っこちて粉々に砕け、二十七もの断片と化してしまった。為す術を知らず、身の置き所がなくなって、彼は自ら雪隠詰めを選択した。実際何かまずいことがあると――ドゥーム夫人の叱責、家事の失敗、アドリヤンの皮肉をこめた小言はまさに前門の虎、後門の狼で――、親父さんは〝勘考場〟とよんでいる便所に数分間引きこもるのだった。メルトン風に毛羽立てた便座に座るか、或いは立ったままで、自分の受けた屈辱を悲しく噛み締めてから、えい、ままよ、雪隠の火事だとばかりに、ファシスト風の敬礼で自分を奮い立たせ、そこから出て行くのだった。元気を取り戻させてくれるこの敬礼が大好きで、彼はこっそりやっていた。〝勘考場〟で彼に元気を回復させてくれるものがもう一つあった。それは右手を行ったり来たりさせ、頬をふくらませて唇でボン、ボン、ボンという音を出し、小さなコルネットを真似ることだった。

　再び生きる意欲が湧いてきて、彼の沈吟の庵から出て、妻の顔を見に行くと、彼女はインゲボルグ・マリア・シック夫人の『不思議な鳥』を読みながら、板チョコ状の、ビタミン入りのカカオバターを食って力を付けている最中だった。彼は大惨事を妻に告げる勇気がなく、桛糸《かせいと》を持っていてあげようかと提案した。彼は桛糸持ちが大好きだったのだ。ところが彼女はきっぱり断った。彼女の桛糸は全部巻き終わり、すでに小さな毛糸玉になっていたのだ。ぶらぶらしているのが嫌いな彼は小指を耳の穴に入れ、激しく動かした。彼はこの行為を《マヨネーズ作り》と秘かに命名していた。

「イポリット、そのはしたない真似は一体なんですか？」ドゥーム夫人はいらだった。「文法教授資格試験は二番で通り、レジオン・ドヌール勲章も授与されたフランス人の従兄弟があなたにいるようには、とても思えませんよ」

「おや、失礼をばいたしました。わだしとしたことが知らず識らずやっていたんだよ」

　それでまた侮辱され、彼は出ていった。けれども今度は、雪隠ではなく屋根裏部屋へ自分を慰めに向かった。その部屋で、大変信心深いジュネーヴの老婦人たちの顔をセンチメンタルな絵葉書や水着姿の扇情的な写真に貼り付けるという、もう一つの秘密の時間つぶしに没頭した。

「ところで、砂糖壺の件では、なにか新しいことがあったかね？」とドゥーム氏がたずねた。

　前夜二人はマルタの正直ぶりを試してみることにしたのだ。ドゥーム氏は砂糖壺に蠅を一匹入れたらどうかと提案した。ドゥーム夫人は角砂糖の数を数えるだけでよいと言った。

「砂糖の数を数え直してみたのですよ。数は合っていましたよ」悲憤が気の薬であるドゥーム夫人はその楽しみが奪われて、忌々しげに言った。「でもやはり私は砂糖壺を鍵の掛かる所に置くことにします。その方が無難ですよ。さあ、もう仕事、仕事！」

彼らはサロンへ行き、わずかばかりの副収入をもたらす国際連盟の仕事をした。アドリヤンのお陰なのだが、彼らには外部協力予算から報酬が支払われていた。ドゥーム氏は、誰も良く読んで調べはしない統計表を熱心に作った。ドゥーム夫人は、ゲーテの言葉を十分に理解する知識は持ち合わせていなかったにもかかわらず、婦女売買委員会のために、ドイツ語の資料を翻訳した。実際彼女仕事をすることで彼女は満たされるのだった。この女は売春に関わることなら何にでも夢中になった。だから彼女はひるむことなく、ブルンスウィック公爵の栄光――何か手放しの礼讃とはゆかないところがあるのだが――のためと称して建立された廟近くで客を待っている《卑しい女たちに》、福音や微笑を届けに行くことまでやった。

ドゥーム氏は千九百年に購入したアメリカ製の事務机の前に陣取った。彼は帯状の薄い金属板でできている一種のシャッターを押し上げて、開けた。するとおびただしい文房具が姿を現した。その内のいくつかはアドリヤンが国際連盟事務局から持ち帰ったものだ。輪ゴム、天糊で綴じられていない紙、吸い取り紙、クリップ、外国の有価証券に貼る証紙等。ドゥーム氏が購入した物もある。ガラス製のスポンジケース、小さな気圧計、小型の置き時計、小切手用穿孔横線引き器、時計の絵が描いてある天糊のメモ帳、ホッチキス、いろいろのゴム印、そのうちの幾つかは日付印と親父さんの名前と職業が入っている記名印だった。ピンが自動的に出てくる器機、真鍮製の筋入りコーナー、鍵に貼るラベル、数多くの文鎮――水晶の六角形の塊、小型の鉄床、蹄鉄、小さな家が沈んでいて、揺すると雪が降ってくる水入りの珠――、この事務机の上には鉛筆削りの豚、その髪の毛がマッチ棒でできている磁器製の小さな禿の紳士、銅製の小さなとかげ、インクの染み抜きの小瓶、鶏冠石、手紙秤、印章がいくつか置いてあった。要するに暇つぶしのための道具だ。

彼の統計表を仕上げると、ドゥーム氏は〈小型ラウドスピーカー〉宛てにクロスワードパズルコンクールへの回答を送った。封筒は蠟の封印を模したイニシャル入りの鉤爪式封印で破られないように封をした。

それから庭に出ると、雪はすでに解けていた。彼は噴水が具合よく水を吹き上げるのを確かめると、ささやかながら罪の意識に捕らわれてすぐに栓を閉めた。噴水は日曜日だけなのだ。親父さんは無闇矢鱈に靴を拭ってからサロンに戻り、赤いノートにその日の体調を清書し始めたが、これも彼にとっては楽しみの一つなのだ。片やドゥーム夫人は手紙を手早く整理すると、ラピスラズリのペーパーナイフで一通一通ゆっくりと開封した。手紙を読む前に切手が貼ってある封筒の片隅を破り取り、消化も順調だったこともあり、満足気に古びたフォンダンの箱に入れた。この箱には伝道会のためにと銀紙をも入れていた。費用のかからない隣人愛は心地よいものだ。

時々夫と妻は熟考の上、考えを述べる。《寒いような気がします》とか《あとで風邪を引くんじゃなかろうか》とか。快適な生活に関することなら、彼らは鋭敏な観察者だった。

最後の手紙を書き終えると、ドゥーム夫人は手紙を受け取った日付と返事を書いた日付を小さな手帳に記した。有徳者気取りのその物静かな動作には後光がさしていた。

「まあ、何てことでしょう、私としたことが忘れたなんて！　イポリット、あなたからよろしくと、ジュリエット・スコルペームに追信として書いてもよろしいですか？」

いとこのジュリエットはドゥーム氏の幼友達だった。五歳から十二歳まで彼は彼女と夫婦ごっこ、食料品屋ごっこ、ままごと――家計を取り仕切るパパを演じた――、お葬式ごっこ、とりわけお医者さんごっこをしてよく遊んだものだった。（この最後に挙げた遊びはかなり如何わしいもので、ジュリエットの体を少しばかり触ることから成っていた。しかしそんな遊びをしたのは五十年も前のことで、ドゥーム氏は忘れてしまっていた。）彼には否やのあろうはずはなかった。しかしドゥーム夫人は許可を得なければ夫からよろしくとは決して付け加えなかった。有り難いことに彼女は、大事であれ、小事であれ、専ら嘘偽りなく生きる家族に属していたが、彼女の無意識は、大事なことで嘘偽りなく生きるよりも些細なことで嘘偽りなく生きる方が気に入っていた。

「きっと私は正気を失っているにちがいありません」と彼女は言った。「親愛なるエステルが私に送ってくれたプレゼントを、あなたにお見せするのをすっかり忘れてしまっていたのですからね。あれやこれやのとんでもない心配事で、取り乱してしまっているのですよ」（ドゥーム夫人の心配事とはとりわけ、嘆かわしく思っている女中の無能と自覚のなさ、伯母から相続したばかりの家具を屋根裏部屋に詰め込んでいること、この伯母の不動産の抵当権解除のためには、一万フランの負債を清算しなければならないが、その金を工面する方法がわからないことだった。伯母は五万フランの社債をも彼女に遺贈していた。ドゥーム氏は社債を一万フラン分売ればいいのではないかと提案した。ドゥーム夫人は思慮分別のない男をじろりと見た。《社債というものは売ることができないのですよ》と彼女は厳かに言い退けた。）

好奇心の塊になると、ドゥーム氏は小さな山羊ひげをしごき、カメレオンのようなまん丸な目を一層丸くし、楽しみ味わう準備をする。初めて目にする物品はすべて彼に総毛立つほどの喜びを与え、志気を鼓舞し、物怪《もっけ》の幸いとなり、話題にもなるから軽視すべきものではなかった。数分後、ドゥーム夫人はモロッコ革で装丁された大型の紙挟みを手にして戻ってきた。

「これは手紙用です。ここに大きなポケットが二つ付いているでしょう、これがとても便利なのですよ。片方には返事の必要な手紙を入れて……」

「じゃあ、もう一方にはまだ返事が来ていない手紙を入れるんだね」とすっかり心を奪われたドゥーム氏はゆっくりと呟いた。

「きめの細《こんま》かいモロッコ革ですね」とドゥーム夫人は言った。

「押さえて閉めるやり方がわだしはあまり好きじゃないね」と焼き餅焼きは言った。「閉めるにはいづも押さえつけなきゃならないとなると、やっがいだ」と快適な生活の達人は付け加えた。「それにひとりでに開いてしまう恐れもある」

「そうですか？」とドゥーム夫人は少々がっかりして聞いた。

「結局わだしはファスナーで閉める方が好きだね。少なくともしっかり守られているのがわがるからね。一度閉めればそれでしっかり閉まる。予想外の困った事態にはならんのだよ。（ドゥーム夫人は溜息をついた。）要するにこれも一つの考え方だがね」

「そうですね、それも一つの考え方なのでしょう」彼女は首の珠を弄びながらじっくり考えていた。「やはりファスナーですね。イポリット、私にそんなことは言わないでいていただきたかったわ。私がそれを苦にするようになるのは、火を見るより明らかなのですからね」

「ちがうんだよ、アントワネット。わだしは馬鹿なことを言ってしまった。とてもいいよ、この紙挟みは」

く後ろに反らし、上品に微笑んだ。二人は長い間紙挟みを見つめていた。物品のことをもう一つ。ドゥーム家では何一つ捨てられることはなく、物が溢れていた。二人ががらくた物を増やして喜んでいるのは、二人が送る人生の日々のむなしさを漠然と感じているからだろう。来る日も来る日も習慣どおりの二人の生活にとんだ番狂わせでもあれば、それはもう愛すべき新たな神の降臨にも等しく、祭りであり、気晴らしであり、ダンスだった。

「これからちょっとその辺を一回りしてきませんか?」とドゥーム夫人が言った。

「おお、いいね、すごく腹が減るようにな!」とドゥーム氏は熱狂した。

二人は外へ出て、ヴィラの前の道を大股で歩き回った。

「昼には何を食《そく》すべきか、わだしは考えているんだよ」とドゥーム氏は揉み手をしながら、小さな舌を出して言った。

「ああ、それは秘密」ドゥーム夫人はしなを作った。

品のいい肺病病みのジプシー女が金持ちたちの住むこの地区に舞い込んだ。彼女が押している乳母車では、キャベツの芯を食べている赤ん坊とその正面に座っている見事な歯の持ち主である小猿が、その芯を巡って争っていた。バスク太鼓を腰にぶら下げている痩せた女乞食が手を差し出した。ヒロイズムの人でありながら警戒心の強い人でもあるドゥーム夫人は二十サンチームを彼女に渡し、財布をしっかり閉めると、慎み深く目を伏せ、トルストイの言う愛徳の虜となって、夫に追いつこうと急いだ。善行を施し、与えはするが、受ける必要のない特権階級に属していることが、彼女には快かったのだ。

「戻りましょう」と彼女は言った。

ジプシー女のせいでドアは二重に施錠され、二十サンチームの施し物で置物が一つも奪われずに済んだサロンに、二人は身を落ち着けた。ドゥーム夫人は、彼女が会計係をやっている〈ベルギー婦人会〉の慈善バザーで誦す詩の復習に取りかかった。明日はすべてつつがなくおおせるように自信を付けておきたいから、詩句を朗誦するのを聞いてくださいな、と彼女は夫に頼んだ。

ドゥーム氏は座り、妻が書き写した紙片を手に取った。優しい目をして――彼女の持てる優しさを余さず表す目をして――芸術家気取りでポーズを極めた。つまり咳払いをしてから、肘掛け椅子の背もたせに手を置き、詩的感興の湧出を待ち、麗しき詩題をそこに見出すためかのように、天に目をやった。

「『貧しき人々』(これは控えめで、悲しげで、さもありなんと思わせる口調で言った。）詩（芸術家風なかすれ声で言った。）ノアイユ伯爵夫人作（いわば数分間、ジュネーヴにおける高貴な女流詩人の代理人を務め、遥か彼方より社交界の太陽である伯爵夫人の月として、その煌びやかな栄光にあずかる一人の女性の上品なうやうやしい口調で言った。）」

ある時は悲しげな、ある時は訴えるような、けれども始めから終わりまで愛が、愛が、愛が、愛が、愛が一杯の声で、労《いたわ》しい、労しい、労しい、労しい、労しい、労しい、労しい貧しき人々のために、彼女はその詩を朗唱した。

ああ！　いかばかりか、この痛ましき蔑《さげす》まれし人々の苦しみは！
——あなた方は時として考えることがあるだろうか、
この地上で不安に戦く貧しき人は
いつも押し殺さねばならぬ啜り泣き
血を流してはならぬ傷であることを？
あなた方の後ろを苦しげに歩む彼等を見て見ぬ振りは断じてならぬ、
あなた方にも貧しき人々にも同様に心のあることに思いをはせよ、
慈愛深くあれ、善良であれ、何故なら彼等はあなた方のようには誇りを持てぬ故、
彼等の如く控え目であれ！
この人々に恥と思わせてはならぬ
彼等が求め、跪かねばならぬのを。
彼等が己が姿をその目にするがままにさせるなかれ
——あなた方がなるのだ、貧しき人に、
貧しき人々に対しては、あなた方が遠慮がちになるのだ！
ああ、たくさんに与えよ、神があなた方を許し給うように、
道行くあなた方に袖乞う人が
蒼白き顔で、目を伏せ、あなた方に情けを求め、
その手を差し出したのを思い出すことのないように
……

彼女は朗誦を止めると、深い敬意を込めて目を伏せた。

「なんと優しい心根だろうね」とドゥーム氏が言った。

「ああ、本当にそうですね。彼女こそ貴族です」

「この詩を書いたのはごく若い時《わが》だってことを思うとな！　天才《ざい》だ、想像を絶する天才だよ！」

「これほど深遠でこれほど寛大なものを今まで読んだこ

とはありません」とドゥーム夫人は言った。「〝あなた方にも貧しき人々にも同様に心のあることに思いをはせよ〟美しいこと、美しいこと、ああ、なんて美しいのでしょう！　貧しい人は安楽に暮らしている人たちと同じように心を持っている、おお、美しいなんてものじゃありません、あまりに美しすぎます、神の言葉を聞いているようにさえ思えます！　そうしてこの詩句、〈彼等はあなた方のようには誇りを持てぬ故、彼等の如く控え目であれ！〉おお、そのとおりです、イポリット、いつも心の中で控え目でいましょう、心の中で貧しき人々でいましょうね！　この詩は真理です。社会主義など足下にも及ばないほど精神的です。高潔です、少なくとも！」

「同感だ」とドゥーム氏は言った。「社会主義者は心というものを考えたことは絶対にないね」

「ええ、そうですとも、物質のことしか考えないのですよ。関心事といったら給料と労働時間の他にはありません。さもしいこと。あなたを高尚にし、理想を追い求める蝶のように、例え一瞬なりともこの醜い地上を離れ、飛翔し、旋回するような気分を味わわせてくれるようなものは何一つ、社会主義にはありませんからね！　おお、霊的生活、これが地上の悪への唯一の対抗措置です」ドゥーム夫人は鉢からフォンダン・オ・ショコラを一つ取りだしてから、こう結論した。

　彼らは二人とも高尚な気分に浸って思いを巡らせていた。この詩句はパリで、ボン・マルシェへ買い物に行くとき、幾度となく感嘆したもう一つの芸術作品をドゥーム夫人に思い出させた。長い黒のヴェールを被り、暖かな毛皮に身を包み、マフを付けたブシコー夫人とイルシュ男爵夫人が、労しい薄地のぼろぼろの服を着た労しい子供の上に身を屈め、彼女らにとっては余分な物をほんのわずか、或いは余分な物全部をその子供に贈り物として与えている彫像で、ブシコー公園を飾っている。ドゥーム夫人は、突然、彼女の小柄な夫に突進すると、そのぐにゃぐにゃした胸に熱を込めて抱き締めた。

「どうしたんだね、ビセット？」ドゥーム氏は気をよくして、だがわずかにぎくっとして、聞いた。

「どうしたんでしょう。私とても幸せなのです、とても感謝しているのです……（二分間品良く夢想に耽る。）イポリット、お聞きしたいことがあります。彼女のことをあなたどう思いますか？」

「アリヤーヌのことかね？」

「そうです」

「そうだなあ、ああ……《モン・ディユー》（ドゥーム夫人は険しい目つきで夫を見た。彼女の大事な来世を彼女に保証し給う御方《おんかた》の、聖なる御名《みな》［神《ディユー》］がみだりに口に掛けられるのを耳にすると、彼女は不快感を隠さなかった。ドゥーム氏は自分の罪を自覚し、会話を継ぐのだった。）確かに《マ・フォア》……」と彼は始めた。

ドゥーム夫人は空咳をした。全くイポリットときたら、良い習慣はちっとも身につかないのだから、情けない。数年来口が酸っぱくなるほど言って聞かせたのに、こんな風に〝確かに《マ・フォア》〟をこき使うのだから嫌になる。〝確かに《マ・フォア》〟［ma foi は古くは〝誓って〟の意］は重々しい語句なのだから高尚なことを言うときにしか使ってはならないのに、何かにつけて使うのだから。

「あっ、御免、つい言っちまうんだよ。わだしにはね、アリヤーヌはいづも優《やさ》しいんだよ。今は気まぐれを起こしている、それははっきりしているがね。しょうがないじゃないか、彼女は若《わが》いんだよ。無論コート・ダジュールへ行こうと思うような誤りを犯しはしたがね」

「彼女はアドリヤンを破産させますよ！　すっかり無駄使いをしてしまって、今月は一銭も貯金できなかったのですからね。それから、ベッドのシーツ二枚で窓から下りるという馬鹿げたことをしでかして外出し、私を完膚無きまで打ちのめしたのはどうしてか、あなたその理由《わけ》がわかりますか？　階段で私に出くわすのを避けるためだったのです！　間違いありませんよ！」

「いや、違うよ、ビセット、そうじゃないよ、あれはね、若《わが》い女性の気まぐれなんだよ」

「気まぐれですって？　女泥棒や小説に出てくる女でもあるまいし、窓から家の外へ出るなんて！　結構なことね！　やれやれ、ジュネーヴの貴族階級の習慣なのでしょう。それから、午前中ずっと自分の部屋に閉じこもりっきり、というのは一体全体どういうことなのでしょう？　カーテンはまだ閉まったまま！　起こしてくれるなと要求するこの我が儘はどういうことなのでしょう？　夜は眠るためにあり、昼は仕事をするためにあるのです。もし晩まで眠っていたいという気が起これば、王女様の休息を尊重しなければならないのですか？」

「仕方ないじゃないか、彼女は若《わが》いんだ」

「私はあなたを許します、イポリット」アリヤーヌの若さをいつも思い出させられて、いらいらしたドゥーム夫人は厳かに言った。「あなたのために、そして彼女のために祈りさえしましょう。私は光の子［キリスト教徒のこと］です。ですから私の迫害者を愛さなければならないのです！」

（ドゥーム夫人は腹を立てることは皆無と言ってもよかった。熟考、辛辣な言葉、許し、とりわけ祈りが彼女の武器だった。祈ると言って脅すのだ。）

彼女は尻に供をさせサロンを出て、寝室へ祈りに行った。一人残ったドゥーム氏はサロンでジグを踊った。こうしてドゥーム氏は恨みを晴らすのだった。

前へ進め、親父さん、あんたが正しい、ちょっとばかり恨みを晴らせ！　踊るのだ！　踊って恨みを晴らす、芸術作品はそういうところから始まる。そして、恨みや心の痛みのとげは優しい笑いとなって花開く。

44

ソラルが目覚めた。外は日が照っていた。彼は置き時計の時刻を見た。間もなく正午だ。すると彼は、睡眠薬を飲んでなにも気づかずにいる話しかけたこともない女性の寝室で、一晩中、そして午前中ずっと眠っていたことになる。

彼は起き上がった。彼女の髪に触れてみるか？　いや、髪にさえ触れるべきではない。彼女は眠っている、綺麗だ、むき出しで彼のように裸だ。彼は音を立てないようにしてベッドの縁に腰掛け、裸の美男と鏡に背を向け何も知らずにいる美女が構成する極美の群像を姿見の中に見つめた。彼は美女の中の美女、世界一の美女の顔を見ようと身を屈めた。彼女は幼子の、安心しきった無垢の笑みを微かに浮かべて眠っていた。

彼は鏡の中の彼女を長い間見つめた。だめだ、この美しい肉体に触れてはならない。先ずこの途方もない企てをものの見事に実現せねばならないのだ。開闢以来誰一人として試みたことのない企てだ。彼はどうかしているとしか言いようのない計画に恐れをなし、一時間心の休息をすることにした。そう、一時間後だ。

いい気持ちだ、彼らは同じ部屋で兄妹のように仲良く眠っていたのだ。彼女のように深い眠りを貪れるように、彼女のヴェロナールを飲みさえした。彼は彼女の傍近くに座っている、だが彼女は知らない。この時間は厳粛だ。二人はフィアンセなのだが、彼女が知らないだけだ。阿房の鼻毛で蜻蛉をつなぐ重要人物たちが出席するこの前の晩のパーティーで、彼が見かけたこの女、この女が彼の人生のたった一人の女なのだ。彼はすぐさま知ったのだった。

元気を出せ。一時間後には人生で最も馬鹿げた行動をすることになる。それは復活なのか？　再び彼に狂気が見舞い、人生でもう一度見事なヘマをやらかすのだろうか？

45

パテル＝ノステールで上がったり下りたりを繰り返していたアドリヤン・ドゥームだが、二十往復にもなるとさすがに良心の呵責を感じた。やはり書類は彼を待っているのだ。それで彼は自分の事務室に戻り、窓を開け、座り、揉み手をし、澄んだ空気を吸い込んだ。

「さあ、始めるぞ！」カメルーンの一件書類を再び開きながら、彼は言った。

だが、そのすぐ後で馴染みの音を耳にすると、彼は顔を上げた。ドアをばたんと閉める音、廊下を慌ただしく駆けて行く足音、車のエンジンを始動させる音。ちぇっ、十二時二分過ぎだよ、もう。彼は市街電車に乗り遅れてしまったのだ。歩いて行くのは大変結構なのだが、困ったことに正午に家に着くには市街電車に乗る他ないのだ。今からでは間に合わない、由々しき事態だ。パピは別して食事の時間に（気をつけろ！）うるさい。十二時三十分と七時三十分にはナプキンを拡げ、首に結ぶ。

彼は気になって、〈我が四阿《あずまや》〉と名付けているヴィラに電話し、戻れないと告げた。それは残念ね、今日のお昼は七面鳥のトリュフ詰めなのよ、それに広大で素敵なお庭付きの素敵なヴィラにお住いの素敵なご婦人をお招きしているからよ、とドゥーム夫人は言った。

「ところで、あなたの奥様はまだお出ましじゃないのよ」

「ああ、じきに下りてくるさ」

「そう願いたいものです」とドゥーム夫人は刺々しく言った。

こういう場合、家族との取り決めに則って、アドリヤン・ドゥームは、高名なパリのジャーナリストが流行《はや》らせたレストラン〈ヴィエイユ・アルマン《アルマン翁さん》〉で、規模こそ小さいが旨い物尽くしの宴会をやろうと決めた。こんなささやかな酔狂も、自分のことを特権を受けた男だと思いたいばかりにやってみるのだ。このレストランは高いのだ。止むを得まい。サラダ風羊の足が評判で、まさに傑作だそうだ。

「そいつにお目にかかりに行くんだ、そいつにお目にかかりに行くんだ、ぽん、ぽん、ぽん」

彼はドアを開け、嬉しくて、ぱたんと思い切り大きな音をさせて閉め、ずっしりと重たい象牙の握り手付きの太くて短いステッキとアタッシェケースを持って出かけた。ステッキは激しい口論になったときの護身用に常時携行し、アタッシェケースは街で買い物をするとき役立つし、イギリス製というので、彼のお気に入りだからだ。「僕のアタッシェケース」と若き国際公務員は好んで言っていた。きまってにやにやし、「僕の小型旅行カバン」と言ったりもするが、これなど曲がない。冗談口をたたくのは得手ではないが、アドリヤン・ドゥームは誠実で優しい夫だった。例えばアリヤーヌと一緒に見るのでなければ良い映画も彼には苦痛以外のなにものでもなかった。

彼のゲートル、彼の襟に毛皮をあしらった暖かな栗色のオーバー、彼の社会的役割、彼の社交界での地位、彼の毎月手にする愛しい小切手を意識しながら、スポーツマンのような足取りで――ウォーミングアップだ！――重要人物然とした顔をして、ささやかなたった一人の宴会に向かって歩いていった。いいぞ。クローデルじゃなく、「刑事」の最新号を読みながら旨い物を食うんだ。もし知った顔がレストランにいても、エリートの読む物ではないこの週刊誌が読めるように、何とかうまくやる。

途中でオランダ人の同僚レーウェンフックに出合うと、

新しいフォードに満足しているかとたずねた。何不自由なく暮らしている仲間と一緒にいることですごくいい気持ちになって、彼は喜んで耳を傾けた。今度は彼の番で、次のモーターショウでランチアを選ぶだろうと言い、この車を好む理由を同僚に長々と説明することほどおもしろいものはないと思うのだった。

「ランチアはちょっと気難しいところがあるのは、うん、無論わかってるんだ。しかし品がいいんだよな！」

二人の役人は微笑み合い、どちらも自分をエリートと思い、気持ちよく別れた。感じのいい奴だ、レーウェンフックは、と一人は思った。実に思いやりのある奴だ、ドゥームは、ともう一人は思った。

アドリヤンはもう一人別の同僚と興味をそそる話題を選んでいろいろ話したが、中でもこだわったのは今年の夏、国際連盟事務局の役人に提供される大邸宅のことだった。なにしろ彼らは湖で水浴し、仕事の疲れを癒せるのだから。ぽん、ぽん、ぽん。

「今日僕は〈アルマン爺さん〉で食うんだよ」と彼はステッキを振り回しながら告げた。

同僚は、オーナーが死んでからというもの、〈アルマン爺さん〉はもうかつての〈アルマン爺さん〉じゃない、と言った。アドリヤンは別れの挨拶をすると、よく考えて、取って返した。二十フランも使って並以下の飯を食うなんて、痴《おこ》の沙汰だよ！　事務局で食う。今日はファン・フリスがそこで昼飯を食うから尚更だ。彼とコーヒーを飲めるように努める。一石二鳥だ。節約にもなるし、ヴェヴェとの親密度も増すというものだ。

事務局のレストランはすでに一杯で、楽しそうな話し声で満ちていた。誰と食おうか？

奥まった所には〝長〟や〝次長〟が、そしてA級職員がいた。入り口近くにはフランス語担当のB級職員が大人数のグループを作っていた。アドリヤン・ドゥームは、彼にとっては太陽のような重要人物の放つ光で元気付けてもらいたいと思うことしきりだったが、同僚は彼を胡麻擂りと決めつけるだろう。Bと食うほうがいい。いずれにしてもごく短い間だ。

握手。同僚たちは、快方に向かっているかとか、ヴァレスキュールで過ごした短い病気療養休暇は健康のためによかったかなどと、血の通った親しげな皮肉っぽい調子で彼にたずねた。共犯者の優しい笑い声とアドリヤンの軽薄な悪ふざけ。誰も騙されてはいなかった。仮病を使うのは正当で、快適な旅行のことで彼を非難しようとする者はいなかった。ル・ガンデックが手を差し伸べた。

ここぞ才気と教養の見せ所とばかりに、彼はアドリヤンのオーバーとスーツケースにそれとなく言及した。

「この象たち、これらの武器、これらの荷は何のためですか？」［フランスの詩人、古典主義文学理論の代表者ボワロー（一六三六—一七一一）の『書簡詩四』の詩句 Pourquoi ces éléphants, ces armes, ce bagage, Et ces vaisseaux tout prêts á quitter le rivage?「この象たち、これらの武器、この荷は何のためです、そしてこの離岸するばかりの軍船団は？」からの引用］

　ル・ガンデックは一等国際事務職員でしかないことで苦しんでいた。それで彼はできるだけ文学作品から引用した。善良で悲しげな目をした気の毒なル・ガンデック、その縮れたひげ、ふんわりと大型の蝶結びにしたネクタイ、それに禿頭はいい身なりをしている若者たちのグループでは浮き上がっていた。学識を衒《てら》い、真面目で言語学者のような言葉へのこだわりと嫌がらせを受けているとの思いに押し潰されそうになっている彼の眼差しは、侮辱された人のそれのように警戒心の強いものになっていた。彼は事務室で深い溜息をついていると言われていた。出世しないのが彼にはそれほど悲しいのだった。彼は善良で純粋だ。それ故に女は誰一人として彼を受け入れようとはせず、彼は独身を強いられて、心時雨《こころしぐ》れているのだった。

　国籍不明のモシンソンは——その顔は丸くバラ色で殆ど顎がない——ユダヤ人で、その上郵便物などの配布という蔑まれた仕事のために、臨時雇いとして現地採用された事務職員というのでひどく軽蔑されていたから、グループの一員となり、愛されたいと思ったのだ。彼はグループに入れてもらえるような文言を、長い時間をかけて心の中で準備した。彼はその言葉を差し挟むために一瞬の会話のとぎれを辛抱強く待ち、影響力を持つ男が喋り出すかもしれない丁度その時に、それを言うのはいかにも恐れ多いと思って、いつもその機会を逃してしまうのだった。ついに彼は思い切って困難に挑戦した。

「ドゥームさん、ヴァレスキュールではホテルにいたのですか、それともクリニックにいたのですか？」ぽってりした唇に遠慮がちの笑みを浮かべてたずねた。

　誰一人笑わなかった。モシンソンの〈機知に富んだ〉質問は、愛想笑いを引き出すぐらいのくだらない冗談よりも、ずっと輝いている。臍が笑う冗談も、幸福に慣れっこになっている人間が楽しそうに声高に言うから、爆笑を誘う。人間は好運な人が好きなのだ。それにそういう冗談は確信を以て言われるからでもある。人間は力が好きなのだ。そして言うのは同僚だ。人間は、犬のように、皆よそ者は嫌いなのだ。

　だからアドリヤン・ドゥームも眉一つ動かさず、モシンソンの言葉が聞こえなかった振りをし、A級に抜擢される見込みのあるB級職員に心をこめて話しかけた。一つのテーブルを囲む同席者たちは、食い扶持を稼ぎ、とりわけ仲間に入れてもらおうと努める宿無し犬、バラ色の頬をしたちんちくりんのユダヤ人が受けたばかりの侮辱を思うと、嬉しくなるのだった。アドリヤンは、有力な知人がいないから、後援者がいないから、政府がないからというのでモシンソンを無意識に非難していた。そして、無償の研修というもっともらしい口実の許に、場違いの国際連盟事務局に侵入してきた三下奴の策士だと意識的に彼を非難していた。(犬共は奴らのパテに人が近寄るのをひどく嫌う。)もっともそれはそのとおりだ。しつこい虱のモシンソンは、弱者の力であるこの忍耐強さで居座ってしまったからだ。彼は随分微笑み、自分がどんなに親切で働き者であるかを見せつけたから、担当者は根負けして、ささやかな、だが、労賃がもらえるポストを彼に与えたのだった。

アドリヤンの無言にこめた軽蔑に男らしく反応しなかったというので、彼らはユダヤ人を軽蔑した。確かに柔らかすぎる頬の肌、赤すぎる唇のモシンソンは英雄ではなかった。自分のことをそれほどひとりぼっちではなく、もっと愛され、もっと庇護されていると思っていたなら、彼は多分もう少し英雄になっていただろう。そして、その上この無国籍者は大胆にも生きたいと思い、政府筋の庇護なしに重要な社会的地位を築こうとした。もし彼が悶着を起こすなら四面楚歌となり、首になることも彼にはわかっていた。そうなったら彼は何処へ行くのだろう? 彼には祖国がなく、ナンセン証明書だけが全財産で、庇護者はルーマニアの片田舎にいる疲労困憊の老いた親父さんだけだった。親父さんは数年間というもの、息子がチューリッヒ大学で学べるよう一日に鰊の燻製一尾しか食わなかった。

(モシンソン爺さんは、虫の好かないもう一人の人物だが、こいつは息子のダヴィッドが〈無報酬の協力者〉として国際連盟に入ったことを知ったとき、一週間の内二日断食し、神に感謝した。そして、数年来もぐりで送金し続けてきたわずかばかりの金が息子にはもう必要ないことを知った時には、断食の日数が増した。しかしモシンソンは、毎月雇用契約を更新する非正規職員でしかないことは、父親には言わずにいた。そこで老いたルーマニア系ユダヤ人は彼の勝利をシナゴーグの友人たちに自慢たらしく吹聴した。それからというもの彼の目には息子はディズレーリのように映ったのだ。)

しかも、勧められもしないのに、B級職員たちのテーブルに来て座ったモシンソンの厚かましさに、同席者たちは我慢ならなかった。モシンソンの犯した別の罪。それは、いつかは彼らもモシンソンに馴染み、エジプトのベリーダンサーのような優しい目をした彼に、ついには好感を抱いてくれるだろうと内心思っていたことだ。《うまく取り入る奴らだ、ユダヤ人どもは。》そのとおりだ、兄弟たちよ、彼らはあなた方の心にうまく入り込みたいとの切々たる思いでいるのだ。）もしモシンソンが慎重に構えて、たった一人で食べようとレストランの奥まった所へ行ったなら、このおかしな謎めいた奴は実に感じが悪いと彼らは思っただろう。

（モシンソンにあまり同情しないことだ。彼は国際連盟事務局へ入りたいと思っている二人のユダヤ人にはそれほど親切ではないし、彼らを助けようと何かをすることはない。人は常に他者のことになると事なかれ主義者となる。それから、モシンソンが常勤となり、帰化すれば、彼は多分鼻持ちならない奴になるだろう。今のところは、廊下を歩き回り、微笑み、お世辞を言い、誰かユダヤ人の大学者に彼のために一肌脱がせようとし、もう一人の世に受け入れられずに生きる女、今度は臨時雇いのポストを手に入れるのは自分の番だと期待して、無償の研修をするおとなしいアルメニア人の女の機嫌をとるかのように、優雅を気取って庭を散歩するがままにしておこう。気の毒な奴だ、モシンソンは。結局彼は自分の思いどおりに生きたいと思っているだけなのだ。彼を静かにしておいてやろう。）

アドリヤン・ドゥームは夢中でメニューを読んでいた。彼は余りに自分本位で、余りに楽天家、つまり余りに無邪気だから、控え書と鉛筆を手にして注文を聞くばかりにして立っているウエートレスは、彼が何を食べたいと思っているか興味津々なのだと勝手に思いこんでしまった。

「チキンクリーム入り一口パイはどうかな？」と若い女性に聞いた。それが何であれ、それについては何も言いたくなく、彼女にぴったりくっついていた恋人のことをひたすら考えていて、彼女は愛想良く微笑んでいる。

「これにしよう、もう随分長い間食ってなかったからな」

嬉しそうにウエートレスをちらっと見た。《知ったことかよ、早くしろ、溲瓶用のブラシめ！》と彼女は心の中で返事をした。（アドリヤンのひげを溲瓶用のブラシとは、なかなかの隠喩だ。）

「それから小振りのオムレツを一つ、何入りにしようかな……何入り……何入り……ちょっと考えてみよう……何入り……（彼はウエートレスに目で聞いた。）何入りにしようかな？　何入りに？　シャンピニヨン入りだ！」オーケストラの指揮者ばりに人差し指で大胆に曲線を描きながら、大声で言った。「シャンピニヨン入りだ！」危険を冒して生きることに決めた向こう見ずな男として、彼は確認した。「或いはむしろシャンピニヨンじゃなく、トリュフ入りだ！（先程と同じ動作の上に、更に今度は霊感を受けた人のように目を丸くした。）トリュフ入りだ、文句あっか、トリュフ入りだ、これは一つの見識だ、僕はそう思う！（彼は狙いどおりの効果の有無を知るべく、レストランの使用人をじっと見た。）それから、それから、それから、それから、（と彼はものすごく早口で言った。）量の少ない（この言葉の最後の音節を、〝い――〟とその長さに堪えきれなくなるまで極めて長く引き延ばした。一瞬ぽかんとしたウエートレスが、今度は好奇心から固唾を飲んで待ち受けるようにと、一瞬間を取った。）ミックス・グリル！　ちがう、ちがうんだな、これが、おととい、食ったばっかりだよ。僕に持ってきてもらいたいのはむしろ、僕に持ってきてもらいたいのはむしろ」彼はじっくり考える時間を得ようとして、むしろ――と語尾を引き延ばして、鼻歌でも歌うように言った。「むしろ（メニューをちらっと見てから拳でテーブルを叩き、尊大に発した。）スヴァロフ風雛鳥！」

「君、随分無遠慮な振る舞いをしてるじゃないか！」同じテーブルを囲む同僚の一人が言った。

「そうなんだよなあ、君、僕は力を付ける必要があるんだよ。車にはガソリンを入れなきゃならないだろう」

「それでデザートは何になさいます？」とウエートレスが聞いた。

「それでデザートは何になさいます」アドリヤンは喜びと富、力と好運に有頂天になり、歌うように言った。（彼は国際連盟事務局に来てから数年になるが、ポストは相変わらずだった。）それでデザートは何に……ああ、これを決めるのが難しいんだ！」

　テーブルに肘をつき、両手で頭を抱え、大雑把に、一掃するように、深刻な目をメニューの下の方へ下ろしていった。彼はじっくり考え、タイプされた青い文字から浮かんでくるいろいろなデザートを頭の中でゆっくり玩味した。ついに彼は決めた。彼はナポレオンのように眉をひそめ、人の取り沙汰だろうが浪費だろうがそんなことは五月の鯉の吹流、正真正銘の無鉄砲な男として一か八かの勝負に出、負け博打でもかまうものかとばかりにきっぱりと言った。

「それとこの最高のブルダル［Bourdaloueには革製の帽子の縁取りリボン、十七、八世紀頃の夜間用便器の意あり」一つ！　これがいかなる物かはじき判明する、そうだろう」と彼はウエートレスに言った。彼女は彼の好奇心を共有しているわけでもなく、十一時三十分に昼食をすませていただけに、目の前のがつがつ食う男がますます嫌な奴に見えてくるのだった。（ご覧のように、ファン・フリスの前では小さな男の子のように萎縮しているアドリヤンだが、目下の者にたいしては自信たっぷりなのだ。）

　昼飯を食いながら、彼は陽気に会話に加わった。（皆と仲良くすること、敵を作らないこと、だ。）話題は十年一日の如く、殆ど変化がなかった。即ち不当な昇進、新規に改訂されるサバティカルイヤー制度に寄せる期待――新制度によれば七年ごとに六ヶ月のヴァカンスが追加され、国際連盟の役人たちはそれを享受することになる――、それから最近パリで起きた殺人事件の推理だった。

　この話題はとりわけラ・ペレルが取り上げた。彼は小柄なカナダ人で、元気がよく、無論馬鹿じゃない、おもしろい男で殆どいつも酔っぱらっていて、夜大声をあげて騒ぎ、よく警察との間に悶着を起こした。この殺人事件に惹かれているもう一人のコメンテーターは、しわがれ声の、悲しい目をした痩せぎすの道化で、所属する軍備縮小部に就業時間前に来る唯一の職員だった。実際律儀なアギュットは――とても寛大な心、子供のような感受性、すばらしい才気の持ち主で――、彼の本を出している出版社から、三ヶ月毎に推理小説を書き始めるか、書き終えるようにといつもせかされていた。九時が鳴ると彼は肘掛け椅子に座り、大麦糖をしゃぶりながら、むごたらしい物語を書くのだった。

　次いでル・ガンデックが、最近ソラルが邸宅《オテル・パルティキュリエ》を一軒借りたと語った。アドリヤンはル・ガンデックを軽蔑した。二日前プルーストの本を読んでいて、邸宅《オテル・パルティキュリエ》と言うのは品が悪いと知ったばかりだった。邸《オテル》宅、と彼は訂正した。するとガンデックが説明を求めたから、アドリヤンは、英国競馬クラブのメンバー顔負けの保護者然として、親切に説明してやった。次は恒例のからかいだった。短いパンツやトランクスをはいた国際連盟事務局の極位極官たちがフットボールとかボクシングの試合をしている情景を想像するのだ。部下たちの笑いが音を立てて吹き出てくる。国際連盟事務局長のジョン・チェイン卿がチュチュを着けてオペラ座で踊っているのを想像する時、嘴の黄色い奴らの嬉しがりようは頂点に達した。

　それから際どい話に移り、皆どっと笑った。隣のテーブルのイギリス人たちは評言は控えて口にこそ出さないでいたが、彼らにはしっかりした意見があった。ついにオーストラリア代表の馬鹿野郎が提示した賃下げの忌まわしい計画――十パーセントものダウンだ！――が話題に上った。アドリヤン・ドゥームは戦慄を覚えた。何だと？　二万スイスフランじゃなく一万八千しかもらえなくなるのか？　彼は拳でテーブルを叩いた。

「職員組合は乗り出して行って、精力的に掛け合ってくれなきゃ困るんだよ」と彼は言った。「僕の意見だが、各部の職員募集が実質的に極めて困難になることを強調する必要がある。就中《なかんずく》社会正義の時代と為すべく、労働者の境遇改善のために、ジュネーヴの諸制度が創出された。我々が手本を示さないで誰がする！　我々がこの恥ずべき提案の撤回を要求する時、我々が闘うのは我々のためではない、全世界の労働者、鉱夫、漁師、我々に視線を注いでいるすべてのプロレタリアートのためなのだ！」

「ブラヴォー、ドゥーム！」

腹一杯食った――《あのスヴァロフ風雛鳥は記憶にとどめるべきだ》――アドリヤン・ドゥームは事務局のレストランを出、ちょっと街を散歩することにした。彼は一人で散歩するのが好きだった。散歩していると、自分が特別な男に思えてくる。そういう男が熟考を重ね、プランを立てるには一人に限る。とりわけ孤独を好むのは、彼が自分の幸福を自らに語って聞かせるのが大好きな、優しい幸福者だったからだ。

「ウィルソンが僕にとても優しく挨拶してくれた。（彼は国際労働事務局現地人部の部長で、礼儀正しく、思いやりのある男だ。）感じのいい奴だ、ウィルソンは。Aに昇進したらすぐさまキャデラックだ！「デイリー・ニューズ」の記事から抜き出した一節を、シリアについての研究論文から削除すること。委任統治委員会のフランス人委員の感情を傷つけかねない条件がいくつかある」

メルス男爵夫人に招待され、そのお陰でアリヤーヌの彼への評価も一層高まると思うと、突如猛烈な喜びがこみ上げてきて、彼は歩を速め、大股で歩いていった。「アドリヤン・ドゥーム、立志伝中の男！」彼は心の中で叫び、一層足を速めた。

それから、さっきファン・フリスはすごく優しかった。ひどい男じゃないんだ。只骨の髄まで役人なだけ、そういうこと。それに引き替えアドリヤン・ドゥームは「ルヴュー・ドゥ・リヨン」の寄稿者だよ！　事務室へ戻る時、ちょっとペトレスクに挨拶していこう。社交生活に関わる決断には全精力を傾注する必要があり、彼はいつものようにせかせかと上着のボタンをはめた。わずかばかりの病気療養休暇を勝手に取ったことで、彼は突然軽い良心の呵責を感じた。無論彼は厳密な意味で病気ではなかった。要するにヴァレスキュールへ発ったお陰で疲労困憊してしまったということだ。

　コンフェデラシオン通りの本屋で『房事四十八手』という題の本を一冊と女性の冷感症についての大著を一冊買った。文房具屋では数日前から無闇に欲しかった二つの品物を買った。金の万年筆と金のペーパーナイフだ。〈ブランド物〉を手に入れる好機を彼はいつも窺っている。）「Aに昇進し次第、下僕を雇う」と文房具屋を出ながら、彼は宣言した。彼が上着のボタンをはめたのは無論だ。

　彼は重いステッキを手に、自分の将来は盤石だと確信し、イギリス人のように大股で歩いた。モンブラン橋。重要人物たちに挨拶し、彼らから愛想よく挨拶を返されるのは最高にいい気分だ。彼らの微笑には魅惑される。そう、そうなのだ、彼はよく知られているし、高く評価されてもいるのだ。万年筆とナイフにイニシャルを彫らせよう。

彼の前を行くギャロウェー卿の猫背が不意に目に飛び込んできた。彼は純粋に無償の愛から卿の後ろについていった。うん、公使のすぐ傍まで来たら挨拶する。うん、しかしだ、振り返らなくてはならない、振り返って挨拶するのもなんだか変だ。彼は反対側の歩道へ行くと、走ってギャロウェー卿を追い越した。有力者から五十メートルの所で再び車道を横断し、回れ右をすると、ひょろひょろと背の高いのんびりした形がくっきりと浮かび上がった。彼はその形に出会うべく、歩を進めた。

　ギャロウェー卿から二メートルのところに来ると、彼は大袈裟に帽子を脱いだ。この挨拶は欲得ずくでは全くない。アドリヤンは自分が小者故、大物の老卿の知遇を得るなど望むべくもないことは弁えていた。彼は高官たちに敬意を表するのが好きなだけだ。それは何のためでもなく、専ら喜びのためだった。彼は彼らが好きなのだ。彼の養母は、皇女、王女たちの嫁入り衣装、彼女を夢中にさせる公式の大饗宴のメニュー、元帥たちの葬儀、その名《ファーストネイム》を全部知っている王家の子供たち、彼らの当意即妙の返答が大好きなのだが、それと同じだ。

　社会に於ける人間関係がもたらす胸のときめきが消えると、彼はコセンティーニの店へ入った。腕はかなり怪しい仕立屋だが、アドリヤンはまさに一流そのものだと言い張った。彼はイタリア人が熱心に勧める生地をごく自然に、あたかも約束を果たすかのように見せてもらった。コセンティーニはイギリス製だと主張したが、実際はルーベで織られたものだった。細縞の明るいブルーの生地に決めてから、見えるか見えない位の小さな格子縞の栗色の生地にも気をそそられた。うん、これはすごく品がいい、それに無地とは違って陰気じゃない。

「うん、すばらしい」ウールと綿の見られた物ではない生地をなでまわしながら、彼は褒めた。(もっと注意深く観察しようとして、顔を後ろの反らせ、その見事な作品を半眼で見た。)「肩には充分詰め物をしてもらいたい、それから胸の所にふんだんに綿を入れてウエストのダーツが目立つようにしてもらいたい」

「ああ、そのこたぁよくわかっとりますよ、デームの旦那」と剃り残しのひげのある小柄な仕立屋は優しく微笑んだ。

アドリヤンは上着にダーツをつけてあるから自分はエレガントだと思っていた。彼は自分のことを、これぞ上流階級だと信ずる暮らしにはまだ手が届かないプチ・ブルだと思っていたから、プチ・ブルの吝嗇を捨てようと以前から何度も精一杯やってきた。だがまだそこに到達してはいなかった。だから寝台車で旅行しても車掌にはほんのわずかのチップしか渡さないし、もしスーツケースがそれほど重たくなければポーターに頼らない方がいいと思うのだった。

無病息災を願う彼はもっと早足で歩くことを自分に強いた。彼は健康に留意し、体に良いと言われることはすべて疎かにはしなかった。それで、《自分のリンを節約するため》性的関係は週に一度だけ、食事をすませてから少なくとも三時間後にしか持たなかった。ウィルソン湖岸通りで、彼はルーマニアの常駐代表団のしがない秘書の一人、フロレスクに出合った。フロレスクは、これぞ正真正銘の好意の現れだとばかりに、たとえ友人たちが健康に輝いていたとしても、顔色が悪いように思えると言っては彼らを不幸に陥れる偽善の輩の一人だった。彼が別れ際にアドリヤンに言ったのはこうだ。《あなたにはっきり言っておきますがね、親愛なる友よ、あなたはきっとかかりつけの医者に診てもらいに行くことになりますよ。》

若いドゥームは困ったことになったとベンチに腰掛け、小さな鏡を取り出すと自分の顔を仔細に観察し、舌を出した。そんなことはない、あいつは大袈裟に言ったんだ。ちょっと目の周りに隈ができているだけだ。夜更かしのしすぎ、そういうことだ。

「僕らはすばらしい健康に恵まれている、そうだとも」
彼は喫煙家の癌についての記事をふと思い出した。おいおい、気を付けろよ、え？　死にたくはないだろう、ディディ！　今日からたばこは全面的、最終的に撤去する。そう決心した彼は切りを付け、誘惑はすべて退けるため、たばこを箱ごと湖に投げた。

だが数分後に出合ったレーウェンフックがスマトラ産の葉巻を一本彼に進呈した。彼は受け取った。これは葉巻だ、紙巻きたばこじゃない。それにスマトラ産だ、麗しきジャワの女たちよ。何処か遠離の地へ派遣してもらう、万里の波濤を越えて、遥けくも来たるものかは、ってね。僕の今の境遇をとことん利用してやるぞ！
《異国情緒たっぷりの小説を書くための資料を持ち帰ること。パレスチナへ行き、ユダヤ人が登場する小説をものして帰国する。イギリス人の将校と彼が夢中になるユダヤの美女。二人の間がうまくゆかなくなる。民族が原因の別離。》しかしユダヤ人を扱った小説は独創的じゃない。すべて書き尽くされている。タロー兄弟［Jérôme（一八七四ー一九五三）、Jean（一八七七ー一九五二）Tharaud フランスの作家、パレスチナ、イラン、モロッコ、ルーマニア等多くの国を旅行し、ルポルタージュや題材を旅から得た作品を発表。五十年に亘り、「来年エルサレムで」等多数の作品を共同執筆、兄弟でアカデミー・フランセーズ会員に選ばれた理由もそこにある。「十字架の陰」「イスラエルが王であるとき」「イスラエルがもはや王ではないとき」の三作はローラン・ジョリにより反ユダヤ主義の作品とされる］やラクルテル［Jacques de Lacretelle（一八八八ー一九八五）フランスの心理小説作家、「シルベルマン」は反ユダヤ主義の作品、アカデミー・フランセーズ会員］だ。彼らの野望、出世欲の塊、金への愛着、いたるところへうまく入り込む彼らの第二の天性。ああ、そうだ、彼らの知性、反対好きの性向、合理主義もある。そのとおりだが、結局は全部一度既に語られたことだ。その他に何か語るべきことがあるのか？

二時十分過ぎに事務局に戻ると、彼はミコフ、パシッシュ、カルバロ、エルナンデス、ザフィロプーロス、そしてアルマジーと庭を散歩した。自分の評判をあまり悪くすることのないように、行儀よくだが、数人の役人たちをけなしてから、少しテニスをやりにいった。二時三十分にテニスをやめ、これが最後だと言ってたばこを一箱買い、事務局に戻った。彼は性急に仕事を再開した。ああ、畜生、今日の午後はがんばるぞ！　と彼は思った。

46

沈んだ写真家の面持ちでル・ガンデックが入ってきた。引っ込み思案の目はいかにも心臓が弱そうだが、ひたすら昇進を願うこの男は気の毒に、うんざりしながらも、役にも立たない仕事を空しく続けていた。その仕事たるや戦前のドイツの植民地法に関する長ったらしい報告書の作成で、読み手といったら世界広しといえどたった一人、つまり彼自身しかおらず、将《まさ》に、骨折り損のくたびれ儲け、だった。

「やあ、ドゥーム、調子はどう？　邪魔して申し訳ない。ちょっとした問題があって、まあ、一種の文体の問題だが、《**se ranger à notre opinion**［我々の意見に同調する］》としたんだが、表現が適切かどうかあなたに聞きたいんだ。これ、どんぴしゃかなぁ？　或いは《**se ranger à notre point de vue**［我々と見解を同じくする］》の方がいいかな？」

ル・ガンデックを軽蔑しているアドリアンは彼に対しては思いやりのある扱いをしないから、自分の意見を堂々と述べると、買ったばかりの万年筆を見せて、借りを返させた。何がこの万年筆を注目すべきものにしているかを長時間彼に説いて聞かせたのだ。（アドリヤンは自分に関わることならすべてに飽くなき関心を持っていて、極上物を選んでいると思っていた。彼が愛してやまない大事な目の色にうまく調和するネクタイ、安全な剃刀、友人、ジェネーヴ一の名医にちがいない主治医から処方される効能抜群の鼻炎の薬、最良の靴屋にひけを取らない仕事をする、腕の良い小さな靴屋に注文する足にぴったりの靴、ワイシャツ——イカ胸とカフスだけが絹で、無論人絹だが、誂えるのは、カルージュ通りの小さなシャツ屋、ある有名なシャツの仕立屋で裁断師をしていた男だから腕はいい——など。要するに、誤りを犯さないだけの洞察力の無さが若いドゥームを造作もなく無価値な物に向かわせてしまうのだった。）

新しい万年筆のいくつもの長所が開陳され終わると、二人の同僚は国際連盟事務局をくさし、できるだけ早く飛び出すつもりだと意中を打ち明け合った。これは二人にはお馴染みの話題で、二人は退職のその日まで展開し続けるだろう。次いで、昇進するにつれ、役人が一《いつ》を執るようになる題目、即ち休暇を話題に乗せた。アドリヤンはル・ガンデックの目の前での計算にこだわり、金の万年筆を手に熱心に、優しさもここに極まれりという風に、自分が取れる休暇日数を数え始めた。尖らせた舌を唇の間から出し、数字を書いた。

「去年僕が使わなかった休日は二十日、即ち二十。それから今年手つかずの休暇が四十日。即ち全部で六十。二ヶ月になるんだよ！」

その効果がル・ガンデックの顔に現れるのを、彼は子供のような表情で見つめた。ル・ガンデックも彼と同じようにこの計算に魅力と喜びを見出せるのか、とは考えてみようともしなかった。

とうとうル・ガンデックが出ていった。アドリヤンはもう一度計算し直し、九月の総会に部から出席した職員に追加される休日二日を計上し忘れていたのに気が付いた。彼こそ将にその対象者だったのだ、アドリヤンこそが！　片やル・ガンデックはかわいそうにその時自分の事務室に一人淋しくくすぶっていたというわけだ！

（嬉しくて彼は学童のようににやにやした。）彼には六十二日もの休暇があるのだと、ル・ガンデックに言いに行くか？

「行かない、大分時間を無駄にした！　さあ、仕事だ！」

彼はカメルーンへの手紙の草稿に再び取りかかり、大事な爪を爪磨きで磨きながら文案を考えた。こいつはやめだ、ちぇっ。むしろ《ケニヤの睡眠病》についての一件書類を見てみるべきだろう。彼は結核患者のような陰気でさえない書類を開くと、そこには添付された一通の手紙があった。日付は二年前だからこの手紙はまだ若いのだと、すぐに書類を閉じ、受話器を外した。

行きつけの店と歯医者に連絡しなければならないことを思い出したのだ。家から電話するより事務局からする方を彼は好んだ。その方がずっと気分がよかったのだ。アドリヤンはイノベーション社のタンスに七着ものスーツを入れているのに、――おお、買い物をする喜びよ！――只で電話をかけると、旨い汁を吸ったような気分になるのだった。

「ああ、今晩、マックス・ジャコブを聞きに行くのを忘れないようにしなくちゃ」

国際クラブや講演館アテネで講演会が催されると、アドリヤンはそこに集まる人たちを見るため、《人々の往来の間に居て》《彼らとの連絡を保つ》ため、必ず出かけていった。講演が終わると、若造のドゥームよりもっと高位で金もある連中が捕まえて放さない講師の周りをうろつき、自分を〈時の人〉に紹介してもらおうと頼りにしている人物が見つからないと、——不機嫌さを精一杯唇に表して、今にも泣きだしそうな乳飲み子の——不幸極まりない顔になった。

　そう、アドリヤン・ドゥームはできることは何でもした。立派な人たちを招き、彼らに自分を招待してもらおうと努めた。客人を家に招く時は司厨長を雇った。高価なスーツケースを買い、豪華版の本を買った。トゥーレとプルーストを好んだ。尤もプルーストよりトゥーレの方が好みだったが。本屋であらゆる雑誌をぱらぱらとめくり、情報通であろうとした。少なくとも年に二度ウジェーヌ・マルサンの『フランスの礼儀作法』を読んだ。要するに彼はできるだけのことをしたのだ。それでも相変わらず彼はプチ・ブルだった。熱しやすく冷めやすい性質で、超現実主義者になったり、王政主義者になったり、カトリシズム信奉者になったりで、しかも数日間だけ共産主義者だったこともある。交霊術を信じ、エスプリ運動［フランスで一九三〇年代以降、人格の実現を究極目標としたカトリック左派系の、開かれた共同体的社会を目指す思想運動］に傾倒し、手相占いがとりわけ流行った二ヶ月間は手相占いにはまった。（高官たちの妻にもてはやされていたこのくだらない神秘学にその後も専念したお陰で、彼女たちに招待され、彼女たちを喜ばせた。）しかし彼は常識が一杯詰まったプチ・ブルだったから、貯金した金をクレディ・スイスの普通預金口座に年利四パーセントで預けていた。下落の可能性のある株やいずれ修繕が必要になる不動産を買うより貯蓄の方がずっといいと思ったのだ。馬鹿じゃないぞ、アドリヤン・ドゥームは。

　こいつはよす、この書類を見ていると気が滅入る。彼はちょっとシエスタをしようと準備に取りかかった。手慣れたものだ。両手をこめかみに当て、開いた書類の上にかがみ込み、あたかも仕事をしているように見せかけるのはお手のものだ。もしファン・フリスが入ってきても彼が目にするのは一人の仕事気狂いだ。二十分後、目を覚まし、《睡眠病》の書類に向かってあくびをし、退屈という名の大病には薬なしだと嘆いた。

「僕がちゃんとやれる仕事ってなんだろう?」

　彼は就業規則を見てみることにした。見る度になにかおもしろいものが見つかるのだ。おっ、これだ、これだ、物価指数上昇に応じての自動的昇給に関する《キ・コンセルネ》——いかん、いかん、自動的昇給に関わる《キ・アヴェ・トゥレ・オー》この条項をもう一度ちょっと見てみるか。彼は読んでご満悦の体だった。

　国際連盟で官途に就いて以来ずっと、アドリヤン・ドゥームは特権を受けた者が覚える甘美な満足感に浸り、いつも自分の地位や職を享受していた——時には、役人生活にはうんざりだ、じきにこの嫌な豚箱とはおさらばして、人生の真の目的である文学に一意専心するつもりだ、と妻に向かって宣言することもあるにはあったが。この反乱は普通ファン・フリスが彼に無礼な振る舞いをした時とか、アドリヤンより若い役人のA級昇進を知った時に、突如起きるのだ。そんなとき彼はすべてを放り出すか少なくとも部分ストを打つ決心をする。《そういうことなら、いいだろう、僕はもう必要最低限のことしかやらない、そうして文学者としての仕事に専念する、ああ、そうするとも！》そこで彼は次々とパニョル――《金を稼ぎまくる、地獄の沙汰も金次第だ》――になったり、セリーヌ――《時代の寵児になるぞ》――になったり、ジュール・ロマン――《そうなんだよ、むしろ六ヶ月ごとに長編小説を提供する多作な作家だ》――になるのだった。しかしその翌日、ファン・フリスが誠意を以て話すと、文学のことなど雲散霧消し、委任統治についての大著を著し、ベルギーの植民地相に序を書いてもらうのだ！　と心に決めるのだった。そして大臣閣下のサインをファクシミリで作る！《大学で講義を行う。無給の講師でいい、委任統治の超超権威になるぞ。》そう言うと彼は嬉しくなって薄笑いを浮かべ、血の気がなく、わびしげで、皮肉や風な、ちょっぴり子供っぽいひん曲がった唇に舌を這わせるのだった。

メッセンジャーが入ってきて、〈入〉の書類箱に書類を一つ置いた。いつもどおりアドリヤンはすぐさま書類に飛び付いた。（新しい物事は垂涎の的だから、良いニュースを期待するから、思いがけない災難を恐れるから、そしてとりわけ今は受領通知の作成を遅らせる小さな口実になるから。）彼は原本にファン・フリスのメモを読んだ。

《ドゥームさん。経済部の依頼により、ペイ氏の研究論文を再検討し、必要があれば若干の文体改善をお願いします。》

クローデルについての小冊子出版以来、この中国人の産物の大雑把な修繕はアドリヤンにまかされていた。中国人は、跡形もなく変形されて戻ってくる自分の子供にも等しい作品を見て、青くなるのだった。若くエレガントなペイの研究論文の題名は《家禽の飛翔による［à vol du volatile］直近の中国経済情勢とその将来》だった。（多分《直近の中国経済情勢鳥瞰［à vol d'oiseau］とその将来》と言いたかったにちがいない。）噴飯ものの冒頭部分はこうだ。

《中国の心、古来さまざまな時代を通して、賢人たちにより誉め称えられてきた非常に古いこの国、祖先の輝かしい崇拝の国民の道義心に派生する古代の厳かな知識を持っている孔子の説く家庭の経済を既に楽しんでいる。スン・ヤット・セン博士の進歩主義的啓示に関する意見によると、人類愛に於いて、物質的、精神的、普遍的完全の頂点に達したものとされる。先ず始めの始めとして孔子を伝記的に語ることにする。》

アドリヤン・ドゥームは糞味噌に言った。全く箸にも棒にもかからない唾棄すべき代物だ！　ペイはA級だ、それなのにこの僕は、アドリヤンは……仕返しだ、この仕事は聖霊降臨祭のヴァカンスが終わってからやってやる、と彼は決めた。《睡眠病》の書類を開いた彼は手首をちらっと見た。ちぇっ、まだ三時かよ。

哀れっぽい鼻歌。今夜妻を抱こう、例外的に、と彼は突然決めた。しかし週に二度は、多すぎやしないか？　仕方ないだろう、要するにそういうことだ。危険を冒して生きること。

「もうたくさんだ。もっと真面目なことを考える。青天の霹靂のことを！」

アドリヤン・ドゥームが〈青天の霹靂〉と呼んでいるのは、彼が所属する部の〝長〟が付く高官たちの注意を自分に惹きつけるイニシアチブを取ることだ。一年前から彼の昇進は頭打ちで、できるだけ早くA級になりたいと思っていた。彼にはその資格がある、一体どうしたわけなんだ！　部の同僚たちが使っている定形表現は彼が創り出したものではないのか？　展開という語を複数形で使うことを思い付いたのは彼ではなかったか？　《この興味深い問題の展開〔Les développements de cette intéressante question〕》に重みが出るのだ。彼の王冠の最も価値ある飾りはこの巧妙な言い回しだ。お陰で《〜に関して《アン・ス・キ・コンセルヌ》》の使用が一度は不可避であっても、二度目の使用は避けられるのだ。以前彼の同僚たちは例えばこんな風に書いていたのだ。《シリアに関して《アン・ス・キ・コンセルヌ》と同様にパレスチナに関しても《アン・ス・キ・コンセルヌ》》と。今《シリアと同様パレスチナに関しても《アン・ス・キ・コンセルヌ》》と書いているのは彼に負うところ大なのだ。それから《参考資料の要素》、《情報の要素》、《感謝をこめたもてなし》、全部彼に負っているのではないのか？　彼に！　以前は平凡に《参考資料》、《情報》と言っていたのだ。ああ、確かに昇進は彼に対してなされるべきだったのだ。

「生存競争《ストゥラグル・フォー・ライフ》だ！」拳で机を叩きながら彼は言った。

それにファン・フリスは彼を充分に後押ししてくれな

い、それならそれでいい、ファン・フリスなしでやるだけだ！　事務総長に直接文書を送ったらどうだろう？　彼は閉じた唇を右へ、左へ、上へ、下へと動かした。こういうことは重大で、あらゆる官吏服務規律に反する。そうするには特別な理由がなければならない。事務総長に何を提案する？　熱帯医学の専門家委員会の立ち上げを提案してみるか？　もし彼が直接事務総長に文書を送れば、ヴェヴェはかんかんだ。それになんの利益にもならない。委員会の書記に任命されるのは委任統治部のギリシアのメンバー、カナキスだからだ。ああ、医学博士なんだよ、彼は。

これこそ最高のアイデアだ！　ベルギーの新聞にジョン卿攻撃の記事が載った。この記事を事務総長に渡す。書いた記者への返答の文案を一緒に付けてもいい、大胆だが仕方あるまい。事務総長個人に関わる事柄だから、このことをファン・フリスが知っても怒れない。どうだ、すごいだろう！　明日文案を準備する。事務総長は彼を呼び、彼に関心を持つ。二人はおしゃべりをする。シェークスピアからどんぴしゃりの引用だ！

「三時三十分か。それにこのお茶、何をか言わんや、だ。俺のことを馬鹿にしやがるのか？」

青天の霹靂のことだが、すぐに決行はしない。明日じっくり考える、鉛筆を手に。頁を縦に仕切って欄を二つ作り、左側に有利な点、右側に不利な点を書く。

「承認。さあ、今度は仕事だ！」

彼はカメルーンへの手紙の文案に再び取りかかった。しかし二分後には立ち上がった。ちぇっ！　今日は月曜日で、古い万年筆の掃除日だ、すっかり忘れていた。それで彼は、いつも水が微かな音を立てている黄色い大理石のプティ・トゥリアノン、委任統治部のトイレへと向かった。彼は蛇口を捻った。おいおい、気を付けろよ、こりゃお湯だよ！

「我等危うく大惨事を免れたり」

万年筆の掃除が終わると彼は事務室に戻り、カメルーンへの手紙の文案を前にして、鼻くそをほじりながら考えた。ドアをノックする音がした。彼はすばやく体裁をつくろい、様形《さまかたち》も上品に顔を上げ、怒り狂った。まだ何かあるのかよ？　この不愉快な豚箱でどうやって仕事しろってんだ？　いつも邪魔ばかりしやがって。（とても静かにノックし、すぐにはドアを開けもしないから、彼は立腹した。じゃあ下っ端だ。）

「どうぞ！」彼は大声で吠えた。

事実それはメッセンジャーの一人だった。ロシア人の静かなる亡命者で、元サンクト＝ペテルブルグ大学教授、その薬理学概論は長くロシアで規範となっていた。彼を庇護する政府は一つもなく、老いた男は月二百五十フランの臨時雇いに甘んじている。喘息持ちなのに朝から晩までぶっ続けに書類の山を運び、背を丸めて休みなく階段を上り下りしていた。ずれているひびの入った鼻眼鏡、膝がでているズボン、繕ってある上着は、国際連盟事務局を愛するアドリヤン・ドゥームの神経に障り、殆ど服にブラシをかけることのないこの男は、事務局には不似合いだと思っていた。ずっと前、アリヤーヌが彼を訪ねてきたことがあったが、その時以来彼はこの男に恨みを抱き続けていた。彼は事務局が大好きだったから、この日、未来の妻の目に事務局の何もかもが目映い光を放つもののように映って欲しかったのだ。愛する事務局が立派だと婚約者に褒めてもらいたいと思った将に丁度その時、折悪しくこのロシア人のじいさんが入ってきたのだ。こいつが制服を着用していないことをも根葉に持っていた。

「ねえ、なぜ制服を着ないんですか?」

老教授は優しく微笑んだ。彼の場合、雇用契約は毎月更新され、常勤職員と同等の待遇は受けられず、被服貸与の特典も彼にはないのだと歌うような口調で説明した時、その柔らかな小さな顎ひげが輝いた。アドリヤンが冷たい疑い深い顔をすると、老いたロシア人は心配になってきた。もしドゥーム氏が彼の仕事ぶりを悪く言えば、失職だ。

アドリヤンは怯える年寄りが気の毒になり、たばこを一本進呈した。アルローゾロフ教授は子供のような微笑を浮かべ、ドゥーム氏を待たせないようにできるだけ早く椅子の上に書類を置き、たばこを受け取って唇に持っていったが、すぐにそれは礼を欠くと気づいた。それでポケットに入れたのだが、タバコは上着の裏側に永久に逃げ去ってしまった。それから彼は書類を拾い上げ、お辞儀をし、——解雇は即刻自殺せよと言われるに等しいのだ——ドアに向かった。

「あなたは以前医者だったのですか?」

老人は驚いて振り返った。

「薬理学です」と目を輝かせて囁くように言った。

「ではなぜあなたは薬理学者として患者に医療を加えないのですか?」

「私はスイスの免許を持っていないのです、全部やり直す勇気は私にはありませんでした」

「そうですか、なるほど」とアドリヤンは辛く思っている語調で言った。他者の不幸は彼を不快にするからだ。

廊下に出るとアルローゾロフ老は窓の前でしばし佇ん

だ。彼の同僚たちは革命後大いに働いたが、彼は薬理学概論を敢えて読もうとはしなかった。ロシアを離れて後悔していることは自分で認めていた。今ではもう遅い、独りぼっちで、年をとり、しかも男やもめだ。遅すぎる。小さな尖った顎髭をしごき、無意識に微笑み、老いて孤独な小さな驢馬は書類を抱えてちょこちょこと歩いていった。

アドリヤン・ドゥームは新調したばかりの上着を羽織り、揉み手をした。この気のいい男が喜びを感じている本当の理由を誰かが彼に明かしたなら、彼は憤慨しただろう。アルローゾロフを見たから、彼は幸せだったのだ。その無意識は恒久的な正規職員で、充分俸給を与えられている若き役人であるという特権の味をゆっくり玩味していた。彼は二百フランを封筒に入れた。いいぞ。アルローゾロフが戻ってきたら、家に帰ってから開けるようにと言って、その封筒を彼に渡してやろう。

灰皿が汚れていたから、洗面所へきれいにしに行った。戻ってくるとアルローゾロフ宛ての封筒を開け、紙幣を一枚取り出した。百フラン、それで充分過ぎるぐらい充分だ。

「さあ、仕事だ！」

彼はロシア人が持ってきたばかりの書類を開いた。冗談じゃない、ちぇっ、ヴェヴェはあんまりだ！　また手紙の文案作りかよ！　その上これはガッテーニョの一件書類じゃないか！

「ちょっと待ってろ、古馴染みの小さな真ん丸御目目ちゃん、今お前の書類を肥らせてやるからな！」

そして彼は笑った。劣等生が声を押し殺して笑うあの笑い、唇を閉じ鼻の奥をこするいわば笑いの代用品だ。（役人は、怖がっているくせに生徒同士では教師を馬鹿にし、からかい、渾名を付け、警戒し、心遣いをせず、罰を恐れ、良い成績を期待する学童のようなものだ。彼らは生涯子供で、引退する年齢になっても、いや死ぬまでリセの生活を引きずっている。この境遇は波風も立たず、穏やかなものだが、ひどいものでもある。）彼はいかにも嫌そうに一件書類N―一―一〇〇―二七―三四〈ガッテーニョ博士の往復書簡〉を手に取った。

馬鹿げた問題のことで国際連盟事務局に情報を提供し、余計な口出しをするこの民間人は一体何者だ？　ベルギーの委任統治領へ行ってきたことにかこつけて、いわゆる行き過ぎを長々と書けばおもしろくなると信じ込んでいやがる！　こいつには返答しなかったから、催促しているのだ。二通目の手紙では参考資料を受け取ったかとか、国際連盟はどうするつもりかなどと聞いている、はったりをきかせやがって！　ファン・フリスは青い細紐で縛ってある書類の原本に書いていた。

《ドゥームさん。受領通知の文案を至急用意されたし。感謝、興味、正確など。ヴェヴェ》

だが、ガッテーニョの手紙はフランス語の間違いが無闇に多く、方眼紙に書いてあり、しかもユダヤ教の匂いがし、アドリヤンは急にガッテーニョに反感を覚えた。嫌だ、嫌なものは嫌だ！　大して値打ちのないユダヤ系ルーマニア人のしがない医者風情になんか、書いてやるものか。彼はじっくり考え、目を細め、舌先を尖らせた。旨い手口を思い付いたからだ。

「こいつを肥らせてやる、このたわいない書類を」

インスピレーションが閃き、下書きもせずに二頁のメモを書き上げると、──傍《かたわ》ら痛いガッテーニョへの受領通知は書いたとしても七行以上にはならなかったろうが──このメモを付けて、欧州外事案部、倫理部、法律部それに国際労働事務局へガッテーニョの手紙を渡し、事前に意見を求めるのはどうだろうかとファン・フリスに提案することにした。ガッテーニョには右の部の意見を聞いた上でなければ返答しない。メモは、ガッテーニョの曖昧模糊とした情報とこの有名でもない医者への、文学博士なのか医学博士なのかさえ定かでなく、重要な公職に就いているでもない人物への辛辣で言葉巧みな文章に続き、ルーマニアの彼の村で栄光に輝きたい、あるいは、この点では実に世間知らずなのだが、国際連盟が行う調査を引き受けたいと切望するこの自称博士にならあり得る下心へのあてこすりで終わっていた。

彼はもう一度満足げにメモを読んだ。書類の大航海が始まるのだ。いろんな部に寄港してゆくから、帰港にはたっぷり六ヶ月はかかるだろう。意見を求められた部はその書類を他の部へ送って意見を求めるにちがいない。六ヶ月の平安だ！

「僕が可愛がってるガッテーニョ、待ってるがいい、お前への受領通知を！」

ファン・フリスが他の部の同僚の感情を傷つけまいと気を使っていることを彼は承知していた。ファン・フリスは、だから、彼の提案を受け入れるはずだ。それでアドリヤン・ドゥームは嬉しくなり、鼻の奥をぎいぎいいわせるようにして、声を押し殺して笑った。

自分に褒美を与えてやろうとして、彼は廊下を一周することにした。《家禽の飛翔による直近の中国経済情勢とその将来》執筆の疲れを癒そうと、経済部のあの優雅な中国人ペイもそぞろ歩きをしていた。二人の会話は温かな心のこもったものだったが、それはペイがドゥームをひどく嫌っていて、口もききたくない、手も握りたくないと思っていたからだ。二人は強く手を握り合い、別れた。

　情報部のごく小柄な礼儀正しい日本人ヒロトに愛想良く挨拶した。この日本人は夜毎、ゴム製の器具を装着して、頬の筋肉の緊張を弛めているにちがいないと噂されるほどしょっちゅう微笑んでいた。

　それから、アドリヤンは通りがかりにプフィシュテル嬢にいきなり捕まえられた。その軽やかで上品な動作は肥満を隠そうとするもので、このオーストリア人は助けを求めては彼を悩ませていた。（髪を振り乱し、せかせかとアドリヤンの事務室に闖入するのが御決《おきま》りだ、このおっちょこちょいの勇ましいお嬢さんは。汗の匂いを発散させながら、難しい文章が一つあって、自力ではこの困難を克服できずにいると訳のわからぬ崩れた言葉で思いっきり唾を飛ばして説明する。尊敬をこめて見つめる彼女にほだされて、アドリヤンは小さな喜びを感じながら誤りを修正してやる。すると感謝感激雨霰の、多分彼に惚れてもいるのだろう、肥ったプフィシュテルは、もう一つ別の文章をもう一人別のフランス語を使う役人に見てもらおうとして、やせっぽちの、おいた好きの女の子みたいな身のこなしで出て行く。《ねえ、ル・ガンデックさん、難しい文章が一つあって、自力ではこの困難を克服できずにいますの……》この混乱した頭の不幸な女は、半ダースほどの文章整形外科医を協力者として抱えていて、その中の女医にはフォンダンを贈っていた。）今回矯正の目的で見せられた文章はこのように認《したた》められていた。

《委員会により変則的に提示されたと見なされ、チェコスロバキア代表の仲介で活発に討議され、委員会が可決せず、その委員会で再検討され、否定的所見とともにその前に取り扱われた重要な問題に密接な関わりのある外交覚書の紹介にそれとなく言及している問題に付与された重要性に関し、さる四月にその見解を表明したイギリス政府に戻された問題。》

「文章はここまではうまくいっているんです」と不幸な女は言った。「でも文章の終わりの方を少しエレガントに、フランス風にしたいんですけれど、それがそうならないんです」

アドリヤンは読む振りをして、とてもよく書けている。私としては何も変える必要はないと思う、と言った。彼は、すみません、ファン・フリスが待っているものですから、と語勢を強め、立ち去った。プフィシュテル嬢は狼狽して、彼女の最新労作を読み返した。

お気に入りの檻に戻って来ると、シオニスト代表宛て受領通知の口述をディクタフォンに録音しようと決めた。けれどもその前にちょっと遊んでやるか。彼は軽めの下ネタをいくつか録音テープに吹き込み、アゲットに電話して聴きにくるように言った。二人の同僚は腹の筋を縒り、アゲットはタイプライター課きっての美女への愛の告白を書き取りたがった。その後で、アドリヤンは秘密の罪へと戻っていった。

一人になると、アドリヤンは際どい部分を消し、カルメンのアリアを録音した。こうしておけばあの愛しのタイピスト要員も少しは楽しめる。ようやく彼はシオニスト代表宛て受領通知の口述をしたが、六十七秒しかかからなかった。挨拶の所で彼は止めた。どう考えてもブランバーグ如きに、例え手紙の末尾用の決まり文句にしても、敬意を表するのは辛かった。一晩放っておく。挨拶の部分は明日やってやる。

彼はトイレに行った。それほど行きたかったわけではないが、トイレに行くことは当然至極の暇つぶしで、脚のしびれを取ってくれるし、五分は殺せるのだ。

事務室に戻り、色々詰め込まれて肥え太ったガッテーニョの一件書類が戻って来たら、目に物見せてやる、と思うと嬉しくてにやにやした。その時は新たにメモを書き、ガッテーニョに返事を送れば何らかの不明朗な宣伝のために利用しかねないから、この博士に返事をする前に、在ベルンのルーマニア公使館にその存慮を聞く方がよい、とファン・フリスに提言する。公使館から返事が届き、もしそれがガッテーニョに好意的なものであれば──公使館への手紙には《ガッテーニョ博士と名乗る人物》と書くから、それは十中八、九ないと思うが──思いがけない三番目の攻撃が待っているというわけだ。ファン・フリスにもう一つメモを書き、ガッテーニョに詳しい説明を求めれば、大国に好感を持たれないだろうと言うまでだ。彼は一年後に書くガッテーニョへの返答を考えていた。《貴殿が私宛てに送られた資料の受領を通知します。私はそれを取り敢えずベルギー政府へ転送しました。》

彼は自分がささやかな楽しみを得るに値すると思った。鍵束を取り、机の引き出しを開け、大きなチョコレートボンボンを取り出した。栄養になるようにと、至極ゆっくり溶けてゆくのに任せることにした。

「記録更新に努める」

彼はストップウオッチを出し、ボンボンが完全に溶けるまでの時間を計った。勝った！　九分だ。この前は七分で溶けた。

「上々の首尾です、侯爵夫人、一から十まで二重丸。（彼はこのアリアが段違いに好きで、ストラヴィンスキーの音楽なんぞ目じゃなかったが、彼は皆に隠し、とりわけ自分自身にそれを隠していた。）さあ、今度は、もう一つの、これは小さなものですが、青天の霹靂といきましょうか、諸君、今日我々は五時三十分まで事務局におります」

いい考えが浮かんだよ。五時二十分ごろ何か口実をみつけてファン・フリスに会いに行く。これでヴェヴェはとびっきりの好印象を持つこと疑いなし。ヴェヴェは、ドゥームとかいう男が張り切りすぎて、普通ならとっくに事務局を出ている時間なのに、まだ残っていたのだと思うだろう。

「一から十まで二重丸、二重丸」

彼はブリストル紙の資料カードに新聞・雑誌からの小さな切り抜きを九枚丁寧に糊で貼り付けて、切り絵に夢中になる子供のように楽しんだ。それにこのイギリスの糊グロイはすごくいい！

彼は廊下に出て、一回りしようと急ぎ足で歩いた。ファン・フリスが彼に出くわせば、ドゥームは大急ぎで図書室へ資料を見に行くのだと思うだろう。散歩の途中でいつものようにベナレスの幽霊に出合うと、幽霊はすれ違いざま、彼に優しくピカピカの歯を見せた。彼は二階に下り、フランス人事務次長の執務室の辺りを彷徨い、誰か官房付の職員とおしゃべりすれば、いつか夜、その高位の人を〈我が四阿《あずまや》〉に招待するための継手が見つかるかもしれないとさえ期待した。ともかくこの上品な用心棒の一人と、明るく気持ちのいい会話で、懇《ねんご》ろに付き合えるようになりたいと切に願っていたが、彼らは大体は急いでいて、残念ながら近づけなかった。彼はソラルの官房長ハックスリに挨拶したが、気が付かない振りをされた。それから軍備縮小部長に挨拶した。部長は小さな詩集を出していて、その中で、夢の関守として静かに暮らしたいと詠っていた。しかしこの隠遁生活への憧れは、えも言われぬ芳香を放つ役人という名のチーズの穴に、彼が潜り込むのを邪魔立てしはしなかった。この詩人は、青瓢箪のアドリヤンにするかしないかの挨拶を返した。

我々の主人公はさほど重要ではない殿様たちで我慢することにし、フィンランド人の用度課長とちょっとお喋りをしに地下へ行き、二つ折りの事務机用スタンドとホチキスの針の小箱七個をせしめた。奥さんの健康についてたずねながら、到着したばかりの新しい物品をちらっと見て、興味をそそるエボナイト製のインク壺のことをしっかり記憶にとどめた。

アドリヤン・ドゥームはなんだか喉が乾いているような気がしたので、シオニストの外交覚書の頁を繰るのをやめた。彼はグラスを持って廊下にある水飲み場へ向かった。いや、結局喉は乾いていなかったのだ。グラスを手に戻って来ると、喉が乾いているかどうか考えた。いや、結局喉は乾いていないのだった。

トイレなら少し話をする相手に出会えるかもしれないと期待して、彼は出かけた。とりわけファン・フリスがそこにいてくれればいいのだがと思っていた。かすかに音を立てて水が流れている衛生陶器の前に立ち、天井に目を挙げているファン・フリスはいつになく優しいのだ。トイレでは、ヴェヴェは殆ど同僚のように自分の部下に接した。心地よくくつろいで、上司も部下も同じ爽快な気分になるからだ。

いない、ファン・フリスはいない。じゃあ、どうしよう？　いいことを思いついた。定期刊行物閲覧室へ行って、「イリュストラシヨン」の最新号が届いているかどうか見てこよう。しかし廊下でティーポット、茶碗、それに菓子を載せた小さなワゴンを押しているウエートレスを見かけると、彼は考え直した。急いで事務室に取って返すと、午後の気持ちのいい区切りであるこの訪問を待った。

プラチナブロンドの髪を小さな巻き毛にした若い女性が入ってきて、ティーポットと小さなミルクポットを置いた。彼は菓子を前にして一瞬ためらったが、フルーツケーキを一切れ取って白い紙の上に置き、それからココナッツのロッシェを一つ慎重に取った。彼は砂糖を余分に頼んだ。

「四つ頼む、そう、四つだ」

ウエートレスが出ていった。欠徳利《かけどくり》は口が悪いと言って、ちょっと毒突く。アドリヤン・ドゥームはご満悦の態。ロッシェは柔らかいし、お茶はとても熱い。砂糖を一つお茶に入れると、他の三つを引き出しに隠してあるブリキの箱に放り込んだ。あれ、もう満杯かよ？　彼は貯めた角砂糖の箱をアタッシェケースに入れた。マミが喜ぶぞ。

お茶と菓子が傍近くいて、彼に付き添ってくれていると思うと仕事がしたくなった。仕事にもっと身を入れようと舌を外に出し、「パレスチナ・ウイークリー」から記事を十二切り取った。そしてゆっくりと落ち着いて食いながら、唇の上で彷徨っている菓子のかけらを舌ですばやく取り除きながら、彼のささやかな幸せとフルーツケーキを静かに品良く喜んで玩味しながら、顕微鏡でなければ見えないような、ごく小さな皮肉っぽい微笑を唇の端に浮かべて鼻歌を歌いながら、ちびりちびりお茶を飲みながら、口笛を吹きながら、暇つぶしでもあり歓喜へのささやかな賛歌でもあるげっぷだの屁だの歌だの様々な音を発しながら、ぶつぶつ言いながら、フルーツケーキの小さなかけらを寄せ集めながら、なし崩しに食い尽くしながら、勝利するためのちょっとした注意を小声で言いながら、自分に冗談を言いながら、微かに音を立てながら、満足して喉を鳴らしながら、震え声で話して時間つぶしをしながら、旨いお茶をかき混ぜて音を立ててみたりしながら、くつろいでぺちゃくちゃ喋りながら、彼は記事を糊ではりつけた。

甘い言葉を囁きながら、ぶつぶつ不平を言いながら、ポン、ポン、ポンと言いながら、いろんなシャープペンシルをカチカチ言わせながら、楽しみに変化をつけようとあえぎながら、ゴム紐を振るわせながら、気がかりの種もなく、魅力的な女性の夫であり、すばらしい車の持ち主であり、感じの良い人たちの友人であることの幸せを時々吹聴しながら、注意深く貼っているアドリヤン・ドゥームは実に幸せ者だった。

「上手に貼られるには、畜生のこん畜生のくそ、上手に貼られることだと思うよ！」

お茶はあとどのくらい残ってるのかな？　もう一杯分だ、いいぞ。（実際には彼はお茶が大嫌いだった。彼がお茶を楽しんだのは、お茶がイギリス風を身につけた外交官の気分を彼に味わわせてくれるからだった。それに、中国茶は《霊を呼び出す芳香》を放ち、詩的だったから。）その楽しみをもっと強く感じたくて、事務机の大きな引き出しを開け、至極整然と並べられている彼の大切な宝物を見た。様々な形と大きさのピンとクリップの入っている箱、数個の糊の瓶、字消しナイフ、幅の広いものから狭いものまでその備蓄量には呆れる吸い取り紙、伸縮性の腕輪、いろんな色の付箋の包み、分類カード、消しゴム、鉛筆、定規だ。彼は引き出しを閉め、新型のファイリングキャビネットが人目を惹くように置いてある棚に視線をさまよわせた。

「糞！　ばっきゃろう！　淫売婆あ！」

彼は誰に対して怒りを爆発させたのか？　彼には皆目わからなかった。多分それは生きていることの喜び、若いことの喜びの叫びだったかもしれない。多分それは買収して特別待遇にさせ、部長連中専用のティーポットを獲得した喜びからだったかもしれない。次の日曜日は休日出勤だと大喜びしていたからかもしれない。事務局にはたった一人、気分はパレでの一日限りの事務総長だ。グラビア雑誌を読み、手紙を書く。それに日曜出勤するとウイークデーに一日休みが取れるから、堪えられないのだ。

隣の事務室では、カナキスが死に向かって小声で喚くほど退屈しきっていた。もっと離れた所ではミコフが深い溜息をついていた。五時二十分前か。ちぇっ、まだ何十分も我慢しなきゃならないんだ。なにをすればいいんだろう？　図書室へ行って何かおもしろい本でもないか見てくるか？　いやむしろ医務室へ行って無料の強壮剤でも注射してもらってくるか？

アドリヤンは突然強度の不安に襲われた。この世界で彼は一体何をしているのか？　彼が生きている意味は何なのか？　いつ彼は死ぬのか？　今夜から聖書を読むと決め、大きなヌガーをカリカリ噛んだ。

47

彼女は呻いて寝返りを打った。眠る女の呼吸が規則正しさを取り戻すと、ソラルは、裾が解《ほつ》れて房状になり、継ぎを当てて繕ってある着古したズボンをはき、紐でウエストをしっかり締めた。糊の小瓶の栓を開け、筆を浸し、皺のないすべすべした磨硝子のような気品のある頬に塗り、縮れた白髭を貼り付けた。付け終わって、門歯と前臼歯に黒の絆創膏を貼ると、歯の抜けた口にぞっとする笑みが浮かんだ。

彼はジェレミーから買ったひどく汚いオーバーを羽織った。左右の裾を近づけ、安全ピンでとめてから、穴があき黴だらけで、ヒールは両側とも嫌気が差してとっくの昔におさらばしている古びた女性用アンクルブーツを裸足のまま履いた。彼は少量の土で額や鼻を擦り、その土を髪にも付けた。

彼はベッドに近づき、片手を伸ばした。彼は怖かった。

訳者あとがき

『釘食い男』は子供の世界

『釘食い男』の書き出しは、のっけから読者を子供の世界へ誘う。
語り手は、この物語で準主役を張るソロモンが、《洗面器の水にぽってりしたおててを浸し、両手で上手に水を搔いて平泳ぎの動きを練習》し、《ふっくらした腹》、《雨承け鼻でそばかすだらけ、ひげの生えない丸顔》で、《まるまると肥ったちんちくりん——身長は一四五センチ——のユダヤ人》であることを知らせ、更に彼の《小さな家》、《小さなバルコニー》《小さな部屋》と、ことさら形容詞《小さな》を用い、四十歳の〝子供〟であることを明かす。この書き出しでは、明確に区別されるべき大人の属性と子供の属性を綯い交ぜることで、ソロモンをおとなしい子供の体現者にしている。

大人と子供の間には根本的な違いがあるが、両者の共存はしばしば見られる。〝子供っぽい〟とか〝子供のような〟と言われる大人がいるが、彼らは子供の時から成長していないからそう形容されるので、言うなればそれは一つの欠陥なのだが、彼らの大方はそのことをあまり意識していないのではなかろうか？　そういう大人をジュリー・サンドレールは「第一種大人子供」と呼ぶ。このカテゴリーには、ユダヤ人のジェレミーが「……彼らに恨みは抱いていない、彼らは《わかっていにゃく、実際は悪意のにゃい》子供のようなものだから」（十九章）と言うドイツ人、「怖がっているくせに生徒同士では教師を馬鹿にし、からかい、渾名を付け、……罰を恐れ、良い成績を期待する学童のようなものだ。彼らは生涯子供で、引退する年齢になっても、いや死ぬまでリセの生活を引きずっている」（四十六章）国際連盟の役人たちが入る。無邪気、無自覚、無分別で、大人としての信用がひどく失墜する光景を見せてくれる「第一種大人子供」に対峙するのが、サンドレールの言うところの「第二種大人子供」で、彼らは経験も知識も豊富であるが、子供の無邪気さを失わずにいる。「祖国無きみすぼらしい人たちには世間は優しくないことを六十年もの間思い知らされてきた無邪気な人」（二十七章）老いた子供ジェレミーがこのカテゴリーに入る。彼はもう一人のソロモン・ソラルである。『釘食い男』はこの第一種大人子供と第二種大人子供が織りなす滑稽叙事詩である。

ケファリニアのユダヤ人ゲットーは子供の世界のアレゴリーだ。ソロモンについては既に述べた。子供の時空腹に堪えかねて、一ダースほどの釘を貪り食ったと豪語するところから釘食い男と渾名されるマンジュクルーにも、もう老境に在るにもかかわらず、その渾名の由縁ゆえに子供のイメージがつきまとう。ケファリニア人の世界では時が止まり、彼らは子供のまま、成熟せずにいるようだ。ケファリニアでは誰も彼もが腕白坊主なのだ。益荒男たちの中では最年長者であり、賢明で思慮深い人間だと自他共に認めるサルチエルでさえ例外ではない。マンジュクルーの弁舌の才に子供っぽい羨望と嫉妬を抱いているのだから。言葉こそが、自ら輝き、島の住民に感銘を与え、彼らを幻惑する手段だからだ。

益荒男たちの行動は感情的でがむしゃら、極端から極端へと走り、支離滅裂だ。過剰と思えるほど仲間を愛し、仲良しかと思えば、喧嘩し、罵り合い、侮辱し合い、つまらないことで言い争い、すぐに仲直りする。マンジュクルーにいたっては、何の関係もない者を挑発する。彼らは感情を抑えることができないのだ。良いニュースが飛び込んでくれば、子供のように興奮し、その喜びを体全体で表現する。

子供と益荒男たちは同じで、手に入れることのできないものを欲しがる。何としても手に入れようとする。しかし、ぜがひでもその一員になりたいとこいねがう社会に入れないと見て取ると、マンジュクルーはその憧れの社会を想像力という色眼鏡を通して茶化し、その代用品を作り上げる。まさに恐るべき子供である。「子供にとって最大の関心事は遊ぶことである。子供は自分に都合のよい新しい規範に則って、彼の世界の物事を按配する。この時子供は、彼の世界を本気にしていないと考えるのは誤りであろう。彼は自分の遊びに大真面目で、そこに大いに感情移入している。遊びの逆は真剣ではなく、現実なのだ。子供は自分の遊びの世界と現実をはっきりと区別している」とフロイトは言う。

このフロイトの言葉を地で行くのが益荒男たちだ。彼らは現実を滑稽譚に仕立て、本物と偽物の境界線を取っ払い、虚構の世界に生きようとする。マンジュクルーとその友人たちは私たちを子供の世界へ引き戻し、現実を忘れ、現実を思いどおりに変貌させる子供の能力を私たちに再認識させてくれる。本物の世界は劇場に、人生はパロディーと化す。

彼らの笑いはガルガンチュア風だったり、苦笑いだったり、救済だったり、冷笑だったり、勿論珍妙だったりする。

ユーモアは益荒男たちにとっては、日常生活中の様々なドラマに対する安全装置でもある。ケファリニアの住人は、彼らを取り巻く世界の残酷さと対決せざるをえない。子供の笑いと大人の絶望が入り混じる。この五人の主役の子供じみた行為が人間たちの意地悪さや勝手気ままさを際立たせることになる。世界を変える力は益荒男たちにはない、が、人間性を失った西欧社会の危険性を明らかにし、告発することはできる。

作者は意地の悪い社会に平和的手段をもって戦いを挑む。作者は大人のまなざしを子供のまなざしと入れ替える。ナイーヴな目には、わからないことだらけだ。ソロモンのマンジュクルーへの問いかけがその一例だ。「サルチエルの甥殿は公国を一つ、或いはなにか他の成功のキュウリを手に入れたんだね、きっと。僕らに金を送ってくるのは僕らを愛しているからなんだ。でも彼がどこにいるかは僕らには言わない。僕ら一流のやり方で彼の王座を台無しにしちゃうんじゃないかって恐れてるんだよ。僕らは能がないしね、そう思わない?」(九章)こうして純粋なまなざしが社会の邪心を暴いてゆく。立派だと主張し、またそう評価されている世界のばかばかしさを裸にする。

アルベール・コーエンは彼の理想、彼の無邪気な幻想をソロモンに移入する。コーエンは永遠の子供だったのだろうか? 益荒男たちは子供のまなざしを持つ大人、老いた人間である。コーエンは違う。彼は老いた人間のまなざしを持つ子供、決して騙されることのない子供だったのだ。

マンジュクルーとその笑い

益荒男たちは無邪気なだけではない。彼らはなかなかどうして狡賢く巧妙、悪戯で行儀が悪く、人に一杯食わせてはおもしろがり、とりわけ相手を言い負かすことに無類の喜びを感じる。しかし間違ってはいけない。この同じ心の剽軽玉は決して笑いを取ろうとしているのではないのだ。ユベール・ニッサンが指摘しているように、マンジュクルーは上流社会に受け入れられないことを悟ると、そのために彼が考え出した術策ではなぜうまくゆかなかったかを検討し、自分を慰める。上流社会もその一つだが、とにかく自分が手に入れたいと思う物を手にしようとやっきになる。これが彼の生きる術で、そこにすべてを賭けるから、恥も外聞もない、ただただ一所懸命だから、人を笑わせようなどと思う余裕が彼にはないのだ。マンジュクルーのおかしさはいわば副次的なもので、彼の生きる術自体がおかしみの源になっている。このことは程度の差こそあれ、他の四人の益荒男にも当てはまる。それ故彼らは道化役ではないのである。

そのおかしみの一つに白髪三千丈風の誇張がある。その巨大性とも言える拡大ぶりがよく現れているのがマンジュクルーの桁外れの食欲と食いっぷり、それに彼の掌中の玉である三人の男児の博識ぶりだ。偉大な学者の言葉で自分の考えを表現できるように訓練されたまだ幼年期にある三人は、レトリックを駆使して美辞麗句を連ね、法律用語を多用する。まさに生きた百科事典の趣だ。この幼き非凡の人は、ユダヤ人の親たちが高く評価する〝神童〟のパロディーだ。

作者のスポークスマンでもあるマンジュクルーにはたくさんの渾名が付けられていて、そのお陰で、彼は仲間よりずっと広い行動範囲を保証されている。

マンジュクルーという人物の原型は東欧のユダヤ人共同体に見られた〈たかり屋《シュノラー》〉(schnorrer)に求めら

れる。たかり屋といっても平凡な物乞いではない。それを自分の生業と見なし、同じ宗教共同体に属する者たちの連帯の掟を具象化した「御救い箱」の恩恵を受けながら生きている者のことである。人間は平等であるという原則の上に成り立ち、すべての共同体には、〝貧しい人々や不幸な人々を助ける〟という崇高な義務が課されていた。この宗教的平等の原則の上に打ち立てられた聖なる義務は、やがて倫理的な義務となり、思いやりが公平と入れ替わった。かつての托鉢は共同体内の富裕者に罪悪感を抱かせることになり、その結果、〝托鉢〟は共同体にとっては次第に迷惑な存在になっていったのである。

貧しいのは社会のせいだとするマンジュクルーは、ゲットーの金持ち連中が覚える罪の意識を利用して、彼らから金を巻き上げ、生活費の足しにする。それが〝無誹謗料〟集金（五章）だ。ユダヤ人の間では裕福であることは殆ど称賛の対象にはならない。他人の貧困を思うと自分の豊かさを享受できないのだ。

悩み、気ふさぎに陥るのはマンジュクルーの生まれ性である。その苦悩や憂鬱はマンジュクルーという人間の奥深くに無理矢理押し込まれているから、特別な瞬間にしか顔を覗かせない。八方ふさがりで気が滅入り、深い悲しみの淵に沈む瞬間、唯一自殺がうまい逃げ道に思えてくる。この覚醒期ともいうべき瞬間にあるマンジュクルーは恐ろしく明晰で、彼の抱く偉大さへの憧れや幻想、生きる喜びと現実の間に存在するどうしようもないギャップに気づく。この瞬間彼は奈落の底から脱出する。その手段が食うことだ。食うことは即時の喜び、生の飛躍《エランヴィタル》だからだ。

マンジュクルーとその友人たち固有のナイーヴさは子供の特性なのだが、それはある種の狡猾さとの共存が可能である。悲劇的な現実と絶望した意識との和解が成立するのもこの両者の共存故である。

作家がマンジュクルーに抱かせる希望と理想は、現実によりいつも裏切られる。マンジュクルーは幻想を抱いたり、他人に幻想を抱かせる能力を用いて、現実を新しく解釈しなおしながら、彼の内部では少しのぶれもない基準によりでっちあげた論理を現実の論理にぶつける。世間の敵意は彼の言葉の大波に飲み込まれる。彼の度外れの饒舌は社会の様々な出来事が悲劇になるのを未然に防ぎ、そうであるものをそうなるであろうものに融合させ、一種の〝言葉の錬金術〟により、苛酷な現実を変えようと試みるための最も確実な手段なのだ。理想と現実があまりにもかけ離れているとき、絶望という精神の苦痛を解消してくれるのはユーモアしかない。マンジュクルーはユーモアとカリカチュアで形勢逆転を図ろうとする。そしてマンジュクルーが気づいている〝無〟――その暗い物憂げなモノローグが証明するように――から逃れようとして、私たち読者の眼前で高笑してみせるのだ。

ジェラール・ヴァルベールは言う。「ソラル（『選ばれた女』の主人公）が、品位を失わずに道化でいたいと思う王だとすれば、ソラルの分身であるマンジュクルーは、喜びには欠かせない無秩序の沸騰だ」と。コーエンの滑稽はユダヤ人のユーモアの伝統、即ち無防備な者の、弱者の武器であるユーモアに根ざしている。屈辱を受けた者たちが、敵の攻撃を跳ね返し、敵に勝利するための武器が笑いなのだ。

ホロコーストからかなりの歳月が流れ、老作家は、再びソラル家のサガに戻った時、突然湧き出てきたヴィジョンを前にして、声を詰まらせる。「不意にドイツの恐怖に取り憑かれた、悪意に満ちた民族に殺戮された数百万の人々、アウシュヴィッツで殺された私の親族と彼らが味わった恐怖に、私は取り憑かれた。……目眩がした、書いたとて何になる？　益荒男たちの物語をどうして続けていけようか？　どうして笑っていられようか？」（『益荒男たち』*Les Valeureux* 1969）返答は待つまでもない。「益荒男たちと一緒に生き続けねばならないのだ、微笑まねばならないのだ、……そう、微笑むことだ、益荒男たちと一緒になって、笑わねばならないのだ、私の悲しみといつもそこにあるこの苦悩と一緒になって、笑わねばならないのだ。」（『益荒男たち』）とコーエンは書く。

『釘食い男』の中で、益荒男たちは一つの真実を私たちに教えてくれる。生きとし生ける物は死すべき定めのこの世界にあっては、愛と呼ばれる人間同士の優しい思いやりに満ちた幸せな関係こそが一番大事なことなのだと。他のものはすべて表面的なものにすぎないのだと。

『釘食い男』の物語は様々な場で展開されるが、国際連盟もその一つである。国際連盟の場面には実在の人物と架空の人物が登場し、コーエンならではの辛辣ながら味わい深いユーモアが楽しめる。マルセイユきっての大法螺吹きシピヨンとその友人であるユダヤ人放浪者ジェレミーを応接するシュルヴィル伯爵は、ノルポワ（フランスの外交官でプルーストの父親の友人）のカリカチュア、うらぶれたアカデミー・フランセーズ会員ジャン＝ルイ・デュエズムはユダヤ人の生まれを隠すアンドレ・モロワと言われている。国際連盟の場面は多いに笑いを誘うと同時に、その風刺は国際連盟に一時在籍したセリーヌのエスキスよりももっと痛烈だ。

『釘食い男』には瘋癲五人男の他にドゥーム家の人々――イポリット、アントワネット・ドゥーム夫妻、国際連盟での昇進のみを切望する養子のアドリヤン・ドゥームが登場する。ドゥーム家をとおして、自分たちの平安、安楽しか頭にないとんでもないブルジョワジーの生活が思いやりのある、だが、情け容赦のない筆致で描かれる。

それからソラル――しばらくの間作家により隠されているが、登場するやいなや孤独な太陽は燦然と輝く。それからアドリヤンの妻で、一風変わったすばらしく魅力的な麗しのアリヤーヌ。彼女の寝室に忍び込んだソラルが、睡眠薬を飲んで深い眠りの淵に沈んでいる彼女に触れようとするが、怖くなってやめるところでこの物語は終わり、『選ばれた女』（*Belle du Seigneur* 1968）へとつながってゆく。

一九三八年四月、「選ばれた女」（*Belle du Seigneur* これは一九六八年刊行の『選ばれた女』*Belle du Seigneur* ではない）が完成するが、ガリマールは膨大な原稿に驚愕、半分に縮めるようにとの要請を飲んだコーエンは、その中からマンジュクルーとその友人たちの物語にアリヤーヌ、アドリヤン、ドゥーム夫妻の章を加え、同年七月『釘食い男』（*Mangeclous*）として出版する。本書は Albert Cohen, *Mangeclous*, Paris, Editions Gallimard, 1969（一九三八年刊行の *Mangeclous* の改訂版で、プレイヤード叢書 Albert Cohen Oeuvres に採られている）の全訳である。

翻訳にあたり、ご教示を仰いだ方々にこの場を借りて厚くお礼申し上げます。『選ばれた女』のみならず『釘食い男』の出版を決断された国書刊行会の礒崎純一氏、そして担当してくださった編集部の伊藤嘉孝氏に心から感謝申し上げます。

二〇一〇年一月

紋田廣子

*

アルベール・コーエンの主な作品

Paroles juives, 1921, Editions Crès et Cie. Editions Kundig

Solal (roman), 1930, Editions Gallimard

Mangeclous (roman), 1938, Editions Gallimard

Le Livre de ma mère, 1954, Editions Gallimard

Ezéchiel (théâtre), 1956, Editions Gallimard（一九二七年に発表、一九三三年コメディー・フランセーズで上演された戯曲の改訂版）

Belle du Seigneur (roman), 1968, Editions Gallimard『選ばれた女（I・II）』紋田廣子訳（国書刊行会、二〇〇六）

Les Valeureux (roman), 1969, Editions Gallimard

Mangeclous (roman), 1969, Editions Gallimard（一九三八年版の改訂版、その原稿はアルベール・コーエンにより破棄される）本書

O vous, frères humains, 1972, Editions Gallimard
Carnets 1978, 1979, Editions Gallimard

参考文献

D.R.Goitein-Galperin, *Visage de mon peuple –Essai sur Albert Cohen*, 1982,
Gérard Valbert, *Albert Cohen, le Seigneur*, 1990
Jean Blot, *Albert Cohen ou Solal dans le siècle*, 1995
Cahiers Albert Cohen
Albert Cohen dans son siècle (Colloque de Cerisy) , 2005
Gérard Valbert, *Conversations avec Albert Cohen*, 2006

紋田廣子（もんだ・ひろこ）

一九三九年、静岡県生まれ。

法政大学文学部日本文学科卒業。ＳＢＳ静岡放送勤務後、パリ留学。二〇〇〇年七月まで吉井画廊に勤務し、展覧会実施、翻訳、通訳に従事。

訳書に、ジャニーヌ・ヴァルノー『ピカソからシャガールへ――洗濯船《せんたくぶね》から蜂《はち》の巣《す》へ――』（共訳、財団法人清春白樺美術館）、画集『アンドレ・マルロー戯画（ディアブル）』（財団法人清春白樺美術館）、『選ばれた女（Ⅰ・Ⅱ）』（国書刊行会）。

釘食い男

2010 年 2 月 10 日初版第 1 刷印刷
2010 年 2 月 15 日初版第 1 刷発行

著者　アルベール・コーエン
訳者　紋田廣子

発行者　佐藤今朝夫
発行所　国書刊行会
174-0056　東京都板橋区志村 1-13-15
TEL.03-5970-7421　FAX.03-5970-7427
http://www.kokusho.co.jp

装丁　仲條正義
印刷所　株式会社シーフォース
製本　有限会社青木製本
ISBN978-4-336-05179-0 C0097